Beautiful Creatures

Kami Garcia en
Margaret Stohl

Beautiful
Creatures

the house of books

Voor
Nick & Stella
Emma, May & Kate
en
al onze casters & buitenstaanders, overal.
We zijn met meer dan je denkt.

Eerste druk, mei 2010
Vijfde druk, februari 2013

Eerder verschenen als
Betoverd

Oorspronkelijke titel
Beautiful Creatures

Oorspronkelijke uitgave
Little, Brown and Company, Hachette Book Group, New York.
Copyright © 2009 Kami Garcia en Margaret Stohl
Copyright voor het Nederlandse taalgebied © 2010 The House of Books,
Vianen/Antwerpen

Vertaling: Louise Staal
Vormgeving omslag: b'IJ Barbara
Omslagbeeld: © 2012 Alcon Entertainment, LLC. All Rights Reserved
Binnenwerk: ZetSpiegel, Best

ISBN 978 90 443 3947 5
NUR 330/285
D/2013/8899/44

www.somelovesarecursed.com
www.thehouseofbooks.com

Men kan geen duister met duister verdrijven;
dat kan alleen het licht.
Haat kan geen haat uitbannen;
dat kan alleen de liefde.

– Martin Luther King jr.

Wat voorafging

De godvergeten uithoek

Er leefden slechts twee soorten mensen in onze stad. 'De stakkers en de vastgeroesten,' zoals mijn vader onze buren graag indeelde. 'De lui die zo vastzitten dat ze moeten blijven of te dom zijn om te vertrekken. Ieder ander lukt het weg te komen.' Er bestond geen twijfel over tot welke groep mijn vader behoorde, maar ik had nooit de moed gehad hem naar het waarom te vragen. Mijn vader was schrijver en we woonden in Gatlin, Zuid-Carolina, omdat de Wates dat nu eenmaal altijd hadden gedaan sinds mijn bet-bet-bet-betovergrootvader, Ellis Wate, tijdens de Burgeroorlog streed en aan de overzijde van de Santee River sneuvelde.

Alleen noemden de mensen het hier nooit de Burgeroorlog. Iedereen jonger dan zestig jaar sprak over de Oorlog tussen de Staten en wie de zestig gepasseerd was, had het over de Oorlog van de Noordelijke Agressie, alsof het noorden op de een of andere manier het zuiden vanwege een slechte baal katoen in een Burgeroorlog had getrokken. Met iedereen bedoel ik alle mensen, behalve mijn familie. Wij noemden het wel gewoon de Burgeroorlog.

Nog een reden waarom ik niet kon wachten om hier weg te komen. Gatlin leek in niets op de stadjes die je in films zag, tenzij de film zo'n vijftig jaar geleden was gemaakt. Onze stad lag te ver van Charleston voor een Starbucks of een McDonald's. Wij hadden alleen maar een Dar-ee Keen, omdat de voorname heren te gierig waren geld op tafel te leggen voor een nieuwe set letters toen ze de Dairy King kochten. De bibliotheek had nog altijd een kaartencatalogus, de middelbare school nog steeds schoolborden en ons gemeentelijk zwembad was Lake Moultrie, warm bruin water met alles wat je daarin tegenkomt. Voor een film, die op dat moment dan ook op dvd uitkwam, kon je naar de Cineplex, maar dan moest je naar Summerville liften, vlak bij de gemeentelijke universiteit. De winkels lagen op Main, de villa's aan de rivier, en verder woonde iedereen ten zuiden van Route 9, waarvan het wegdek uit elkaar viel tot een brokkelig betonnen stoppelveld – rampzalig om op te lopen, maar ideaal om agressieve buidelratten mee te bekogelen. Dat zag je nou nooit in films.

Gatlin was een pretentieloze stad. Gatlin was Gatlin, meer niet. De buren hielden vanaf hun veranda in de ondraaglijke hitte de buurt in de gaten, badend in het zweet en duidelijk in zicht voor iedereen. Maar dat was nergens voor nodig. Er veranderde toch nooit iets. Morgen begon de school weer, mijn tweede jaar op Stonewall Jackson High en ik wist nu al hoe het jaar eruit zou zien – waar ik zou zitten, met wie ik zou praten, de grappen en grollen, de meisjes, wie waar zou parkeren.

Er gebeurde nooit iets verrassends in Gatlin. We waren praktisch het epicentrum van de godvergeten uithoek.

Of liever gezegd, dat dacht ik toen ik op de laatste dag van de zomervakantie mijn beduimelde exemplaar van *Slaughterhouse-Five*[1] dichtsloeg, mijn iPod uitklikte en het licht uitdeed.

Uiteindelijk wordt duidelijk dat ik er helemaal naast zat.

Er was een vloek.

Er was een meisje.

En op het eind

was er een graf.

Ik heb het geen moment zien aankomen.

2 september

Voortdromen

Ik viel.
Ik zweefde in een vrije val door de lucht.

Ethan!

Ze riep me en alleen al door het geluid van haar stem sloeg mijn hart op hol.

Help me!

Ook zij viel. Ik strekte mijn arm uit en probeerde haar vast te grijpen, maar het enige wat ik in mijn handen had was lucht. Er was geen grond onder mijn voeten en ik klauwde in de modder. Onze vingertoppen raakten elkaar aan en in de duisternis zag ik groene vonken.

Toen glipte ze door mijn vingers, en ik voelde niets anders dan verlies.

Citroenen en rozemarijn. Ik kon haar ruiken, zelfs op dat moment.

Maar ik kon haar niet vastpakken.

En ik kon niet leven zonder haar.

Ik schoot overeind en probeerde weer op adem te komen.

'Ethan Wate! Wakker worden! Ik wil niet dat je op je eerste schooldag te laat komt.' Ik kon Amma van beneden horen roepen.

Mijn ogen focusten zich op een flauw lichtpunt in de duisternis.

In de verte hoorde ik het zwakke getik van de regen tegen de oude rolluiken van ons plantagehuis. Zo te horen regende het. Zo te zien was het ochtend. En als het goed was, was ik in mijn slaapkamer.

In mijn kamer was het heet en vochtig, van de regen. Waarom stond mijn raam open?

Mijn hoofd tolde. Ik liet me terugvallen op het bed en de droom vervaagde langzaam, net als alle andere keren. Ik was veilig in mijn kamer, in ons eeuwenoude huis, in hetzelfde krakende mahoniehouten bed waarin zes generaties van de Wate-familie vermoedelijk voor mij hadden geslapen, waar mensen niet door zwarte gaten van modder vielen en er eigenlijk nooit iets schokkends gebeurde.

Ik staarde naar het gepleisterde plafond, dat in de kleur van de lucht was geschilderd om de houtbijen ervan te weerhouden zich er te nestelen. Wat was er met mij aan de hand?

Ik had deze droom nu al maanden. Hoewel ik me de droom nooit helemaal kon herinneren, was het deel dat terugkwam altijd hetzelfde. Het meisje viel. Ik viel. Ik moest volhouden, maar ik kon het niet. Als ik losliet, zou haar iets vreselijks overkomen. Maar dat was juist het probleem. Ik mocht haar niet loslaten. Ik mocht haar niet verliezen. Het was alsof ik verliefd op haar was geworden, ook al kende ik haar niet. Een soort liefde vóór de eerste ontmoeting.

Wat nogal belachelijk leek, want ze was maar een meisje in een droom. Ik wist niet eens hoe ze eruitzag. Ik had deze droom nu al maanden achter elkaar, maar al die keren had ik nooit haar gezicht gezien, of ik kon het me niet herinneren. Het enige wat ik me herinnerde, was hetzelfde misselijkmakende gevoel dat me elke keer overviel als ik haar verloor. Ze glipte door mijn vingers en mijn maag draaide zich om – zoals je je voelt wanneer je in een achtbaan zit en het wagentje een enorme duikvlucht maakt.

Vlinders in je buik. Dat was zo'n krankzinnige metafoor. Het had meer weg van een zwerm moordlustige wespen.

Misschien zou het weggaan, of misschien moest ik gewoon

even douchen. Mijn oordopjes hingen nog steeds om mijn nek, en toen ik omlaag keek naar mijn iPod zag ik een nummer dat me niets zei.

Zestien Manen.

Wat was dat? Ik klikte erop en de melodie kwam me erg bekend voor. Hoewel ik de stem niet kon plaatsen, had ik het gevoel dat ik deze eerder had gehoord.

Zestien manen, zestien jaren
Zestien van je diepste angsten
Zestien keer droomde je mijn tranen
Vallend, vallend door de jaren...

Het klonk somber, huiveringwekkend – bijna hypnotiserend.

'Ethan Lawson Wate!' hoorde ik Amma boven de muziek uit roepen.

Ik zette mijn iPod uit, ging rechtop in bed zitten en gooide de dekens van me af. Het leek alsof mijn lakens vol met zand zaten, maar ik wist beter.

Het was modder. En onder mijn vingernagels zat zwarte vastgekoekte modder, net als de laatste keer dat ik deze droom had.

Ik verfrommelde het laken en propte het in de wasmand onder de muffe sporttrui die ik er gisteren in had gegooid. Ik liep de douche in en probeerde het van me af te zetten toen ik mijn handen schoon schrobde, en de laatste duistere delen van mijn droom door het afvoerputje wegspoelden. Zolang ik er niet meer aan dacht, was het ook niet gebeurd. Zo ging ik de afgelopen paar maanden vaak met dingen om.

Maar niet als het om haar ging. Ik kon er niets aan doen. Zij was altijd in mijn gedachten. Dezelfde droom speelde zich steeds opnieuw af, ook al wist ik niet wat ik ermee moest. Dit was dus mijn geheim, verder had ik niets bijzonders te vertellen. Ik was zestien en ik werd verliefd op een meisje dat niet bestond. En ik begon stilaan te twijfelen of ik ze nog wel allemaal op een rij had.

Het maakte niet uit hoe hard ik ook schrobde, mijn hart bleef als een razende tekeergaan. En door de geur van de zeep en de shampoo heen rook ik het nog steeds. Vaag, maar ik wist dat de geur er was.

Citroenen en rozemarijn.

Ik liep de trap af naar de geruststellende onveranderlijkheid van alles. Amma zette hetzelfde oude blauwwitte bord van Chinees porselein voor me op de ontbijttafel – mijn moeder noemde het drakenaardewerk – met gebakken eieren, bacon, geroosterd brood met boter en gort. Amma was onze huishoudster, eigenlijk meer een soort oma voor mij, hoewel ze slimmer en ook wat knorriger was dan mijn echte oma. Amma had mij min of meer opgevoed en ze zag het als haar persoonlijke missie ervoor te zorgen dat ik nog een paar centimeter groter werd, ook al was ik al een meter achtentachtig. Die ochtend verging ik vreemd genoeg van de honger, alsof ik een week niets had gegeten. Ik propte een ei en twee plakken bacon naarbinnen en voelde me gelijk een stuk beter. Ik keek haar grijnzend aan met mijn mond vol.

'Ik kan niet alles op hoor, Amma. Het is mijn eerste schooldag.' Ze zette met een wilde beweging een enorm glas jus d'orange en een nog groter glas melk – volle melk, het enige soort dat we hier drinken – voor mijn neus neer.

'Is er geen chocolademelk meer?' Ik dronk chocolademelk zoals sommige mensen cola of koffie naar binnen goten. Zelfs 's ochtends hunkerde ik al naar mijn volgende suikerbom.

'A.A.N.P.A.S.S.E.N.' Amma had voor alles een kruiswoordraadsel, hoe langer hoe beter, en ze gebruikte ze graag. Zoals zij de woorden letter voor letter voor je spelde, leek het elke keer weer alsof ze je een draai om je oren gaf. 'Met andere woorden, wen er maar aan. En denk maar niet dat je een voet buiten de deur zet voordat je je melk hebt opgedronken.'

'Ja, mevrouw.'

'Ik zie dat je je netjes hebt aangekleed.' Dat had ik niet. Ik had een spijkerbroek en een verwassen T-shirt aangetrokken, zoals ik meestal droeg. Elke dag met een andere opdruk; vandaag stond er

'Harley Davidson' op. En ik droeg dezelfde zwarte Chuck Tayler-basketbalschoenen waar ik al drie jaar op liep.

'Ik dacht dat je je haar zou laten knippen.' Het klonk als een verwijt, maar ik hoorde wat er echt achter zat: oprechte genegenheid.

'Wanneer heb ik dat gezegd?'

'Wist je niet dat de ogen de vensters van de ziel zijn?'

'Misschien wil ik niet dat iedereen bij mij naar binnen kan kijken.'

Amma strafte me met nog een bord bacon. Ze was nauwelijks groter dan een meter vijftig en vermoedelijk zelfs ouder dan het drakenaardewerk, hoewel zij elke verjaardag weer volhield dat ze drieënvijftig werd. Maar Amma was allesbehalve een zachtaardige oude dame. Zij had bij ons de touwtjes in handen.

'Goed dan, maar haal het niet in je hoofd om met natte haren in dit weer naar buiten te lopen. Die storm belooft niets goeds. Het lijkt wel alsof de wind door een enorme zwieper totaal op hol is geslagen en op een dag zoals vandaag houdt dat niet op. Hij doet wat hij wil.'

Ik rolde met mijn ogen. Amma had zo haar eigen kijk op dingen. Wanneer ze zo'n bui had, zei mijn moeder altijd dat haar zwarte kijk op het leven de kop opstak. Geloof en bijgeloof liepen door elkaar, zoals dat alleen maar in het zuiden kan. Zodra Amma in een zwartgallige bui raakte, kon je maar beter bij haar uit de buurt blijven. Net zoals het op dat moment beter was haar amuletten op de vensterbanken te laten liggen en haar zelfgemaakte poppen in de laden waarin zij ze bewaarde.

Ik schoof nog een volle vork met ei naar binnen en eindigde mijn kampioensontbijt met eieren, jam en bacon, die ik allemaal op een geroosterde boterham kwakte. Toen ik zoveel mogelijk in mijn mond propte, wierp ik uit gewoonte een vluchtige blik op de hal. De deur van mijn vaders studeerkamer was al dicht. Mijn vader schreef 's nachts en sliep overdag op de oude bank in zijn kamer. Dat deed hij zo sinds mijn moeder afgelopen april was overleden. Hij zou net zo goed een vampier kunnen zijn; dat zei mijn tante Caroline toen zij die lente bij ons logeerde. Waarschijnlijk had ik tot morgen mijn kans gemist om hem te zien. Als die deur eenmaal dicht was, ging hij niet meer open.

Ik hoorde een schreeuw vanaf de straat. Link. Ik greep mijn morsige zwarte rugzak en rende de deur uit, de regen in. Het kon net zo goed zeven uur 's avonds zijn als zeven uur in de ochtend, zo donker was de lucht. Het was nu al een paar dagen aan het spoken.

Links auto, het Wrak, stond met pruttelende motor en blèrende muziek in de straat te wachten. Al vanaf de kleuterschool reed ik elke dag met Link naar school; toen we beste vrienden werden nadat hij mij in de bus de helft van zijn cakeje had gegeven. Later kwam ik erachter dat het op de grond was gevallen. Hoewel wij deze zomer allebei ons rijbewijs hadden gehaald, was Link de enige met een auto, tenminste wat voor een auto moest doorgaan.

In ieder geval overstemde het Wrak het geraas van de storm.

Amma stond op de veranda, met haar armen afkeurend over elkaar geslagen.

'Zet die muziek hier niet zo hard, Wesley Jefferson Lincoln. Denk niet dat ik je moeder niet bel om haar te vertellen wat je de hele zomer in de kelder uitspookte toen je negen was.'

Link kromp ineen. Niet veel mensen noemden hem bij zijn volledige naam, behalve zijn moeder en Amma. 'Ja, mevrouw.' De hordeur sloeg met een klap dicht. Hij lachte, gaf flink gas en de banden gierden op het natte asfalt toen we de stoep afschoten. Alsof we op de vlucht sloegen, eigenlijk zoals hij altijd reed. Alleen ontsnapten we nooit.

'Wat heb je in mijn kelder uitgespookt toen je negen was?'

'Wat heb ik níet gedaan in jouw kelder toen ik negen was?' Link zette de muziek zachter, maar goed ook, want het was niet om aan te horen en hij stond op het punt mij te vragen wat ik ervan vond, zoals hij elke dag deed. De tragedie van zijn band, Who Shot Lincoln, was dat niemand eigenlijk een instrument kon bespelen of kon zingen. Toch had hij het er altijd alleen maar over dat hij wilde drummen en na het eindexamen naar New York wilde verhuizen, en over platencontracten, waarvan waarschijnlijk nooit sprake zou zijn. En met waarschijnlijk bedoel ik dat hij nog eerder geblinddoekt en dronken een driepunter zou scoren vanaf het parkeerterrein bij het gymnastieklokaal.

Link was niet van plan om te gaan studeren, maar hij lag nog altijd op mij voor. Hij wist wat hij wilde, zelfs al was hij nog ver van zijn doel verwijderd. Tot dusver had ik slechts een schoenendoos vol met brochures van universiteiten die ik niet aan mijn vader kon laten zien. Het maakte me niet uit wat voor universiteiten het waren, zolang ze maar op zijn minst duizend kilometer van Gatlin lagen.

Ik wilde niet zo eindigen als mijn vader, wilde niet wonen in hetzelfde huis, in hetzelfde stadje waarin ik was opgegroeid, met dezelfde mensen die er nog nooit van hadden gedroomd hoe ze hier konden wegkomen.

Aan beide kanten van de straat stonden oude victoriaanse huizen, bijna nog net zo als toen ze meer dan honderd jaar geleden werden gebouwd. Mijn straat heette Cotton Bend, omdat deze oude huizen vroeger een lange rij langs de kilometerslange katoenvelden van de plantages vormden. Nu lagen ze nog slechts aan Route 9, wat zo ongeveer het enige was dat hier ooit was veranderd.

Ik graaide een uitgedroogde donut uit de doos die op de vloer van de auto stond. 'Heb jij gisteravond soms een vreemd nummer op mijn iPod gezet?'

'Welk nummer? Wat vind je hiervan?' Link zette zijn laatste demo harder.

'Volgens mij moet er nog wel het een en ander aan bijgeschaafd worden. Net als bij je andere nummers.' Het was zo ongeveer hetzelfde wat ik elke dag zei.

'Ja, oké hoor, aan jouw gezicht moet ook nog wel het een of ander gebeuren als ik jou een knal voor je kanis geef.' En dat was niet veel anders dan wat híj elke dag zei.

Ik liet mijn vingers over de afspeellijst glijden. 'Het nummer heette volgens mij *Zestien Manen*, of zoiets.'

'Ik heb geen idee waar je het over hebt.' Ik kon het niet vinden. Het nummer was verdwenen, maar ik had het vanochtend toch echt gehoord. En ik wist zeker dat ik het me niet verbeeldde, want het speelde nog steeds door mijn hoofd.

'Als je naar een liedje wilt luisteren, zal ik je een nieuwe laten horen.' Link boog zijn hoofd voorover om het nummer op te zoeken.

'Hé man, let op de weg, ja.'

Maar hij keek niet op en vanuit mijn ooghoek zag ik een vreemde auto naast ons...

Even losten de geluiden van de weg, de regen en Link op in een stilte en het was alsof alles in slow motion bewoog. Ik kon mijn ogen niet van de auto afhouden. Het was alleen een gevoel, niet iets wat ik kon beschrijven. En toen passeerde de auto ons en draaide weg.

Ik kende de auto niet. Ik had hem nooit eerder gezien. Je kunt je niet voorstellen hoe ondenkbaar dat is, want ik kende alle auto's in de stad. In deze tijd van het jaar waren er geen toeristen. Ze keken wel uit in het orkaanseizoen.

De auto was lang en zwart, zoals een lijkwagen. Eigenlijk was ik er bijna zeker van dat het een lijkwagen was.

Misschien was het een voorteken. Misschien zou dit een nog groter rampjaar worden dan ik dacht.

'Hier is het. *Black Bandana*. Met dit nummer breek ik door.'

Toen Link opkeek, was de auto al verdwenen.

2 *september*

Een nieuw meisje

Acht straten. Dat was de afstand tussen Cotton Bend en Jackson High. Eigenlijk kwam het erop neer dat ik mijn hele leven steeds opnieuw kon beleven door acht straten op en af te gaan, en acht straten waren net genoeg om een vreemde zwarte lijkwagen uit je hoofd te bannen. Daarom zei ik er waarschijnlijk niets over tegen Link.

We kwamen langs Stop & Shop, ook wel bekend als de Stop-en-jat. Het was de enige kruidenier in de stad die het meest leek op een 7-Eleven. Dus wanneer je met je vrienden een beetje voor de winkel rondhing, hoopte je maar dat je niet een moeder van een van ons tegen het lijf liep die boodschappen voor het avondeten kwam doen, of erger, Amma.

Voor de winkel zag ik een bekende bolide staan. 'Hè, gedver. Fatty heeft zijn bivak alweer opgeslagen.' Hij zat op de passagiersstoel *The Stars and Stripes* te lezen.

'Misschien heeft hij ons niet gezien.' Link hield zijn achteruitkijkspiegel gespannen in de gaten.

'Of we zijn toch de klos.'

Fatty Stone was spijbelambtenaar op Stonewall Jackson High School, en daarnaast ook trots lid van het politiekorps van Gatlin. Zijn vriendin, Amanda, werkte bij Stop-en-jat en Fatty parkeerde zijn auto bijna elke ochtend voor de deur, in afwachting van de lekkernijen die er werden afgeleverd. En daar kon je als je altijd te laat kwam, zoals Link en ik, behoorlijk last mee krijgen.

Je kon niet naar Jackson High gaan zonder dat je het schema van Fatty net zo goed in je hoofd had als je eigen schoolrooster. Vandaag zwaaide Fatty naar ons, zonder op te kijken uit het sportkatern. Kennelijk had hij geen zin ons tot de orde te roepen.

'Het sportkatern en een zoet broodje. Weet je wat dat betekent?'

'Dat we nog vijf minuten hebben.'

∞

We lieten het Wrak in zijn vrij het parkeerterrein oprollen, in de hoop ongemerkt langs het kantoor van de conciërge te komen. Maar het goot buiten nog altijd, dus toen we het gebouw inliepen, waren we drijfnat en onze doorweekte gympen maakten zoveel lawaai dat we net zo goed toch daar met de auto hadden kunnen stoppen.

'Ethan Wate! Wesley Lincoln!'

We stonden druipend in het kantoor te wachten op onze nablijfkaart.

'Te laat op de eerste schooldag. Je weet dat je moeder je ervan langs zal geven, meneer Lincoln. En haal jij die zelfvoldane grijns maar van je gezicht, meneer Wate. Jíj krijgt van Amma een pak op je donder.'

Mevrouw Hester had gelijk. Amma zou binnen vijf minuten te horen krijgen dat ik te laat was, als ze het al niet wist. Zo gaat dat hier. Volgens mijn moeder las Carlton Eaton, de directeur van ons postkantoor, elke brief die er maar een beetje interessant uitzag. Hij nam niet eens de moeite om hem weer dicht te plakken. Niet dat er ooit nieuws was. Elk huis had zijn geheimen, maar iedereen in de straat kende ze. Zelfs dat was geen geheim.

'Mevrouw Hester, ik heb rustig gereden omdat het zo hard regent.' Link gooide al zijn charmes in de strijd. Mevrouw Hester zette haar bril iets lager op haar neus en keek Link aan, niet onder de indruk van zijn charmes. Het dunne kettinkje om haar nek waaraan haar bril hing, zwaaide heen en weer.

'Jongens, ik heb nu geen tijd voor jullie. Ik ben bezig jullie strafkaarten in te vullen en jullie weten dus waar jullie deze middag zullen doorbrengen,' zei ze toen ze ons allebei een blauwe kaart in de hand drukte.

Ze had het druk, ja vast. Je rook de geur van nagellak al voordat we de hoek om waren. Welkom terug.

∽

In Gatlin is de eerste schooldag eigenlijk altijd hetzelfde. De leraren, die jou allemaal uit de kerk kennen, bepalen of je dom bent of slim en dat doen ze al als je op de kleuterschool zit. Ik werd slim bevonden omdat mijn ouders allebei gestudeerd hebben. Link was dom omdat hij aan de bladzijden van het Goede Boek knaagde tijdens godsdienstles, en een keer moest overgeven tijdens de opvoering van het kerstspel. Omdat ik slim was kreeg ik hoge cijfers voor mijn proefwerken; omdat Link dom was kreeg hij lage cijfers. Volgens mij nam niemand de moeite om de toetsen ook werkelijk na te kijken. Soms krabbelde ik iets onzinnigs in het midden van mijn opstel, alleen om te zien of mijn leraren er iets over zouden opmerken. Niemand heeft ooit iets gezegd.

Helaas ging dit niet op voor de meerkeuzetoetsen. In mijn eerste les Engels ontdekte ik dat mijn zevenhonderd jaar oude lerares, die, ik verzin het niet, mevrouw English heette, van ons verwachtte dat we in de zomervakantie *To Kill a Mockingbird*[2] hadden gelezen. Dus ik zakte als een baksteen voor de eerste toetsvragen. Lekker. Ik had het boek twee jaar geleden al gelezen. Het was een van de lievelingsboeken van mijn moeder, maar dat was dus alweer even geleden en de details waren diep weggezakt.

Wat weinig mensen weten: ik lees me suf. Alleen een boek bood mij de mogelijkheid om aan Gatlin te ontsnappen, al was het maar voor even. Ik had een kaart op mijn muur geplakt en elke keer als ik over een plaats las waar ik naartoe wilde, markeerde ik die op de kaart. New York was *The Catcher in the Rye*[3]. *Into the Wild*[4] bracht me naar Alaska. Toen ik *On the Road*[5] las, voegde ik

Chicago, Denver, L.A. en Mexico City toe. Kerouac bracht je zo ongeveer overal. Eens in de paar maanden trok ik een lijn om de gemarkeerde stippen met elkaar te verbinden. Een dunne groene lijn die ik moest volgen op mijn tocht in de zomer voordat ik naar de universiteit ging, tenminste, als ik ooit deze stad uitkwam. Ik vertelde niemand over de kaart en mijn leesverslaving. In mijn omgeving waren boeken en basketbal geen goede combinatie.

Bij scheikunde verging het me al niet beter. Meneer Hollenback verpestte het voor mij door mij voor de proeven te koppelen aan Ethan-hatende Emily, ook wel bekend als Emily Asher, die het hele vorige jaar mijn bloed wel kon drinken. Ik beging de fout om mijn Chuck Taylers onder mijn smoking te dragen en ons door mijn vader in zijn roestige Volvo naar het eindbal te laten brengen. Dankzij het kapotte raam dat niet meer dicht wilde, was haar perfect gestylde haar voor het bal volledig geruïneerd. Toen we eenmaal bij het gymnastiekgebouw aankwamen, leek ze meer op Marie-Antoinette die zojuist haar bed was uitgestapt. Emily heeft me de rest van de avond doodgezwegen en stuurde Savannah Snow op me af om me vlak bij de kom met bowl te dumpen. Dat was dus het einde van onze relatie.

Het voorval was een voortdurende bron van vermaak voor de jongens, die bleven hopen dat het tussen ons weer goed zou komen. Zij wisten niet dat ik helemaal niet viel op meisjes zoals Emily. Ze was mooi, maar daar was ook alles mee gezegd. En naar haar kijken maakte het niet goed dat je ook nog moest luisteren naar wat er uit haar mond kwam. Ik wilde iemand anders, iemand met wie ik kon praten over andere dingen dan alleen maar over feesten en of je werd gekroond op het winterbal. Een meisje dat slim was, of grappig of toch op z'n minst een acceptabele partner voor de scheikundeproeven.

Zo'n meisje was misschien wel de ware droom, maar een droom was nog altijd beter dan een nachtmerrie. Zelfs als de nachtmerrie een cheerleadersrokje droeg.

Ik overleefde scheikunde, maar mijn dag was niet meer te redden. Het volgende uur bleek dat ik me opnieuw moest verdiepen in de Geschiedenis van de Verenigde Staten, wat overigens de enige geschiedenis was die op Jackson werd onderwezen, waardoor de naam nogal overbodig is. Verwacht werd dat ik mijn tweede jaar net als het jaar daarvoor zou besteden aan het bestuderen van de 'Oorlog van de Noordelijke Agressie', onder leiding van meneer Lee, geen familie van. Maar zoals we allemaal wisten, waren meneer Lee en de beroemde generaal van de Confederatie geestelijk één. Meneer Lee was een van de weinige leraren die mij uit de grond van zijn hart haatte. Vorig jaar had ik, uitgedaagd door Link, een opstel geschreven met de titel 'De Oorlog van de Zuidelijke Agressie,' en meneer Lee had me een dikke onvoldoende gegeven. Blijkbaar lazen de leraren de opstellen soms toch.

Ik vond een lege plaats achter in het lokaal naast Link, die ijverig aantekeningen zat over te schrijven van een of ander vak waarbij hij het hele vorige jaar had zitten slapen. Hij legde direct zijn pen neer toen ik ging zitten. 'Hé man, heb je het gehoord?'

'Heb ik wat gehoord?'

'Er zit een nieuw meisje op Jackson.'

'Er zijn hopen nieuwe meisjes, een hele klas vol piepers, imbeciel.'

'Ik bedoel niet de jonkies. Er zit een nieuw meisje in onze klas.' Op elke andere middelbare school zou een nieuw meisje in de tweede klas geen nieuws zijn. Maar dit was Jackson en er was geen nieuw meisje bijgekomen sinds de derde klas van de basisschool, toen Kelly Wix bij haar grootouders kwam wonen nadat haar vader was opgepakt voor illegale gokactiviteiten vanuit hun kelder in Lake City.

'Hoe heet ze?'

'Geen idee. Ik zat het tweede uur met alle sukkels van de band bij maatschappijleer, maar zij wisten ook niets, behalve dat ze viool speelt of zoiets. Hoop dat het een stuk is.' Link kon maar aan één ding denken, zoals de meeste jongens. Met dat verschil dat Links beperkte gedachte direct zijn mond uitstroomde.

'Dus zij is ook zo'n ramp die er maar wat op los tokkelt?'

'Nee, zij kan er echt wat van. Misschien deelt ze wel mijn passie voor klassieke muziek.'

'Klassieke muziek?' De enige klassieke muziek die Link ooit had gehoord was in de stoel van de tandarts.

'Je weet wel, de klassiekers: Pink Floyd, Black Sabbath, The Stones.' Ik proestte het uit.

'Meneer Lincoln. Meneer Wate. Het spijt me dat ik jullie onderonsje moet onderbreken, maar ik zou graag willen beginnen als jullie het goed vinden.'

Meneer Lee was weer net zo sarcastisch als vorig jaar, en de vettige slierten haar die hij over zijn kalende plekken had gekamd en de putten in zijn gezicht waren al even onsmakelijk. Hij deelde kopieën uit van dezelfde syllabus die hij waarschijnlijk al vele jaren uit de kast haalde. Van ons werd ook dit jaar weer actieve deelname aan een eigentijdse heropvoering van de Burgeroorlog verlangd. Geen probleem. Ik hoefde alleen maar een uniform van een van mijn familieleden te lenen, die voor hun lol in de weekenden de oorlog naspeelden. Had ik even mazzel.

Nadat de bel was gegaan, hingen Link en ik in de hal bij onze kluisjes rond in de hoop dat we een glimp van het nieuwe meisje konden opvangen. Als je hem hoorde praten, was zij al zijn toekomstige hartsvriendin en bandvriendin en waarschijnlijk nog een paar andere soorten vriendin waar ik liever niets over wilde horen. Maar het enige wat we te zien kregen, was te veel van Charlotte Chase in een twee maten te klein spijkerrokje. Dat betekende dat we niets te weten zouden komen tot de lunchpauze, omdat we het volgende uur les in gebarentaal kregen, en daar was het ten strengste verboden om te praten. Niemand was hier goed genoeg in om 'nieuw meisje' in gebaren uit te drukken, zelfs niet om het te spellen, wat niet zo vreemd was, omdat het uur gebarentaal de enige les was waar we samen met de rest van het basketbalteam van Jackson zaten.

Ik zat bij het team sinds de laatste klas van de basisschool, toen ik in een zomer vijftien centimeter de lucht in was geschoten en ik minstens een kop boven alle andere jongens van mijn klas uitstak. Bovendien moest je ook iets normaals doen als je beide ouders professor zijn. Ik bleek goed te kunnen basketballen. Op de een of andere manier wist ik altijd waar de spelers van het andere team de bal naartoe gooiden en dat werd beloond met een zitplaats in de kantine. Op Jackson wat dat iets waard.

En vandaag was die stoel nog meer waard omdat Shawn Bishop, onze verdediger, het nieuwe meisje al had gezien. Link stelde hem die ene vraag waar iedereen het antwoord op wilde weten. 'En, is het een lekker ding?'

'Nogal.'

'Savannah Snow-lekker?'

Precies op dat moment kwam Savannah – de meetlat waarlangs alle andere meisjes op Jackson werden gelegd – de kantine binnen, arm in arm met Ethan-hatende Emily. Alle blikken richtten zich op haar, omdat de een meter drieënzeventig lange Savannah de meest perfecte benen had die je ooit had gezien. Emily en Savannah leken als twee druppels water op elkaar, zelfs wanneer ze niet in hun cheerleaderpakjes rondliepen. Blond haar, een nep kleurtje, slippers en spijkerrokjes die zo kort waren dat ze konden doorgaan voor een riem. Savannah was de benen, maar Emily was het meisje bij wie alle jongens zomers bij het meer hun best deden een blik op te vangen van de inhoud van haar bikinitopje. Ze leken nooit een boek bij zich te hebben. Ze hadden alleen piepkleine, glinsterende tasjes onder hun arm, waar nauwelijks een mobieltje in paste, voor die paar keer dat Emily even niet aan het sms'en was.

De kleine verschillen tussen hen waren af te lezen aan hun respectievelijke posities in het cheerleaderteam. Savannah was de aanvoerster, en een basis: een van de meisjes die twee andere rijen cheerleaders omhooghouden in de beroemde piramide van de Wildcats. Emily was een vlieger, het meisje op de top van de piramide, het meisje dat anderhalve meter of zelfs nog hoger de lucht in wordt gegooid om daar een salto of een andere waanzinnige stunt uit te voeren die met een beetje pech net zo goed in een gebroken nek zou kunnen eindigen. Emily zou geen enkel risico uit de weg gaan om maar op die top van de piramide te blijven. Savannah had dat niet nodig. Wanneer Emily de lucht in werd geworpen, bleef de piramide onder haar ook staan zonder haar. Wanneer Savannah ook maar een centimeter bewoog, zakte het hele ding in elkaar.

Ethan-hatende Emily zag onze gapende blikken en wierp me een woeste blik toe. De jongens lachten. Emory Watkins gaf me een mep op mijn rug. 'Ze is smoor op je, Wate. Je kent Emily, hoe bozer ze kijkt, hoe gekker ze op je is.'

Ik had vandaag geen zin om aan Emily te denken. Ik wilde denken aan een meisje dat het tegenovergestelde van Emily was. Vanaf het moment dat Link het me tijdens de geschiedenisles had verteld, bleef het door mijn hoofd spoken. Het nieuwe meisje. De mogelijkheid dat het een ander iemand was, die ergens anders vandaan kwam. Misschien iemand met een spannender leven dan dat van ons en, naar ik vermoed, dat van mij.

Misschien wel zo iemand over wie ik had gedroomd. Ik wist dat dit een fantasie was, maar ik wilde het geloven.

'En, hebben jullie allemaal al gehoord van het nieuwe meisje?' Savannah liet zich op Earl Petty's schoot vallen. Earl was aanvoerder van ons team en Savannahs knipperlicht-vriendje. Op dit moment was het licht weer groen. Hij wreef met zijn handen over haar oranjegekleurde benen, net hoog genoeg dat je niet wist waar je moest kijken.

'Shawn was ons juist aan het briefen. Zegt dat het een lekker ding is. Vraag je haar voor jullie team?' Link griste een paar frieten van mijn bord.

'Nou, denk het niet. Wacht maar tot je ziet wat ze aanheeft.' Eerste voltreffer.

'En hoe bleek ze is.' Tweede voltreffer. Je kon nooit te dun of te gebruind zijn als het aan Savannah lag.

Emily was naast Emory gaan zitten en hing net iets te ver over de tafel heen naar voren. 'Heeft hij jullie ook gezegd wíé ze is?'

'Hoe bedoel je?'

Emily pauzeerde even voor het dramatische effect.

'Ze is het nichtje van Old Man Ravenwood.'

Voor deze informatie hoefde ze geen pauze in te lassen. Het was alsof haar woorden de lucht direct uit de kamer hadden gezogen. Een paar jongens begonnen te lachen. Ze dachten dat ze een grapje maakte, maar ik wist dat dat niet zo was.

Derde voltreffer en knock-out. Ik kon haar zelfs niet meer zien. De mogelijkheid dat mijn droommeisje zou opduiken, verdween voor ik ook maar over ons eerste afspraakje had kunnen fantaseren. Ik was nog drie jaar lang veroordeeld tot Emily Asher.

Macon Melchizedek Ravenwood was de mensenschuwe zonderling van de stad. Laat ik het zo zeggen, ik herinner me genoeg van *To Kill a Mockingbird* om te weten dat Boo Radley vergeleken met Old Man Ravenwood een vrolijke frans is. Hij woonde in een bouwvallig oud huis op Gatlins oudste en beruchtste plantage, en ik denk niet dat iemand in de stad hem heeft gezien sinds ik geboren werd, misschien zelfs langer.

'Weet je het zeker?' vroeg Link.

'Absoluut. Carlton Eaton vertelde het mijn moeder gisteren, toen hij onze post kwam brengen.'

Savannah knikte. 'Mijn moeder heeft hetzelfde gehoord. Ze is een paar dagen geleden bij Old Man Ravenwood ingetrokken, vanuit Virginia, of Maryland, dat ben ik vergeten.'

Ze bleven over haar doorrateln, over haar kleren en haar haar en haar oom en wat voor monster ze waarschijnlijk was. Dat haatte ik nog wel het meest in Gatlin. Hoe iedereen iets had aan te merken op alles wat je zei, deed of, in dit geval, droeg. Ik staarde naar mijn bord; de gesmolten oranje vloeistof waarin de pasta dreef, had weinig weg van kaas.

Twee jaar, acht maanden, en aftellen. Ik moest weg uit deze stad.

Na schooltijd oefenden de cheerleaders hun capriolen in het gymnastieklokaal. Eindelijk was het droog, waardoor de basketbaltraining op het buitenveld werd gehouden, met het afgebrokkelde beton, de verbogen ringen en de waterplassen van de regen die ochtend. Je moest erg oppassen dat je de scheur die als de Grand

Canyon dwars over het veld liep, niet raakte. Afgezien daarvan kon je vanaf het veld bijna het hele parkeerterrein overzien en tijdens de opwarming genieten van het puike sociale leven op Jackson High.

Vandaag had ik een goede worp. Vanaf de vrijeworplijn scoorde ik zeven keer achter elkaar, maar Earl deed hetzelfde, worp na worp ging het gelijk op.

Zoef. Acht. Ik had het idee dat ik alleen maar naar het net hoefde te kijken en de bal zeilde erdoorheen. Op sommige dagen lukt dat.

Zoef. Negen. Earl baalde. Ik zag het aan de manier waarop hij elke keer dat ik schoot de bal steeds harder liet stuiteren. Hij was onze andere middenspeler. We hadden een stilzwijgende afspraak: hij mocht het spel bepalen en hij viel me niet lastig wanneer ik geen zin had om elke dag na de training bij Stop-en-jat rond te hangen. Er was een grens aan de verschillende manieren waarop je over dezelfde meisjes kon praten en de hoeveelheid Slim Jimworstjes die je kon eten.

Zoef. Tien. Ik kon gewoon niet misschieten. Misschien was het genetisch bepaald. Misschien was het iets anders. Ik had er nog niet echt over nagedacht, maar na de dood van mijn moeder rommelde ik maar wat aan. Het was al een wonder dat het me lukte om te trainen.

Zoef. Elf. Earl gromde achter me en stuiterde de bal nog harder. Ik probeerde niet te lachen en draaide mijn hoofd naar het parkeerterrein voor ik de volgende bal wierp. Ik zag een warrige bos lang zwart haar achter het stuur van een lange zwarte auto.

Een lijkwagen. Ik verstijfde.

Toen draaide ze zich om en door het open raam zag ik een meisje mijn kant opkijken. Tenminste, ik dacht dat ik dat zag. De basketbal raakte de ring en stuiterde weg, richting de afrastering. Achter me hoorde ik het bekende geluid.

Zoef. Twaalf. Earl Petty kon zich ontspannen.

Toen de auto wegreed, keek ik over het veld. De andere jongens stonden erbij alsof ze net een geest hadden gezien.

'Was dat…?'

Billy Watt, onze aanvaller, knikte, terwijl hij zich met één hand vasthield aan het gaas van de afrastering. 'Het nichtje van Old Man Ravenwood.'

Shawn gooide de bal tegen hem aan. 'Ja, precies wat ze al zeiden. Achter het stuur van zijn lijkwagen.'

Emory schudde zijn hoofd. 'Ik vind het toch wel een lekker stuk. Zonde.'

Ze hervatten het spel, maar toen Earl zijn volgende worp op de basket richtte, begon het weer te regenen. Een halve minuut later liepen we in een stortbui, het kwam met bakken uit de lucht, zo erg had het die dag nog niet geregend.

Ik stond daar en liet het water op me neer kletteren. Mijn natte haar hing voor mijn ogen en blokkeerde de rest van de school, het team.

Het onheilspellende voorteken was geen lijkwagen. Het was een meisje.

Een paar minuten had ik geleefd met de hoop dat dit jaar misschien niet precies zo zou verlopen als elk ander jaar, dat er iets zou veranderen. Dat ik iemand zou hebben om mee te praten, iemand die me echt begreep.

Maar het enige wat ik had, was een goede dag op het veld en dat was nooit genoeg geweest.

2 september

Een gat in de lucht

Gefrituurde kip, aardappelpuree en jus, snijbonen en zachte bolletjes – alles stond verpieterd en koud op het fornuis. Ze hield altijd het eten warm tot ik van de training thuiskwam, maar vandaag niet. Dat voorspelde weinig goeds. Amma was spinnijdig. Ze zat aan tafel het kruiswoordraadsel in de *New York Times* in te vullen, en stak ondertussen het ene na het andere kaneelsnoepje in haar mond. Mijn vader had stiekem een abonnement genomen op de zondageditie, omdat de puzzel in de *Stars and Stripes* stikte van de spelfouten en die van de *Reader's Digest* te kort was. Ik vraag me af hoe hij dit voor Carlton Eaton geheim heeft weten te houden. Als die het had geweten, was het als een lopend vuurtje door de stad gegaan dat wij ons te goed voelden voor de *Stars and Stripes*. Voor Amma had mijn vader alles over.

Ze schoof het bord naar me toe, zonder me echt aan te kijken. Ik propte gulzig een vork vol puree en kip in mijn mond. Je kon Amma niet kwader maken dan door je bord niet leeg te eten. Ik probeerde uit de buurt te blijven van haar speciale zwarte HB 2-potlood, dat ze uitsluitend gebruikte voor de kruiswoordpuzzels. De punt hield ze zo scherp dat je er iemand mee kon verwonden. Dat zou vanavond wel eens het geval kunnen zijn.

Ik luisterde naar het zachte getik van de regen op het dak. In de kamer was het doodstil, tot Amma met haar potlood op de tafel begon te kloppen.

'Tien letters. "Opsluiting of pijniging als gevolg van een vergrijp".' Ze keek me fel aan. Ik schoof een hap puree in mijn mond. Ik wist wat er nu zou komen. Negen horizontaal.

'K.A.S.T.I.J.D.I.N.G. Met andere woorden: straf. Dus, wanneer jij er niet voor zorgt dat je op tijd op school bent, kom je dit huis niet meer uit.'

Ik vroeg me af wie haar had gebeld en had doorgeklept dat ik te laat was, of waarschijnlijker: níét had gebeld. Hoewel haar potlood nog vlijmscherp was, sleep ze het opnieuw in de automatische puntenslijper op het werkblad. Ze keek me nog altijd nadrukkelijk níét aan, wat een grotere straf was dan me afkeurend aan te staren.

Ik liep naar het werkblad, sloeg een arm om haar heen en drukte haar stevig tegen me aan. 'Kom op Amma. Niet boos zijn. Het hoosde vanochtend. Je wilt toch niet dat we in die regen ongelukken maken, nee toch?'

Ze trok een wenkbrauw op, maar haar blik verzachtte. 'Wel, het ziet ernaar uit dat het vanaf nu zal regenen tot jij dat haar van je hebt laten knippen. Bedenk dus maar hoe je op school komt voor de bel gaat.'

'Zal ik doen, mevrouw.' Ik drukte haar nog even tegen me aan en liep terug naar mijn steenkoude puree. 'Je gelooft nooit wat er vandaag is gebeurd. Er zit een nieuw meisje bij ons in de klas.' Ik weet niet waarom ik dit vertelde. Misschien omdat het nog steeds door mijn hoofd spookte.

'Denk je dat ik het niet weet van Lena Duchannes?' Ik verslikte me bijna in mijn broodje. Lena Duchannes, dat in het zuiden zo wordt uitgesproken dat het rijmt op géén. Zoals Amma het uit haar mond liet rollen, zou je denken dat het woord een extra lettergreep had. Du-ke-een.

'Heet ze zo? Lena?'

Amma duwde een glas chocolademelk mijn kant op. 'Ja en nee, het gaat je niet aan. Steek je neus niet in zaken waarvan je niets afweet, Ethan Wate.'

Amma sprak altijd in raadsels en ze gaf je nooit meer dan dat. Ik was al heel lang niet bij haar thuis in Wader's Creek geweest.

De laatste keer was ik nog een snotneus, maar ik wist dat de meeste mensen uit de stad haar wel wisten te vinden. In Gatlin en wijde omtrek genoot Amma groot ontzag. Ze werd gezien als de beste lezer van tarotkaarten, net als haar moeder voor haar en haar grootmoeder daarvoor. Zes generaties kaartlezers. Gatlin zat vol met godvrezende baptisten, methodisten en christenen van de pinkstergemeente, maar toch konden zij de verleiding van de kaarten niet weerstaan. Zij geloofden heilig dat een krachtige lezer de koers van hun lot kon veranderen. En Amma was een vrouw tegen wie je beter niet kon ingaan.

Soms vond ik een van haar zelfgemaakte amuletten in mijn sokkenla of er hing er een boven de deur van mijn vaders werkkamer. Ik had haar maar één keer gevraagd waar ze voor waren. Mijn vader plaagde Amma er altijd mee wanneer hij er weer een ontdekte. Toch haalde hij ze nooit weg. 'Beter laf dan sterven.' Ik denk dat hij de confrontatie met Amma liever uit de weg ging, want waarom zou je sterven?

'Weet je iets meer over haar?'

'Pas maar op. Op een dag prik je nog een gat in de lucht en valt het hele universum erdoorheen. En dan zijn we allemaal de pineut.'

Mijn vader kwam in zijn pyjama de keuken in schuifelen. Hij schonk een kop koffie in en pakte een pak tarwevlokken uit de kast. De gele oordopjes van was zaten nog in zijn oren. De tarwevlokken wilden zeggen dat zijn dag was begonnen. De gele oordopjes betekenden dat dat nog niet helemaal het geval was.

Ik boog voorover en fluisterde tegen Amma. 'Wat heb je gehoord?'

Ze trok mijn bord voor mijn neus weg en zette het in de gootsteen. Ze spoelde wat botjes van het bord. Het leken wel botjes van een varkenskarbonade. Vreemd, want we hadden vanavond kip gegeten. Daarna zette ze het bord in het afdruiprek. 'Dat gaat je niets aan. Waarom wil je dat zo graag weten?'

Ik haalde mijn schouders op. 'Dat hoef ik niet echt. Gewoon uit nieuwsgierigheid.'

'Je weet wat ze zeggen over nieuwsgierige aagjes.' Ze stak een vork in mijn stuk kwarktaart. Ze wierp me haar veelzeggende blik toe en liep de keuken uit.

Zelfs mijn vader hoorde de keukendeur achter haar dichtslaan en trok een oordopje uit zijn oor. 'Hoe was het op school?'

'Goed.'

'Waarom is Amma boos?'

'Ik kwam te laat op school.'

Hij keek me vorsend aan. Ik hem ook.

'HB 2?'

Ik knikte.

'Scherp?'

'Was al vlijmscherp en toen heeft ze het weer geslepen.' Ik zuchtte. Ik dacht dat ik een glimlach op het gezicht van mijn vader zag verschijnen, wat maar zelden gebeurde. Ik voelde een golf van opluchting, misschien zelfs van voldoening.

'Weet je hoe vaak ik in mijn jeugd aan deze oude tafel zat, en ze de punt dreigend op me richtte?' vroeg hij, hoewel het niet echt een vraag was. De tafel was een van de oudste voorwerpen in ons huis. Hij zat vol kerven, verf- en lijmvlekken van alle Wates die mij waren voorgegaan.

Ik glimlachte. Mijn vader pakte zijn kom vlokken op en zwaaide met zijn lepel naar me. Amma had mijn vader opgevoed, een feit waarmee ik als kind altijd om de oren werd geslagen als ik er ook maar aan dacht om brutaal tegen haar te zijn.

'O.N.T.E.L.B.A.A.R.' Hij spelde het woord terwijl hij zijn kom in de gootsteen zette. 'O.V.E.R.V.L.O.E.D.I.G. Met andere woorden: vaker dan op jou, Ethan Wate.'

Toen het keukenlicht op hem viel, zag ik zijn halve glimlach wegtrekken en daarna helemaal verdwijnen. Hij zag er nog beroerder uit dan anders. De diepe schaduwen en wallen op zijn gezicht waren nog donkerder geworden en je zag de botten door zijn huid heen. Zijn gezicht was grauw omdat hij nooit buitenkwam. Hij zag er eigenlijk meer uit als een levend lijk, en dat was al maanden zo. Ik kon me nauwelijks voorstellen dat dit dezelfde man was met wie ik vroeger urenlang op de oevers van Lake

Moultrie zat. Na een heerlijke kipsandwich leerde hij me dan hoe ik een vishengel moest uitwerpen. 'Naar achteren en naar voren. Tien en twee. Tien en twee. Zoals de wijzers van een klok.' De laatste vijf maanden had hij het erg zwaar gehad. Hij hield zielsveel van mijn moeder. Maar dat deed ik ook.

Mijn vader pakte zijn koffiebeker en maakte aanstalten om terug te schuifelen naar zijn werkkamer. Het werd tijd om de feiten onder ogen te zien. Misschien was Macon Ravenwood niet de enige mensenschuwe zonderling in onze stad. Ik kon me niet voorstellen dat er hier genoeg ruimte was voor twee Boo Radleys. Maar wat we vanavond hadden, kwam het dichtst bij een gesprek in maanden. Ik wilde niet dat hij wegging.

'Hoe gaat het met het boek?' Ik stamelde. Blijf en praat met me. Dat was wat ik bedoelde.

Hij keek verbaasd en haalde zijn schouders op. 'Het gaat wel. Ik moet er nog een hoop aan doen.' Waarmee hij wilde zeggen dat hij een gesprek niet aankon.

'Het nichtje van Macon Ravenwood is onlangs bij hem komen wonen.' Ik sprak de woorden uit op het moment dat hij zijn oordopje weer in deed. Verkeerde timing. Dat overkwam me de laatste tijd wel vaker.

Mijn vader trok het oordopje uit zijn oor, zuchtte en haalde ook het andere dopje eruit. 'Wat is er?' Hij was alweer op weg naar zijn werkkamer en ons gesprek liep dood.

'Macon Ravenwood. Wat weet je van hem?'

'Hetzelfde als ieder ander, denk ik. Hij is een kluizenaar. Hij heeft Ravenwood al jarenlang niet meer verlaten, als ik het goed heb.' Hij duwde de deur van zijn werkkamer open en stapte naar binnen, maar ik liep niet achter hem aan. Ik bleef in de deuropening staan.

Ik zette nooit een voet in die kamer, met uitzondering van die ene keer toen ik zeven was. Ik zat zijn nog niet gecorrigeerde roman te lezen toen mijn vader me betrapte. Zijn werkkamer was een donkere, onaangename plek. Op de sleetse victoriaanse bank lag een schilderij dat altijd met een laken was afgedekt. Ik durfde nooit te vragen was er onder het laken schuilging. Achter de bank, bij het raam, stond mijn vaders bewerkte mahoniehouten bureau. Het was ook een van de antieke voorwerpen die samen met het huis van de ene generatie op de andere overgingen. En boeken, oude in leer gebonden boeken, die zo zwaar waren dat je ze op een grote houten standaard moest zetten wanneer je erin wilde lezen. Zulke dingen hielden ons gebonden aan Gatlin en aan de thuishaven van de Wates, net zoals ze mijn voorouders meer dan honderd jaar hadden gebonden.

Op het bureau lag het manuscript in een kartonnen doos zonder deksel. Ik moest gewoon weten wat erin zat. Mijn vader schreef griezelige horrorverhalen, dus wat er uit zijn pen kwam was niet echt geschikt leesvoer voor een jochie van zeven. Maar elk huis in Gatlin had zijn geheimen, net zoals het zuiden zelf, en mijn huis was daarop geen uitzondering. Zelfs toen niet.

Mijn vader had me opgekruld op de bank in zijn werkkamer aangetroffen. Ik zat in een berg losse bladzijden, alsof er een rotje in de doos was ontploft. Ik was nog te onnozel om geen sporen achter te laten, wat ik daarna vrij snel onder de knie had. Ik kan me alleen nog herinneren hoe hij tegen me stond te schreeuwen. Later was mijn moeder naar buiten gekomen en vond mij huilend in de oude magnoliaboom in onze tuin. 'Sommige dingen zijn niet voor anderen bestemd, Ethan. Dat geldt zelfs voor volwassenen.'

Ik was gewoon nieuwsgierig. Daar had ik wel vaker last van. Ook nu. Ik wilde weten waarom mijn vader nooit zijn werkkamer uitkwam. Ik wilde weten waarom we niet weg konden uit dit waardeloze oude huis, alleen vanwege al de Wates die hier voor ons hadden gewoond. Vooral nu mijn moeder er niet meer was.

Maar niet vanavond. Vanavond wilde ik denken aan de kipsandwiches en tien en twee en aan de tijd dat mijn vader zijn tarwevlokken in de keuken opat en ondertussen met mij dolde. Met die herinneringen viel ik in slaap.

Nog voordat de bel de volgende ochtend was gegaan, was Lena Duchannes het gesprek van de dag op Jackson. Ergens tussen stormen en stroomstoringen door was het Loretta Snow en Eugenie Asher, de moeders van Savannah en Emily, toch gelukt om het avondeten op tafel te zetten. En ook nog iedereen in de stad te bellen om te vertellen dat het geschifte 'familielid' van Macon Ravenwood rondreed in zijn lijkwagen. Ze waren ervan overtuigd dat hij er dode lichamen in vervoerde wanneer niemand keek. Vanaf daar werden de verhalen almaar wilder.

In Gatlin kon je altijd van twee dingen uitgaan. Eén: je mocht wel anders zijn, zolang je maar af en toe je huis uitkwam en je gezicht liet zien. Anders zouden de lui hier nog denken dat je een moordenaar was, die zijn slachtoffers met een bijl te lijf ging. Twee: als je een nieuwtje had, wist je zeker dat er iemand was aan wie je het kwijt kon. Een meisje dat in het spookhuis met de stadszonderling introk, was een verhaal. En waarschijnlijk het meest sensationele verhaal in Gatlin sinds het verkeersongeluk van mijn moeder. Daarom weet ik niet waarom het me verbaasde dat iedereen het over haar had – iedereen, met uitzondering van de jongens. Zij hadden belangrijker dingen aan hun hoofd.

'Zo, hoe staat het ervoor, Em?' Link sloeg zijn kluisdeur dicht. 'Wanneer je de cheerleaders meetelt, hebben we denk ik vier achten, drie zevens en een handjevol vieren.' Emory nam niet de moeite om de net aangekomen jonkies, die ver onder een vier zaten, mee te tellen.

Ik smeet mijn kluisdeur dicht. 'Noem je dit nieuws? Zijn dit niet dezelfde meiden die we elke zaterdag bij de Dar-ee Keen tegenkomen?'

Emory lachte en gaf me een mep op mijn schouder. 'Maar zij zijn nu in de race, Wate.' Hij keek naar de meiden in de hal. 'Ik ben er klaar voor om het spel te spelen.' Emory had altijd de meeste praatjes. Afgelopen jaar, toen wij de jonkies waren, had hij het alleen maar over de oudere chickies. Nu hij jonkie-af was, dacht hij die aan de haak te kunnen slaan. Em had net zoveel last van waandenkbeelden als Link, maar was veel minder onschuldig.

Hij had een gemene kant; daar had de hele familie Watkins last van.

Shawn schudde zijn hoofd. 'Zoals perziken in de wingerd plukken.'

'Perziken groeien aan bomen.' Ik was chagrijnig. Ik had de jongens voor schooltijd al gezien bij de tijdschriftenstand van de Shop-en-jat en had ditzelfde gewauwel al moeten aanhoren. Earl stond in tijdschriften te bladeren die over een en hetzelfde thema gingen – het enige wat hij ooit las: tijdschriften met meisjes in bikini die bevallig op de motorkap lagen.

Shawn keek me beduusd aan. 'Waar heb je het over?'

Ik snapte eigenlijk niet waar ik me druk over maakte. Het ging nergens over. Het was net zo onzinnig als dat gedoe op woensdagochtend, wanneer alle jongens zo nodig voor schooltijd moesten afspreken. Het deed me denken aan een appèl. Wanneer je bij het team wilde horen, werden er een paar dingen van je verwacht. Je zat in de kantine bij elkaar aan tafel. Je ging naar de feestjes van Savannah Snow, vroeg een cheerleader mee naar het winterbal en hing op de laatste schooldag doelloos rond bij Lake Moultrie. Je kon zo ongeveer alles uithalen, zolang je maar op appèl verscheen. Alleen kostte het me steeds meer moeite om eraan mee te doen en ik wist niet waarom.

Ik had daarop nog geen antwoord bedacht toen ik haar zag.

Hoewel ik haar zelf nog niet had gezien, wist ik dat ze er was. De hal, die meestal volgestouwd was met leerlingen die zich naar hun kluisjes haastten en nog op tijd in de les probeerden te komen voor de tweede bel ging, was in een mum van tijd leeg. Iedereen stapte werkelijk opzij toen zij de hal inliep. Zoals bij popsterren.

Of bij een leproos.

Maar het enige wat ik zag, was een mooi meisje in een lange grijze jurk onder een wit sportjack, waarop groot de merknaam Munich stond. Daaronder staken een paar afgetrapte zwarte Converse-gympen uit. Een meisje dat een lange zilveren ketting om haar nek droeg, waaraan een hoop rotzooi bungelde – een plastic ring van een kauwgomautomaat, een veiligheidsspeld en een trits andere prullen. Ik was te ver weg om precies te zien wat.

Een meisje dat er niet uitzag alsof ze in Gatlin op haar plaats was. Ik kon mijn ogen niet van haar afhouden.

Het nichtje van Macon Ravenwood. Wat scheelde mij?

Ze stopte haar donkere krullen achter haar oor en haar zwarte nagellak ving het tl-licht op. Haar handen waren bedekt met zwarte inkt. Zo te zien had ze ermee op haar hand geschreven. Ze liep door de hal alsof ze onzichtbaar was. Ze had de groenste ogen die ik ooit had gezien, zo groen dat het een totaal nieuwe kleur leek.

'Pff, ze ziet er wel goed uit,' zei Billy.

Ik wist waar zij aan dachten. Heel even overwogen ze om hun vriendin te dumpen, omdat ze dan misschien iets met haar konden beginnen. Heel even was ze een mogelijke kandidate.

Earl nam haar vluchtig op voordat hij zijn kluisdeur dicht knalde. 'Als je het feit negeert dat ze geschift is.'

Het viel me op dat hij dit op een vreemde manier zei, of eigenlijk meer dat de reden waarom hij dit zei vreemd was. Ze was een engerd omdat ze niet uit Gatlin kwam, omdat ze niet vocht voor een plaatsje in het cheerleaderteam, omdat ze hem geen blik waardig had gekeurd, niet eens had zien staan. Elke andere dag zou ik hem hebben genegeerd en mijn mond hebben gehouden, maar vandaag had ik geen zin om me in te houden.

'Dus ze is automatisch een engerd. Waarom? Omdat ze het uniform niet aanheeft, geen blond haar en geen kort rokje?'

Earls gezicht sprak boekdelen. Dit was zo'n moment dat hij verwachtte dat ik hem de leiding liet nemen en ik hield me niet aan onze stilzwijgende afspraak. 'Omdat ze een Ravenwood is.'

De boodschap was duidelijk. Een lekker stuk, maar haal je maar niets in je hoofd.

Ze was geen mogelijke kandidate meer. Toch weerhield dat de jongens er niet van om haar aan te blijven gapen. Ze keken allemaal. De hal, en alle aanwezigen hadden haar ingesloten als een hert dat in een dradenkruis gevangenzat.

Maar ze liep onverstoorbaar door, haar ketting rinkelend rond haar nek.

Een paar minuten later stond ik in de deuropening van mijn klas, waar ik Engels had. Daar was ze. Lena Duchannes. Het nieuwe meisje, over wie over vijftig jaar nog zou worden gesproken als het nieuwe meisje, tenzij ze vanaf nu werd bestempeld als het nichtje van Old Man Ravenwood. Ze overhandigde mevrouw English een roze overplaatsingsformulier, die er een vluchtige blik op wierp.

'Mijn rooster klopte niet,' zei ze. 'Engels stond er niet op, maar ik was wel ingedeeld voor twee uur Geschiedenis van de Verenigde Staten, en dat vak heb ik al op mijn vorige school gehad.' Ze klonk teleurgesteld en ik probeerde niet te lachen. Ze had nog nooit Geschiedenis van de Verenigde Staten gehad van meneer Lee.

'Natuurlijk, zoek een plaatsje.' Mevrouw English gaf haar een exemplaar van *To Kill a Mockingbird*. Het boek zag eruit alsof het nog nooit was opengeslagen, wat waarschijnlijk ook niet was gebeurd vanaf het moment dat er een film van was gemaakt.

Het nieuwe meisje keek op en zag dat ik haar opnam. Ik keek weg, maar het was te laat. Ik hield mijn gezicht in de plooi, maar ik was in verlegenheid gebracht, waardoor ik nog meer moest lachen. Volgens mij had ze het niet gezien.

'Ik heb het niet nodig, ik heb mijn eigen boek bij me.' Ze trok een exemplaar met harde kaft uit haar tas met een ingetekende boom op het omslag. Het zag er oud en stukgelezen uit, alsof ze het meer dan eens had gelezen. 'Het is een van mijn lievelingsboeken.' Ze zei het alsof dit de normaalste zaak van de wereld was. Nu staarde ik haar verbaasd aan.

Er knalde iets tegen me aan wat wel een stoomwals leek, en Emily wrong zich door de deuropening alsof ik daar niet stond. Het was haar manier om gedag te zeggen en me duidelijk te maken dat ik haar moest volgen naar de tafels achter in de klas, waar onze vrienden zaten.

Het nieuwe meisje was op een lege stoel helemaal vooraan gaan zitten, in het Niemandsland, pal voor het bureau van mevrouw English. Verkeerde keus. Wij wisten allemaal dat je daar niet moest gaan zitten. Mevrouw English had een glazen oog en ze was vrijwel doof, wat logisch is als je familie het enige schietterrein in de verre omtrek exploiteert. Zolang het maar niet recht voor haar bureau was, kon je overal gaan zitten, want dan zag ze je niet en kreeg je nooit een beurt. Lena moest nu alle vragen beantwoorden.

Emily keek geamuseerd en terwijl ze langs haar stoel naar haar eigen plaats liep, schopte ze tegen Lena's boekentas. Alle boeken vlogen door het gangpad.

'Oeps.' Emily boog voorover en pakte een gehavend notitieboekje op waarvan het voorblad nog met een stukje aan de rest vastzat. Ze hield het in de lucht alsof het een dode muis was. 'Lena Duchannes. Heet je zo? Ik dacht dat het Ravenwood was.'

Lena keek kalm op. 'Mag ik mijn boekje terug?'

Emily bladerde door het boekje alsof ze haar niet had gehoord. 'Is dit jouw dagboek? Schrijf je? Wat gááf, zeg.'

Lena strekte haar hand uit. 'Mag ik?'

Emily klapte het boekje dicht en hield het zo hoog dat Lena er niet bij kon.

'Mag ik het niet een paar minuutjes van je lenen? Ik wil dolgraag lezen wat je zoal hebt geschreven.'

'Ik zou het nu graag terug hebben. Alsjeblieft.' Lena stond op. Het begon interessant te worden. Het nichtje van Old Man Ravenwood was bezig een diepe kuil voor zichzelf te graven, waar ze nooit meer uit zou kunnen klimmen; ik kende niemand met zo'n goed geheugen als Emily.

'Dan moet je eerst leren lezen.' Ik griste het dagboek uit Emily's hand en gaf het terug aan Lena.

Toen ging ik aan de tafel naast haar zitten, precies in Niemandsland. Aan de Goede Oog-kant. Emily keek me vol ongeloof aan. Ik snapte mijn actie zelf ook niet. Ik was net zo geschokt als zij. Ik had mijn hele leven nog nooit voor in de klas gezeten. De bel ging voordat Emily iets kon zeggen, maar dat deed er niet toe; ik wist dat ik hiervoor later moest boeten. Lena sloeg haar notitieboekje open en negeerde ons beiden.

38

'Jongelui, kunnen we beginnen?' Mevrouw English keek op van haar bureau.

Emily sloop naar haar gebruikelijke plaats achterin, ver genoeg naar achteren om het hele jaar geen enkele vraag te hoeven beantwoorden, en vandaag op veilige afstand van het nichtje van Old Man Ravenwood. En nu, ver genoeg van mij. Dat voelde als een soort bevrijding, ook al werd ik vijftig minuten aan de tand gevoeld over de relatie tussen Jem en Scout, zonder dat ik het hoofdstuk ooit had gelezen.

Toen de bel ging, draaide ik me naar Lena. Ik had geen idee wat ik tegen haar moest zeggen. Misschien verwachtte ik een bedankje van haar. Maar ze schoof zwijgend haar boeken weer in haar tas.

156. Ze had geen woord op de rug van haar hand geschreven. Het was een getal.

Lena Duchannes zei niets meer tegen me, niet die dag en niet die week. Maar dat weerhield me er niet van dat ik de hele tijd aan haar moest denken, of haar praktisch overal zag waar ik probeerde niet te kijken. Ik begreep niet waarom ik me er zo druk om maakte. Het ging er niet om hoe ze eruitzag. Eigenlijk zag ze er best leuk uit, ook al droeg ze altijd de verkeerde kleren en die afgetrapte gympen. Het ging ook niet om wat ze zei in de klas – meestal iets waar een ander nooit zou zijn opgekomen, en als dat wel het geval was, zo nooit zou durven zeggen. Het was niet omdat ze anders was dan alle andere meisjes op Jackson. Dat was overduidelijk.

Het was omdat ik me realiseerde hoe erg ik op de rest leek, ook al deed ik nog zo mijn best net te doen alsof dat niet het geval was.

Het had de hele dag geregend en ik had nu een uur pottenbakken, ook wel bekend als AET, 'Altijd Een Tien', omdat de leerlingen werden beoordeeld op basis van hun inzet. Ik had me afgelopen lente hiervoor opgegeven omdat ik mijn kunstvakken nog moest volgen en ik wanhopig uit de buurt van de band probeerde te blijven. Zij waren beneden een hels kabaal aan het maken onder leiding van de ongelooflijk magere en overenthousiaste mevrouw Spider. Savannah zat naast me. Ik was de enige jongen in de klas en omdat ik een jongen was, had ik geen idee wat me nu te doen stond.

'Vandaag houden we ons bezig met het thema experimenteren. Jullie krijgen hier geen cijfer voor. Voel de klei. Bevrijd je geest. En let niet op de muziek die beneden wordt geproduceerd.' Mevrouw Abernathy kromp ineen toen de band iets verminkte dat op dixie moest lijken.

'Zet je handen diep in de klei. Ontdek de opening naar je ziel.'

Ik wist me geen raad met de pottenbakkersschijf en staarde naar de homp klei toen deze voor mij begon te draaien. Ik zuchtte. Dit was bijna net zo'n ramp als de band. Toen het stil werd in het lokaal en het snorren van de schijven de achtergrondgeluiden overstemde, veranderde onder ons de muziek. Ik hoorde een viool, of misschien het geluid van zo'n grotere viool, een altviool als ik me niet vergis. Het klonk fantastisch, maar ook droevig en het raakte me. Er school meer talent in de rauwe klank van de muziek dan mevrouw Spider ooit de eer had gehad om te begeleiden. Ik keek rond; niemand van de anderen leek de muziek te horen. Het geluid kroop direct onder mijn huid.

Ik herkende de melodie en even later hoorde ik de woorden zo duidelijk in mijn hoofd, alsof ik naar mijn iPod luisterde. Maar dit keer was de tekst anders.

Zestien manen, zestien jaren
Geluid van onweer in je oren
Zestien mijlen voor ze nadert
Zestien zoekt wat zestien vreest...

Ik staarde naar de draaiende klei voor me en de homp vervaagde. Hoe meer ik mijn best deed me erop te concentreren, hoe verder de ruimte daaromheen zich oploste, tot de klei door het klaslokaal leek te tollen en daarbij ook mijn tafel en stoel meetrok. Het leek alsof we allemaal aan elkaar waren vastgebonden in de constante bewegingen van deze wervelwind, die werd geleid door het ritme van de melodie uit het muzieklokaal. De ruimte om me heen verdween. Langzaam strekte ik mijn hand uit naar de klei en raakte met een vingertop de homp aan.

Er volgde een flits en de draaiende kamer loste op in een ander beeld.

Ik viel.

Wij vielen.

Ik was terug in de droom. Ik zag haar hand. Ik zag mijn hand die haar probeerde vast te grijpen, mijn vingers zetten zich in de huid van haar pols vast, in een wanhopige poging haar vast te houden. Maar ze glipte weg; ik voelde het, haar vingers gleden over mijn hand weg.

Niet loslaten!

Ik wilde haar helpen, wilde haar vasthouden. Meer dan ik ooit iets wilde. En toen gleed ze weg uit mijn vingers...

'Ethan, wat ben je aan het doen?' Mevrouw Abernathy klonk bezorgd.

Ik opende mijn ogen en probeerde ze scherp te stellen om mezelf terug te brengen. Ik had de dromen vanaf het moment dat mijn moeder was overleden, maar dit was de eerste keer dat ik er een overdag had. Ik staarde naar mijn grijze, modderige hand waar opgedroogde klei aan was gekoekt. De klei op de pottenbakkersschijf had een perfecte indruk van een hand, alsof ik mijn werk net had gladgestreken. Ik bekeek de indruk beter. De hand was niet van mij, hij was te klein. Het was de hand van een meisje.

Het was haar hand.

Ik bestudeerde mijn nagels en zag de klei die ik van haar pols had geschraapt.

'Ethan, je kunt op zijn minst je best doen om er iets van te maken.' Mevrouw Abernathy legde haar hand op mijn schouder en ik schoot omhoog. Buiten het raam van het klaslokaal hoorde ik dondergeroffel.

'Maar mevrouw Abernathy, ik denk dat Ethan contact heeft met zijn ziel,' giechelde Savannah, terwijl ze naar voren boog om het nog eens goed te bekijken. 'Ethan, ik denk dat het je wil zeggen dat je een manicure nodig hebt.'

De meisjes om me heen schoten in de lach. Met mijn vuist veegde ik de indruk van de hand weg, waarna er weer een onbestendige homp klei voor me lag. Ik stond op en veegde net mijn handen aan mijn spijkerbroek af toen de bel ging. Ik griste mijn rugzak van de grond en sprintte het lokaal uit. Toen ik de hoek omsloeg, gleed ik weg door mijn natte gympen en struikelde bijna over mijn losse veters. Ik stormde de twee trappen af die me van het muzieklokaal scheidden. Ik moest weten of ik het me had ingebeeld.

Met beide handen duwde ik de dubbele deuren van het muzieklokaal open. Het podium was leeg. De leerlingen liepen langs me heen het lokaal uit. Ik liep de verkeerde kant op, tegen de stroom in naar beneden terwijl iedereen omhoogging. Ik haalde diep adem, maar ik wist al wat ik zou ruiken voor ik het echt rook.

Citroenen en rozemarijn.

Beneden op het podium was mevrouw Spider bezig de bladmuziek te verzamelen die verspreid lag op de klapstoelen die zij gebruikte voor het meelijwekkende orkest van Jackson. Ik boog me en riep naar beneden. 'Neemt u me niet kwalijk, mevrouw. Wie speelde er net dat... dat nummer?'

Ze keek me glimlachend aan. 'We hebben er een fantastisch strijkinstrument bij gekregen. Een altviool. Ze is pas geleden hier in de stad komen wonen...'

Nee. Dat kon niet waar zijn. Zij niet.

Ik draaide me om en rende weg voor ze mij haar naam kon zeggen.

∽

Toen de bel aan het einde van het achtste uur ging, stond Link me op te wachten voor de kluisjes. Hij haalde zijn hand door zijn piekerige haardos en trok zijn verwassen Black Sabbath T-shirt glad.

'Link, man, ik heb je autosleutels nodig.'

'Ga je niet trainen dan?'

'Ik denk niet dat ik dat haal. Ik moet echt iets doen.'

'Gek, waar heb je het over?'

'Geef me nou gewoon je sleutels.' Ik moest hier weg. Ik had de dromen, hoorde de liedjes en had nu zelfs tijdens de les een blackout, als je dat zo kon noemen. Ik wist niet wat me allemaal overkwam, maar ik wist wel dat het niet goed was.

Wanneer mijn moeder nog zou leven, zou ik waarschijnlijk mijn hart bij haar hebben gelucht. Zo ging dat bij ons. Ik kon haar alles vertellen. Maar ze was er niet meer, en mijn vader verschool zich dag en nacht in zijn werkkamer. En als ik Amma iets zou zeggen, zou ze mijn hele kamer een maand lang met zout bestrooien. Ik stond er helemaal alleen voor.

Link had zijn sleutels nog in zijn hand. 'De coach draait je je nek om.'

'Weet ik.'

'En Amma komt het te weten.'

'Ook dat weet ik.'

'En ze zal je zo'n harde schop onder je kont geven dat je twintig kilometer verder terechtkomt.' Hij trok zijn hand weg toen ik de sleutel wilde afpakken. 'Doe geen stomme dingen.'

Ik draaide me om en stormde weg. Te laat.

11 *september*

Botsing

Tegen de tijd dat ik bij de auto was, sopte ik in mijn schoenen. Deze week was het elke dag harder gaan stormen en regenen. Elke radiozender die ik in de auto opzette, zond een weerswaarschuwing uit, wat niet zoveel zei, omdat het Wrak slechts drie AM-zenders kon ontvangen. De wolken waren inktzwart en in het orkaanseizoen moest je daar wel degelijk rekening mee houden. Maar het kon me niet schelen. Ik moest alles op een rij zetten en uitzoeken wat er met me gebeurde, ook al had ik geen flauw idee waar ik naartoe op weg was.

Ik moest het grote licht aandoen om zelfs maar het parkeerterrein af te kunnen rijden. Ik had niet meer dan een meter zicht. Het was geen dag om in de auto te stappen. Bliksem doorkliefde de donkere lucht boven me. Ik begon te tellen, zoals Amma me als klein kind had geleerd – een, twee, drie. De donder kraakte. Dat betekende dat de storm niet ver weg was – volgens Amma's berekening zo'n vijf kilometer.

Ik stopte bij het stoplicht bij Jackson, een van de drie in de stad. Ik had geen idee wat ik moest doen. De regen hamerde op het Wrak neer. De radio stoorde alleen nog maar, hoewel ik toch iets meende te horen. Ik draaide de volumeknop open en het liedje stroomde uit de krakkemikkige speakers.

Zestien Manen.

Het nummer dat plotsklaps uit mijn afspeellijst was verdwenen en dat niemand anders leek te horen. Het nummer dat Lena

44

Duchannes op haar altviool speelde. Het nummer dat me langzaam gek maakte.

Het licht sprong op groen en het Wrak kwam hortend in beweging. Ik was onderweg en ik had absoluut geen flauw benul waarheen.

Bliksemschichten reten de lucht open. Ik telde – een, twee. De storm kwam dichterbij. Ik zette de ruitenwissers aan, wat niets uithaalde. Boven het dak van het Wrak rommelde en donderde het van jewelste, en de regen kwam met bakken uit de lucht. De voorruit klapperde alsof hij er elk moment kon uitknallen. Door de staat waarin het Wrak verkeerde, zou me dat niet eens verbazen.

Ik was niet op jacht naar de storm. De storm was op jacht naar mij en had me gevonden. Ik kon nauwelijks de wielen op de met modder overspoelde weg houden. Het Wrak begon te slingeren en zigzagde wild van de ene kant naar de andere kant over de twee rijstroken van Route 9.

Ik zag geen hand voor ogen. Ik trapte op de rem en tolde de duisternis in. De koplampen flikkerden op, slechts een seconde. Vanaf het midden van de weg staarden een paar enorme groene ogen me aan. Eerst dacht ik dat het een hert was, maar dat was het niet.

Er stond iemand op de weg!

Ik gaf met beide handen een harde ruk aan het stuur. Mijn lichaam sloeg tegen de deur aan.

Ze hield haar hand naar voren uitgestrekt. Ik sloot mijn ogen en wachtte op de klap, maar deze bleef uit.

Het Wrak kwam met een schok tot stilstand, nog geen meter voor haar voeten. In het vage licht van de koplampen zag ik een goedkope plastic regenponcho die je voor drie dollar bij de drogist kunt kopen. Het was een meisje. Langzaam trok ze de capuchon van haar hoofd en liet de regen over haar gezicht stromen. Groene ogen, zwart haar.

Lena Duchannes.

Mijn adem stokte in mijn keel. Ik wist dat ze groene ogen had; ik had ze eerder gezien. Maar vanavond zagen ze er anders uit –

anders dan alle andere ogen die ik ooit had gezien. Ze waren enorm groot en onnatuurlijk groen. Lichtgevend groen, net als de bliksem in de lucht. Zoals ze daar in de regen stond, leek ze bijna niet menselijk.

Ik strompelde het Wrak uit, de regen in. Ik liet de motor draaien en de deur wijd open. Zwijgend stonden we midden op Route 9 in een waterzee die je alleen zag bij een orkaan of een noordooster storm. De adrenaline pompte door mijn aderen en mijn spieren stonden strak gespannen, alsof mijn lichaam nog altijd wachtte op de klap.

Lena's haar vloog door de wind alle kanten op, en het water droop eraf. Toen ik een stap naar voren deed, werd ik bedwelmd door de geur van natte citroenen en natte rozemarijn. Plotseling begon de droom zich opnieuw af te draaien, als golven die boven mijn hoofd te pletter sloegen. Alleen toen ze dit keer door mijn vingers glipte – kon ik haar gezicht zien.

Groene ogen en zwart haar. Dat herinnerde ik me. Zij was het. Ze stond recht voor me.

Ik moest het zeker weten. Ik greep haar pols vast. Daar zaten ze: de oppervlakkige maanvormige krassen, precies op de plaats waar mijn vingers in de droom haar pols probeerden vast te grijpen. Toen ik haar aanraakte, stroomde er een elektrische siddering door mijn lichaam. Nog geen drie meter bij ons vandaan sloeg de bliksem in een boom en spleet de stam in twee helften. Er steeg een rookwalm op.

'Ben je gek geworden? Of kun je niet rijden?' Ze deinsde achteruit, haar groene ogen spoten vuur – was het boosheid of kwam het door iets anders?

'Jij bent het.'

'Waar was je mee bezig? Wilde je me vermoorden?'

'Je bestaat.' De woorden voelden vreemd in mijn mond, alsof deze vol watten zat.

'Ja, bijna een echt lijk. Dankzij jou.'

'Ik ben niet gek. Ik dacht dat ik dat werd, maar ik ben het niet. Jij bent het. Jij staat recht voor me.'

'Niet lang.' Ze draaide me haar rug toe en beende de weg over. Dit ging niet zoals ik het me had voorgesteld.

Ik begon te rennen om haar in te halen. 'Jij bent degene die uit het niets opduikt en zomaar de snelweg op rent.'

Ze zwaaide dramatisch met haar armen alsof ze meer wilde wegwuiven dan alleen het idee. Op dat moment zag ik de lange zwarte auto in het donker staan. De lijkwagen, met de kap dicht. 'Hallo? Ik keek of er misschien iemand aankwam die mij kon helpen. Ik krijg de auto van mijn oom niet meer aan de praat. Je had ook gewoon langs me heen kunnen rijden. Het was niet nodig om me plat te rijden.'

'Jij was het in de droom. En in het liedje. Het vreemde nummer op mijn iPod.'

Ze draaide zich in één klap om. 'Welke dromen? Welk liedje? Heb je te diep in het glaasje gekeken of is dit een soort grap?'

'Ik weet dat jij het bent. Jij hebt de krassen op je pols.'

Ze draaide haar hand om en keek omlaag. Ik had haar van haar stuk gebracht.

'Deze? Ik heb een hond. Vergeet het.'

Maar ik wist dat ik me niet vergiste. Ik zag het gezicht uit mijn droom nu zo duidelijk voor me. Was het mogelijk dat zij van niets wist?

Ze zette haar capuchon op en begon in de stromende regen aan de lange wandeling naar Ravenwood. Ik haalde haar in. 'Laat me je een tip geven. Stap de volgende keer als het stormt niet midden op de weg uit je auto. Bel het alarmnummer.'

Ze stapte stug door. 'Ik was niet van plan de politie te bellen. Ik mag nog niet eens rijden. Ik heb alleen mijn voorlopig rijbewijs. Bovendien is mijn mobiel leeg.' Ze kwam duidelijk niet hiervandaan. Je liep alleen het risico te worden aangehouden als je aan de verkeerde kant van de weg reed.

De storm ging als een wilde tekeer. Ik moest schreeuwen om boven het gekletter van de regen uit te komen. 'Laat me je een lift naar huis geven. Je moet in dit hondenweer niet op straat lopen.'

'Nee dank je. Ik wacht wel tot de volgende jongen mij bijna platwalst.'

'Dan kun je lang wachten. De eerste uren komt er niemand langs.'

Ze zette haar tocht voort. 'Maakt niet uit. Ik loop wel.'

Ik kon haar in deze stortregen onmogelijk alleen naar huis laten gaan. Mijn moeder had me beter opgevoed. 'Ik kan je niet in dit onweer naar huis laten lopen.' Precies op dat moment rolde een enorme donder over ons hoofd heen. Haar muts vloog af. 'Ik beloof je dat ik zal rijden als mijn grootmoeder. Ik zal als jouw grootmoeder rijden.'

'Dat zou je niet zeggen als je mijn grootmoeder kende.' Het begon nog harder te stormen. Ook zij moest nu schreeuwen.

'Kom op.'

'Wat?'

'Naar de auto. Stap in. Met mij.'

Ze keek me aan, en heel even was ik niet zeker of ze het zou doen. 'Oké, ik denk dat het veiliger is dan lopen. Zeker met jou op de weg.'

Het Wrak was doorweekt. Link zou uit zijn dak gaan zodra hij dit zag. De storm klonk anders toen we in de auto zaten, zowel harder als zachter. Ik hoorde de regen op het dak beuken, maar dat geluid werd bijna overstemd door het bonken van mijn hart en mijn klapperende tanden. Ik zette de auto in de versnelling. Ik was me er erg van bewust dat Lena naast me zat, slechts een paar centimeter van me af op de passagiersstoel. Ik wierp een blik opzij.

Ook al was ze een nagel aan mijn doodskist, ze was bloedmooi. Haar groene ogen waren enorm. Ik kon niet ontdekken waarom ze er vanavond zo anders uitzagen. Ze had de langste wimpers die ik ooit had gezien, en haar huid was bleek. Deze leek nu zelfs nog bleker in contrast met haar zwarte haar. Op haar jukbeen, net onder haar linkeroog, had ze een moedervlekje, dat bijna de vorm had van een halve maan. Ze leek op geen enkel meisje op Jackson. Ik had nog nooit zo'n meisje als zij gezien.

Ze trok de natte poncho over haar hoofd. Haar zwarte T-shirt en spijkerbroek kleefden aan haar huid, alsof ze in een zwembad was gevallen. Van haar grijze vest dropen waterstraaltjes op de stoelbekleding. 'Zit me niet zo aan te staren.'

Ik keek weg, door de voorruit. Het maakte niet uit welke kant ik op keek, zolang het maar niet naar haar was. 'Je kunt beter je vest ook uittrekken. Zo krijg je het nog kouder.'

Ze begon aan de fraaie zilveren knoopjes te frunniken, maar ze kreeg ze met haar trillende handen niet los. Ik strekte mijn handen uit, en ze verstijfde. Alsof ik het zou wagen om haar nog een keer aan te raken. 'Ik zet de verwarming wel op zijn hoogst.'

Ze probeerde opnieuw de knopen los te maken. 'D-Dank je.'

Ik volgde haar handen – nog meer inkt, die door de regen was doorgelopen. Ik kon alleen een paar getallen ontcijferen. Volgens mij zag ik een één, maar het kon ook een zeven zijn, een vijf, een twee. 152. Wat betekende dat?

Ik wierp een blik op de achterbank om te kijken of daar de oude legerdeken lag die Link gewoonlijk bij zich had. Er lag alleen maar een morsige slaapzak, waarschijnlijk van de laatste keer dat Link weer eens thuis ruzie had gehad en in zijn auto moest slapen. Het ding rook naar verschraald kampvuur en schimmel uit zijn kelder. Ik gaf hem haar.

'Mmmm. Dat is beter.' Ze sloot haar ogen. Ik zag dat ze zich meer op haar gemak begon te voelen door de warmte van de verwarming. Ook ik ontspande, alleen al door naar haar te kijken. Haar tanden klapperden niet meer zo hevig. We reden in stilte verder, en hoorden alleen de storm razen. De wielen rolden door het opspattende water over de natte weg, die in een zee was veranderd. Ze tekende met haar vingers poppetjes op het beslagen zijraam. Ik deed mijn best mijn ogen op de weg te houden en probeerde me de rest van de droom te herinneren – een enkel detail, iets waarmee ik kon bewijzen dat zij, ik weet niet, zij was en ik ik.

Maar hoe meer ik mijn best deed, hoe meer alles leek te vervagen in de regen; de snelweg en de kilometerslange tabaksvelden

waar we langsreden, en die waren bezaaid met ouderwetse land-
bouwwerktuigen en wegrottende oude schuren. We bereikten de
rand van de stad en ik zag de splitsing voor me. Wanneer je linksaf sloeg naar mijn huis, kwam je bij de rivier, waar alle gerestau-
reerde, vooroorlogse huizen langs de Santee lagen. Het was ook
de weg die de stad uitleidde. Toen we bij de splitsing kwamen,
wilde ik uit gewoonte linksaf draaien. De weg naar rechts liep alleen naar de Ravenwood-plantage, en niemand had daar ooit iets
te zoeken.

'Nee, wacht. We moeten hier naar rechts,' zei ze.

'O, ja natuurlijk. Sorry.' Ik voelde me misselijk worden. We
klommen de heuvel op naar Ravenwood Manor, het grote huis.
Ik was zo opgegaan in wie ze was, dat ik was vergeten *wie* ze was.
Het meisje over wie ik maandenlang had gedroomd, het meisje
dat maar niet uit mijn hoofd wilde verdwijnen, was het nichtje
van Macon Ravenwood. En ik reed haar naar huis, naar het
spookhuis – zoals wij het noemden.

Zoals ik het altijd had genoemd.

Ze liet haar blik naar haar handen gaan. Ik was niet de enige
die wist dat ze in het spookhuis woonde. Ik vroeg me af wat ze in
de wandelgangen op school had gehoord. Of ze wist wat er over
haar werd gezegd. Uit de trieste blik op haar gezicht maakte ik op
dat ze het wist. Ik wist niet waarom, maar ik vond het vreselijk
om haar zo te zien. Ik wilde iets zeggen om de stilte te verbreken.
'Zeg, waarom ben je eigenlijk bij je oom komen wonen? Normaal
gesproken proberen de mensen hier juist weg te komen; eigenlijk
verhuist nooit iemand hiernaartoe.'

Ik hoorde opluchting in haar stem. 'Ik heb overal en nergens gewoond. New Orleans, Savannah, de Florida Keys, een paar maanden in Virginia. Ik heb zelfs een tijdje op Barbados gewoond.'

Ik merkte dat ze mijn vraag ontweek. Ik kon er niets aan doen,
maar ik bedacht dat ik er een moord voor over zou hebben om in
een van die plaatsen te wonen, al was het maar voor een zomer.

'Waar zijn je ouders?'

'Ze zijn dood.'

Ik voelde een klem om mijn borst. 'Het spijt me.'

'Geeft niet. Ik was pas twee en kan ze me niet eens meer goed herinneren. Ik woon al bijna mijn hele leven bij familie. Dan weer hier, dan weer daar, maar vooral bij mijn grootmoeder. Ze moest een paar maanden op reis. Daarom ben ik nu bij mijn oom.'

'Mijn moeder is ook overleden. Een auto-ongeluk.' Ik had geen idee waarom ik dit vertelde. Meestal probeerde ik juist om er niet over te praten.

'Wat vreselijk.'

Ik zei niet dat het goed was. Ik had het gevoel dat zij het soort meisje was dat wist dat het niet goed is.

We stopten voor een verweerd zwart smeedijzeren hek. Nauwelijks zichtbaar door de mistdeken stonden op de voor mij opdoemende heuvel de overblijfselen van Gatlins oudste en beruchtste plantagehuis, Ravenwood Manor. Ik was er nog nooit zo dichtbij geweest. Ik zette de motor uit. De storm was geluwd en de regen was overgegaan in motregen. 'Het ziet ernaar uit dat de bliksem is verdwenen.'

'Ik weet zeker dat er nog meer achteraan komt.'

'Misschien, maar vanavond niet meer.'

Ze keek me aan, bijna nieuwsgierig. 'Nee, ik denk dat we het voor vanavond hebben gehad.' Haar ogen leken opnieuw veranderd. De kleur was teruggelopen tot een minder intense groentint en ze waren op een of andere manier kleiner – niet klein, maar meer een normale grootte.

Ik wilde mijn deur opendoen om met haar mee te lopen naar het huis.

'Nee, doe maar niet.' Ze leek in verlegenheid gebracht. 'Mijn oom is nogal verlegen.' Dat was een understatement.

Mijn deur was half open, net als die aan haar kant. We werden allebei nu nog natter, maar we bleven zitten voor Ravenwood Manor. Ik begreep er niets van, maar een ding wist ik wel. Op het moment dat ik de heuvel afreed en Route 9 zou opdraaien, zou alles weer bij het oude zijn. Ik zou alles weer begrijpen. Ja toch?

Zij zei als eerste iets. 'Dank je, toch wel.'

'Omdat ik je niet heb platgereden?'

Ze glimlachte. 'Ja, daarvoor. En de lift.'

Ik staarde haar aan. Ze glimlachte naar me, bijna alsof we vrienden waren, wat onmogelijk was. Ik begon me wat ongemakkelijk te voelen, alsof ik moest maken dat ik hier wegkwam. 'Graag gedaan. Ik bedoel, het was leuk. Zit er niet over in.' Ik sloeg de capuchon van mijn basketbaltrui over mijn hoofd, zoals Emory dat altijd deed als een van de meisjes die hij aan de kant had gezet hem in de hal probeerde aan te klampen.

Ze keek me aan, schudde haar hoofd en smeet de slaapzak iets te hard naar me toe. Haar glimlach was verdwenen. 'Hoe dan ook, ik zie je wel weer.' Ze draaide zich om, glipte door het hek en rende de hellende, modderige weg op naar het huis.

De slaapzak lag op de stoel. Ik pakte hem op en gooide hem op de achterbank. Hij rook nog steeds naar muf oud kampvuur, maar de geur mengde zich nu vaag met citroenen en rozemarijn. Ik deed mijn ogen dicht. Toen ik ze weer opende, was ze al halverwege de oprit.

Ik draaide het raam open. 'Ze heeft een glazen oog.'

Lena draaide zich naar me om. 'Wat?'

Ik schreeuwde, de regen druppelde de auto binnen.

'Mevrouw English. Je moet aan haar andere kant gaan zitten, anders laat ze je niet met rust.'

Ze glimlachte toen de regen over haar gezicht stroomde. 'Misschien wil ik niet met rust gelaten worden.' Ze draaide zich weer naar Ravenwood en rende de trap naar de veranda op.

Ik zette de auto in zijn achteruit en reed terug naar de splitsing, zodat ik de weg kon inslaan die ik normaal gesproken insloeg en de weg nemen die ik mijn hele leven had genomen. Tot vandaag. In een plooi van de stoel zag ik iets glinsteren. Een zilveren knoop.

Ik stak hem in mijn zak en vroeg me af waarover ik vannacht zou dromen.

12 september

Gebroken glas

Niets.
Het was een lange, droomloze slaap. Voor het eerst sinds tijden.

Toen ik wakker werd, was het raam dicht. Er lag geen modder in mijn bed en er stonden geen mysterieuze nummers op mijn iPod. Ik controleerde het tweemaal. Zelfs onder de douche rook ik alleen zeep.

Ik lag in bed naar mijn blauwe plafond te staren en dacht aan groene ogen en zwart haar. Het nichtje van Old Man Ravenwood. Lena Duchannes, dat rijmt op geen.

Hoe erg kon een jongen de weg kwijt zijn?

Toen Link opdook, stond ik al op de stoep te wachten. Ik klom in de auto en mijn gympen zakten weg in de kletsnatte vloerbedekking, waardoor het in het Wrak nog muffer stonk dan anders. Link schudde zijn hoofd.

'Het spijt me, man. Ik probeer het na school droog te maken.'

'Je ziet maar. Doe me alleen een plezier en spring van die krankzinnige trein af, tenzij jij binnenkort overal over de tong wilt gaan in plaats van het nichtje van Old Man Ravenwood.'

Een moment overwoog ik het voor mezelf te houden, maar ik moest het aan iemand kwijt. 'Ik heb haar gezien.'

'Wie?'

'Lena Duchannes.'

Hij vertrok geen spier.

'Het nichtje van Old Man Ravenwood.'

Toen we op het parkeerterrein stopten, had ik Link het hele verhaal uit de doeken gedaan. Nou ja, misschien niet het hele verhaal. Zelfs onafscheidelijke vrienden hebben hun grenzen. En ik weet niet of hij alles geloofde, maar wat dan nog. Wie zou dat wel? Ik kon het zelf nog steeds moeilijk geloven. Maar zelfs al kende hij niet alle details, toen we naar de jongens toeliepen om ons bij hen te voegen, had hij zich één ding voorgenomen. Redden wat er te redden viel.

'Ik heb niet het idee dat er werkelijk iets aan de hand is. Je hebt haar naar huis gereden, meer niet.'

'Niets aan de hand? Heb je wel geluisterd? Ik droom nu al maanden over haar, en dan blijkt ze...'

Link liet me niet uitpraten. 'Je hebt haar niet aan de haak geslagen of iets in die richting. Je bent niet naar het spookhuis gegaan, nee toch? En je hebt nooit, nou ja, je weet wel... hem ontmoet?' Zelfs Link kreeg zijn naam niet uit zijn mond. Omgaan met een mooi meisje, waar dan ook, was geen probleem. Contact met Old Man Ravenwood was iets van een totaal andere orde.

Ik schudde mijn hoofd. 'Nee, maar...'

'Ik begrijp het, zeg maar niets. Je bent in de war. Ik wil je alleen maar zeggen dat je dit beter voor jezelf kunt houden, maat. Wat je mij hebt verteld, blijft tussen ons. Ik bedoel dat niemand anders er iets over hoeft te weten.' Ik wist dat dat moeilijk zou zijn. Ik wist niet dat het onmogelijk was.

Toen ik de deur van het lokaal Engels openduwde, spookte er van alles door mijn hoofd – over haar en over het niets dat was gebeurd. Lena Duchannes.

Misschien kwam het door die bizarre ketting die om haar nek hing, met al die rommel eraan. Ik had het idee dat elk ding dat zij

54

aanraakte betekenis voor haar kon hebben of iets betekende. Misschien kwam het door de manier waarop ze die afgetrapte gympen, een spijkerbroek of een jurk droeg, alsof ze het elk moment op een rennen kon zetten. Toen ik naar haar keek, was ik verder weg van Gatlin dan ik ooit was geweest. Misschien was het dat.

Vermoedelijk was ik door al die gedachten in mijn hoofd zo afgeleid dat ik mijn pas inhield, want er botste iemand tegen me op. Alleen was het dit keer geen stoomwals, maar meer een tsunami. We knalden keihard op elkaar. Op het moment dat onze lichamen elkaar raakten, sprong de plafondlamp boven ons uit elkaar en een wolk van vonken daalde op onze hoofden neer.

Ik dook weg. Zij niet.

'Probeer je me nu voor de tweede keer in twee dagen te vermoorden, Ethan?' De klas viel doodstil.

'Wat?' Ik kon nauwelijks een woord uitbrengen.

'Ik vroeg of je me opnieuw wilde vermoorden.'

'Ik had je niet gezien.'

'Dat zei je gisteravond ook.'

Gisteravond. Eén woord dat voor altijd je leven op Jackson kon veranderen. Hoewel er overal licht brandde, leek het alsof er speciaal voor het live-publiek rondom ons een spotlicht op ons was gericht. Ik voelde het schaamrood naar mijn kaken stijgen.

'Sorry. Ik bedoel... hoi,' mompelde ik. Ik klonk als een idioot. Ze keek geamuseerd, maar liep door. Ze slingerde haar boekentas op dezelfde tafel waaraan ze al de hele week had gezeten, recht voor mevrouw English. Aan de Goede Oog-kant.

Ik had mijn les geleerd. Lena Duchannes liet zich niet vertellen waar ze wel of niet moest gaan zitten. Wat je ook dacht van de Ravenwoods, dit moest je haar nageven. Ik liet me op de stoel naast haar glijden, precies in het midden van Niemandsland. Daar zat ik al de hele week. Alleen vandaag zei ze iets tegen me, en op een of andere manier was alles daardoor anders. Niet slecht-anders, alleen maar angstaanjagend anders.

Er verscheen een glimlach op haar gezicht, maar ze herstelde zich. Ik pijnigde mijn hoofd of ik iets interessants kon bedenken om tegen haar te zeggen, of in ieder geval niets stoms. Maar voordat er iets in me opkwam, plofte Emily aan de andere kant naast me neer, met Eden Westerly en Charlotte Chase aan haar andere zijde. Zes rijen dichterbij dan op een normale dag. Ook al zat ik aan de Goede Oog-kant, vandaag zou het me niet helpen.

Mevrouw English keek argwanend op van haar bureau.

'Hé Ethan.' Eden draaide zich met een vette glimlach naar me om, alsof ik een speler in hun spelletje was. 'Alles goed met je?'

Het verbaasde me niet dat Eden als een hondje achter Emily aanliep. Eden was ook zo'n meisje dat wel mooi was, maar niet mooi genoeg om Savannah te overstijgen. Eden stond op de tweede rij, zowel in het cheerleaderteam als in het leven. Ze was geen basis, geen vlieger en soms had ze niet eens een plaats op de mat. Desondanks volhardde Eden in haar pogingen ooit iets te presteren waardoor ze die sprong kon maken. Ze deed haar best zich te onderscheiden, maar volgens mij had ze geen flauw idee hoe ze dat moest doen. Niemand kon zich onderscheiden op Jackson.

'We vonden het zielig voor je dat je hier helemaal alleen zit,' giechelde Charlotte. Als Eden een plaats op de tweede rij had, dan had Charlotte die op de derde. Charlotte was namelijk, en dat mocht geen enkele zichzelf respecterende cheerleader ooit zijn, een tikje mollig. Ze was nooit van haar babyvet afgekomen. Ze was dan wel permanent op dieet, maar het lukte haar niet die laatste pondjes kwijt te raken. Zij kon er niets aan doen; ze deed altijd haar best. At de taart op en liet de korst liggen. Nam een dubbele portie broodjes en een half lepeltje jus.

'Kan dit boek nóg saaier?' Emily keek niet eens mijn kant op. Dit was territoriaal gebekvecht. Ook al had zij mij gedumpt, ze wilde beslist niet dat het nichtje van Old Man Ravenwood te dicht bij mij in de buurt kwam. 'Alsof ik wil lezen over een stad vol mensen die totaal geschift zijn. Daar zijn er bij ons al genoeg van.'

Abby Porter, die meestal aan de Goede Oog-kant zat, was nu naast Lena gaan zitten en glimlachte haar flauwtjes toe. Lena glimlachte terug en keek alsof ze iets aardigs wilde zeggen, toen

Emily Abby een waarschuwende blik toewierp. Ze maakte haar daarmee duidelijk dat de befaamde zuidelijke gastvrijheid niet voor Lena gold. Wanneer je Emily Asher tartte, pleegde je sociale zelfmoord. Abby pakte haar folder van de leerlingenraad op en dook erachter weg, zodat ze Lena kon ontwijken. De boodschap was aangekomen.

Emily draaide zich naar Lena en nam haar met de blik van een deskundige op van top tot teen. Haar ogen gleden van het bovenste puntje van Lena's niet-geblondeerde haar langs haar niet nepgekleurde gezicht, en eindigde bij haar vingertoppen met haar niet-roze gelakte nagels. Eden en Charlotte draaiden in hun stoelen rond zodat ze Emily goed konden zien, alsof Lena niet bestond. Het meisje werd buitengesloten.

Lena sloeg haar gehavende notitieboekje open en schreef er wat in. Emily pakte haar mobieltje en begon te sms'en. Ik richtte me weer op mijn notitieblok en schoof mijn *Silver Surfer*-stripboek tussen de bladzijden, wat nog een heel gedoe was als je op de voorste rij zat.

'Goed, dames en heren, omdat het ernaar uitziet dat de overige lampen heel blijven, hebben jullie pech. Ik hoop dat jullie gisteravond het boek hebben gelezen.' Mevrouw English stond als een waanzinnige op het schoolbord te krassen. 'Laten we het eerst eens even hebben over sociale conflicten in kleine steden.'

Iemand moest mevrouw English hebben ingelicht. Halverwege dit lesuur hadden we meer dan een sociaal conflict in een kleine stad. Emily werkte aan een frontale aanval.

'Wie weet waarom Atticus het voor Tom Robinson opneemt, tegenover kleingeestigheid en racisme?'

'Ik wed dat Lena Ravenwood het weet,' zei Eden, terwijl ze mevrouw English met een onschuldige glimlach aankeek. Lena verdiepte zich in haar notitieboekje, maar hield haar kaken stijf op elkaar.

'Hou je mond.' Ik fluisterde, maar niet zacht genoeg. 'Je weet dat ze niet zo heet.'

'Dat had best gekund. Ze woont bij die engerd,' zei Charlotte.

'Pas op wat je zegt. Ik hoorde dat ze een soort stelletje zijn.' Emily zette het grovere geschut in.

'Zo is het genoeg.' Mevrouw English draaide ons haar goede oog toe, en we hielden allemaal onze mond.

Lena ging verzitten; haar stoel kraste luid over de vloer. Ik leunde voorover en probeerde zo een muur tussen Lena en Emily's slaafjes te vormen, alsof ik met mijn lichaam hun opmerkingen kon laten afbuigen.

Dat kun je niet.

Wat? Geschrokken schoot ik overeind. Ik keek het lokaal rond, maar niemand had iets tegen me gezegd; ze zaten allemaal muisstil op hun stoel. Ik keek naar Lena. Ze zat nog steeds half weggedoken in haar notitieboekje. Geweldig. Alsof het nog niet genoeg was dat ik droomde over bestaande meisjes en liedjes in mijn hoofd hoorde. Nu hoorde ik ook nog stemmen.

Dat hele gedoe met Lena had me behoorlijk te pakken. Ik denk dat ik me op een of andere manier verantwoordelijk voelde. Emily en de anderen zouden niet zo'n pesthekel aan haar hebben als het niet om mij was.

Dat zouden ze wel hebben.

Daar was het weer, een heel zacht stemmetje dat ik met moeite kon verstaan. Het leek wel ergens achter uit mijn hoofd te komen.

Eden, Charlotte en Emily bleven erop los schieten, en Lena knipperde niet eens met haar ogen, alsof ze zich ervoor kon afsluiten zolang ze in haar notitieboekje schreef.

'Harper Lee lijkt te willen zeggen dat je iemand niet echt kunt leren kennen tot je probeert je in hem te verplaatsen. Wat denken jullie daarvan? Wie?'

Harper Lee heeft nooit in Gatlin gewoond.

Ik keek rond en onderdrukte een lach. Emily keek me aan alsof ik van lotje getikt was.

Lena stak haar vinger op. 'Ik denk dat het betekent dat je mensen een kans moet geven. Voordat je er automatisch toe overgaat ze te haten. Denk jij ook niet, Emily?' Ze keek Emily aan en glimlachte.

'Jij klein serpent,' siste Emily met ingehouden woede.

Je hebt geen idee.

Ik bekeek Lena aandachtig. Ze verdiepte zich niet langer in haar notitieboekje; ze schreef nu met zwarte inkt iets op haar hand. Ik hoefde het niet te zien om te weten wat het was. Nog een getal. 151. Ik vroeg me af wat het betekende en waarom ze dat niet in haar boekje kon opschrijven. Ik begroef mijn hoofd weer in *Silver Surfer*.

'Laten we het eens over Boo Radley hebben. Waaruit kun je op-maken dat hij geschenken achterlaat voor de Finch-kinderen?'

'Hij is net als Old Man Ravenwood. Waarschijnlijk probeert hij die kinderen naar zijn huis te lokken om ze daar te vermoorden,' fluisterde Emily. Hard genoeg zodat Lena haar kon horen, maar te zacht voor mevrouw English. 'Dan kan hij hun lichamen in zijn lijkwagen stoppen en ze naar een verlaten uithoek brengen en ze begraven.'

Hou je mond.

Ik hoorde opnieuw de stem in mijn hoofd en ook nog iets an-ders. Een knarsend geluid. Heel zacht.

'En hij heeft ook een gekke naam, net als Boo Radley. Hoe was die ook alweer?'

'Je hebt gelijk, het is zo'n akelige bijbelse naam, die je nooit meer tegenkomt.'

Ik verstijfde. Ik wist dat ze op Old Man Ravenwood doelden, maar ze hadden het ook over Lena. 'Emily, waarom hou je er nu niet over op,' kaatste ik terug.

Ze kneep haar ogen dicht tot spleetjes. 'Hij is een griezel. Dat zijn ze allemaal, en dat weet iedereen.'

Ik zei dat je je mond moest houden.

Het knarsen werd luider en klonk nu meer alsof er iets barstte. Ik keek het lokaal rond. Wat was dat voor geluid? En wat nog vreemder was: ik had het idee dat niemand het hoorde – net als bij de stem.

Lena zat voor zich uit te staren. Ze had haar kaken op elkaar geklemd en haar ogen focusten zich op een punt voor in het lokaal, alsof ze niets anders zag dan dat ene punt. Ik had het gevoel dat het lokaal kleiner werd en me insloot.

Ik hoorde Lena's stoel opnieuw over de vloer krassen. Ze stond op en liep naar voren naar de boekenkast onder het raam, aan de zijkant van het lokaal. Waarschijnlijk om zogenaamd haar potlood te gaan slijpen zodat ze kon ontsnappen aan het onontkoombare: Jacksons rechter en jury.

De puntenslijper begon te zoemen.

'Melchizedek, ik weet het weer.'

Stop hiermee.

Ik hoorde het gezoem van de puntenslijper nog.

'Mijn grootmoeder zegt dat het een duivelse naam is.'

Hou op hou op hou op.

'Past ook wel bij hem.'

GENOEG!

De stem was nu zo hard dat ik naar mijn oren greep. Het gezoem stopte. Opeens vloog er glas rond dat in de lucht uiteenspatte. Zomaar uit het niets barstte het raam uit elkaar – het raam in het lokaal recht tegenover onze rij, vlak naast waar Lena haar potlood stond te slijpen. Vlak bij Charlotte, Eden, Emily en mij. Ze begonnen te schreeuwen en stoven van hun stoelen. Op dat moment wist ik wat het knarsende geluid was geweest. De druk. Kleine barsten in het glas, die zich uitspreidden als vingers, tot het raam naar binnen uiteenspatte alsof het werd kapotgetrokken door een draad.

Het was een grote chaos. De meisjes krijsten. Iedereen in de klas stoof van zijn stoel. Zelfs ik sprong op.

'Geen paniek. Niemand gewond?' Met deze woorden probeerde mevrouw English alles weer onder controle te krijgen.

Ik draaide me naar de puntenslijper toe. Ik wilde zeker weten dat er niets met Lena was gebeurd. Dat was wel het geval. Ze stond bij het kapotte raam, midden in glasscherven en leek in paniek. Haar gezicht was nog bleker dan anders, haar ogen nog groter en groener. Ongeveer zoals gisteravond in de regen. Maar toch zagen ze er anders uit. Ze stonden angstig. Ze leek niet meer zo stoer.

Ze hield haar handen omhoog. In één hand zat een snee en ze bloedde. Rode druppels spatten op het zeil.

Dit wilde ik niet...

Had zij het raam uiteen laten spatten en zich daarbij gesneden?

'Lena...'

Ze holde het lokaal uit voor ik haar kon vragen of ze oké was.

'Heb je dat gezien? Ze heeft het raam gebroken! Ze heeft er met iets tegenaan geslagen toen ze die kant op liep!'

'Ze sloeg dwars door het glas. Ik heb het met mijn eigen ogen gezien.'

'Waarom zit ze dan niet onder het bloed?'

'Wie ben jíj? Van csi? Ze probeerde ons te vermoorden!'

'Ik ga onmiddellijk mijn vader bellen. Ze is gestoord, net als haar oom!'

Ze klonken als een horde woeste zwerfkatten die allemaal door elkaar krijsten. Mevrouw English probeerde de orde te herstellen, maar dat was een onmogelijke taak. 'Rustig nou, allemaal. Er is geen reden tot paniek. Ongelukken gebeuren. Het is waarschijnlijk niet iets wat niet verklaard kan worden door een oud raam en de wind.'

Maar niemand geloofde dat het voorval verklaard kon worden door een oud raam en de wind. Ze leken de oorzaak meer te zoeken bij een nichtje van de oude man en een plotseling opstekende storm. De groenogige storm die zojuist onze stad was binnengerold. Orkaan Lena.

Eén ding stond vast. Het weer was duidelijk veranderd. In Gatlin had nog nooit zo'n heftige storm huisgehouden.

En vermoedelijk had ze niet eens in de gaten dat het regende.

12 september

Greenbrier

Doe het niet.

Ik hoorde haar stem in mijn hoofd. Of liever gezegd, dat dacht ik.

Het is het niet waard, Ethan.

Dat was het wel.

Die woorden maakten dat ik mijn stoel wegduwde en de hal door rende, haar achterna. Ik wist wat ik had gedaan. Ik had een kant gekozen. Ik had me nu andere problemen op mijn hals gehaald, maar dat moest dan maar.

Het gebeurde niet alleen met Lena. Zij was niet de eerste. Ik had mijn hele leven toegekeken. Ze hadden het met Allison Birch gedaan toen haar eczeem zo vurig was dat niemand meer tijdens de lunchpauze naast haar aan tafel wilde zitten. Ook die arme Scooter Richman was de klos, omdat hij de slechtste trombonist ooit in het symfonieorkest van Jackson was.

Hoewel ik nooit zelf een stift in mijn hand had genomen en LOSER op een kluisje had gekalkt, stond ik er keer op keer bij en keek ernaar. Ik had me er nooit goed bij gevoeld, maar toch niet slecht genoeg om weg te lopen.

Hoe dan ook, het werd eens tijd dat iemand iets deed. Een hele school had niet het recht één persoon zo neer te sabelen zoals hier gebeurde. Een hele stad mocht geen enkele familie zo diep vernederen. En toch konden ze dat, omdat ze het altijd al hadden gedaan. Misschien was dat wel de reden waarom Macon Ravenwood nooit zijn huis uitkwam, en niemand in de stad hem had gezien sinds ik werd geboren.

Ik wist wat ik deed.

Dat weet je niet. Je denkt dat je het weet, maar je hebt geen idee.

Ze was weer in mijn hoofd, alsof ze daar altijd was geweest.

Ik wist wat me de volgende dag te wachten stond, maar daar zat ik niet mee. Het enige wat ik wilde, was haar vinden. En op dat moment kon ik niet zeggen of het voor haar was, of voor mezelf. Wat het ook was, ik had geen keus.

Buiten adem stopte ik bij het bio-practicumlokaal. Link had aan één blik genoeg en gooide me hoofdschuddend, maar zonder iets te vragen, zijn sleutels toe. Ik ving ze op en sprintte weg. Ik wist bijna zeker waar ik haar kon vinden. Als ik het goed had, was ze naar een plek gegaan waar iedereen in deze situatie naartoe zou gaan. Waar ik ook naartoe zou zijn gegaan.

Ze was naar huis gegaan, zelfs als thuis Ravenwood was. Ze was naar Gatlins eigen Boo Radley gegaan.

Ravenwood Manor doemde voor me op. Het verrees op de heuvel als een provocatie. Ik kan niet zeggen dat ik bang was, want dat is niet het juiste woord voor wat ik voelde. Bang was ik toen de politie die nacht dat mijn moeder overleed voor de deur stond. Ik was bang toen mijn vader in zijn werkkamer verdween, en ik me realiseerde dat hij er nooit meer echt zou uitkomen. Als kind was ik bang als Amma een van haar zwartgallige buien had, en toen ik erachter kwam dat de poppetjes die zij maakte geen speelgoedpoppetjes waren.

Ik was niet bang voor Ravenwood, zelfs als zou blijken dat het net zo huiveringwekkend was als het eruitzag. In het zuiden was het onverklaarbare van dingen een soort gegeven; elke stad had zijn spookhuis en wanneer je het bij wat mensen zou navragen, zou minstens tweederde van hen zweren dat ze in hun leven een of twee geesten hadden gezien. Bovendien leefde ik samen met Amma, die er heilig in geloofde dat onze luiken lichtblauw geverfd moesten worden om de geesten buiten te houden, en die amuletten maakte van zakjes met paardenhaar en modder. Het ongewone was mij dus niet vreemd. Maar Old Man Ravenwood, dat was toch andere koek.

Ik liep naar het hek toe en legde aarzelend mijn hand op het verweerde ijzer. Het hek ging luid knarsend open. Vervolgens gebeurde er niets. Geen bliksem, geen kabaal en ook de storm bleef uit. Ik weet niet wat ik verwachtte, maar ik wist inmiddels al wel het een en ander over Lena. Je kon maar beter rekening houden met het onverwachte en behoedzaam te werk gaan.

Wanneer iemand mij een maand geleden had gezegd dat ik ooit door die hekken zou gaan, de heuvel op zou lopen of waar dan ook op het terrein van Ravenwood een voet zou zetten, zou ik hebben gezegd dat hij gek was. In een stad als Gatlin, waar je alles ziet aankomen, heb ik dit niet zien aankomen. Laatst was ik niet verder gekomen dan de hekken. Naarmate ik dichterbij kwam, zag ik beter hoe vervallen alles was. Het grote huis, Ravenwood Manor, zag er precies zo uit als de stereotiepe zuidelijke plantages die mensen uit het noorden zouden verwachten nadat zij jarenlang hadden gekeken naar films als *Gone with the Wind*.

Ravenwood Manor was ondanks het verval indrukwekkend, al was het alleen maar door zijn enorme afmetingen. Geflankeerd door waaierpalmen en cipressen kon je je voorstellen dat het zo'n soort plek zou zijn geweest waar mensen op de veranda zaten en de hele dag muntdrankjes dronken en een kaartje legden, als het niet zo was afgetakeld. Als het niet Ravenwood was.

Het huis was in Griekse renaissancestijl gebouwd, wat voor Gatlin zeer ongebruikelijk was. Onze stad stond vol plantagehuizen in federale stijl, waardoor Ravenwood nog meer afstak. Hoge witte dorische pilaren, met afbladderende verf door jarenlange verwaarlozing, ondersteunden een dak dat aan één kant te schuin afliep. Daardoor kreeg je het idee dat het huis steun zocht als een oude reumatische vrouw. De houten, overdekte veranda was ver-

molmd en van het huis losgeraakt. De veranda zag er zo gevaarlijk wankel uit dat hij waarschijnlijk in elkaar zou storten zodra
je er een voet op neerzette. De buitenmuren gingen schuil onder
verwilderde klimop, waardoor je op sommige plaatsen de ramen
daarachter niet eens meer zag. Het leek alsof de ondergrond het
huis had opgeslokt en het probeerde neer te halen tot op de modderige onderlaag waarop het was gebouwd.

Er was een gedeeltelijk bedekte latei, het deel van de balk dat
bij sommige eeuwenoude bouwwerken boven de deur ligt. Ik ontdekte een soort reliëf op de latei. Het waren symbolen. Ik zag cirkels en halve manen, misschien de standen van de maan. Aarzelend stapte ik op de kreunende trap om het van dichtbij beter te
kunnen bekijken. Ik wist wel het een en ander van lateien. Mijn
moeder had zich als historica gespecialiseerd in de geschiedenis
van de Burgeroorlog. Op onze talloze pelgrimstochten naar alle
historische vindplaatsen die binnen een dag rijden van Gatlin lagen, had ze me erop gewezen. Ze vertelde dat ze veelvuldig voor-
kwamen in oude huizen en kastelen in Engeland en Schotland.
Sommige mensen uit Gatlin waren van daar, ik bedoel voordat ze
van hier waren.

Ik had er nog nooit een gezien waarin symbolen waren inge-
kerfd, uitsluitend reliëfs met woorden. Dit waren meer hiëro-
gliefen, die, als ik het goed zag, rond een enkel woord stonden.
In een taal die me niets zei. Waarschijnlijk had het een bepaalde
betekenis voor de generaties Ravenwood die hier hadden gewoond voordat het huis in verval was geraakt.

Ik haalde diep adem en sprong over de oneven treden de trap
op, in de veronderstelling dat het risico om erdoorheen te zakken met vijftig procent verminderde als ik telkens een trede
oversloeg. Ik strekte mijn hand uit naar de koperen ring die uit
de bek van een leeuw hing en die als klopper diende. Ik klopte
aan. Ik klopte nog eens en nog een keer. Ze was er niet. Ik had
me toch vergist.

Maar toen hoorde ik de vertrouwde melodie. *Zestien Manen.*
Ze moest hier ergens zijn.

Ik duwde op het uitgeslagen ijzer van de deurklink. Er kraakte iets, en ik hoorde iemand aan de andere kant de deur ontgrendelen. Ik bereidde me voor op de ontmoeting met Macon Ravenwood, die niemand in de stad had gezien, in ieder geval niet sinds ik in Gatlin rondliep. Maar er gebeurde niets.

Ik keek omhoog naar de latei en iets zei me het te proberen. Ik bedoel, wat kon er in het ergste geval gebeuren – dat de deur niet zou opengaan? Ik ging op mijn tenen staan en legde mijn hand op het middelste reliëf boven mijn hoofd. De halve maan. Toen ik erop drukte, voelde ik het hout onder mijn vingers meegeven. Het was een soort trekmechanisme.

Bijna geluidloos zwaaide de deur open. Ik stapte over de drempel. Er was nu geen weg meer terug.

Door de ramen stroomde het licht naar binnen, wat bijna onmogelijk leek omdat de ramen aan de voorkant van het huis immers volledig schuilgingen achter klimplanten. Toch baadde de ruimte in het licht. Het was helder ingericht met gloednieuwe spullen. Er was geen enkel antiek meubelstuk of olieverfschilderij te bekennen van de Ravenwoods, die hier voor Old Man Ravenwood hadden gewoond. Geen enkel vooroorlogs familiestuk. Deze ruimte had meer weg van wat je ziet in een moderne meubelcatalogus. Fraai gestoffeerde banken en stoelen, tafels met een glazen blad met daarop hoge stapels platenboeken. Het zag er allemaal zo modern uit, zo spiksplinternieuw. Ik had het niet vreemd gevonden als de vrachtwagen die het spul had afgeleverd nog buiten op het terrein zou staan.

'Lena?'

De wenteltrap zou je eerder verwachten bij een zolder; hij leek oneindig omhoog te draaien, ver boven de overloop van de tweede verdieping. Ik kon het einde niet zien.

'Meneer Ravenwood?' Ik hoorde mijn eigen stem tegen het hoge plafond terugkaatsen. Er was hier niemand. In ieder geval niemand die met me wilde praten. Ik hoorde een geluid achter me en sprong geschrokken opzij, waarbij ik bijna over een suède stoel struikelde.

Voor me stond een gitzwarte hond, het kon ook een wolf zijn. Een angstaanjagend huisdier, want het droeg een zware leren halsband, waaraan een zilveren maan bengelde die bij elke beweging klingelde. Het beest staarde me strak aan en hij leek zijn volgende beweging te overdenken. Er was iets vreemds met zijn ogen. Ze hadden een te ronde vorm voor een hond, ze zagen er te menselijk uit.

De wolfshond gromde naar me en ontblootte zijn tanden. Het gegrom werd luider en scheller, en eindigde in een schreeuw. Ik deed wat iedereen zou doen.

Ik zette het op een rennen.

Ik stoof de trap af voor mijn ogen konden wennen aan het licht. Ik rende het grindpad af, weg van Ravenwood Manor, weg van het lugubere huisdier en de bizarre symbolen en de huiveringwekkende deur. Ik rende tot ik terug was in het veilige zwakke licht van de werkelijke middag. Het slingerende pad kronkelde door verwaarloosde akkers, dwars door groepen niet-gecultiveerde bomen, en een wildernis van bramenstruiken en bosschages. Het maakte niet uit waar het naartoe leidde, zolang het maar weg van daar was.

Ik stond stil en boog voorover met mijn handen op mijn knieën. Mijn longen knalden uit mijn lijf en mijn benen leken van rubber. Toen ik opkeek, zag ik voor me een afgebrokkelde stenen muur. Ik kon net de boomtoppen achter de muur onderscheiden.

Ik rook een vertrouwde geur. Citroenbomen. Ze was in de buurt.

Ik zei je toch dat je niet moest komen.

Weet ik.

We spraken met elkaar, maar ook weer niet. Net als in de les hoorde ik haar in mijn hoofd, alsof ze naast me stond en me in mijn oor fluisterde.

Ik voelde dat ik naar haar werd toegetrokken en mijn voeten bewogen uit zichzelf. Er was een ommuurde tuin, misschien wel een geheime tuin, zo'n tuin uit een boek dat mijn moeder waarschijnlijk in haar jeugd in Savannah had gelezen. Deze plek moest echt eeuwenoud zijn. De stenen muur was op sommige plaatsen uitgesleten en op andere plaatsen volledig ingestort. Toen ik me door het gordijn van takken worstelde, die een oude verweerde houten poort aan het oog onttrokken, hoorde ik heel zacht iemand huilen. Ik tuurde door de bomen en struiken, maar ik zag haar nergens.

'Lena?' Het bleef stil. Mijn stem klonk vreemd, alsof het niet mijn eigen stem was. Hij echode tegen de stenen muur die rondom het kleine bos lag. Ik pakte de struik naast me vast en trok er een tak af. Rozemarijn. Hoe kon het anders. En in de boom boven mijn hoofd zag ik hem hangen: een onnatuurlijk perfecte, gladde gele citroen.

'Ik ben het, Ethan.' Toen het gedempte gesnik duidelijker werd, wist ik dat ik bij haar in de buurt kwam.

'Ga weg. Ik zei je toch dat je niet moest komen.' Ze klonk alsof ze verkouden was; waarschijnlijk had ze gehuild vanaf het moment dat ze de school was uitgerend.

'Dat weet ik. Ik heb je gehoord.' Dat was waar, hoewel ik het niet kon verklaren. Ik stapte voorzichtig langs de wilde rozemarijnstruik, al struikelend over de woekerende wortels.

'Echt?' Ze klonk nieuwsgierig en een moment in verwarring gebracht.

'Ja, echt.' Het was precies hetzelfde als in de dromen. Ik hoorde haar stem in mijn hoofd, maar ze was hier. Huilend in een overwoekerde tuin in een godvergeten uithoek, en ze schoot niet los uit mijn handen.

Ik trok een wirwar van takken uit elkaar. En daar was ze. Ze lag opgekruld in het hoge gras naar de blauwe lucht te staren. Ze had een arm over haar hoofd getrokken. Met haar andere arm hield ze zich krampachtig vast aan het gras, alsof ze bang was dat ze zou wegvliegen zodra ze het losliet. Haar grijze jurk lag als een hoopje om haar heen. Haar gezicht zat vol zwarte vegen van het huilen.

'Waarom deed je dat dan niet?'

'Wat?'

'Weggaan?'

'Ik wilde zeker weten dat je oké was.' Ik ging naast haar op de grond zitten. De grond was veel harder dan ik had verwacht. Ik legde mijn hand onder mijn billen en voelde dat ik op een stuk platte steen zat, die door de modderige begroeiing aan het oog werd onttrokken.

Net toen ik op mijn rug lag, ging zij rechtop zitten. Ik kwam ook overeind en zij liet zich weer terugvallen. Pijnlijk. Dat overkwam me telkens wanneer zij in de buurt was.

Nu lagen we allebei op onze rug naar de blauwe lucht te staren. Er dreven donkere wolken over, de donkergrijze kleur van de lucht in Gatlin in het orkaanseizoen.

'Iedereen haat me.'

'Niet iedereen. Ik niet. Mijn maat Link ook niet.'

Stilte.

'Je kent me niet eens. Wacht maar; jij gaat me ongetwijfeld ook haten.'

'Ik heb je al bijna platgereden, weet je nog? Ik moet wel aardig tegen je zijn, zodat je me niet laat oppakken.'

Het was een melige grap. Maar daarmee toverde ik wel het allerflauwste glimlachje dat ik ooit had gezien op haar gezicht. 'Dat staat overigens boven aan mijn lijst. Ik zal je aangeven bij die vetzak die de hele dag voor de supermarkt in zijn auto zit.' Haar ogen draaiden zich weer naar de lucht. Ik bekeek haar.

'Geef ze een kans. Het zijn niet allemaal ellendelingen. Ik bedoel, op dit moment wel natuurlijk. Ze zijn gewoon jaloers. Dat weet je toch wel?'

'Ja, tuurlijk.'

'Ze zijn jaloers.' Ik keek haar aan door het hoge gras. 'Ik ook.'

Ze schudde haar hoofd. 'Dan ben je niet helemaal lekker. Er is niets om jaloers op te zijn, tenzij je niets liever doet dan in je uppie lunchen.'

'Je hebt overal rondgezworven.'

Ze keek onbewogen. 'Nou en? Jij zat waarschijnlijk steeds op dezelfde school en zal je hele leven in hetzelfde huis wonen.'

'Dat klopt, en dat is juist het probleem.'

'Geloof me, dat is geen probleem. Ik weet pas wat problemen zijn.'

'Jij bent overal en nergens geweest, hebt van alles gezien. Ik zou daar een moord voor doen.'

'Ja, en altijd moederziel alleen. Jij hebt een maat. Ik heb een hond.'

'Maar jij bent voor niemand bang. Jij doet waar je zin in hebt en zegt wat je wilt. Hier is iedereen bang voor zijn eigen schaduw.'

Lena pulkte aan de zwarte lak op de nagel van haar wijsvinger. 'Soms wenste ik dat ik me net zo gedroeg als ieder ander, maar ik ben wie ik ben. Ik heb mijn best gedaan, maar ik draag nooit de juiste kleren of zeg altijd het verkeerde, en er gaat altijd iets mis. Ik zou zo graag mezelf willen zijn en toch vrienden hebben, die in de gaten hebben of ik wel of niet op school ben.'

'Geloof me, dat hebben ze in de gaten. In ieder geval vandaag wel.' Ze lachte bijna – bijna. 'Ik bedoel, op een goede manier.'

Dat heb ik in de gaten.

Wat?

Of jij wel op school bent of niet.

'Dan moet je wel gek zijn.' Maar toen ze de woorden uitsprak, klonk er een glimlach in door.

Toen ik haar aankeek, bedacht ik dat het me geen bal zou kunnen schelen of ik tijdens de lunch aan een tafel kon aanschuiven of niet. Ik kon het niet verklaren, maar zij was, dit was, belangrijker dan al het andere. Ik kon er niet bij zitten en toekijken hoe zij haar probeerden neer te sabelen. Haar niet.

'Weet je, zo is het nu altijd.' Ze praatte tegen de lucht. Een wolk dreef in het donker wordende grijsblauw.

'Bewolkt?'

'Op school, voor mij.' Ze stak haar hand omhoog en maakte een zwaaibeweging. De wolk leek met haar hand mee te dansen. Ze wreef met haar mouw haar ogen droog.

'Het maakt me niet echt uit of ze me aardig vinden. Ik wil

70

alleen niet dat ze me automatisch haten.' Nu was de wolk in een cirkel veranderd.

'Die randdebielen? Over een paar maanden krijgt Emily een nieuwe auto, Savannah een nieuwe kroon en zal Eden haar haar in een nieuwe kleur verven. Charlotte zal, weet ik veel, een baby hebben of een tatoeage laten zetten of zoiets, en dan is iedereen dit allang vergeten.' Ik loog en dat wist ze. Lena zwaaide opnieuw met haar hand. Nu leek de wolk meer een ingedeukte cirkel om daarna in iets als een maan te veranderen.

'Ik weet dat het randdebielen zijn. Natuurlijk zijn het randdebielen. Al dat geblondeerde haar en die belachelijke, glinsterende tasjes.'

'Dat bedoel ik nu. Ze zijn stom. Wie zit daarmee?'

'Ík zit ermee. Ik maak me er druk om. En daarom ben ik stom. Daardoor ben ik stommer dan stom. Ik ben het allerstomst.' Ze zwaaide weer met haar hand. De maan werd weggejaagd.

'Dat is het stomste wat ik ooit heb gehoord.' Ik keek haar vanuit mijn ooghoek aan. Ze deed haar best niet te glimlachen. We lagen daar en zwegen allebei even.

'Weet je wat stom is? Ik heb onder mijn bed boeken verstopt.' Ik zei het alsof het heel normaal was dat ik hierover sprak.

'Wat?'

'Romans. Tolstoj. Salinger. Vonnegut. En ik lees ze ook nog. Gewoon omdat ik dat wil.'

Ze rolde om en steunde met haar hoofd op haar ellebogen. 'Echt? En wat vinden je sportieve vrienden daarvan?'

'Laat ik het zo zeggen: ik hou het voor mezelf en blijf bij mijn sprongworp.'

'Ja, vast. Op school zag ik dat je het bij stripboeken houdt.' Ze probeerde neutraal te klinken. '*Silver Surfer*. Ik zag je erin lezen. Net voordat alles gebeurde.'

Dat heb je gezien?

Misschien heb ik het gezien.

Ik wist niet of we nu met elkaar praatten of dat ik me alles alleen maar inbeeldde, maar ik was toch niet gek – nog niet.

Ze begon over iets anders, of beter gezegd, ze keerde terug naar waar we het daarvoor over hadden. 'Ik lees ook. Meestal gedichten.'

Ik zag voor me hoe ze languit op bed een gedicht las, hoewel ik me moeilijk dat bed in Ravenwood Manor kon voorstellen. 'O, ja? Ik heb wel eens wat gelezen van die vent, Bukowski.' Dat had ik ook, wanneer je dat van twee gedichten kon zeggen.

'Ik heb al zijn boeken.'

Ik wist dat ze het niet over het voorval op school wilde hebben, maar ik kon niet langer wachten. Ik moest het weten. 'Ga je het me nog vertellen?'

'Je wat vertellen?'

'Wat gebeurde er daar?'

Er viel een lange stilte. Ze ging rechtop zitten en pulkte wat aan het gras rondom haar. Ze rolde op haar buik en keek me recht aan. Ze was slechts een paar centimeter bij mijn gezicht vandaan. Ik lag daar en was niet in staat me te bewegen. Gespannen wachtte ik op wat ze ging zeggen. 'Ik weet het echt niet. Die dingen overkomen me soms. Ik heb het niet in de hand.'

'Zoals de dromen?' Ik lette op haar gezicht, of ik misschien een flits van herkenning zag.

'Zoals de dromen.' Ze zei het zonder na te denken, maar gelijk zag ik een rilling door haar heen gaan. Ze leek in paniek. Ik had het de hele tijd bij het rechte eind gehad.

'Herinner jij je de dromen?'

Ze sloeg haar handen voor haar gezicht.

Ik kwam overeind. 'Ik wist dat jij het was, net als jij wist dat ik het was. Je wist waar ik het al die tijd over had.' Ik trok haar handen weg van haar gezicht. Opnieuw trok er een elektrische siddering door mijn arm.

Jij bent het meisje.

'Waarom heb je vannacht niets gezegd?'

Ik wilde niet dat je het wist.

Ze wilde me niet aankijken.

'Waarom niet?' De woorden klonken luid in de stilte van de

72

tuin. En toen ze me aankeek, was haar gezicht lijkbleek, en ze zag er anders uit. Bang. Haar ogen leken op de zee bij de kust van Carolina, voordat de storm losbarst.

'Ik had niet verwacht dat je hiernaartoe zou komen, Ethan. Ik dacht dat het alleen maar dromen waren. Ik wist niet dat jij echt bestond.'

'Toch wist je op een gegeven moment dat ik bestond, waarom heb je toen niets gezegd?'

'Mijn leven is erg gecompliceerd. En ik wilde jou niet... ik wil niet dat wie dan ook er een nog grotere puinhoop van maakt.' Ik had geen flauw idee waar ze het over had. Ik hield nog altijd haar hand vast; daar was ik me zeer van bewust. Ik voelde de ruwe steen onder ons en ik greep de zijkant vast om steun te zoeken. Maar mijn hand sloot zich om iets kleins en ronds op het uiteinde van de steen. Een tor of misschien een stukje rots. Het liet los van de steen en ik had het in mijn handen.

Ik kreeg een schok. Ik voelde Lena hard in mijn hand knijpen.

Wat gebeurt er, Ethan?

Ik weet het niet.

Alles om me heen veranderde, en het was alsof ik ergens anders was. Ik was in de tuin, maar ook weer niet in de tuin. En de geur van citroenen veranderde in de geur van rook...

Het was nacht, maar de hemel stond in brand. De vlammen reikten tot in de lucht. Ze duwden massieve rookwolken voor zich uit en verzwolgen alles wat op hun pad kwam. Zelfs de maan. De grond was veranderd in een moeras. Verbrande asgrond die was doordrenkt door de regen, die aan het vuur was voorafgegaan. Alsof het de hele dag had geregend. Geneviève snakte naar adem en de rook brandde zo hevig in haar keel dat ze van de pijn nauwelijks kon ademen. Een dikke laag modder bedekte de onderkant van haar rok, waardoor ze bij elke stap bijna onderuitging door de zwaar geworden lappen stof. Toch dwong ze zichzelf om door te lopen.

De wereld verging. Haar wereld.

Ze hoorde het geschreeuw, vermengd met geweerschoten en het meedogenloze geraas van de vlammen. Ze hoorde de soldaten bevelen tot moorden schreeuwen.

'Brand die huizen plat. Laat de rebellen de gevolgen van hun nederlaag voelen. Steek alles in de hens!'

En een voor een lieten de soldaten van de Unie de grote huizen op de plantages in vlammen opgaan, door hun eigen met petroleum overgoten lakens en gordijnen. Een voor een zag Geneviève de huizen van haar buren, van haar vrienden en haar eigen familie voor de vlammen zwichten. En in deze gruwelijke omstandigheden gingen veel van die vrienden en familieleden eveneens ten onder. Ze werden levend verzwolgen door de vlammen in hun eigen huizen, waarin ze waren geboren.

Daarom rende ze de rook in, naar het vuur toe – recht in de muil van het beest. Ze moest Greenbrier bereiken voordat de soldaten er waren. En ze had niet veel tijd meer. De soldaten gingen zorgvuldig te werk op hun route naar de Santee en staken elk huis dat ze tegenkwamen in brand. Ze hadden Blackwell al in vuur en vlam gezet; Dove's Crossing zou nu als eerste aan de beurt zijn, en daarna Greenbrier en Ravenwood. Generaal Sherman en zijn leger waren al honderden kilometers, voordat ze bij Gatlin aankwamen, te velde getrokken om op hun weg alles plat te branden. Ze hadden Columbia al in de as gelegd en vervolgden hun mars oostwaarts. Alles wat ze onderweg tegenkwamen, lieten ze in vlammen opgaan. Toen zij de grens van Gatlin bereikten, hing de Confederatievlag nog fier te wapperen, en verzamelden ze opnieuw hun krachten.

Door de geur wist ze dat ze te laat was. Citroenen. De geur van zure citroenen, gemengd met as. Ze waren de citroenbomen aan het platbranden.

Genevièves moeder was dol op citroenen. Dus toen haar vader een plantage in Georgia had bezocht toen zij een klein meisje was, had hij voor haar moeder twee citroenbomen meegebracht. Iedereen zei dat die hier niet zouden groeien, dat ze

de koude winters in Zuid-Carolina niet zouden overleven.
Maar de moeder van Geneviève trok zich er niets van aan. Ze
plantte de bomen recht voor het katoenveld en verzorgde ze
zelf. Op de koude winternachten bedekte ze de bomen met wol-
len dekens en beschermde ze de uiteinden met een laagje mod-
der, zodat het vocht er niet in kon trekken. En de bomen groei-
den. Ze deden het zo goed dat Genevièves vader door de jaren
heen voor haar nog achtentwintig bomen kocht. Sommige
vrouwen in de stad vroegen hun man ook citroenbomen te ko-
pen, en enkele van hen kregen er ook twee of drie. Maar nie-
mand kreeg het voor elkaar om de bomen in leven te houden.
De bomen leken alleen op Greenbrier te gedijen, dankzij de ver-
zorging van haar moeder.

Nooit en te nimmer had iets de bomen kunnen doden. Tot
vandaag.

'Wat was dit?' Ik voelde dat Lena haar hand uit die van mij wegtrok. Ze trilde over haar hele lichaam. Ik keek omlaag en opende
mijn hand om te zien wat ik achteloos onder de steen vandaan
had opgepakt.

'Ik denk dat het hier iets mee te maken heeft.' Mijn hand had
zich om een verweerde oude camee gekruld. Het was een zwarte
ovaalvormige camee, met een in ivoor ingelegd vrouwengezicht
op een ondergrond van parelmoer. De bovenkant was zeer gede-
tailleerd uitgevoerd. Aan de zijkant zag ik een klein bobbeltje.
'Kijk. Ik denk dat het een medaillon is.'

Ik duwde op het knopje en de voorkant van de camee sprong
open. Er verscheen een piepkleine inscriptie. 'Er staat alleen maar
GREENBRIER. En een datum.'

Ze ging rechtop zitten. 'Wat betekent Greenbrier?'

'Dat moet hier zijn. We zijn niet op Ravenwood. We zijn op
Greenbrier. De aangrenzende plantage.'

'En dat visioen, de branden. Heb jij die ook gezien?'

Ik knikte. Het was bijna te gruwelijk om over te praten. 'Dit
moet Greenbrier zijn, tenminste wat er nog van over is.'

'Geef me dat medaillon eens.' Ik legde hem behoedzaam in haar hand. Hij zag eruit als iets wat veel had doorstaan – misschien zelfs de branden uit het visioen. Ze draaide hem om in haar hand. '11 FEBRUARI 1865.' Ze liet het medaillon vallen en werd lijkbleek.

'Wat is er?'

Ze staarde naar het gras. 'Ik ben op 11 februari geboren.'

'Nou en, dat is toeval. Een vroeg verjaardagscadeautje.'

'In mijn leven is niets toeval.'

Ik pakte het medaillon op van de grond en draaide hem om. Op de achterkant zag ik twee paar gegraveerde initialen. 'ECW & GKD. Dit medaillon moet van een van hen zijn geweest.' Ik pauzeerde. 'Dat is vreemd. Mijn initialen zijn ELW.'

'Mijn verjaardag, bijna jouw initialen. Denk je niet dat dat iets meer dan vreemd is?' Misschien had ze gelijk. Maar…

'We kunnen het nog een keer proberen, zodat we wellicht iets meer te weten komen.' Zoals je moet krabben wanneer je jeuk hebt.

'Ik weet het niet. Misschien is het gevaarlijk. Het was alsof we daar echt waren. Ik heb nog steeds branderige ogen van de rook.' Ze had gelijk. We hadden de tuin niet verlaten, maar ik had het gevoel alsof ik midden in de branden had gestaan. Ik voelde de rook in mijn longen, maar dat maakte niet uit. Ik moest het weten.

Ik had het medaillon in mijn hand die ik naar haar uitstrekte. 'Kom op, durf je het niet?' Ik daagde haar uit. Ze rolde met haar ogen, maar stak toch haar hand uit. Haar vingers raakten die van mij kort aan, en ik voelde de warmte van haar hand door die van mij heen trekken. Elektrisch kippenvel. Ik weet geen andere manier om het te beschrijven.

Ik sloot mijn ogen en wachtte – niets. Ik deed mijn ogen weer open. 'Misschien hebben we het ons alleen maar ingebeeld. Misschien zijn de batterijen leeg.'

Lena keek me aan alsof ik Earl Petty tijdens de wiskundeles was, terwijl hij al was blijven zitten. 'Misschien kun je zoiets als dit niet zeggen wat het moet doen of wanneer het iets moet doen.' Ze stond op en wreef zich schoon. 'Ik moet gaan.'

Ze pauzeerde even en keek me aan. 'Weet je, je bent niet zoals ik dacht dat je was.' Ze draaide me haar rug toe en begon haar weg te zoeken tussen de citroenbomen door, naar de rand van de tuin.

'Wacht!' Ik riep haar, maar ze liep door. Ik probeerde haar al struikelend over de wortels in te halen.

Toen we bij de laatste citroenboom aankwamen, bleef ze staan. 'Doe het niet.'

'Wat moet ik niet doen?'

Ze wilde me niet aankijken. 'Laat me alsjeblieft met rust, nu alles nog goed is.'

'Ik begrijp niet waar je het over hebt. Echt niet. En ik doe mijn uiterste best.'

'Zet het uit je hoofd.'

'Denk je nu echt dat jij de enige gecompliceerde persoon in de wereld bent?'

'Nee, maar... ik ben er wel in gespecialiseerd.' Ze draaide zich om en liep verder. Ik aarzelde en legde mijn hand op haar schouder. Deze was warm door de zon die langzaam verdween. Ik voelde haar botten onder haar shirt en op dat moment leek ze zo vreselijk breekbaar, zoals in de dromen. Dat was een vreemde gewaarwording. Wanneer ze tegenover je stond, kwam ze helemaal niet breekbaar over, integendeel. Misschien had het iets met die ogen van haar te maken.

We stonden daar even tot ze zich uiteindelijk gewonnen gaf en zich naar me omdraaide. Ik probeerde het nog een keer. 'Luister nou. Je kunt niet ontkennen dat hier iets aan de hand is. De dromen, het liedje, de geur en nu het medaillon. Het lijkt wel alsof we vrienden moeten zijn.'

'Zei je net iets over de geur?' Ze keek onthutst. 'In dezelfde zin als vrienden?'

'Grammaticaal gezien denk ik dat het in een andere zin was.'

Ze staarde naar mijn hand en ik trok hem van haar schouder

weg. Maar ik moest nu doorzetten. Ik keek haar recht in haar ogen, keek echt, misschien wel voor de eerste keer. De groene peilloze diepte leek zo ver weg dat ik er niet bij kon komen, in mijn hele leven niet. Ik vroeg me af wat Amma's theorie 'ogen zijn de vensters van de ziel' hierover te zeggen had.

Het is te laat, Lena. Je bent al mijn vriendin.

Dat kan niet.

We zitten hier samen in.

Alsjeblieft. Je moet me vertrouwen. Dat is niet zo.

Ze draaide haar ogen van me weg en leunde met haar hoofd tegen de citroenboom. Ze zag er belabberd uit. 'Ik weet dat jij niet zo bent als de anderen. Maar er zijn dingen die je niet van mij kunt begrijpen. Ik snap niet waarom we op deze manier met elkaar verbonden zijn. Net zomin als jij weet ik waarom we dezelfde dromen hebben.'

'Maar ik wil uitzoeken wat er aan de hand is...'

'Over vijf maanden word ik zestien.' Ze hield haar hand op waarop net als anders een getal met inkt was opgeschreven. 151. 'Honderdeenenvijftig dagen.' Dan was ze jarig. Het telkens veranderende getal op haar hand. Ze telde af tot haar verjaardag.

'Je hebt geen idee wat dat betekent, Ethan. Je weet helemaal niets. Misschien ben ik na die datum niet eens meer hier.'

'Je bent er nu.'

Ze keek langs me heen, omhoog naar Ravenwood. Toen ze uiteindelijk iets zei, keek ze me niet aan. 'Hou je van die dichter, Bukowski?'

'Ja,' antwoordde ik verward.

'Probeer het niet.'

'Ik begrijp je niet.'

'Dat staat er dus op het graf van Bukowski.' Ze verdween door de stenen muur en was weg. Vijf maanden. Ik had geen flauw idee waar ze het over had, maar ik herkende het gevoel in mijn maag.

Paniek.

Toen ik me eindelijk door het gat van de muur had geworsteld, was ze verdwenen alsof ze hier nooit was geweest. Ze liet alleen de vage geur van citroenen en rozemarijn achter. Het rare was dat hoe meer ze wegrende, hoe vastbeslotener ik werd om haar te volgen.

Probeer het niet.

Ik was er vrij zeker van dat er op mijn grafsteen een andere tekst zou komen te staan.

12 september

De Zusters

De keukentafel was nog gedekt toen ik thuiskwam. Had ik even mazzel, want Amma zou me mijn nek hebben omgedraaid als ik niet op tijd voor het eten was geweest. Waar ik geen rekening mee had gehouden, was het telefoonbombardement dat losbarstte vanaf het moment dat ik de Engelse les was uitgerend. Zo ongeveer de halve stad moest Amma hebben gebeld tegen de tijd dat ik thuiskwam.

'Ethan Wate? Ben jij dat? Als dat zo is, maak dan je borst maar nat.'

Ik hoorde een vertrouwd gehak. Het zag er een stuk slechter uit dan ik had verwacht. Amma stond achter het werkblad in haar denim voorschoot, waarin veertien zakken zaten voor spijkers en die ook ruime openingen had voor vier stuks zwaarder gereedschap. Ze hield haar Chinese hakmes vast, en op het werkblad lagen hoge bergen wortels, kool en andere groenten waarvan ik de naam niet wist. Voor loempia's moest er veel meer worden gehakt dan voor welk ander recept dan ook uit Amma's blauwe plastic bakje. Wanneer zij loempia's maakte, betekende dat meer dan dat ze gek was op Chinees eten.

Ik probeerde met een acceptabele verklaring voor de dag te komen, maar ik kon niets bedenken.

'De coach hing vanmiddag aan de telefoon, en mevrouw English, en rector Harper, en Links moeder en verder nog de helft van de vrouwen van de DAR. En je weet hoe vreselijk ik het vind om met die vrouwen te praten. Door en door slecht. Stuk voor stuk.'

In Gatlin waren veel vrouwenverenigingen die zich met goede doelen bezighielden, maar de DAR was de grootste en moeder van alle andere. In overeenstemming met de naam, de Dochters van de Amerikaanse Revolutie, moest je kunnen aantonen dat je familiebanden had met een goed vaderlander van de Amerikaanse Revolutie. Alleen dan kwam je in aanmerking voor het lidmaatschap. Eenmaal toegelaten als lid gaf je dat kennelijk het recht om je buren in River Street te vertellen in welke kleur zij hun huis moesten schilderen, en in de regel iedereen in de stad te commanderen, lastig te vallen en te veroordelen. Tenzij je Amma heette. Dat deed me goed.

'Ze wisten me allemaal hetzelfde te melden. Dat je midden in de les de school was uitgerend en achter dat grietje van Duchannes aan ging.' Er rolde nog een wortel over de snijplank.

'Dat klopt Amma, maar...'

De kool viel in twee stukken uiteen. 'Dus ik zei: "Dat kan niet, mijn jongen zal nooit zonder toestemming de school uitlopen en een training overslaan. Dit moet een misverstand zijn. Het moet een andere jongen zijn, die geen respect toont voor zijn leraar en zijn familienaam te grabbel gooit. Het kan onmogelijk de jongen zijn die ik heb opgevoed en die in dit huis woont."' Groene uien vlogen over het werkblad.

Ik had het ergste gedaan wat ik ooit kon doen: ik had haar in verlegenheid gebracht. En dan ook nog tegenover mevrouw Lincoln en de vrouwen van de DAR, haar gezworen vijanden.

'Wat heb je er zelf over te zeggen? Waarom rende jij de school uit alsof je staart in brand stond? En ik wil níét horen dat het om een meisje was.'

Ik haalde diep adem. Wat kon ik zeggen? Dat ik al maandenlang droomde over een meisje, dat plotseling in de stad was opgedoken en toevallig het nichtje van Macon Ravenwood bleek te zijn? Dat ik naast die angstaanjagende dromen over dit meisje ook nog een visioen had gehad van enkele andere vrouwen die ik absoluut niet kende, en die ten tijde van de Burgeroorlog hadden geleefd?

Ja, dat zou me uit de nesten halen, maar dan moest wel eerst de zon exploderen en het sterrenstelsel te gronde gaan.

'Het is niet wat je denkt. De kinderen in onze klas zaten Lena te pesten en zeiden nare dingen over haar oom. Ze zeiden dat hij met dode lichamen in zijn lijkwagen rondrijdt, en ze raakte daardoor zo overstuur dat ze de klas uitrende.'

'Kun je me misschien ook uitleggen wat jij daarmee te maken hebt? Ik wacht.'

'Heb je me niet altijd gezegd dat ik in de "voetstappen van onze Heer moest treden?" Denk je niet dat Hij van me verwacht dat ik voor iemand opkom die op zijn huid wordt gezeten?' O jee, nu had ik het verbruid. Ik zag het aan haar ogen.

'Waag het niet het Woord van de Heer te misbruiken om te rechtvaardigen dat je de schoolregels aan je laars hebt gelapt, want ik zweer je dat ik anders naar buiten loop, de mattenklopper pak en je net zo lang aframmel tot je weer bij zinnen komt. Het kan me niet schelen hoe oud je bent. Heb je me begrepen?' Amma had me nog nooit met wat dan ook geslagen, maar dit was niet het juiste moment om dat naar voren te brengen.

Dit begon aardig uit de hand te lopen; ik moest haar ergens mee afleiden. Het medaillon brandde nog altijd in mijn achterzak. Amma was dol op mysterieuze zaken. Ze had me, toen ik vier was, leren lezen met misdaadromans, en ik keek over haar schouder hoe ze kruiswoordpuzzels oploste. Ik was het enige kind op de kleuterschool dat toen het woord 'onderzoek' op het bord kon lezen, omdat het zoveel leek op 'forensisch onderzoeker'. En op het gebied van mysterieuze zaken was het medaillon een goede. Het leek me beter te zwijgen over het feit dat ik hem had opgepakt en dat we een visioen van de Burgeroorlog hadden gehad.

'Je hebt gelijk, Amma. Het spijt me. Ik had niet de school uit moeten lopen. Ik wilde alleen zeker weten dat Lena oké was. In het lokaal was vlak achter haar een raam gesprongen en ze bloedde. Ik ben naar haar huis gegaan om te zien of ze in orde was.'

'Ben je naar dat huis gegaan?'

'Ja, maar ze was buiten. Haar oom is heel verlegen, denk ik.'

'Je hoeft mij niets te vertellen over Macon Ravenwood, denk niet dat jij iets weet wat ik niet weet.' Ze keek me aan met die vertrouwde, afkeurende blik.

'o.n.n.o.z.e.l.e.'

'Wat?'

'Met andere woorden: je hebt geen flauw benul, Ethan Wate.'

Ik viste het medaillon uit mijn zak en liep naar het fornuis waar zij nog stond. 'We waren buiten, achter het huis en we hebben iets gevonden. Er staat een inscriptie in.'

De uitdrukking op Amma's gezicht joeg me de stuipen op het lijf.

'Amma, wat is er?' Ik pakte haar bij haar elleboog om haar te ondersteunen voor het geval ze zou flauwvallen. Maar ze trok haar arm weg voor ik haar kon aanraken, alsof ze haar hand aan het handvat van de theepot brandde.

'Waar heb je dit vandaan?' Ze fluisterde.

'We vonden hem in de modder, bij Ravenwood.'

'Dat heb je niet op de Ravenwood-plantage gevonden.'

'Waar heb je het over? Weet je van wie hij is geweest?'

'Blijf staan. Verroer je niet,' beval ze en vloog de keuken uit.

Maar ik luisterde niet en volgde haar naar haar kamer. Deze had eigenlijk meer weg van een apotheek dan van een slaapkamer, met een laag wit eenpersoonsbed, dat onder rijen planken was geschoven. Op de planken lagen nette stapels kranten – Amma gooide nooit een opgeloste kruiswoordpuzzel weg – en er stonden vele stopflessen. Daarin bewaarde ze haar spullen waarmee ze de amuletten maakte. In enkele stopflessen zaten haar vaste bestanddelen: zout, gekleurde stenen en kruiden. Daarnaast stond de minder vaak gebruikte verzameling, zoals een stopfles met plantenwortels en in een andere bewaarde ze verlaten vogelnestjes. Op de bovenste plank stonden alleen stopflessen die waren gevuld met modder. Ze gedroeg zich uitermate vreemd, zelfs voor Amma. Ik was vlak achter haar de kamer ingelopen, maar ze stond al als een bezetene van alles van de planken te trekken.

'Amma, wat ben je...?'

'Zei ik niet dat je in de keuken moest blijven? Kom met dát ding niet mijn kamer in!' schreeuwde ze toen ik een stap naar voren zette.

'Waarom ben je zo overstuur?' Ze stopte een paar dingen, ik kon niet zien wat, in haar voorschoot en vloog haar kamer weer uit. Ze was alweer in de keuken voor ik er was. 'Amma, wat is er aan de hand?'

'Pak dit.' Ze gaf me een versleten zakdoek, heel voorzichtig zodat ze met haar hand die van mij niet zou aanraken. 'Nu wikkel je dat ding erin. Nu. Schiet op.'

In zo'n zwartgallige bui had ik Amma nog nooit gezien. Ze was volledig over haar toeren.

'Amma...'

'Doe wat ik zeg, Ethan.' Ze noemde me nooit bij mijn voornaam zonder mijn achternaam.

Toen het medaillon veilig in de zakdoek zat, kwam ze weer enigszins tot haarzelf. Ze doorzocht de onderste zakken van haar voorschoot en haalde er een leren zakje en een flesje met poeder uit. Ik had genoeg kennis om te weten dat ze een van haar amuletten ging maken toen ik de spullen zag. Haar hand trilde licht toen ze wat donker poeder in het leren zakje strooide. 'Heb je hem goed ingepakt?'

'Ja hoor,' zei ik en verwachtte dat ze me zou berispen omdat ik haar zo onbeleefd had geantwoord.

'Weet je het zeker?'

'Ja.'

'Stop het nu hierin.' Het leren zakje voelde warm en zacht in mijn hand. 'Schiet op.'

Ik liet het gevreesde medaillon in het zakje vallen.

'Bind het nu hiermee dicht,' droeg ze me op, en ze gaf me een stuk van wat op een gewoon stuk garen leek, hoewel ik wist dat niets wat Amma voor haar amuletten gebruikte ooit gewoon was, of was wat het leek te zijn. 'Nu breng je hem terug naar de plaats waar je hem hebt gevonden en daar begraaf je hem. Nu, onmiddellijk.'

'Amma, wat is hier aan de hand?' Ze liep naar me toe, pakte mijn kin vast en veegde het haar uit mijn ogen. Voor de eerste keer sinds ik het medaillon uit mijn zak had gehaald, keek ze me recht in de ogen. We stonden daar zo tegenover elkaar voor wat de langste minuut in mijn leven leek. Die blik op haar gezicht kende ik niet, onzeker.

'Je bent er niet klaar voor,' fluisterde ze, terwijl ze haar hand wegtrok.

'Niet klaar voor wat?'

'Doe wat ik zeg. Breng dat zakje terug naar de plek waar je dat ding hebt gevonden en begraaf het. Daarna kom je meteen naar huis. Ik wil niet dat je je nog met dat meisje bemoeit, begrepen?'

Ze had alles gezegd wat ze van plan was te zeggen, misschien meer. Maar daar zou ik nooit achterkomen, want er was één ding dat Amma beter kon dan kaartlezen en kruiswoordpuzzels oplossen, namelijk een geheim bewaren.

'Ethan Wate, ben je je bed uit?'

Hoe laat was het? Halftien. Zaterdag. Ik had mijn bed al uit moeten zijn, maar ik was uitgeput. Vannacht had ik twee uur rondgezworven, zodat Amma zou denken dat ik was teruggegaan naar Greenbrier om het medaillon te begraven.

Ik stapte mijn bed uit en strompelde door de kamer, waarbij ik op een doos oude Oreo's trapte. Mijn kamer was altijd een enorme puinzooi. Ik propte er zoveel troep in dat mijn vader het een brandhaard noemde. Volgens hem zou ik op een dag het hele huis in vlammen laten opgaan, niet dat hij de laatste tijd nog in mijn kamer was geweest. Naast mijn kaart waren de muren en het plafond bedekt met posters van plaatsen waar ik ooit naartoe zou gaan – Athene, Barcelona, Moskou, en zelfs Alaska. Langs de muren stonden stapels schoenendozen, sommige waren wel een tot anderhalve meter hoog. Hoewel er geen systeem in de stapels leek te zitten, kon ik elke doos blind vinden – de witte Adidasdoos met mijn aanstekerverzameling uit de laatste klas van de basisschool, uit mijn pyromaanfase. Tot de groene New Balance-doos aan toe, met de lege kogelhulzen en een afgescheurd stuk vlag dat ik met mijn moeder op Fort Sumter had gevonden.

En de doos die ik zocht, de gele Nike-doos met het medaillon, waardoor Amma volledig door het lint was gegaan. Ik opende de doos en haalde het zachtleren zakje eruit. Vannacht leek het een goed idee om het te verstoppen, maar ik stak het voor alle zekerheid weer in mijn zak.

Amma riep opnieuw naar boven. 'Kom naar beneden, anders kom je te laat.'

'Ik kom er zo aan.'

Elke zaterdag was ik de halve dag bij de drie oudste vrouwen in Gatlin, mijn oudtantes Mercy, Prudence en Grace. Iedereen in de stad noemde hen de Zusters, alsof zij een eenheid waren, en op een of andere manier waren zij dat ook. Ze liepen een voor een tegen de honderd, en zelfs zij konden zich niet herinneren wie de oudste was. Ze waren alle drie een paar keer getrouwd geweest, maar hadden al hun mannen overleefd en trokken samen bij tante Grace in. En ze waren nog gekker dan dat ze oud waren.

Rond mijn twaalfde dropte mijn moeder me op zaterdag bij de tantes om een handje te helpen, en vanaf die tijd was dit vaste prik. Het vervelendste klusje was dat ik ze elke zaterdag naar de kerk moest brengen. De zusters waren zuidelijke baptisten en zij gingen zaterdags en zondags naar de kerk, en ook op de meeste andere dagen.

Maar vandaag was anders. Ik was mijn bed uit en stond onder de douche voordat Amma me een derde keer kon roepen. Ik stond te popelen om ernaartoe te gaan. De Zusters kenden zo ongeveer iedereen die ooit in Gatlin had gewoond; dat moest ook wel, want door al die huwelijken door de jaren heen waren die drie dames zo ongeveer familie van de halve stad. Na het visioen was duidelijk dat de G in GKD voor Geneviève stond. En als er iemand was die kon weten waarvoor de andere initialen stonden, dan waren het de drie oudste vrouwen in de stad.

Toen ik de bovenste lade van mijn kast opentrok om een paar sokken te pakken, stuitte ik op een poppetje dat eruitzag als een wollen aapje. Het hield een piepklein tasje vast met zout en een blauwe steen, een van Amma's amuletten. Ze maakte ze om slechte geesten of het ongeluk, of zelfs een verkoudheid af te weren. Ze legde er een boven de deur van mijn vaders werkkamer toen hij op zondag ging werken in plaats van naar de kerk te gaan. En hoewel mijn vader de dienst nooit vol aandacht volgde, zou de Goede Heer het volgens Amma toch waarderen als je kwam opdagen. Een paar maanden later kocht mijn vader op internet een keukenheks en hing deze boven het fornuis. Amma was zo kwaad dat ze hem een week lang koude gortpap en aangebrande koffie voor zijn neus zette.

Normaal hield ik me niet echt bezig met Amma's geschenkjes, maar er was iets met het medaillon. En ze wilde niet dat ik erachter kwam wat het was.

◆◆◆

De situatie waarin ik belandde toen ik in het huis van de Zusters aankwam, is maar met één woord te beschrijven. Chaos. Tante Mercy deed de deur open met haar haar nog in de krullers.

'Goddank dat je er bent, Ethan. We hebben te maken met een N-oodgeval,' zei ze, terwijl ze de N beklemtoonde alsof het een woord op zichzelf was. De helft van wat zij zeiden, ontging mij normaal gesproken toch al. Ze hadden vreselijk zware accenten en ook hun grammatica was allerbelabberdst. Maar zo ging dat in Gatlin; je kon de leeftijd van iemand bepalen door de manier waarop ze spraken.

'Tante?'

'Harlon James is gewond geraakt en ik weet niet of hij zal heengaan.' Ze fluisterde de laatste twee woorden alsof ze bang was dat God Hemzelf zou meeluisteren, en ze Hem niet op ideeën wilde brengen. Harlon James was de Yorkshire terriër van tante Prudence, vernoemd naar haar meest recente, overleden echtgenoot.

87

'Wat is er gebeurd?'

'Ik zal je zeggen wat er is gebeurd,' zei tante Prudence, die uit het niets opdook met een EHBO-doos in haar hand. 'Grace probeerde de arme Harlon James te vermoorden, en het had een haartje gescheeld.'

'Ik wilde hem helemaal niet vermoorden!' schreeuwde tante Grace vanuit de keuken. 'Vertel geen onzin, Prudence Jane. Het was een ongeluk!'

'Ethan, ga Dean Wilks bellen en zeg hem dat we een N-oodgeval hebben,' droeg tante Prudence me op, terwijl ze een flesje ontsmettingsmiddel en twee extra grote rollen verband uit de EHBO-doos pakte.

'We raken hem kwijt!' Harlon James lag op de keukenvloer en zag er geschrokken uit, maar was bij lange na niet dood. Zijn achterpoot had hij onder zijn buik getrokken. Toen hij probeerde op te staan, sleepte zijn poot achter hem aan. 'Grace, de Heer is mijn getuige, als Harlon James doodgaat...'

'Hij gaat niet dood, tante Prue. Ik denk dat zijn poot gebroken is. Wat is er gebeurd?'

'Grace probeerde hem met een bezem dood te slaan.'

'Dat is niet waar, dat heb ik je al gezegd. Ik had mijn bril niet op en ik dacht dat ik een bruine rat door de keuken zag rennen.'

'Je weet niet eens hoe een bruine rat eruitziet, je hebt er nog nooit een gezien.'

Dus reed ik de Zusters, die volledig hysterisch waren, en Harlon James, die waarschijnlijk wenste dat hij dood was, in hun Cadillac uit 1964 naar het huis van Dean Wilks. Dean runde de voerwinkel, maar hij kwam in de stad het dichtst bij een veearts. Gelukkig had Harlon James alleen maar een gebroken poot en daar kon Dean Wilks wel iets aan doen.

Tegen de tijd dat we weer thuis waren, vroeg ik me af of ík hier niet de gek was. Hoe had ik kunnen denken dat ik uit de Zusters enige informatie kon lospeuteren. Thelma's auto stond op de oprit. Mijn vader had Thelma tien jaar geleden aangenomen om bij de tantes een oogje in het zeil te houden. Tante Grace had toen hun huis bijna laten afbranden, omdat ze een citroenschuimtaart in de oven had gezet en die daar de hele middag in had laten staan, terwijl zij in de kerk zaten.

'Waar zijn de meisjes geweest?' Thelma riep vanuit de keuken.

Ze liepen tegen elkaar op toen ze zich alle drie tegelijk zo snel mogelijk naar de keuken wurmden om Thelma hun rampspoed uit de doeken te doen. Ik liet me in een van de niet bij elkaar passende keukenstoelen naast tante Grace neervallen, die er zeer ongelukkig bijzat omdat ze nog een keer de boosdoener in het verhaal zou zijn.

Ik haalde het medaillon uit mijn zak en draaide de ketting, die nog in de zakdoek zat, een paar keer in de rondte.

'Wat heb je daar, knul?' vroeg Thelma, die ondertussen wat snuiftabak uit het potje op de vensterbank pakte en dat op haar onderlip wreef. Dat zag er nog idioter uit dan het klinkt, omdat Thelma nogal een dame was en wel wat van Dolly Parton weg had.

'Ach, gewoon een medaillon dat ik bij de Ravenwood-plantage heb gevonden.'

'Ravenwood? Wat had je daar in vredesnaam te zoeken?'

'Een vriendin van mij logeert daar.'

'Je bedoelt Lena Duchannes?' vroeg tante Mercy. Natuurlijk was dit geen nieuws, de hele stad wist het. Dit was Gatlin.

'Ja tante. Ze zit bij mij in de klas. We hebben dit medaillon in de tuin achter het grote huis gevonden. We weten niet van wie het is geweest, maar het ziet er erg oud uit.'

'Dat ding behoort Macon Ravenwood niet toe. Het is eigendom van Greenbrier,' zei tante Prue stellig.

'Laat mij eens kijken,' zei tante Mercy, terwijl ze haar bril uit de zak van haar duster pakte.

Ik gaf haar het medaillon, dat nog altijd in de zakdoek was gewikkeld. 'Er staat een inscriptie op.'

'Die kan ik niet lezen. Grace, kun je het ontcijferen?' vroeg ze en ze overhandigde het medaillon aan tante Grace.

'Ik zie helemaal niets staan,' zei tante Grace turend op het medaillon.

'Er staan twee paar initialen op, hier,' zei ik, terwijl ik de gravures in het metaal aanwees, 'ecw en gkd. En als je hem omdraait, staat er op de andere kant een datum. 11 februari 1865.'

'Die datum klinkt me bekend in de oren,' zei tante Prudence. 'Mercy, weet jij wat er die dag is gebeurd?'

'Ben je niet op die dag getrouwd, Grace?'

'1865, niet 1965,' corrigeerde tante Grace. Hun oren waren al niet veel beter dan hun ogen. '11 Februari 1865...'

'In dat jaar hebben de Federalen bijna heel Gatlin in de as gelegd,' zei tante Grace. 'Onze overgrootvader is alles in die brand kwijtgeraakt. Meisjes, herinneren jullie je dat verhaal niet meer? Generaal Sherman trok met het leger van de Unie dwars door het zuiden heen. De soldaten staken alles wat ze onderweg tegenkwamen in de fik, inclusief Gatlin. Het wordt wel de Grote Brand genoemd. Alle plantages in Gatlin werden een voor een vernietigd, behalve Ravenwood. Mijn grootvader zei altijd dat Abraham Ravenwood die nacht een pact met de duivel moet hebben gesloten.'

'Hoe bedoel je?'

'Dat was de enige verklaring waarom die plek ongeschonden bleef. De Federalen staken alle plantages aan de rivier in brand, een voor een, tot ze bij Ravenwood kwamen. Ze trokken er gewoon langs, alsof daar helemaal niets was.'

'Volgens grootvader was dit niet het enige vreemde aan die nacht,' zei tante Prue, terwijl ze Harlon James een stukje spek voerde. 'Abraham had een broer. Ze woonden daar samen, en hij is in die nacht naar buiten gegaan en spoorloos verdwenen. Niemand heeft hem ooit nog gezien.'

'Dat is toch niet zo vreemd. Hij kan gedood zijn door de soldaten van de Unie, of hij is in een van de brandende huizen omgekomen,' zei ik.

Tante Grace trok haar wenkbrauw op. 'Of misschien is er iets anders gebeurd. Ze hebben nooit een lichaam gevonden.' Ik realiseerde me dat er al generaties lang over de Ravenwoods werd gesproken; het begon niet bij Macon Ravenwood. Ik vroeg me af wat de Zusters nog meer wisten.

'Wat is er met Macon Ravenwood? Wat weten jullie van hem?'

'Die jongen heeft nooit de kans gekregen, omdat hij een B-uitenechtelijk kind was.' In Gatlin was een buitenechtelijk kind net zoiets als een communist of een atheïst. 'Zijn vader, Silas, ontmoette Macons moeder nadat zijn eerste vrouw hem had verlaten. Het was een mooi meisje, uit New Orleans, als ik het goed heb. Maar dat doet er niet toe. Niet lang daarna werden Macon en zijn broer geboren. Maar Silas is nooit met haar getrouwd en toen heeft zij ook haar biezen gepakt.'

Tante Prue onderbrak haar. 'Grace Ann, jij weet niet hoe je een verhaal moet vertellen. Silas Ravenwood was E-xcentriek, en in en in gemeen. In dat huis gebeurden vreemde dingen. De lichten waren de hele nacht aan, en herhaaldelijk zag men daar een man met een grote zwarte hoed rondlopen.'

'En de wolf. Vertel het verhaal van de wolf.' Ze hoefden mij het verhaal van de wolf niet te vertellen, of wat voor beest het ook was. Ik had hem met eigen ogen gezien. Toch kon het niet hetzelfde dier zijn. Honden, zelfs wolven, werden niet zo oud.

'In dat huis liep een wolf rond. Silas hield hem alsof het een huisdier was!' Tante Mercy schudde haar hoofd.

'Maar die jongens woonden dan weer een poosje bij hun vader, dan weer bij hun moeder. Wanneer ze bij hem waren, was Silas niet goed voor hen. Hij sloeg ze de hele tijd en verloor hen nauwelijks uit het oog. Ze mochten van hem niet eens naar school.'

'Misschien komt Macon Ravenwood daarom nooit zijn huis uit,' zei ik.

Tante Mercy zwaaide haar hand in de lucht alsof dat het domste was wat ze ooit had gehoord. 'Hij komt zijn huis wel uit. Ik heb hem tig keer gezien bij het DAR-gebouw, vlak na etenstijd.' Natuurlijk had ze dat. Ja vast.

Dat schortte er nou aan de Zusters; de helft van de tijd hadden ze een stevige greep op de werkelijkheid, maar dat was slechts de helft van de tijd. Ik had nog nooit gehoord dat iemand Macon Ravenwood had gezien, dus betwijfelde ik of hij bij de DAR rondhing en daar een kleurenstaal bekeek of een praatje met mevrouw Lincoln maakte.

Tante Grace bestudeerde het medaillon nu zorgvuldiger en hield hem tegen het licht. 'Ik kan je één ding vertellen. Deze zakdoek was van Sulla Treadeau, Sulla de Profetes noemden ze haar, omdat er werd gezegd dat ze de toekomst in de kaarten kon lezen.'

'Tarotkaarten?' vroeg ik.

'Zijn er nog andere kaarten dan?'

'Nou ja, je hebt speelkaarten, ansichtkaarten, uitnodigingskaarten voor een feest...' Tante Mercy dwaalde af.

'Hoe weet je dat die zakdoek van haar was?'

'Haar initialen staan hier op de rechterhoek geborduurd, en zie je dit hier?' vroeg ze, terwijl ze op een piepklein vogeltje wees dat onder de initialen was geborduurd. 'Dat was haar merkteken.'

'Haar merkteken?'

'De meeste lezers hadden toen een merkteken. Ze merkten het spel kaarten om ervoor te zorgen dat niemand ze kon verwisselen. Een lezer is net zo goed als haar spel kaarten. Dat weet ik ook nog wel,' zei Thelma, terwijl ze in een hoek van de kamer iets in een kleine urn spuugde met de precisie van een scherpschutter.

Treadeau. Dat was Amma's achternaam.

'Was ze familie van Amma?'

'Natuurlijk was ze dat. Ze was Amma's betovergrootmoeder.'

'En wat betekenen de initialen op het medaillon? ECW en GKD? Zeggen die u iets?' Het was een gok. Ik kon me niet heugen wanneer de Zusters zo lang helder waren geweest als vandaag.

'Neem jij nu een oude vrouw in de maling, Ethan Wate?'

'Nee tante.'

'ECW. Ethan Carter Wate. Hij was jouw achter-achteroudoom of was het je achter-achter-achteroudoom?'

'Je bent nooit een ster geweest in rekenen,' onderbrak tante Prudence haar.

'Maakt niet uit, hij was de broer van jouw bet-bet-betover-grootvader Ellis.'

'De broer van Ellis Wate heette Lawson, niet Ethan. Van hem heb ik mijn tweede naam.'

'Ellis Wate had twee broers, Ethan en Lawson. Jij bent naar beiden vernoemd. Ethan Lawson Wate.' Ik probeerde mijn stamboom voor de geest te halen. Ik had hem vaak genoeg gezien. En als er één ding is wat een zuiderling kent, dan is het zijn stamboom. Op de ingelijste kopie in onze eetkamer kwam geen Ethan Carter Wate voor. Ik had de heldere geest van tante Grace duidelijk overschat.

Het moet aan mijn gezicht te zien zijn geweest dat ik niet overtuigd was, want een seconde later stond tante Prue naast haar stoel. 'Ik heb de stamboom van de familie Wate in mijn genealogieboek. Ik hou de ontwikkeling van het geslacht bij voor de Zusters van de Confederatie.'

De Zusters van de Confederatie, het mindere nichtje van de DAR, maar net zo weerzinwekkend, was een soort naaikransje dat zijn oorsprong kende in de Burgeroorlog. Tegenwoordig besteedden de leden het grootste deel van hun tijd aan het natrekken van hun Burgeroorlogwortels voor documentaires en miniseries zoals *The Blue and the Gray*.

'Hier is het.' Tante Prue schuifelde de keuken weer in en had in haar handen een enorm in leer gebonden plakboek, waaruit vergeelde stukken papier en oude foto's staken. Ze bladerde door het boek, waarbij er papierflarden en oude krantenknipsels op de grond vielen.

'Moet je dat zien... Burton Free, mijn derde echtgenoot. Was hij niet de knapste van al mijn mannen?' vroeg ze, terwijl ze de verkreukelde foto voor ons omhooghield.

'Prudence Jane, zoek verder. Deze jongeman is ons geheugen aan het testen.' Tante Grace was duidelijk geïrriteerd.

'Ik heb het gevonden, na de Statham-stamboom.'

Ik staarde naar de namen die ik zo goed kende van de stamboom in onze eetkamer thuis.

Daar stond de naam, de naam die ontbrak op de stamboom in de thuishaven van de Wates – Ethan Carter Wate. Waarom hadden de Zusters een andere versie van mijn stamboom? Het was duidelijk welke stamboom de juiste was. Ik hield het bewijs in mijn hand, gewikkeld in de zakdoek van een honderdvijftig jaar oude profetes.

'Waarom staat hij niet op mijn stamboom?'

'De meeste stambomen in het zuiden zitten vol leugens, maar het verbaast me dat hij toch op één exemplaar van de stamboom staat vermeld,' zei tante Grace, terwijl ze het boek dichtsloeg en daarbij een stofwolk de ruimte injoeg.

'Hij staat uitsluitend op dit exemplaar, omdat ik altijd heel precies alle gegevens heb bijgehouden.' Tante Prue glimlachte triomfantelijk, waarbij ze haar gebit in zijn geheel aan de aanwezigen ontblootte.

Ik moest hun aandacht vasthouden.

'Waarom zou hij er niet op mogen staan, tante Prue?'

'Omdat hij een deserteur is.'

Ik kon haar niet volgen. 'Hoe bedoelt u, een deserteur?'

'Mijn God, wat leren ze de jongelui op die fijne school van jullie?' Tante Grace had alleen aandacht voor het bakje gemengde noten, waar ze de rozijnen uitpikte.

'Deserteurs. De soldaten van de Confederatie die tijdens de oorlog generaal Lee in de steek lieten.' Ik moet verward hebben gekeken, want tante Prue voelde zich genoodzaakt het uit te leggen. 'Tijdens de oorlog had je twee soorten soldaten in het leger van de Confederatie. Een groep die het doel van de Confederatie steunde, en de groep die door hun familie werd gedwongen zich aan te melden.' Tante Prue stond op en liep naar het aanrecht, waar ze heen en weer banjerde als een heuse lerares geschiedenis die haar les afdraaide.

'Rond 1865 was het leger van Lee verslagen, uitgehongerd en in de minderheid. Sommigen zeggen dat de rebellen hun vertrouwen verloren, waardoor ze de benen namen. Ze deserteerden uit hun regimenten. Ethan Carter Wate was een van hen. Hij was een

STAMBOOM FAMILIE WATE

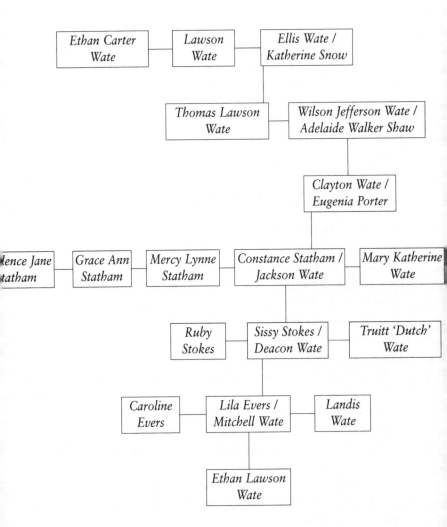

deserteur.' Ze bogen alle drie hun hoofd alsof de schande voor hen nog te groot was.

'Dus als ik het goed begrijp, zegt u me dat hij uit de stamboom is geschrapt, omdat hij niet de hongerdood wilde sterven toen hij in een verloren oorlog aan de verkeerde kant vocht?'

'Zo zou je het ook kunnen bekijken, denk ik.'

'Ik heb nog nooit zoiets belachelijks gehoord.'

Tante Grace sprong uit haar stoel, voor zover een negentig-en-nog-wat oude vrouw kon springen. 'Let een beetje op je woorden, Ethan. Die stamboom is veranderd lang voordat wij waren geboren.'

'Het spijt me, tante.' Ze streek haar rok glad en ging weer zitten. 'Waarom zouden mijn ouders me naar een achter-achter-achteroudoom vernoemen die de familie te schande heeft gemaakt?'

'Wel, jouw moeder en vader hadden zo hun eigen mening over die toestand, door al die boeken die zij hebben gelezen over de Burgeroorlog. Je weet dat ze altijd heel ruimdenkend zijn geweest. Wie weet hoe ze erover dachten? Dat moet je aan jouw vader vragen.' Alsof er ook maar een mogelijkheid was dat hij het me zou vertellen. Maar zoals ik mijn moeder kende, denk ik dat zij trots zou zijn geweest op Ethan Carter Wate. Ik was eigenlijk ook wel trots op hem. Ik liet mijn hand over de verbleekte bruine bladzijde van tante Prue's plakboek glijden.

'En de initialen GKD? Ik denk dat de G voor Geneviève staat,' zei ik, hoewel ik dat al zeker wist.

'GKD. Ben jij niet eens een keer uit geweest met een jongen met de initialen GD, Mercy?'

'Kan ik me niet herinneren. Zegt GD jou misschien iets, Grace?'

'GD... GD? Nee, er gaat geen bel rinkelen.' Ik was ze kwijt.

'O, lieve hemel. Meisjes, kijk eens hoe laat het is. We moeten naar de kerk,' zei tante Mercy.

Tante Grace knikte richting de garagedeur. 'Ethan, wees een goede jongen en zet de Cadillac buiten, wil je. Wij moeten ons nog even fatsoeneren.'

Ik reed de dames vier blokken naar de middagdienst in de baptistenkerk en duwde de rolstoel van tante Mercy het grindpad op. Dit duurde langer dan de rit naar de kerk, omdat de stoel om de paar meter in het grind bleef steken. Ik moest hem heen en weer wrikken om hem weer los te krijgen. Daarbij kiepte dat ding bijna om en met een beetje pech had ik mijn oudtante in de modder gedumpt. Tegen de tijd dat de predikant de derde belijdenis van een oude dame had afgenomen, die zwoor dat Jezus haar rozenstruiken van de Japanse kevers had gered of haar hand waarmee ze quilts maakte van artritis, was ik ver weg. Ik speelde wat met het medaillon in mijn zak. Waarom toonde hij Lena en mij dat visioen niet meer? Waarom werkte hij opeens niet meer?

Ethan, hou op. Je weet niet waar je mee bezig bent.

Lena zat weer in mijn hoofd.

Stop hem weg!

De ruimte om mij heen verdween en ik voelde Lena's vingers die van mij vastgrijpen alsof ze naast me zat...

Niets had Geneviève kunnen voorbereiden op de vreselijke aanblik van een brandend Greenbrier. De vlammen schoten aan de zijkanten omhoog, vraten het raamwerk op en verzwolgen de veranda. Soldaten droegen het antiek en de schilderijen naar buiten, plunderend als ordinaire dieven. Waar was iedereen? Hielden ze zich schuil in het bos zoals zij? Bladeren knisperden. Ze voelde dat er iemand achter haar stond. Voor ze zich kon omdraaien, bedekte een met modder besmeurde hand haar mond. Met beide handen greep ze de pols van die persoon vast en probeerde zich los te wrikken.

'Geneviève, ik ben het.' De hand verslapte zijn greep.

'Wat doe je hier? Gaat het?' Geneviève sloeg haar armen om de soldaat heen, die gekleed was in wat er over was van zijn grijze Confederatie-uniform, waar hij ooit trots op was geweest.

'Ik ben oké, lieverd,' zei Ethan, maar ze wist dat hij loog.

'Ik dacht dat je...'

Geneviève wist, sinds Ethan de afgelopen twee jaar in dienst was gegaan, alleen door zijn brieven hoe het met hem ging. Sinds de Slag in de Wildernis had ze niets meer van hem gehoord. Geneviève wist dat veel mannen die Lee in de veldslag waren gevolgd, Virginia nooit meer waren uitgemarcheerd. Ze had zich erbij neergelegd dat ze als vrijgezel zou sterven. Ze was er zo zeker van dat ze Ethan kwijt was. Ze kon het zich bijna niet voorstellen dat hij nog in leven was. Nu stond hij hier in deze nacht voor haar.

'Waar is de rest van je regiment?'

'Het laatste wat ik heb gezien is dat ze buiten Summit waren.'

'Wat bedoel je met het laatste wat ik heb gezien? Zijn ze allemaal dood?'

'Geen idee. Toen ik wegging, leefden ze nog.'

'Ik begrijp je niet.'

'Geneviève, ik ben gedeserteerd. Ik kon geen dag langer vechten voor iets waar ik niet meer in geloof. Niet na wat ik heb gezien. De meeste jongens hebben geen flauw idee waar deze oorlog over gaat – weten niet dat ze hun bloed alleen maar verspillen voor katoen.'

Ethan pakte haar koude handen vast in zijn ruwe handen vol kloven en sneden. 'Ik begrijp dat je, nu ik geen man van eer meer ben, niet met me kunt trouwen. Ik heb geen cent en ook geen eer meer.'

'Ethan Carter Wate, het kan me niets schelen dat je geen cent hebt. Jij bent de eervolste man die ik ooit heb gekend. En het kan me niet schelen dat mijn vader vindt dat wij te veel van elkaar verschillen om te trouwen. Hij heeft ongelijk. Je bent thuisgekomen en we gaan trouwen.'

Geneviève omklemde hem, bang dat hij in de lucht zou verdwijnen als ze hem losliet. De geur bracht haar terug naar de werkelijkheid. De zure geur van verbrande citroenen, van hun brandende levens. 'We moeten bij de rivier zien te komen. Daar zou mama naartoe gaan. Ze zou naar het zuiden vluchten, naar het huis van tante Marguerite.' Maar Ethan had geen tijd haar te antwoorden. Er kwam iemand aan. De takken kraak-

ten alsof iemand zich een weg baande door het kreupelhout.

'Ga achter me staan,' beval Ethan, terwijl hij Geneviève met een arm naar achteren duwde en met zijn andere arm naar zijn geweer greep. Het kreupelhout week en Ivy, de kokkin van Greenbrier, kwam aanstrompelen. Ze was nog altijd in haar nachtpon, die nu zwart van de rook was. Ze schreeuwde toen ze het uniform zag, te bang om te zien dat het grijs was en niet blauw.

'Ivy, gaat het?' Geneviève haastte zich naar voren om de oude vrouw op te vangen, die op het punt stond om in elkaar te zakken.

'Juffrouw Geneviève, wat doe je in vredesnaam hier buiten?'

'Ik probeerde naar Greenbrier te komen. Om jullie te waarschuwen.'

'Daar is het te laat voor, kind. Het zou niet geholpen hebben. Die Blauwe Vogels hebben de deuren ingebeukt en liepen zo het huis binnen, alsof het van hen was. Ze keken snel rond of er nog iets van hun gading bij zat om mee te nemen, en toen stichtten ze overal brand.' Het was bijna onmogelijk om haar te volgen. Ze was hysterisch en om de haverklap kreeg ze een hoestaanval. Ze snakte naar adem door de rook en haar tranen.

'In heel mijn leven heb ik nog nooit zulke duivels gezien. Een huis met daarin vrouwen in brand steken. Ieder van hen zal zich in het hiernamaals moeten verantwoorden voor de Almachtige God Hemzelf.' Ivy's stem trilde.

Het duurde even voordat Ivy's woorden tot Geneviève doordrongen.

'Wat bedoel je met een huis met daarin vrouwen in brand steken?'

'Het spijt me zo, kind.'

Geneviève voelde haar benen slap worden. Ze knielde in de modder. De regen liep over haar gezicht en mengde zich met haar tranen. Haar moeder, haar zuster, Greenbrier – ze waren allemaal weg.

Geneviève sloeg haar ogen op naar de hemel.

'God is degene die mij zal moeten antwoorden.'

We werden er net zo snel uitgetrokken als we er waren ingezogen. Ik staarde weer naar de predikant en Lena was verdwenen. Ik voelde haar wegglippen.

Lena?

Ze antwoordde niet. Ik zat in de kerk, het koude zweet op mijn lichaam, samengedrukt tussen tante Mercy en tante Grace, die in hun tassen naar muntjes zochten voor de collectemand.

Een huis in brand steken met daarin vrouwen, een huis omzoomd door citroenbomen. Een huis waar ik wed dat Geneviève haar medaillon is verloren. Een medaillon met de inscriptie van de dag waarop Lena is geboren, maar dan honderd jaar eerder. Geen wonder dat Lena de visioenen niet wilde zien. Ik kon haar geen ongelijk geven.

Toeval bestond niet.

14 september

De echte Boo Radley

Zondagavond herlas ik *The Catcher in the Rye* tot ik moe genoeg zou zijn om in slaap te vallen, maar ik bleef klaarwakker. Lezen voelde niet meer hetzelfde. Ik kon niet meer verdwijnen in het karakter van Holden Caulfield, omdat ik niet zo in het verhaal kon opgaan als nodig is om iemand anders te kunnen worden.

Ik was niet alleen in mijn hoofd. Het was er druk met medaillons, branden en stemmen. Mensen die ik niet kende en visioenen waar ik niets van begreep.

En er was nog iets anders. Ik legde het boek weg en kruiste mijn handen achter mijn hoofd.

Lena? Ben je daar, ja toch?

Ik staarde naar het blauwe plafond.

Hou maar op. Ik weet dat je er bent. Hier. Waar dan ook.

Ik wachtte tot ik hem hoorde. Haar stem, die zich als een petieterig helder geheugen ontvouwde in de donkerste, verste hoek van mijn geest.

Nee, niet echt.

Je bent er. Je bent er al de hele avond.

Ethan, ik slaap. Ik bedoel, sliep.

Ik glimlachte in mezelf.

Nee, dat deed je niet. Je luisterde.

Niet waar.

Geef maar toe, dat deed je wel.

Jongens. Jullie denken altijd dat alles om jullie draait. Misschien vind ik dat boek gewoon leuk.

Kun je binnenvallen wanneer je wilt?

Het bleef lang stil.

Normaal gesproken niet, maar vanavond gebeurde het zomaar. Ik snap nog altijd niet hoe het werkt.

Misschien kunnen we het iemand vragen.

Wie dan?

Geen idee. Denk toch dat we het samen moeten uitzoeken. Net als al het andere.

Opnieuw een pauze. Ik probeerde me niet af te vragen of het 'we' haar afschrok, voor het geval ze me kon horen. Misschien was het dat, of wellicht toch dat andere: ze wilde niet dat ik iets zou ontdekken wat met haar te maken had.

Probeer het niet.

Ik glimlachte en voelde mijn oogleden zwaar worden. Ik kon ze amper openhouden.

Ik doe mijn best.

Ik draaide het licht uit.

Welterusten, Lena.

Welterusten, Ethan.

Ik hoopte dat ze niet al mijn gedachten kon lezen.

Basketbal. Ik was vastbesloten om vaker te denken aan basketbal. En toen ik in gedachten door het speltactiekboek ging, voelde ik mijn ogen dichtgaan en zonk ik diep weg...

Verdrinken.

Ik verdronk.

Ik spartelde in het groene water, golven sloegen boven mijn hoofd stuk. Ik trapte met mijn voeten naar de modderige bodem van een rivier, misschien de Santee, maar er was niets. Ik zag een vaag licht over de rivier glijden. Het lukte me niet om naar boven te komen.

Ik zakte de diepte in.

Het is mijn verjaardag, Ethan. Het gaat gebeuren.

Ik strekte mijn arm uit. Ze greep mijn hand vast en ik kneep hard om haar vast te klemmen. Ze dreef weg, en ik kon haar niet meer houden. Ik wilde schreeuwen toen ik haar bleke, smalle hand in de donkere diepte onder me zag wegglijden, maar mijn mond vulde zich met water en er kwam geen geluid uit. Ik voelde dat ik ging stikken. Nog even en ik zou mijn bewustzijn verliezen.

Ik probeerde je te waarschuwen. Je moet me laten gaan!

Ik zat rechtop in bed. Mijn T-shirt was doorweekt. Ook mijn kussen was nat, net als mijn haar. Het was benauwd en vochtig in mijn kamer. Vermoedelijk had ik het raam weer open laten staan.

'Ethan Wate! Hoor je me? Maak als de donder dat je beneden komt, anders kun je de hele week weer naar je ontbijt fluiten.'

Ik zat net op mijn stoel toen drie gebakken eieren op mijn bord met een broodje met jus gleden. 'Goedemorgen, Amma.'

Ze draaide me haar rug toe zonder me een blik waardig te keuren. 'Nou, je weet best dat daar niets goed aan is. Je moet me geen flauwekul verkopen.' Ze was nog boos op me, en ik was er niet zeker van of dat kwam omdat ik de les was uitgelopen of omdat ik het medaillon mee naar huis had gebracht. Waarschijnlijk beide. Ik kon het haar echter niet kwalijk nemen; ik spookte normaal gesproken nooit iets uit op school. Dit was geheel nieuw terrein.

'Amma, het spijt me dat ik vrijdag de les uitliep. Het zal niet meer gebeuren. Ik zal geen rare dingen meer doen.'

Haar gezicht verzachtte iets en ze ging tegenover me zitten. 'Dat denk ik niet. We maken allemaal onze keuzes en aan die keuzes zitten consequenties vast. Voor jou zwaait er straks op school ook nog wat. Misschien ga je nu eens naar me luisteren. Blijf uit de buurt van Lena Duchannes en dat huis.'

Het was niets voor Amma om het eens te zijn met de rest van de stad, want volgens haar zagen zij het altijd verkeerd. Ik zag dat ze zich zorgen maakte. Ze bleef in haar koffie roeren terwijl de melk allang was verdwenen. Amma maakte zich altijd zorgen over mij en daarom hield ik van haar. Toch voelde het anders sinds ik haar het medaillon had laten zien. Ik liep om de tafel heen en gaf haar een knuffel. Zoals altijd rook ze naar potlood en kaneelsnoepjes.

Ze schudde haar hoofd, en mopperde: 'Ik wil niets meer horen over groene ogen en zwart haar. Er hangt vandaag een donkere wolk boven je, dus wees voorzichtig.'

Amma had vandaag niet een gewone zwartgallige bui, zo zwaarmoedig had ik haar nog nooit gezien. Ik voelde zelf ook een donkere wolk aankomen.

Link kwam aanrijden in het Wrak waaruit weer de vreselijkste deuntjes schalden. Hij zette de muziek zachter toen ik me op de stoel liet glijden, wat altijd een slecht teken was.

'Er is gesodemieter.'

'Weet ik.'

'Jackson heeft sinds vanochtend een officiële lynchbende.'

'Wat heb je gehoord?'

'Het is al sinds vrijdagavond aan de gang. Ik hoorde mijn moeder praten, en probeerde jou te bellen. Waar hing je trouwens uit?'

'Ik was zogenaamd een behekst medaillon aan het begraven op Greenbrier, zodat Amma me weer het huis zou inlaten.'

Link lachte. Hij was gewend aan heksen, amuletten en het boze oog, als het over Amma ging. 'Gelukkig laat ze je nu niet met dat stinkende zakje met die uientroep om je nek lopen. Die lucht was niet om uit te houden.'

'Het was knoflook. Voor de begrafenis van mijn moeder.'

'Het was echt smerig.'

Zo kende ik Link weer. We waren vrienden vanaf de dag dat hij me in de bus dat cakeje had gegeven en sindsdien kon het hem weinig schelen wat ik zei of deed. Zelfs toen wist je al wie je vrienden waren. Zo ging dat in Gatlin. Alles was tien jaar geleden al eens gebeurd. Voor onze ouders was alles al eens dertig of veertig jaar geleden gebeurd. En voor de stad zelf leek het alsof er al langer dan honderd jaar niets meer was gebeurd. In ieder geval niets van belang.

Ik had het gevoel dat dat nu allemaal anders zou worden.

Mijn moeder zou gezegd hebben dat het tijd werd. Voor mijn moeder kon er niet genoeg veranderen. Dat gold niet voor Links moeder. Mevrouw Lincoln was een vrouw met een missie, en met een netwerk – een gevaarlijke combinatie. In de laatste klas van de basisschool rukte ze de tv-kabel uit de muur, omdat Link naar een Harry Potter-film zat te kijken. Ze voerde campagne om deze boeken te bannen uit de bibliotheek van Gatlin, omdat ze volgens haar hekserij stimuleerden. Gelukkig wist Link stiekem naar het huis van Earl Petty te sluipen om daar MTV te kijken, anders zou Who Shot Lincoln nooit op Jackson High de eerste – en met eerste bedoel ik enige – rockband zijn geweest.

Mevrouw Lincoln bleef een raadsel voor mij. Toen mijn moeder nog leefde, zei ze eens: 'Link mag dan wel jouw beste vriend zijn, maar verwacht niet van mij dat ik lid word van de DAR en een hoepelrok aantrek voor de heropvoeringen van de Burgeroorlog.' We lagen allebei in een deuk. We zagen mijn moeder al kilometers over modderige slagvelden lopen, speurend naar lege kogelhulzen. En zelf haar haar knippen met een tuinschaar. Of als lid van de DAR een verkoop van zelfgebakken waar organiseren en iedereen vertellen hoe ze hun huis moeten inrichten.

Het was niet moeilijk je mevrouw Lincoln in de DAR voor te stellen. Zij was secretaris van de ledenadministratie, en zelfs ik wist dat. Zij zat in het bestuur met de moeders van Savannah Snow en Emily Asher, terwijl mijn moeder haar meeste tijd doorbracht in de bibliotheek, turend op een microfiche.

Had doorgebracht.

Link bleef maar doorratelen. Pas toen het interessant werd, begon ik echt te luisteren. 'Mijn ma, Emily's ma, Savannahs... Hun telefoons stonden de afgelopen avonden roodgloeiend. Ik hoorde mijn moeder praten over het raam dat tijdens de Engelse les was gesprongen en dat ze had gehoord dat het nichtje van Old Man Ravenwood bloed op haar handen had.'

Hij zwenkte de hoek om en praatte zelfs zonder een hap lucht te halen door. 'En dat jouw vriendin net uit een inrichting in Virginia is ontslagen, en dat ze wees is en bi-schizo-manisch of zoiets.'

'Ze is niet mijn vriendin. We zijn gewoon vrienden,' flapte ik eruit.

'Ga toch weg. Je bent zo springerig dat ik bijna een zadel voor je zou kopen.'

Datzelfde zou hij gezegd hebben over elk ander meisje met wie ik in de hal praatte, over praatte of zelfs maar naar keek.

'Dat is ze niet. Er is niets gebeurd. We hebben alleen wat gekletst.'

'Misschien kun je jezelf voor de gek houden, maar mij niet. Je vindt haar leuk, Wate. Geef het toe.' Link was nooit zo subtiel, en ik denk niet dat hij zich kon voorstellen dat je gewoon kon omgaan met een meisje zonder dat er verder iets gebeurde.

'Ik zeg niet dat ik haar niet leuk vind, maar we hebben niets.' Ik sprak de waarheid, of ik daar nu blij mee was of niet. Maar dat was een andere vraag. Hoe dan ook, mijn gezicht moet iets van een glimlach hebben verraden. Verkeerde zet.

Link deed alsof hij moest overgeven op zijn schoot en week uit, waarbij hij op een haar na een vrachtwagen miste. Hij zat me maar te dollen. Het zou Link worst zijn wie ik leuk vond, zolang hij me er maar mee kon plagen. 'Zeg op. Is het waar? Heeft ze het gedaan?'

'Heeft ze wat gedaan?'

'Weet je best. Uit een boom gevallen en elke tak op weg naar beneden geraakt?'

'Er is een raam gesprongen, meer niet. Het is geen mysterie.'

'Volgens mevrouw Asher heeft ze het raam eruit geslagen of er iets tegenaan gegooid.'

'Dat is raar: de laatste keer in de les heb ik niet gezien dat mevrouw Asher bij ons in de klas zat.'

'Nou ja, mijn moeder ook niet, maar ze zei me dat ze vandaag naar school komt.'

'Fijn. Hou een stoel voor haar vrij aan de lunchtafel.'

'Wie weet heeft ze dit op al haar scholen gedaan en zat ze daarom in een soort gesticht.' Link meende het, wat betekende dat hij heel wat geroddel had gehoord sinds het raamincident.

In een flits herinnerde ik me wat Lena had gezegd over haar leven. Misschien was dit een van de complicaties, of slechts een van de zesentwintigduizend dingen waarover ze niet kon praten. Hadden alle Emily Ashers dan misschien toch gelijk? Had ik de verkeerde kant gekozen?

'Kijk een beetje uit, man. Misschien heeft ze wel haar eigen plekje in Gekkenstad.'

'Als je dat echt gelooft, ben je een idioot.'

We stopten op het parkeerterrein zonder nog iets te zeggen. Ik had er de pest in, hoewel ik wist dat Link het beste met me voor had. Maar ik kon er niets aan doen. Alles voelde vandaag anders. Ik stapte uit en knalde het portier dicht.

Link riep me na. 'Man, ik maak me zorgen om je. Je bent jezelf niet meer de laatste tijd.'

'Zeg, zijn jij en ik ineens een stel? Misschien moet je je wat meer met je eigen zaken bemoeien en je eens afvragen waarom geen enkel meisje met je wil praten, gek of niet.'

Hij stapte de auto uit en keek omhoog naar het gebouw van de directie. 'Hoe dan ook, misschien moet je tegen je "vriendin", of wat ze dan ook mag zijn, zeggen dat ze vandaag een beetje uitkijkt. Moet je dat zien.'

Mevrouw Lincoln en mevrouw Asher stonden op de trap van de hoofdingang te praten met rector Harper. Emily stond naast haar moeder en zette haar zieligste gezicht op. Mevrouw Lincoln las rector Harper de les, die knikte alsof hij zich elk woord goed wilde inprenten. Rector Harper mocht dan wel Jackson High runnen, maar hij wist donders goed wie de stad runden. Voor hem stonden er twee van hen.

Toen Links moeder klaar was, stortte Emily zich op een buitengewoon geanimeerde versie van het raamincident. Mevrouw Lincoln strekte haar hand uit en legde deze vol medeleven op Emily's schouder. Rector Harper schudde slechts zijn hoofd.

Het was een dag met onheilspellende donkere wolken, dat was zeker.

∽

Lena zat in de lijkwagen driftig in haar gehavende notitieboekje te schrijven. De motor draaide. Ik klopte op het raam, en ze schoot verschrikt omhoog. Ze keek achterom naar het gebouw van de directie. Ze had de moeders ook gezien.

Ik gebaarde haar het portier te openen, maar ze schudde haar hoofd. Ik liep om de auto heen naar de passagierskant. De deuren waren vergrendeld, maar zo gemakkelijk kwam ze niet van me af. Ik plofte op de motorkap neer en liet mijn rugzak naast me op de grond vallen. Ik zou blijven zitten tot ik een ons woog.

Wat ben je aan het doen?

Ik wacht.

Dan kun je lang wachten.

Ik heb de tijd.

Ze staarde me aan door de voorruit. Ik hoorde de deuren van het slot gaan. 'Heeft ooit iemand tegen je gezegd dat je gestoord bent?' Ze liep om de auto heen en stopte waar ik op de motorkap zat. Ze had haar armen gekruist, zoals Amma wanneer ze gaat tieren.

'Niet zo gestoord als jij, als ik het zo hoor.'

Ze had haar haar in een staart vastgebonden met een zwarte zijden sjaal, waarop opvallend felroze kersenbloesem zat. Ik zag voor me hoe ze in de spiegel naar zichzelf staarde, zich voelde alsof ze naar haar eigen begrafenis ging en de sjaal erin bond om zichzelf op te vrolijken. Een lange zwarte, ik weet niet, een kruising tussen een T-shirt en een jurk, hing over haar spijkerbroek en zwarte Converse-gympen. Ze fronste en keek naar het gebouw van de directie. Waarschijnlijk zaten de moeders nu in het kantoor van rector Harper.

108

'Kun je ze horen?'

Ze schudde haar hoofd. 'Ik kan geen gedachten van mensen lezen, Ethan.'

'Je kunt die van mij lezen.'

'Niet echt.'

'En gisteravond dan?'

'Ik zei je al dat ik niet snap waarom het gebeurt. We lijken gewoon... met elkaar verbonden.' Deze ochtend kostte het uitspreken van deze woorden haar blijkbaar zelfs moeite. Ze kon me niet in de ogen kijken. 'Ik heb dit nog nooit zo met iemand gehad.'

Ik wilde haar zeggen dat ik wist hoe ze zich voelde. Ik wilde haar zeggen dat die momenten waarop we in onze gedachten bij elkaar waren, zelfs al waren onze lichamen kilometers van elkaar verwijderd, ik me dichter bij haar voelde dan ik me ooit bij iemand had gevoeld.

Ik kon het niet. Ik kon het niet eens denken. Ik dacht aan het speltactiekboek, het menu in de kantine, de groene doperwtenkleurige gang waar ik eigenlijk nu zou moeten lopen. Aan wat dan ook. In plaats daarvan boog ik mijn hoofd opzij. 'Ja, dat zeggen meisjes nu altijd tegen me.' Idioot. Als ik nerveus was, maakte ik altijd flauwe grappen.

Ze glimlachte, een trillend glimlachje. 'Probeer maar niet om me op te vrolijken. Dat lukt niet.' Maar dat deed het wel.

Ik keek opnieuw achterom naar de trap van de hoofdingang. 'Als je wilt weten wat ze over je hebben gezegd, kan ik je dat wel vertellen.'

Ze keek me sceptisch aan.

'Hoe dan?'

'We zijn in Gatlin. We kennen hier geen geheimen.'

'Hoe slecht is het?' Ze keek weg. 'Denken ze dat ik gek ben?'

'Behoorlijk.'

'En een gevaar voor de school?'

'Denk het wel. We zijn hier niet vriendelijk tegen vreemden. En de vreemdste hier is wel Macon Ravenwood. Sorry, ik wil je niet beledigen.' Ik glimlachte naar haar.

De eerste bel ging. Ze pakte me vast bij mijn mouw, angstig. 'Ik had vannacht een droom. Heb jij...'

Ik knikte. Ze hoefde niets te zeggen. Ik wist dat ze in de droom bij me was. 'Zelfs mijn haar was kletsnat.'

'Het mijne ook.' Ze liet me haar arm zien. Er zat een blauwe plek op haar pols waar ik had geprobeerd haar vast te klemmen. Voordat ze wegzakte in de diepe duisternis. Ik hoopte dat ze dat deel niet had gezien. Toen ik naar haar gezicht keek, was ik er bijna zeker van dat ze het wel had gezien. 'Lena, het spijt me.'

'Jij kunt er niets aan doen.'

'Ik wilde dat ik wist waarom de dromen zo levensecht zijn.'

'Ik heb geprobeerd je te waarschuwen. Je had bij mij uit de buurt moeten blijven.'

'Oké, ik ben gewaarschuwd.' Ergens wist ik dat ik dat niet zou kunnen – uit haar buurt blijven. Hoewel ik zo de school in moest en een hoop ellende voor mijn kiezen kreeg, liet het me koud. Het deed me goed om iemand te hebben met wie ik kon praten, zonder dat je bij alles wat je zei moest nadenken of je dat wel kon zeggen. En met Lena kon ik praten; op Greenbrier had ik het gevoel dat we dagenlang in het gras hadden kunnen zitten en praten. Of langer. Zolang als ze er was om mee te praten.

'Wat is er nou met jouw verjaardag? Waarom zei je dat je daarna misschien niet meer hier bent?'

Ze deed net alsof ze me niet had gehoord. 'Hoe zit het met het medaillon? Heb je hetzelfde gezien wat ik zag? De brand? Het tweede visioen?'

'Ja. Ik zat in de kerk en viel bijna uit de kerkbank. Wel ben ik bij de Zusters iets meer te weten gekomen. De initialen ECW staan voor Ethan Carter Wate. Hij was mijn achter-achter-achteroudoom en mijn drie malende tantes zeggen dat ik naar hem ben vernoemd.'

'Waarom herkende jij de initialen op het medaillon dan niet?'

'Dat is een raar verhaal. Ik had nog nooit van hem gehoord en hij ontbreekt voor het gemak op de stamboom in mijn huis.'

'En GKD? Dat is Geneviève, toch?'

'Dat leken ze niet te weten, maar dat geloof ik niet. Zij is de vrouw in de visioenen, en de D moet voor Duchannes staan. Ik wilde het Amma vragen, maar toen ik haar het medaillon liet zien kreeg ze zowat een appelflauwte. Alsof dat ding driedubbel behekst was, ondergedompeld in een emmer vol voodoo, en omgeven door een vreselijke vloek. En de werkkamer van mijn vader is verboden terrein, en daar bewaart hij alle oude boeken van mijn moeder over Gatlin en de Burgeroorlog.' Ik dwaalde af. 'Misschien kun je met je oom praten.'

'Denk niet dat mijn oom iets weet. Waar is het medaillon nu?'

'In mijn broekzak, in een zakje vol poeder. Dat strooide Amma eroverheen toen ze dat ding zag. Ze denkt dat ik het medaillon heb teruggebracht naar Greenbrier en daar heb begraven.'

'Ze moet me haten.'

'Niet meer dan een van mijn andere meisjes, ik bedoel, gewone vriendinnen, vrienden die toevallig meisjes zijn.' Ik kon niet geloven hoe stom dat klonk. 'Volgens mij moeten we maken dat we in de klas komen voordat we nog meer problemen krijgen.'

'Eerlijk gezegd, was ik van plan om naar huis te gaan. Ik weet dat ik de confrontatie met hen ooit zal moeten aangaan, maar die wil ik graag nog een dag uitstellen.'

'Krijg je daar geen last mee?'

Ze lachte. 'Met mijn oom, de beruchte Macon Ravenwood, die van mening is dat school tijdverspilling is en die de fatsoenlijke burgers van Gatlin tot elke prijs uit de weg wil gaan? Hij zal in zijn nopjes zijn.'

'Waarom kom je dan?' Ik wist bijna zeker dat Link nooit meer zou komen opdagen als zijn moeder hem niet elke ochtend de deur uitjoeg.

Ze draaide een van de geluksbedeltjes aan haar ketting om, een zevenpuntige ster. 'Ik denk dat ik hoopte dat het hier anders zou gaan. Dat ik misschien een paar vrienden zou krijgen, iets voor de schoolkrant kon doen. Ik weet niet.'

'Onze schoolkrant? *The Jackson Stonewaller*?'

'Op mijn oude school probeerde ik ook bij de schoolkrant te

komen. Ze zeiden dat alle plaatsen bij de redactie al waren ingevuld, ook al hadden ze altijd een tekort aan schrijvers waardoor de schoolkrant nooit op tijd kon verschijnen.' Ze keek verlegen weg. 'Ik moet gaan.'

Ik deed het portier voor haar open. 'Ik denk dat je met je oom moet praten over het medaillon. Misschien weet hij meer dan je denkt.'

'Geloof me, dat weet hij niet.' Ik sloeg het portier dicht. Hoewel ik graag wilde dat ze bleef, was ik toch ook opgelucht dat ze naar huis ging. Ik had vandaag genoeg aan mijn hoofd.

'Moet ik die voor je meenemen?' Ik wees op het notitieboekje dat op de passagiersstoel lag.

'Hoeft niet, er staat geen huiswerk in.' Ze drukte het handschoenenvak open en schoof het erin. 'Het is niets bijzonders.' Ze zou me er toch niets over zeggen.

'Ga nou maar voordat Fatty aan het tellen slaat.' Ze startte de auto voordat ik nog iets kon terugzeggen, en ik zwaaide toen ze wegreed.

Ik hoorde een blaf. Ik draaide me om en zag de enorme zwarte hond van Ravenwood nog geen meter bij mij vandaan staan. Ik zag ook tegen wie hij blafte.

Mevrouw Lincoln glimlachte naar me. De hond gromde, het haar op zijn rug stond rechtovereind. Mevrouw Lincoln keek er met zoveel walging naar, dat je zou denken dat ze naar Macon Ravenwood zelf keek. Wanneer ze elkaar in de haren zouden vliegen, wist ik niet zeker wie het zou winnen.

'Wilde honden dragen altijd het hondsdolheidvirus bij zich. Iemand zou dit moeten melden bij de gemeente.' Ja, ik wist wel wie.

'Ja, mevrouw.'

'Wie reed daar weg in die vreemde zwarte auto? Jullie waren druk in gesprek, als ik het goed zag.' Ze wist het antwoord heel goed. Het was geen vraag. Het was een beschuldiging.

'Mevrouw.'

'Over vreemd gesproken, rector Harper zei me zojuist dat hij van plan is om dat Ravenwood-meisje overplaatsing aan te bieden naar een andere school. Ze is vrij om elke school te kiezen in drie omliggende gemeenten. Zolang het maar niet Jackson is.'

Ik hield mijn mond. Ik keek haar zelfs niet aan.

'Het is onze verantwoordelijkheid, Ethan. Van rector Harper, van mij... van elke ouder in Gatlin. We moeten er zeker van kunnen zijn dat onze kinderen hier niet aan gevaren worden blootgesteld. En uit de buurt van het verkeerde soort mensen blijven.' Waarmee zij iedereen bedoelde die niet zo was als zij.

Ze strekte haar hand uit en legde hem op mijn schouder, precies zoals ze nog geen tien minuten geleden had gedaan bij Emily. 'Ik weet zeker dat wij elkaar begrijpen. Je bent per slot van rekening een van ons. Jouw vader is hier geboren en je moeder ligt hier begraven. Jij hoort hier. Dat geldt niet voor iederéén.'

Ik staarde haar aan. Ze stapte in haar busje voordat ik mijn mond kon opendoen.

Deze keer bestond de missie van mevrouw Lincoln uit meer dan alleen een paar boeken verbranden.

Eenmaal in de les verliep de dag ongewoon normaal, idioot normaal zelfs. Er zwierven geen ouders meer rond, hoewel ik vreesde dat ze zich in de buurt van het directiekantoor ophielden. Tijdens de lunchpauze at ik drie kommen chocoladepudding met de jongens. Niets bijzonders dus, hoewel duidelijk was waarover en over wie we niet zouden praten. Emily zat tijdens Engels en scheikunde de hele les als een wilde te sms'en. Een vertrouwde aanblik, maar toch was ik minder gerust omdat ik wist waarover, of liever gezegd, over wie ze aan het sms'en was. Zoals ik al zei, ongewoon normaal.

Tot het moment dat Link me na de basketbaltraining thuis afzette, en ik besloot iets volkomen krankzinnigs te doen.

Amma stond op de veranda aan de voorkant van het huis – dat betekende dat ik mijn borst kon natmaken. 'Heb je haar vandaag gezien?' Ik had het kunnen verwachten.

'Ze was vandaag niet op school.' Theoretisch gezien sprak ik de waarheid.

'Misschien is dat maar beter ook. Aan dat meisje kleeft onheil, net als aan die hond van Macon Ravenwood. Ik wil niet dat je die narigheid ons huis binnenbrengt.'

'Ik ga douchen. Kunnen we zo eten? Link en ik moeten vanavond aan een opdracht werken.' Ik riep vanaf de trap en probeerde normaal te klinken.

'Opdracht? Waarvoor?'

'Geschiedenis.'

'Waar ga je dat doen en hoe laat denk je thuis te zijn?'

Ik smeet de badkamerdeur dicht voordat ik antwoord kon geven op dat laatste. Ik had een plan, maar ik moest nog een goed verhaal bedenken.

Tien minuten later zat ik aan de keukentafel en had ik het. Het was niet waterdicht, maar iets beters kon ik zo snel niet verzinnen. Nu moest ik het alleen nog op tafel gooien. Ik was geen doortrapte leugenaar, en Amma was niet op haar achterhoofd gevallen. 'Link komt me na het eten ophalen en dan gaan we tot sluitingstijd naar de bibliotheek. Ik denk dat hij rond negen of tien uur dichtgaat.' Ik goot wat Carolina Gold op mijn stoofvlees. Carolina Gold, een kleverige smurrie van mosterd-barbecuesaus, was het enige waar Gatlin befaamd om was en dat niets met de Burgeroorlog te maken had.

'De bibliotheek?'

Wanneer ik tegen Amma loog, werd ik altijd nerveus, dus probeerde ik dat zo min mogelijk te doen. En vanavond staken de zenuwen behoorlijk de kop op, vooral in mijn maag. Het laatste waar ik zin in had, was in drie borden stoofvlees, maar ik had geen keus. Ze wist precies hoeveel ik kon verstouwen. Wanneer ik maar twee borden nam, zou ze argwaan krijgen. Bij één bord zou ze me naar mijn bed sturen met een thermometer en limonade. Ik knikte en begon mijn tweede bord naar binnen te werken.

'Je hebt geen voet in de bibliotheek gezet sinds...'

'Weet ik.' Sinds mijn moeder stierf.

De bibliotheek was ons tweede huis toen mijn moeder nog leefde. Al van jongs af aan zaten we daar elke zondagmiddag. Als jochie zwierf ik rond de boekenrekken en trok er elk boek uit dat een foto had van een piratenschip, een ridder, een soldaat of een astronaut. Mijn moeder zei altijd: 'Dit is mijn kerk, Ethan. Zo houden wij de sabbat in onze familie in ere.'

De hoofdbibliothecaresse van Gatlin, Marian Ashcroft, was mijn moeders oudste vriendin, en de op een na slimste historica in Gatlin. Ze moest mijn moeder voor zich dulden. Ze was tot afgelopen jaar haar onderzoekspartner. Ze hadden samen gestudeerd op Duke. Toen Marian klaar was met haar Afro-Amerikaanse studie, volgde ze mijn moeder naar Gatlin om samen hun eerste boek te schrijven. Ze waren halverwege hun vijfde boek toen mijn moeder verongelukte.

Sindsdien had ik geen voet meer in de bibliotheek gezet en ik was er nog niet klaar voor. Maar ik wist ook dat Amma me niet kon tegenhouden om ernaartoe te gaan. Ze zou ook niet opbellen om te controleren of ik daar was. Marian Ashcroft was familie. En Amma, die net zoveel van mijn moeder had gehouden als Marian, respecteerde niets meer dan familie.

'Goed dan, gedraag je netjes en let erop dat je niet te hard praat. Je weet wat je moeder altijd zei. Elk boek is een Goed Boek, en overal waar ze voorzichtig met het Goede Boek omgaan, is ook het Huis van de Heer.' Zoals ik al zei: mijn moeder zou nooit als lid van de DAR zijn toegelaten.

Link toeterde. Hij zou me een lift geven op zijn weg naar de bandrepetitie. Ik vluchtte de keuken uit, voelde me zo schuldig dat ik me moest bedwingen om me niet in Amma's armen te werpen en alles op te biechten. Ik voelde me weer als dat jochie van zes dat alle koekjes uit de voorraadkast had opgegeten. Wellicht had Amma gelijk. Misschien had ik een gat in de lucht geprikt en zou het universum er weldra doorheen vallen.

∽

Toen ik de trap naar Ravenwood opliep, klemde ik mijn hand om het glanzende blauwe mapje, mijn excuus voor het feit dat ik onuitgenodigd bij Lena op de stoep stond. Ik kwam even langs om haar de opdracht voor Engels te brengen, die ze vandaag had gemist – tenminste, dat had ik me voorgenomen te zeggen. In mijn hoofd en op mijn eigen veranda had het overtuigend geklonken. Maar nu, op de veranda van Ravenwood, was ik daar niet meer zo zeker van.

Ik was geen jongen die snel zoiets deed, maar het was me inmiddels duidelijk dat Lena me nooit zelf zou uitnodigen. En ik had het gevoel dat haar oom ons kon helpen, dat hij misschien iets wist.

Of misschien was het toch dat andere ding. Ik wilde haar zien. Het was een lange, saaie dag geweest op Jackson zonder orkaan Lena. Ik vroeg me ineens af hoe ik acht lesuren was doorgekomen zonder alle problemen waarin ze mij meetrok. Problemen waarin ik me graag liet meetrekken.

Ik zag het licht door de met klimop overwoekerde ramen stromen. Op de achtergrond hoorde ik muziek, oude Savannah-nummers van die liedjesschrijver uit Georgia op wie mijn moeder zo dol was. *'In the cool cool cool of the evening...'*

Ik hoorde geblaf aan de andere kant van de deur nog voordat ik had aangeklopt, en na een paar seconden zwaaide de deur open. Lena stond op blote voeten voor me, en ze zag er anders uit – opgetut, in een zwarte jurk met daarop geborduurde vogeltjes, alsof ze uit eten ging in een chique restaurant. Ik zag er meer uit alsof ik onderweg was naar de Dar-ee Keen, in mijn Atari T-shirt vol gaten en spijkerbroek. Ze liep de veranda op, terwijl ze de deur achter zich dichttrok. 'Ethan, wat kom je hier doen?'

Ik hield het mapje omhoog, een slap excuus. 'Je huiswerk brengen.'

'Het verbaast me dat je hier zomaar opduikt. Ik heb je gezegd dat mijn oom niet van vreemden houdt.' Ze begon me de trap af te duwen. 'Je moet gaan. Nu.'

'Ik dacht dat we misschien met hem konden praten.'

Achter ons hoorde ik iemand kuchen. Ik keek om en zag Macon Ravenwoods hond en daarachter Macon Ravenwood in hoogsteigen persoon staan. Ik probeerde mijn verbazing te verbergen, maar wist bijna zeker dat ik me verraadde toen ik me bijna doodschrok.

'Wel, dat hoor ik niet vaak. En ik wil niet graag iemand teleurstellen, ik ben immers een heer met goede zuidelijke manieren.' Hij sprak weloverwogen met een zuidelijke tongval. 'Het is me een genoegen je uiteindelijk te ontmoeten, meneer Wate.'

Ik kon niet geloven dat ik oog in oog met hem stond. De mysterieuze Macon Ravenwood. Ik had een Boo Radley verwacht – zo'n vent die in een overall rond het huis sjokte en die als een neanderthaler woorden van één lettergreep voor zich uit mompelde, waarbij dan misschien zelfs wat kwijl uit zijn mondhoek zou druipen.

Deze man was geen Boo Radley. Hij had meer weg van een man als Atticus Finch, die in *To Kill a Mockingbird* de onschuldige, zwarte verdachte verdedigde.

Macon Ravenwood was onberispelijk gekleed, alsof het, ik weet niet, 1942 was. Zijn spierwitte, chique overhemd was dichtgeknoopt met ouderwetse zilveren knopjes in plaats van met knopen. Zijn zwarte smokingjas was smetteloos en perfect geperst. Hij had donkere, fonkelende ogen; ze leken bijna zwart. Er lag een getinte waas overheen, net als de ramen van de lijkwagen waarin Lena in de stad rondreed. Je kon niets zien in die ogen, geen enkele weerspiegeling. Ze staken af bij zijn bleke gezicht dat zo wit was als sneeuw, zo wit als marmer, zo wit als, wel, wat je verwacht bij een kluizenaar. Zijn haar was peper- en zoutkleurig, grijs bij zijn slapen en bovenop net zo zwart als dat van Lena.

Hij had zo een of andere Amerikaanse filmster kunnen zijn, uit de tijd voor de kleurenfilm, of misschien van koninklijken huize, uit zo'n klein landje waarvan hier nog niemand ooit had gehoord. Maar Macon Ravenwood kwam hiervandaan. Dat was het verwarrende. Old Man Ravenwood was de kwade geest van Gatlin, een verhaal dat ik al op de kleuterschool had gehoord. Alleen leek hij hier nu minder te horen dan ik.

Hij sloeg het boek dat hij in zijn handen had met een klap dicht, terwijl hij mij ondertussen indringend bleef aankijken. Hij keek me aan, maar het voelde alsof hij bij me naar binnen keek, op zoek naar iets. Misschien kon die vent dwars door je heen kijken, als een röntgenapparaat. Gezien de laatste week hield ik alles voor mogelijk.

Mijn hart bonkte zo hevig in mijn keel dat ik ervan overtuigd was dat hij het kon horen. Macon Ravenwood had me op stang gejaagd en dat wist hij. We glimlachten geen van beiden. Zijn hond stond gespannen en dreigend naast hem, alsof hij wachtte op het commando me aan te vallen.

'Waar zijn mijn manieren gebleven? Kom binnen, meneer Wate. We wilden juist aan tafel gaan voor het diner. Je moet ons vergezellen. Het diner is altijd een hoogtepunt hier op Ravenwood.'

Ik keek naar Lena, in de hoop dat ze me te hulp zou schieten.

Zeg hem dat je niet wilt blijven.

Geloof me, dat wil ik ook niet.

'Nee, dank u meneer. Ik wil niet storen. Ik kwam alleen maar Lena's huiswerk afgeven.' Ik hield het glanzende blauwe mapje voor de tweede keer omhoog.

'Onzin, je moet blijven. Na het diner steken we een paar cubanen op in de serre of ben je meer een cigarillo-man? Tenzij je liever niet binnen wilt komen natuurlijk, wat ik in dat geval volledig begrijp.' Ik kon niet zien of hij me in de maling nam.

Lena sloeg haar arm om zijn middel, en ik zag zijn gezicht op slag veranderen. Alsof de zon op een grijze dag door de wolken brak. 'Oom M., u mag Ethan niet zo plagen. Hij is mijn enige vriend hier en als u hem wegjaagt, moet ik bij tante Del gaan wonen en dan hebt u niemand over om te kwellen.'

'Ik heb altijd Boo nog.' De hond keek kwispelend op naar Macon.

'Die neem ik dan mee. Hij loopt achter mij aan, de hele stad door. Niet achter u.'

Ik moest het vragen. 'Boo? Heet de hond Boo Radley?'

Op Macons gezicht verscheen het allerflauwste glimlachje. 'Liever hij dan ik.' Hij gooide zijn hoofd in zijn nek en lachte, wat me angst inboezemde. Met geen enkele mogelijkheid kon ik me voorstellen dat zijn gezicht zich ook maar tot een glimlach kon samentrekken. 'Ik meen het, meneer Wate. Kom toch alstublieft binnen. Ik ben dol op gasten, en ik kan me niet heugen wanneer Ravenwood de eer had een gast uit ons eigen fantastische, kleine Gatlin te mogen ontvangen.'

Lena glimlachte ongemakkelijk. 'Gedraag u niet als een snob, oom M. Het is niet hun schuld dat u nooit met wie dan ook contact hebt.'

'En het is niet mijn schuld dat ik een voorliefde heb voor goede manieren, redelijke intelligentie en behoorlijke persoonlijke hygiëne, niet noodzakelijk in die volgorde.'

'Let maar niet op hem. Hij heeft weer een van zijn buien.' Lena keek verontschuldigend.

'Laat me raden. Gaat het misschien over rector Harper?'

Lena knikte. 'De school heeft gebeld. Het incident wordt onderzocht en ik heb een laatste waarschuwing aan mijn broek hangen.' Ze rolde met haar ogen. 'Nog een overtreding en ik word geschorst.'

Macon lachte minachtend, alsof we het over iets onbetekenends hadden. 'Laatste waarschuwing? Heel amusant. Een laatste waarschuwing zou betekenen dat we te maken hebben met een bepaalde autoriteit.' Hij duwde ons beiden voor zich uit de hal in. 'Een amper afgestudeerde rector en een paar boze huisvrouwen met rashondjes die zich niet kunnen meten met Boo Radley, hebben daartoe toch nauwelijks het recht, dunkt me.'

Ik stapte de drempel over en bleef aan de grond genageld staan. De hal was zo hoog en groot, niet de kleinburgerlijke afmetingen waar ik een paar dagen geleden was binnengestapt. Een monsterachtig groot olieverfschilderij hing boven de trap. Het was een portret van een afschrikwekkend mooie vrouw met gloedvolle, gouden ogen. De moderne trap was nu een klassieke hangende trap, die alleen leek te worden gesteund door de lucht eromheen. Scarlett O'Hara zou hier zo in een hoepelrok naar beneden hebben kunnen schrijden en ze zou absoluut niet misplaatst zijn geweest in deze omgeving. Grote kristallen kroonluchters hingen aan het plafond. De hal was ingericht met groepjes antieke victoriaanse meubelen, kleine hoekjes met overdadig geborduurde stoelen, marmeren tafelbladen en sierlijke varens. Overal waar je keek, brandden kaarsen. Grote, verborgen deuren gingen open; de bries droeg de geur van gardenia's met zich mee, die waren geschikt in grote zilveren vazen op de tafels.

Even dacht ik dat ik me weer in een van de visioenen bevond, hoewel het medaillon in mijn broekzak zat, veilig opgeborgen in de zakdoek. Dat had ik zojuist nog gecontroleerd. En die enge hond stond vanaf de trap naar me te loeren.

Ik kon het niet vatten. Ravenwood had zich getransformeerd tot iets totaal anders dan wat ik de laatste keer had gezien. Dit leek onmogelijk, alsof ik het verleden was binnengestapt. Zelfs al was het niet werkelijk, wat zou het mooi zijn geweest als mijn moeder dit had kunnen zien. Ze zou deze plek geweldig hebben gevonden. Alleen voelde het nu echt, en ik wist dat het huis er zo meestal uitzag. Het voelde als Lena, als de ommuurde tuin, als Greenbrier.

Waarom zag het er de vorige keer anders uit?

Waar heb je het over?

Volgens mij weet je dat wel.

Macon liep voor ons uit. We draaiden een hoek om, naar wat een week geleden een behaaglijke zitkamer was. Nu was het een enorme balzaal met een lange tafel op een klauwvoetig onderstel. Er was voor drie personen gedekt, alsof hij mij had verwacht.

In de hoek speelde een piano zonder dat iemand de toetsen aansloeg. Ik vermoedde dat het zo'n mechanisch ding was. Het zag er angstaanjagend uit, alsof de ruimte gevuld had moeten zijn met klingelend glas en gelach. Ravenwood pakte uit voor het feest van het jaar, alleen was ik de enige gast.

Macon was nog steeds aan het woord. Alles wat hij zei, echode tegen de enorme met wandschilderingen versierde muren en gewelf-de, bewerkte plafonds. 'Vermoedelijk ben ik een snob. Ik heb een gruwelijke hekel aan steden. Ik verafschuw stadsmensen. Zij hebben kleine geesten en enorme achterwerken. Waarmee ik wil zeggen: wat zij vanbinnen tekortkomen, compenseren ze aan de buitenkant. Ze zijn junkfood. Een vette hap, maar uiteindelijk erg onbevredi-gend.' Hij glimlachte, maar het was geen vriendelijke glimlach.

'Waarom gaat u dan niet ergens anders wonen?' Ik voelde een golf ergernis over me heen komen en dat bracht me terug naar de werkelijkheid, welke werkelijkheid het ook was waar ik me op dit moment in bevond. Ik stak ook graag de draak met Gatlin, maar het was van een andere orde als Macon Ravenwood dat deed. Bij hem kwam het vanuit iets anders.

'Doe niet zo absurd. Ravenwood is mijn thuis, niet Gatlin.' Hij spuwde de woorden uit alsof ze vergiftigd waren. 'Wanneer ik niet meer aan de verplichtingen in dit leven kan voldoen, moet ik ie-mand vinden die mijn plaats inneemt en voor Ravenwood zorgt. Ik heb immers geen kinderen. Ik heb het altijd als mijn grote en zware taak gezien om Ravenwood levend te houden. Ik zie mezelf graag als een curator van een levend museum.'

'Doe niet zo dramatisch, oom M.'

'En jij niet zo diplomatiek, Lena. Waarom wil je contact hebben met die onderontwikkelde stadslui? Ik zal dat nooit begrijpen.'

Die vent heeft een punt.

Zeg je dat je niet wilt dat ik naar school kom?

Nee – ik wilde alleen maar zeggen dat...

Macon keek me aan. 'Het aanwezige gezelschap uitgezonderd natuurlijk.'

Hoe meer hij sprak, des te nieuwsgieriger ik werd. Wie weet was Old Man Ravenwood wel de op twee na slimste persoon in de stad, na mijn moeder en Marian Ashcroft? Of misschien de op drie na slimste, afhankelijk van het feit of mijn vader ooit nog zijn gezicht zou laten zien.

Ik probeerde de titel van het boek dat Macon in zijn hand hield te lezen. 'Wat is dat? Shakespeare?'

'Betty Crocker[6], een fascinerende vrouw. Ik probeerde me voor de geest te halen wat de lokale ingezetenen beschouwen als een goede avondmaaltijd. Ik was vanavond in de stemming voor een regionaal recept. Ik heb gekozen voor stoofvlees.' Nog meer stoofvlees. Ik werd al misselijk als ik eraan dacht.

Macon trok met een zwierig gebaar de stoel voor Lena naar achteren. 'Over gastvrijheid gesproken, Lena, je nichtjes komen hier voor de Samenkomstdagen. Help me herinneren dat ik Huis en Keuken zeg dat we met vijf meer zijn.'

Lena keek geïrriteerd. 'Ik zal het keukenpersoneel en de huishouding op de hoogte brengen, als u dat bedoelt, oom M.'

'Wat zijn de Samenkomstdagen?'

'Mijn familie is een beetje vreemd. De Samenkomst is gewoon een oud oogstfestival, zoiets als een vroege Thanksgiving. Niets bijzonders.' Ik had nog nooit iemand bij Ravenwood op bezoek zien gaan, familie of iemand anders. Ik had nog nooit een auto gezien die bij de splitsing de afslag naar rechts nam.

Macon leek geamuseerd. 'Zoals je wilt. Als we het toch hebben over Keuken, ik sterf van de honger. Ik zal eens gaan kijken wat ze voor ons in elkaar heeft gedraaid.' Zelfs door zijn woorden heen hoorde ik het geklingel van potten en pannen ergens op grote afstand van de balzaal.

'Verheug u niet te veel, oom M. Alstublieft.'

Ik zag Macon Ravenwood verdwijnen door een salon en daarna was hij uit het zicht. Ik hoorde nog wel het geklik van zijn chique schoenen op de opgepoetste vloeren. Dit huis was te bizar voor woorden. Hiermee vergeleken was het Witte Huis een hutje op de hei.

'Lena, wat is hier aan de hand?'

'Hoe bedoel je?'

'Waarom heeft hij voor mij laten dekken?'

'Dat moet hij gedaan hebben toen hij ons op de veranda zag.'

'Wat is er met dit huis gebeurd? De dag dat we het medaillon hebben gevonden, was ik hier. Het zag er totaal anders uit. Het leek in de verste verte niet op hoe het er nu uitziet.'

Vertel het me. Je kunt me vertrouwen.

Ze frunnikte koppig aan de zoom van haar jurk. 'Mijn oom zit in de antiek. Het huis verandert de hele tijd. Is dat echt belangrijk?'

Wat er ook aan de hand was, ze was niet van plan het mij nu te vertellen. 'Goed dan. Mag ik even rondkijken?' Ze fronste, maar zei niets. Ik stond op van de tafel en liep naar de volgende salon. Het was ingericht als een kleine studeerkamer, met sofa's, een haard en een paar kleine schrijftafels. Boo Radley lag voor de haard. Hij begon te grommen toen ik een stap over de drempel zette.

'Braaf hondje.' Hij gromde harder. Ik haastte me de kamer uit. Hij hield op met grommen en legde zijn kop op de haardstede.

Op de dichtstbijzijnde schrijftafel lag een pakje. Het was gewikkeld in bruin papier en vastgebonden met een lint. Ik pakte het op. Boo Radley zette het opnieuw op een grommen. Er zat een stempel op van de bibliotheek van Gatlin. Ik kende het stempel. Mijn moeder had honderden van dergelijke pakjes ontvangen. Alleen Marian Ashcroft zou haar best doen om een boek zo te verpakken.

'Heb je wat met bibliotheken, meneer Wate? Ken je Marian Ashcroft?' Macon stond ineens naast me, pakte het pakje uit mijn hand en bekeek het verrukt.

'Ja, meneer. Marian, doctor Ashcroft, was de beste vriendin van mijn moeder. Zij werkten samen.'

Macons ogen glinsterden, een kortstondige vrolijkheid die heel snel weer wegtrok. 'Natuurlijk. Wat vreselijk dom van me. Ethan Wate. Ik heb je moeder gekend.'

Ik verstijfde. Hoe kon Macon Ravenwood mijn moeder hebben gekend?

Er verscheen een vreemde uitdrukking op zijn gezicht, alsof hij zich iets herinnerde wat hem was ontschoten. 'Alleen door haar werk natuurlijk. Ik heb al haar boeken gelezen. En wanneer je de voetnoten bij *Plantages & hun gewassen: een classificatie* nauwkeurig leest, zul je zien dat enkele van de oerbronnen voor hun studie uit mijn privécollectie stammen. Jouw moeder was briljant, een enorm verlies.'

Ik slaagde erin te glimlachen. 'Dank u.'

'Ik zou het een eer vinden om je rond te leiden in mijn bibliotheek. Dat spreekt voor zich. Het is me een groot genoegen om mijn collectie te delen met de enige zoon van Lila Evers.'

Ik keek hem aan, uit het veld geslagen door de klank van mijn moeders naam uit de mond van Macon Ravenwood. 'Wate. Lila Evers Wate.'

Hij glimlachte, nu oprechter. 'Natuurlijk. Maar alles op zijn tijd. Ik geloof, door het gebrek aan kabaal van Keuken, dat het diner wordt opgediend.' Hij tikte me op mijn schouder en we liepen terug naar de grote balzaal.

Lena zat aan tafel op ons te wachten. Ze stak een kaars aan die door de avondbries was uitgeblazen. Op tafel stond een overdadig feestmaal uitgestald, hoewel ik geen idee had hoe het daar was gekomen. Ik had buiten ons drieën geen enkele andere persoon in het huis gezien. Er was een nieuw huis, een wolfshond en dit allemaal. En ik verwachtte dat Macon Ravenwood het vreemdste deel van de avond zou zijn.

Er was genoeg eten om de hele DAR te voeden, elke kerk in de stad en het basketbalteam erbij. Alleen was het niet het soort eten dat er ooit in Gatlin werd opgediend. Ik zag iets wat leek op een compleet geroosterd varken, met in zijn bek een appel gestoken. Een rechtopstaand geroosterd ribstuk, met boven op elke rib een papieren versiersel, stond naast een verminkt uitziende gans die was bestrooid met hazelnoten. Er stonden kommen met jus en sauzen en room, allerlei soorten brood, koolsoorten en rode bieten en smeersels waarvan ik de naam niet kende. En natuurlijk de sandwiches gevuld met varkensvlees, die vreemd afstaken bij alle andere gerechten. Ik keek naar Lena, en voelde me misselijk worden bij de gedachte aan de hoeveelheid die ik moest eten om niet onbeleefd over te komen.

'Oom M. Dit is overdreven.' Boo draaide rond de poten van Lena's stoel, en kwispelde in afwachting van al het lekkers.

'Onzin. We hebben iets te vieren. Je hebt vriendschap gesloten. Keuken zal beledigd zijn.'

Lena keek me ongerust aan, alsof ze bang was dat ik zou opstaan om naar het toilet te gaan en dat te gebruiken om op de vlucht te slaan. Ik haalde mijn schouders op en begon mijn bord vol te laden. Hopelijk mocht ik morgen van Amma het ontbijt overslaan.

Tegen de tijd dat Macon zijn derde glas whisky inschonk, leek het juiste moment aangebroken om over het medaillon te beginnen. Nu ik eraan terugdenk, ik had hem zijn bord zien volscheppen, maar ik had hem niets zien eten. Na een of twee muizenhapjes leek het eten zomaar van zijn bord te verdwijnen. Misschien was Boo Radley de gelukkigste hond in de stad.

Ik vouwde mijn servet op. 'Vindt u het goed, meneer, als ik u iets vraag? Ik heb het idee dat u erg veel afweet van geschiedenis en, nou ja, ik kan het mijn moeder niet meer vragen.'

Waar ben je mee bezig?

Ik wil alleen iets vragen.

Hij weet niets.

Lena, we moeten het proberen.

'Natuurlijk, ga je gang.' Macon nam een slok uit zijn glas.

Ik ging met mijn hand naar mijn broekzak en haalde het medaillon uit het zakje dat Amma me had gegeven. Voorzichtig, zodat het niet uit de zakdoek zou vallen. Alle kaarsen doofden. De lichten werden zwakker en gingen uit. Zelfs de pianomuziek viel stil.

Ethan, wat doe je?

Ik deed niets.

Ik hoorde Macons stem in het donker. 'Wat heb je daar in je hand, jongen?'

'Het is een medaillon, meneer.'

'Zou je het erg vinden om hem weer terug in je zak te stoppen?'

Zijn stem klonk kalm, maar ik wist dat hij dat niet was. Ik zag dat het hem moeite kostte rustig te blijven. Van zijn welbespraaktheid was niets over. Zijn stem had iets scherps, iets paniekerigs, wat hij probeerde te maskeren.

Ik propte het medaillon in het zakje terug en stopte het in mijn zak. Aan de andere kant van de tafel strekte Macon zijn vingers uit naar de grote armkandelaar. Een voor een begonnen de kaarsen op de tafel weer te branden. Het feestmaal was in zijn geheel verdwenen.

In het kaarslicht zag Macon er grimmig uit. Sinds onze ontmoeting was hij nu ook voor het eerst stil. Het leek alsof hij zijn mogelijkheden woog op een onzichtbare schaal, die op een of andere manier ons lot in evenwicht hield. Het was tijd om te gaan. Lena had gelijk toen ze zei dat dit geen goed idee was. Misschien was dit een reden waarom Macon nooit zijn huis verliet.

'Het spijt me, meneer. Ik wist niet dat dit zou gebeuren. Mijn huishoudster, Amma, reageerde alsof het... alsof het medaillon een enorme kracht had toen ik het haar liet zien. Maar toen Lena en ik het vonden, gebeurde er niets akeligs.'

Vertel hem niets meer. Begin niet over de visioenen.

Doe ik ook niet. Ik wilde er alleen maar achter komen of ik gelijk had wat Geneviève betreft.

Ze hoefde niet bang te zijn; ik was niet van plan Macon Ravenwood iets te vertellen. Ik wilde alleen maar weg van hier. Ik stond op. 'Ik denk dat ik naar huis moet, meneer. Het is al laat.'

'Zou je het medaillon voor me willen beschrijven?' Het was meer een bevel dan een vraag. Ik zweeg.

Uiteindelijk nam Lena het van me over. 'Het is oud en gehavend, met een camee op de voorkant. We vonden het bij Greenbrier.'

Macon draaide onrustig aan zijn zilveren ring. 'Je had me moeten zeggen dat je naar Greenbrier bent geweest. Dat hoort niet bij Ravenwood. Daar kan ik je niet beschermen.'

'Ik was daar veilig. Dat voelde ik.' Veilig voor wat? Dit was meer dan een beetje overbezorgdheid.

'Dat was je niet. Het is buiten de grenzen. Daar is geen controle mogelijk, door niemand. Je weet heel veel niet. En hij...'

Macon wees op mij aan het andere eind van de tafel. 'Hij weet helemaal niets. Hij kan jou niet beschermen. Je had hem hier niet in moeten betrekken.'

Ik nam het woord. Ik moest wel. Hij sprak over mij alsof ik er niet bij was. 'Dit gaat ook over mij, meneer. Op het medaillon staan initialen. ECW. ECW was Ethan Carter Wate, mijn achter-achter-achteroudoom. En de andere initialen waren GKD, en we weten bijna zeker dat de D voor Duchannes staat.'

Ethan, stop.

Maar dat kon ik niet. 'Er is geen reden om iets voor ons achter te houden, want wat er ook gebeurt, het gebeurt met ons beiden. En of u het wilt of niet, het gebeurt op dit moment.' Een vaas gardenia's vloog door de kamer en spatte tegen de muur uiteen. Dit was de Macon Ravenwood over wie we, toen we klein waren, al de wildste verhalen vertelden.

'Je hebt geen flauw benul waar je het over hebt, jongeman.' Hij keek me doordringend aan, met zo'n donkere, intense blik dat de haren in mijn nek rechtop schoten. Hij begon zijn zelfbeheersing te verliezen. Ik was te ver gegaan. Boo Radley kwam overeind en liep achter Macon heen en weer alsof hij zijn prooi besloop. Zijn ogen waren angstaanjagend rond en vertrouwd.

Zeg niets meer.

Hij kneep zijn ogen dicht. Van de filmsterglamour was niets meer over en daarvoor in de plaats was iets onheilspellends gekomen. Ik wilde wegrennen, maar ik stond vastgenageld aan de grond. Verlamd.

Ik had me vergist wat Ravenwood Manor en Macon Ravenwood betreft. Ze joegen me allebei de stuipen op het lijf.

Toen hij na een lange stilte het woord weer nam, leek het alsof hij tegen zichzelf praatte. 'Vijf maanden. Heb je enig idee welke moeite ik me moet getroosten om haar vijf maanden te beschermen? Hoeveel inspanning dat van mij vergt? Hoe het me zal uitputten, misschien zelfs vernietigen?' Zonder iets te zeggen, ging Lena naast hem staan en legde haar hand op zijn schouder. Op dat moment verdween de storm in zijn ogen, even snel als hij was opgestoken. Hij was weer de rust zelve.

'Amma lijkt me een wijze vrouw. Als ik jou was, zou ik haar raad opvolgen. Ik zou dat voorwerp terugbrengen naar de plaats waar je het hebt gevonden. Breng het alsjeblieft niet meer mee naar mijn huis.' Macon stond op en gooide zijn servet op de tafel. 'Ik denk dat ons bezoekje aan de bibliotheek even moet wachten, denk je niet? Lena, zorg jij dat jouw vriend veilig naar huis komt? Het was natuurlijk een buitengewone avond. Zeer verhelderend. Kom alstublieft nog een keer terug, meneer Wate.'

En toen was de zaal donker en was hij verdwenen.

Ik wist niet hoe snel ik dat huis uit moest komen. Ik wilde ontsnappen aan Lena's griezelige oom en zijn angstaanjagende spektakel in dit huis. Verdomme, wat gebeurde hier? Lena sleepte me mee naar de deur, alsof ze bang was voor wat er ging gebeuren als ze me niet snel naar buiten werkte. Maar toen we door de grote hal liepen, zag ik iets wat me eerder niet was opgevallen.

Het medaillon. De vrouw met de gloedvolle gouden ogen in het olieverfschilderij droeg om haar nek het medaillon. Ik greep Lena's arm. Ze zag het en verstijfde.

Het was daar niet eerder.

Hoe bedoel je?

Dat schilderij hing daar al toen ik klein was. Ik ben er duizenden keren langsgelopen. Ze had nooit het medaillon om.

15 *september*

Een splitsing in de weg

Onderweg naar mijn huis werd er amper iets gezegd. Ik wist niet wat ik moest zeggen, en ik had het gevoel dat Lena me dankbaar was dat ik het niet zei. Ze liet mij rijden, waar ik blij om was, want dankzij die afleiding kwam mijn hartslag weer wat tot rust. We passeerden mijn straat, maar dat vond ik niet erg. Ik wilde nog niet naar huis. Ik wist niet wat er met Lena aan de hand was, of met haar huis, of met haar oom, maar ze zou het me vertellen, of ze wilde of niet.

'Je bent jouw straat voorbijgereden.' Het was het eerste wat ze zei sinds we bij Ravenwood waren weggegaan.

'Weet ik.'

'Net als iedereen denk jij ook dat mijn oom gestoord is. Zeg het gerust. Old Man Ravenwood.' Ze klonk verbitterd. 'Ik moet naar huis.'

Ik zweeg toen we rond de General's Green draaiden, het ronde, verdorde grasveld dat het enige ding in Gatlin omringde dat ooit in een reisgids was terechtgekomen – De Generaal, een standbeeld van de uit de Burgeroorlog befaamde Generaal Jubal A. Early. De generaal stond zijn mannetje, zoals hij altijd had gedaan. Toch had ik ineens het gevoel dat er iets niet klopte. Alles was veranderd; alles bleef veranderen. Ik was niet meer dezelfde. Ik zag dingen, voelde dingen en deed dingen die ik nog maar een week geleden voor onmogelijk zou hebben gehouden. Eigenlijk had de generaal er nu ook anders bij moeten staan.

Ik draaide Dove Street in en zette de lijkwagen stil langs de stoeprand, recht onder het bord met WELKOM IN GATLIN, STAD VAN DE FRAAISTE HISTORISCHE PLANTAGEHUIZEN IN HET ZUIDEN EN VAN DE BESTE KWARKTAART TER WERELD. Ik was niet zeker van de taart, maar de rest klopte.

'Wat doe je?'

Ik zette de motor uit. 'We moeten praten.'

'Ik zit niet met gozers in een auto.' Het was een grapje, maar ik hoorde aan haar stem dat ze doodsbang was.

'Ik luister.'

'Wat moet ik zeggen?'

'Je houdt me voor de gek, hè?' Ik probeerde niet te schreeuwen.

Ze trok aan haar ketting en draaide het lipje van een Fantablikje rond. 'Ik weet niet wat je wilt dat ik zeg.'

'Misschien kun je me uitleggen wat daar zojuist gebeurde?'

Ze staarde uit het raam, het donker in. 'Hij was boos. Soms kan hij zich dan niet beheersen.'

'Zijn beheersing verliezen? Je bedoelt van alles de kamer in slingeren zonder dat hij iets aanraakt en kaarsen aansteken zonder lucifers?'

'Ethan, het spijt me.' Haar stem was kalm.

Maar dat was die van mij niet. Hoe meer ze mijn vragen ontweek, des te bozer ik werd. 'Ik wil niet dat het je spijt. Ik wil dat je me vertelt wat er aan de hand is.'

'Met wat?'

'Met jouw oom en zijn angstaanjagende huis, dat hij, ik heb geen idee hoe, in een paar dagen volledig opnieuw wist in te richten. Met het eten dat er zomaar is en plotsklaps verdwijnt. Met al dat gepraat over grenzen en jou beschermen. Kies maar iets uit.'

Ze schudde haar hoofd. 'Ik kan er niet over praten. Bovendien zou je het toch niet begrijpen.'

'Hoe weet je dat als je me geen kans geeft?'

'Mijn familie is anders dan andere families. Geloof me, dat kun jij niet aan.'

'Wat bedoel je daarmee?'

'Aanvaard het, Ethan. Je zegt dat je niet zo bent als de rest, maar dat ben je wel. Je vindt het leuk dat ik anders ben, maar niet te veel. Niet echt anders.'

'Zal ik je eens wat zeggen? Je bent net zo geschift als je oom.'

'Jij kwam naar mijn huis zonder dat je was uitgenodigd, en nu ben je boos omdat het je niet aanstaat wat je hebt gezien.'

Ik gaf geen antwoord. Ik kon niet door de ramen naar buiten kijken en ik kon ook niet helder denken.

'Je bent boos omdat je bang bent. Dat zijn jullie allemaal. Diep vanbinnen zijn jullie allemaal hetzelfde.' Lena klonk vermoeid, alsof ze het al had opgegeven.

'Nee.' Ik keek haar aan. 'Jij bent bang.'

Ze lachte, verbitterd. 'Ja, dat zal wel. De dingen waarvoor ik bang ben, kun jij je niet eens voorstellen.'

'Je bent bang dat je me niet kunt vertrouwen.'

Ze zweeg.

'Je bent bang om iemand goed genoeg te leren kennen, zodat ze opmerken of je wel of niet op school bent.'

Ze tekende met haar vinger op het beslagen raam. Ze trok een beverige lijn, een soort zigzag.

'Je bent bang om hier te blijven en te zien wat er gebeurt.'

De zigzaglijn veranderde in een soort bliksemschicht.

'Je bent niet hiervandaan. Daar heb je gelijk in. En je bent niet een beetje anders.'

Ze staarde nog altijd uit het raam, in het niets, omdat je er niet doorheen kon kijken. Maar ik kon haar zien. Ik zag alles. 'Je bent onvoorstelbaar, absoluut, extreem, uitermate, ongelooflijk anders.' Ik raakte haar arm aan met alleen mijn vingertoppen, en onmiddellijk voelde ik er een warme elektrische tinteling doorheen trekken. 'Dat weet ik, omdat ik diep vanbinnen denk dat ik ook anders ben. Dus vertel 't me. Alsjeblieft. Hoe anders?'

'Ik wil het je niet vertellen.'

Er liep een traan over haar wang. Ik ving hem op met mijn vinger, en het brandde. 'Waarom niet?'

'Omdat dit misschien mijn laatste kans is om een normaal meisje te zijn, zelfs als dit in Gatlin is. Omdat jij hier mijn enige vriend bent. Omdat je me toch niet gelooft als ik het je vertel. Of erger nog, dat je me wel gelooft.' Ze sloeg haar ogen op en keek me aan. 'Hoe dan ook, je zult nooit meer tegen me willen praten.'

Er werd op het raam geklopt en we schoten allebei op onze stoel omhoog. Een zaklantaarn scheen door het beslagen glas. Ik haalde mijn hand weg en draaide het raam open. Mijn hart bonkte in mijn keel.

'Kinderen, zijn jullie verdwaald?' Fatty. Hij grijnsde alsof hij over twee donuts aan de rand van de weg was gestruikeld.

'Nee, meneer. We zijn op weg naar huis.'

'Dit is niet jouw auto, meneer Wate.'

'Nee, meneer.'

Hij richtte de zaklantaarn op Lena en hield haar lang in de lichtbundel. 'Wegwezen dan. Snel naar huis. Laat Amma niet op je wachten.'

'Ja, meneer.' Ik draaide de sleutel in het contact om en startte de motor. Toen ik in de achteruitkijkspiegel keek, zag ik dat zijn vriendin, Amanda, voor in de auto op de passagiersstoel van zijn surveillancewagen zat te giechelen.

Ik sloeg het portier dicht. Ik zag Lena nu door het raam aan de bestuurderskant, toen ze de auto voor mijn huis stationair liet lopen. 'Zie je morgen.'

'Zeker.'

Maar ik wist dat we elkaar morgen niet zouden zien. Toen ze mijn straat uitreed, wist ik wat het was. Het was een pad, net als de splitsing in de weg die naar Ravenwood leidde of naar Gatlin. Je moest er een kiezen. Als ze deze nu niet koos, zou de lijkwagen doorrijden op de andere weg van de splitsing en mij voorbijgaan. Net als de auto had gedaan op de eerste morgen dat ik hem had gezien.

Als ze mij niet koos.

Je kon geen twee wegen inslaan. En wanneer je eenmaal op die ene was, was er geen weg terug. Ik hoorde dat ze de auto in de versnelling zette, maar ik liep stug door naar mijn deur. De lijkwagen reed weg.

Ze had me niet gekozen.

Ik lag op bed met mijn gezicht naar het raam. Het maanlicht stroomde naar binnen, wat irritant was, omdat ik daardoor niet in slaap kon komen, en ik wilde alleen maar dat er een eind aan deze dag kwam.

Ethan. De stem was zo zacht dat ik hem bijna niet kon horen.

Ik keek naar het raam. Het was dicht. Ik had daarstraks nog gekeken.

Ethan, kom op.

Ik sloot mijn ogen. De klink op het raam rammelde.

Laat me binnen.

De houten luiken vlogen met een knal open. Het had door de wind kunnen komen, maar natuurlijk was er geen zuchtje wind te bekennen. Ik stapte uit bed en keek naar buiten.

Lena stond in haar pyjama in de voortuin. De buren zouden een geweldige dag hebben en Amma zou een hartaanval krijgen. 'Kom naar beneden of ik kom naar boven.'

Een hartaanval en dan een hersenbloeding.

We zaten buiten op de onderste traptrede. Ik was snel in mijn spijkerbroek geschoten, omdat ik niet in een pyjama slaap. Mocht Amma naar buiten komen en me in mijn boxershort met een meisje zien, dan lag ik nog voor de ochtend onder de zoden van de achtertuin.

Lena leunde achterover tegen de trede en keek omhoog naar de afschilferende witte verf van de veranda. 'Ik was al bijna omgedraaid aan het einde van jouw straat, maar ik was te bang om het te doen.' In het maanlicht zag ik dat ze een soort Chinese pyjama aanhad met groen en paars.

'Toen ik thuiskwam, was ik te bang om het niet te doen.' Ze pulkte aan de nagellak van haar blote voeten, waardoor ik wist dat ze me iets wilde zeggen. 'Ik weet niet goed hoe ik dit moet doen. Ik heb het nog nooit hoeven vertellen, dus ik weet niet hoe het er allemaal uitkomt.'

Ik wreef met een hand door mijn warrige haar. 'Wat het ook is, je kunt het me vertellen. Ik weet hoe het is om een maffe familie te hebben.'

'Je denkt dat je weet wat maf is. Je hebt geen flauw benul.'

Ze haalde diep adem. Wat ze ook wilde zeggen, het was moeilijk voor haar. Ik zag hoe ze worstelde om de juiste woorden te vinden. 'De mensen in mijn familie, en ik, hebben bepaalde krachten. Wij kunnen dingen die normale mensen niet kunnen. We zijn daarmee geboren, we kunnen er niets aan doen. We zijn wie we zijn.'

Ik had even nodig om tot me door te laten dringen waar ze het over had, of in ieder geval waar ik dacht dat ze het over had.

Magie.

Waar was Amma wanneer ik haar nodig had?

Ik was bang het te vragen, maar ik moest het weten. 'En wat zijn jullie dan precies?' Het klonk zo krankzinnig dat ik de woorden bijna niet uit mijn mond kreeg.

'Casters,' zei ze kalm.

'Casters?'

Ze knikte.

'Zoals bezwerende, vormende krachten?'

Ze knikte opnieuw.

Ik staarde haar aan. Misschien was ze gek. 'Zoals heksen?'

'Ethan. Doe niet zo belachelijk.'

Ik haalde opgelucht adem, voor dit moment dan. Natuurlijk, ik was een dwaas. Wat haalde ik me in mijn hoofd?

'Dat is zo'n stom woord, echt. Zo'n dom vooroordeel.'

Mijn maag kromp ineen. Een deel van mij wilde de trap op vliegen, de deur op slot doen en zich onder het bed verstoppen. Maar dat andere deel van mij, een groter deel, wilde blijven. Had een deel van mij het immers niet al een tijd geweten? Ik wist niet precies wat ze was, maar ik had al die tijd geweten dat er iets met haar was, iets groters dan alleen maar die ketting met rommel en die oude gympen. Wat verwachtte ik van iemand die een stortbui kon oproepen? Die met mij kon praten zonder met me in de kamer te zijn? Die kon bepalen welke kant de wolken opdreven? Die de luiken van mijn raam vanuit de voortuin kon laten openwaaien?

'Weet jij een betere naam dan?'

'Er is geen woord dat alle mensen in mijn familie kan beschrijven. Bestaat er een woord dat de leden van jouw familie kan beschrijven?'

Ik wilde de spanning doorbreken, wilde doen voorkomen alsof ze net was als alle andere meisjes. Wilde mezelf overtuigen dat het allemaal goed kwam. 'Ja, idioten.'

'Wij zijn Casters. Dat is de ruimste definitie. We beschikken allemaal over magische krachten. We zijn daarmee begiftigd, net zoals sommige families slim zijn, en andere rijk, of mooi, of atletisch.'

Ik wist wat de volgende vraag was, maar ik wilde hem niet stellen. Het was me al bekend dat ze een raam kon breken door er alleen aan te denken. Ik wist niet of ik er klaar voor was om te horen wat ze nog meer aan gruzelementen kon slaan.

Daarbij kwam dat ik het gevoel had dat we hier gewoon aan het praten waren over weer zo'n dwaze familie uit het zuiden, zoals de Zusters. De Ravenwoods leefden hier al net zo lang als elke andere familie in Gatlin. Waarom zouden zij dan minder geschift zijn? Tenminste, dat was wat ik mezelf wilde wijsmaken.

Lena begreep de stilte als een slecht teken. 'Ik wist dat ik beter mijn mond had kunnen houden. Ik heb je gezegd me met rust te laten. Nu vind je me waarschijnlijk een enge zonderling.'

'Ik vind je *getalenteerd*.'

'Je vindt mijn huis griezelig, dat heb je al toegegeven.'

'Omdat het er ineens totaal anders uitzag. Ik probeerde het

luchtig te houden. Ik wilde dat ze bleef glimlachen. Ik wist hoe moeilijk het voor haar was om me de waarheid te vertellen. Ik kon haar nu niet in de steek laten. Ik draaide me om en wees naar de verlichte werkkamer boven de azaleastruiken, die aan het oog werd onttrokken door dikke houten luiken. 'Kijk. Zie je dat raam daar? Dat is de werkkamer van mijn vader. Hij werkt de hele nacht en slaapt overdag. Sinds mijn moeder dood is, is hij het huis niet meer uit geweest. Hij wil me niet eens laten zien wat hij heeft geschreven.'

'Ik heb nog nooit zoiets romantisch gehoord,' zei ze zacht.

'Nee, het is geschift. Maar niemand zegt er iets over omdat er niemand over is om tegen te praten. Behalve Amma, die magische amuletten in mijn kamer verstopt en tegen me schreeuwt als ik een oud sieraad mee naar huis neem.'

Ik zag bijna een glimlach verschijnen. 'Misschien ben jij wel de zonderling.'

'Ik ben een zonderling, net als jij. Jouw huis laat kamers verdwijnen, mijn huis laat mensen verdwijnen. Jouw oom de kluizenaar is geschift en mijn vader de kluizenaar is een dwaas, dus ik begrijp niet waarom jij denkt dat wij zo anders zijn.'

Lena glimlachte, opgelucht. 'Ik doe mijn best dit als een compliment op te vatten.'

'Dat is het ook.' Ik zag haar glimlach in het maanlicht, een volle glimlach. Er was iets met de manier waarop ze op dat moment keek. Ik beeldde me in dat ik iets verder naar haar toe boog om haar te kussen. Ik duwde mezelf omhoog, een trede hoger dan dat zij zat.

'Gaat het?'

'Ja, alles oké. Ben gewoon moe.' Maar dat was het niet.

We zaten uren op de trap te praten. Ik lag op de trede boven haar; zij een trede lager. We keken naar de donkere nachtelijke hemel, toen naar de donkere ochtendhemel tot we de vogels konden horen.

Tegen de tijd dat de lijkwagen eindelijk wegreed, kwam de zon al op. Ik zag Boo Radley langzaam achter de auto aan lopen. In zijn tempo zou de hond pas bij zonsondergang aankomen. Soms vroeg ik me af waarom hij de moeite nam.

Stomme hond.

Ik legde mijn hand op de koperen deurknop van mijn eigen deur, maar ik kon me er bijna niet toe zetten hem open te duwen. Mijn hele wereld stond op zijn kop, en binnen was er niets dat dit zou kunnen veranderen. Mijn hoofd was een grote brij, alles door elkaar geklutst als in een grote pan met Amma's roereieren. Zo voelde ik me nu al dagen.

W.E.Z.E.L. Zo zou Amma me noemen. Zes horizontaal, met andere woorden: een lafaard. Ik was bang. Ik had tegen Lena gezegd dat het niet erg was dat zij en haar familie – wát waren? Heksen? Casters? Het was in elk geval niet iets wat mijn vader me had geleerd.

Niet erg, ammehoela.

Ik was een grote leugenaar. Ik wed dat zelfs die stomme hond dat doorhad.

24 september

De laatste drie rijen

Ken je die uitdrukking: 'Als door een mokerslag getroffen'? Het is waar. Op het moment dat ze de auto omkeerde en in haar paarse pyjama bij mij voor de deur eindigde, wist ik wat ik voor Lena voelde.

Ik had het wel zien aankomen, maar had geen idee dat het zo zou voelen.

Sindsdien wilde ik maar op twee plaatsen zijn: bij Lena, of alleen. Ik kon niet beschrijven wat wij samen hadden. Ze was niet mijn vriendin; we gingen niet eens met elkaar uit. Tot afgelopen week zou ze zelfs niet hebben toegegeven dat we vrienden waren. Ze had nooit laten merken of ze iets voor mij voelde, en ik kon Savannah niet op haar afsturen om daar achter te komen. Ik wilde wat we hadden, of wat het dan ook was, niet op het spel zetten. Waarom moest ik de hele dag aan haar denken? Waarom was ik zoveel gelukkiger als ik haar zag? Misschien kon ik gissen naar het antwoord, maar hoe kon ik daar zeker van zijn? Ik wist het niet en er was geen mogelijkheid om erachter te komen.

Jongens praten daar niet over. We laten ons alleen maar door een mokerslag treffen.

'Wat schrijf je?'

Ze klapte het notitieboekje dicht dat ze overal mee naartoe leek te nemen. Het basketbalteam trainde niet op woensdag, dus Lena en ik zaten in de tuin op Greenbrier. Het begon een speciale plek voor mij te worden, hoewel ik dat nooit zou zeggen, zelfs niet tegen haar. Hier hadden we het medaillon gevonden. Op die plek konden we in elkaars gezelschap zijn zonder dat iedereen ons aanstaarde en over ons roddelde. Van ons werd verwacht dat we met onze neus in de boeken zaten, maar Lena zat in haar notitieboekje te schrijven en ik las dezelfde paragraaf over de interne structuur van atomen negen keer opnieuw. Onze schouders raakten elkaar, maar we zaten met onze gezichten van elkaar af. Ik hing onderuit te genieten van de ondergaande zon; zij zat in de zich uitbreidende schaduw van een met mos begroeide eik. 'Niets bijzonders. Zomaar wat krabbels.'

'Laat maar, je hoeft het me niet te vertellen.' Ik probeerde mijn teleurstelling te verbergen.

'Het is ronduit... stompzinnig.'

'Ook dan kun je het me vertellen.'

Ze zweeg even en krabbelde met haar zwarte pen op de rubberen rand van haar schoen. 'Af en toe schrijf ik een gedicht op. Ik doe dat al van kinds af aan. Ik weet dat dit vreemd is.'

'Ik vind het niet vreemd. Mijn moeder was schrijfster. Mijn vader is schrijver.' Ik wist dat ze glimlachte, hoewel ik haar gezicht niet kon zien. 'Nou ja, dat is geen goed voorbeeld, want mijn vader is pas echt vreemd, maar daarvan kun je niet het schrijven de schuld geven.'

Ik wachtte af of ze mij wellicht haar notitieboekje zou geven en mij zou vragen of ik er in wilde lezen. Dat geluk had ik niet. 'Misschien kan ik er een keer eentje lezen.'

'Denk het niet.' Ik hoorde dat ze het notitieboekje weer opensloeg en verder schreef. Ik staarde in mijn scheikundeboek, terwijl ik de zin nogmaals herhaalde die ik al honderden malen in mijn hoofd had geoefend. We waren alleen. De zon zakte weg; zij schreef gedichten. Als ik het wilde vragen, moest ik het nu doen.

'Hé, wil je, nou ja, een keer iets samen doen?' Ik zei het zo nonchalant mogelijk.

'Doen we dat nu dan niet?'

Ik kauwde op het uiteinde van een plastic lepel die ik in mijn rugzak had gevonden, waarschijnlijk van een puddinkje. 'Ja. Nee. Ik bedoel, wil je, ik weet niet, een keer ergens naartoe gaan?'

'Nu?' Ze nam een hap van haar mueslireep en zwaaide haar benen zo, dat ze naast me kwam te zitten, en stak me de reep toe. Ik schudde mijn hoofd.

'Niet nu meteen. Vrijdag bijvoorbeeld. Naar de film of zo.' Ik stak de lepel tussen mijn scheikundeboek voordat ik het dichtsloeg.

'Doe dat niet.' Ze trok een vies gezicht en sloeg de bladzijde om.

'Wat bedoel je?' Ik voelde mijn gezicht rood worden.

Ik had het alleen maar over een film.

Idioot.

Ze wees op de vlek van mijn vieze lepel in het boek. 'Dát moet je niet doen.'

Ik glimlachte opgelucht. 'Ach ja, slechte gewoonte. Heb ik overgenomen van mijn moeder.'

'Had ze iets met bestek?'

'Nee, met boeken. Ze was vaak in twintig boeken tegelijk bezig. Ze lagen door het hele huis heen – op de keukentafel, naast haar bed, in de badkamer, in onze auto, in haar tassen en een klein stapeltje op de hoek van elke trap. Bovendien gebruikte ze alles wat los en vast zat als boekenlegger. Een sok die ik kwijt was, een klokhuis, haar leesbril, een ander boek, een vork.'

'Een vieze oude lepel?'

'Ja, ook.'

'Wed dat Amma daar hoorndol van werd.'

'Ze kon er niet tegen. Nee, wacht even... ze was...' Ik moest diep graven.

'V.E.R.B.O.L.G.E.N.'

'Negen verticaal?' Ze lachte.

'Waarschijnlijk.'

'Dit was van mijn moeder.' Ze liet me een van de geluksbedeltjes aan de lange ketting zien die ze volgens mij altijd omhield. Het was een piepklein gouden vogeltje. 'Het is een raaf.'

'Voor Ravenwood?'

'Nee, raven zijn de krachtigste vogels in de wereld van de Casters. Volgens de legende kunnen zij energie bij zichzelf naar binnen zuigen en deze dan in andere vormen weer afgeven. Soms zijn ze zelfs bang voor hun eigen kracht.' Ze liet de raaf los en hij viel terug op zijn plaats tussen een rond schijfje waarin vreemde letters waren gekrast en een zwarte, glazen kraal.

'Je hebt wel veel geluksbedeltjes.'

Ze stopte een pluk haar achter haar oor en keek omlaag naar haar ketting. 'Het zijn geen echte geluksbedeltjes, gewoon dingen die voor mij iets betekenen.' Ze pakte het lipje van het Fanta-blikje vast. 'Deze is van het eerste blikje Fanta dat ik ooit dronk, op de veranda van mijn huis in Savannah. Mijn grootmoeder had het voor me gekocht toen ik huilend uit school kwam. Niemand had voor Valentijn iets in mijn schoenendoos gestopt.'

'Wat schattig.'

'Als je met schattig zielig bedoelt, ja.'

'Ik bedoel dat je het hebt bewaard.'

'Ik bewaar alles.'

'Wat betekent deze voor je?' Ik wees naar de zwarte kraal.

'Ik heb hem van mijn tante Twyla. Ze zijn gemaakt van rotsen in een zeer afgelegen gebied op Barbados. Ze zei me dat de kraal me geluk zou brengen.'

'Ik vind het een gave ketting.' Ik kon zien hoe waardevol de ketting voor haar was door de manier waarop ze elke amulet heel voorzichtig vasthield.

'Ik weet wel dat het eruitziet als een bos rotzooi, maar ik heb nooit lang op een en dezelfde plek gewoond. Ik woonde nooit langer dan een paar jaar in hetzelfde huis, of had dezelfde kamer. Soms heb ik het gevoel dat deze ketting met al die kleine dingen het enige is wat ik heb.'

Ik zuchtte en trok een grassprietje uit de grond. 'Ik had graag op een van die plekken gewoond.'

'Jij hebt hier je wortels. Je hebt je hele leven al een beste maat en een huis met een eigen slaapkamer. Je hebt vast ook zo'n deurpost, waarop om de zoveel tijd werd aangegeven hoeveel je was gegroeid.' Die had ik inderdaad.

Die heb je, nietwaar?

Ik gaf haar een por. 'Ik kan jou wel meten op mijn deurpost als je wilt. Dan ben je voor altijd vereeuwigd in de Wates Thuishaven.' Ze glimlachte met haar gezicht in haar notitieblok en duwde haar schouder tegen de mijne. Vanuit mijn ooghoek zag ik hoe het licht van de middagzon op een kant van haar gezicht viel en op een pagina van haar notitieblok, op een krul van haar zwarte haar en op het puntje van haar zwarte gympen.

Nog even over de film. Vrijdag kan.

Toen stak ze haar mueslireep tussen haar notitieboekje en sloeg het dicht.

De punten van onze zwarte afgetrapte gympen raakten elkaar.

Hoe meer ik aan vrijdagavond dacht, des te zenuwachtiger ik werd. Het was geen officieel afspraakje – dat wist ik wel. Helaas niet. Ik had dat graag gewild. Wat doe je wanneer je je realiseert dat je gevoelens koestert voor een meisje dat amper wil toegeven dat jullie vrienden zijn? Een meisje van wie de oom je het huis uit heeft geschopt, en dat ook al helemaal niet welkom is in jouw huis? Een meisje dat door bijna iedereen in jouw omgeving wordt gehaat? Een meisje dat jouw dromen deelt, maar misschien niet jouw gevoelens?

Ik had geen idee, en daarom deed ik niets. Toch kon ik Lena niet uit mijn hoofd zetten en reed ik donderdagavond bijna langs haar huis – tenminste als haar huis niet buiten de stad had gelegen, en ik mijn eigen auto had gehad. En als haar oom niet Macon Ravenwood was geweest. Dat waren de 'alsen' die mij ervan weerhielden om mezelf voor gek te zetten.

Elke dag was als een dag uit het leven van iemand anders. Tot nu toe overkwam me nooit iets en nu ineens van alles – en met van alles bedoel ik eigenlijk Lena. Een uur ging zowel sneller als langzamer voorbij. Ik had het gevoel dat ik de lucht uit een enorme ballon naar binnen had gezogen, waardoor mijn hersenen onvoldoende zuurstof kregen. Wolken waren ineens veel interessanter, de schoolkantine minder weerzinwekkend, muziek klonk beter, afgezaagde grapjes ineens grappiger. Zelfs Jackson veranderde van een klomp grijsgroene stalen gebouwen in een omgeving van tijden en plaatsen waar ik haar misschien tegen het lijf zou lopen. Ik liep de hele dag met een glimlach rond, hoewel ik niet kon bedenken waarom. Ik hield mijn oordopjes in en draaide onze gesprekken in mijn hoofd opnieuw af, zodat ik er weer naar kon luisteren. Ik had dit wel eerder gezien.

Ik had het nog nooit zelf gevoeld.

Het was vrijdagavond en ik was de hele dag in een opperbeste bui, wat inhield dat ik er tijdens de les niets van bakte en bij de training uitblonk. Ik moest mijn energie ergens in kwijt. Het viel zelfs de coach op, en na de training kwam ik niet van hem af. 'Als je dit weet vast te houden, Wate, kon je volgend jaar wel eens worden gescout.'

Na de training gaf Link me een lift naar Summerville. De jongens gingen ook naar de film. Stom dat ik daar geen rekening mee had gehouden. De Cineplex had maar één scherm. Daar was het nu te laat voor, en ik was het punt dat ik me daar zorgen over maakte allang voorbij.

Toen we kwamen aanrijden in het Wrak stond Lena buiten te wachten in het donker voor het helder verlichte theater. Ze droeg een paars T-shirt met daarover een strakke zwarte jurk, wat je eraan herinnerde hoe meisjesachtig ze eigenlijk was. Door de zwarte afgetrapte laarzen vergat je dat direct weer.

Binnen hadden de cheerleaders zich verzameld, naast de gebruikelijke groep studenten van het Summerville Community College.

De meiden hingen rond in de foyer met de gasten van het basketbalteam. Mijn opperbeste bui verdween op slag.

'Hoi.'

'Je bent laat. Ik heb al kaartjes.' Ik kon in het donker niet aan haar ogen zien of ze boos was of niet. Ik volgde haar naar binnen. Dit begon goed, maar niet heus.

'Wate! Kom eens hier!' Emory's stem schalde door de foyer over de menigte en de jaren tachtig-muziek heen.

'Wate, heb je een date?' Nu was het Billy die me op mijn nek zat. Earl hield zijn mond, maar alleen omdat Earl bijna nooit iets zei.

Lena negeerde hem. Ze wreef even over haar hoofd en liep voor me uit alsof ze me niet wilde aankijken.

'Dat heet een leven.' Ik schreeuwde terug over het kabaal heen. Hier zou ik maandag wel iets over te horen krijgen. Ik haalde Lena in. 'Hé, sorry, die jongens zaten weer te klieren.'

Ze draaide zich om zodat ze me aan kon kijken. 'Dit wordt niets als je zo'n type bent dat de voorfilms niet wil zien.'

Ik wachtte op je.

Ik grijnsde. 'Voorfilms, reclame, en de swingende popcornjongen.'

Ze keek langs me heen naar mijn vrienden, of liever gezegd, de mensen die zich in het verleden zo gedroegen.

Negeer ze.

'Met of zonder boter?' Ze was boos. Ik was te laat gekomen en daardoor had ze in haar eentje tegenover de sociale kliek van Jackson High gestaan. Nu was het mijn beurt.

'Boter,' bekende ik, ook al wist ik dat dit niet het juiste antwoord was. Lena trok een vies gezicht.

'Ik ruil jouw boter wel voor extra zout,' beloofde ik. Ze keek langs me heen en daarna weer voor zich uit. Ik hoorde Emily's lach dichterbij komen. Het liet me koud.

Zeg het woord en we gaan weg, Lena.

'Geen boter, zout en bovenop Maltezers. Weet zeker dat je het lekker vindt,' zei ze. Ik zag dat ze iets ontspande.

Ik vind het nu al lekker.

De cheerleaders en de jongens liepen langs ons heen. Emily keek me opzettelijk niet aan en Savannah liep met een grote boog om Lena heen alsof zij een of ander besmettelijk virus bij zich droeg. Ik wist al wat zij hun moeders zouden vertellen zodra ze thuis waren.

Ik greep Lena's hand. Er ging een stroomtinteling door mijn lichaam, maar dit keer was de schok niet zo heftig als die keer in de regen. Nu was het meer alsof je zintuigen in de war waren. Zoals wanneer je wordt getroffen door een golf op het strand en wanneer je onder een elektrische deken kruipt op een regenachtige nacht. En dat dan allebei tegelijk. Ik liet het over me heen komen. Savannah had het in de gaten en stootte Emily aan.

Je hoeft dit niet te doen.

Ik kneep in haar hand.

Wat doen?

'Hé, hallo. Hebben jullie de jongens gezien?' Link tikte me op mijn schouder. In zijn handen had hij een monsterachtige bak popcorn met boter en een enorme beker frisdrank.

In de Cineplex draaide een soort moordmysterie, dat wel wat voor Amma was geweest, gezien haar voorliefde voor mysteries en dode lichamen. Link had een plaats voorin naast de jongens gevonden, vlak bij de studentes. Niet dat hij niet bij Lena wilde zitten, maar omdat hij ervan uitging dat wij liever geen pottenkijkers hadden. Dat wilden we ook niet – ik in ieder geval niet.

'Waar wil je zitten? Voorin, in het midden?' Ik liet haar beslissen.

'Hier achterin.' Ik volgde haar door het gangpad naar de achterste rij.

De meeste jongeren gingen naar de Cineplex om een beetje met elkaar te rotzooien. Voor de film hoefden ze het niet te doen, want die was immers ook al op dvd uit. Het was de enige reden om op de laatste drie rijen te zitten. De Cineplex, de watertoren, en in de zomer het meer. Behalve die ontmoetingsplekken waren er nog een paar badkamers of een kelder, maar dan had je het wel gehad.

Ik wist wel dat wij niet met elkaar zouden gaan rotzooien. Bovendien had ik haar niet mee hiernaartoe genomen, als we dat allebei wel hadden gewild. Lena was geen meisje met wie je op de laatste drie rijen van de Cineplex ging zitten. Ze was meer dan dat.

Maar zij had deze plek gekozen, en ik wist waarom. Verder van Emily Asher kon je niet zitten, dan op de laatste rij.

Misschien had ik haar moeten waarschuwen. Voor de film was begonnen, zat iedereen om ons heen al aan elkaar te frunniken. We staarden allebei op onze popcorn, omdat we nergens anders veilig naar konden kijken.

Waarom heb je niets gezegd?

Ik wist het niet.

Liegbeest.

Ik zal mijn handen thuishouden. Dat beloof ik.

Wat ik echt wilde, duwde ik ver achter in mijn hoofd door aan andere dingen te denken, zoals het weer en basketbal. Ik graaide in de bak popcorn. Lena stak op hetzelfde moment haar hand in de bak en we raakten elkaar een seconde aan. Een sidddering trok door mijn arm, heet en koud, alles tegelijk. Pivotvoet, snelle pass vanuit de rebound, worp vanachter de driepuntslijn. Er stonden alleen zoveel tactieken in het Jackson-speltactiekboek. Dit zou moeilijker worden dan ik dacht.

Het was een draak van een film. Na tien minuten wist ik al hoe het afliep.

'Hij heeft het gedaan,' fluisterde ik.

'Wat?'

'Die kerel. Hij is de moordenaar. Ik weet niet wie hij gaat vermoorden, maar hij heeft het gedaan.' Daarom wilde Link nooit naast me zitten: al in het begin wist ik hoe het afliep en dat kon ik nooit voor me houden. Het was mijn versie van een kruiswoordpuzzel oplossen. Daarom was ik ook goed in games, gokspelletjes en dammen met mijn vader. Vanaf de eerste zet wist ik hoe het spel zou gaan.

'Hoe weet je dat?'

'Ik weet het gewoon.'

Hoe gaat dit aflopen?

Ik wist waar ze op doelde. Voor het eerst wist ik het antwoord niet.

Goed, heel, heel goed.

Leugenaar. Geef me de Maltezers eens.

Ze duwde haar hand in de zak van mijn sporttrui op zoek naar de chocola. Ze zat alleen aan de verkeerde kant, en haar hand stuitte op iets wat ze absoluut niet verwachtte. Daar zat het, het zakje met daarin de harde klomp waarvan we allebei wisten dat het het medaillon was. Lena schoot overeind, haalde hem uit mijn zak en hield hem omhoog alsof het een dode muis was. 'Waarom loop je nog steeds met dat ding rond?'

'Shh.' De mensen rondom ons stoorden zich aan ons, wat grappig was, want ze keken niet eens naar de film.

'Ik kan het medaillon niet thuis laten. Amma denkt dat ik hem heb begraven.'

'Misschien had je dat ook moeten doen.'

'Het maakt niet uit, dat ding doet wat het wil. Het werkt bijna nooit. Je was er elke keer bij wanneer er iets gebeurde.'

'Kunnen jullie je kop houden?' Het stel voor ons kwam overeind om even op adem te komen. Lena sprong op en liet het medaillon vallen. We probeerden het allebei op te vangen. Ik zag het uit het zakdoekje glijden, alsof het in slow motion gebeurde. Ik kon in het donker amper het witte doek zien. Het grote scherm veranderde in een vreemde lichtvonk en we konden de rook al ruiken...

Een huis in brand steken waarin vrouwen zitten.

Het kon niet waar zijn. Mama, Evangeline. Allerlei gedachten schoten door haar hoofd. Misschien was het niet te laat. Ze zette het op een rennen, waarbij ze in haar aanvechting om terug te gaan de scherpe uitsteeksels van de struiken negeerde, net als Ethans en Ivy's stemmen die haar terugriepen. Ze baande zich een weg door het struikgewas. Voor wat ooit haar huis was, dat haar grootvader had gebouwd, stonden twee Federalen.

147

De twee soldaten dumpten een blad vol zilver in een door de regering geleverde rugzak. Geneviève snelde op het huis af in een werveling van opbollende zwarte stof die de opspattende vonken van het vuur opving.

'Lieve Heer...'

'Grijp haar, Emmett!' riep de eerste jonge soldaat naar de andere.

Geneviève stormde met twee treden tegelijk de trap op. Ze snakte naar adem door de rookvlaag die uit de opening stroomde, waar voorheen hun voordeur was. Ze was buiten zinnen. Mama. Evangeline. Haar longen waren rauw. Ze voelde dat ze viel. Kwam het door de rook? Stond ze op het punt haar bewustzijn te verliezen? Nee, het kwam door iets anders. Een hand om haar pols trok haar naar beneden.

'Waar gaan we naartoe, meisje?'

'Laat me los!' schreeuwde ze met een hese stem door de rook. Haar rug sloeg tegen elke trede toen hij haar naar beneden sleurde. Ze zag vage kleuren van marineblauw en goud. Haar hoofd sloeg ergens tegenaan. Ze voelde iets heets, waarna er iets nats druppelde op het boord van haar jurk. Duizelingen en verwarring vermengden zich met wanhoop.

Een geweerschot brak door de duisternis heen. De knal was zo luid dat ze weer bijkwam. De grip om haar pols verslapte. Ze probeerde uit alle macht haar ogen te focussen.

Er weergalmden nog twee schoten.

Heer, spaar mama en Evangeline alstublieft. Maar uiteindelijk was het te veel gevraagd, of misschien had ze de verkeerde vraag gesteld. Want toen ze het geluid hoorde van een derde lichaam dat neerviel, en ze opnieuw haar uiterste best deed om te zien wat er gebeurde, zag ze Ethans grijze wollen jas, overgoten met bloed. Neergeschoten door de soldaten tegen wie hij nog langer weigerde te vechten.

De geur van bloed mengde zich met buskruit en verbrande citroenen.

De aftiteling rolde over het doek en de lichten gingen aan. Lena had haar ogen nog dicht en ze lag achterover in haar stoel. Haar haar zat door de war en we snakten allebei naar adem.

'Lena, gaat het?'

Ze opende haar ogen en duwde de armleuning tussen ons omhoog. Zonder een woord te zeggen, legde ze haar hoofd op mijn schouder. Ik voelde haar lichaam zo hevig trillen dat ze zelfs niets kon zeggen.

Je hoeft niets te zeggen. Ik was er ook.

We zaten nog zo toen Link en de rest kwamen aanlopen. Link wenkte me en hield zijn vuist omhoog toen hij langsliep, alsof hij deze tegen de mijne wilde slaan zoals hij altijd deed na een mooie worp op het veld.

Maar ze hadden het mis, allemaal. We zaten dan wel op de laatste rij, maar we hadden niet zitten flikflooien. Ik rook het bloed, en de geweerschoten weergalmden nog in mijn oren.

We hadden zojuist een man zien sterven.

9 oktober

Samenkomstdagen

Na de Cineplex duurde het niet lang. Als een lopend vuur ging rond dat het nichtje van Old Man Ravenwood scharrelde met Ethan Wate. Als ik niet Ethan Wate was geweest, 'die zijn moeder vorig jaar had verloren', zouden de geruchten zich vermoedelijk nog sneller hebben verspreid. Zelfs de jongens van het team vonden het nodig er iets over te zeggen. Het duurde alleen wat langer, omdat ik ze daartoe nog geen kans had gegeven.

Voor een jongen die niet kon overleven zonder een stevige lunch, had ik vanaf die avond in de Cineplex deze toch heel regelmatig overgeslagen – in ieder geval lunchte ik niet samen met het team. Maar er waren maar weinig dagen dat ik het op een half broodje redde op de tribune van het sportveld, en er waren weinig andere plaatsen waar je je kon verstoppen.

Eigenlijk was het onmogelijk om je schuil te houden. Jackson High was in feite een kleinere uitgave van Gatlin; je kon nergens heen. Mijn verdwijntruc was bij de jongens niet onopgemerkt gebleven. Zoals ik al eerder zei, werd van je verwacht dat je op appèl verscheen. Wanneer een meisje dat in de weg stond, vooral een meisje dat niet op de goedgekeurde lijst stond, goedgekeurd door Savannah en Emily – werd alles heel gecompliceerd.

Wanneer het meisje een Ravenwood was, wat Lena altijd zou zijn voor hen, werd het bijna onmogelijk.

Ik moest laten zien dat ik niet bang was. Het werd tijd om de uitdaging van de kantine aan te gaan. Het kon me niet schelen dat we niet eens een echt stel waren. Op Jackson kon je net zo goed je auto parkeren achter de watertoren als je samen lunchte. Iedereen ging altijd van het ergste uit. De eerste keer dat Lena en ik samen de kantine inliepen, keerde ze terstond om en wilde teruglopen. Ik kon haar nog net bij het hengsel van haar tas beetpakken.

Doe niet zo idioot. Het is maar een lunch.

'Ik moet nog even iets uit mijn kluisje halen.' Ze draaide zich om, maar ik liet haar tas niet los.

Vrienden kunnen best samen lunchen.

Dat doen ze niet. Wij niet. Ik bedoel, niet hier.

Ik pakte twee oranje plastic bladen. 'Jij ook een blad?' Ik duwde het blad naar haar toe en schoof er een glanzende pizzapunt op.

Wij doen het dus wel. Lafbek.

Denk je heus dat ik dit niet eerder heb geprobeerd?

Niet met mij. Ik dacht dat je wilde dat de dingen anders zouden gaan dan op je oude school.

Onzeker keek Lena de ruimte rond. Ze haalde diep adem en zette een bord met wortelen en selderij op mijn blad.

Als jij dit opeet, ga ik overal zitten waar jij maar wilt.

Ik keek naar de wortelen en daarna de kantine rond. De jongens zaten al aan onze tafel.

Overal?

Als dit een film was, waren we bij de jongens aangeschoven. Ze zouden er wellicht iets van hebben opgestoken, namelijk dat je mensen niet op hun uiterlijk mag beoordelen, en dat iemand die anders is dan jij ook oké is. En Lena zou hebben gezien dat niet al die lummels stom en oppervlakkig waren. In films leek het altijd te werken, maar wij zaten niet in een film. Dit was Gatlin, met duidelijke grenzen tussen wat wel en niet kon. Link trok mijn aandacht toen ik op de tafel afliep. Hij schudde zijn hoofd, met andere woorden, haal het niet in je hoofd, man. Lena liep een paar passen achter me, in de startblokken om op de vlucht te slaan. Het drong tot me door welke kant dit zou opgaan en, laat ik het zo zeggen, niemand zou hiervan iets leren. Ik wilde me net omdraaien toen Earl me aankeek.

Die ene blik zei alles. Hij maakte duidelijk dat als ik het lef had haar mee te nemen naar hun tafel, ik er was geweest.

Lena moest het ook gezien hebben, want toen ik me naar haar omdraaide, was ze spoorloos.

De dag na de training was Earl erop uitgestuurd om mij op het matje te roepen. Dat was wel grappig, omdat praten nooit zijn sterkste kant was. Hij zat op de bank voor mijn gymkluisje. Omdat hij alleen was, wist ik dat dit was afgesproken. Earl Petty was bijna nooit alleen. Hij stak direct van wal. 'Doe het niet, Wate.'

'Ik doe niets.' Ik keek niet op van mijn kluis.

'Doe normaal. Zo kennen we je niet.'

'O, ja? En als ik wel zo ben?' Ik trok mijn T-shirt met het logo van de Transformers aan.

'De jongens vinden dit niet leuk. Als je zo doorgaat, is er geen weg terug.'

Wanneer Lena niet was verdwenen in de kantine, zou Earl hebben geweten dat het me geen bal kon schelen wat zij dachten. Het liet me al een poosje koud. Ik smeet mijn kluisdeur dicht. Hij verdween voordat ik hem kon zeggen hoe ik over hem en zijn leven zonder toekomstperspectief dacht.

Dit was duidelijk een laatste waarschuwing. Ik kon het Earl niet kwalijk nemen. Voor deze ene keer was ik het met hem eens. De jongens liepen op een weg, en ik sloeg een andere weg in. Wat viel daarover te twisten?

Ondanks alles weigerde Link zich van me af te keren. Ik ging gewoon naar de training; ze gooiden me zelfs de bal toe. Ik speelde beter dan ooit, en het maakte me niet uit wat ze in de kluisruimte zeiden, of vaker niet zeiden. Als ik bij de jongens was, hield ik voor me dat mijn universum in tweeën was gespleten en dat zelfs de hemel er voor mij nu anders uitzag. Ik zei ook niet dat het me worst was of we ons zouden plaatsen voor de finales. Lena zat in mijn achterhoofd, ongeacht waar of met wie ik was.

Niet dat ik daar bij de training over sprak. Ook vandaag na de training niet toen Link en ik bij de Stop-en-jat stopten om te tanken. De andere jongens waren er ook. Omwille van Link probeerde ik me als lid van het team te gedragen. Ik had mijn mond vol met een met poedersuiker bedekte donut, waar ik me bijna in verslikte, toen ik de deur doorliep.

Daar stond ze. Het op een na mooiste meisje dat ik ooit had gezien.

Ze moest net iets ouder zijn dan ik, want hoewel ze me vaag bekend voorkwam, had ze nooit in mijn tijd op Jackson gezeten. Dat wist ik zeker. Zo'n meisje zou elke jongen zich herinneren. Uit haar auto schalde voor mij onbekende muziek. Ze hing achter het stuur van haar zwart-witte Mini Cooper cabriolet, die ze slordig dwars over twee vrije plaatsen had geparkeerd. Ze leek de lijnen niet te hebben gezien, of ze trok zich er niets van aan. Ze zoog op een lolly alsof het een sigaret was en haar getuite lippen kleurden nog roder door de kersenrode kleurstof.

Ze nam ons op en draaide de volumeknop verder open. Razendsnel sloeg ze haar benen over de zijkant van het portier heen en stond ze recht voor ons, met de lolly nog in haar mond. 'Frank Zappa. *Drowning Witch*. Een beetje voor jullie tijd, jongens.' Ze liep langzaam op ons af, alsof ze ons de tijd wilde geven haar goed te bekijken. Ik moet bekennen dat we dat ook deden.

Ze had lang blond haar met aan beide zijden van haar gezicht, langs haar pony, een dikke roze lok. Ze droeg een enorme zwarte zonnebril en een kort plooirokje. Ze had wel iets weg van een cheerleader, maar dan gothic. Haar afgeknipte witte tanktopje was zo doorschijnend dat je een deel van haar zwarte beha zag, en het meeste van al het andere. En er was genoeg te zien. Zwarte motorschoenen, een navelpiercing en een tatoeage. De zwarte gothic-achtige voorstelling zat rond haar navel. Ik was te ver van haar af om te zien wat het voorstelde, en ik probeerde er niet naar te staren.

'Ethan? Ethan Wate?'

Ik stond abrupt stil. Het halve basketbalteam knalde achter op me.

'Wat krijgen we nou?' Shawn was net zo verbaasd als ik toen mijn naam uit haar mond kwam. Hij was zo'n jongen die altijd sjans had.

'Lekker.' Link stond haar met open mond aan te gapen. 'DV-lekker.' Derdegraads Verbranding-lekker. Het grootste compliment dat Link een meisje kon geven, nog beter dan Savannah Snow-lekker.

'Daar komt heibel van.'

'Lekkere meiden zorgen altíjd voor heibel. Dat is het juist.'

Ze liep recht op me af, terwijl ze op haar lolly zoog. 'Wie van jullie bofkonten is Ethan Wate?' Link duwde me naar voren.

'Ethan!' Ze slingerde haar armen rond mijn nek. Haar handen waren ijzingwekkend koud, alsof ze een zak ijs had vastgehouden. Rillend deinsde ik achteruit.

'Ken ik jou?'

'Absoluut niet. Ik ben Ridley, Lena's nicht. Wat een pech dat ik je niet als eerste ben tegengekomen...'

Toen de naam Lena viel, wierpen de jongens me afkeurende blikken toe en dropen schoorvoetend af naar hun auto's. Na mijn onderonsje met Earl hadden we een onderlinge overeenkomst over Lena, zoals jongens dat altijd deden. Die hield in dat ik niet over Lena begon, en zij zwegen ook over haar. En onderling waren we op een of andere manier overeengekomen dat dat zo zou blijven. Vraag niets. Zeg niets. Wat niet veel langer zou opgaan, vooral niet als Lena's verre familieleden plotseling in onze stad opdoken.

'Nicht?'

Had Lena ooit iets over ene Ridley gezegd?

'Voor de vakantie? Tante Del? Rijmt op hel? Rinkelt er een bel?'

Ze had gelijk; Macon had het tijdens het eten naar voren gebracht.

Ik grijnsde opgelucht, maar in mijn maag vormde zich een dikke knoop, dus zo opgelucht was ik nu ook weer niet.

'Goed. Sorry, het is me ontschoten. De nichten.'

'Schatje, je kijkt naar dé nicht. De anderen zijn gewoon maar kinderen die mijn moeder na mij heeft gekregen.' Ridley sprong terug in de Mini Cooper. En als ik dat zeg, bedoel ik dat ze letterlijk over de zijkant van de auto sprong en op de bestuurdersstoel van de Mini landde. Ik maakte geen grapje toen ik zei dat ze op een cheerleader leek. Het meisje had een sterk, soepel onderstel.

Link stond ons naast het Wrak nog steeds aan te staren.

Ridley klopte op de stoel naast haar. 'Spring erin, Vriendje, we komen nog te laat.'

'Ik ben niet... Ik bedoel, we zijn niet...'

'Je bent echt schattig. Stap in. Je wilt toch niet dat we te laat komen, nee toch?'

'Te laat voor wat?'

'Het familiediner. De Grote Vakantie. De Samenkomst. Waarom denk je dat ze me dit hele eind naar hier hebben gestuurd, naar Gat-ding om je te zoeken?'

'Geen idee. Lena heeft me nooit uitgenodigd.'

'Al goed. Laat ik je zeggen dat niemand tante Del kan tegenhouden om het eerste vriendje dat Lena ooit mee naar huis neemt te testen. Dus je wordt gesommeerd om op te draven. En omdat Lena druk is met de voorbereidingen voor het feestmaal en Macon nog, je weet wel, "slaapt", trok ik het kortste strootje.'

'Ze heeft me niet mee naar huis genomen. Ik ben alleen een keer langsgegaan om haar huiswerk te brengen.'

Ridley opende vanaf de binnenkant het portier. 'Schiet op, Kortste Strootje.'

'Lena zou me hebben gebeld als ze wilde dat ik kwam.' Terwijl ik dit zei, wist ik ergens dat ik toch zou instappen. Ik aarzelde.

'Ben jij altijd zo? Of sta je met me te flirten? Want als je speelt dat je moeilijk te krijgen bent, zeg het me dan nu. Dan rij ik naar het moeras en kunnen we daar even aan de slag.'

Ik stapte in de auto. 'Goed zo. We kunnen.'

Ze strekte zich naar me uit en veegde met haar koude hand het haar uit mijn ogen. 'Je hebt mooie ogen, Vriendje. Je moet ze niet zo verstoppen.'

Toen we eindelijk bij Ravenwood aankwamen, wist ik niet wat me was overkomen. Ze draaide de hele rit voor mij vreemde muziek, en ik begon te praten. Ik ratelde aan één stuk door en vertelde haar dingen die ik nooit tegen iemand had gezegd, behalve tegen Lena. Ik kan het niet goed verklaren. Het was alsof mijn mond een eigen wil had.

Ik vertelde haar over mijn moeder, over hoe ze was gestorven, terwijl ik daar bijna nooit met iemand over sprak. Ik vertelde haar over Amma, over het kaartlezen. Dat zij als een moeder voor me was, nu ik geen moeder meer had. Wel een met amuletten en poppetjes en haar gewoonlijk slechte humeur. Ik vertelde haar over Link en zijn moeder, en hoe ze de laatste tijd was veranderd. Dat ze al haar tijd besteedde om iedereen ervan te overtuigen dat Lena net zo geschift was als Macon Ravenwood en een gevaar was voor elke leerling op Jackson.

Ik vertelde haar over mijn vader, over hoe hij zich schuilhield in zijn werkkamer met zijn boeken en een geheim schilderij dat ik nooit mocht zien. Dat ik het gevoel had dat ik hem moest beschermen, ook al was het voor iets wat al was gebeurd.

Ik vertelde haar over Lena, over hoe we elkaar in de regen tegenkwamen, en over het uit de hand gelopen voorval met het raam.

Ik had bijna het gevoel dat ze alles uit me zoog, net zoals ze op de kleverige lolly had gezogen en die ze onder het rijden ook nog in haar mond had. Ik moest me bedwingen om niet mijn hart te luchten over het medaillon en de dromen. Misschien ging alles net iets makkelijker tussen ons omdat ze Lena's nicht was. Misschien kwam het door iets anders.

Ik zat me dat net af te vragen toen de auto bij Ravenwood Manor stilhield, en ze de radio uitzette. De zon ging onder, de lolly was op, en ik was eindelijk uitgepraat. Wanneer had ik dat voor het laatst gedaan?

Ridley boog dicht naar me toe. Ik kon mijn gezicht in haar zonnebril zien. Ik ademde haar in. Ze rook zoet en klam, heel anders dan Lena, maar toch ergens vertrouwd. 'Je hoeft niet bang te zijn, Kortste Strootje.'

'O nee, waarom niet?'

'Jij bent het om wie het echt gaat.' Ze glimlachte naar me, en haar ogen fonkelden. Door de zonnebril heen zag ik een gouden schittering, zoals goudvissen die in een donkere vijver zwemmen. Zelfs door hun bescherming heen hadden ze iets hypnotiserends. Misschien droeg ze hem daarom. De brillenglazen werden weer donker en ze woelde door mijn haar. 'Toch jammer dat ze je waarschijnlijk nooit meer zal zien nadat je eenmaal de rest van onze familie hebt ontmoet. Onze familie is een beetje geschift.'

'Nog geschifter dan jij?'

'Absoluut.'

Fantastisch.

Ze legde opnieuw haar koude hand op mijn arm toen we onder aan de trap naar het huis stonden. 'En, Vriendje. Zodra Lena je dumpt, wat ze over zo'n vijf maanden zal doen, bel me gerust. Je weet me wel te vinden.' Ze gaf me een arm, opeens merkwaardig formeel. 'Mag ik?'

Ik gebaarde met mijn vrije hand. 'Natuurlijk. Ga je gang.' Toen we de trap opliepen, kraakte deze onder ons gewicht. Ik trok Ridley naar boven naar de voordeur, nog steeds bang dat de trap het onder ons zou begeven.

Ik klopte, maar er kwam geen reactie. Ik strekte mijn hand uit en zocht de maan. De deur zwaaide langzaam open...

Ridley leek te aarzelen. Toen we de drempel over stapten, voelde ik dat het huis rust uitstraalde, alsof het klimaat binnen bijna ongemerkt was veranderd.

'Hallo, moeder.'

Een mollige vrouw was in de weer met het neerleggen van kalebassen en vergulde bladeren langs de schoorsteenmantel. Ze schrok op en liet een kleine witte pompoen vallen, die op de grond uit elkaar spatte. Ze greep zich vast aan de schoorsteenmantel, anders was ze beslist omgevallen. Ze zag er vreemd uit, alsof ze een jurk van honderd jaar geleden droeg. 'Julia! Ik bedoel Ridley. Wat doe jij hier? Dat kan toch niet waar zijn. Ik dacht, ik dacht...'

Ik wist dat er iets niet klopte. Dit leek niet op een normale moeder-dochter begroeting.

'Jules? Ben jij dat?' Een jongere versie van Ridley, misschien tien jaar oud, kwam samen met Boo Radley de hal inlopen. Hij had nu een glanzende blauwe cape over zijn rug. Alsof het de normaalste zaak van de wereld was om je familiewolf zo uit te dossen. Alles aan het meisje leek licht uit te stralen; ze had blond haar en stralend blauwe ogen, alsof er vlekjes van een zonnige namiddaglucht in lagen. Het meisje glimlachte en fronste toen. 'Ze zeiden dat je weg was.'

Boo begon te grommen.

Ridley spreidde haar armen uit. Ze verwachtte kennelijk dat het meisje haar in de armen zou vliegen, maar ze bleef doodstil staan. Dus strekte Ridley haar armen naar voren en opende haar vuisten. In de ene had ze een rode lolly. In de andere hand, ik lieg niet, stak een grijs muisje zijn snuitje in de lucht – als een goedkope tovertruc. Hij droeg ook nog een glanzend blauw capeje dat perfect paste bij die van Boo.

Het meisje stapte aarzelend naar voren. Haar zus leek haar

door de kamer heen te trekken zonder haar aan te raken, als de maan en de getijden. Ik had het zelf gevoeld.

Toen Ridley sprak, was haar stem dik en hees als honing. 'Kom maar, Ryan. Mama hield je alleen maar voor de gek. Ik ben nergens heengegaan. Niet echt. Denk je dat jouw lievelingszus jou ooit in de steek laat?'

Ryan grinnikte en rende op Ridley toe. Ze sprong op alsof ze zich in haar open gespreide armen wilde storten. Boo blafte. Heel even hing Ryan vrij in de lucht, zoals zo'n stripfiguurtje dat per ongeluk van een rots afspringt en daar een paar seconden blijft hangen voor het neerstort. Toen smakte ze met een klap op de grond neer, alsof ze tegen een onzichtbare muur was geknald. De lichten in het huis begonnen feller te schijnen, allemaal tegelijk. Het huis leek wel een toneel, waar het licht veranderde om aan te geven dat een akte voorbij was. In het volle licht werden op Ridley's gezicht scherpe schaduwen zichtbaar.

Het licht veranderde de situatie. Ridley hield haar handen voor haar ogen en riep door het huis: 'O, alstublieft, oom Macon. Is dat echt nodig?'

Boo sprong naar voren en positioneerde zich tussen Ryan en Ridley in. Grommend duwde hij zich steeds dichter naar haar toe. Het haar op zijn rug stond overeind, waardoor hij nog meer op een wolf leek. Boo was blijkbaar niet gediend van Ridley's charme-offensief.

Ridley stak haar arm door die van mij. Ze klemde me stevig vast en lachte, maar het klonk meer als gegrom. Het klonk verre van vriendelijk. Ik probeerde kalm te blijven, maar mijn keel voelde alsof er een baal natte sokken in zat.

Terwijl ze een hand om mijn arm had, streek ze met haar vrije hand over haar hoofd en gooide haar hoofd in haar nek. 'Goed, als u grof tegen me wilt zijn.' Elk licht in het huis ging uit. Het hele huis leek last te hebben van een stroomstoring.

Macons stem klonk kalm vanaf de top van de vage schaduwen in de kamer. 'Ridley, lieverd, wat een verrassing. We verwachtten jou niet.'

Ze verwachtten haar niet? Waar had hij het over?

'Ik wil de Samenkomst voor geen goud missen, en kijk eens, ik heb een gast meegenomen. Of, misschien kan ik beter zeggen dat ik zíjn gast ben.'

Macon kwam de trap aflopen zonder zijn ogen van Ridley af te houden. Ik keek naar twee leeuwen die om elkaar heen draaiden, en ik stond er middenin. Ridley had een spel met me gespeeld, en ik was erin getuind als een onnozele hals. Net zo onnozel als zij eruitzag met die lolly in haar mond, waar ze nu ook weer op sabbelde.

'Ik denk niet dat dit een goed idee is. Ik weet zeker dat er ergens anders op je wordt gewacht.'

Ze trok de lolly met een plop uit haar mond. 'Zoals ik zei, wil ik dit voor geen goud missen. Trouwens, u wilt toch niet dat ik Ethan de héle weg terug naar huis breng. Waar moeten we dan over praten?'

Ik wilde voorstellen om weg te gaan, maar ik kreeg er geen woord uit. Iedereen stond nu in de grote hal elkaar aan te staren. Ridley leunde tegen een van de pilaren.

Macon verbrak de stilte. 'Waarom laat je Ethan niet de eetkamer zien? Ik weet zeker dat je die nog weet te vinden.'

'Maar Macon…' De vrouw, van wie ik vermoedde dat ze tante Del was, keek paniekerig en weer verward, alsof ze niet precies doorhad wat zich hier afspeelde.

'Het is goed, Delphine.' Ik zag aan Macons gezicht dat hij probeerde het heft in handen te nemen, stap voor stap, net een stap voor ons uit. Zonder dat ik wist waarin ik was beland, was het toch een geruststelling dat hij in de buurt was.

De laatste plek waar ik wilde zijn, was de eetzaal. Ik wilde de benen nemen, maar dat zou me niet lukken. Ridley wilde mijn arm niet loslaten. Zolang ze me vastklemde, leek het alsof ik op de automatische piloot stond. Ze leidde me naar de formele eetzaal, waar ik Macon de eerste keer op de kast had gejaagd. Ik keek naar Ridley die aan mijn arm zat vastgeklonken. Dit was een grotere kwelling.

De ruimte werd verlicht door honderden kleine zwarte votief-kaarsen en aan de kandelaars hingen snoeren met zwarte glaskra-len. Er hing een enorme krans van zwarte veren op de deur naar de keuken. De tafel was gedekt met zilveren en parelwitte borden die, als ik me niet vergiste, echt van paarlemoer waren gemaakt.

De keukendeur zwaaide open. Lena kwam achteruitlopend door de deuropening. Ze had een reusachtig zilveren blad in haar handen met exotisch fruit dat beslist niet uit Zuid-Carolina kwam. Ze droeg een strakke, zwarte jas tot op de grond, die met een riem om haar middel bij elkaar werd gehouden. Het zag er erg tijdloos uit. Niet als iets wat ik eerder had gezien in deze streek, of zelfs in deze eeuw. Toen ik omlaag keek, zag ik onder de jas gelukkig haar Converse-gympen uitsteken. Ze zag er nog mooier uit dan de eerste keer dat ik hier at... wanneer? Een paar weken geleden?

Mijn hoofd leek vol dons te zitten, alsof ik half sliep. Ik haalde diep adem, maar het enige wat ik rook was Ridley. Het was een muskusachtige geur gemengd met een veel te zoete geur, zoals siroop die op het fornuis staat te pruttelen. De sterke geur vloog me naar de keel.

'We zijn bijna zover. Alleen nog even...' Lena stond halverwege de deuropening aan de grond genageld. Ze keek alsof ze zojuist een geest had gezien, of iets nog huiveringwekkenders. Ik wist niet zeker of het kwam door Ridley, of omdat wij daar gearmd stonden.

'Hé, hallo nicht. Dat is lang geleden.' Ridley stapte naar voren en trok mij met zich mee. 'Krijg ik geen kus van je?'

Het blad dat Lena in haar handen had, knalde op de vloer. 'Wat doe jij hier?' Lena's stem was amper een fluistering.

'Nou, zeg. Ik ben gekomen om mijn lievelingsnichtje te zien, en ik heb een vriendje meegenomen.'

'Ik ben jouw vriendje niet,' stamelde ik. De woorden stokten bijna in mijn keel en ik stond nog altijd vastgelijmd aan haar arm. Ze haalde een sigaret uit het pakje dat ze in haar laars had gesto-ken en stak deze met haar vrije hand aan.

'Ridley, alsjeblieft. Ik heb liever niet dat je in dit huis rookt,' zei Macon, en de sigaret doofde onmiddellijk uit. Ridley lachte en tikte hem in een schaal met iets wat op aardappelpuree leek, maar dat waarschijnlijk niet was.

'Oom Macon. U was altijd al een Pietje Precies als het om de huisregels ging.'

'De regels zijn al heel lang geleden opgesteld, Ridley. Daar kunnen ik of jij ook nu niet aan tornen.'

Ze stonden elkaar aan te staren. Macon bewoog zijn hand even, en een stoel schoof uit zichzelf van de tafel af. 'Waarom gaan we niet allemaal aan tafel? Lena, wil je Keuken laten weten dat we twee gasten meer hebben?'

Lena maakte nog geen aanstalten. Ze was ziedend. 'Ze kan niet blijven.'

'Het is al goed. Niets kan jou hier kwaad doen,' verzekerde Macon haar. Maar Lena keek niet bang. Ze keek furieus.

Ridley glimlachte. 'Weet u dat zeker?'

'Het eten is klaar, en je weet hoe Keuken het vindt als het eten koud wordt opgediend.' Macon liep de eetzaal in. We volgden hem naar binnen, ook al had hij amper luid genoeg gesproken voor de vier personen in de kamer om hem te kunnen verstaan.

Ryan liep voorop en Boo sjokte achter haar aan. Tante Del liep daarachter aan de arm van een grijsharige man van mijn vaders leeftijd. Hij ging gekleed alsof hij rechtstreeks uit een van de boeken in mijn moeders werkkamer was gestapt. Hij droeg kniehoge laarzen, een overhemd met sierstroken en een vreemde operacape. Die twee zouden zo in een tentoonstelling van een museum passen.

Een ouder meisje kwam de kamer in. Ze leek erg op Ridley, maar ze had meer kledingstukken aan en ze zag er niet zo gevaarlijk uit. Ze had lang, steil blond haar met een beschaafdere versie van Ridley's slordige pony. Ze had veel weg van zo'n meisje dat je op een populaire, traditionele universiteitscampus in het noorden ziet, bijvoorbeeld Yale of Harvard, met een stapel boeken onder haar arm. Het meisje hield haar ogen gericht op Ridley, alsof ze dwars door de donkere zonnebril, die Ridley nog steeds ophad, heen kon kijken.

'Ethan, ik wil je voorstellen aan mijn oudere zus, Annabel. O, sorry, ik bedoel Reece.' Wie wist de naam van haar eigen zus niet eens?

Reece glimlachte en sprak langzaam, alsof ze haar woorden zorgvuldig afwoog. 'Wat doe jij hier, Ridley? Ik dacht dat jij vanavond een andere afspraak had?'

'Plannen veranderen wel eens.'

'Dat doen families ook.' Reece strekte haar hand uit en zwaaide deze voor Ridley's gezicht heen en weer. Ze maakte niet meer dan een simpele krul, zoals een magiër zijn hand over een hoge hoed liet gaan. Ik week achteruit: ik weet niet wat ik dacht, maar een seconde dacht ik dat Ridley wellicht zou verdwijnen. Of, wat me liever zou zijn, dat ik in het luchtledige oploste.

Maar ze verdween niet, en nu was het Ridley die achteruitdeinsde en wegkeek. Het leek haar fysiek pijn te doen om Reece in de ogen te kijken.

Reece tuurde in Ridley's gezicht alsof het een spiegel was. 'Interessant. Ridley, waarom zie ik, als ik in jouw ogen kijk, alleen maar háár ogen? Jullie zijn twee handen op een buik, is het niet zo?'

'Je wauwelt maar wat, zús.'

Reece sloot haar ogen en concentreerde zich. Ridley kermde als een vastgeprikte vlinder. Reece bewoog haar hand opnieuw en heel kort loste het gezicht van Ridley op in de onheilspellende beeltenis van een andere vrouw. Het vrouwengezicht kwam me vaag bekend voor, maar ik kon me niet herinneren waarvan.

Macon gaf een harde klap op Ridley's schouder. Het was de eerste keer dat ik iemand Ridley zag aanraken, op mij na. Ridley kromp ineen, en ik voelde een pijnscheut van haar hand door mijn arm heen trekken. Macon Ravenwood was duidelijk geen man om mee te spotten. 'Wel. Of je het wilt of niet, de Samenkomst is begonnen. Ik laat niet toe dat wie dan ook de Grote Vakantie versjteert. Niet onder mijn dak. Niet in mijn huis. Ridley is, zoals ze zo fijntjes duidelijk heeft gemaakt, 'uitgenodigd' om ons gezelschap te houden. Er is genoeg over gezegd. Ik wil graag dat iedereen een plaats aan tafel zoekt.'

Lena ging zitten. Ze verloor ons geen seconde uit het oog.

Tante Del leek nog ongeruster dan toen wij net waren aangekomen. De man in de operacape gaf een geruststellend tikje op haar hand. Een lange jongen, ik schat van mijn leeftijd, slenterde verveeld de kamer binnen. Hij droeg een zwarte spijkerbroek, een vaal zwart T-shirt en versleten motorlaarzen.

Ridley begon iedereen voor te stellen. 'Mijn moeder heb je al ontmoet. Dit is mijn vader, Barclay Kent, en mijn broer, Larkin.'

'Leuk je te ontmoeten, Ethan.' Barclay stapte naar voren om me de hand te schudden, maar toen hij Ridley's hand op mijn arm zag, week hij terug. Larkin sloeg zijn arm rond mijn schouder. Toen ik achterom keek, was zijn arm veranderd in een slang. De tong flitste in en uit zijn bek.

'Larkin!' Barclay siste. De slang veranderde ogenblikkelijk weer in Larkins arm.

'Tsjonge. Ik probeerde alleen de stemming hier wat op te krikken. Jullie zitten erbij als een stel zielenpieten.' Larkins ogen flakkerden geel op en werden dunne spleten. Slangenogen.

'Larkin, ik zei dat het genoeg was.' Zijn vader keek hem aan, zoals alleen een vader zijn zoon kan aankijken die hem keer op keer teleurstelt. Larkins ogen kregen weer hun eigen groene kleur.

Macon ging aan het hoofd van de tafel zitten. 'Waarom gaan we niet allemaal zitten? Keuken heeft voor ons een van haar fijnste feestmaaltijden bereid. Lena en ik hebben het gerammel van potten en pannen dagenlang moeten aanhoren.' Iedereen koos een stoel aan de enorme rechthoekige tafel met de klauwvoet. Het was een donkere houten tafel, bijna zwart. In de poten waren ingewikkelde rankachtige patronen gesneden. Gigantische zwarte kandelaars flakkerden in het midden van de tafel.

'Kom hier bij mij zitten, Kortste Strootje.' Ridley leidde me naar een lege stoel tegenover de zilveren vogel die Lena's naamkaartje bevatte, alsof ik een keus had.

Ik probeerde oogcontact te krijgen met Lena, maar haar ogen waren gefixeerd op Ridley. En ze stonden fel. Ik kon alleen maar hopen dat haar woede zich uitsluitend op Ridley richtte.

De tafel stond boordevol eten, zelfs meer dan de laatste keer dat ik hier was; elke keer wanneer ik naar de tafel keek, was er nog meer bijgekomen. Een lamsrug en met rozemarijn bijeengebonden varkenslapjes. Verder diverse exotische gerechten, die ik niet eerder had gezien. Een grote vogel lag op een bed van pauwenveren en was gevuld met een dressing en peren. De veren waren zo neergelegd dat het net een levende, opengevouwen pauwenstaart leek. Ik hoopte dat het geen echte pauw was, maar gezien de staartveren, was ik er bijna zeker van dat dit wel het geval was. Er waren ook sprankelende zoete lekkernijen. Als ik het goed zag, in de levensechte vorm van zeepaardjes.

Maar niemand at, niemand behalve Ridley. Ze leek het naar haar zin te hebben. 'Ik ben dol op suikerpaardjes.' Ze stak twee van de gouden zeepaardjes in haar mond.

Tante Del kuchte een paar keer. Ze pakte de decanteerkaraf van de tafel en vulde haar glas met een zwarte vloeistof, die qua stroperigheid op wijn leek.

Ridley keek over de tafel heen naar Lena. 'Vertel, nicht, heb je grootse plannen voor je verjaardag?' Ridley dipte haar vingers in een donkere, bruine saus in de juskom naast de vogel, waarvan ik hoopte dat het geen pauw was. Ze likte haar vingers veelbetekenend af.

'We gaan het vanavond niet over Lena's verjaardag hebben,' waarschuwde Macon.

Ridley genoot van de spanning. Ze stak nog een zeepaardje in haar mond. 'Waarom niet?'

Lena's ogen spoten vuur. 'Maak je geen zorgen over míjn verjaardag. Je bent niet uitgenodigd.'

'Jíj zou dat zeker moeten doen. Je zorgen maken, bedoel ik. Het is zo'n belángrijke verjaardag, toch wel.' Ridley lachte. Lena's haar begon uit zichzelf te krullen en ook weer te ontkrullen, alsof er een wind door de kamer waaide. Er was geen zuchtje wind.

'Ridley, ik zei dat het genoeg was.' Macon begon zijn geduld te verliezen. Ik hoorde dezelfde toon in zijn stem als toen ik tijdens mijn eerste bezoek het medaillon uit mijn zak had gehaald.

'Waarom kiest u haar kant, oom M. In mijn jeugd heb ik net zoveel tijd met u doorgebracht als Lena. Waarom is zij nu ineens uw lievelingetje?' Even klonk ze bijna gekwetst.

'Je weet dat het er niet om gaat wie mijn lievelingsnichtje is. Jij bent Opgeëist. Dan houdt mijn verantwoordelijkheid op.'

Opgeëist? Door wat? Waar had hij het over? De spanning rond de tafel werd steeds meer om te snijden. Ik was er niet meer zeker van dat ik alles correct hoorde.

'Maar u en ik zijn hetzelfde.' Ze smeekte Macon als een verwend kind.

De tafel begon bijna onmerkbaar te trillen. De zwarte vloeistof in de wijnglazen golfde zacht heen en weer. Toen hoorde ik ritmisch getik op het dak. Regen.

Lena greep zich vast aan de hoek van de tafel. Haar knokkels waren spierwit. 'Jij bent níét hetzelfde,' siste ze.

Ik voelde het lichaam van Ridley verstijven tegen mijn arm, waar ze zich nog altijd omheen had gewonden als een slang. 'Je denkt dat je zoveel beter bent dan ik, Lena... is het niet? Je kent je echte naam niet eens. Je beseft niet dat deze relatie van jou verdoemd is. Wacht maar tot jij wordt Opgeëist en erachter komt hoe alles echt in zijn werk gaat.' Ze lachte, een onheilspellende, akelige lach. 'Je hebt geen idee of we hetzelfde zijn of niet. Over een paar maanden kun je net zo eindigen als ik.'

Lena keek mij totaal in paniek aan. De tafel begon harder te trillen, de borden rinkelden tegen het hout. Buiten knetterde de bliksem, en regen stroomde langs de ramen als tranen. 'Hou je kop!'

'Vertel het hem, Lena. Vind je niet dat Kortste Strootje hier het verdient om alles te weten? Dat jij geen flauw idee hebt of je Licht of Duister wordt? Dat je dat niet zelf kunt kiezen?'

Lena sprong overeind en stootte haar stoel om. 'Ik zei: hou je kop!'

Ridley was weer ontspannen. Ze genoot. 'Zeg hem hoe we vroeger samen leefden in dezelfde kamer, als zussen, en dat ik een jaar geleden precies zo was als jij, en nu...'

Macon stond aan het hoofd van de tafel, waaraan hij zich met beide handen vastklemde. Zijn bleke gezicht gaf nog meer licht dan anders. 'Ridley, het is genoeg zo! Ik zal je uit mijn huis verstoten als je nog één woord zegt.'

'Oom, u kunt me niet verstoten. Daar hebt u niet voldoende kracht voor.'

'Overschat je vaardigheden niet. Geen enkele Duistere Caster op aarde is krachtig genoeg om op eigen houtje Ravenwood binnen te dringen. Ik heb deze plaats zelf Begrensd. Dat hebben wij allemaal gedaan.'

Duistere Caster? Dat klonk niet goed.

'Ach, oom Macon. U vergeet de befaamde zuidelijke gastvrijheid. Ik ben niet binnengedrongen. Ik was uitgenodigd, aan de arm van de knapste jongeman in Gat-ding.' Ridley draaide zich glimlachend naar me om en zette haar zonnebril af. Ze had kwaadaardige ogen die gloeiden als goud, alsof ze in brand stonden. Ze hadden de vorm van kattenogen, met een zwarte streep in het midden. Er straalde licht uit haar ogen en in dat licht veranderde alles.

Ze keek me aan met die onheilspellende glimlach en haar gezicht was veranderd in duisternis en schaduwen. De vormen die haar voorheen zo vrouwelijk en aantrekkelijk maakten, vloeiden voor mijn eigen ogen over in scherpe, harde trekken. Haar huid leek strakgespannen om haar botten te liggen, waardoor elke ader zichtbaar werd en je bijna het bloed erdoorheen zag pompen. Ze zag eruit als een monster.

Ik had een monster binnengebracht in het huis, in het huis van Lena.

Bijna onmiddellijk begon het huis te schudden op zijn grondvesten. De kristallen kandelaars zwaaiden heen en weer, de lichten flakkerden. De houten luiken klapten open en dicht, en weer open en dicht toen de regen op het dak kletterde. Het was zo'n

167

hels kabaal, dat het bijna al het andere overstemde. Precies zoals in die nacht dat ik Lena bijna overreed toen ze midden op de weg stond.

Ridley verstevigde haar ijzige greep om mijn arm. Ik probeerde haar van me af te schudden, maar ik kon me amper bewegen. De ijskou trok door me heen; het gevoel trok uit mijn hele arm weg.

Lena keek ontsteld op van de tafel. 'Ethan!'

Tante Del stampvoette door de kamer. De vloerpanelen leken onder haar voeten te wankelen.

De ijskou had zich inmiddels over mijn hele lichaam verspreid. Mijn keel was bevroren. Mijn benen verlamd; ik kon me niet bewegen. Ik kon me niet van Ridley's arm lostrekken en ik kon niemand vertellen wat er gebeurde. Nog een paar minuten en ik zou niet meer kunnen ademen.

Een vrouwenstem dreef over de tafel heen. Tante Del. 'Ridley, ik heb je gezegd weg te blijven, kind. We kunnen niets meer voor je doen. Het spijt me vreselijk.'

Macons stem klonk scherp. 'Ridley, één jaar kan al een wereld van verschil betekenen. Je bent nu Opgeëist. Je hebt jouw plaats in de Orde der Dingen gevonden. Je hoort hier niet meer. Je moet gaan.'

Een seconde later stond hij recht voor haar. Ik begon de grip op de situatie volledig te verliezen. De stemmen en gezichten begonnen om me heen te draaien. Ik kon amper ademhalen. Ik had het zo vreselijk koud, mijn bevroren kaak was zelfs te stijf om te klapperen. 'Ga, nu!' schreeuwde hij.

'Nee!'

'Ridley! Gedraag je! Je moet dit huis verlaten. Op Ravenwood is geen plaats voor Zwarte magie. Dit is een Begrensde plaats, een plaats van Licht. Je overleeft het hier niet, niet lang.' Tante Dels stem klonk vastberaden.

Ridley antwoordde snauwend: 'Ik ga niet weg moeder, en u kunt me niet dwingen.'

Macons stem onderbrak haar woede-uitbarsting. 'Je weet dat dat niet waar is.'

'Ik ben nu sterker, Oom Macon. U kunt mij niet meer beteugelen.'

'Je hebt gelijk. Jouw kracht groeit, maar je bent nog niet zover dat je het tegen mij kunt opnemen, en ik zal al het nodige doen om Lena te beschermen. Zelfs als ik jou daarmee pijn moet doen, of erger.'

De ernst van zijn dreigement was te veel voor Ridley. 'Zou u mij echt pijn doen? Ravenwood is een Duistere plaats van kracht. Dat is het sinds Abraham altijd geweest. Hij was een van ons. Ravenwood zou ons moeten toebehoren. Waarom hebt u het Begrensd rond het Licht?'

'Ravenwood is nu Lena's thuis.'

'U hoort bij mij, oom M. Met háár.'

Ridley stond op en hees mij op mijn voeten. Ze stonden daar nu met zijn drieën – Lena, Macon en Ridley, de drie punten van een vreselijk angstaanjagende driehoek. 'Ik ben niet bang voor uw soort.'

'Dat kan wel zo zijn, maar je hebt hier geen magische kracht. Niet tegen ons allen en een Naturel.'

Ridley slaakte een gilletje. 'Lena, een Naturel? Dat is het grappigste wat u de hele avond hebt gezegd. Ik heb gezien wat een Naturel kan doen. Lena kan er nooit een zijn.'

'Een Cataclyst en een Naturel zijn niet hetzelfde.'

'Zijn ze dat toch niet? Een Cataclyst is een Naturel die Duister is geworden en rampen veroorzaakt. Twee kanten van dezelfde munt.'

Waar had ze het over? Mijn hoofd tolde.

Op dat moment voelde ik dat mijn lichaam het niet meer volhield, en ik wist dat ik bewusteloos zou raken – dat ik waarschijnlijk zou doodgaan. Het was alsof al het leven uit me werd gezogen, met de warmte van mijn bloed. Ik hoorde donderslagen. Eén – gevolgd door bliksem, en de inslag in een boom net buiten het raam. De storm was hier. Recht boven ons.

'U hebt ongelijk, Oom M. Lena is het niet waard om te worden beschermd, en ze is zeker geen Naturel. U weet niet wat haar lot zal zijn tot haar verjaardag. U denkt dat ze door het Licht zal worden Opgeëist, alleen omdat ze lief en onschuldig is? Dat wil niets zeggen. Was ik een jaar geleden ook niet zo? En van wat Kortste Strootje hier me heeft verteld, is het aannemelijker dat ze naar het Duister gaat dan naar het Licht. Bliksemstormen? Het terroriseren van een school?'

De storm wakkerde verder aan en Lena werd steeds giftiger. Ik zag de razernij in haar ogen. Een raam versplinterde, net als bij de Engelse les. Ik wist waar dit op uit zou lopen.

'Hou je kop! Je weet niet waar je het over hebt!' De regen stroomde de eetkamer in. Gevolgd door de wind, die glazen en borden optilde en op de vloer neerkwakte. Lange strepen zwarte vloeistof stroomden over de vloer. Niemand verroerde een vin.

Ridley draaide zich naar Macon. 'U hebt haar altijd te veel de hand boven het hoofd gehouden. Ze is niets.'

Ik wilde me uit de wurggreep van Ridley loswrikken, haar vastgrijpen en haar zelf het huis uit sleuren, maar ik kon me niet verroeren.

Een tweede raam knalde uiteen, daarna nog een, en nog een derde. Overal brak glas. Het dure servies, wijnglazen en het glas van elk fotolijstje. Meubelstukken vlogen tegen de muren. En de wind was als een tornado die de kamer opslorpte, met ons erin. Het was zo'n oorverdovend geraas, dat het alles overstemde. Het tafelkleed werd van de tafel afgeblazen, met alle kandelaars, de gerechten en borden er nog op. Alles werd tegen de muren gesmeten. Boo Radley krijste, die afgrijselijke menselijke schreeuw. Ridley's greep om mijn arm leek te verslappen. Ik knipperde hard met mijn ogen en probeerde erbij te blijven.

En toen stond daar midden in de chaos Lena. Ze stond stil als een standbeeld, haar haar waaide in de wind wild om haar hoofd heen. Wat gebeurde er?

Ik voelde mijn benen slap worden. Precies op het moment dat ik mijn bewustzijn verloor, voelde ik de wind. Door een krachtige windvlaag werd mijn arm letterlijk uit die van Ridley losgerukt, op het moment dat zij de kamer werd uitgezogen naar de voordeur. Ik zakte ineen op de grond toen ik Lena's stem hoorde, of dacht te horen.

'Blijf met je poten van mijn vriendje af, heks.'

Vriendje.

Was ik dat voor haar?

Ik probeerde te glimlachen. Voor ik dat kon doen, werd alles zwart om me heen.

9 oktober

Een barst in het pleister

Toen ik bijkwam, had ik geen idee waar ik was. Ik probeerde mijn ogen scherp te stellen op de eerste paar dingen die opdoemden. Op het plafond boven het bed zag ik met de hand geschreven woorden en zinnen, in een zorgvuldig gekozen lettertype en allemaal met dezelfde stift.

Momenten vloeien samen, geen tijdsspanne

Overal om me heen zag ik honderden andere schrijfsels, delen van zinnen, versregels, of zomaar wat losse woorden. Op een van de kastdeuren stond gekalkt *lot beslist*. Op de andere las ik *totdat je wordt uitgedaagd door verdoemden*. Verspreid over de deur zag ik de woorden *wanhopig / meedogenloos / verdoemd / het lot in eigen handen nemend*. Op de spiegel stond *open je ogen*; en op het glas van het raam *en zie*.

Zelfs de spierwitte lampenkap was volgekrabbeld met de woorden, *verlichtdeduisternisverlichtdeduisternis* steeds overnieuw in een zich eindeloos herhalend patroon.

Lena's poëzie. Eindelijk kreeg ik de gelegenheid er iets van te lezen. Zelfs als je niet lette op de karakteristieke inkt, leek deze kamer niet op de rest van het huis. Hij was klein en knus en lag verscholen onder de afhangende dakrand. Boven mijn hoofd draaide langzaam een plafondventilator rond die schaduwen op de teksten wierp. Op elke vrije plek lagen stapels notitieboekjes en op het nachtkastje een hoge stapel boeken. Allemaal dichters. Plath, Eliot, Bukowski, Frost, Cummings – in elk geval een paar namen die ik kon thuisbrengen.

Ik lag in een smal wit, ijzeren bed. Mijn benen staken over de rand. Dit was de kamer van Lena en ik lag in haar bed. Lena zat opgekruld in een stoel aan het voeteneind, met haar hoofd op haar arm.

Ik kwam, nog half versuft, overeind. 'Hé. Wat is er gebeurd?'

Ik wist bijna zeker dat ik was flauwgevallen, maar de details herinnerde ik me slechts vaag. Het laatste wat ik kon terughalen, was de vrieskou die langzaam door mijn lichaam trok, mijn dichtgeknepen keel en de stem van Lena. Als ik het goed had, had ze gezegd dat ik haar vriendje was. Dat had ik vast niet goed gehoord, omdat ik op dat moment bijna van de wereld ging, en er tussen ons niet echt iets was gebeurd. Vermoedelijk ijdele hoop.

'Ethan!' Ze sprong vanuit de stoel op het bed vlak naast me, hoewel ze oplette dat ze niet tegen me aan viel. 'Gaat het? Ridley wilde je niet loslaten en ik wist me geen raad. Ik zag aan je dat je bijna bezweek en ik handelde zonder na te denken.'

'Je bedoelt die tornado midden in jullie eetkamer?'

Ze keek weg. Ik zag dat ze zich ellendig voelde. 'Zo gaat het altijd. Ik voel dingen, ik word boos of bang en dan... gebeurt het gewoon.'

Ik strekte mijn arm uit en legde mijn hand op die van haar. De warmte trok door mijn arm. 'Zoals ramen versplinteren?'

Ze keek me aan, en ik krulde mijn vingers rond die van haar tot ik haar hand stevig vasthad. In de hoek achter haar leek een van de barsten in het pleister door te trekken. De lijn boog naar het plafond, waar hij zijn weg zocht. Hij draaide om de kroonluchter heen en kronkelde weer naar beneden. Het leek een hart. Een enorm, met grote lussen getekend, meisjesachtig hart was tevoorschijn gekomen in het scheurende pleister van het plafond in haar slaapkamer.

'Lena.'

'Ja?'

'Krijgen we jouw plafond nu op ons hoofd?'

Ze draaide zich om en keek naar de scheur. Toen ze hem zag,

beet ze op haar lip en haar wangen kleurden roze. 'Ik denk het niet. Het is maar een barst in het pleister.'

'Is dit jouw werk?'

'Nee.' Het roze kroop nu ook langs haar neus en wangen. Ze sloeg haar ogen neer.

Ik wilde haar vragen waar ze aan had gedacht, maar ik wilde haar niet in verlegenheid brengen. Haar hand lag nog stevig in die van mij. Wel hoopte ik dat het iets met mij te maken had. Met het woord dat ik dacht uit haar mond te hebben gehoord, vlak voordat alles zwart werd voor mijn ogen.

Ik keek bedenkelijk naar de barst.

'Kun je het ook weer ongedaan maken? Die dingen die zich zomaar... voordoen?'

Lena zuchtte, opgelucht dat ze over iets anders kon praten. 'Af en toe. Het hangt ervan af. Soms word ik er zo door overweldigd dat ik het niet in de hand kan houden. Dan kan ik het niet herstellen, ook naderhand niet. Ik denk niet dat ik het glas weer in het raam van het lokaal had kunnen terugzetten. Net zomin denk ik dat ik de oplaaiende storm had kunnen stoppen, die dag dat we elkaar ontmoetten.'

'Volgens mij kon jij daar niets aan doen. Je kunt jezelf niet de schuld geven van elke storm die over Gatlin heen rolt. We zitten nog midden in het orkaanseizoen.'

Ze rolde op haar buik en keek me recht in mijn ogen. Ze liet niet los, net zomin als ik dat deed. Mijn hele lichaam snorde door de warmte van haar aanraking. 'Heb je niet gezien wat er vanavond is gebeurd?'

'Lena, misschien is een orkaan soms gewoon een orkaan.'

'Zolang ik hier rondloop, ben ik het orkaanseizoen in Gatlin.' Ze probeerde haar hand weg te trekken, maar ik gaf haar daartoe geen kans.

'Doe niet zo raar, voor mij ben je toch echt meer een meisje.'

'Ja, vast. Ben ik niet. Ik ben een compleet stormsysteem, onbeheersbaar. De meeste Casters kunnen hun gaven beheersen als ze zo oud zijn als ik, maar de helft van de tijd lijken zij eerder con-

174

trole over mij te hebben.' Ze wees op haar eigen spiegelbeeld in de spiegel aan de muur. De stift begon uit zichzelf over het spiegelbeeld van Lena heen te schrijven. *Wie is dit meisje?* 'Ik ben nog steeds bezig om te doorgronden hoe het zit, maar soms heb ik het idee dat me dat nooit zal lukken.'

'Beschikken alle Casters over dezelfde magische krachten, welke dan ook?'

'Nee. Simpele dingen als voorwerpen verplaatsen, kunnen we allemaal, maar elke Caster heeft zijn eigen karakteristieke talenten die samenhangen met zijn afzonderlijke gaven.'

Op dit moment wilde ik dat er een soort schoolvak bestond waardoor ik deze gesprekken wat beter kon volgen. Caster 101, of zoiets, want ik raakte de hele tijd totaal de draad kwijt. Ik kende maar één persoon die bijzondere talenten had en dat was Amma. De toekomst lezen en kwade geesten afweren telden toch ook mee, of niet soms? En wie weet kon Amma ook wel voorwerpen verplaatsen met haar geest; ze kon er in elk geval met één blik voor zorgen dat ik mijn achterste verplaatste. 'Even over Tante Del: wat kan zij?'

'Zij is een Palimpsest, een Herschrijver. Ze leest de tijd.'

'Leest de tijd?'

'Jij en ik lopen bijvoorbeeld een kamer in en zien het heden. Tante Del ziet verschillende momenten in het verleden en het heden, allemaal tegelijk. Zij kan een kamer binnenlopen en hem zien zoals die vandaag is, maar ook zoals die tien of twintig jaar geleden was. En dat allemaal door elkaar heen. Ongeveer wat er gebeurt als wij het medaillon aanraken. Daarom is ze altijd zo verward. Ze weet nooit precies wanneer ze ergens is, of zelfs waar ze is.'

Ik herinnerde me hoe ik me voelde na een van de visioenen, en hoe het zou zijn als ik me zo de hele tijd zou voelen. 'Geen pretje. Hoe zit het met Ridley?'

'Ridley is een Sirene. Haar gave is de Kracht van de Verlokking. Ze kan elk idee in iemands hoofd prenten, zodat ze iemand zover krijgt om alles te vertellen en alles te doen. Wanneer zij haar kracht op jou had aangewend, en ze had je gezegd dat je van een klif moest springen – was je gesprongen.' Ik herinnerde me hoe ik me bij haar in de auto had gevoeld. Ik had haar bijna alles verteld.

'Ik zou niet springen.'

'Je springt wel. Je moet wel. Een Sterfelijke man kan niet tegen een Sirene op.'

'Toch zou ik het niet doen.' Ik keek haar aan. Haar haar waaide op in de bries rond haar gezicht, maar er stond in de kamer nergens een raam open. Ik keek haar onderzoekend aan en zocht naar een soort teken waaruit bleek dat ze misschien hetzelfde voelde als ik. 'Je kunt niet van een klif springen wanneer je al van iets hogers bent gevallen.'

Ik hoorde de woorden uit mijn mond rollen, en ik wilde ze toen ik ze uitsprak onmiddellijk weer inslikken. In mijn hoofd hadden ze een stuk beter geklonken. Ook zij keek me aan om erachter te komen of ik het meende. Dat deed ik, maar dat kon ik haar niet zeggen. In plaats daarvan begon ik snel over iets anders. 'Zeg, wat heeft Reece voor superkracht?'

'Ze is een Sibille. Ze kan gezichten lezen. Ze kan zien wat jij hebt gezien, wie je hebt gezien, wat je hebt gedaan, alleen door je in de ogen te kijken. Ze kan je gezicht openen en het letterlijk lezen, als een boek.' Lena keek me nog altijd onderzoekend aan.

'Zeg, wie was dat? Die andere vrouw in wie Ridley heel even veranderde toen Reece haar stond aan te staren? Zag jij dat ook?'

Lena knikte. 'Oom Macon wilde het me niet vertellen, maar het moet een Duister iemand zijn. Iemand met een sterke magische kracht.'

Ik bleef doorvragen. Ik moest het weten. Het was net of ik besefte dat ik zojuist had gedineerd met een stelletje buitenaardse wezens. 'Wat kan Larkin? Slangen betoveren?'

'Larkin is een Illusionist. Hij is als een Draaier. Maar oom Barclay is de enige echte Draaier in de familie.'

'Wat is het verschil?'

'Larkin kan door bezwering iets omvormen, oftewel: hij kan alles er zo laten uitzien als hij wil, door een betovering – mensen, voorwerpen, plaatsen. Hij creëert illusies, maar ze zijn niet echt. Oom Barclay kan iets werkelijk omdraaien, wat wil zeggen dat hij werkelijk elk voorwerp kan veranderen in een ander object. Voor zolang als hij wil.'

'Dus jouw neef verandert dingen in iets waar ze op lijken, en jouw oom in iets wat ze zijn?'

'Klopt. Volgens mijn grootmoeder liggen hun krachten eigenlijk te dicht bij elkaar. Dat komt af en toe voor bij ouders en kinderen. Ze lijken te veel op elkaar, en liggen daardoor meestal met elkaar overhoop.' Ik wist wat ze dacht, namelijk dat ze dat nooit over zichzelf te weten zou komen. Haar gezicht betrok, en ik ondernam een stompzinnige poging haar op te vrolijken.

'Ryan? Wat is haar kracht? Kledingontwerpster voor honden?'

'Dat is nog te vroeg om te kunnen zeggen. Ze is pas tien.'

'En Macon?'

'Hij is gewoon… oom Macon. Er is niets wat oom Macon niet kan doen, of niet wil doen voor mij. In mijn jeugd was ik vaak bij hem.' Ze keek weg, ontweek de vraag. Ze hield iets achter, maar bij Lena was het onmogelijk om te weten wat. 'Hij is als een vader voor me, of hoe ik me mijn vader voorstel.' Ze hoefde niets meer te zeggen. Ik wist hoe het was om iemand te verliezen. Ik vroeg me af of het erger was als je ze nooit had gekend.

'En jij? Wat voor gave heb jij?'

Alsof ze er maar één had. Alsof ik er niet al vanaf de eerste dag mee in aanraking was gekomen. Alsof ik niet al vanaf die nacht toen ze op onze veranda in haar paarse pyjama zat, de moed probeerde te verzamelen om haar deze vraag te stellen.

Ze was even stil. Ze dacht na, of woog af of ze het me zou vertellen; ik kon onmogelijk zeggen over welke van de twee ze nadacht. Toen keek ze me aan met haar diepgroene ogen. 'Ik ben een Naturel. Tenminste, oom Macon en tante Del denken dat ik dat ben.'

Een Naturel. Ik was opgelucht. Het klonk niet zo onheilspellend als een Sirene. Dat zou ik volgens mij wel aankunnen. 'Wat houdt dat precies in?'

'Dat weet ik zelfs niet. Je kunt niet echt één ding. Ik bedoel, naar alle waarschijnlijkheid kan een Naturel veel meer dan andere Casters.' Ze zei het snel, bijna alsof ze hoopte dat ik het niet zou horen, maar dat deed ik wel.

Meer dan andere Casters.

Meer. Ik wist niet precies wat ik daarvan vond. Minder, daar zou ik mee overweg hebben gekund. Minder zou goed zijn geweest.

'Maar zoals je vanavond hebt gezien, weet ik echt niet wat ik kan.' Ze plukte zenuwachtig aan de gewatteerde deken tussen ons. Ik trok aan haar hand tot ze naast me op bed lag, ondersteund door haar elleboog.

'Het kan me allemaal niets schelen. Ik vind je leuk zoals je bent.'

'Ethan, je kent me amper.'

De doezelige warmte spoelde door mijn lichaam, en eerlijk gezegd maakte het niet uit wat ze zei. Het voelde zo goed om bij haar te zijn, haar hand vast te houden, met alleen de deken tussen ons. 'Dat is niet waar. Ik weet dat je gedichten schrijft en ik weet over de raaf aan je ketting en ik weet dat je van Fanta houdt en van je grootmoeder en van Maltezers over je popcorn.'

Even dacht ik een glimlach te zien. 'Dat is amper iets.'

'Het is een begin.'

Ze keek me met haar groene ogen onderzoekend aan. 'Je weet niet eens hoe ik heet.'

'Je heet Lena Duchannes.'

'Goed dan. Om te beginnen: dat is niet mijn naam.'

Ik duwde mezelf overeind en liet haar hand los. 'Waar heb je het over?'

'Dat is niet mijn echte naam. Ridley loog daarover niet.' Delen van het gesprek van eerder die avond kwamen terug. Ik herinnerde me dat Ridley zei dat Lena haar echte naam niet kende, maar ik had niet gedacht dat dat letterlijk bedoeld was.

'Nou, hoe heet je dan?'

'Weet ik niet.'

'Is dat ook weer zo'n Caster-ding?'

'Niet echt. De meeste Casters kennen hun echte naam, maar in mijn familie ligt dat anders. In mijn familie weten we onze echte naam niet tot we zestien worden. Tot die tijd hebben we andere namen. Ridley heette Julia. Die van Reece was Annabel. En ik ben Lena.'

'Maar wie is Lena Duchannes?'

'Ik ben een Duchannes, dat weet ik. Lena heet ik alleen maar omdat mijn grootmoeder me zo begon te noemen, omdat ze me zo dun als een peen vond. Leentje Peentje.'

Ik was even helemaal stil en probeerde alles tot me door te laten dringen. 'Goed, je weet dus je voornaam niet. Over een paar maanden kom je die te weten.'

'Zo eenvoudig is het niet. Ik weet niets over mezelf. Daarom doe ik ook altijd zo raar. Ik ken mijn eigen naam niet en ik weet niet wie mijn ouders zijn.'

'Zij zijn toch door een ongeluk omgekomen?'

'Dat is wat ze me vertellen, maar niemand spreekt er ooit echt over. Ik kan nergens een verslag van het ongeluk vinden en ik heb hun graven nooit gezien en ook niets anders van hen. Hoe weet ik dan of het wel waar is?'

'Wie zou er liegen over zoiets vreselijks?'

'Heb je mijn familie ontmoet?'

'Ik snap het.'

'En dat monster beneden, die… heks, die jou bijna vermoordde? Geloof het of niet, ze was vroeger mijn beste vriendin. Ridley en ik groeiden samen op bij mijn grootmoeder. We waren altijd samen onderweg van hier naar daar en deelden dezelfde koffer.'

'Daarom hebben jullie meiden nauwelijks een accent. De meeste mensen zullen niet geloven dat jullie in het zuiden hebben gewoond.'

'Wat is jouw excuus?'

'Mijn ouders zijn allebei professor, plus een potje vol met kwartjes voor elke keer dat ik netjes sprak.' Ik rolde met mijn ogen. 'Dus Ridley woonde niet bij tante Del?'

'Nee, tante Del kwam alleen in de vakanties op bezoek. In mijn familie groei je niet op bij je ouders. Dat is te gevaarlijk.' Ik slikte mijn volgende vijftig vragen in, terwijl Lena niet te stuiten was. Het leek alsof ze zo'n honderd jaar had moeten wachten voor ze dit verhaal kwijt kon. 'Ridley en ik waren net zussen. We sliepen samen op een kamer en we volgden dezelfde lessen aan huis. Toen we naar Virginia verhuisden, hebben we onze grootmoeder eindelijk zover kunnen krijgen dat we naar een normale school mochten. We wilden vrienden maken, normaal zijn. De enige keer dat we met Sterfelijken spraken, was wanneer grootmoeder ons meenam op haar uitjes naar musea, de opera, of een lunch in een restaurant.'

'En wat gebeurde er toen je naar school ging?'

'Het was een grote ramp. We hadden de verkeerde kleren aan, we hadden thuis geen tv, we leverden altijd ons huiswerk in. We waren totale losers.'

'Maar ging je om met Sterfelijken?'

'Ze lieten me volledig links liggen. Ik heb nooit een Sterfelijke vriend gehad voor ik jou tegenkwam.'

'Echt waar?'

'Ik had alleen Ridley. Voor haar was het net zo moeilijk, maar het liet haar koud. Ze was te druk met ervoor te zorgen dat niemand mij lastigviel.'

Het kostte me moeite om me Ridley als een beschermengel voor te stellen.

Mensen veranderen, Ethan.

Niet zoveel. Ook Casters niet.

Vooral Casters. Dat probeer ik je juist uit te leggen.

Ze trok haar hand van mijn arm. 'Ridley begon zich vreemd te gedragen, en plotseling liepen dezelfde jongens die haar altijd hadden genegeerd overal achter haar aan. Ze vochten zelfs met elkaar over wie met haar naar huis mocht lopen.'

'Nou, ja. Sommige meisjes hebben dat nu eenmaal.'

'Ridley is niet zo'n meisje. Ik zei je al dat ze een Sirene is. Ze kan mensen haar wil opleggen. Ze doen dan dingen die zij normaal gesproken niet zouden doen. En die jongens sprongen van het klif. De een na de ander.' Ze draaide haar ketting rond haar vingers en bleef praten. 'De avond voor Ridley's zestiende verjaardag volgde ik haar naar het treinstation. Ze was doodsbang. Ze zei dat ze wist dat ze Duister zou worden. Ze wilde maken dat ze wegkwam, voordat ze iemand van wie ze hield verdriet zou doen. Ik ben de enige persoon van wie Ridley ooit werkelijk heeft gehouden. Ze is die nacht verdwenen en ik heb haar nooit meer gezien tot vandaag. Ik denk dat nadat wat je vanavond hebt gezien het wel duidelijk is dat ze Duister is geworden.'

'Wacht even, waar heb je het over? Wat bedoel je met Duister worden?'

Lena haalde diep adem en aarzelde, alsof ze niet zeker wist of ze het me wilde uitleggen.

'Lena, je moet het me vertellen.'

'In mijn familie word je de dag dat je zestien wordt, Opgeëist. Jouw lot ligt vast, en je gaat naar het Licht, zoals tante Del en Reece, of je wordt Duister, zoals Ridley. Duister of Licht, Zwart of Wit. Grijs bestaat in onze familie niet. We kunnen niet kiezen en we kunnen het niet ongedaan maken wanneer we zijn Opgeëist.'

'Wat bedoel je met dat je niet kunt kiezen?'

'We kunnen niet beslissen of we Licht willen zijn of Duister, goed of kwaad, zoals Sterfelijken en andere Casters wel kunnen. In mijn familie heeft niemand een vrije wil. Het wordt voor ons beslist op onze zestiende verjaardag.'

Ik probeerde te begrijpen wat ze had gezegd, maar het was te bizar. Ik woonde lang genoeg met Amma om te weten dat er Witte en Zwarte magie bestond, maar ik kon moeilijk geloven dat Lena niet zelf kon kiezen welke van de twee ze was.

Wie ze was.

Haar mond stond nog steeds niet stil. 'Daarom kunnen we niet bij onze ouders wonen.'

'Wat heeft dat ermee te maken?'

'Het is niet altijd zo geweest. Maar toen de zus van mijn grootmoeder, Althea, naar het Duister overging, kon hun moeder het niet over haar hart verkrijgen haar weg te sturen. Wanneer vroeger een Caster naar het Duister ging, werd er van hen verwacht dat ze hun huis en hun familie zouden verlaten. De reden lijkt me duidelijk. Althea's moeder dacht dat ze haar kon helpen om ertegen te vechten, maar dat kon ze niet. Er gebeurden afschuwelijke dingen in de stad waar zij woonden.'

'Wat voor dingen?'

'Althea was een Evo. Zij hebben een enorme magische kracht. Ze kunnen mensen beïnvloeden, net als Ridley. Maar zij kunnen ook Evolueren, overgaan in andere mensen, in iedereen. Vanaf het moment dat zij was Geëvolueerd, gebeurden er onverklaarbare ongelukken in hun stad. Mensen raakten gewond en uiteindelijk is er een meisje verdronken. Daarna heeft Althea's moeder haar toch weggestuurd.'

Ik dacht dat we in Gatlin problemen hadden. Ik kon me niet voorstellen dat er ergens de hele tijd een nog krachtigere versie van Ridley rondliep. 'Dus niemand van jullie kan bij zijn ouders wonen?'

'Iedereen ziet in dat het voor ouders te zwaar zou zijn om zich van hun kinderen af te keren als ze naar het Duister zouden overgaan. Dus sindsdien wonen kinderen altijd bij andere familieleden tot ze zijn Opgeëist.'

'Waarom woont Ryan dan wel bij haar ouders?'

'Ryan is... Ryan. Ze is een heel speciaal geval.' Ze haalde haar schouders op. 'Tenminste, dat zegt oom Macon elke keer als ik het vraag.'

Het klonk allemaal zo surrealistisch. Het idee dat iedereen in haar familie bovennatuurlijke gaven bezat. Ze zagen er niet anders uit dan ik, niet anders dan wie dan ook in Gatlin, nou ja, misschien niet iedereen. En toch waren ze compleet anders. Waren ze dat niet? Zelfs Ridley toen ze rondhing voor de Stop-en-jat – niet één van de jongens had vermoed dat ze iets anders was dan een ongelooflijk lekker meisje. Ze waren dan ook allemaal verbaasd dat ze naar mij op zoek was. Hoe ging het in zijn werk? Hoe werd je een Caster in plaats van een normaal kind?

'Hadden jouw ouders een gave?' Ik vond het vreselijk om over haar ouders te beginnen. Ik wist hoe het was om over je overleden ouder te praten, maar op dit moment moest ik het weten.

'Ja, iedereen in mijn familie is begiftigd.'

'Welke gaven hadden zij? Leken ze op die van jou?'

'Weet ik niet. Grootmoeder heeft er nooit iets over gezegd. Ik zei het je al. Het is net alsof ze nooit hebben bestaan. Daarom begin ik nu ook te denken, je weet wel.'

'Wat?'

'Misschien waren zij wel Duister, en word ik dat ook.'

'Dat ben je niet.'

'Hoe weet je dat?'

'Hoe kan ik dan dezelfde dromen hebben als jij? Hoe kan ik weten wanneer ik een kamer in loop of jij er wel of niet bent?'

Ethan.

Het is waar.

Ik legde mijn hand op haar wang, en zei zacht: 'Ik weet niet hoe ik het weet. Ik weet het gewoon.'

'Ik weet dat je dat gelooft, maar je kunt het niet weten. Ik weet niet eens wat er met me gaat gebeuren.'

'Dat is de grootste onzin die ik ooit heb gehoord.' Het ging als al het andere deze avond; ik had het niet willen zeggen, in elk geval niet hardop, maar ik was blij dat ik het er uitflapte.

'Wat?'

'Al die onzin over het noodlot. Niemand kan beslissen wat er met jou gebeurt. Niemand behalve jij.'

'Niet als je een Duchannes bent, Ethan. Andere Casters kunnen kiezen, maar wij niet, niet mijn familie. Wanneer we op ons zestiende worden Opgeëist, worden we Licht of Duister. Er is geen sprake van vrije wil.'

Ik tilde haar kin op met mijn hand. 'Dus jij bent een Naturel. Wat is daar verkeerd aan?'

Ik keek haar in haar ogen en ik wist dat ik op het punt stond haar te kussen, en ik wist dat er niets was om ons zorgen over te maken zolang we samen waren. Die ene seconde geloofde ik dat we dat altijd zouden zijn.

Ik dacht niet meer aan het speltactiekboek van Jackson en liet haar eindelijk zien wat ik voelde, wat er in mijn hoofd omging. Wat ik nu wilde gaan doen, en hoe lang ik erover had gedaan om de moed te verzamelen om het te doen.

O.

Haar ogen sperden zich wijd open, groter en groener, hoewel dat bijna onmogelijk was.

Ethan, ik weet niet...

Ik boog voorover en kuste haar mond. Die smaakte zout, net als haar tranen. Dit keer schoot er geen warmte maar een sterke elektrische stroom van mijn mond naar mijn tenen. Ik voelde mijn vingertoppen tintelen. Het was alsof je een pen in een stopcontact stak, waartoe Link me een keer had uitgedaagd toen ik acht was. Ze sloot haar ogen en trok me in haar, en heel even was alles perfect. Ze kuste me, haar lippen glimlachten onder die van mij, en ik wist dat ze op me had gewacht, misschien wel net zolang als ik op haar had gewacht. Maar toen, net zo plotseling als ze zich voor mij had opengesteld, sloot ze me weer buiten. Of beter gezegd: ze duwde me weg.

Ethan, we kunnen dit niet doen.

Waarom niet? Ik dacht dat we hetzelfde voor elkaar voelden.

Of misschien deden we dat niet. Misschien deed zij dat niet.

Ik staarde haar aan, haar uitgestrekte armen rustten nog steeds op mijn borst. Waarschijnlijk kon ze mijn hart voelen bonken.

Het is niet dat...

Ze begon zich van me af te draaien en ik was er zeker van dat ze op het punt stond weg te rennen, zoals die dag toen we het medaillon op Greenbrier vonden. Net als die nacht waarop ze me alleen achterliet op mijn veranda. Ik klemde mijn hand om haar pols en voelde direct de enorme hitte. 'Wat is het dan wel?'

Ze staarde me ook aan en ik probeerde haar gedachten te horen, maar ik hoorde niets. 'Ik weet dat je denkt dat ik een keus heb over wat er gaat gebeuren, maar die heb ik niet. En wat Ridley vanavond deed, was niets. Ze had je kunnen doden, en misschien had ze dat gedaan als ik haar niet had tegengehouden.' Ze nam een grote hap lucht, haar ogen vulden zich met tranen. 'Zo kan ik ook worden... een monster... of je het wilt geloven of niet.'

Ik legde mijn armen weer om haar hals en deed alsof ik haar niet had gehoord. Maar ze ging verder. 'Ik wil niet dat je me zo ziet.'

'Maakt me niets uit.' Ik kuste haar wang.

Ze klom van het bed, terwijl ze haar arm uit mijn hand liet glijden.

'Je begrijpt het niet.' Ze hield haar hand omhoog. 122. Nog honderdtweeëntwintig dagen te gaan, vlekkerig in zwarte inkt, alsof dat alles was wat we hadden.

'Ik begrijp het. Je bent bang. Maar we vinden er wel iets op. We horen bij elkaar.'

'Dat is niet zo. Jij bent een Sterfelijke. Je kunt het niet vatten. Ik wil niet dat je gekwetst wordt, en dat zal ervan komen als je te veel met mij verbonden bent.'

'Te laat.'

Ik had elk woord dat ze zei gehoord, maar ik wist maar één ding.

Ik zat er tot over mijn oren in.

9 oktober

De Groten

Het had allemaal duidelijk geleken toen een mooi meisje het uitlegde. Nu ik alleen thuis in mijn eigen bed lag, kon ik er geen touw meer aan vastknopen. Zelfs Link zou er geen woord van geloven. Ik stelde me voor hoe het gesprek zou verlopen – het meisje, van wie ik niet weet hoe ze werkelijk heet, is een heks – sorry, een Caster. Uit een familie met allemaal Casters. En binnen vijf maanden zal ze, zonder dat ze er zelf invloed op heeft, te weten komen of ze goed of slecht is. Ondertussen kan ze in huis orkanen oproepen en het glas in ramen versplinteren. Ik kan trouwens in het verleden kijken wanneer ik het bizarre medaillon aanraak, waarvan Amma en Macon, die helemaal geen kluizenaar blijkt te zijn, willen dat ik hem begraaf. Een medaillon dat opeens om de hals van een vrouw op een schilderij op Ravenwood hangt. Ravenwood is overigens geen spookhuis, maar een perfect gerestaureerd woonhuis dat compleet verandert, elke keer dat ik daar naartoe ga om een meisje te zien dat me in vuur en vlam zet, stroomstoten door mijn lijf jaagt en me met een enkele aanraking van slag brengt.

En ik heb haar gekust.

Het was te ongeloofwaardig, zelfs voor mij. Ik draaide me om.

Bulderen.

De storm bulderde tegen mijn lichaam.

Ik klampte me vast aan de boom toen ik een flinke opzwieper kreeg en het gierende geraas mijn oren doorboorde. Om me heen wervelden windvlagen, die met elkaar in gevecht leken en in snelheid en kracht per seconde toenamen. De hagel stortte neer alsof de Hemel zichzelf had opengegooid. Ik moest maken dat ik wegkwam.

Maar er was geen uitweg.

Laat me gaan, Ethan. Red jezelf!

Ik kon haar niet zien. De storm was te krachtig, maar ik voelde haar wel. Ik klemde haar pols zo stevig vast dat ik ervan overtuigd was dat hij zou breken. Maar dat kon me niet schelen. Ik mocht haar niet laten gaan. De wind veranderde van richting en tilde me van de grond. Ik klampte me nog krachtiger vast aan de boom en verstevigde mijn greep om haar pols. Ondanks mijn inspanning voelde ik dat we door de kracht van de storm van elkaar werden losgerukt.

Ik werd van de boom weggeduwd, weg van haar. Ik voelde haar pols door mijn vingers glippen.

Ik kon haar niet langer houden.

Hoestend werd ik wakker. Mijn huid tintelde nog van de scherpe wind. Alsof mijn bijna-doodervaring op Ravenwood niet genoeg was, waren nu ook de dromen terug. Het was te veel voor één nacht, zelfs voor mij. De deur van mijn slaapkamer stond wagenwijd open, wat eigenaardig was, want ik had hem 's avonds afgesloten. Het laatste wat ik nodig had, was dat Amma terwijl ik sliep een paar van die idiote voodoo-amuletten op mij zou neerzetten. Daarom wist ik zeker dat ik de deur op slot had gedaan.

Ik staarde naar het plafond. Slapen kon ik wel vergeten. Ik slaakte een zucht en zocht met mijn hand onder het bed. Ik knipte de oude stormlamp naast mijn bed aan en trok de boekenlegger uit de bladzijde waar ik was gebleven in *Snow Crash,* toen ik iets hoorde. Voetstappen? Het geluid kwam uit de keuken, vaag, maar ik hoorde het duidelijk. Misschien onderbrak mijn vader even zijn schrijfwerkzaamheden. Wellicht was het mogelijk met hem te praten. Wellicht.

Maar toen ik onder aan de trap stond, wist ik dat hij het niet was. De deur van zijn werkkamer was dicht en door een kier onder de deur scheen licht. Het moest Amma zijn. Net toen ik de keuken in liep, zag ik haar op een drafje door de hal naar haar kamer snellen, voor zover Amma draven kon natuurlijk. Ik hoorde de hordeur aan de achterkant van het huis piepend dichtslaan. Iemand kwam binnen of ging weg. Na alles wat er vanavond was gebeurd, was het belangrijk om te weten wat het was.

Ik liep rond het huis naar de voorkant. Er stond een oude, afgereden pick-up, een Studebaker uit de jaren vijftig, met draaiende motor naast de stoeprand. Amma leunde in het open raam en sprak met de bestuurder. Ze gaf hem haar tas en klom in de wagen. Waar ging ze midden in de nacht naartoe?

Ik moest haar volgen. Een vrouw volgen die 's nachts bij een vreemde man in een oude rammelkast stapt, was niet eenvoudig als je geen auto had. Er zat niets anders op dan de Volvo te pakken. Met die auto had mijn moeder het ongeluk gekregen; dat was altijd het eerste waaraan ik dacht wanneer ik de auto zag.

Ik gleed achter het stuur. De auto rook naar oud papier en raamreiniger, zoals hij altijd had gedaan.

Rijden zonder licht was lastiger dan ik had gedacht, maar ik vermoedde dat de pick-up op weg was naar Wader's Creek. Amma moest op weg zijn naar huis. De auto draaide Route 9 af, richting het achterland. Toen hij eindelijk gas terugnam en aan de kant van de weg stopte, zette ik de motor uit en liet de Volvo uitrollen tot de berm.

Amma opende het portier en het binnenlicht flitste aan. Ik tuurde in de duisternis. Ik herkende de bestuurder; het was Carlton Eaton, de directeur van het postkantoor. Waarom zou Amma midden in de nacht aan Carlton Eaton een lift vragen? Voorheen had ik ze nog nooit met elkaar zien praten.

Amma zei nog iets tegen Carlton en deed het portier dicht. De pick-up reed zonder haar terug de weg op. Ik stapte uit en volgde haar. Amma was een gewoontedier. Als iets haar zo van streek had gemaakt dat ze midden in de nacht het huis uitsloop naar het moeras, kon ik raden dat er meer dan een van haar gebruikelijke klanten bij betrokken waren.

Ze verdween het kreupelbos in, over een grindpad waarvoor iemand zich veel moeite had getroost om het aan te leggen. Ze liep in het donker over het pad, het grind knarste onder haar voeten. Ik liep in het gras naast het pad om hetzelfde knerpende geluid te voorkomen, waardoor ze me zeker zou hebben ontdekt. Ik hield mezelf voor dat ik hier was omdat ik wilde weten waarom Amma onverhoeds midden in de nacht naar huis glipte, maar ik was als de dood dat ze me zou betrappen.

Het is duidelijk waaraan Wader's Creek zijn naam dankt; je moest werkelijk door zwarte meertjes waden om er te komen, in ieder geval op de weg die Amma altijd met ons nam. Als het geen volle maan was geweest, had ik zeker mijn nek gebroken bij mijn poging haar te volgen door het doolhof van met mos bedekte eiken en kreupelhout. We waren vlak bij het water. Ik voelde het moeras in de lucht, heet en klam als een tweede huid.

Langs de rand van het moeras lagen platte, houten vlotten van met touwen bij elkaar gebonden cipressentakken, het armeluisveer. Ze lagen naast elkaar langs de oever als taxi's die liggen te wachten om mensen naar de overkant te vervoeren. Ik zag Amma in het maanlicht behendig balanceren boven op een van de vlotten, terwijl ze zich met een lange stok van de kant afduwde als een roeier die naar de overkant glijdt.

Ik was in jaren niet meer bij het huis van Amma geweest, maar ik zou het nog wel herkennen. We moeten toen een andere weg hebben genomen, maar in het donker was dat onmogelijk te zeggen. Het enige wat ik zag, was hoe vermolmd de stokken in de vlotten waren; de ene leek nog gammeler dan de andere. Dus pakte ik er maar een op goed geluk.

Het vlot op koers houden was veel zwaarder dan ik dacht toen ik het Amma had zien doen. Om de paar minuten klonk er een plons wanneer de staart van een alligator, die zich het moeras in liet glijden, het water raakte. Ik was blij dat ik niet had overwogen om naar de overkant te waden.

Ik duwde een laatste keer mijn eigen lange stok in de bodem van het moeras, en de voorkant van het vlot raakte de oever. Toen ik het zand opstapte, zag ik Amma's huis liggen. Het was klein en eenvoudig, met een enkel verlicht raam. De raamkozijnen waren geschilderd in dezelfde lichtblauwe kleur als die van Wates Thuishaven. Het huis was gebouwd van cipressenhout, alsof het ook een onderdeel van het moeras was.

Ik rook iets vreemds. Een sterke en bedwelmende geur, net als de citroenen en rozemarijn. En net zo onwaarschijnlijk, en wel om twee redenen. In het zuiden bloeit sterrenjasmijn niet in de herfst, alleen in de lente en het groeit niet in het moeras. Toch was het daar. Die geur herkende je uit duizenden. Het leek onmogelijk, net als al het andere deze nacht.

Ik observeerde het huis. Niets. Misschien had ze zomaar besloten dat ze naar huis wilde. Wellicht was mijn vader op de hoogte van haar vertrek, en doolde ik voor niets midden in de nacht rond, met het risico dat ik door een alligator werd opgevreten.

Ik maakte net aanstalten om terug te lopen door het moeras, en wenste dat ik op de heenweg broodkruimels had gestrooid, toen de deur weer openging. Amma stond in het licht van de deuropening, en stopte voor mij onherkenbare voorwerpen in haar witte lakleren handtas. Ze was gekleed in haar beste lavendelkleurige kerkjurk, witte handschoenen en een chique bijpassende hoed met een bloemenrand.

Ze ging weer op pad en liep terug naar het moeras. Was ze van plan om zo uitgedost het moeras door te gaan? Hoe onplezierig de wandeling naar Amma's huis ook was geweest, ik had al helemaal geen zin om in mijn spijkerbroek het moeras door te ploeteren. De modder was zo dik dat ik bij elke stap het gevoel had dat ik mijn voet uit een cementlaag moest trekken. Ik snapte niet hoe Amma het voor elkaar kreeg om hier in haar jurk en op haar leeftijd doorheen te komen.

Amma leek precies te weten waar ze naartoe op weg was. Ze bleef staan bij een open plek met hoog gras en onkruid. De takken van de cipressen waren verstrikt geraakt in de hangwilgen, waardoor er boven haar hoofd een soort overkapping was ontstaan. Er liep een rilling over mijn rug, hoewel het hier buiten nog twintig graden was. Zelfs na alles wat ik vanavond had meegemaakt, straalde deze plek iets onheilspellends uit. Vanaf het water kwam mist opzetten, die zich vanaf de zijkanten verspreidde, als stoom die zich uit het deksel van een pan perst. Voorzichtig liep ik iets dichter naar haar toe. Ze haalde iets uit haar tas. Het witte lakleer glansde in het maanlicht.

Piepkleine botjes. Zo te zien kippenbotjes.

Ze fluisterde iets over de botjes heen en stopte ze in een zakje, dat er niet veel anders uitzag dan het leren zakje dat ze mij had gegeven om de kracht van het medaillon te bedwingen. Ze stond weer in haar tas te hengelen en trok er een chique handdoek uit, zo een die je tegenkomt in een damestoilet, en veegde er de modder mee van haar rok. In de verte waren vage witte lichtjes zichtbaar, zoals vuurvliegjes die flonkeren in het donker. Ik hoorde ook muziek, langzame, zwoele muziek en gelach. Ergens, niet ver weg, waren mensen in het moeras aan het drinken en dansen.

Ze keek op. Iets had haar aandacht getrokken, maar ik had niets gehoord.

'Kom maar tevoorschijn. Ik weet dat je daar bent.'

Ik verstijfde en paniek overviel me. Ze had me ontdekt.

Maar ze sprak niet tegen mij. Uit de drukkende mist dook Macon Ravenwood op, met een sigaar in zijn mond. Hij zag er ontspannen uit, alsof hij zojuist uit een auto met chauffeur was gestapt en niet door smerig zwart water had gewaad. Zoals gewoonlijk was hij onberispelijk gekleed, in een van zijn hagelwitte overhemden.

En er zat geen enkel spatje op. Amma en ik zaten tot op onze knieën onder de modder en het moerasgras, en Macon Ravenwood stond daar zonder ook maar een smet op zijn kleding.

'Dat werd tijd. Je weet dat ik niet de hele nacht heb, Melchizedek. Ik moet terug. En ik vind het niet prettig om helemaal van de stad naar hier te worden gesommeerd. Het is zeer onbehoorlijk. Om niet te zeggen bijzonder onaangenaam.' Ze snoof. 'Ongerieflijk, zoals jij zou zeggen.'

O.N.G.E.R.I.E.F.L.I.J.K. Twaalf verticaal. Ik spelde het woord in mijn hoofd.

'Ik had zelf ook een nogal enerverende avond, Amarie, maar deze kwestie verlangt onze onmiddellijke aandacht.' Macon liep naar haar toe.

Amma deinsde achteruit en wees met haar knokige vinger naar hem. 'Blijf waar je bent. Ik ben niet graag met jouw soort hierbuiten in een nacht als deze. Hou er helemaal niet van. Jij bemoeit je met jouw eigen zaken, net als ik dat zal doen.'

Hij stapte nonchalant iets naar achteren, terwijl hij de rook in kringen de lucht in blies. 'Zoals ik al zei, verlangen bepaalde "ontwikkelingen" onze onmiddellijke aandacht.' Hij ademde uit, waarbij een rookwaas zijn mond uitwaaierde. *De maan is, als hij vol is, het verst van de zon verwijderd.* Om onze goede vrienden, de geestelijken, te citeren.'

'Houd je hogen en machtigen maar voor jezelf, Melchizedek. Wat is er zo belangrijk dat je me midden in de nacht uit bed moet roepen?'

'Onder andere het medaillon van Geneviève.'

Amma begon bijna te huilen en verborg haar gezicht achter haar sjaal. Zelfs het woord medaillon horen was al te veel voor haar. 'Wat is er met dat ding? Ik heb je gezegd dat ik het heb Begrensd en mijn jongen heb opgedragen het terug te brengen naar Greenbrier om het daar weer te begraven. Zodra dat ding onder de grond zit, kan het niemand meer kwaad doen.'

'Je vergist je met het eerste wat je zei en ook met het tweede. Hij heeft hem nog. Hij heeft me het medaillon laten zien in de heiligheid van mijn eigen huis. Buiten dat denk ik niet dat ook maar iets zo'n duistere talisman kan Begrenzen.'

'Bij jou thuis… Wanneer was hij dan in jouw huis? Ik heb hem nog zo gezegd weg te blijven van Ravenwood.' Ze was nu duidelijk boos. Fijn, Amma zou zeker een manier vinden om me dit betaald te zetten.

'Wel, wellicht zou je kunnen overwegen om hem wat strakker te houden. Het is duidelijk dat hij niet naar je luistert. Ik heb je gewaarschuwd dat deze vriendschap gevaarlijk kan zijn, dat het tot iets meer kan uitgroeien. Een toekomst tussen hen beiden is uitgesloten.'

Amma mompelde wat binnensmonds, zoals ze altijd deed wanneer ik niet naar haar luisterde. 'Hij luisterde altijd naar me tot hij jouw nichtje tegen het lijf liep. Dus geef niet mij de schuld. Bovendien zouden we niet in deze ellende zitten als je haar niet hiernaartoe had gehaald. Laat het verder alsjeblieft aan mij over. Ik zal hem verbieden haar nog te zien.'

'Doe niet zo absurd. Ze zijn jong. Hoe meer wij proberen die twee bij elkaar weg te houden, des te harder zullen zij proberen elkaar te zien. Het zal allemaal voorbij zijn op het moment dat ze wordt Opgeëist, als we dat moment halen. Tot die tijd moet je die jongen in de hand zien te houden, Amarie. Het is nog maar een paar maanden. Het is allemaal gevaarlijk genoeg zonder dat hij een nog grotere puinhoop van de situatie maakt.'

'Zeg jij maar niets over puinhopen, Melchizedek Ravenwood. Mijn familie heeft meer dan honderd jaar de puinhopen van jouw familie moeten opruimen. Ik heb jouw geheimen voor me gehouden, net als jij mijn geheimen hebt bewaard.'

'Ik ben niet de Ziener die heeft gefaald door niet te voorzien dat ze het medaillon zouden vinden. Hoe wil je dat verklaren? Hoe hebben jouw spirituele vrienden dat over het hoofd kunnen zien?' Hij gebaarde wild met zijn armen en nam met een sarcastische blik een trek van zijn sigaar.

Ze draaide zich naar hem om. Haar ogen spoten vuur. 'Heb niet het lef de Groten te beledigen. Niet hier, niet op deze plaats. Zij hebben daar vast hun redenen voor. Er moet een verklaring voor zijn waarom ze het me niet hebben laten zien.'

Ze keerde Macon de rug toe. 'Nu, luister maar niet naar hem. Ik heb wat garnalen en grutten en citroentaart voor u meege-bracht.' Ze had het duidelijk niet meer tegen Macon. 'Uw lieve-lingseten,' zei ze, terwijl ze het eten uit de tupperwarebakjes pakte en het met zorg op een bord legde. Ze zette het bord op de grond. Er stond een kleine grafsteen vlak naast het bord, en eromheen lagen er nog enkele verspreid.

'Dit is ons Grote Huis, het grote huis van mijn familie, hoor je me? Mijn achtertante Sissy. Mijn achteroudoom Abner. Mijn bet-bet-betovergrootmoeder Sulla. Gedraag je niet oneerbiedig tegen-over de Groten in hun Huis. Indien je antwoorden wilt, moet je enig respect tonen.'

'Ik bedoelde het niet zo.'

Ze wachtte.

'Echt.'

Ze snoof. 'En let op je as. In dit huis is geen asbak. Afschuwe-lijke gewoonte.'

Hij wierp zijn sigaar in het gras. 'Goed, laten we voortmaken. We hebben niet veel tijd. We moeten de verblijfplaats van Saraf zien te achterhalen...'

'Shh,' siste ze. 'Spreek Haar naam niet uit – niet vanavond. We zouden hier helemaal niet moeten zijn. Met halve maan kun je je bezighouden met Witte magie en met volle maan met Zwarte. We zijn hier op de verkeerde nacht.'

'We hebben geen keus. Het ging er vanavond op een bepaald moment nogal onplezierig aan toe, ben ik bang. Mijn nicht, die Overging op haar Opeisdag, dook vanavond onverwacht op voor de Samenkomst.'

'Het kind van Del? Dat Duistere Gevaar?'

'Ridley. Duidelijk onuitgenodigd. Ze stapte mijn drempel over met jouw jongen. Ik moet weten of dat toeval was.'

'Niet goed. Niet goed. Dit is niet goed.' Amma schommelde buiten zinnen heen en weer op haar hakken.

'Wat denk je?'

'Toeval bestaat niet. Dat weet je.'

'Daar zijn we het dan tenminste over eens.'

Ik was volledig het spoor bijster. Macon Ravenwood zette nooit een voet buiten zijn huis, maar nu hij stond hier, midden in het moeras, te bakkeleien met Amma – ik wist niet eens dat hij haar kende – over mij en Lena en het medaillon.

Amma begon weer in haar handtas te rommelen. 'Heb je de whiskey meegebracht? Je kunt oom Abner niet meer plezieren dan met Wild Turkey Bourbon.'

Macon hield de fles omhoog.

'Zet hem daar maar neer,' zei ze, terwijl ze op de grond wees, 'en ga wat naar achteren, daarginds.'

'Ik zie dat je me na al die jaren nog steeds niet durft aan te raken.'

'Ik ben voor niets bang. Bemoei je er niet mee. Ik vraag jou ook niet naar jouw gedoe, ik wil er helemaal niets van weten.'

Hij zette de fles een paar passen van Amma af op de grond. Ze pakte hem op, schonk de whiskey in een borrelglas en dronk het op. Ik had mijn hele leven Amma nooit iets sterkers zien drinken dan zoete thee. Daarna goot ze wat sterke drank in het gras dat het graf bedekte. 'Oom Abner, we hebben uw bemiddeling nodig. Ik roep uw geest op deze plaats op.'

Macon kuchte.

'Melchizedek, je stelt mijn geduld op de proef.' Amma sloot haar ogen en strekte haar armen naar de hemel uit. Haar hoofd lag in haar nek alsof ze tegen de maan praatte. Ze boog voorover en schudde het zakje leeg dat ze uit haar handtas had gepakt. De inhoud dwarrelde op het graf neer. Piepkleine kippenbotjes. Ik hoopte dat het niet de botten uit het mandje met gefrituurde kip waren die ik vanmiddag had weggegooid, maar ik had het vermoeden dat ze het wel eens konden zijn.

'Wat zeggen ze?' vroeg Macon.

Ze streek met haar vingers over de botten en verspreidde ze over het gras. 'Ik krijg geen antwoord.'

Opeens zag hij er niet meer zo zelfverzekerd uit. 'We hebben hier geen tijd voor! Wat heb je aan een Ziener wanneer die niets kan zien? We hebben minder dan vijf maanden voor ze zestien wordt. Als zij Overgaat, zal ze ons allemaal verdoemen, zowel Sterfelijken als Casters. We hebben een verantwoordelijkheid, die we allebei heel lang geleden vrijwillig op ons hebben genomen. Jij voor jouw Sterfelijken en ik voor mijn Casters.'

'Je hoeft mij niet te herinneren aan mijn verantwoordelijkheden. En praat eens wat zachter, wil je? Ik wil niet dat een van mijn klanten die hier in de buurt is op het geluid afkomt en ons samen ziet. Wat zullen ze wel denken? Een oprecht lid van de gemeenschap zoals ik? Meng je niet in mijn zaken, Melchizedek.'

'Wanneer we niet te weten komen waar Saraf – waar Zij is – en wat zij van plan is, zullen we een groter probleem hebben dan jouw falende zakelijke onderneming, Amarie.'

'Ze is een Duistere Caster. Niemand weet welke kant de wind op waait met iemand zoals zij. Het is alsof je wilt raden waar de bliksem in zal slaan.'

'Dat mag zo zijn, maar ik moet weten of ze zal proberen om in contact te komen met Lena.'

'Niet of. Wanneer.' Amma sloot opnieuw haar ogen en raakte de amulet aan de ketting aan die ze nooit afdeed. Het was een rond schijfje, met een inscriptie die leek op een hart, met een soort kruis er bovenop. Het beeld was verweerd door de duizenden keren dat Amma het moet hebben schoongewreven, net zoals ze nu deed. Ze fluisterde een soort chant in een taal die ik niet begreep, maar die ik wel eerder had gehoord.

Macon banjerde ongeduldig op en neer. Ik verschoof wat in het onkruid en probeerde geen geluid te maken.

'Ik kan vanavond geen reading krijgen. Het is duister. Ik denk dat oom Abner slechtgehumeurd is. Ik ben er zeker van dat dat komt door iets wat jij hebt gezegd.'

Dit moest voor hem de druppel zijn geweest, want Macons gezicht veranderde. Zijn bleke huid gloeide op in het donker. Toen hij naar voren stapte, werden de scherpe hoeken in zijn gezicht beangstigend zichtbaar in het maanlicht. 'Genoeg spelletjes nu. Een Duistere Caster kwam vanavond mijn huis binnen, wat eigenlijk al onmogelijk is. Ze kwam binnen met jouw jongen, Ethan, wat maar één ding kan betekenen. Hij heeft magische kracht, en jij hebt dat voor mij verzwegen.'

'Klets niet. Die jongen heeft niet meer magische kracht dan dat ik een staart heb.'

'Je vergist je, Amarie. Vraag het de Groten. Consulteer de botten. Er is geen andere verklaring voor. Het moet Ethan zijn geweest. Ravenwood is beschermd. Een Duistere Caster zou nooit zo'n soort bescherming kunnen omzeilen, niet zonder een of andere krachtige vorm van hulp.'

'Je ziet ze vliegen. Hij bezit geen enkele magische kracht. Ik heb dat kind opgevoed. Denk je dat ik het dan niet zou weten?'

'Dit keer heb je het mis. Je staat te dicht bij hem; dat vertroebelt je beeld. We kunnen ons nu geen fouten veroorloven. Er staat te veel op het spel. We hebben allebei onze talenten. Ik waarschuw je, er is meer met die jongen aan de hand dan een van ons in de gaten heeft.'

'Ik zal het aan de Groten vragen. Wanneer er iets belangrijks is wat we zouden moeten weten, zullen ze me dat beslist doorgeven. Vergeet niet, Melchizedek: we hebben al zoveel aan ons hoofd met zowel de doden als de levenden, en dat is geen lichte taak.'

Ze rommelde rond in haar handtas en trok er een smoezelig koord uit, waaraan kleine kralen zaten.

'Kerkhofbeenderen. Neem dit. De Groten willen dat je deze hebt. Het beschermt de geesten voor de geesten en de doden voor de doden. Wij Sterfelijken hebben er niets aan. Geef het aan je nichtje, Macon. Het zal haar geen kwaad doen, maar kan misschien een Duistere Caster bij haar weghouden.'

Macon nam het koord aan en hield het uiterst behoedzaam tussen twee vingers vast. Daarna liet hij het in zijn zakdoek glijden, alsof hij een erg glibberige wurm opborg. 'Ik ben vereerd.'

Amma kuchte.

'Zeg ze alsjeblieft dat ik zeer vereerd ben.' Hij keek op naar de maan, net zo vluchtig alsof hij op zijn horloge keek hoe laat het was. Toen draaide hij zich om en verdween. Hij loste op in de moerasmist alsof hij door een briesje werd weggeblazen.

10 oktober

De rode trui

Ik voelde mijn kussen pas toen de zon al bijna opkwam, en ik was moe – hondsmoe, zoals Amma zou zeggen. Nu stond ik op de hoek te wachten op Link. De zon scheen, maar die kon niet tegen mijn somberheid op. Bovendien verging ik van de honger. Ik had het niet aangedurfd om Amma vanochtend in de keuken onder ogen te komen. Een blik van haar zou genoeg zijn geweest om alles prijs te geven wat ik afgelopen nacht had gezien en alles wat ik voelde. Dat risico kon ik niet nemen.

Ik wist niet wat ik ervan moest denken. Amma, die ik meer vertrouwde dan wie dan ook, net zoveel als mijn ouders, misschien zelfs meer – had geheimen voor mij. Ze kende Macon, en die twee wilden Lena en mij bij elkaar weghouden. Het had iets te maken met het medaillon en de verjaardag van Lena. En gevaar.

Ik kon de puzzel niet rond krijgen, niet zonder hulp. Ik moest met Lena praten. Er was geen ruimte in mijn hoofd voor iets anders. Dus toen de lijkwagen de hoek omkwam, in plaats van het Wrak, was ik ook niet verbaasd.

'Ik neem aan dat je het hebt gehoord.' Ik gleed op de stoel en liet mijn rugzak op de grond voor me vallen.

'Wat gehoord?' Ze glimlachte, bijna verlegen, en legde een zak op mijn schoot. 'Ik hoorde dat je donuts lekker vindt? Ik kon je maag de hele weg van Ravenwood horen rammelen.'

We keken elkaar opgelaten aan. Lena was duidelijk in verlegenheid gebracht. Ze sloeg haar ogen neer en plukte een pluisje van een zachte rode trui met borduursels. Zo'n trui die je ergens op de zolder van de Zusters zou verwachten. Lena kennende, had ze hem niet van het winkelcentrum in Summerville.

Rood? Sinds wanneer droeg zij iets roods?

Ze zat duidelijk niet onder een donkere wolk; ze was er net onder een uitgekropen. Ze had me niet horen piekeren. Ze wist niets van Amma en Macon. Ze wilde me gewoon zien. Waarschijnlijk was het een en ander dat ik gisteravond had gezegd tot haar doorgedrongen. Misschien wilde ze ons een kans geven. Glimlachend opende ik de witte papieren zak.

'Ik hoop dat je honger hebt. Ik heb ze zo ongeveer uit de handen van die dikke agent moeten trekken.' Ze reed de stoeprand af.

'Kwam je me zomaar oppikken voor school?' Dat was iets nieuws.

'Nee hoor.' Ze draaide het raam open en de ochtendbries liet haar haar in krullen opwaaien. Vandaag kwam dit alleen door de wind.

'Had je iets beters in gedachten?'

Haar ogen begonnen ondeugend te twinkelen. 'Kun je iets spannenders bedenken dan op een dag als vandaag op Stonewall Jackson High te zijn?' Ze was blij. Toen ze aan het stuur draaide, zag ik haar hand. Zonder inkt. Geen getal. Geen verjaardag. Ze maakte zich vandaag nergens zorgen over.

120. Ik wist het, alsof het getal in onzichtbare inkt op mijn eigen hand stond. Honderdtwintig dagen tot dat ging gebeuren waar Macon en Amma zo bang voor waren.

Ik keek uit het raam toen we Route 9 opdraaiden en hoopte dat ze nog wat langer zo vrolijk kon blijven. Ik deed mijn ogen dicht en bladerde in gedachten door het speltactiekboek. Pivotvoet, snelle pass vanuit de rebound, worp vanachter de driepuntslijn. Aanval vanaf de speelhelft van de tegenstander.

Toen we bij Summerville aankwamen, wist ik waar we naartoe gingen. Wanneer jongeren zoals wij niet op de laatste drie rijen van de Cineplex zaten, bleef er in Summerville nog maar één andere plek over.

De lijkwagen rolde door het stoffige zand achter de watertoren naar de rand van een veld. 'Parkeren? Zetten we hem hier neer? Bij de watertoren? Nu?' Link zou zijn oren niet geloven.

Ze zette de motor uit. Onze ramen stonden open. Het was doodstil, en de bries kwam haar raam binnen en waaide er bij mij weer uit.

Is dit niet wat mensen hier doen?

Ja. Nee. Geen mensen zoals wij. Niet onder schooltijd.

Kunnen we niet voor één keer zijn zoals zij? Moeten we altijd zijn zoals wij zijn?

Ik vind het fijn om zoals wij te zijn.

Ze klikte haar gordel open, ik volgde haar en trok haar op mijn schoot. Ik voelde haar warmte en vrolijkheid door me heen stromen.

Dit doe je dus als je hier parkeert?

Giechelend strekte ze haar hand uit en streek een lok uit mijn ogen.

'Wat is dat?' Ik greep haar rechterarm vast. Om haar pols bungelde de armband die Amma gisternacht in het moeras aan Macon had gegeven. Mijn maag kromp ineen, en ik wist dat aan Lena's blijdschap snel een einde zou komen. Ik moest het haar vertellen.

'Ik heb hem van mijn oom gekregen.'

'Doe hem af.' Ik draaide het koord om haar pols rond, op zoek naar de knoop.

'Wat?' Haar glimlach vervaagde. 'Waar heb je het over?'

'Doe hem af.'

'Waarom?' Ze trok haar arm los.

'Er is gisternacht iets gebeurd.'

'Wat dan?'

'Toen ik thuis was, ben ik Amma achternagegaan naar Wader's Creek, waar ze woont. Midden in de nacht sloop ze ons huis uit om in het moeras iemand te ontmoeten.'

'Wie?'

'Jouw oom.'

'Wat deden ze daar?' Haar gezicht werd lijkbleek, en het was duidelijk dat het parkeergedoe van deze dag voorbij was.

'Ze hadden het over jou, over ons. En over het medaillon.'

Ze was nu vol aandacht. 'Wat is er met het medaillon?'

'Het is een soort Duistere talisman, wat dat ook mag betekenen, en jouw oom heeft Amma verteld dat ik hem niet heb begraven. Ze zaten er allebei behoorlijk over in.'

'Hoe weten zij dat het een talisman is?'

Ik begon mijn geduld te verliezen. Ze leek zich niet op het juiste te concentreren. 'Wil je niet weten hoe die twee elkaar kennen? Wist je dat jouw oom Amma kende?'

'Nee, maar ik ken niet iedereen met wie hij omgaat.'

'Lena, ze spraken over ons. Er werd gezegd dat we moeten worden weggehouden van het medaillon, en ook van elkaar. Ik kreeg het gevoel dat zij denken dat ik een of andere bedreiging ben. Alsof ik iets in de weg sta. Jouw oom denkt…'

'Wat?'

'Hij denkt dat ik een soort magische kracht heb.'

Ze schaterde het uit, waarmee ze me nog meer op stang joeg. 'Waarom zou hij dat denken?'

'Omdat ik Ridley Ravenwood heb binnengebracht. Hij zei dat ik wel kracht moest hebben om daartoe in staat te zijn.'

Ze fronste. 'Hij heeft gelijk.' Dat was niet het antwoord dat ik verwachtte.

'Je maakt een geintje, ja toch? Als ik krachten had, denk je dan dat ik dat niet zou weten?'

'Geen idee.'

Zíj wist het dan misschien niet, maar ik wel. Mijn vader was schrijver en mijn moeder zat vroeger de hele dag met haar neus in de dagboeken van dode generaals uit de Burgeroorlog. Ik stond zover af van de Casters als je maar kon bedenken, tenzij voor Amma uitdagen gold als een magische kracht. Er was duidelijk een of ander gat in de beveiliging, waardoor Ridley ongehinderd binnen kon komen. Het Caster-veiligheidssysteem had een steek laten vallen.

Lena moet hetzelfde hebben gedacht. 'Rustig maar. Er moet een verklaring voor zijn. Dus Macon en Amma gaan met elkaar om? Weten we dat ook weer.'

'Je bent hier niet echt van ondersteboven.'

'Hoe bedoel je?'

'Ze hebben tegen ons gelogen. Allebei. Geheime ontmoetingen, ons bij elkaar uit de buurt proberen te houden, proberen ons zover te krijgen dat we het medaillon wegdoen.'

'We hebben niet gevraagd of ze elkaar kennen.' Waarom reageerde ze zo? Waarom was ze niet geschokt, of boos, iets?

'Waarom zouden we? Vind je het niet vreemd dat jouw oom midden in de nacht in het moeras is met Amma, en dat ze daar tegen de geesten praten en kippenbotten lezen?'

'Dat is wel vreemd, ja. Maar toch denk ik dat ze ons alleen maar willen beschermen.'

'Waarvoor dan? De waarheid? Ze hadden het ook nog over iets anders. Ze probeerden iemand te vinden, Sara nog wat. En over hoe jij ons allemaal kunt verdoemen als je Overgaat.'

'Waar heb je het over?'

'Geen idee. Waarom vraag je het niet aan je oom? Kijk of hij je voor een keer de waarheid wil vertellen.'

Ik was te ver gegaan. 'Mijn oom zet zijn leven op het spel om mij te beschermen. Hij was er altijd voor me. Ik mocht bij hem wonen, terwijl hij wist dat ik binnen een paar maanden misschien in een monster kan veranderen.'

'Waarvoor beschermt hij je dan? Heb je enig idee?'

'Voor mijzelf!' snauwde ze. Einde gesprek. Ze duwde het portier open en klom van mijn schoot af naar buiten, het veld op. De schaduw van de massieve witte watertoren schermde ons van Summerville af, maar de dag leek niet meer zo zonnig. Waar nog een paar minuten eerder een wolkeloze blauwe hemel te zien was, dreven nu grijze strepen over.

De storm was in aantocht. Ze wilde er niet over praten, maar dan had ze mooi pech. 'Dat is onzin. Denk je dat hij midden in de nacht met Amma afspreekt om haar te vertellen dat we het medaillon nog hebben? Waarom willen ze niet dat we dat hebben? En, nog belangrijker, waarom willen ze niet dat wij bij elkaar zijn?'

We stonden daar op het veld naar elkaar te schreeuwen. De bries was aangewakkerd tot een sterke wind. Lena's haar waaide rond haar gezicht op. Ze schreeuwde terug. 'Ik weet het niet. Ouders proberen altijd om tieners bij elkaar vandaan te houden, dat doen ze allemaal. Als je wilt weten waarom, kun je het wellicht aan Amma vragen. Zij heeft immers een hekel aan me. Ik mag je niet eens thuis ophalen omdat je bang bent dat ze ons samen ziet.'

De knoop die zich in mijn maag had gevormd, werd strakker aangetrokken. Ik was boos op Amma, bozer dan ik mijn hele leven ooit was geweest, maar ik hield wel van haar. Zij was het die brieven van de tandenfee onder mijn kussen had neergelegd, op elke wond op mijn knie een pleister had geplakt, en me duizenden ballen had toegeworpen voor de oefenwedstrijd bij de Junior Competitie. En sinds mijn moeder er niet meer was en mijn vader zich opsloot, was Amma de enige die een oogje in het zeil hield. Ze maakte zich druk als ik spijbelde of een wedstrijd verloor. Ik wilde geloven dat ze een verklaring had voor dit alles.

'Je begrijpt haar niet. Ze denkt dat ze...'

'Wat? Jou beschermt? Zoals mijn oom mij probeert te beschermen? Heb je er ooit over nagedacht dat ze allebei wellicht proberen ons voor hetzelfde te beschermen... Voor mij?'

'Waarom zeg je dat toch steeds?'

Ze liep van me weg alsof ze wilde vertrekken als ze kon. 'Wat moet ik dan zeggen? Daar gaat het om. Ze zijn bang dat ik jou of iemand anders verdriet zal doen.'

'Je ziet het verkeerd. Het gaat om het medaillon. Daar is iets mee, wat we niet mogen weten.' Ik spitte in mijn broekzak tot ik de vertrouwde vorm in de zakdoek voelde. Na afgelopen nacht mocht ik het medaillon absoluut niet uit het oog verliezen. Amma zou vandaag ongetwijfeld op zoek gaan, en als ze hem vond, zouden we hem nooit meer terugzien. Ik legde hem op de motorkap. 'We moeten erachter zien te komen hoe het verdergaat.'

'Nu?'

'Waarom niet.'

'Je weet niet eens of het zal werken.'

Ik vouwde de zakdoek open. 'Er is maar een manier om daar achter te komen.'

Ik greep haar hand, ook al probeerde ze hem weg te trekken. Ik raakte het gladde metaal aan...

Het ochtendlicht werd helderder en helderder tot ik alleen dat nog zag. Ik voelde de bekende heftige beweging die me honderd-vijftig jaar terug in het verleden had gebracht. Er volgde een schok. Ik opende mijn ogen. Maar in plaats van het modderige veld en de vlammen in de verte, zag ik slechts de schaduw van de watertoren en de lijkwagen. Het medaillon had ons niets laten zien.

'Voelde je dat? Het begon en hield opeens op.'

Ze knikte en duwde me weg. 'Ik denk dat ik wagenziek ben, of hoe je dat ook wilt noemen.'

'Probeer je het tegen te houden?'

'Wat bazel je nu weer? Ik doe helemaal niets.'

'Echt niet? Gebruik je geen Caster-krachten of zoiets?'

'Nee, ik ben te druk met het afbuigen van jouw Kracht van Stommiteit. Maar ik denk niet dat ik daarvoor sterk genoeg ben.'

Ik begreep er niets van. Waarom werden we wel het visioen in getrokken, maar er ogenblikkelijk weer uitgeschopt? Wat was er anders? Lena strekte haar hand uit en vouwde de zakdoek weer om het medaillon. Mijn oog viel ineens op de smoezelige arm-band die Amma aan Macon had gegeven.

'Doe dat ding eens af.' Ik stak mijn vinger onder het koord door en tilde de armband en haar arm op ooghoogte.

'Ethan, dat ding beschermt me. Je hebt zelf gezegd dat Amma altijd dat soort dingen maakt.'

'Ik denk het niet.'

'Wat zeg je?'

'Ik zeg dat dat ding er misschien wel voor zorgt dat het medaillon niet werkt.'

'Het werkt niet altijd, dat weet je best.'

'Maar het begon te werken en toen stopte het abrupt.'

Ze schudde haar hoofd, waardoor haar wilde krullen op haar schouders dansten. 'Geloof je dat echt?'

'Bewijs maar dat ik me vergis. Doe hem af.'

Ze keek me aan alsof ik gek was, maar ik zag dat ze erover nadacht.

'Als ik het mis heb, doe je hem gewoon weer om.'

Een moment aarzelde ze voordat ze me haar arm gaf om hem los te maken. Ik haalde de knoop eruit en stopte de amulet in mijn zak. Ik zocht het medaillon en ze legde haar hand op die van mij.

Ik kneep mijn hand eromheen en we wervelden in het niets...

Het begon bijna onmiddellijk te regenen. Het kwam met bakken uit de lucht. Alsof de hemel zojuist was opengebroken. Ivy zei altijd dat regen Gods tranen waren. Vandaag geloofde Geneviève dit. Het was maar een paar passen, maar Geneviève kon er niet snel genoeg komen. Ze knielde neer naast Ethan en wiegde zijn hoofd in haar handen. Hij ademde onregelmatig. Hij leefde nog.

'Nee, nee, niet ook die jongen. Jullie nemen te veel weg. Te veel. Niet ook nog deze jongen.' Ivy's stem sloeg bijna over en ze begon te bidden.

'Ivy, ga hulp halen. Ik heb water nodig en whiskey, en iets waarmee ik de kogel kan verwijderen.'

Geneviève drukte de tot een prop opgerolde stof van haar rok in het gat, waar nog maar een paar minuten geleden zijn onbeschadigde borstkas had gezeten.

'Ik hou van je. En ik zou met je getrouwd zijn, ongeacht hoe jouw familie erover dacht,' fluisterde hij.

'Zeg dat niet, Ethan Carter Wate. Zeg dat niet, alsof je gaat sterven. Alles komt weer goed met je. Weer goed,' herhaalde ze, zowel om zichzelf daarvan te overtuigen als hem.

Geneviève sloot haar ogen en concentreerde zich. Bloeiende bloemen. Huilende, pasgeboren baby's. De opkomende zon.

Geboorte, en niet de dood.

Ze probeerde zich de beelden voor te stellen, en ze wenste vurig dat het zo zou zijn. De beelden liepen over en door elkaar heen in haar hoofd.

Geboorte, geen dood.

Ethan reutelde. Ze opende haar ogen, en hun blikken ontmoetten elkaar. Een moment leek de tijd stil te staan. Even later sloot Ethan zijn ogen en zijn hoofd rolde opzij.

Geneviève deed haar ogen opnieuw dicht, en spande zich in om zich de beelden weer voor de geest te halen. Het moest een vergissing zijn. Hij kon niet dood zijn. Ze had haar kracht opgeroepen. Dat had ze een miljoen keer eerder gedaan, het verplaatsen van voorwerpen in haar moeders keuken om Ivy te plagen, en het genezen van jonge vogels die uit het nest waren gevallen.

Waarom nu niet? Wanneer het ertoe deed?

Ethan, word wakker. Alsjeblieft: word wakker.

Ik deed mijn ogen open. We stonden midden op het veld, op exact dezelfde plek als waar we daarvoor waren. Ik keek naar Lena. Haar ogen glansden, de tranen liepen er bijna uit. 'O, god.'

Ik boog voorover en raakte het onkruid bij onze voeten aan. Een roodachtige vlek markeerde de planten en de grond om ons heen. 'Het is bloed.'

'Zijn bloed?'

'Ik denk het.'

'Je hebt gelijk. De armband weerhield ons ervan om het visioen te zien. Maar waarom zou oom Macon me zeggen dat de armband me beschermt?'

'Misschien doet hij dat ook. Toch denk ik dat hij niet alleen daarvoor dient.'

'Je hoeft niet je best te doen me beter te laten voelen.'

'Er is duidelijk iets wat ze niet willen dat we ontdekken, en het heeft te maken met het medaillon. En ik durf te wedden, ook met

Geneviève. We moeten proberen zoveel mogelijk te weten te komen over allebei, en wel voor jouw verjaardag.'

'Waarom voor mijn verjaardag?'

'Gisternacht hebben Amma en jouw oom met elkaar gepraat. Wat het ook is dat we niet mogen weten, het heeft iets te maken met jouw verjaardag.'

Lena nam een grote hap lucht, alsof ze probeerde er grip op te krijgen. 'Zij weten dat ik naar het Duister overga. Daar gaat dit allemaal om.'

'Wat heeft dat dan met het medaillon te maken?'

'Dat weet ik niet, maar dat doet er niet toe. Niets doet er nog toe. Over vier maanden zal ik niet meer mezelf zijn. Je hebt Ridley gezien. Zo word ik ook, of misschien nog wel slechter. Wanneer mijn oom gelijk heeft en ik een Naturel ben, dan lijkt Ridley met mij vergeleken een vrijwilliger bij het Rode Kruis.'

Ik trok haar naar me toe en sloeg mijn armen om haar heen, alsof ik haar tegen iets kon beschermen waarvan we allebei wisten dat ik dat niet kon. 'Je mag zo niet denken. Er moet een manier zijn om het te stoppen, als dat echt de waarheid is.'

'Je snapt het niet. Het kan niet gestopt worden. Het overkomt je zomaar.' Ze begon harder te praten. De wind wakkerde aan.

'Oké, wie weet heb je gelijk. Misschien overkomt het je zomaar. En toch zullen we een weg vinden waardoor het níét met jou gebeurt.'

Haar ogen versomberden, net als de lucht. 'Kunnen we niet gewoon genieten van de tijd die we nog samen hebben?' Ik voelde de woorden voor de eerste keer.

De tijd die we nog hebben.

Ik mocht haar niet verliezen. Ik wilde dat niet. Alleen de gedachte dat ik haar nooit meer zou kunnen aanraken, maakte me gek. Gekker dan het verlies van al mijn vrienden. Gekker dan wanneer ik de impopulairste jongen van de school zou zijn. Gekker dan een eeuwig boze Amma. Haar verliezen was het ergste wat ik me kon voorstellen. Alsof ik viel, maar dit keer zou ik zeker de grond raken.

Ik dacht aan hoe Ethan Carter Wate op de grond terechtkwam, aan het rode bloed op het veld. De wind begon te razen. Het werd tijd om te gaan. 'Hou op zo te praten. We zullen een manier vinden.'

Maar toen ik het zei, wist ik zelf niet of ik het geloofde.

13 oktober

Marian de bibliothecaresse

Het visioen was drie dagen geleden, en ik kon het geen moment uit mijn hoofd zetten. Ethan Carter Wate was neergeschoten en naar alle waarschijnlijkheid dood. Ik had het met mijn eigen ogen gezien. Wel, theoretisch gezien was natuurlijk iedereen uit die tijd nu dood, maar ik had moeite me over de dood van deze bijzondere confederale soldaat, mijn naamgenoot, heen te zetten. Of eigenlijk liever: confederale deserteur. Mijn achter-achter-achteroudoom.

Ik dacht eraan tijdens algebra, terwijl Savannah voor de hele klas stond te stuntelen met haar wiskundige vergelijking. Meneer Bates was te verdiept in het laatste nummer van *Wapens & munitie* om het op te merken. Ik dacht eraan tijdens de bijeenkomst van de Toekomstige Boeren van Amerika, en toen ik Lena niet kon vinden en ik uiteindelijk eindigde bij de band. Link zat met de jongens een paar rijen achter me, maar dat had ik niet in de gaten totdat Shawn en Emory dierengeluiden begonnen uit te stoten. Na een tijdje hoorde ik ze niet eens meer. Mijn gedachten keerden telkens terug naar Ethan Carter Wate.

En niet omdat hij een soldaat van de Confederatie was. Iedereen in Gatlin had familie die in de Oorlog tussen de Staten aan de verkeerde kant had gestreden. Daar waren we inmiddels aan gewend. Het was net als wanneer je na de Tweede Wereldoorlog in Duitsland was geboren, of uit Japan kwam na Pearl Harbour, of uit Amerika na Hiroshima. Geschiedenis kon soms een pijnlijke herinnering zijn. Je kon er niets aan doen waar je wieg stond, maar je hoefde daar dan niet te blijven. Je hoefde niet te blijven hangen in het verleden, zoals de dames van de DAR, of van het Historisch Genootschap, of de Zusters. En je hoefde niet te accepteren dat dingen moesten zijn zoals ze waren, zoals Lena. Ethan Carter Wate had dat niet gedaan, en ik kon het net zomin.

Ik wist op dit moment niet meer dan dat er een andere Ethan Wate was geweest. We moesten meer te weten zien te komen over Geneviève. Misschien was het medaillon niet toevallig bij ons terechtgekomen. Misschien was er een reden waarom we elkaar hadden ontmoet in een droom, zelfs al was die eigenlijk meer een nachtmerrie.

Normaal gesproken zou ik mijn moeder om raad vragen, vroeger toen het leven zijn saaie gangetje ging en mijn moeder nog leefde. Maar ze was er niet meer, en mijn vader was te ver heen om me te kunnen helpen. En Amma was zeker niet van plan ons te helpen met iets wat met het medaillon te maken had. Lena was nog steeds boos op Macon; de regen buiten verraadde alles. Ik moest eigenlijk huiswerk maken, wat betekende dat ik zeker twee liter chocolademelk nodig had en zoveel koekjes als ik in mijn andere hand kon dragen.

Vanuit de keuken liep ik de hal door. Voor de werkkamer hield ik even in. Mijn vader stond boven onder de douche, eigenlijk verliet hij zijn werkkamer alleen nog daarvoor. De deur zou wel op slot zitten. Dat was altijd het geval sinds het voorval met het manuscript, jaren geleden.

Ik staarde naar de deurkruk en controleerde de hal in beide richtingen. Terwijl ik mijn koekjes boven op het melkpak liet balanceren, stak ik mijn andere hand uit naar de deurkruk. Voordat ik hem kon aanraken, hoorde ik het slot openklikken. De deur ging uit zichzelf van het slot, alsof iemand in de kamer de deur voor me opende. De koekjes vielen op de grond.

Een maand geleden had ik dit niet kunnen geloven, maar ik wist inmiddels beter. Dit was Gatlin. Niet het Gatlin dat ik meende te kennen, maar een ander Gatlin dat zich blijkbaar heel lang verborgen had gehouden. Een stad waarin het meisje dat ik leuk vond, afstamde van een lange lijn van Casters. Mijn huishoudster was een Ziener die in het moeras kippenbotten las en de geesten van haar dode voorouders opriep. Zelfs mijn vader gedroeg zich als een vampier.

Voor dit Gatlin leek niets meer te ongelooflijk om waar te zijn. Het is grappig dat je je hele leven op een plek kunt wonen, zonder deze echt te zien.

Ik duwde de deur voorzichtig op een kier. Ik ving slechts een glimp op van de werkkamer, van een hoek van de ingebouwde kasten. Deze waren volgepropt met boeken van mijn moeder en de overblijfselen van de Burgeroorlog, die zij overal waar ze kwam, leek te verzamelen. Ik haalde diep adem en inhaleerde de lucht uit de werkkamer. Geen wonder dat mijn vader nooit zijn kamer uitkwam.

Ik kon haar bijna zien, opgekruld in een oude fauteuil bij het raam. Ze had daar kunnen zitten achter haar computer, gewoon aan de andere kant van de deur. Als ik de deur wat verder zou openduwen, en als ik niet beter wist, zou ik haar daar wellicht verwachten. Alleen hoorde ik haar niet typen en wist ik dat ze daar niet was en nooit meer zou zijn.

De boeken waar ik naar op zoek was, stonden op die planken. Als er iemand meer wist over de geschiedenis van Gatlin dan de Zusters, was het wel mijn moeder. Ik zette een stap naar voren, terwijl ik de deur iets verder openduwde.

'Lieve Herder van Hemel en Aarde, Ethan Wate, als je het lef hebt ook maar een voet in die kamer te zetten, zal je vader jou alle hoeken van de kamer laten zien.'

Ik liet bijna de melk vallen. Amma. 'Ik doe helemaal niets. De deur ging vanzelf open.'

'Schaam je. Geen enkele geest in Gatlin zou het wagen een voet in de werkkamer van je moeder en vader te zetten, behalve jouw moeder zelf.' Ze keek me uitdagend aan. Er was iets in haar ogen, waardoor ik me afvroeg of ze me iets probeerde te zeggen, misschien wel de waarheid. Misschien had mijn moeder inderdaad de deur geopend. Want één ding was duidelijk. Iemand of iets wilde dat ik de werkkamer van mijn vader zou binnengaan, en iemand anders wilde dit juist beletten.

Amma trok de deur dicht en haalde een sleutel uit haar zak, waarmee ze de deur op slot draaide. Ik hoorde de klik en wist dat mijn kans was verkeken. Ze sloeg haar armen over elkaar. 'Je moet morgen weer naar school. Moet je geen huiswerk maken?'

Ik keek haar geërgerd aan.

'Ga je nog naar de bibliotheek? Hebben Link en jij die opdracht al af?'

Het kwartje viel. 'Ja, de bibliotheek. Eigenlijk wilde ik er net heen gaan.' Ik drukte snel een kus op haar wang en rende langs haar heen.

'Doe Marian de groeten van me en zorg dat je op tijd terug bent voor het eten.'

Die goede oude Amma. Ze had altijd voor alles een oplossing paraat, of ze het nu wist of niet, en of ze die nu wel of niet met je wilde delen.

Lena stond me op te wachten op het parkeerterrein van de bibliotheek van Gatlin. Het verweerde beton glom nog van de regen. Hoewel de bibliotheek nog twee uur open was, was de lijkwagen de enige auto op het terrein, naast een bekende oude turkooizen bestelauto. Laten we het erop houden dat het geen grote bibliotheekstad was. We waren niet erg nieuwsgierig naar andere steden behalve die van ons. En als je grootvader of je overgrootvader het je niet kon vertellen, dan was het waarschijnlijk niet belangrijk genoeg om te weten.

Lena zat ineengedoken tegen de zijkant van het gebouw. Ze droeg een haveloze spijkerbroek, reusachtige regenlaarzen en een vaal, zwart T-shirt. Kleine vlechten, die bijna verloren gingen in alle krullen, hingen langs haar gezicht. Eigenlijk zag ze er net uit als een gewoon meisje. Natuurlijk wilde ik haar weer kussen, maar dat moest even wachten. Als Marian ons de antwoorden kon geven die we nodig hadden, zou ik haar nog heel vaak kunnen kussen.

Om mezelf af te leiden, vloog ik weer door mijn speltactiekboek. Vanuit de verdediging de bal veroveren en scoren.

'Denk je echt dat we daar iets kunnen vinden wat ons verder kan helpen?' Lena keek me over haar notitieboekje aan.

Ik trok haar overeind. 'Niet iets. Iemand.'

De bibliotheek was een fantastische plek. Ik had er als kind talloze uren doorgebracht. Mijn moeder had me bijgebracht dat een bibliotheek een soort tempel was. Deze bijzondere bibliotheek was een van de weinige gebouwen die de Veldtocht van Sherman en de Grote Brand hadden doorstaan. De bibliotheek en het Historisch Genootschap waren de twee oudste gebouwen in de stad, afgezien van Ravenwood. Het was een eerbiedwaardig victoriaans gebouw met twee verdiepingen, maar nu oud en verweerd met afbladderende witte verf en met decennia oude klimopranken langs de deuren en ramen. Het rook er naar oud hout en creosootolie, plastic boekomslagen, en oud papier. Mijn moeder zei altijd dat oud papier de geur had van de tijd waar het uitkwam.

'Ik snap het niet. Waarom de bibliotheek?'

'De bibliotheek is niet belangrijk. Het gaat om Marian Ashcroft.'

'De bibliothecaresse? Die vriendin van oom Macon?'

'Marian was de hartsvriendin van mijn moeder, en haar onderzoekspartner. Ze is de enige andere persoon die net zoveel over Gatlin weet als mijn moeder, en nu is ze de slimste persoon in Gatlin.'

Lena keek me sceptisch aan. 'Slimmer dan oom Macon?'

'Nou ja, de slimste Sterfelijke in Gatlin.'

Ik heb nooit goed begrepen wat iemand als Marian in een stad als Gatlin zocht. 'Alleen omdat je in een godvergeten uithoek woont, betekent dat nog niet dat je niets hoeft te weten over waar je woont,' legde Marian me een keer uit toen we samen met mijn moeder een broodje tonijn zaten te eten. Ik had geen idee wat ze bedoelde. De helft van de tijd begreep ik toch al amper waar ze het over had. Waarschijnlijk konden zij en mijn moeder daarom zo goed met elkaar overweg; de andere helft van de tijd wist ik namelijk ook nooit waar mijn moeder het over had. Zoals ik zei, het grootste brein in de stad, of misschien alleen de bijzonderste persoonlijkheid.

Toen we de verlaten bibliotheek inliepen, zwierf Marian op kousenvoeten rond bij de boekenrekken. Ze liep hardop te jammeren als een raar personage uit een Griekse tragedie die ze altijd graag voordroeg. Omdat de bibliotheek wel wat weg had van een slaapstad, had ze de hele bibliotheek voor zich alleen. Bij hoge uitzondering dook een van de dames van de DAR op om iets na te trekken over een of andere twijfelachtige stamboom.

'Kent u uw noodlot?'

Ik volgde haar stem tot diep in de rekken.

'Hebt u het gehoord?'

Ik sloeg de hoek om naar de afdeling fictie. Daar was ze, schommelend op haar benen met een grote stapel boeken in haar armen. Ze keek dwars door me heen.

'Of is het voor u verborgen...'

Lena stapte achter me vandaan naar voren.

'...dat onze vrienden worden bedreigd...'

Marian keek over haar rode vierkante bril van mij naar Lena.

'...door het onheil van onze vijanden?'

Marian was hier in levenden lijve, maar eigenlijk ook weer niet. Ik kende die blik maar al te goed en ik wist, hoewel ze voor alles een citaat voorradig had, dat ze deze niet zomaar koos. Welk onheil van mijn vijanden bedreigde mij, of mijn vrienden? Als Lena die vriend was, wist ik niet zeker of ik het wilde weten.

Ik lees alles wat los en vast zit, maar geen Griekse tragedies.

'Oedipus?'

Over de stapel boeken heen gaf ik Marian een knuffel. Ze pakte me zo stevig vast dat ik nog amper kon ademen, en een biografie van Generaal Sherman prikte tussen mijn ribben.

'*Antigone.*' Lena sprak vanachter mijn rug.

Uitslover.

'Heel goed.' Marian glimlachte over mijn schouder naar Lena.

Ik trok een gek gezicht tegen Lena, die haar schouders ophaalde. 'Thuisschool.'

'Het doet me altijd goed wanneer ik een jong iemand tegenkom die *Antigone* kent.'

'Ik weet alleen nog dat ze de doden wilde begraven.'

Glimlachend duwde Marian de helft van de stapel boeken in mijn handen en Lena kreeg de andere helft toegestopt. Wanneer ze glimlachte, zag ze eruit als een mooie vrouw op de omslag van een tijdschrift. Met haar witte tanden en egale, bruine huid leek ze meer op een model dan op een bibliothecaresse. Ze was een knappe, exotische verschijning, een mengeling van zoveel verschillende bloedlijnen, dat je de hele geschiedenis van het zuiden erin kon terugvinden. Mensen uit West-India, de Sugar Islands, Engeland, Schotland, zelfs Amerika. Eeuwenlang hadden zij zich met elkaar vermengd tot je een heel bos van familiestambomen nodig zou hebben om de lijnen in kaart te brengen.

Ook al woonden we ten zuiden van Ergens en ten noorden van Nergens, zoals Amma zou zeggen, Marian Ashcroft ging gekleed alsof ze zo voor een van haar klassen op Duke in Noord-Carolina kon gaan staan. Al haar kleren, haar sieraden, haar hele uitstraling en haar opvallende felgekleurde sjaals leken ergens anders vandaan te komen en pasten bij haar onbedoeld hippe stekelkoppie.

Marian hoorde niet meer in Gatlin dan Lena, en toch woonde ze hier al net zolang als mijn moeder. Nu langer. 'Ethan, ik heb je zo vreselijk gemist. En jij... jij moet Lena zijn, het nichtje van Macon. Het beruchte nieuwe meisje in de stad. Het meisje van de ramen. O ja, ik heb van je gehoord. De dames, ze kletsen wat af.'

We liepen achter Marian aan naar de balie voorin en zetten de boeken neer op de kar met boeken die moesten worden teruggezet in de rekken.

'U moet niet alles geloven wat u hoort, dr. Ashcroft.'

'Alsjeblieft, noem me Marian.' Ik liet bijna een boek uit mijn handen vallen. Marian was voor bijna iedereen hier dr. Ashcroft. Lena kreeg onmiddellijk toegang tot haar intieme kring, en ik had geen idee waarom.

'Marian.' Lena grinnikte. Met uitzondering van Link en mij was dit voor Lena de eerste kennismaking met onze befaamde zuidelijke gastvrijheid en die van een andere buitenstaander.

'Het enige waar ik benieuwd naar ben is of je, toen je het raam aan gort sloeg met je bezemsteel, de toekomstige generatie van de DAR hebt uitgeschakeld?' Marian liet de jaloezieën zakken en gebaarde ons een handje te helpen.

'Natuurlijk niet. Als ik dat deed, hoe zou ik dan aan al die vrije publiciteit moeten komen?'

Marian gooide haar hoofd in haar nek en lachte voluit, terwijl ze haar arm om Lena sloeg. 'Je hebt een goed gevoel voor humor, Lena. Dat heb je in deze stad wel nodig.'

Lena zuchtte. 'Ik heb al zoveel grappen gehoord. Meestal over mij.'

'Ach, maar... *De monumenten van gevatheid overleven de monumenten van macht.*'

'Is dat Shakespeare?' Ik voelde me een beetje het vijfde wiel aan de wagen.

'Warm: Sir Francis Bacon. Hoewel, als jij een van die mensen bent die denkt dat hij de toneelstukken van Shakespeare heeft geschreven, vermoed ik dat je het de eerste keer goed had.'

'Ik geef het op.'

Marian woelde door mijn haar. 'Je bent zeker vijfenveertig centimeter gegroeid sinds de laatste keer dat ik je heb gezien, EW. Wat geeft Amma jou tegenwoordig te eten? Taart als ontbijt, lunch en avondeten? Ik heb het gevoel dat ik je al in geen eeuwen heb gezien.'

Ik keek haar aan. 'Ik weet het, het spijt me. Ik was niet in de stemming om te... lezen.'

Ze wist dat ik loog, maar ze wist wat ik bedoelde. Marian liep naar de deur en draaide het bord met 'open' om naar 'gesloten'. Ze draaide de sleutel om en ik hoorde een harde klik. Dat deed me denken aan de werkkamer.

'Ik dacht dat de bibliotheek tot negen uur open was?' Als dat niet zo was, had ik geen geldig excuus meer om stiekem naar Lena te glippen.

'Vandaag niet. De hoofdbibliothecaresse heeft zojuist besloten dat de bibliotheek van Gatlin vandaag wegens vakantie gesloten is. Ze kan in dat soort dingen erg spontaan zijn.' Ze knipoogde. 'Voor een bibliothecaresse.'

'Bedankt, tante Marian.'

'Ik weet dat je hier niet bent zonder een goede reden, en ik vermoed dat het nichtje van Macon Ravenwood, als er niets anders is, een reden is. Laten we dus maar naar de achterkamer gaan, een pot thee zetten en proberen redelijk te blijven?' Marian hield wel van een goede woordspeling.

'Het is eigenlijk meer een vraag.' Ik voelde in mijn broekzak. Het medaillon zat nog steeds gewikkeld in de zakdoek van Sulla de Profetes.

'Vraag alles. Leer iets. Beantwoord niets.'

'Homerus?'

'Euripides. Het wordt tijd dat je met een paar juiste antwoorden komt, EW, anders zal ik toch echt een keer naar een van die vergaderingen van het schoolbestuur moeten gaan.'

'Maar je zei dat ik niets hoefde te beantwoorden.'

Ze draaide de deur, waarop 'privéarchief' stond, van het slot. 'Heb ik dat gezegd?'

Net als Amma, leek Marian altijd een antwoord paraat te hebben. Zoals elke goede bibliothecaresse.

Zoals mijn moeder.

Ik was nog nooit in het privéarchief geweest, de achterkamer van Marian. Ik bedacht me nu ineens dat ik niemand kende die daar ooit was geweest, behalve mijn moeder natuurlijk. Het was de ruimte die ze deelden, de plek waar ze schreven en onderzoek verrichtten en wie weet wat nog meer. Zelfs mijn vader mocht er niet naar binnen. Ik herinner me hoe Marian hem een keer op de drempel tegenhield, toen mijn moeder binnen was om een historisch document te bekijken. 'Privé is ook echt privé.'

'Marian, het is een bibliotheek. Bibliotheken zijn ervoor om kennis toegankelijk te maken en deze te verspreiden.'

'Bij ons zijn bibliotheken er om onderdak te verlenen aan een bijeenkomst van de Anonieme Alcoholisten, wanneer de baptisten hen eruit hebben geschopt.'

'Marian, doe niet zo belachelijk. Het is maar een archief.'

'Zie mij maar niet als een bibliothecaresse. Zie me liever als een halfgare wetenschapper; dit is mijn geheime laboratorium.'

'Je bent niet goed wijs. Jullie beiden zitten alleen maar met jullie neus in stapels bijna vergane, oude kranten.'

'*Indien u uw geheimen openbaart aan de wind, moet u de wind er niet de schuld van geven als hij deze openbaart aan de bomen.*'

'Khalil Gibran,' diende hij haar van repliek.

'*Drie kunnen een geheim bewaren als er twee van hen dood zijn.*'

'Benjamin Franklin.'

Uiteindelijk had zelfs mijn vader het opgegeven om het archief in te komen. We gingen naar huis en onderweg aten we een ijsje, en na dat voorval zag ik mijn moeder en Marian altijd als een niet te stoppen natuurkracht. Twee halfgare wetenschappers, zoals Marian zichzelf had getypeerd, aan elkaar geketend in hun laboratorium. Ze hadden boek na boek het licht laten zien, waarvan er een zelfs werd voorgedragen voor de Voice of the South Award, het zuidelijke equivalent van de Pulitzer Prize. Mijn vader was zo trots als een pauw op mijn moeder, op beiden, zelfs al stonden wij langs de zijlijn. 'Levendig van geest.' Met die woorden beschreef hij mijn moeder altijd, vooral wanneer ze midden in een project zat. In die periode was ze dan het vaakst in haar eigen wereld, en juist dan leek hij op een of andere manier het meest van haar te houden.

En nu was ik hier, in het privéarchief, zonder mijn vader of mijn moeder, of zelfs zonder een ijsje binnen handbereik. Dingen veranderden hier nogal snel, zeker voor een stad die helemaal nooit veranderde.

De donkere, gelambriseerde kamer was de meest afgezonderde van het op twee na oudste gebouw in Gatlin, zonder ramen en verstoken van frisse lucht. Er stonden vier lange eikenhouten tafels en alle wanden waren volgestouwd met boeken met titels als: *Artillerie en munitie uit de Burgeroorlog. Katoen: het witte goud van het zuiden.* Platte, metalen planken lagen vol manuscripten, en boordevolle dossierkasten stonden langs de muren van een kleinere ruimte, die aan de achterkant van het archief grensde.

Marian was druk in de weer met haar theepot en warmhoudplaatje. Lena liep op een wand toe met verbleekte ingelijste kaarten van Gatlin, zo oud als de Zusters.

'Kijk… Ravenwood.' Lena bewoog haar vinger over het glas. 'En daar is Greenbrier. Op deze kaart kun je de grens heel duidelijk zien.'

Ik liep naar de verste hoek van de kamer, waar een eenzame tafel stond, bedekt met een dunne laag stof en hier en daar een spinnenweb. Een oud handvest van het Historisch Genootschap lag open, met omcirkelde namen, een pen stak nog uit de rug van het geschrift. Er lag een kaart gemaakt van overtrekpapier, vastgehecht aan een kaart van het huidige Gatlin. Het leek of iemand daarmee probeerde de oude stad bloot te leggen van onder de nieuwe. En boven op dit alles lag een foto van het schilderij dat in de hal van Macon Ravenwood hing.

De vrouw met het medaillon.

Geneviève. Het moet Geneviève zijn. We moeten het haar vertellen, L. We moeten het vragen.

Dat kunnen we niet. We kunnen niemand vertrouwen. We weten niet eens waarom we de visioenen te zien krijgen.

Lena. Vertrouw me.

'Tante Marian, wat zijn dit voor spullen?'

Ze keek mijn kant op en haar gezicht betrok even. 'Dat is ons laatste project. Van jouw moeder en mij.'

Waarom had mijn moeder een foto van het schilderij dat op Ravenwood hing?

Geen idee.

Lena liep naar de tafel en pakte de foto van het schilderij op. 'Marian, wat waren jullie aan het doen met dit schilderij?'

Marian gaf ons een enorme kop thee op een schoteltje. Dat was ook weer zoiets typisch van Gatlin. Je moest altijd een schoteltje gebruiken, daar kwam je niet onderuit.

'Jij zou dat schilderij moeten kennen, Lena. Het is van jouw oom Macon. Hij heeft me zelf die foto gestuurd.'

'Maar wie is die vrouw?'

'Geneviève Duchannes, maar ik neem aan dat je dat weet.'

'Dat wist ik niet, eerlijk gezegd.'

'Heeft jouw oom je dan niets geleerd over jouw afstamming?'

'We spreken weinig over onze dode familieleden. Niemand wil over mijn ouders praten.'

Marian liep naar een van de archiefladen en begon erin te zoeken. 'Geneviève Duchannes was jouw bet-bet-betovergrootmoeder. Ze was een bijzonder interessante persoonlijkheid. Lila en ik waren de volledige familiestamboom van de Duchannes aan het naspeuren voor een project, waarmee jouw oom Macon ons hielp, tot...' Ze sloeg haar ogen neer. 'Verleden jaar.'

Kende mijn moeder Macon Ravenwood? Ik dacht dat hij had gezegd dat hij haar alleen maar door haar boeken kende.

'Je zou je eigen stamboom eigenlijk wel moeten kennen.' Marian draaide een paar vergeelde perkamentvellen om. De stamboom van Lena staarde ons aan, rechts naast die van Macon.

Ik wees op Lena's familiestamboom. 'Dat is vreemd. Alle meisjes in jouw familie hebben de achternaam Duchannes, ook de vrouwen die getrouwd waren.'

'Ach, dat is weer zoiets van mijn familie. De vrouwen behouden

STAMBOOM FAMILIE DUCHANNES

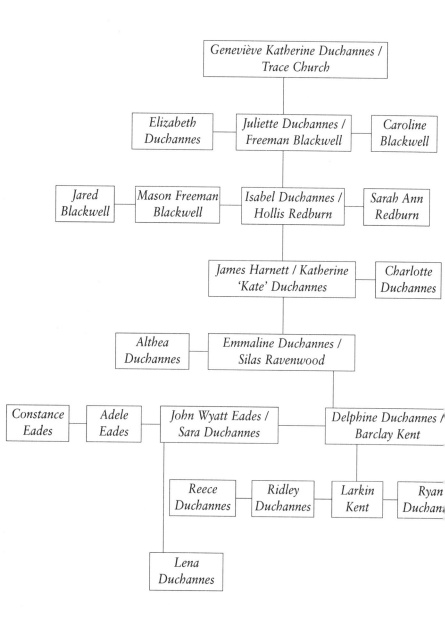

STAMBOOM FAMILIE RAVENWOOD

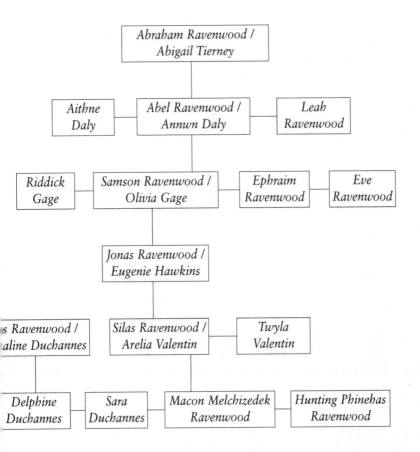

hun familienaam, ook nadat ze zijn getrouwd. Dat is altijd zo geweest.'

Marian draaide de bladzijde om en keek Lena aan. 'Dat is vaak het geval bij bloedlijnen waar de vrouwen een bijzonder sterke kracht lijken te bezitten.'

Ik wilde het liever ergens anders over hebben. Ik wilde met Marian niet te diep graven in de krachtige vrouwen in Lena's familie, vooral omdat Lena er absoluut ook een was. 'Waren jij en mijn moeder de stamboom van de Duchannes aan het natrekken? Wat hield dat project in?'

Marian roerde in haar thee. 'Suiker?'

Ze keek weg toen ik een lepel suiker in mijn kop gooide. 'We waren eigenlijk het meest geïnteresseerd in dit medaillon.' Ze wees naar een andere foto van Geneviève. Hierop droeg ze het medaillon.

'Met name één verhaal. Het was eigenlijk een simpel verhaal, een liefdesgeschiedenis.' Ze glimlachte bedroefd. 'Jouw moeder was vreselijk romantisch, Ethan.'

Ik zocht Lena's ogen. We wisten allebei wat Marian zou gaan zeggen.

'Interessant genoeg voor jullie beiden is dat bij de liefdesgeschiedenis zowel een Wate als een Duchannes is betrokken. Een soldaat van de Confederatie en een beeldschone geliefde van Greenbrier.'

De visioenen van het medaillon. De brand op Greenbrier. Mijn moeders laatste boek ging over alles wat wij tussen Geneviève en Ethan hadden zien gebeuren. De bet-bet-betovergrootmoeder van Lena en mijn achter-achter-achteroudoom.

Mijn moeder werkte aan dat boek toen ze stierf. Het duizelde me. Zo ging dat in Gatlin. Niets gebeurde hier maar één keer.

Lena zag bleek. Ze boog naar me toe en raakte mijn hand aan waar deze op de stoffige tafel rustte, en ik voelde het vertrouwde elektrische schokje.

'Hier. Door deze brief zijn we tot het hele project gekomen.' Marian legde twee perkamenten vellen uit op de volgende eiken tafel. In mijn hart was ik blij dat ze de spullen van mijn moeder ongemoeid liet. Ik vond haar werktafel een gepast aandenken, dat meer bij haar hoorde dan de anjers die iedereen op haar kist had gelegd. Zelfs de DAR kwam naar de begrafenis en zij bedolven de kist zo ongeveer onder de anjers, hoewel mijn moeder het vreselijk zou hebben gevonden. De hele stad, de baptisten, de methodisten en zelfs de pinkstergemeente kwamen opdraven voor een begrafenis, geboorte, of een trouwerij.

'Je mag het lezen, maar niet aanraken. Het is een van de oudste documenten in Gatlin.'

Lena boog zich over de brief, terwijl ze haar haar in een staart vasthield om te voorkomen dat het over het oude perkament zou hangen. 'Ze zijn wanhopig verliefd, maar ze zijn te verschillend.' Ze las de brief vluchtig door. 'Een Soort Apart, noemt hij hen. Haar familie probeert ze bij elkaar weg te houden. Hij heeft zich aangemeld bij het leger, ook al gelooft hij niet in de oorlog. Hij hoopt de goedkeuring van haar familie te krijgen door voor het zuiden te vechten.'

Marian sloot haar ogen en reciteerde:

'Ik zou net zo goed een aap kunnen zijn als een man, het helpt me niet op Greenbrier. Hoewel ik slechts een Sterfelijke ben, breekt mijn hart van zoveel verdriet bij de gedachte dat ik de rest van mijn leven zonder jou moet doorbrengen, Geneviève.'

Het leek wel poëzie. Ik kon me voorstellen dat Lena zoiets zou schrijven.

Marian opende haar ogen opnieuw. 'Alsof hij Atlas was en het hele gewicht van de aarde op zijn schouders droeg.'

'Wat vreselijk verdrietig allemaal,' zei Lena, terwijl ze me aankeek.

'Ze hielden van elkaar. Er was een oorlog gaande. Ik vind het vervelend om te zeggen, maar het loopt slecht af.' Marian nam haar laatste slok thee.

'Wat weet je over dit medaillon?' Ik wees op de foto, bijna bang om de vraag te stellen.

'Vermoedelijk heeft Ethan het aan Geneviève gegeven, als een geheime trouwbelofte. We zullen nooit te weten komen wat ermee is gebeurd. Niemand heeft het ooit nog gezien na de nacht waarop Ethan stierf. Geneviève werd door haar vader gedwongen om met een ander te trouwen, maar volgens de legende heeft ze het medaillon altijd bij zich gehouden en is het samen met haar begraven. Het verhaal doet de ronde dat het een krachtig talisman is, het verbroken verbond van een gebroken hart.'

Ik huiverde. De krachtige talisman was niet samen met Geneviève de kist ingegaan; hij zat in mijn broekzak en was een Duistere talisman volgens Macon en Amma. Ik voelde hem kloppen, alsof hij op hete kolen had gelegen.

Ethan, niet doen.

We moeten wel. Ze kan ons helpen. Mijn moeder zou ons ook hebben geholpen.

Ik schoof mijn hand in mijn zak, duwde hem langs de zakdoek om de verweerde camee te kunnen aanraken. Ik pakte Marians hand vast en hoopte dat het medaillon dit keer zou werken. Haar theekop knalde op de grond. De kamer begon te draaien.

'Ethan!' Marian schreeuwde geschrokken.

Lena pakte de andere hand van Marian. Het licht in de kamer vloeide over in het donker van de nacht. 'Maak je geen zorgen. We zijn de hele tijd bij je.' Lena's stem klonk heel ver weg, en in de verte hoorde ik het geluid van geweervuur.

Ogenblikkelijk vulde de bibliotheek zich met regen...

De regen stortte op hen neer. De wind wakkerde aan en begon de vlammen te beteugelen, ook al was het te laat.

Geneviève staarde naar wat restte van het grote huis. Vandaag was ze alles kwijtgeraakt. Mama, Evangeline, ze mocht niet ook Ethan nog verliezen.

Ivy rende door de modder naar haar toe, terwijl ze haar rok gebruikte om de dingen te dragen waar Geneviève haar om had gevraagd.

'Ik ben te laat, Heer in de Hemel, ik ben te laat,' schreeuwde

Ivy. Ze keek wanhopig om zich heen. 'Kom mee, juffrouw Geneviève, we kunnen hier niets meer doen.'

Maar Ivy vergiste zich. Ze konden nog één ding doen.

'Het is nog niet te laat. Het is nog niet te laat.' Geneviève bleef de woorden herhalen.

'Je praat wartaal, kind.'

Ze keek Ivy wanhopig aan. 'Ik heb het boek nodig.'

Ivy week verschrikt achteruit en schudde haar hoofd. 'Nee, je mag niet rommelen met dat boek. Je weet niet wat je doet.'

Geneviève greep de oude vrouw bij de schouders. 'Ivy, het is onze laatste kans. Je moet het me geven.'

'Je weet niet wat je me vraagt. Je weet niets van dat boek...'

'Geef het me of ik zal het zelf vinden.'

Een deken van zwarte rook kwam dichterbij, het vuur knetterde nog toen het de laatste overblijfselen van het huis opslokte.

Ivy liet zich overhalen. Ze pakte haar aan flarden gescheurde rokken beet en leidde Geneviève weg van wat vroeger haar moeders citroenbos was. Geneviève was nog nooit voorbij dit punt geweest. Daarachter lagen alleen katoenvelden, tenminste, dat hadden ze haar altijd verteld. En er was nooit een reden om in die velden te zijn, behalve de zeldzame keren dat zij en Evangeline verstoppertje speelden.

Maar Ivy koos vastberaden haar weg. Ze wist precies waar ze naartoe ging. In de verte hoorde Geneviève nog altijd de geluiden van geweerschoten en het geweeklaag van de buren dat door merg en been ging, toen zij moesten toekijken hoe hun huizen in vlammen opgingen.

Ivy stopte vlak bij wilde struiken met bramen, rozemarijn en jasmijn, en ze slingerden naar boven naar een oude stenen muur. Achter de wildgroei lag een smalle poort verscholen. Ivy bukte en liep door de poort. Geneviève volgde haar. De poort moest onderdeel van een muur zijn, want het terrein was omsloten. Een perfecte cirkel – waarvan de muren door de jaren heen schuilgingen achter wilde begroeiing.

'Waar zijn we?'

'Op een plek waarvan je moeder niet wilde dat je deze kende, want anders had je wel geweten wat dit was.'

In de verte zag Geneviève kleine stenen boven het hoge gras uitsteken. Natuurlijk. Het familiekerkhof. Geneviève herinnerde zich dat ze hier, toen ze nog heel klein was, een keer was geweest. Haar overgrootmoeder was overleden. Ze herinnerde zich dat de begrafenis 's nachts had plaatsgevonden. Haar moeder stond in het maanlicht in het hoge gras en fluisterde iets in een taal die Geneviève en haar zuster niet konden thuisbrengen. 'Wat doen we hier?'

'Je zei toch dat je dat boek wilde. Of niet soms?'

'Is het hier dan?'

Ivy stopte en keek Geneviève verbluft aan. 'Waar zou het anders moeten zijn?'

Iets verder naar achteren lag een ander stenen bouwsel dat werd overwoekerd door wildgroei. Een crypte. Ivy stopte bij de deur. 'Je weet zeker dat je dit wilt...'

'Kom op, de tijd dringt!' Geneviève reikte naar de klink, maar er was niets. 'Hoe gaat hij open?'

De oude vrouw ging op haar tenen staan en strekte haar arm uit naar iets hoog boven de deur. Daar zag Geneviève, in het licht van de branden in de verte, een klein stukje gladde steen boven de deur met een reliëf van een halve maan. Ivy legde haar hand op de smalle maan en duwde. De stenen deur kwam in beweging en opende zich met het geluid van steen dat over steen schuurde. Ze reikte naar iets aan de andere kant van de deur. Een kaars.

Het kaarslicht verlichtte de kleine ruimte van ongeveer een meter doorsnee. Aan elke wand waren oude houten planken bevestigd, die vol stonden met kleine en grotere flessen. Deze waren gevuld met plantenbloesem, poeders en dikke vloeistoffen. In het midden van de ruimte stond een verweerde stenen tafel, met daarop een oude houten kist. De kist was heel eenvoudig. De enige versiering was een kleine halve maan die op de bovenkant was uitgesneden. Hetzelfde reliëf als op de steen boven de deur.

'Ik ga hem niet aanraken,' zei Ivy zacht, alsof ze dacht dat de kist haar kon horen.

'Ivy, het is gewoon maar een boek.'

'Er bestaat niet zoiets als gewoon maar een boek, zeker niet in jouw familie.'

Geneviève tilde het deksel voorzichtig op. Het boek werd omhuld door een craquelé, zwart leren omslag, dat nu meer grijs dan zwart was. Er stond geen titel op, alleen weer een reliëf van dezelfde halve maan op de voorzijde. Geneviève tilde het boek behoedzaam uit de kist. Ze wist dat Ivy bijgelovig was. Ook al had ze de spot gedreven met de oude vrouw, ze wist ook dat Ivy een wijze vrouw was. Ze las kaarten en theebladeren, en de moeder van Geneviève consulteerde Ivy en haar theebladeren voor zo ongeveer alles. Om te vragen wanneer ze het beste haar groenten kon planten zodat ze niet onder de vorst te lijden zouden hebben, of over de juiste kruiden voor een verkoudheid.

Het boek voelde warm aan. Alsof er leven in zat.

'Waarom staat er niets op?' vroeg Geneviève.

'Alleen omdat een boek geen titel heeft, wil dat nog niet zeggen dat het geen naam heeft. Dat daar heet Het Boek van de Manen.'

Ze mochten niet nog meer tijd verliezen. Ze liet zich door de duisternis door de vlammen leiden en liep terug naar wat er over was van Greenbrier, en naar Ethan.

Ze bladerde door het boek. Er stonden honderden Bezweringsformules in. Hoe zou ze de juiste kunnen vinden? Opeens zag ze het. Het was Latijn, een taal die ze goed beheerste; haar moeder had speciaal een leraar uit het noorden naar hier gehaald om er zeker van te zijn dat zij en Evangeline het goed zouden leren. Het was de belangrijkste taal voor haar familie.

De Begrenzingsbezwering. Om de Dood aan het Leven te Binden.

Geneviève legde het boek naast Ethan op de grond, en hield haar vinger bij het eerste vers van het magische ritueel.

Ivy greep haar pols en klemde deze stevig vast. 'Het is er niet de juiste nacht voor. Halve maan is voor het bedrijven van Witte magie, volle maan voor het bedrijven van Zwarte. Géén maan is iets totaal anders.'

Geneviève trok haar arm los uit de greep van de oude vrouw. 'Ik heb geen keus. We hebben alleen vannacht.'

'Juffrouw Geneviève, je moet goed weten wat je doet. Deze woorden zijn meer dan een Bezwering. Zij zijn een overeenkomst. Je kunt Het Boek van de Manen niet gebruiken zonder dat je er iets voor teruggeeft.'

'Het kan me niet schelen hoe hoog de prijs is. Het gaat om het leven van Ethan. Ik ben al mijn dierbaren verloren.'

'In die jongen zit geen sprankje leven meer. Dat is er volledig uitgeschoten. Wat jij nu probeert te doen, gaat tegen de natuur in. En dat kan niet goed zijn.'

Geneviève wist dat Ivy gelijk had. Haar moeder had haar en Evangeline vaak genoeg gewaarschuwd dat ze de Natuurlijke Wetten moesten respecteren. Ze ging een grens over, iets waaraan geen enkele Caster in haar familie zich zou hebben gewaagd.

Maar zij waren nu allemaal gestorven. Zij was als enige over. En ze moest het proberen.

'Nee!' Lena liet onze handen los en verbrak daarmee de cirkel. 'Zij is naar het Duister overgegaan, snappen jullie dat niet? Geneviève heeft Duistere magie bedreven.'

Ik greep haar handen. Ze wilde zich loswurmen. Tot nu toe voelde ik van Lena altijd een zonnige warmte stromen, maar nu voelde ze meer als een tornado. 'Lena, zij is jou niet. Hij is mij niet. Dit is meer dan honderd jaar geleden gebeurd.'

Ze was hysterisch. 'Ze is mij, daarom wil het medaillon dat ik dit zie. Het waarschuwt me dat ik bij jou uit de buurt moet blijven, zodat ik jou geen pijn doe als ik Duister ben geworden.'

Marian opende haar ogen, die groter waren dan ik ze ooit had gezien. Haar korte haar, dat anders altijd perfect in model zat, was wild en verwaaid. Ze zag er uitgeput uit, maar tegelijk opgewekt. Ik kende die blik. Het leek alsof mijn moeder in haar rondspookte, vooral rond haar ogen. 'Lena, je bent niet Opgeëist. Je ben niet goed of slecht. Zo voelt het nu eenmaal als je vijftienenhalf bent in de familie Duchannes. Ik heb mijn leven heel veel Casters gekend, en daarvan heel wat Duchannes, zowel Duister als Licht.'

Lena keek Marian stomverbaasd aan.

Marian snakte naar adem. 'Jij gaat niet over naar het Duister. Je bent al net zo melodramatisch als Macon. Kalmeer nu maar.'

Hoe wist ze dat Lena bijna jarig was? Hoe kende ze leden van de Casters?

'Jullie hebben het medaillon van Geneviève. Waarom hebben jullie me dat niet gezegd?'

'We weten niet wat we moeten doen. Iedereen zegt weer iets anders tegen ons.'

'Laat me het eens zien.'

Ik stak mijn hand in mijn broekzak. Lena legde haar hand op mijn arm, waardoor ik aarzelde. Marian was de hartsvriendin van mijn moeder en ze was als familie voor me. Ik wist dat ik niet aan haar goede bedoeling moest twijfelen, maar toen ik Amma zomaar het moeras in was gevolgd waar ze met Macon had afgesproken, had ik dat nooit voor mogelijk gehouden. 'Hoe weten we dat we je kunnen vertrouwen?' vroeg ik en zelfs het stellen van de vraag maakte me misselijk.

De beste manier om erachter te komen of je iemand kunt vertrouwen, is door hem te vertrouwen.

'Elton John?'

'Warm. Ernest Hemingway. Op zijn eigen manier een soort popster in zijn tijd.'

Ik glimlachte, maar Lena zette haar twijfels niet zo snel overboord. 'Waarom zouden we je vertrouwen als verder iedereen dingen voor ons achterhoudt?'

Marian trok een ernstig gezicht. 'Juist omdat ik Amma niet ben, en ik ben ook oom Macon niet. Ik ben niet jouw grootmoeder of jouw tante Del. Ik ben een Sterfelijke. Ik ben neutraal. Tussen Zwarte magie en Witte magie, Licht en Duister, daar zit nog iets tussenin – iets wat weerstand biedt aan de macht – en dat iets ben ik.'

Lena week geschokt achteruit. Het was onvoorstelbaar, voor ons allebei. Hoe wist Marian zoveel over de familie van Lena?

'Wat ben je?' In Lena's familie was dit een beladen vraag.

'Ik ben de Hoofdbibliothecaresse van Gatlin, vanaf het moment dat ik hiernaartoe verhuisde, en ik zal dat altijd blijven. Ik ben geen Caster. Ik hou slechts de archieven bij. Ik behoed de boeken.' Marian fatsoeneerde haar kapsel. 'Ik ben de Hoeder, slechts een in de lange lijn van Sterfelijken, aan wie de geschiedenis is toevertrouwd. En de geheimen van een wereld, waarvan we nooit geheel deel kunnen uitmaken. Er moet altijd een Hoeder zijn, en op dit moment ben ik dat.'

'Tante Marian? Waar heb je het over?' Ik was het spoor volkomen bijster.

'Laat ik het zo uitleggen. Er zijn bibliotheken en er zijn bibliothéken. Ik dien alle goede burgers van Gatlin, of zij nu Casters zijn of Sterfelijken. Wat goed te doen is, omdat de andere tak eigenlijk meer een baan is die ik 's nachts doe.'

'Je bedoelt...?'

'De Caster-bibliotheek van Gatlin. Ik ben, dat spreekt voor zich, de Caster-bibliothecaresse. Het Hóófd van de Caster-bibliotheek.'

Ik staarde Marian aan alsof ik haar voor het eerst zag. Ze beantwoordde mijn blik met dezelfde bruine ogen, dezelfde vertrouwde glimlach, maar op de een of andere manier was ze compleet anders. Ik had me altijd afgevraagd waarom Marian al die jaren in Gatlin bleef. Ik dacht dat dat door mijn moeder kwam. Nu besefte ik dat het om een andere reden was.

Ik wist niet wat ik voelde, maar wat het ook was, Lena voelde het tegenovergestelde. 'Dan kun je ons helpen. We moeten uitzoeken wat het met Ethan en mij te maken heeft, en we moeten dat weten vóór mijn verjaardag.' Lena keek haar verwachtingsvol aan. 'De Caster-bibliotheek moet archieven hebben. Wellicht is *Het Boek van de Manen* er te vinden. Denk je dat we daar antwoorden kunnen vinden?'

Marian keek weg. 'Misschien, misschien ook niet. Ik ben bang dat ik jullie niet kan helpen. Het spijt me.'

'Wat zeg je nu?' Ik kon haar niet volgen. Ik had nog nooit meegemaakt dat Marian weigerde iemand, en zeker mij, te helpen.

'Ik kan me er niet in mengen, zelfs als ik dat zou willen. Dat is onderdeel van de functieomschrijving. Ik schrijf het boek niet, of de regels, ik behoed ze slechts. Ik kan niet ingrijpen.'

'Is deze baan belangrijker dan ons te helpen?' Ik ging voor haar staan, zodat ze me in de ogen moest kijken toen ze antwoordde. 'Belangrijker dan ik voor je ben?'

'Zo eenvoudig ligt het niet, Ethan. Er is een balans tussen de Sterfelijke wereld en de Caster-wereld, tussen Licht en Duister. De Hoeder maakt deel uit van die balans, en is deel van de Orde der Dingen. Als ik de wetten tart door welke ik Begrensd ben, breng ik de balans in gevaar.' Ze keek me aan, haar stem trilde. 'Ik kan niet ingrijpen, zelfs als het mijn dood zou worden. Zelfs als het mensen die ik liefheb zou kwetsen.'

Ik begreep niet waar ze het over had, maar ik wist dat Marian van me hield, net zoals ze van mijn moeder had gehouden. Als ze ons niet kon helpen, moest daar een goede reden voor zijn. 'Ik begrijp het. Je kunt ons niet helpen. Breng me dan alleen naar deze Caster-bibliotheek en ik zal het verder zelf uitzoeken.'

'Ethan, je bent geen Caster. Jij kunt dit niet beslissen.'

Lena kwam naast me staan en pakte mijn hand vast. 'Het is mijn beslissing. En ik wil gaan.'

Marian knikte. 'Al goed, ik zal je ernaartoe brengen, de volgende keer wanneer hij open is. De Caster-bibliotheek heeft andere openingstijden dan de bibliotheek van Gatlin. Wat onregelmatiger.'

Dat verbaasde me niets.

31 oktober

Halloween

De enige dagen dat de bibliotheek van Gatlin was gesloten waren de officiële feestdagen – zoals Thanksgiving Day, Kerstmis, nieuwjaarsdag en Pasen. Daardoor was de Caster-bibliotheek van Gatlin op deze dagen geopend, en Marian had daar kennelijk geen invloed op.

'Neem maar contact op met de gemeente. Ik zei je al dat ik de regels niet vaststel.' Ik vroeg me af over welke gemeente ze het had – die waar ik mijn hele leven woonde, of die al die tijd voor me verborgen was gehouden.

Desondanks zag ik bij Lena bijna iets van hoop. Voor het eerst leek ze ergens te geloven dat er misschien toch een manier zou zijn om te voorkomen wat ze als onvermijdelijk had gehouden. Marian kon ons geen antwoorden geven, maar ze steunde ons in afwezigheid van de twee mensen op wie we het meest rekenden, die niet ergens waren heengegaan, maar op hetzelfde moment zover weg leken. Ik zei niets tegen Lena, maar zonder Amma was ik verloren. En ik wist dat Lena zonder Macon net zomin haar weg vond.

Marian had ons wel de brieven van Ethan en Geneviève gegeven, die zo oud en kwetsbaar waren dat ze bijna doorzichtig leken. Daarnaast kregen we alles wat zij en mijn moeder over die twee hadden verzameld. Een grote stapel documenten in een stoffige bruine doos, met een bedrukking op de zijkanten waardoor het leek alsof er een houten omhulsel omheen zat. Hoewel Lena vol overgave het verhaal las – *de dagen zonder jou vloeien samen tot tijd niet meer is dan een ander obstakel dat we moeten overwinnen* – kwam het allemaal neer op een liefdesverhaal met een vreselijk slecht, en gruwelijk zwart einde. Maar het was alles wat we hadden.

Nu moesten we er alleen nog achter komen waar we naar op zoek waren. De speld in de hooiberg, of in dit geval in de kartonnen doos. Dus deden we het enige wat we konden doen. We begonnen te zoeken.

∞

Na twee weken had ik meer tijd met Lena en de documenten over het medaillon doorgebracht dan ik voor mogelijk had gehouden. Hoe meer we de documenten doorlazen, des te meer leek het alsof we over onszelf aan het lezen waren. We bleven tot midden in de nacht op en probeerden het mysterie van Ethan en Geneviève te ontrafelen, een Sterfelijke en een Caster, die wanhopig naar een manier zochten om bij elkaar te zijn, tegen onmogelijke verwachtingen in. Op school moesten we zelf enkele onredelijke verwachtingen onder ogen zien. Weer acht uur doorkomen op Jackson, en het werd steeds zwaarder. Elke dag werd er een ander complot bedacht om Lena weg te pesten, of ons uit elkaar te drijven. En natuurlijk op een dag als Halloween.

Halloween was doorgaans een nogal emotioneel beladen feestdag op Jackson. Voor een jongen ging er bij alles wat met kostuums had te maken, meestal iets mis. Bovendien was er altijd de spanning of je wel of niet op de gastenlijst van Savannah Snows jaarlijkse superfeest stond. Maar Halloween bracht nog een heel ander soort spanning met zich mee, wanneer het meisje op wie je stapelgek was, een Caster was.

Ik had geen idee wat ik kon verwachten toen Lena me op weg naar school oppikte. Ik stond een paar blokken van mijn huis op de hoek te wachten, veilig voor Amma die zelfs ogen achter in haar hoofd leek te hebben.

'Je bent niet verkleed,' zei ik verbaasd.

'Hoezo?'

'Ik dacht dat je in een kostuum of zoiets zou gaan.' Ik wist al bij het tweede woord dat ik klonk als een idioot.

'O, je verwacht dat Casters zich op Halloween verkleden en op een bezemsteel rondvliegen?' Ze lachte.

'Ik bedoelde niet...'

'Het spijt me dat ik je teleurstel. We kleden ons gewoon om voor het avondeten zoals we op elke feestdag doen.'

'Dus voor jullie is het ook een feestdag?'

'Het is de heiligste dag van het jaar, en de gevaarlijkste – de belangrijkste van de vier Belangrijke Feestdagen. Het is onze versie van Oud en Nieuw, het einde van het oude jaar en het begin van het nieuwe.'

'Waarom gevaarlijk?'

'Volgens mijn grootmoeder is het de nacht waarin de sluier tussen deze wereld en de Andere Wereld, de wereld van de geesten, het dunst is. Het is een nacht van hemelse krachten, en een nacht van herdenken.'

'De Andere Wereld, is dat zoiets als het hiernamaals?'

'Zoiets. Het is het rijk van de geesten.'

'Dus Halloween gaat werkelijk over geesten en spookverschijningen?' Ze rolde met haar ogen.

'We herdenken de Casters die werden vervolgd, omdat ze anders waren. Mannen en vrouwen die op de brandstapel terechtkwamen omdat ze hun gaven aanwendden.'

'Heb je het over de Salem Heksenprocessen?'

'Ik denk dat jullie ze zo noemen. Er waren heksenprocessen langs de hele oostelijke zeekust, niet alleen in Salem. Eigenlijk over de hele wereld. Het Salem Heksenproces is een van de weinige processen die in júllie handboeken worden genoemd.' Ze zei 'jullie' alsof het een vies woord was, en wellicht was het dat juist vandaag wel.

We reden langs de Stop-en-jat. Boo zat bij het stopteken op de hoek te wachten. Hij zag de lijkwagen en slenterde langzaam achter de auto aan. 'We zouden die hond een lift moeten geven. Hij moet wel moe zijn als hij jou dag en nacht volgt.'

Lena wierp een vluchtige blik in de achteruitkijkspiegel. 'Hij zou dat nooit willen.'

Ik wist dat ze gelijk had. Maar toen ik mijn hoofd omdraaide en naar hem keek, zou ik gezworen hebben dat hij knikte.

Ik ontdekte Link op het parkeerterrein. Hij had zich uitgedost met een blonde pruik en een blauwe trui met een applicatie van de Wildcats. Hij had zelfs pompons in zijn handen. Hij zag er af-schrikwekkend uit en leek eigenlijk nogal op zijn moeder. Het basketbalteam had besloten zich dit jaar te verkleden als Jackson-cheerleaders. Door alle andere drukte aan mijn hoofd, die me vol-ledig in beslag nam, was me dit ontschoten – tenminste, dat hield ik mezelf voor. Ik zou hier een hoop gezeur over krijgen, en Earl zocht toch al een stok waarmee hij eindelijk kon slaan. Vanaf het moment dat ik met Lena omging, had ik een gouden worp op het veld. Daardoor was ik nu eerste centrumspeler in plaats van Earl, die daar behoorlijk de pest over in had.

Lena bezwoer me dat het niets met magie van doen had, in ieder geval niet met Caster-magie. Ze kwam naar een wedstrijd kijken en elke worp was raak. Het nadeel was dat ze de hele wed-strijd in mijn hoofd zat en vragen afvuurde over onreglementaire worpen, eindpassen en de drie-secondenregel. Ze bleek nog nooit naar een wedstrijd te zijn geweest. Het was irritanter dan met de Zusters naar de markt gaan. Na één wedstrijd hield ze het geluk-kig voor gezien. Ik was ervan overtuigd dat ze toch luisterde als ik speelde. Ik voelde haar bij me.

Aan de andere kant had zij er misschien de hand in dat het cheerleaderteam een zwaarder jaar had dan anders. Emily had het erg moeilijk om boven op de top van de Wildcats-piramide te blij-ven staan, maar ik vroeg Lena er niet naar.

Vandaag was het moeilijk om mijn teammaten eruit te pikken, tenzij ze zo dichtbij waren dat je ze aan hun behaarde benen en baardgroei kon herkennen. Link kwam naar ons toe. Van dichtbij zag hij er nog angstaanjagender uit. Hij had geprobeerd wat make-up op te smeren, vlekkerige roze lippenstift en nog meer van dat spul. Hij trok zijn jurk omhoog en rukte aan de te kleine panty die hij daaronder aanhad.

'Hé eikel,' zei hij, terwijl hij naar een rij auto's verderop wees. 'Waar is jouw kostuum?'

'Man, het spijt me. Vergeten.'

'Maak dat de kat wijs. Je wilt gewoon niet in dit apenpak. Ik ken je, Wate. Je bent een slappeling.'

'Ik zweer je dat ik het gewoon heb vergeten.'

Lena glimlachte Link toe. 'Je ziet er fantastisch uit.'

'Ik begrijp niet dat jullie meiden al die troep op jullie gezicht kunnen smeren. Het jeukt als de klere.'

Lena trok een gezicht. Ze had praktisch nooit make-up op; dat had ze niet nodig. 'Weet je, we hebben niet allemaal op ons dertiende een contract met Maybelline.'

Link zette zijn pruik recht en propte nog een sok onder zijn trui. 'Zeg dat maar tegen Savannah.'

We liepen de trap bij de hoofdingang op, en Boo zat naast de vlaggenmast op het grasveld. De vraag brandde op mijn lippen hoe die hond eerder bij school kon zijn dan wij, maar inmiddels wist ik dat ik me daar het hoofd niet over hoefde te breken.

De gangen waren stampvol. Het leek wel alsof de halve school het eerste uur had gespijbeld. De rest van het basketbalteam hing voor Links kluisje rond, allemaal uitgedost als vrouw, een populaire uitdossing. Alleen niet voor mij.

'Wate, waar zijn je pompons?' Emory zwaaide er met een in mijn gezicht. 'Wat is er met je? Zagen die spillebenen van jou er niet goed uit onder een rokje?'

Shawn trok aan zijn trui. 'Ik wed dat geen van de meiden van het team hem een rokje wilde lenen.' Een paar van de jongens lachten.

Emory sloeg zijn arm om me heen en hing tegen me aan. 'Was dat het, Wate? Of is het elke dag Halloween wanneer je het aanlegt met een meid die in het spookhuis woont?'

Ik greep hem bij de achterkant van zijn trui vast. Een van de sokken in zijn beha viel op de grond. 'Wil je vechten, Em?'

Hij haalde zijn schouders op. 'Wat jij wilt. Moest toch vroeger of later een keer gebeuren.'

Link wurmde zich tussen ons in. 'Dames, dames. We zijn hier om aan te moedigen. En Em, je wilt je mooie gezichtje toch niet verpesten?'

Earl schudde zijn hoofd en duwde Em voor zich uit door de hal. Zoals gewoonlijk zei hij geen woord, maar zijn blik sprak boekdelen.

Als je eenmaal die weg inslaat, is er geen weg terug, Wate.

Het basketbalteam leek het gesprek van de dag op school te zijn. Mijn oog viel op de echte cheerleaders. Mijn teammaten hadden duidelijk niet als enigen voor een groepskostuum gekozen. Lena en ik waren op weg naar Engels toen we hen zagen.

'Lieve hemel.' Link mepte me met de achterkant van zijn hand op mijn arm.

'Wat?'

Ze marcheerden in een lange rij de hal door. Emily, Savannah, Eden en Charlotte, gevolgd door alle andere leden van de Jackson Wildcats Cheerleaders. Ze waren stuk voor stuk uitgedost in belachelijk korte zwarte jurkjes, en natuurlijk zwarte puntlaarzen en grote zwarte heksenmutsen. Maar dat was niet het ergste. Hun lange zwarte pruiken waren gekruld in wilde lokken. En net onder hun rechteroog waren met zwarte make-up nauwgezet buitensporige halve manen getekend. Lena's onmiskenbare moedervlek. Om het effect compleet te maken, droegen ze bezemstelen waarmee ze uitzinnig langs de voeten van voorbijgangers zwaaiden toen ze in processie de hal doorliepen.

Heksen. Op Halloween? Wat origineel.

Ik kneep in haar hand. Ze vertrok geen spier, maar ik voelde haar hand trillen.

Lena, het spijt me.

Als ze eens wisten.

Ik wachtte tot het gebouw zou gaan trillen en de ramen eruit werden geblazen. Maar er gebeurde niets. Lena stond daar alleen maar, ziedend.

De toekomstige generatie van de DAR kwam op ons toelopen. Ik besloot ze halverwege tegemoet te gaan. 'Waar is jouw kostuum, Emily? Ben je vergeten dat het Halloween is?'

Emily keek verward. Toen glimlachte ze naar me, met de mierzoete glimlach van iemand die net iets te trots is op zichzelf. 'Ethan, waar heb je het over? Is dit niet waar jij je nu mee inlaat?'

'We hebben juist ons best gedaan zodat je vriendin zich thuis voelt,' zei Savannah smakkend op haar kauwgom.

Ethan. Stop. Je maakt het zo nog onmogelijker voor jezelf.

Interesseert me geen bal.

Ik kan dit aan.

Wat jou overkomt, overkomt ook mij.

Link kwam naast me lopen, terwijl hij zijn panty weer stond op te hijsen. 'Hé meiden, ik dacht dat jullie als bitches zouden komen. O wacht, dat doen jullie elke dag al.'

Lena glimlachte naar Link, in weerwil van haarzelf.

'Hou je mond, Wesley Lincoln. Ik zal je moeder zeggen dat je omgaat met die griezel, en dan kom je tot Kerstmis het huis niet meer uit.'

'Je weet toch wat dat ding op haar gezicht is, ja toch?' zei Emily met een zelfgenoegzaam lachje. Ze wees van Lena's moedervlek naar de halve maan die zij op haar wang had getekend. 'Het wordt een heksenvlek genoemd.'

'Heb je dat vannacht opgezocht op internet? Je bent nog een grotere onbenul dan ik dacht.' Ik lachte.

'Jij bent de onbenul. Jij hebt iets met haar.' Ik liep rood aan van woede, wat het laatste was dat ik wilde. Dit was geen gesprek dat ik wilde voeren met de hele school als pottenkijkers, buiten het feit dat ik geen idee had of Lena en ik iets met elkaar hadden. We hadden een keer gezoend. En we waren op een of andere manier altijd samen. Toch was ze niet mijn vriendin, tenminste ik dacht van niet, ook al dacht ik te hebben gehoord dat ze dat had gezegd op de Samenkomst. En wat kon ik doen? Het vragen? Misschien was het wel iets wat je moest vragen, het antwoord was waarschijnlijk nee. Ze leek altijd nog iets van haarzelf voor me te verbergen, een deel van haar waar ik niet bij kon komen.

Emily gaf me een por met het uiteinde van haar bezemsteel. Zo te zien sprak het hele 'steek in het hart'-concept haar wel aan, nu al helemaal.

'Emily, waarom springen jullie niet allemaal door het raam. Kijk of jullie kunnen vliegen. Of niet.'

Ze kneep haar ogen samen. 'Ik hoop dat jullie een hoop lol hebben als jullie vanavond samen thuis zitten, terwijl de rest van de school op het feest van Savannah is. Dit zal de laatste feestdag zijn die zíj op Jackson viert.' Emily draaide zich om en marcheerde terug de hal door naar haar kluisje. Savannah en hun slaafse volgelingen strompelden erachteraan.

Link stond met Lena te dollen. Hij deed zijn best haar op te vrolijken, wat niet zo moeilijk was in die lachwekkende uitdossing van hem. Zoals ik eerder zei, Link steunde me door dik en dun.

'Ze kunnen me echt niet luchten of zien. Dat zal nooit veranderen, nietwaar?' Lena slaakte een zucht.

Link stootte een aanmoedingskreet uit en sprong in het rond, terwijl hij met zijn pompons zwaaide. 'Ze hebben inderdaad een pesthekel aan je. Dat hebben ze aan iedereen. Zeg eens, wat vind jij ervan?'

'Ik zou me meer zorgen maken als ze je aardig vonden.' Ik boog naar voren en legde mijn arm onbeholpen om haar middel, liever gezegd, ik deed een poging daartoe. Ze draaide zich weg, waardoor mijn hand nog net haar schouder raakte. Fijn.

Niet hier.

Waarom niet?

Je maakt het voor jezelf alleen maar erger.

Ik ben verslaafd aan straf.

'Genoeg erover.' Link gaf me met zijn elleboog een por tussen mijn ribben. 'Als je zo doorgaat, krijg ik nog medelijden met mezelf, nu ik me heb verdoemd tot nog een jaar zonder een afspraakje. Kom op, anders komen we te laat bij Engels, en ik ga op weg naar de klas eerst die panty uittrekken. Ik voel me net een worst in een te krap velletje.'

'Ik moet nog even mijn boek uit mijn kluisje pakken,' zei Lena. Haar haar begon rond haar schouders te krullen. Ik hield mijn hart vast, maar zei niets.

Emily, Savannah, Charlotte en Eden stonden zich voor hun kluisjes op te tutten voor de spiegels aan de binnenkant van de deurtjes. Lena's kluisje was net iets verder in de hal.

'Let niet op ze,' zei ik.

Emily wreef haar wang schoon met een papieren zakdoekje. De zwarte maanvormige moedervlek werd een steeds grotere en zwartere vlek. Ze kreeg hem er niet af. 'Charlotte, heb jij misschien make-up remover bij je?'

'Jawel.'

Emily boende haar wang nog wat harder. 'Dit gaat er niet af. Savannah, jij had toch gezegd dat die troep er met water en zeep af zou gaan?'

'Dat doet het ook.'

'Waarom lukt het dan niet?' Emily knalde woest haar kluisdeur dicht.

Het drama trok de aandacht van Link. 'Wat zijn die vier daar aan het doen?'

'Zo te zien hebben ze een probléémpje,' zei Lena leunend tegen haar kluisje.

Ook Savannah was nu bezig de halve maan van haar wang te boenen. 'Die van mij wil er ook niet af.' Het zwart was nu over haar halve gezicht uitgesmeerd. Savannah begon in haar tas te rommelen. 'Hier is het potlood.'

Emily trok haar tas uit haar kluisje en haalde hem overhoop. 'Mooi niet. Mijn potlood zit in mijn tas.'

'Wel potver...' Savannah trok iets uit haar tas.

'Heb je het daarmee gedaan?'

Savannah hield de viltstift voor zich omhoog. 'Natuurlijk niet. Ik heb geen idee hoe dit ding in mijn tas komt.'

'Stomme trut. Die troep krijgen we er nooit af voor het feest vanavond.'

'Ik kan niet de hele avond met dit díng op mijn gezicht rondlopen. Ik ga als de Griekse godin Afrodite. Dit verpest mijn hele kostuum.'

'Dan had je uit je doppen moeten kijken.' Emily zat weer te wroeten in haar zilveren tasje. Ze smeet haar tas op de grond onder haar kluisje. Lipgloss en nagellakflesjes rolden over de vloer. 'Het moet erin zitten.'

'Wat zoek je?' vroeg Charlotte.

'De make-up die ik vanochtend heb gebruikt, zit er niet meer in.' Inmiddels had Emily voor een ware toeloop gezorgd; scholieren hielden stil om te kijken wat er zich hier afspeelde. Een viltstift rolde uit Emily's tas midden in de hal.

'Heb jij ook een stift gebruikt?'

'Natuurlijk niet, gek!' gilde Emily terwijl ze haar gezicht driftig stond te boenen. Maar de zwarte maan werd alleen maar groter en zwarter, net als bij de anderen. 'Verdomme, wat is dit?'

'Ik weet zeker dat ik die van mij heb,' zei Charlotte en ze draaide haar kluisje van het slot. Ze opende de deur en staarde een paar seconden naar binnen.

'Wat is dit?' vroeg Savannah boos. Charlotte trok haar hand uit het kluisje. Ze hield een stift vast.

Link schudde wat met zijn pompon. 'Cheerleaders rock!'

Ik keek Lena aan.

Stift?

Een ondeugende glimlach verspreidde zich over haar gezicht.

Je zei toch dat je geen controle over je krachten had?

Beginnersgeluk.

Aan het einde van de dag had iedereen op Jackson het over de cheerleaders. Blijkbaar hadden alle cheerleaders die zich als Lena hadden verkleed, zonder dat ze dat wisten een viltstift gebruikt om de halve maan op hun gezicht te tekenen, en geen eyeliner. Cheerleaders. De grappen vlogen je om de oren.

Ze zouden allemaal de komende dagen op school rondlopen en ook door de stad, in het jeugdkoor van de kerk en bij de wedstrijden met stift op hun gezicht, tot het vanzelf zou slijten. Mevrouw Lincoln en mevrouw Snow zouden een rolberoerte krijgen.

Wat zou ik daar graag bij zijn.

Na school liep ik met Lena naar haar auto, wat eigenlijk alleen maar een excuus was om haar hand nog wat langer te kunnen vasthouden. De intense lichamelijke schokken die ik kreeg wanneer ik haar aanraakte, waren niet zo afschrikwekkend als je zou verwachten. Het maakte niet uit hoe het voelde, of ik gloeilampen kon laten branden of getroffen werd door de bliksem, ik moest dicht bij haar zijn. Het was net als eten, of ademhalen. Ik had geen keus. En dat was angstaanjagender dan een maand Halloween, en het putte me uit.

'Ga je nog wat doen vanavond?' Terwijl ze sprak, woelde ze met haar hand afwezig door haar haar. Ze zat op de motorkap van de lijkwagen, en ik stond voor haar.

'Ik dacht dat je misschien naar mij zou kunnen komen. Dan blijven we thuis en doen we open voor de kinderen die om snoep komen vragen. Je kunt samen met mij opletten of er niemand op het grasveld in brand vliegt.' Ik probeerde niet te duidelijk te denken aan de rest van mijn plan. Daar waren zowel Lena als onze bank bij betrokken en oude films, en Amma die de hele nacht weg was.

'Ik kan niet. Het is een Belangrijke Feestdag. We krijgen familieleden van heinde en verre op bezoek. Oom Macon zal me nog geen vijf minuten het huis uit laten. En dan heb ik het niet eens over het gevaar. Ik heb nog nooit de deur opengedaan op een nacht met zoveel Duistere kracht.'

'Zo had ik er nog nooit over nagedacht.' Tot vandaag.

Toen ik thuiskwam, was Amma met de laatste voorbereidingen bezig voor ze weg zou gaan. Op het fornuis stond een kip te sudderen, en ze was bezig brooddeeg te mengen met haar handen. 'De enige manier waarop een zichzelf respecterende vrouw haar broodjes maakt.' Ik keek achterdochtig naar de kom, en ik vroeg me af of deze maaltijd op onze eettafel terecht zou komen of voor de Groten was bedoeld.

Ik pikte een stukje deeg, maar ze was me te snel af.

'K.R.U.I.M.E.L.D.I.E.F.' Ik grijnsde.

'Met andere woorden: blijf met die dievenhanden van mijn deeg af, Ethan Wate. Ik moet hongerige mensen voeden.' Vermoedelijk vanavond dus geen kip en broodjes voor mij.

Op Halloween ging Amma altijd naar huis. Ze zei dat het een bijzondere avond in de kerk was, maar mijn moeder zei altijd dat het een goede avond voor haar zaken was. Op welke avond kon je je kaarten beter laten lezen dan op een avond als Halloween? Je kreeg waarschijnlijk toch een ander publiek dan met Pasen of op Valentijnsdag.

Maar in het licht van de gebeurtenissen van de afgelopen weken, vroeg ik me af of er geen andere reden was. Wellicht was het ook een goede avond om op het kerkhof kippenbotten te lezen. Ik kon het niet vragen, en ik wist ook niet zeker of ik het wilde weten. Ik miste Amma, miste onze gesprekken, miste mijn blinde vertrouwen in haar. Als ze voelde dat er iets was veranderd, liet ze dat niet merken. Misschien dacht ze dat het met de puberteit te maken had, en wellicht was dat ook zo.

'Ga je naar dat feest bij de Snows?'

'Nee, ik blijf dit jaar gewoon thuis.'

Ze trok een wenkbrauw op, maar ze hield verder haar mond. Ze wist al waarom ik niet ging. 'Maak je bed op, dan kun je er straks zo induiken.'

Ik zei niets terug. Ik kende haar door en door. Ze verwachtte ook geen antwoord.

'Ik ga er zo vandoor. Jij moet de deur opendoen wanneer die kinderen aanbellen. Jouw vader is druk aan het werk.' Alsof mijn vader uit zijn zelfverkozen opsluiting zou komen om de deur open te doen voor kinderen die om snoep kwamen vragen.

'Zal ik doen.'

De snoepzakken lagen in de hal. Ik scheurde ze open en kieperde ze in een grote glazen kom. Lena's woorden bleven door mijn hoofd spoken. *Een nacht met zoveel Duistere kracht.* Ik zag Ridley weer voor me toen ze buiten de Stop-en-jat voor haar auto stond met haar mierzoete glimlach en droombenen. Het herkennen van Duistere machten was duidelijk niet mijn sterkste kant, net als besluiten voor wie je wel en niet je voordeur opendeed. Ik keek naar de kom met snoep in mijn handen. Ik opende de deur, zette de kom buiten op de veranda en ging weer naar binnen.

Toen ik me had geïnstalleerd om *The Shining* te gaan kijken, moest ik mezelf toegeven dat ik Lena miste. Ik liet mijn gedachten de vrije loop, omdat ze haar dan normaal gesproken wel ergens vonden, maar ze was er niet. Ik viel op de bank in slaap en wachtte tot ze in mijn droom zou opduiken of zoiets.

Ik schrok wakker door een klop op de deur. Ik keek op mijn horloge. Het was bijna tien uur, te laat voor de kinderen.

'Amma?'

Geen antwoord. Er werd opnieuw geklopt.

'Ben jij het?'

Het was donker in de huiskamer. Alleen het licht van de tv flikkerde. Het was het moment in *The Shining* waarop de vader de deur van de hotelkamer met zijn bloederige bijl inslaat om zijn gezin af te maken. Niet echt het juiste moment om welke deur dan ook open te doen, vooral op Halloween. Er werd opnieuw geklopt.

'Link?' Ik drukte de tv uit en keek om me heen of ik iets zag waarmee ik me kon verdedigen, maar er was niets. Ik pakte een oude gameconsole die op de grond lag tussen een grote stapel games. Het was geen honkbalknuppel, maar toch een redelijk stevig ding van ouderwetse Japanse makelij. Het woog wel een paar kilo. Ik hield het boven mijn hoofd en zette een stap dichter naar de muur, die de huiskamer scheidde van de hal aan de voorzijde van het huis. Ik zette nog een stap en schoof het gordijn dat het glas boven in de deur bedekte een millimeter opzij.

In de duisternis van de onverlichte veranda kon ik haar gezicht niet zien. Maar ik zou die oude beige bestelauto die met draaiende motor voor mijn huis stond uit duizenden herkennen. 'Woestijnzandkleur', zei ze altijd. Het was de moeder van Link met een groot bord brownies in haar handen. Ik had de console nog in mijn handen. Als Link me zo had gezien, zou hij me hiermee mijn hele leven om de oren slaan.

'Een ogenblik, mevrouw Lincoln.' Ik klikte het buitenlicht aan en draaide de voordeur van het slot. Maar toen ik de deur wilde opentrekken, blokkeerde hij. Ik controleerde het slot nog een keer, en dit was nog dicht, hoewel ik toch echt dacht dat ik het net had opengedraaid.

'Ethan?'

Ik draaide de deur opnieuw van het slot. Hij sprong met een luide klik weer terug, voordat ik mijn hand kon wegtrekken. 'Mevrouw Lincoln, het spijt me, de deur wil niet open.' Ik rammelde zo hard als ik kon aan de deur, terwijl ik met de console stond te jongleren. Er viel iets op de grond voor me. Ik stopte om het op te pakken. Knoflook, in een van Amma's zakdoeken gewikkeld. Het zou me niet verbazen dat er boven elke deur en raamkozijn wel een te vinden was. Een kleine halloweentraditie van Amma.

Desondanks was er iets wat ervoor zorgde dat de deur niet openging, net zoals iets een paar dagen geleden had geprobeerd om de deur van de werkkamer voor me te openen. Hoeveel sloten in dit huis zouden er nog vanzelf open- en dichtgaan? Wat was hier aan de hand?

Ik draaide de deur nog een keer van het slot en gaf er een harde ruk aan. Hij schoot open en knalde tegen de muur in de hal. Mevrouw Lincoln werd verlicht door het licht achter haar, een donkere gestalte in een poel bleek lamplicht. Het silhouet was vaag.

Ze staarde naar de console in mijn hand. 'Van games krijg je weke hersenen, Ethan.'

'Weet ik, mevrouw.'

'Ik kom je wat brownies brengen. Om de vrede te herstellen.'

Ze hield het bord vol verwachting omhoog. Eigenlijk moest ik haar nu binnen vragen. Er was een regel voor alles. Ik denk dat je het ook manieren kunt noemen, zuidelijke gastvrijheid. Maar ik had mijn best gedaan met Ridley en dat had niet zo goed uitgepakt. Ik aarzelde. 'Wat doet u vanavond buiten, mevrouw? Is Link niet thuis?'

'Natuurlijk is hij er niet. Hij is bij de Snows, waar elk oprecht lid van de Jackson High-scholierenbond het voorrecht heeft nu te zijn. Het heeft me heel wat telefoontjes gekost een uitnodiging voor hem los te krijgen, vanwege zijn gedrag van de laatste tijd.'

Ik begreep niet waar ze het over had. Ik kende mevrouw Lincoln al mijn hele leven. Haar tomeloze inzet om bepaalde boeken van de planken van de bibliotheek te verwijderen, leraren van de scholen weg te krijgen, in een middag reputaties te vernietigen. De laatste tijd was ze veranderd. De kruistocht tegen Lena was iets anders. Mevrouw Lincoln had altijd een eigen mening gehad, maar dit was persoonlijk.

'Mevrouw?'

Ze keek geagiteerd. 'Ik heb brownies voor je gemaakt en ik verwachtte dat ik wel even binnen zou mogen komen om te praten. Ik vecht niet tegen jou, Ethan. Jij kunt er niets aan doen dat dat meisje haar duivelse streken op jou aanwendt. Jij hoort op dat feest te zijn met jouw vrienden. Met de kinderen van hier.' Ze hield de brownies voor mijn neus. Zoete dubbele chocolade brownies met stukjes karamel die altijd het eerst waren uitverkocht op de jaarlijkse braderie van de baptistenkerk. Die brownies waren voor mij dagelijkse kost. 'Ethan?'

'Ja, mevrouw?'

'Mag ik binnenkomen?'

Ik bleef onbeweeglijk staan. Mijn grip verstevigde zich om de gameconsole. Ik staarde naar de brownies, en plotseling had ik helemaal geen trek meer. Zelfs dat bord was niet, nee, geen krui-mel van die vrouw was welkom in mijn huis. Mijn huis begon net als Ravenwood een eigen wil te krijgen, en er was geen haar op mijn hoofd die eraan dacht om haar binnen te laten.

'Nee, mevrouw.'

'Wat zei je, Ethan?'

'Nee, mevrouw.'

Ze kneep haar ogen samen. Ze duwde het bord naar me toe, alsof ze van plan was zich naar binnen te dringen. Het knalde ech-ter terug, alsof het tegen een onzichtbare muur tussen haar en mij botste. Ik zag het bord langzaam naar beneden tuimelen tot het op de grond viel en uiteenspatte in duizenden stukjes keramiek en chocolade. Onze hele Happy Halloween-mat was ermee bezaaid. Amma zou morgenochtend een hartverzakking krijgen.

Mevrouw Lincoln blies de aftocht en liep behoedzaam de trap van de veranda af en verdween in de duisternis van haar oude Woestijnzandbus.

Ethan!

Haar stem rukte me uit mijn slaap. Ik moet zijn weggedoezeld. De horrormarathon was voorbij en de televisie was slechts nog een grijs testbeeld, met een luide ruis.

Oom Macon! Ethan! Help!

Lena schreeuwde. Ergens. Ik hoorde de angst in haar stem, en mijn hoofd bonkte zo hevig dat het bijna uit elkaar knalde en ik even niet wist waar ik was.

Iemand moet me helpen, alsjeblieft!

Mijn voordeur stond wagenwijd open, zwaaide en knalde in de wind. Het lawaai kaatste terug van de muren, als geweervuur.

Ik dacht dat je gezegd had dat ik hier veilig was!

Ravenwood.

Ik griste de autosleutels van de oude Volvo weg en zette het op een rennen.

Ik kan me niet herinneren hoe ik op Ravenwood ben gekomen, maar ik weet dat ik een paar keer bijna van de weg raakte. Ik kon mijn ogen amper scherpstellen. Lena had zo'n hevige pijn, en wij waren zo nauw met elkaar verbonden dat ik bijna buiten westen raakte, alleen al door haar pijn te voelen.

En het geschreeuw.

De hele tijd hoorde ik haar schreeuwen. Vanaf het moment dat ik wakker werd, totdat ik op de halve maan drukte en mezelf Ravenwood Manor inliet.

Toen de voordeur openzwaaide, zag ik dat Ravenwood zich weer eens volledig had veranderd. Vanavond zag het eruit als een eeuwenoud kasteel. Grote armkandelaars wierpen hun schaduwen over de gasten in hun zwarte gewaden, zwarte lange jurken en zwarte jacquets. Er waren veel meer mensen dan bij de Samenkomst.

Ethan, schiet op! Ik hou het niet meer vol...

'Lena!' Ik gilde. 'Macon! Waar is ze?'

Alle ogen richtten zich op mij. Ik zag niemand die ik kende, hoewel de hal vol stond met gasten. Ze stroomden van kamer naar kamer als schimmen op een spookdiner. Ze kwamen niet hier uit de buurt, in ieder geval niet de laatste honderd jaar. Ik zag mannen in donkere kilts en ruige Keltische gewaden, vrouwen in lange jurken met rijglijfjes. Allemaal zwart en omringd door schaduwen.

Ik worstelde me door de schimmen heen naar wat eruitzag als de grote balzaal. Ik zag niemand van de familie – geen tante Del, geen Reece, zelfs kleine Ryan niet. In elke hoek van de kamer knetterden kaarsen. Verder zag ik iets wat op een doorzichtig orkest leek met vreemde muziekinstrumenten die opdoemden of weer verdwenen. Ze speelden uit zichzelf, terwijl schimmige dansparen op de nu stenen vloer ronddraaiden. Zij leken zich niet bewust van mijn aanwezigheid.

De muziek was duidelijk Caster-muziek en was al een bezwerende betovering op zichzelf. Dat kwam vooral door de violen. Ik hoorde gewone violen, altviolen en cello's. Ik kon bijna het web zien dat tussen de dansers werd gesponnen, de manier waarop zij elkaar naar zich toetrokken of van zich afduwden, alsof er een weloverwogen patroon was, en ze allemaal deel van het ontwerp uitmaakten. En dat gold niet voor mij.

Ethan…

Ik moest haar vinden.

Plotseling golfde er een pijnscheut door me heen. Haar stem werd zachter. Ik struikelde, maar bleef overeind dankzij een man in een lang gewaad naast me. Hoewel ik hem amper aanraakte, stroomde Lena's pijn via mijn lichaam naar hem over. Hij wankelde en stootte tegen het dansende paar naast hem aan.

'Macon!' Ik schreeuwde mijn longen uit mijn lijf.

Boo Radley stond boven aan de trap, alsof hij me opwachtte. Zijn ronde, menselijke ogen straalden angst uit.

'Boo, waar is ze?' Hij keek me aan en ik zag de sombere, staalgrijze ogen van Macon Ravenwood; tenminste, ik zou zweren dat ik die zag. Boo draaide zich om en rende weg. Ik stormde hem achterna de stenen wenteltrappen op van wat nu kasteel Ravenwood was. Boven aan de trap wachtte hij me op, zodat ik hem niet uit het oog zou verliezen, en rende toen naar een donkere kamer aan het einde van de hal. Voor Boo was dit zo goed als een uitnodiging.

Hij blafte, en de twee massieve houten deuren openden zich knarsend vanzelf. We waren zo ver weg van het feest dat ik de muziek en het geroezemoes van de gasten niet meer kon horen. Het was alsof we een totaal andere plaats en tijd waren binnengegaan. Zelfs het kasteel veranderde onder mijn voeten, de stenen brokkelden af, er groeide mos op de muren en ze werden koud. De lichten waren nu toortsen die van de muren afstaken.

Ik was niet onbekend met oud. Gatlin was oud. Ik was opgegroeid met oud, maar dit was iets totaal anders. Zoals Lena had gezegd, een Nieuw Jaar. Een tijdloze nacht.

Toen ik de grote kamer inkwam, werd ik overweldigd door de lucht boven me. De kamer opende zich naar de hemel, als een oranjerie. De lucht daarboven was zwart, de zwartste lucht die ik ooit had gezien. Alsof we midden in een vreselijke storm zaten, maar het was stil in de kamer.

Lena lag op een zware stenen tafel, opgekruld als een baby in de moederbuik. Ze was doorweekt, badend in haar eigen zweet en sidderend van de pijn. Ze stonden allemaal om haar heen – Macon, tante Del, Barclay, Reece, Larkin. Zelfs Ryan was er en nog een vrouw die ik niet kende. Ze hielden elkaars handen vast en vormden een cirkel.

Ze hadden hun ogen open, maar zagen niets. Ze merkten niet eens dat ik in de kamer was. Ik zag hun monden bewegen en hoorde ze iets mompelen. Toen ik dichter naar Macon toe liep, realiseerde ik me dat ze geen Engels spraken. Ik was er niet helemaal zeker van, maar ik had genoeg tijd met Marian doorgebracht om te vermoeden dat het Latijn was.

'Sanguis Sanguinis mei, tutela tua est.
Sanguis Sanguinis mei, tutela tua est.
Sanguis Sanguinis mei, tutela tua est.
Sanguis Sanguinis mei, tutela tua est.'

Het enige wat ik hoorde was hun gemompel, het ritmisch uitspreken van de chant. Lena hoorde ik niet meer. Mijn hoofd was leeg. Ze was weg.

Lena! Geef antwoord!

Stilte. Ze lag daar zacht te kermen en langzaam heen en weer te draaien, alsof ze probeerde haar eigen huid af te schudden. Ze zweette nog steeds en het zweet mengde zich met haar tranen.

Del verbrak hysterisch de stilte. 'Macon, doe iets! Het werkt niet.'

'Ik doe mijn best, Delphine.' Er klonk angst in zijn stem. Dit had ik niet eerder gehoord.

'Ik begrijp het niet. We hebben samen deze plek Begrensd. Dit huis is de enige plaats waar ze veilig zou moeten zijn.' Tante Del keek Macon vragend aan, op zoek naar antwoorden.

'We hebben ons vergist. Het is hier geen veilige haven voor haar.'

Een beeldschone vrouw met zwarte pijpenkrullen sprak. Ze was ongeveer zo oud als mijn grootmoeder. Ze droeg strengen met kralen om haar nek, de ene over de andere heen, en barokke zilveren ringen om haar duimen. Ze had dezelfde exotische schoonheid als Marian, alsof ze van ver kwam.

'Dat weet u niet, tante Arelia,' bitste Del terwijl ze zich naar Reece draaide. 'Reece, wat gebeurt er? Zie je iets?'

Reece had haar ogen gesloten, en tranen stroomden over haar wangen. 'Ik kan niets zien, mama.'

Het lichaam van Lena schokte en ze schreeuwde het uit – of liever gezegd: ze opende haar mond en het leek alsof ze schreeuwde, maar er kwam geen geluid uit. Ik kon het niet langer aanzien.

'Doe iets! Help haar!' gilde ik.

'Wat doe jij hier! Ga hier weg. Het is niet veilig,' waarschuwde Larkin. De familie merkte nu pas dat ik er was.

'Concentreer je!' Macon klonk wanhopig. Zijn stem overstemde de anderen, luider en luider tot hij uitschreeuwde...

'Sanguis Sanguinis mei, tutela tua est!
Sanguis Sanguinis mei, tutela tua est!
Sanguis Sanguinis mei, tutela tua est!
Bloed van mijn bloed, bescherming is de uwe!'

De leden van de cirkel spanden hun armen alsof ze de cirkel meer kracht wilden geven, maar het werkte niet. Lena schreeuwde nog steeds, stille schreeuwen van angst. Dit was afschuwelijker dan de dromen. Dit was de werkelijkheid. En als zij er geen eind aan maakten, deed ik het. Ik rende op haar af en dook onder de armen van Reece en Larkin door.

'Ethan, NIET DOEN!'

Toen ik binnen in de cirkel stond, hoorde ik haar. Een huiveringwekkende gil, als de stem van de wind zelf. Of was het een stem? Ik was er niet zeker van. Hoewel ik maar een paar meter van de tafel af stond waar ze lag, voelde het alsof ze mijlenver weg was. Iets probeerde me achteruit te duwen, iets wat krachtiger was dan wat ik ooit had gevoeld. Zelfs nog krachtiger dan toen Ridley met haar vrieskou het leven uit me trok. Ik verzette me ertegen met alle kracht die ik in me had.

Ik ben bijna bij je, Lena! Hou vol!

Ik wierp mijn lichaam naar voren en strekte me uit, zoals ik in de dromen naar haar reikte. De eindeloze, duistere lucht begon te wentelen.

Ik sloot mijn ogen en stormde naar voren. Onze vingers raakten elkaar, net.

Ik hoorde haar stem.

Ethan. Ik...

De lucht binnen de cirkel begon krachtig om ons heen te draaien, als een wervelwind. Hij kolkte omhoog de lucht in, als je nog van lucht kon spreken. Plotseling trok een enorme rukwind door de cirkel, als een explosie. Oom Macon, tante Del en de anderen werden erdoor opgetild en tegen de muren achter hen gekwakt. Op hetzelfde moment werd de wervelende lucht in de gebroken cirkel opgezogen naar de eindeloze duisternis boven ons.

Even plotseling was het voorbij. Het kasteel loste op in een normale zolderruimte, met een normaal raam dat openzwaaide onder de overhangende dakrand. Lena lag op de grond, in een warboel van haar en ledematen. Bewusteloos, maar ze ademde.

Macon kwam omhoog van de grond en staarde me aan. Hij was met stomheid geslagen. Toen liep hij naar het raam en sloeg het dicht.

Tante Del keek me aan. De tranen stroomden over haar wangen. 'Wanneer ik dit niet met mijn eigen ogen had gezien dan...'

Ik knielde naast Lena. Ze kon zich niet bewegen of praten, maar ze leefde. Ik voelde haar, een licht klopje in haar hand. Ik legde mijn hoofd tegen dat van haar. Dat was het enige wat ik kon doen om niet in elkaar te storten.

Lena's familieleden kwamen een voor een om ons heen staan, en ze stonden boven mijn hoofd in een donkere cirkel te praten.

'Ik zei je toch. De jongen heeft magische kracht.'

'Dat is onmogelijk. Hij is een Sterfelijke. Hij is niet een van ons.'

'Hoe kan een Sterfelijke een *Sanguinis*-cirkel doorbreken? Hoe kan een Sterfelijke een *Mentem Interficere* zo krachtig afweren dat Ravenwood zelf Onbegrensd werd?'

'Geen idee, maar er moet een verklaring voor zijn.' Del hief haar hand boven haar hoofd. '*Evinco, contineo, colligo, includo.*' Ze opende haar ogen. 'Het huis is nog Begrensd, Macon. Ik voel het. Maar zij is toch bij Lena gekomen.'

'Natuurlijk heeft ze dat gedaan. We kunnen haar niet tegenhouden om naar het kind te komen.'

'De magische kracht van Sarafine wordt elke dag sterker. Reece kan haar nu zien, wanneer ze in Lena's ogen kijkt.' De stem van Del trilde.

'Ons hier zo'n slag toebrengen, juist vannacht. Ze wilde ons iets duidelijk maken.'

'Wat wilde ze ons dan laten zien, Macon?'

'Dat ze ertoe in staat is.'

Ik voelde een hand op mijn slaap. Hij streelde me en bewoog over mijn voorhoofd. Ik probeerde te luisteren, maar de hand maakte me slaperig. Ik wilde naar huis kruipen, naar mijn bed.

'Of dat ze het niet kan.' Ik keek op. Arelia wreef over mijn slaap alsof ik een gewond musje was. Maar ik wist dat ze kon voelen wat ik voelde, voelde wat er in me omging. Ze zocht iets. Ze haalde mijn gedachten overhoop, alsof ze op zoek was naar een verloren knoop of oude sok. 'Ze was dom. Ze heeft een grote fout gemaakt. We hebben het enige belangrijke geleerd wat we echt moesten weten,' zei Arelia.

'Dus je bent het met Macon eens? Dat de jongen magische kracht bezit?' Del klonk nu nog meer over haar toeren.

'Je had eerder vanavond gelijk, Delphine. Er moet een andere verklaring voor zijn. Hij is een Sterfelijke, en we weten allemaal dat Sterfelijken geen eigen kracht kunnen bezitten,' snauwde Macon, alsof hij zichzelf net zo hard probeerde te overtuigen als de anderen.

Toch begon ik me af te vragen of het misschien niet het geval was. Hij had in het moeras al tegen Amma gezegd dat ik een soort kracht had. Het klonk onzinnig, zelfs voor mij. Ik was niet een van hen, dat wist ik zeker. Ik was geen Caster.

Arelia keek naar Macon. 'Je kunt het huis nog zo goed Begrenzen, Macon. Maar ik ben je moeder en ik zeg je dat je elke Duchannes hier kunt binnenhalen, en ook elke Ravenwood. Maak de Cirkel zo groot als deze godverlaten gemeente wanneer je dat wilt. Bezweer zo mogelijk de hele *Vincula*. Maar het is niet het huis dat haar beschermt. Het is de jongen. Ik heb dit nog nooit gezien. Geen enkele Caster kan tussen hen in komen.'

'Dat lijkt erop.' Macon klonk boos, maar hij ging niet tegen zijn moeder in. Ik was te moe om me daar zorgen over te maken. Ik tilde mijn hoofd niet eens op.

Arelia fluisterde iets in mijn oor. Het leek alsof ze opnieuw iets in het Latijn zei, maar de woorden klonken anders.

'*Cruor Pectoris mei, tutela, tua est!*'

'Bloed van mijn hart, bescherming is de uwe!'

1 november

Schrijvende muren

De volgende ochtend had ik geen benul waar ik was. Tot ik de woorden zag op de muren, het oude ijzeren bed, de ramen en de spiegels. Ze waren allemaal volgekrabbeld met stift in Lena's handschrift. Alles kwam weer terug.

Ik tilde mijn hoofd op en veegde wat speeksel van mijn wang. Lena was nog onder zeil; ik zag nog net een stukje van haar voet over de bedrand hangen. Ik duwde mezelf overeind, mijn rug was stijf van een nacht op de grond. Ik vroeg me af wie ons van de zolder naar beneden had gebracht, of hoe.

Mijn mobieltje rinkelde; mijn alarm, dat meestal niet afging, zodat Amma altijd drie keer naar boven moest roepen voor ik mijn bed uitkwam. Maar vandaag blèrde het niet *Bohemian Rhapsody*. Ik hoorde het bewuste liedje. Lena zat rechtop, verschrikt en nog slaapdronken.

'Wat gebeu...'

'Shh. Luister.'

Het liedje was anders.

Zestien manen, zestien jaren,
Zestien keer droomde je mijn angsten,
Zestien zal proberen de sferen te Begrenzen,
Zestien schreeuwen maar slechts één hoort...

'Laat het ophouden!' Ze griste mijn mobieltje weg en zette hem uit, maar het liedje speelde door.

'Ik denk dat het over jou gaat. Maar wat betekent "de sferen Begrenzen"?'

'Ik ben vannacht bijna doodgegaan. Ik heb er genoeg van dat alles om mij draait. Ik ben al die bizarre dingen die me overkomen spuugzat. Misschien gaat dat stomme liedje over jou, voor de verandering. Je bent hier immers de enige zestienjarige.' Ze was boos. Lena zwaaide haar hand hoog de lucht in en spreidde hem. Daarna balde ze hem tot een vuist en sloeg ermee op de vloer, alsof ze een spin vermorzelde.

De muziek stopte. Vandaag viel met Lena niet te spotten. Eerlijk gezegd, kon ik het haar niet kwalijk nemen. Ze zag er grauw en belabberd uit. Misschien nog wel beroerder dan Link eruitzag de ochtend nadat Savannah hem had uitgedaagd om een fles muntlikeur uit de voorraadkast van haar moeder te drinken, op de laatste schooldag voor de kerstvakantie. Drie jaar later kon hij nog altijd geen pepermuntzuurstok door zijn keel krijgen.

Lena's haar stond zo ongeveer vijftien kanten op. Haar nu piepkleine ogen waren rood aangelopen van het huilen. Dus zo zagen meisjes er 's ochtends uit. Dat had ik nog nooit gezien, niet van dichtbij. Ik probeerde niet aan Amma te denken en aan de hel die zou losbreken zodra ik thuiskwam.

Ik kroop op het bed, trok Lena op mijn schoot en woelde met mijn vingers door haar warrige haardos. 'Gaat het weer?'

Ze sloot haar ogen en begroef haar gezicht in mijn trui. Ik vermoedde dat ik nu wel moest stinken als een buidelrat. 'Denk het wel.'

'Ik hoorde je schreeuwen, de hele weg van mijn huis naar hier.'

'Wie had gedacht dat Kelting mijn leven zou redden.'

Er ontging me iets, zoals gewoonlijk. 'Wat is Kelting?'

'Zo wordt het genoemd, de manier waarop wij met elkaar kunnen communiceren, ongeacht waar we zijn. Sommige Casters kunnen Kelten, anderen niet. Ridley en ik konden op die manier met elkaar praten als we op school waren, maar...'

'Je zei toch dat je dit nog niet eerder was overkomen?'

'Ik heb het nog nooit gekund met een Sterfelijke. Volgens oom Macon gebeurt dat echt zelden.'

Ik hou van dat geluid.

Lena gaf me een por. 'We hebben het van de Keltische kant van onze familie. Op deze wijze konden Casters vroeger tijdens de processen elkaar boodschappen doorgeven. In de Verenigde Staten werd het De Fluistering genoemd.'

'Maar ik ben geen Caster.'

'Weet ik, het is echt vreemd. Het zou niet moeten werken met Sterfelijken.' Natuurlijk deed het dat niet.

'Vind je het niet iets meer dan een beetje vreemd? We kunnen dit Keltische gedoe doen. Ridley kwam Ravenwood binnen via mij, zelfs jouw oom denkt dat ik jou op een of andere wijze bescherm. Hoe kan dat? Ik bedoel, ik ben geen Caster. Mijn ouders zijn anders, maar ze zijn niet zó anders.'

Ze leunde tegen mijn schouder. 'Wie weet hoef je geen Caster te zijn om magische kracht te hebben.'

Ik duwde een lok achter haar oor. 'Misschien moet je er alleen voor één vallen.'

De woorden rolden spontaan uit mijn mond. Geen stomme grapjes, of snel over iets anders beginnen. Voor het eerst in mijn leven was ik niet verlegen, omdat het de waarheid was. Ik was voor haar gevallen. Ik denk dat ik al onmiddellijk voor haar ben gevallen. En dat mocht ze best weten, als ze het al niet wist, omdat er nu geen weg terug was. Niet voor mij.

Ze tilde haar hoofd op en keek me aan, en de hele wereld loste op. Alsof alleen wij bestonden, alsof dat altijd het geval zou zijn. Daarvoor hadden we geen magie nodig. Het was iets moois, maar ook iets verdrietigs, alles op hetzelfde moment. Ik kon niet in haar buurt zijn zonder dingen te voelen, zonder alles te voelen.

Waar denk je aan?

Ze glimlachte.

Daar kom je zo achter, denk ik. Lees de woorden maar op de muur.

Terwijl ze dat zei, verscheen er een tekst op de muur. De tekst kwam langzaam tevoorschijn, woord voor woord.

Jij bent
niet
de
enige
die
gevallen is.

De zin schreef zichzelf uit, in hetzelfde gekrulde handschrift als de andere teksten in de kamer. Er verscheen een blosje op Lena's wangen, en ze sloeg haar handen voor haar gezicht. 'Ik schaam me dood als alles wat ik denk onmiddellijk op de muren verschijnt.'

'Je wilde dit niet doen?'

'Nee.'

Je hoeft je niet te schamen, L.

Ik trok haar handen weg.

Omdat ik hetzelfde voor jou voel.

Haar ogen waren gesloten, en ik boog naar haar toe om haar te kussen. Het was slechts een klein kusje, je kon het amper een kus noemen. Maar de aanraking bracht mijn hart weer op hol.

Ze opende haar ogen en glimlachte. 'Ik wil de rest horen. Ik wil horen hoe je mijn leven hebt gered.'

'Ik weet niet eens meer hoe ik daar ben gekomen. Hoe ik je heb kunnen vinden. Jouw huis was vol met allemaal van die enge mensen die eruitzagen alsof ze op een gekostumeerd bal waren.'

'Dat waren ze niet.'

'Dacht ik al.'

'En toen vond je me?' Ze legde haar hoofd in mijn schoot en keek me aan met een glimlach op haar gezicht. 'Je reed de kamer in op je witte hengst en redde me van een zekere dood uit de handen van een Duistere Caster?'

'Het is niet grappig. Het was echt angstaanjagend. En er was geen hengst, het was meer een hond.'

'Het laatste wat ik me herinner, was dat oom Macon sprak over de Begrenzing.' Lena draaide nadenkend aan een plukje haar.

'Wat was dat Cirkel-gedoe?'

'De *Sanguinis*-Cirkel. De Cirkel van Bloed.'

Ik probeerde niet te ontzet te kijken. Ik kon amper het idee verkroppen van Amma en de kippenbotten. Echt kippenbloed zou ik al helemaal niet aankunnen; tenminste, ik hoopte dat het slechts kippenbloed was. 'Ik heb geen bloed gezien.'

'Geen echt bloed, suffie. Bloed als in bloedlijnen, familie. Mijn hele familie is hier voor de feestdagen, weet je nog?'

'Tuurlijk. Sorry.'

'Ik zei je al eerder: Halloween is een krachtige nacht om te Bezweren.'

'Wat deden jullie met zijn allen daarboven? In die Cirkel?'

'Macon wilde Ravenwood Begrenzen. Het is altijd Begrensd, maar hij Begrenst het elke Halloween opnieuw voor het Nieuwe Jaar.'

'Maar er ging iets mis.'

'Ben bang van wel. Toen we in de cirkel stonden, hoorde ik oom Macon iets tegen tante Del zeggen, en daarna was iedereen aan het schreeuwen. Ze spraken over een vrouw. Sara nog wat.'

'Sarafine. Dat heb ik ook gehoord.'

'Sarafine. Noemden ze die naam? Ik heb die nog nooit eerder gehoord.'

'Ze moet een Duistere Caster zijn. Ze leken allemaal, ik weet niet, bang. Ik heb jouw oom nog nooit zo horen praten. Weet jij wat er gebeurde? Probeerde ze je echt te doden?'

Ik wist niet zeker of ik het antwoord wilde horen.

'Ik weet het niet. Ik herinner me niet veel, behalve die stem. Het was alsof iemand tegen me sprak van heel ver weg. Maar ik weet niet meer wat ze zeiden.' Ze kroop op mijn schoot en leunde onhandig tegen mijn borst. Ik dacht dat ik haar hart voelde kloppen bovenop dat van mij, als een fladderend vogeltje in een kooi. We waren zo dicht bij elkaar als twee mensen kunnen zijn, zonder elkaar aan te kijken. Dit was volgens mij wat we deze morgen allebei nodig hadden. 'Ethan. We hebben nog maar weinig tijd. Het heeft geen zin. Wat het ook was of wie zij ook was, denk je niet dat ze voor mij kwam, omdat ik over vier maanden naar het Duister overga?'

'Nee.'

'Nee? Is dat alles wat je te zeggen hebt over de verschrikkelijkste nacht van mijn hele leven, waarop ik bijna doodging?' Lena draaide zich van mijn schoot.

'Denk hier eens over na. Zou deze Sarafine, wie ze ook mag zijn, achter je aan zitten als je een van de slechteriken zou zijn? Nee, dan zouden de helden achter je aankomen. Kijk naar Ridley. Niemand in jouw familie stond te springen om de welkomstmat voor haar neer te leggen.'

'Behalve jij dan. Oen.' Ze gaf me speels een por tussen mijn ribben.

'Precies. Omdat ik geen Caster ben. Ik ben een nietige Sterfelijke. En je hebt zelf gezegd dat ik van een klif zou springen als ze me dat opdroeg.'

Lena gooide haar haar naar achteren. 'Ethan Wate, heeft jouw moeder je nooit gevraagd wat je zou doen als je vrienden op het punt stonden om van een klif te springen? Of jij dan ook zou springen?'

Ik sloeg mijn armen om haar heen en voelde me gelukkiger dan ik me zou moeten voelen na zo'n nacht als vannacht. Het kon ook zijn dat Lena zich beter voelde, en ik dat van haar overnam. De afgelopen dagen golfde er zo'n sterke stroom tussen ons dat het moeilijk was te onderscheiden wat van mij en wat van haar was.

Het enige wat ik wel wist, was dat ik haar wilde kussen.

Je gaat naar het Licht.

En ik deed het.

Geloof me, Licht.

Ik kuste haar opnieuw, en trok haar in mijn armen. Lena kussen voelde als ademhalen. Ik moest het doen. Ik kon het niet helpen. Ik duwde mijn borst stevig tegen die van haar. Ik hoorde haar ademhaling, voelde haar hart tegen mijn borst bonken. Mijn hele zenuwstelsel stond plotseling in vuur en vlam. Mijn haar stond overeind. Haar zwarte haren vielen in mijn handen en ze ontspande zich en dat trok door mijn lichaam heen. Elke aanraking van haar haar voelde als een elektrische speldenprik. Ik wachtte al op dit moment vanaf de eerste keer dat ik haar ontmoette, sinds de eerste keer dat ik van haar droomde.

Het was als een inslaande bliksem. We waren een geheel.

Ethan.

Zelfs in mijn hoofd hoorde ik de dringende noodzaak in haar stem. Ik voelde deze ook, alsof ik niet dicht genoeg bij haar kon komen. Haar huid was zacht en warm. De elektrische speldenprikken werden krachtiger. Onze lippen waren ruw; we konden elkaar niet intenser kussen. Het bed begon te schudden en kwam van de grond los. Ik voelde het onder ons heen en weer zwaaien. Ik had het gevoel dat mijn longen in elkaar werden gedrukt. Mijn huid werd koud. De lichten in de kamer flitsten aan en uit, en de kamer tolde of misschien werd hij donker. Maar ik kon niets zeggen en ik wist niet of ik het nu was of het licht in de kamer.

Ethan!

Het bed knalde uiteen op de grond. Ik hoorde het geluid van kapotspringend glas, in de verte, alsof een raam uit elkaar spatte. Ik hoorde Lena huilen.

Daarna hoorde ik een kinderstem. 'Wat is er Leentje Peentje? Waarom ben je zo verdrietig?'

Ik voelde een klein, warm handje op mijn borst. De warmte straalde van de hand door mijn lichaam. De kamer tolde niet meer, ik kon weer ademhalen en opende mijn ogen.

Ryan.

Ik ging rechtop zitten, mijn hoofd bonkte. Lena zat naast me, haar hoofd drukte tegen mijn borst, net zoals ze een uur eerder had gedaan. Alleen waren nu haar ramen gesprongen, haar bed ingestort en stond er een klein, blond tienjarig meisje voor me met haar hand op mijn borst. Nog snotterend probeerde Lena een glasscherf van me af te duwen, en van wat er over was van haar bed.

'Ik denk dat we nu weten wat Ryan is.'

Lena glimlachte en veegde haar tranen weg. Ze trok Ryan dicht tegen zich aan. 'Een Thaumaturge. Die hebben we nooit in onze familie gehad.'

'Ik neem aan dat dat een grappige Caster-naam is voor een Heler,' zei ik wrijvend over mijn hoofd.

Lena knikte en kuste Ryans wang.

'Zoiets, ja.'

27 november

Een gewone
Amerikaanse feestdag

Na Halloween voelde het als stilte na de storm. We keerden terug naar de dagelijkse routine, ook al wisten we dat de klok doortikte. Ik liep naar de hoek van de straat zodat Amma me niet kon zien, en Lena pikte me daar op met haar lijkwagen. Boo Radley haalde ons in bij de Stop-en-jat en volgde ons naar school. De enige medescholier die bij ons in de kantine aan tafel wilde zitten, was Link. Heel af en toe schoof Winnie Reid aan, het enige lid van het Jackson-debatteam, wat debatteren wel erg moeilijk maakte. En ook Robert Lester Tate, die twee jaar achter elkaar het Nationale Dictee had gewonnen, kwam er soms bij. Wanneer we niet op school waren en ons broodje op de tribune van het sportveld opaten, of bespioneerd werden door rector Harper, zochten we onze toevlucht in de bibliotheek. We herlazen de documenten over het medaillon. Intussen hoopten we dat Marian zou opduiken en ons iets meer wilde vertellen. We vonden niets over flirtende Sirene-nichtjes met een lolly en een dodelijke manier om iemand vast te houden. Ook niets over onverklaarbare stormen van de derde categorie of dreigende zwarte wolken in de lucht, zelfs niets over een bizarre maaltijd met Macon. Niets ongewoons.

Toch was er één ding anders. Het belangrijkste ding voor mij. Ik was stapelgek op een meisje dat zowaar hetzelfde voor mij voelde. Hoe vaak gebeurde dat? Het feit dat ze een Caster was, was bijna nog gemakkelijker te geloven dan dat ze bestond.

Ik had Lena. Ze bezat magische krachten en was beeldschoon. Elke dag was onheilspellend, en elke dag was perfect.

Totdat, zomaar uit het niets, het ondenkbare gebeurde. Amma nodigde Lena uit voor het Thanksgiving-feestmaal.

∽

'Ik begrijp trouwens niet waarom je bij ons wilt zijn op Thanksgiving. Er is geen bal aan, oersaai.' Ik kneep hem. Amma voerde duidelijk iets in haar schild.

Lena glimlachte, en ik ontspande. Er was niets mooiers dan haar glimlach. Elke keer was ik daardoor weer totaal van de wereld. 'Mij klinkt het niet saai in de oren.'

'Je bent nog nooit op Thanksgiving bij me thuis geweest.'

'Ik ben op Thanksgiving nog nooit bij iemand thuis geweest. Casters vieren geen Thanksgiving. Het is een feestdag voor Sterfelijken.'

'Hou je me voor de gek? Geen kalkoen? Geen pompoentaart?'

'Niets van dat alles.'

'Je hebt vandaag niet veel gegeten, toch?'

'Niet echt.'

'Dan komt het wel goed.'

Ik had Lena van tevoren al ingeseind, zodat ze niet van haar stoel viel van verbazing wanneer de Zusters de overgebleven broodjes in hun servetten rolden en in hun tas lieten glijden. Of wanneer mijn tante Caroline en Marian de halve avond bakkeleiden over de locatie van de eerste openbare bibliotheek in de Verenigde Staten (Charleston), of over de juiste hoeveelheden voor Charleston-groene verf (twee delen yankee-zwart en een deel rebellen-geel). Tante Caroline was museumconservator in Savannah en ze wist net zoveel over architectuur en antiek als mijn moeder wist over munitie in de Burgeroorlog en gevechtsstrategieën. Want dat was waar Lena klaar voor moest zijn – voor Amma en mijn halfgare familieleden, Marian, en Harlon James. De laatste was erbij als extra vermaak.

Ik hield één detail achter dat ze eigenlijk moest weten. Zoals het de laatste tijd bij ons toeging, betekende het Thanksgiving feestmaal waarschijnlijk ook dat ze aan tafel zat met mijn vader in zijn pyjama. Maar ik wist niet hoe ik haar dit moest uitleggen.

Amma vatte Thanksgiving altijd erg serieus op, en vooral twee dingen waren belangrijk voor haar. Mijn vader zou eindelijk zijn werkkamer uitkomen, hoewel het theoretisch gezien dan ook donker was, dus was dit niet echt bijzonder. Bovendien zou hij samen met ons aan tafel eten. Geen tarwevlokken. Dat zou Amma beslist niet toestaan. Dus ter ere van mijn vaders pelgrimage in de wereld, waarin de anderen elke dag woonden, pakte Amma groots uit. Kalkoen, aardappelpuree met jus, witte bonen en maïs met room, zoete aardappels met marshmallows, ham met honing en brood, pompoen en citroentaart. Van het laatste wist ik na mijn nachtelijke uitstapje in het moeras bijna zeker dat ze die meer voor oom Abner maakte dan voor ons.

Ik stond even stil op de veranda. Ik dacht aan hoe ik me voelde toen ik op de veranda van Ravenwood had gestaan, de eerste avond dat ik daar kwam. Nu was het Lena's beurt. Ze had haar haar in een staart vastgebonden. Ik raakte het plukje aan dat had weten te ontsnappen en nu rond haar kin krulde.

Ben je er klaar voor?

Ze trok haar zwarte jurk recht. Ze was zenuwachtig.

Nee, niet echt.

Dan heb je pech.

Breed grijnzend duwde ik de deur open. 'Klaar of niet.' Het huis rook als in mijn jeugd. Naar aardappelpuree en noeste arbeid.

'Ethan Wate, ben jij dat?' Amma riep vanuit de keuken.

'Ja, mevrouw.'

'Heb je dat meisje bij je? Breng haar hier zodat ik haar eens goed kan bekijken.'

Het was snikheet in de keuken. Amma stond in haar schort voor het fornuis, met in elke hand een pollepel. Tante Prue scharrelde rond en stak haar vingers in alle mengkommen op het aanrecht.

Tante Mercy en tante Grace speelden een potje scrabble aan de keukentafel; geen van beiden leek in de gaten te hebben dat ze geen bestaande woorden maakten.

'Zeg, blijf daar niet zo staan. We willen haar zien.'

Elke spier in mijn lichaam spande zich. Ik kon met geen mogelijkheid voorspellen wat Amma of de Zusters zouden zeggen. Ik had overigens nog altijd geen idee waarom Amma erop had gestaan dat ik Lena zou uitnodigen.

Lena stapte naar voren. 'Leuk, dat ik u nu ontmoet.'

Amma nam Lena op van top tot teen, terwijl ze haar handen aan haar schort afveegde. 'Zo, dus jij bent dat meisje dat mijn jongen zo bezighoudt. De directeur van het postkantoor had gelijk. Zo mooi als een plaatje.' Ik vroeg me af of Carlton Eaton haar dat had verteld op hun rit naar Wader's Creek.

Lena bloosde. 'Dank u.'

'Ik hoorde dat je de boel op die school flink hebt opgeschud.' Tante Grace glimlachte. 'Werd wel eens tijd. Ik weet niet wat ze jullie kinderen daar op school leren.'

Tante Mercy legde haar stenen neer, een voor een. V-E-L-A-N-G.

Tante Grace boog dichter naar het bord toe en tuurde op het woord. 'Mercy Lynne, je speelt weer vals! Wat voor woord is dat? Maak er eens een zin mee.'

'Ik velang naar een stuk van die witte taart.'

'Dat spel je niet zo.' In elk geval kon een van hen spellen. Tante Grace pakte een van de stenen van het bord. 'Je schrijft dat niet met een V.' Toch wel.

Je hebt niet overdreven.

Ik zei het je toch.

'Hoor ik daar Ethan?' Tante Caroline liep precies op tijd met gespreide armen de keuken in. 'Kom hier en geef je tante eens een dikke knuffel.' Het overrompelde me elke keer opnieuw hoeveel ze op mijn moeder leek. Hetzelfde lange bruine haar, altijd vastgebonden, en dezelfde bruine ogen. Maar mijn moeder liep het liefst op blote voeten en in een spijkerbroek. Tante Caroline was meer een zuidelijke schoonheid in een zomerjurk en sierlijke truitjes. Ik denk dat mijn tante het leuk vond om de verbaasde gezichten te zien wanneer mensen ontdekten dat ze de conservator was van het Historisch Museum in Savannah en niet een overjarig tienermeisje op haar eerste bal.

'Hoe staat het leven in het noorden?' Tante Caroline verwees naar Gatlin altijd als 'in het noorden', omdat het ten noorden van Savannah lag.

'Goed. Heb je bonbons voor me meegebracht?'

'Vergeet ik dat ooit?'

Ik pakte Lena's hand en trok haar naar voren. 'Lena, dit is mijn tante Caroline en mijn oudtantes Prudence, Mercy en Grace.'

'Fijn om kennis met u te maken.' Lena strekte haar hand uit, maar tante Caroline trok haar naar zich toe en gaf haar een kus.

De voordeur sloeg dicht.

'Een gelukkige Thanksgiving allemaal.' Marian kwam binnen met in haar handen een stoofschotel en een plaat met een pastei boven op een andere. 'Wat heb ik gemist?'

'Eekhoorns.' Tante Prue schuifelde op haar af en haakte haar arm door die van Marian. 'Heb jij daar verstand van?'

'Zo kan het wel weer, en nu allemaal mijn keuken uit. Ik heb ruimte nodig voor mijn magische bezigheden, en Mercy Statham, blijf van mijn kaneelsnoepjes af.' Tante Mercy stopte even met kauwen. Lena keek me aan en had moeite haar gezicht in de plooi te houden.

Ik kan Keuken roepen om te helpen.

Geloof me, Amma heeft geen hulp nodig als het op koken aankomt. Ze heeft zelf ook wat magische kracht.

Iedereen stroomde naar de woonkamer. Tante Caroline en tante Prue bespraken hoe je het best dadelpruimen kon laten groeien op een zonrijke veranda. Tante Grace en Tante Mercy ruzieden nog steeds over hoe je 'velang' moest spellen, terwijl Marian scheidsrechter speelde. Genoeg om helemaal gek van te worden, maar toen ik Lena ingeklemd tussen de Zusters zag zitten, leek ze gelukkig, zelfs blij.

Dit is leuk.

Meen je dat?

Was dit haar voorstelling van een familiediner? Stoofschotels, scrabble en bekvechtende oude dametjes? Ik wist het niet zeker, maar dit was zo iets anders dan de Samenkomst als je maar kon bedenken.

In elk geval probeert niemand een ander te vermoorden.

Geef hen nog een kwartiertje, L.

Ik ving Amma's blik op door de keukendeur, maar ze keek niet naar mij. Ze keek naar Lena.

Ze voerde duidelijk iets in haar schild.

Het Thanksgiving-feestmaal verliep zoals alle andere jaren. Behalve dat niets hetzelfde was. Mijn vader zat in zijn pyjama, mijn moeders stoel was leeg, en ik hield onder tafel de hand vast van een Caster-meisje. Een seconde was het overweldigend – ik voelde me gelukkig en verdrietig tegelijkertijd – alsof onze handen op een of andere manier aan elkaar waren vastgebonden. Maar ik had maar een seconde om er bij stil te staan; we hadden amper het amen uitgesproken of de Zusters begonnen broodjes te pikken. Amma schepte grote bergen aardappelpuree en jus op onze borden en tante Caroline kletste over ditjes en datjes.

Ik wist wat er aan de hand was. Als er genoeg te doen was, er genoeg gepraat werd en er voldoende taart was, zou niemand misschien de lege stoel opmerken. Daarvoor was op de hele wereld niet genoeg taart, zelfs niet in Amma's keuken.

In ieder geval was tante Caroline vastbesloten om me aan de praat te houden. 'Ethan, wil je nog iets lenen voor de heropvoering van de Burgeroorlog? Ik heb een paar wambuizen op zolder liggen die er opmerkelijk authentiek uitzien.'

'Dat is het laatste waar ik aan wil denken.' Ik was bijna vergeten dat ik me moest verkleden als een confederale soldaat voor de heropvoering van de Slag om Honey Hill als ik dit jaar een voldoende wilde halen voor geschiedenis. Elk jaar in februari werd er in Gatlin een heropvoering van de Burgeroorlog gehouden; alleen daarvoor kwamen de toeristen hiernaartoe.

Lena pakte een broodje. 'Ik begrijp niet goed waarom de heropvoering zo belangrijk is. Ik heb het idee dat het handenvol werk is om een strijd, die al meer dan honderd jaar geleden heeft plaatsgevonden, in een heropvoering opnieuw tot leven te brengen. Bovendien kunnen we er ook in onze geschiedenisboeken over lezen.'

Oeps.

Tante Prue verslikte zich bijna; voor haar was dit godslastering. 'Ze zouden die school van jullie tot op de grond moeten platbranden! Ze leren die kinderen daar niets over wat voor geschiedenis dan ook. Je kunt in geen enkel boek iets leren over de Oorlog voor de Zuidelijke Onafhankelijkheid. Je moet het met eigen ogen zien. Dat zouden alle kinderen moeten, omdat hetzelfde land dat gezamenlijk vocht tijdens de Amerikaanse Revolutie voor onafhankelijkheid, zich volledig tegen zichzelf keerde in de Oorlog.'

Ethan, zeg iets. Begin over iets anders.

Te laat. Ze kan nu elk moment uitbarsten in het volkslied.

Marian sneed een broodje door en vulde dit met ham. 'Mevrouw Statham heeft gelijk. Tijdens de Burgeroorlog keerde dit land zich tegen zichzelf, vaak vochten broers tegen broers. Het was een tragisch hoofdstuk in de Amerikaanse geschiedenis. Meer dan een half miljoen jonge mensen sneuvelden, hoewel er meer stierven door ziekte dan in de strijd.'

'Een tragisch hoofdstuk, dat was het.' Tante Prue knikte. 'Kom, rustig nou maar, Prudence Jane.' Tante Grace gaf haar zuster een klopje op haar arm.

Tante Prue mepte haar hand weg. 'Zeg me niet wanneer ik me niet moet opwinden. Ik wil hun alleen duidelijk maken hoe de vork in de steel zit. Ik ben de enige die de jeugd iets leert. Die school mag me wel gaan betalen.'

Ik had je moeten waarschuwen dat je ze niet op stang moest jagen.

Ben je lekker op tijd mee.

Lena schoof ongemakkelijk op haar stoel heen en weer. 'Het

spijt me. Ik wilde niet onbeleefd zijn. Ik ken alleen niemand die zo goed op de hoogte is van de Oorlog.'

Dat is een goeie. Als je met goed op de hoogte zijn geobsedeerd bedoelt.

'Trek het je niet aan, liefje. Prudence Jane wil zo nu en dan wel eens doorslaan.' Tante Grace gaf haar een duwtje met haar elleboog.

Daarom gieten we een scheut whiskey in haar thee.

'Het komt allemaal door de pindarotsjes die Carlton kwam brengen.' Tante Prue keek Lena verontschuldigend aan. 'Ik kan niet zo goed tegen veel suiker.'

Kan er niet zo goed afblijven.

Mijn vader kuchte en zat afwezig met de aardappelpuree op zijn bord te spelen. Lena zag haar kans schoon om over iets anders te beginnen. 'Ethan vertelde me dat u schrijver bent, meneer Wate. Wat voor soort boeken schrijft u?'

Mijn vader keek op naar haar, maar zei niets. Waarschijnlijk had hij niet eens in de gaten dat Lena het tegen hem had.

'Mitchell werkt aan een nieuw boek. Een groot project. Misschien wel het belangrijkste boek dat hij tot nu toe heeft geschreven. En Mitchell heeft er al heel veel op zijn naam staan. Hoeveel nu precies, Mitchell?' vroeg Amma, alsof ze tegen een kind praatte. Ze wist best hoeveel boeken mijn vader had geschreven.

'Dertien,' mompelde hij.

Lena liet zich niet uit het veld slaan door mijn vaders afschrikwekkende sociale vaardigheden, hoewel dat bij mij wel het geval was. Ik keek naar hem. Zijn ongekamde haar, zwarte kringen onder zijn ogen. Sinds wanneer was hij zo afgetakeld?

Lena volhardde. 'Waar gaat uw boek over?'

Mijn vader kwam terug op aarde, en er zat voor de eerste keer deze avond wat leven in. 'Het is een liefdesverhaal. Wel een hele onderneming. De grote Amerikaanse roman. Sommigen zouden zeggen *The Sound and the Fury*[7] van mijn carrière. Helaas kan ik nog niets zeggen over de plot. Nog niet. Niet op dit moment. Niet wanneer ik zo dicht… bij…' Hij dwaalde af en viel midden in de zin stil. Het was alsof iemand een knop op zijn rug had ingedrukt. Hij staarde naar de stoel waar mijn moeder had moeten zitten toen hij zijn eigen wereld weer in zweefde.

Amma keek bezorgd. Tante Caroline probeerde iedereen af te leiden van wat al snel de meest ongemakkelijke avond in mijn leven werd. 'Lena, waar heb je gewoond voor je naar hier verhuisde?'

Maar ik hoorde niet wat ze antwoordde. Ik kon niets meer horen. Ik zag alleen dat iedereen in slow motion begon te bewegen. Het wazige beeld zette uit en trok weer samen, zoals warmtegolven eruitzien als ze door de lucht bewegen.

En toen...

De kamer was bevroren, maar dat was niet zo. Ik was bevroren. Mijn vader was bevroren. Zijn ogen waren spleetjes, zijn lippen bewogen om klanken voort te brengen die geen kans hadden om via zijn lippen te ontsnappen. Hij staarde naar het volle bord onaangeraakte aardappelpuree. De Zusters, tante Caroline en Marian zaten er bij als standbeelden. Zelfs de lucht was doodstil. De slinger van mijn grootvaders klok was midden in een beweging gestopt.

Ethan. Gaat het?

Ik probeerde haar te antwoorden, maar het ging niet. Toen Ridley me in haar dodelijke greep had, wist ik zeker dat ik zou doodvriezen. Nu was ik bevroren, maar ik had het niet koud en was niet dood.

'Heb ik dit gedaan?' Lena stelde de vraag hardop.

Alleen Amma was in staat te antwoorden. 'Een Tijdbegrenzing vormen? Jij? Dat is zo waarschijnlijk als een kalkoen een alligator uitbroedt.' Ze snoof. 'Nee kind, dit heb jij niet gedaan. Dit is sterker dan jij. De Groten meenden dat het tijd was dat wij samen praatten, van vrouw tot vrouw. De anderen kunnen ons nu niet horen.'

Ik wel dus. Ik kan je horen.

Maar de woorden kwamen er niet uit. Ik hoorde hen praten, maar kon geen geluid maken.

Amma sloeg haar ogen naar het plafond, 'Dank u, tante Delilah. Ik ben u dankbaar voor uw hulp.' Ze liep naar het dressoir en sneed een punt pompoentaart af. Ze legde hem op een fraai bord van Chinees porselein en zette dit midden op de tafel. 'Ik laat dit stuk taart hier voor jou en de Groten, en vergeet ze niet te zeggen dat het van mij komt.'

'Wat is hier aan de hand? Wat hebt u met hen gedaan?'

. 'Ik heb niets met hén gedaan. Ik heb alleen gezorgd dat we wat tijd voor ons tweeën hebben, vermoed ik.'

'Bent u een Caster?'

'Nee, ik ben maar een Ziener. Ik zie wat er gezien moet worden, wat niemand anders kan of wil zien.'

'Hebt u de tijd stilgezet?' Casters konden de tijd stilzetten. Dat had Lena me verteld. Maar alleen degenen met een heel sterke kracht.

'Ik heb niets gedaan. Ik heb alleen de Groten om wat húlp gevraagd en tante Delilah heeft mijn verzoek gehonoreerd.'

Lena leek verward, of bang. 'Wie zijn de Groten?'

'De Groten zijn mijn familie uit de Andere Wereld. Ze schieten me zo nu en dan te hulp, en zij zijn niet alleen. Er zijn anderen bij hen.' Amma leunde over de tafel en keek Lena recht in de ogen. 'Waarom heb je de armband niet om?'

'Wat?'

'Heeft Melchizedek hem niet aan jou gegeven? Ik heb hem gezegd dat je hem moest dragen.'

'Hij heeft hem aan me gegeven, maar ik heb hem weer afgedaan.'

'Waarom heb je besloten hem af te doen?'

'We ontdekten dat hij de visioenen tegenhield.'

'Je hebt gelijk. Hij hield iets tegen. Tot je hem niet meer droeg.'

'Wat hield hij dan tegen?'

Amma strekte haar handen uit en pakte Lena's hand vast en draaide haar hand zo dat haar handpalm zichtbaar was. 'Mijn kind, ik wilde niet de persoon zijn die je dit zou vertellen. Maar Melchizedek of wie dan ook in jouw familie gaat jou dit niet vertellen. En je moet het weten. Je moet voorbereid zijn.'

'Voorbereid op wat?'

Amma keek naar het plafond en mompelde iets binnensmonds.

'Ze komt eraan, mijn kind. Ze komt voor jou, en ze is een kracht waarmee je te kampen krijgt. Zo Duister als de nacht.'

'Wie? Wie komt er voor mij?'

'Ik zou willen dat je familie het je had verteld. Ik wil eigenlijk niet dat je het van mij hoort. Maar de Groten zeggen dat iemand het jou moet vertellen voordat het te laat is.'

'Me wat vertellen? Wie komt eraan, Amma?'

Amma trok een zakje, dat aan een leren koord om haar nek hing, onder haar shirt vandaan en hield het krampachtig vast. Ze dempte haar stem, alsof ze bang was dat iemand haar zou horen. 'Sarafine. De Duistere Sarafine.'

'Wie is Sarafine?'

Amma aarzelde en klemde het zakje nog steviger vast.

'Jouw moeder.'

'Ik begrijp u niet. Mijn ouders zijn gestorven toen ik klein was, en mijn moeder heette Sara. Die naam heb ik op onze familie-stamboom zien staan.'

'Jouw vader is dood. Dat klopt, maar jouw moeder leeft nog. Dat weet ik zo zeker als ik hier sta. En je weet hoe het gaat met familiestambomen in het zuiden. Die zijn nooit helemaal zoals ze zouden moeten zijn.'

Alle kleur trok weg uit Lena's gezicht. Ik spande me in om mijn armen uit te strekken en haar hand te pakken, maar alleen mijn vinger trilde. Ik had geen enkele kracht. Ik kon niets doen dan toekijken terwijl ze in een donkere diepte tuimelde. Net als in de dromen. 'En zij is Duister?'

'Ze is de meest Duistere Caster die nog in leven is.'

'Waarom heeft mijn oom me niets verteld? Of mijn grootmoeder? Ze zeiden me dat ze dood was. Waarom zouden ze tegen me liegen?'

'Er is een waarheid en er is ook nog dé waarheid. Die twee zijn niet hetzelfde. Ik denk dat ze je wilden beschermen. Ze denken nog steeds dat ze dat kunnen. Maar de Groten zijn daar niet zo zeker van. Ik wilde niet degene zijn die je dit moest vertellen, maar Melchizedek is zo koppig als een ezel.'

'Waarom wilt u me helpen? Ik dacht – ik dacht dat u een hekel aan me had.'

'Dit heeft niets te maken met wel of geen hekel aan iemand hebben. Ze komt voor jou, en je kunt geen enkele afleiding gebruiken.' Amma trok haar wenkbrauw op. 'Bovendien wil ik niet dat mijn jongen iets overkomt. Dit is sterker dan jij bent, sterker dan jullie samen.'

'Wat is sterker dan wij beiden?'

'Dit alles. Jij en Ethan zijn hiervoor niet voorbestemd.'

Lena keek verward. Amma sprak weer eens in raadsels.

'Wat bedoelt u?'

Amma schrok op, alsof iemand haar vanachteren op haar schouder tikte. 'Wat zei u, tante Delilah?' Amma draaide zich naar Lena. 'We hebben niet veel tijd meer.'

De slinger van de klok kwam nauwelijks waarneembaar weer in beweging. Het leven in de kamer keerde terug. Mijn vader begon zo langzaam te knipperen, dat het een paar seconden duurde voordat zijn wimpers zijn huid raakten.

'Jij doet die armband weer om je pols. Je kunt alle hulp gebruiken die je krijgt.'

De tijd begon weer te tikken...

Ik knipperde een paar keer en keek vluchtig de kamer rond. Mijn vader zat nog naar zijn aardappels te staren. Tante Mercy was bezig een broodje in haar servet te wikkelen. Ik bracht mijn handen voor mijn gezicht en bewoog mijn vingers heen en weer. 'Nondeju, wat was dat?'

'Ethan Wate!' tante Grace snakte naar adem.

Amma sneed haar broodjes doormidden en belegde ze met ham. Ze keek betrapt op naar me. Het was duidelijk niet haar bedoeling geweest dat ik had meegeluisterd met hun onderonsje. Ze wierp me haar veelzeggende blik toe. Met andere woorden: mondje dicht, Ethan Wate.

'Wil je dergelijke taal niet bezigen aan mijn tafel. Je bent niet te oud voor me om je mond met water en zeep schoon te spoelen. Wat dénk je dat het is? Ham en broodjes. Gevulde kalkoen. Ik heb de hele dag staan koken, dus ik verwacht dat je het nu gaat opeten.'

Ik keek naar Lena. De glimlach was verdwenen. Ze zat naar haar bord te staren.

Leentje Peentje. Kom terug bij me. Ik zorg ervoor dat jou niets overkomt. Het komt goed.

Maar ze was te ver weg.

De hele rit naar huis zat Lena zwijgend naast me. Toen we op Ravenwood aankwamen, zwaaide ze het portier open, smeet hem achter zich dicht en beende zonder iets te zeggen op het huis af.

Ik besloot bijna haar niet achterna te gaan. Mijn hoofd tolde. Ik kon me niet voorstellen wat Lena nu voelde. Het was al erg genoeg om je moeder te verliezen, maar zelfs ik kon niet bedenken hoe het zou voelen wanneer je ontdekte dat jouw moeder je dood wilde.

Ik was mijn moeder verloren, maar ik was niet moederziel alleen. Ze had me verankerd aan Amma, mijn vader, Link en Gatlin voor ze me verliet. Ik voelde haar op straat, in mijn huis, in de bibliotheek, zelfs in de voorraadkamer. Ze was losgesneden en de ankers waren gelicht, zou Amma zeggen, zoals de vlotten in het moeras.

Ik wilde haar anker zijn. Maar op dit moment dacht ik niet dat iemand dat kon zijn.

Lena beende langs Boo, die op de veranda aan de voorkant zat. Hij hijgde niet eens, terwijl hij toch de hele weg naar huis plichtsgetrouw achter onze auto aan had gelopen. Hij had de hele avond in mijn voortuin zitten wachten. Ik had het idee dat hij de zoete aardappelen en kleine marshmallows lekker vond, die ik door de voordeur naar buiten had gegooid toen Amma naar de keuken liep om de juskom bij te vullen.

Ik kon horen hoe ze binnen in het huis stond te schreeuwen. Ik zuchtte, stapte uit en ging naast de hond op de verandatrap zitten. Mijn hoofd begon te bonken, suikertekort. 'Oom Macon! Oom Macon! Word wakker! De zon is onder, ik weet dat u niet meer slaapt!'

Ik hoorde Lena ook in mijn hoofd schreeuwen.

De zon is onder. Ik weet dat u niet meer slaapt!

Ik wachtte op de dag dat Lena zich voor me zou openen en me de waarheid zou vertellen over Macon, zoals ze de waarheid over zichzelf had verteld. Wat hij ook mocht zijn, hij leek me geen gewone Caster, als die al bestonden. Zoals hij de hele dag sliep en zomaar uit het niets verscheen of net zo gemakkelijk weer verdween, hoefde je geen genie te zijn om te weten hoe dat zou uitpakken. Toch wist ik niet zeker of ik daar vandaag naar binnen wilde.

Boo staarde me aan. Ik strekte mijn hand naar hem uit. Ik wilde hem aaien, maar hij draaide zijn kop weg, alsof hij wilde zeggen dat het zo goed was. Knul, raak me alsjeblieft niet aan. Toen we hoorden dat er binnen dingen aan diggelen gingen, stonden Boo en ik op en liepen op het lawaai af. Lena stond boven op een van de deuren te bonzen.

Het huis was teruggekeerd in de staat waarin Macon zich waarschijnlijk het meest thuis voelde, namelijk vervallen vooroorlogse opsmuk. Ik was stiekem opgelucht dat ik niet in een kasteel stond. Ik wenste vurig dat ik de tijd kon stilzetten en drie uur kon terugdraaien. Eerlijk gezegd zou ik dolgelukkig zijn geweest als Lena's huis zich in een grote caravan had veranderd en we er met zijn allen voor zaten met een kom van de overgebleven pudding, zoals de rest van Gatlin.

'Mijn moeder? Mijn eigen moeder?'

De deur werd opengegooid. Macon stond in de deuropening, totaal verfomfaaid. Hij droeg een gekreukte linnen pyjama, en ik durf bijna niet te zeggen wat het echt was. Het leek meer een nachtpon. Zijn ogen waren roder dan normaal, zijn huid nog bleker en zijn haar stond alle kanten op. Hij zag eruit alsof hij was geplet onder een vrachtwagen.

Op zijn eigen manier was hij toch niet zo anders dan mijn vader, een elegante slons. Misschien een elegantere slons. Op de nachtpon na; mijn vader zou nog niet dood willen worden gevonden in een jurk.

'Mijn moeder is Sarafine? Dat díng dat me probeerde te doden op Halloween? Hoe kon u dat voor mij achterhouden?'

Macon schudde zijn hoofd en wreef verbolgen met zijn hand door zijn haar. 'Amarie.' Ik zou er alles voor over hebben gehad om Macon en Amma als twee kemphanen tegenover elkaar te zien staan. Ik zou mijn geld op Amma zetten, mijn hele vermogen.

Macon stapte de drempel over en trok de deur achter zich dicht. Ik ving een glimp op van zijn slaapkamer. De kamer leek wel uit *Het Spook van de Opera* te komen. Op de grond stonden smeedijzeren armkandelaars die groter waren dan ik was, en een zwart hemelbed dat bekleed was met grijs en zwart fluweel. De ramen hadden draperieën van hetzelfde materiaal, die treurig over de zwarte houten luiken hingen. Zelfs de muren waren bekleed met versleten zwarte en grijze stof, die vermoedelijk meer dan een eeuw oud was. De kamer was aardedonker, zo donker als de nacht. Het effect was huiveringwekkend.

Duisternis, echte duisternis was meer dan alleen een tekort aan licht.

Toen Macon over de drempel stapte, was hij van het ene moment op het andere weer de piekfijn geklede heer. Geen haartje zat scheef, geen kreukel in zijn vrijetijdspak of hagelwitte overhemd. Zelfs op de zachtleren schoenen zat geen enkel krasje. Hij leek in niets op hoe hij er daarvoor uitzag en hij was alleen maar over de drempel van zijn eigen slaapkamer gestapt.

Ik keek naar Lena. Ze had het niet eens opgemerkt. Een koude rilling trok door me heen toen ik bedacht hoe anders haar leven altijd moest zijn geweest vergeleken met dat van mij. 'Mijn moeder leeft nog?'

'Ik ben bang dat het iets gecompliceerder ligt.'

'U bedoelt het deel over hoe mijn eigen moeder mij wil doden?

Wanneer was u van plan me dit te vertellen, oom Macon? Op het moment dat ik al ben Opgeëist?'

'Hou daar nu eens alsjeblieft over op. Je gaat niet naar het Duister over.' Macon slaakte een zucht.

'Ik kan me niet voorstellen waarom u denkt dat dit niet gebeurt. Ik ben immers de dochter van, en ik citeer, *de meest Duistere Caster die nog in leven is*.'

'Ik begrijp dat je over je toeren bent. Je moet een hoop verwerken en ik had het je zelf moeten vertellen. Toch moet je geloven dat ik je probeer te beschermen.'

Lena was nu meer dan alleen maar boos. 'Mij beschermen! U liet me geloven dat de aanval op mij op Halloween toeval was, maar het was mijn moeder! Mijn moeder leeft nog en ze heeft geprobeerd me te doden, en u vond het niet nodig dat ik dat wist?'

'We weten niet of ze je probeerde te vermoorden.'

Fotolijsten begonnen tegen de muren te slaan. De gloeilampen in de armaturen langs de wanden in de hal vielen een voor een uit, over de hele lengte van de hal. Regen kletterde op de luiken.

'Hebben we de afgelopen weken niet genoeg regen gehad?'

'Waarover hebt u nog meer gelogen? Wat is het volgende waar ik achter kom? Dat mijn vader ook nog leeft?'

'Ik ben bang van niet.' Hij zei het alsof het voor hem te dramatisch was om over te praten. Het was dezelfde toon die ik hoorde bij mensen wanneer ze over de dood van mijn moeder spraken.

'U moet me helpen.' Haar stem brak.

'Lena, ik zal alles doen wat in mijn macht ligt om je te helpen. Dat heb ik altijd gedaan.'

'Dat is niet waar!' schreeuwde ze tegen hem. 'U hebt me niet over mijn eigen krachten verteld. U hebt me niet geleerd hoe ik mezelf kan beschermen.'

'Ik ken de omvang van jouw krachten niet. Je bent een Naturel. Wanneer je iets moet doen, zul je het ook doen. Op je eigen manier, wanneer jij vindt dat de tijd daar rijp voor is.'

'Mijn moeder wil me doden. Ik heb geen tijd meer.'

'Zoals ik al eerder zei, weten we niet of ze je probeerde te doden.'

'Hoe wilt u Halloween dan verklaren?'

'Er zijn andere mogelijkheden. Del en ik zijn bezig dat uit te zoeken.' Macon draaide zich van haar weg, alsof hij terug wilde gaan naar zijn kamer. 'Kalmeer nu eerst maar. We hebben het er op een later moment nog over.'

Lena draaide zich naar een vaas toe, die op het dressoir aan het einde van de hal stond. Alsof er aan een koord werd getrokken, volgde de vaas Lena's ogen naar de muur naast de deur van Macons slaapkamer. De vaas vloog door de kamer en barstte uiteen tegen het pleisterwerk. Het gebeurde ver genoeg van Macon af om hem niet te raken, maar wel zo dichtbij dat de boodschap duidelijk was. Het was geen ongelukje.

Dit was niet zo'n moment waarop Lena de beheersing was verloren en dingen zomaar gebeurden. Ze had dit doelbewust gedaan. Ze had haar kracht onder controle.

Macon draaide zich zo snel om dat ik hem bijna niet zag bewegen, maar ineens stond hij recht voor Lena. Hij was net zo geschokt als ik, en hij had zich precies hetzelfde gerealiseerd; het was geen ongeluk. En de blik op haar gezicht zei me dat zij net zo verbaasd was. Hij keek gekwetst, zo zeer gekwetst als waartoe Macon Ravenwood in staat was. 'Zoals ik al zei, wanneer je iets moet doen, doe je het ook.'

Macon draaide zich naar mij toe. 'Ik ben bang dat het de komende week nog veel gevaarlijker zal worden. De dingen zijn veranderd. Laat haar niet alleen. Wanneer ze hier is, kan ik haar beschermen, maar mijn moeder had gelijk. Het ziet ernaar uit dat jij haar ook kunt beschermen, misschien wel beter dan ik.'

'Hallo? Ik kan u horen!' Lena had zich hersteld van haar machtsvertoning en de blik op Macons gezicht. Ik wist dat ze achteraf enorme spijt zou hebben, maar op dit moment was ze te kwaad om dat te zien. 'Praat niet over mij alsof ik niet in de kamer ben.'

Een gloeilamp explodeerde achter hem, en hij knipperde niet

eens met zijn ogen. 'Hoort u wat u zegt? Ik moet het weten! Ik ben degene die achterna wordt gezeten. Ze wil mij, en ik weet niet eens waarom.'

Ze stonden elkaar aan te staren, een Ravenwood en een Duchannes, twee takken van dezelfde in elkaar verstrengelde Casterstamboom. Ik vroeg me af of ik hen niet beter alleen kon laten.

Macon keek me aan. Zijn blik zei ja.

Lena keek me aan. Die van haar zei nee.

Ze greep mijn hand vast, en ik voelde de hitte branden. Ze stond in vuur en vlam. Zo kwaad had ik haar nog niet gezien. Het verbaasde me dat niet elk raam in het huis eruit was geblazen.

'U weet waarom ze achter me aanzit, nietwaar?'

'Het is...'

'Laat me raden, gecompliceerd?' De twee bleven elkaar aanstaren. Lena's haar begon te krullen. Macon draaide zijn zilveren ring rond.

Boo sloop op zijn buik weg. Slimme hond. Ik wenste dat ik ook de kamer uit kon sluipen. De laatste gloeilamp sprong, en we stonden in het donker.

'U moet me alles vertellen wat u weet over mijn magische krachten.' Dat waren haar voorwaarden.

Macon zuchtte en de duisternis loste zich langzaam op. 'Lena, het is niet zo, dat ik het je niet wil vertellen. Na jouw kleine "demonstratie" is het duidelijk dat ik zelfs niet weet waartoe jij in staat bent. Dat weet niemand. Ik vermoed, ook jij niet.' Ze was niet helemaal overtuigd, maar ze luisterde. 'Dat is wat het betekent wanneer je een Naturel bent. Het is een deel van de gave.'

Ze leek iets te kalmeren. De strijd was gestreden en ze had hem gewonnen. Voor nu. 'Wat moet ik nu dan doen?'

Macon keek ongemakkelijk, zoals mijn vader toen hij mijn kamer inkwam toen ik in de vijfde klas zat en hij me over de bloemetjes en de bijtjes begon uit te leggen. 'In je krachten komen kan een bijzonder verwarrende tijd voor je zijn. Misschien is er een boek over dit onderwerp. Als je wilt, kunnen we langs Marian gaan.'

Ja, vast. *Keuzes en veranderingen. Een moderne gids voor meisjes om hun krachten te leren kennen. Mijn moeder wil me vermoorden: Een zelfhulpboek voor tieners.*

Het zouden een paar lange weken worden.

28 november

Domus Lunae Libri

'Vandaag? Maar het is geen feestdag.' Toen ik de voordeur opende, was Marian de laatste persoon die ik had verwacht. Ze stond in haar jas op de stoep. Even later zat ik met Lena op de koude achterbank van Marians oude turkooizen bestelbus, op weg naar de Caster-bibliotheek.

'Beloofd is beloofd. Het is de dag na Thanksgiving. Zwarte Vrijdag. Het is dan wel geen feestdag, maar wel een vrije dag en meer hebben we niet nodig.' Marian had gelijk. Amma stond vermoedelijk al van voor zonsopgang in het winkelcentrum in de rij met een handvol kortingsbonnen; het was buiten inmiddels donker en ze was nog niet terug. 'De bibliotheek van Gatlin is gesloten, dus de Caster-bibliotheek is open.'

'Dezelfde openingstijden?' vroeg ik Marian toen ze Main opdraaide.

Ze knikte. 'Van negen tot zes.' Toen knipogend: 'van negen uur 's avonds tot zes uur 's ochtends. Niet al mijn klanten kunnen zich in het daglicht op straat wagen.'

'Dat is niet echt eerlijk,' klaagde Lena. 'De Sterfelijken hebben zoveel meer tijd, en ze lezen hier niet eens.'

Marian haalde haar schouders op. 'Zoals ik al zei, word ik niet betaald door de gemeente Gatlin. Spreek die erop aan. Maar hou wel in de gaten dat de *Lunae Libri* op tijd terug moeten zijn.'

Ik keek haar niet-begrijpend aan.

'*Lunae Libri*. Ruw vertaald: Boek van de Manen. Je zou ze ook de Caster-rollen kunnen noemen.'

Mij maakte het niet uit hoe ze werden genoemd. Ik kon bijna niet wachten om te zien wat de boeken in de Caster-bibliotheek ons te vertellen hadden, of eigenlijk één boek in het bijzonder. Want we hadden nog te weinig antwoorden en we zaten krap in de tijd.

Toen we uit de bestelbus klommen, kon ik mijn ogen niet geloven. Marian had haar busje langs de weg geparkeerd, nog geen drie meter van het Historisch Genootschap van Gatlin. Mijn moeder en Marian noemden het vaak gekscherend het Gatlin Hysterisch Genootschap. Bij het Historisch Genootschap was ook het hoofdkantoor van de DAR gevestigd. Marian had haar busje ver genoeg naar voren gezet om te voorkomen dat het licht van de lantaarnpaal nodeloos op het wegdek zou schijnen.

Boo Radley zat op de stoep, alsof hij wist dat we kwamen.

'Hier? De *Lunae* en nog wat is op het hoofdkantoor van de DAR?'

'*Domus Lunae Libri*. Het Huis van *Het Boek van de Manen*. In het kort Lunae Libri. En nee, alleen de Gatlin-ingang is hier.' Ik schoot in de lach. 'Je hebt je moeders gevoel voor ironie geërfd.' We liepen naar het verlaten gebouw. We hadden geen betere nacht kunnen uitkiezen.

'Ik maakte geen grapje hoor. Het Gatlin Historisch Genootschap is gevestigd in het oudste gebouw in de verre omtrek, behalve Ravenwood zelf. Verder heeft niets de Grote Brand doorstaan,' voegde Marian toe.

'Maar de DAR en de Casters? Hoe zouden deze twee iets gemeenschappelijk kunnen hebben?' Lena was stomverbaasd.

'Ik verwacht dat je zult ontdekken dat ze heel wat meer gemeen hebben dan je denkt.' Marian haastte zich naar het oude stenen gebouw, terwijl ze haar vertrouwde sleutelbos tevoorschijn haalde. 'Zo ben ik bijvoorbeeld lid van beide kringen.' Ik keek Marian met grote ogen aan. 'Ik ben neutraal. Ik dacht dat ik dat allemaal duidelijk had uitgelegd. Ik ben niet zoals jij. Jij bent zoals Lila, je raakt er te veel bij betrokken...' Ik kon die zin zelf wel afmaken. En kijk hoe het met haar is afgelopen.

Marian verstijfde, maar de woorden hingen in de lucht. Ze kon niets zeggen of doen om ze daar weg te halen. Ik voelde me verstarren, maar zei niets. Lena pakte mijn hand en ik voelde hoe ze me uit mezelf trok.

Ethan. Gaat het?

Marian keek opnieuw op haar horloge. 'Het is vijf voor negen. Eigenlijk mag ik jullie nog niet binnen laten. Maar ik moet om negen uur beneden zijn, voor het geval er vanavond nog andere bezoekers komen. Kom mee.'

We zochten onze weg naar de donkere tuin achter het gebouw. Ze morrelde aan haar sleutelbos tot ze er iets uittrok. Ik had altijd gedacht dat het een sleutelhanger was, omdat het helemaal niet op een sleutel leek. Het was een metalen ring, met een scharnierende zijde. Alsof ze het dagelijks deed, draaide Marian het scharnier open tot het uit zichzelf terugsprong en de cirkel de vorm van een halve maan aannam. Een Caster-maan.

Ze duwde de sleutel in wat leek op een ijzeren rooster in de fundering aan de achterkant van het gebouw. Ze draaide de sleutel om en het rooster gleed open. Daarachter was een donkere stenen trap naar een nog peillozere diepte. De kelder onder de kelder van de DAR. Toen ze de sleutel nog een keer naar links klikte, begon een rij toortsen langs beide zijden van de muur uit zichzelf te branden. Nu was het trappenhuis volledig verlicht met flakkerend licht. Ik ving zelfs een glimp op van de woorden DOMUS LUNAE LIBRI, die in de stenen poort van de ingang onder aan de trap waren uitgehouwen. Marian draaide de sleutel nog een laatste keer om en de trap loste op en daarvoor in de plaats verscheen het ijzeren rooster opnieuw.

'Is dat het? Gaan we niet naar binnen?' Lena klonk teleurgesteld.

Marian stak haar hand door het rooster. Het was een illusie. 'Ik kan niet iets vormen zoals een Caster, zoals je weet. Maar we moesten iets doen. 's Nachts kwamen hier zwervers schuilen. Macon en Larkin hebben het voor mij in elkaar geflanst, en zo nu en dan komt hij langs om te zorgen dat het heel blijft.'

Marian keek ons aan, haar gezicht stond ineens somber. 'Goed dan. Als jullie zeker weten dat jullie dit willen, kan ik jullie niet tegenhouden. Maar ik kan jullie ook op geen enkele manier de weg wijzen als jullie eenmaal beneden zijn. Ik kan jullie niet verhinderen om een boek te pakken, of het weer van jullie aannemen voordat de Lunae Libri weer uit zichzelf opengaat.'

Ze legde haar hand op mijn schouder. 'Ethan, heb je me begrepen? Dit is geen spel. Daarbeneden staan boeken met magische krachten – boeken over Begrenzen, Caster-geschriften, Duistere talismannen, voorwerpen met magische kracht. Allemaal dingen die een Sterfelijke nog nooit heeft gezien, behalve ik en mijn voorgangers. Veel van de boeken worden door magische krachten beschermd, andere zijn behekst. Je moet voorzichtig zijn. Raak niets aan. Laat de boeken aan Lena over.'

Lena's haar waaide op. Ze voelde de magie van deze plek al. Ik knikte bedachtzaam. Wat ik voelde, had niets met magie te maken. Mijn buik kolkte alsof ik te veel muntlikeur had gedronken. Ik vroeg me af hoe vaak mevrouw Lincoln en haar vriendinnen op de vloer boven ons hoofd heen en weer hadden gebanjerd zonder dat ze zich ervan bewust waren wat er zich onder hen bevond.

'Wat jullie vannacht ook vinden, vergeet niet dat we hier voor zonsopgang weg moeten zijn. Van negen tot zes. Die uren is de bibliotheek open, en de ingang kan alleen worden geopend in die tijd. De zon zal precies om zes uur opgaan; dat is altijd zo op een bibliotheekdag. Wanneer je bij zonsopgang niet boven aan de trap bent, zit je hier vast tot de volgende bibliotheekdag. Ik heb geen idee hoe goed een Sterfelijke die ervaring kan overleven. Is alles duidelijk?'

Lena knikte en pakte mijn hand vast. 'Kunnen we nu naar binnen gaan? Ik kan niet langer wachten.'

'Ik ben niet goed wijs dat ik hier met jullie sta. Jouw oom Macon en Amma zouden me vermoorden als ze het wisten.' Marian controleerde haar horloge nog een keer. 'Na jullie.'

'Marian? Heb je – heeft mijn moeder dit ooit gezien?' Ik moest het vragen. Ik kon aan niets anders denken.

Marian keek me aan. In haar ogen zag ik een vreemde sprankeling. 'Jouw moeder heeft me deze baan gegeven.'

En nadat ze dat had gezegd, verdween ze voor onze ogen door het denkbeeldige rooster, naar beneden naar de Lunae Libri. Boo Radley blafte, maar het was te laat om nu terug te gaan.

De treden waren koud en bemost, de lucht bedompt. Natte, krioelende, glibberige dingen – het was niet moeilijk om je voor te stellen hoe ze het zich hier beneden aangenaam maakten.

Ik probeerde de laatste woorden van Marian van me af te zetten. Ik kon me niet voorstellen dat mijn moeder deze trap afliep. Het was zo'n vreemd idee dat zij iets van deze wereld wist waar ik net was binnengevallen. Of eigenlijk meer de wereld die óp mij was gevallen. Maar ze was hier geweest, en ik bleef me afvragen hoe dat was gegaan. Was zij er net als ik binnengevallen, of had iemand haar uitgenodigd? Eigenlijk werd dit allemaal echter doordat mijn moeder en ik een geheim deelden, zelfs al was ze er niet meer om het met me te delen.

Maar ik was nu hier en zij niet. Ik liep de stenen treden af. Sommige waren bewerkt, andere vlak, zoals de vloer van een oude kerk. Langs beide kanten van de trap zag ik ruwe zwerfkeien, de fundering van de eeuwenoude ruimte die al lang bestond voordat het gebouw van de DAR werd opgetrokken. Ik keek de trap af, maar in het donker kon ik alleen grove, vage contouren zien. Het had weinig weg van een bibliotheek. Het zag er meer uit als wat het vermoedelijk altijd was geweest. Een crypte.

Beneden aan de trap kromden zich in de schaduw van de crypte talloze kleine gewelven boven ons, gesteund door in totaal veertig of vijftig zuilen. Toen mijn ogen aan het donker waren gewend, zag ik dat elke zuil anders was. Enkele ervan waren scheefgezakt, als gebogen oude eiken. Door hun schaduwen leek de ronde ruimte een soort stil, donker bos. Het was een angstaanjagende ruimte om in te zijn. Met geen mogelijkheid kon je zien hoe groot hij was, omdat waar je ook keek alles oploste in de duisternis.

Marian stak haar sleutel in de eerste zuil, die was gemarkeerd met een maan. De toortsen langs de muren begonnen spontaan te branden en verlichtten de ruimte met fonkelend licht.

'Ze zijn prachtig,' fluisterde Lena. Ik zag haar haar alle kanten op waaien, en vroeg me af hoe ze zich hier moest voelen. Waarschijnlijk kwam ik daar nooit achter.

Springlevend. Krachtig. Zoals de waarheid, elke waarheid, hier ergens ligt.

'Bijeengebracht uit de hele wereld, lang voor mijn tijd. Istanbul.' Marian wees naar de toppen van de zuilen, de gedecoreerde delen, de kapitelen. 'Meegenomen uit Babylon.' Ze wees naar een andere zuil, waar uit elke hoek een valkenkop stak. 'Egypte, het Oog van God.' Ze tikte op een andere zuil, waarin een leeuwenkop was uitgehouwen. 'Assyrië.'

Ik streek met mijn hand langs de muur. Zelfs de stenen van de muren waren bewerkt. In sommige waren gezichten uitgehouwen, van mensen, schepsels en vogels. Ze staarden ons aan vanuit het bos van zuilen, als roofdieren. Op andere stenen waren symbolen uitgehouwen, die me niets zeiden, hiëroglyfen van Casters en culturen waarvan ik het bestaan niet wist.

We liepen dieper het vertrek in, achter de crypte die leek te dienen als een soort voorportaal. Opnieuw ontvlamden toortsen spontaan, de een na de ander, alsof ze ons volgden. Ik zag dat de zuilen rondom een stenen tafel in het midden van de ruimte stonden. De boekenrekken, of waarvan ik vermoedde dat het boekenrekken waren, stonden opgesteld in de vorm van een ster vanuit de centrale cirkel, als de spaken van een wiel. Ze leken bijna tot aan het plafond omhoog te rijzen en vormden een afschrikwekkend labyrint. Ik kon me voorstellen dat een Sterfelijke daarin gemakkelijk kon verdwalen. In de ruimte zelf was niets anders dan alleen de zuilen en de ronde stenen tafel.

Marian pakte kalm een toorts van een ijzeren halve maan aan de muur en gaf hem aan mij. Ze overhandigde een andere aan

Lena, en nam er zelf ook een. 'Kijk maar even rond. Ik moet de post nakijken. Er kan een aanvraag tussen zitten voor een verplaatsing naar een ander filiaal.'

'Voor de Lunae Libri?' Het was niet bij me opgekomen dat er nog andere Caster-bibliotheken zouden bestaan.

'Natuurlijk.' Marian draaide zich om naar de trap.

'Wacht. Hoe krijg je hier post?'

'Op dezelfde manier als jij die krijgt. Carlton Eaton bezorgt hem, in weer en wind.' Carlton Eaton was een ingewijde. Natuurlijk was hij dat. Dat verklaarde waarschijnlijk ook waarom hij Amma midden in de nacht bij mij thuis oppikte. Ik vroeg me af of hij de post van de Casters ook opende. Ik vroeg me ook af wat ik nog meer niet wist over Gatlin, en de mensen die er woonden. Ik hoefde het niet te vragen, Marian was me voor.

'Er zijn niet veel mensen zoals wij, maar meer dan je denkt. Je moet bedenken dat Ravenwood hier al langer is dan dit oude gebouw. Dit was een Caster-gemeente voor het een Sterfelijke werd.'

'Misschien lopen er daarom zoveel malloten rond.' Lena gaf me een por. Ik was nog uit het veld geslagen door Carlton Eaton.

Wie wist er nog meer wat er allemaal in Gatlin gebeurde? In het andere Gatlin, met ondergrondse bibliotheken en meisjes die het weer konden beïnvloeden of je van een klif konden laten springen? Wie zaten er nog meer in de Caster-kring, zoals Marian en Carlton Eaton? Zoals mijn moeder?

Fatty? Mevrouw English? Meneer Lee?

Nee, meneer Lee beslist niet.

'Zit daar maar niet over in. Wanneer je ze nodig hebt, weten ze jou te vinden. Zo werkt het, zo heeft het altijd gewerkt.'

'Wacht.' Ik greep Marian bij haar arm. 'Weet mijn vader ervan?'

'Nee.' Er was in elk geval één persoon in mijn huis die geen dubbelleven leidde, zelfs al was hij maf.

Marian gaf ons een laatste advies. 'Ga nu maar snel aan de slag. De Lunae Libri is duizendmaal groter dan welke bibliotheek ook. Wanneer je verdwaalt, loop dan onmiddellijk dezelfde weg terug.

Daarom staan de boekenrekken in een stervorm vanuit deze ene ruimte. Als je alleen naar voren loopt of naar achteren is de kans kleiner dat je verdwaalt.'

'Hoe kun je verdwalen als je alleen maar in een rechte lijn kunt gaan?'

'Probeer dat zelf maar uit. Je merkt het vanzelf.'

Lena kwam tussenbeide. 'Wat is er achter de boekenrekken? Ik bedoel aan het einde van de gangpaden?'

Marian keek Lena geheimzinnig aan. 'Dat weet niemand. Niemand is ooit zover gekomen om daarachter te komen. Sommige gangpaden lopen uit op tunnels. Delen van de Lunae Libri zijn nog altijd niet in kaart gebracht. Ik heb hier beneden ook heel veel nog nooit gezien. Wellicht komt dat ooit nog eens.'

'Wat klets je nou? Alles eindigt ergens. Er kunnen geen rijen en rijen boeken onder de hele stad doortunnelen. Zegt u het maar, wilt u bij mevrouw Lincoln op bezoek voor een kopje thee? Sla dan linksaf en geef een boek af bij tante Del in de volgende stad. Tunnel naar rechts voor een praatje met Amma.' Ik kon het niet geloven.

Marian glimlachte geamuseerd naar me. 'Hoe denk je dat Macon zijn boeken krijgt? Hoe denk je dat het komt dat de DAR nooit een bezoeker in en uit ziet gaan? Gatlin is Gatlin. De mensen zijn tevreden met hoe het is, zoals ze dénken dat het is. Sterfelijken zien alleen wat ze willen zien. Sinds de Burgeroorlog is er in en rond deze gemeente altijd een bloeiende Caster-gemeenschap geweest. Dat is al honderden jaren zo, Ethan. Dat zal niet opeens veranderen omdat jij er nu vanaf weet.'

'Ik kan er niet bij dat oom Macon me nooit over deze plek heeft verteld. Moet je je eens voorstellen, al die Casters die hier hebben rondgelopen.' Lena hield haar toorts omhoog en trok een dik, gebonden boek van de plank. Het was een fraai gebonden en loodzwaar boek. Een wolk grijze stof stoof alle kanten op. Ik moest hoesten.

'*Bezweringen, een korte historie.*' Ze trok er nog een uit. 'We zijn bij de B, vermoed ik.' Het was een leren doos die aan de bovenkant openging, waarna de staande rol zichtbaar werd. Lena haalde de rol eruit. Zelfs het opwaaiende stof leek ouder en grijzer. *'Bezweringen om te Vormen en te Verdraaien.* Dit is een oudje.'

'Voorzichtig. Meer dan een paar honderd jaar. Gutenberg heeft de drukpers pas in 1455 uitgevonden.' Marian pakte de rol enthousiast uit haar hand, alsof ze een pasgeboren baby vasthield.

Lena trok een in grijs leer gebonden boek tevoorschijn. *'Het Vormen van de Confederatie.* Waren er Casters betrokken bij de Burgeroorlog?'

Marian knikte. 'Aan beide kanten, bij de Blauwen en de Grijzen. Het was een van de grote splijtzwammen in de Caster-gemeenschap, moet ik helaas zeggen. Net zoals het dat voor ons Sterfelijken was.'

Lena keek op naar Marian, terwijl ze een boek terugzette op de plank. 'De Casters in onze familie, wij bevinden ons nog steeds in een oorlog, nietwaar?'

Marian keek haar bedroefd aan. 'Een Verdeeld Huis, zo noemde president Lincoln het. En ja, Lena. Ik ben bang dat jullie dat nog zijn.'

Ze raakte Lena's wang aan. 'Daarom ben je hier, zoals je misschien nog weet. Om te vinden wat je nodig hebt, om iets zinloos enige zin te geven. En nu aan de slag.'

'Er staan zoveel boeken, Marian. Kun je ons niet een hint in de goede richting geven?'

'Kijk mij niet aan. Zoals ik eerder zei, ik heb geen antwoorden, alleen de boeken. Gewoon doorploeteren. We hebben hier beneden de maanklok, en je raakt hier nog wel eens het gevoel voor tijd kwijt. De dingen gaan niet precies zoals je verwacht wanneer je hier beneden bent.'

Ik keek van Lena naar Marian. Ik wilde geen van beiden uit het oog verliezen. De Lunae Libri was intimiderender dan ik me had voorgesteld. Minder dan een bibliotheek, en eigenlijk meer dan een grafkelder. En *Het Boek van de Manen* kon overal zijn.

Lena en ik keken naar de eindeloze rekken, maar verzetten geen van beiden een voet.

'Hoe gaan we het vinden? Er moeten hier wel een miljoen boeken zijn.'

'Geen idee. Misschien...' Ik wist wat ze dacht.

'Zullen we het medaillon proberen?'

'Heb je hem bij je?' Ik knikte en trok de warme klomp uit mijn broekzak. Ik gaf Lena de toorts.

'We moeten zien wat er gebeurt. Er moet nog iets anders zijn.' Ik pakte het medaillon uit de zakdoek en legde het op de ronde stenen tafel in het midden van de ruimte. Ik zag een vertrouwde blik in Marians ogen. De blik die zij en mijn moeder hadden gedeeld wanneer ze een interessante vondst hadden opgegraven. 'Wil je dit meemaken?'

'Meer dan jij je kunt voorstellen.' Marian pakte behoedzaam mijn hand vast en ik die van Lena. Ik strekte mijn armen uit, en met mijn vingers ineengevlochten in die van Lena raakte ik het medaillon aan.

Door de verblindende flits moest ik mijn ogen sluiten.

En toen zag ik de rook en ik rook het vuur en we waren weg...

Geneviève tilde het Boek op zodat ze de woorden door de regen kon lezen. Ze wist dat het uitspreken van de woorden de Natuurlijke Wetten zou tarten. Ze kon bijna haar moeders stem horen, die wilde dat ze stopte – en dat ze nadacht over de keus die ze ging maken.

Maar Geneviève kon niet stoppen. Ze mocht Ethan niet verliezen.

Ze begon ritmisch te chanten.

'CRUOR PECTORIS MEI, TUTELA TUA EST.

VITA VITAE MEAE, CORRIPIENS TUAM, CORRIPIENS MEAM.

CORPUS CORPORIS MEI, MEDULLA MENSQUE,

ANIMA ANIMAE MEAE, ANIMAM NOSTRAM CONECTE.

CRUOR PECTORIS MEI, LUNA MEA, AESTUS MEUS.

CRUOR PECTORIS MEI, FATUM MEUM, MEA SALUS.'

'Stop kind, voordat het te laat is!' Ivy was uitzinnig van angst.

De regen kletterde naar beneden en bliksemschichten sneden door de rook. Geneviève hield haar adem in en wachtte. Niets. Ze moest iets verkeerd hebben gedaan. Ze tuurde op de woorden om ze in het donker beter te kunnen zien. Ze schreeuwde ze de duisternis in, in de taal die ze het best kende.

'BLOED VAN MIJN HART, BESCHERMING IS DE UWE.
LEVEN VAN MIJN LEVEN, NEEM HET UWE, NEEM HET MIJNE.
LICHAAM VAN MIJN LICHAAM, MERG EN VERSTAND,
ZIEL VAN MIJN ZIEL, OM ONZE GEESTEN TE BINDEN.
BLOED VAN MIJN HART, MIJN STROMEN, MIJN MAAN.
BLOED VAN MIJN HART, MIJN REDDING, MIJN NOODLOT.'

Ze dacht dat haar ogen haar voor de gek hielden, toen ze zag dat Ethan zich inspande om zijn ogen te openen.

'Ethan!' Een seconde ontmoetten hun ogen elkaar.

Ethan zwoegde op zijn ademhaling, hij probeerde duidelijk iets te zeggen. Geneviève drukte haar oor dichter tegen zijn lippen en ze voelde de warme adem op haar wang.

'Ik heb jouw vader nooit geloofd toen hij zei dat het onmogelijk was voor een Caster en een Sterfelijke om samen te zijn. We zouden een weg hebben gevonden. Geneviève, ik hou van je.' Hij duwde haar iets in haar hand. Een medaillon.

En net zo plotseling als hij zijn ogen had geopend, vielen ze weer dicht, zijn borstkas ging niet meer op en neer.

Voordat Geneviève kon reageren, schoot er een elektrische schok door haar lichaam. Ze voelde het bloed kloppen in haar aderen. Ze moest getroffen zijn door de bliksem. Golven van pijn stroomden door haar lichaam.

Geneviève probeerde overeind te blijven.

Toen werd alles zwart om haar heen.

'Lieve Heer in de Hemel, neem niet ook haar.'

Geneviève herkende de stem van Ivy. Waar was ze?

De geur bracht haar terug. Verbrande citroenen. Ze probeerde iets te zeggen, maar haar keel voelde alsof ze zand had doorgeslikt. Haar oogleden trilden.

'O Heer, dank U!' Ivy zat geknield naast haar in de modder en staarde op haar neer.

Geneviève hoestte en strekte haar armen naar Ivy uit. Ze probeerde haar naar zich toe te trekken.

'Ethan, is hij...' fluisterde ze.

'Het spijt me, kind. Hij is heengegaan.'

Geneviève vocht om haar ogen te openen. Ivy week achteruit, alsof ze de duivel zelf had gezien.

'Heer, heb genade!'

'Wat? Ivy, wat is er?'

De oude vrouw spande zich tot het uiterste in om te bevatten wat ze zag. 'Jouw ogen, kind. Ze zijn... ze zijn veranderd.'

'Waar heb je het over?'

'Ze zijn niet groen meer. Ze zijn geel, zo goudgeel als de zon.'

Het kon Geneviève niet schelen welke kleur haar ogen hadden. Niets kon haar meer schelen nu ze Ethan was kwijtgeraakt. Ze begon te huilen.

Het begon harder te regenen, waardoor de grond onder hen nog drassiger werd.

'Je moet opstaan, juffrouw Geneviève. We moeten contact zoeken met Degenen in de Andere Wereld.' Ivy probeerde haar overeind te trekken.

'Ivy, ik begrijp niet waar je het over hebt.'

'Jouw ogen – ik heb je gewaarschuwd. Ik heb je verteld over die maan, geen maan. We moeten uitzoeken wat dat betekent. We moeten de Geesten consulteren.'

'Als er iets mis is met mijn ogen, weet ik zeker dat dat komt omdat ik door de bliksem ben getroffen.'

'Wat heb je gezien?' Ivy keek ontsteld.

'Ivy, zeg me wat er is? Waarom gedraag je je zo vreemd?'

'Je bent niet getroffen door de bliksem. Het was iets anders.'

Ivy rende terug naar de brandende katoenvelden. Geneviève

riep haar na en probeerde te gaan staan, maar ze was nog te duizelig. Ze liet haar hoofd weer in de dikke modder zakken, terwijl de regen op haar gezicht viel. De regen vloeide samen met dikke tranen van verlies. Ze zweefde in het moment en weer weg, ze was bij en buiten bewustzijn. Ze hoorde vaag in de verte Ivy haar naam roepen. Toen ze haar ogen eindelijk kon scherpstellen, stond de oude vrouw naast haar, haar rok bij elkaar gehouden in haar handen.

Ivy droeg iets in de plooien van haar rok, en ze liet het op de natte grond naast Geneviève vallen. Flesjes met poeder en flesjes met iets wat leek op zand en modder tegen elkaar aangedrukt.

'Wat ben je aan het doen?'

'Ik maak een offer. Voor de Geesten. Alleen zij kunnen ons vertellen wat dit betekent.'

'Ivy, kalmeer. Je praat wartaal.'

De oude vrouw pakte iets uit de zak van haar duster. Het was een scherf van een spiegel. Ze hield de scherf voor het gezicht van Geneviève.

Het was donker, maar het viel niet te ontkennen. De ogen van Geneviève gloeiden fel op. Ze waren van diepgroen veranderd in vlammend goudgeel, en ze leken op geen enkele manier meer op haar ogen. In het midden, waar een ronde zwarte pupil had moeten zitten, waren nu amandelvormige spleetjes te zien, als de pupillen van een kat. Geneviève smeet de spiegel op de grond en draaide zich naar Ivy.

Maar de oude vrouw had geen aandacht voor haar. Ze had de poeders en de aarde al met elkaar gemengd en ze zeefde het mengsel door het van de ene in de andere hand te strooien. Ondertussen fluisterde ze in de oude Gullah-taal van haar voorvaderen.

'Ivy, wat ben je...'

'Shh,' siste de oude vrouw. 'Ik luister naar de Geesten. Ze weten wat je hebt gedaan. Ze gaan ons vertellen wat dit betekent.'

'Van de aarde van haar botten en het bloed van mijn bloed.'
Ivy maakte met de punt van de gebroken spiegel een snee in haar vinger en smeerde de kleine druppels bloed in de aarde die ze aan het zeven was. 'Laat me horen wat jullie horen. Zien wat jullie zien. Weten wat jullie weten.'

Ivy stond op en spreidde haar armen uit naar de hemel. De regen stortte op haar neer, de modder stroomde van haar jurk. Ze begon te praten in de vreemde taal en toen...

'Dit kan niet waar zijn. Ze wist niet beter,' jammerde ze tegen de donkere hemel boven haar.

'Ivy, wat zeggen ze?'

Ivy stond te trillen, sloeg haar armen om zich heen en jammerde. 'Het kan niet waar zijn. Het kan niet waar zijn.'

Geneviève pakte Ivy bij haar schouders. 'Wat? Wat is het? Wat is er mis met mij?'

'Ik heb je nog zo gezegd dat je niet moest rommelen met dat boek. Ik heb je gewaarschuwd dat het niet de juiste nacht was om te Bezweren, maar het is nu te laat, kind. Het kan niet meer ongedaan worden gemaakt.'

'Waar heb je het over?'

'Je bent nu vervloekt, juffrouw Geneviève. Je bent Opgeëist. Je bent Overgegaan, en we kunnen niets doen om het te stoppen. Dat is de afspraak. Je kunt niets van Het Boek van de Manen krijgen zonder dat je daarvoor iets teruggeeft.'

'Wat, wat heb ik gegeven?'

'Jouw lot, kind. Jouw lot en het lot van elk ander Duchannes-kind dat na jou wordt geboren.'

Geneviève begreep het niet. Toch begreep ze voldoende om te weten dat wat ze had gedaan niet kon worden teruggedraaid. 'Wat bedoel je?'

'Op de Zestiende Maan, in het Zestiende jaar, zal het Boek nemen wat hem is toegezegd. Wat je bent overeengekomen. Het bloed van een Duchannes-kind, en dat kind gaat over naar het Duister.'

'Elk Duchannes-kind?'

Ivy boog haar hoofd. Genevière was niet de enige die op deze nacht was verslagen. 'Niet elk kind.'

Genevière keek hoopvol. 'Welk kind wel? Hoe weten we wie wel?'

'Het Boek zal kiezen. Op de Zestiende Maan, de zestiende verjaardag van het kind.'

'Hij deed het niet.' Lena's stem klonk gesmoord en ver weg. Het enige wat ik zag was rook, en het enige wat ik hoorde was haar stem. We waren niet in de bibliotheek en we waren niet in het visioen. We waren ergens daartussenin, en het was afgrijselijk.

'Lena!'

En toen zag ik heel even haar gezicht in de rook. Haar ogen waren reusachtig en donker, alleen leek het groen nu bijna zwart. Haar stem was nu meer gefluister. 'Twee seconden. Hij leefde twee seconden, en daarna was ze hem kwijt.'

Ze sloot haar ogen en loste op.

'L! Waar ben je?'

'Ethan. Het medaillon.' Ik hoorde Marian, ergens in de verte.

Ik voelde het gewicht van het medaillon in mijn handen. Ik begreep het.

Ik liet hem vallen.

Ik opende mijn ogen, hoestend van de rook die nog in mijn longen zat. De wazige ruimte draaide wild om me heen.

'Wel verdomme, wat doen jullie hier?'

Ik fixeerde mijn ogen op het medaillon en de ruimte kwam langzaam terug. Het medaillon lag op de stenen vloer en zag er klein en ongevaarlijk uit. Marian liet mijn hand los.

Macon Ravenwood stond in het midden van de crypte. Zijn overjas danste om hem heen. Amma stond naast hem, haar nette jas verkeerd dichtgeknoopt. Ze hield haar handtas krampachtig vast. Ik kan niet zeggen wie er kwader was.

'Macon, het spijt me. Je kent de regels. Ze vroegen me om hulp en ik ben Begrensd om die te geven.' Marian keek verslagen.

Amma was woest op Marian, alsof ze ons huis met benzine had overgoten. 'Zoals ik het zie, ben je Begrensd om op Lila's zoon en Macons nichtje te passen. En ik zie niet dat wat je nu doet daarop lijkt.'

Ik wachtte tot Macon ook tegen Marian zou uitvallen, maar het bleef stil. Ineens realiseerde ik me waarom. Hij stond Lena door elkaar te schudden. Ze was over de stenen tafel heen in elkaar gezakt. Ze had haar armen gespreid en haar gezicht lag op het ruwe steen. Ze leek niet bij bewustzijn.

'Lena!' Ik trok haar in mijn armen en negeerde Macon die al naast haar stond. Haar ogen waren nog steeds zwart en staarden me aan.

'Ze is niet dood. Ze zweeft weg. Ik geloof dat ik haar kan bereiken'. Macon deed in alle stilte zijn werk. Ik zag hem aan zijn ring draaien. Zijn ogen flonkerden op een eigenaardige manier.

'Lena! Kom terug!' Ik trok haar bewegingloze lichaam in mijn armen en drukte haar tegen mijn borst.

Macon stond te mompelen. Ik kon niet horen wat hij zei, maar ik zag dat Lena's haar begon te bewegen in de inmiddels vertrouwde, bovennatuurlijke wind, die ik als een Casting-bries begon te zien.

'Niet hier, Macon. Jouw vormende Bezweringen werken hier niet.' Marian bladerde wild in een stoffig boek. Haar stem trilde.

'Hij is niet aan het Bezweren, Marian. Hij is aan het Reizen. Zelfs een Caster kan dat niet. Waar zij naartoe is gegaan, kan alleen iemand als Macon gaan. Naar Beneden.' Amma probeerde Marian gerust te stellen, maar ze klonk onzeker.

Ik voelde de kou door Lena's lege lichaam trekken en wist dat Amma gelijk had. Waar Lena ook was, ze was niet in mijn armen. Ze was ver weg. Ik voelde het zelf en ik was maar een Sterfelijke.

'Ik heb je al gezegd, Macon. Dit is een neutrale plek. In een ruimte van aarde kun je jouw Begrenzingswerk niet doen.' Marian banjerde heen en weer. Ze bladerde wild door het boek, alsof ze het gevoel had dat ze zo toch kon helpen. Maar er stonden geen antwoorden in. Dat had ze zelf gezegd. Bezweringen konden ons hier niet helpen.

Ik herinnerde me de dromen, herinnerde me dat ik Lena door de modder trok. Ik vroeg me af of dit de plaats was waar ik haar was kwijtgeraakt.

Macon sprak. Hij had zijn ogen open, maar hij zag niets. Het leek alsof ze naar binnen waren gekeerd, naar waar Lena dan ook was. 'Lena. Luister naar me. Ze kan je niet vasthouden.'

Ze. Ik staarde in Lena's lege ogen.

Sarafine.

'Lena, je bent sterk; breek eruit. Ze weet dat ik je hier niet kan helpen. Ze stond je in de schaduwen op te wachten. Je moet het zelf doen.'

Marian kwam aanlopen met een glas water. Macon gooide het over het gezicht van Lena, in haar mond, maar ze bleef roerloos liggen.

Ik kon het niet meer aanzien.

Ik greep haar mond vast en kuste haar, hard. Het water druppelde uit onze monden, alsof ik mond-op-mondbeademing gaf aan een verdrinkingsslachtoffer.

Word wakker, L. Je kunt me nu niet alleen laten. Niet op deze manier. Ik heb je meer nodig dan zij.

Lena's oogleden trilden.

Ethan. Ik ben zo moe.

Proestend kwam ze weer tot leven. Ze verslikte zich en spuugde water over haar jasje. Ik glimlachte ondanks alle ellende, en ze glimlachte terug. Wanneer de dromen hierover gingen, dan hadden we de manier waarop ze eindigden veranderd. Deze keer had ik niet opgegeven. Maar ergens in mijn achterhoofd, wist ik het wel. Dit was niet het moment dat ze uit mijn handen glipte. Dit was slechts het begin.

Maar zelfs als dat zo was, had ik haar dit keer gered.

Ik pakte haar op en nam haar in mijn armen. Ik wilde de vertrouwde stroom tussen ons voelen. Voor ik mijn armen om haar

heen kon slaan, schoot ze overeind en was ze uit mijn armen verdwenen. 'Oom Macon!'

Macon stond aan de overkant van de ruimte en hing tegen de
muur van de crypte en kon amper op zijn benen blijven staan.
Zijn hoofd leunde tegen een steen. Hij zweette, ademde zwaar en
zijn gezicht was lijkbleek.

Lena rende naar hem toe en hield hem vast, als een kind dat bezorgd is om haar vader. 'U had dat niet moeten doen. Ze had u
kunnen doden.' Wat hij ook deed als hij aan het Reizen was, wat
dat ook betekende, de inspanning had hem uitgeput.

Dus dit was Sarafine. Dit ding, wie ze ook mocht zijn, was
Lena's moeder.

Wanneer dit een uitstapje naar de bibliotheek was, wist ik niet
of ik klaar was voor wat er in de volgende maanden misschien
allemaal zou gebeuren.

Of liever gezegd, vanaf morgenochtend, de volgende vieren-
zeventig dagen.

Lena zat nog nadruipend in een deken gewikkeld. Ze leek zo wel
een meisje van vijf. Ik wierp een vluchtige blik op de oude eiken
deur achter haar en vroeg me af of ik hier ooit alleen de weg naar
buiten zou vinden. We waren ongeveer dertig passen door een van
de gangpaden gegaan en daarna door een trappenhuis naar beneden verdwenen. Tot slot gingen we een aantal smalle deuren door
en kwamen we in een knusse werkkamer, die blijkbaar een soort
leesruimte was. Aan de gang leek geen einde te komen, met om de
paar meter een deur, alsof het een soort ondergronds hotel was.

Op het moment dat Macon zat, verscheen er een zilveren theeservies midden op de tafel, met precies vijf kopjes en een blad
zoete broodjes. Misschien was Keuken hier ook.

Ik keek rond. Ik had geen idee waar ik was, maar ik wist één
ding zeker. Ik was ergens in Gatlin, en toch ergens verder weg van
Gatlin dan ik ooit was geweest.

In elk geval was ik ver boven mijn gewone leven uitgestegen.

Ik probeerde een comfortabel plekje te vinden op een gestoffeerde stoel die zo uit de erfenis van Hendrik VIII leek te komen. Eigenlijk kon je nooit weten of dat niet het geval was. De bekleding op de muren leek ook uit een oud kasteel te komen, of uit Ravenwood. Het was geweven in de vorm van een sterrenbeeld, nachtblauw garen en zilverdraad. Elke keer als ik ernaar keek, verscheen de maan in een andere fase.

Macon, Marian en Amma zaten aan de overkant van de tafel. Als ik zeg dat Lena en ik in de penarie zaten, was dat nog zacht uitgedrukt. Macon was furieus, zijn theekopje stond voor hem te rammelen. Amma overtrof hem. 'Hoe haal je het in je hoofd om op eigen houtje te beslissen wanneer mijn jongen klaar is voor het Onderaardse? Lila zou je met eigen handen villen als ze hier was. Je hebt wel lef, Marian Ashcroft.'

Marians handen trilden toen ze haar theekopje oppakte.

'Jouw jongen? En mijn nichtje dan? Ik dacht toch echt dat zij werd aangevallen.' Macon en Amma, die eerst ons in mootjes hadden gehakt, begonnen nu op elkaar in te hakken. Ik durfde Lena niet aan te kijken.

'Je bezorgt iedereen al last sinds je bent geboren, Macon.' Amma draaide zich naar Lena. 'En van jou kan ik niet geloven dat je mijn jongen hierin meesleurt, Lena Duchannes.'

Lena schoot nu ook uit haar slof. 'Natuurlijk heb ik hem hierin meegesleurd. Ik doe slechte dingen. Wanneer gaan jullie dat nu eens begrijpen? En het zal alleen maar erger worden!'

Het theeservies vloog over de tafel recht de lucht in, waar het bevroor. Macon keek ernaar, zonder ook maar met zijn ogen te knipperen. Een uitdaging. Het hele servies ontdooide uit zichzelf en landde zacht weer op de tafel. Lena keek Macon aan, alsof er verder niemand in de kamer was. 'Ik word Duister, en er is niets waarmee u dit kunt tegenhouden.'

'Dat is niet waar.'

'O nee? Ik zal net zo eindigen als mijn...' Ze kon het niet zeggen.

De deken viel van haar schouders en ze pakte mijn hand. 'Je moet bij mij vandaan blijven, Ethan. Voor het te laat is.'

Macon keek haar geërgerd aan. 'Jij wordt niet Duister. Doe niet zo onnozel. Zij wil alleen dat je dat gelooft.' De manier waarop hij 'Zij' zei, deed me denken aan hoe hij 'Gatlin' uitsprak.

Marian zette haar theekopje op de tafel neer. 'Tieners – alles is zo dramatisch.'

Amma schudde haar hoofd. 'Sommige dingen zijn zoals ze zijn bedoeld en voor andere dingen moet je iets doen. Met deze zijn jullie nog niet klaar.'

Ik voelde Lena's hand trillen in die van mij. 'Ze hebben gelijk, L. Alles komt goed.'

Ze trok woest haar hand weg. 'Alles komt goed? Mijn moeder, een Cataclyst, probeert me te vermoorden. Een visioen van honderd jaar geleden heeft zojuist duidelijk gemaakt dat mijn hele familie sinds de Burgeroorlog is vervloekt. Mijn zestiende verjaardag is over twee maanden, en dat is het enige wat je kunt zeggen?'

Ik pakte behoedzaam opnieuw haar hand, omdat ze het toeliet. 'Ik heb hetzelfde visioen gezien als jij. Het Boek kiest wie het neemt. Misschien zal het jou niet kiezen.' Ik klampte me daaraan vast, want verder had ik niets.

Amma keek naar Marian en knalde het schoteltje op de tafel. Het kopje rinkelde ertegenaan.

'Het Boek?' Macons ogen boorden zich in mij.

Ik probeerde hem recht in de ogen te kijken, maar ik kon het niet. 'Het Boek in het visioen.'

Ethan, zeg niets meer.

We moeten het hem vertellen. We kunnen dit niet alleen.

'Het is niets, oom M. We weten niet eens wat de visioenen betekenen.' Lena wilde zich niet gewonnen geven, maar na vannacht had ik het gevoel dat ik niet anders kon. We moesten het doen. Alles was gierend uit de hand aan het lopen. Ik had het gevoel dat ik verdronk en niet eens mezelf kon redden, laat staan Lena.

'Misschien betekenen de visioenen dat niet iedereen in jouw familie Duister wordt wanneer ze worden Opgeëist. Wat denk je van tante Del? Reece? Denk je dat kleine Ryan naar de duistere kant zal overgaan wanneer zij mensen kan helen?' zei ik, terwijl ik dichter naar haar toeschoof.

Lena kroop terug in haar stoel. 'Je weet helemaal niets over mijn familie.'

'Maar hij ziet het niet verkeerd, Lena.' Macon keek haar boos aan.

'Jij bent Ridley niet. En je bent je moeder niet,' zei ik, met zoveel overtuigingskracht als ik in me had.

'Hoe weet je dat? Je hebt mijn moeder nog nooit ontmoet. En trouwens, dat heb ik ook niet, met uitzondering van die bovennatuurlijke aanvallen die niemand schijnt te kunnen voorkomen.'

Macon probeerde geruststellend te klinken. 'We waren niet voorbereid op dit soort aanvallen. Ik wist niet dat ze kon Reizen. Ik wist dat ze sommige krachten met me deelde. Het is geen gave die uitsluitend aan Casters wordt verleend.'

'Niemand schijnt iets te weten over mijn moeder of over mij.'

'Daarom hebben we het Boek nodig.' Dit keer keek ik Macon recht aan toen ik het zei.

'Wat is dat voor boek waar jullie het de hele tijd over hebben?' Macon verloor duidelijk zijn geduld.

Vertel het hem niet, Ethan.

We moeten wel.

'Het Boek dat Geneviève heeft vervloekt.' Macon en Amma keken elkaar aan. Ze wisten al wat ik ging zeggen. '*Het Boek van de Manen*. Wanneer de vloek door een Bezwering is gevormd, moet er ook iets in staan wat ons kan vertellen hoe we de vloek kunnen doorbreken. Nietwaar?' De kamer viel stil.

Marian keek Macon aan. 'Macon...'

'Marian. Hou je erbuiten. Je hebt je er al meer in gemengd dan goed is, en de zon zal over een paar minuten opgaan.'

Marian wist het. Ze wist waar *Het Boek van de Manen* te vinden was, en Macon wilde er zeker van zijn dat ze haar mond dicht hield.

'Tante Marian, waar is het Boek?' Ik keek haar indringend aan.

'Je moet ons helpen. Mijn moeder zou ons hebben geholpen, en van jou wordt verwacht dat je geen kant kiest, nee toch?' Ik speelde het niet helemaal eerlijk, maar het was waar.

Amma hief haar handen, maar liet ze weer terugvallen in haar schoot. Een zeldzaam teken dat ze zich gewonnen gaf. 'Wat gebeurd is, is gebeurd. Ze zijn al begonnen om aan de draad te trekken, Melchizedek. Het werd overigens tijd dat die oude trui werd ontrafeld.'

'Macon, er zijn protocollen. Wanneer ze het mij vragen, ben ik Begrensd om het ze te vertellen,' zei Marian. Toen keek ze op naar mij. '*Het Boek van de Manen* is niet in de Lunae Libri.'

'Hoe weet je dat?'

Macon stond op om weg te gaan en draaide zich naar Lena en mij. Hij had zijn kaken op elkaar geklemd, zijn ogen stonden donker en boos. Toen hij eindelijk sprak, echode zijn stem door de kamer, over ons allemaal heen. 'Omdat dat het boek is, waarnaar dit archief is vernoemd. Het is het meest krachtige boek van hier tot de Andere Wereld. Het is ook het boek dat onze familie tot in de eeuwigheid heeft vervloekt. En het is al meer dan honderd jaar spoorloos verdwenen.'

1 december

Het rijmt op heks

Maandagochtend reden Link en ik Route 9 af en stopten bij de splitsing in de weg om Lena op te pikken. Link kon het inmiddels goed vinden met Lena, maar was toch met geen stok naar Ravenwood te slaan. Voor hem was het nog altijd het spookhuis.

Hij moest eens weten. De korte vakantie met Thanksgiving was slechts een lang weekend, maar het voelde veel langer. Zeker gezien die schemerzone van het Thanksgiving-feestmaal, de vazen die tussen Macon en Lena rondvlogen, en ons uitstapje naar het centrum van de aarde. En dat allemaal zonder de stadsgrenzen van Gatlin over te gaan. Hoe anders was het voor Link geweest. Hij had het hele weekend American football gekeken, zijn neefjes afgerost, en geprobeerd uit te vogelen of er in de kaasballetjes nu wel of geen ui zat.

Wanneer ik Link moest geloven, stond ons nu heibel uit een andere hoek te wachten, en deze ochtend klonk het echt alarmerend. Links moeder had de telefoonlijnen de afgelopen vierentwintig uur opnieuw laten gloeien. Ze had zich in de keuken verschanst met de telefoon aan een lang snoer en daar uren staan smiespelen. Mevrouw Snow en mevrouw Asher waren na het avondeten langsgekomen, en gedrieën waren ze in de keuken verdwenen – het crisiscentrum. Toen Link naar binnen ging met de smoes dat hij een glas frisdrank wilde pakken, werd hij niet veel wijzer. Maar het was genoeg om erachter te komen wat zijn moeders eindspel was. 'We krijgen haar goedschiks of kwaadschiks van onze school af.' En haar hondje ook.

Het was niet veel, maar ik kende mevrouw Lincoln goed genoeg om me echt zorgen te maken. Vrouwen als mevrouw Lincoln mocht je nooit onderschatten. Ze zouden tot het uiterste gaan om hun kinderen en hun stad te beschermen voor het enige wat ze het meest verafschuwden – iemand die anders was dan zij waren. Ik kon het weten. Mijn moeder vertelde me de verhalen over haar eerste jaren in Gatlin. In de ogen van de rest gedroeg ze zich zo schandalig dat zelfs de meest godvrezende kerkdames er genoeg van kregen om rapport uit te brengen over haar gedrag; ze deed op zondag boodschappen, viel binnen bij elke kerk die haar aansprak of bij geen enkele kerk. Ze was een feministe (wat mevrouw Asher soms verwarde met communiste), een democraat (waarover mevrouw Lincoln betoogde dat in het woord zelf eigenlijk al het 'demon' besloten lag). Tot overmaat van ramp was ze vegetariër (die elke uitnodiging van mevrouw Snow afsloeg voor een etentje). Omdat ze ook nog eens geen lid was van de juiste kerk, de DAR of De Nationale Schietbond, was mijn moeder een buitenstaander.

Maar mijn vader was hier opgegroeid en werd als een van de Gatlin-zonen gezien. Dus toen mijn moeder stierf, kwamen diezelfde vrouwen, die haar zo veroordeelden toen ze leefde, allemaal tot vervelens toe aanzetten met stoofschotels met room of wat dan ook, met grote schalen met braadstukken en spaghetti. Alsof zij uiteindelijk toch het laatste woord hadden. Mijn moeder zou het vreselijk hebben gevonden, en dat wisten ze. Dat was de eerste keer dat mijn vader zijn werkkamer inging en de deur dagenlang op slot hield. Amma en ik lieten de stoofschotels op de veranda opstapelen, tot ze deze weer weghaalden en ons vervolgens weer net zo veroordeelden als voorheen.

Zij hadden altijd het laatste woord. Dat wisten Link en ik allebei, ook al wist Lena dit nog niet.

Lena zat voor in het Wrak ingeklemd tussen Link en mij op haar hand te schrijven. Ik kon alleen de woorden *versplinterd zoals al het andere* lezen. Ze was altijd aan het schrijven, zoals anderen kauwgom kauwden of aan hun haar draaiden; volgens mij was ze zich daarvan niet eens bewust. Ik vroeg me af of ze me ooit een van haar gedichten zou laten lezen en of ze ook iets over mij had geschreven.

Link wierp een vluchtige blik op haar hand. 'Wanneer schrijf je voor mij eens een nummer?'

'Zodra ik het nummer af heb dat ik nu voor Bob Dylan aan het schrijven ben.'

'Verdomme.' Link trapte op de rem bij de ingang naar het parkeerterrein. Ik kon het hem niet kwalijk nemen. De aanblik van zijn moeder op het parkeerterrein voor acht uur 's ochtends was angstaanjagend. En daar stond ze.

Op het parkeerterrein was het een drukte van jewelste, veel drukker dan anders. Er stonden ook ouders; anderen dan na het incident met het raam. Er waren geen ouders op het parkeerterrein geweest sinds de moeder van Jocelyn Walker haar de school uit sleurde tijdens de film over de voortplantingscyclus in de menselijke ontwikkeling.

Er was hier duidelijk iets loos.

Links moeder gaf Emily een doos. Ze had alle cheerleaders om zich heen verzameld – het eerste team en ook de junioren. Bij elke auto op het parkeerterrein staken ze een flyer met neonkleuren achter de ruitenwisser. Een aantal dwarrelde door de lucht, maar ik kon er ook een paar zien vanuit mijn relatief veilige schuilplaats in het Wrak. Het zag ernaar uit dat ze een soort campagne voerden, maar dan zonder kandidaat.

ZEG NEE TEGEN GEWELD OP JACKSON

LIK OP STUK!

Link werd vuurrood. 'Sorry. Jullie moeten eruit.' Hij dook ineen op de bestuurdersstoel en maakte zich zo klein dat het leek alsof er niemand achter het stuur zat. 'Ik wil niet dat mijn moeder me verrot slaat voor de ogen van alle cheerleaders.'

Ik liet me zakken en strekte me uit om de deur voor Lena te openen. 'We zien je binnen, man.'

Ik greep Lena's hand en gaf haar een kneepje.

Klaar?

Zo klaar als ik maar kan zijn.

We doken weg tussen de auto's die aan de rand van het parkeerterrein stonden. We konden Emily niet zien, maar we hoorden haar stem vanachter Emory's pick-up.

'Herken de symptomen!' Emily naderde het autoraam van Carrie Jensen. 'We gaan een nieuwe club oprichten op school, de Jackson Beschermengelen. We zorgen ervoor dat onze school veilig blijft door het rapporteren van uitingen van geweld of ander abnormaal gedrag in en rond de school. Persoonlijk vind ik dat elke student op Jackson een verantwoordelijkheid heeft om onze school veilig te houden. Als je wilt meedoen, kom dan na het achtste uur naar de bijeenkomst in de kantine.' Toen Emily's stem in de verte wegstierf, klemde Lena haar hand steviger om die van mij.

Wat zijn ze van plan?

Geen idee, maar ze zijn volledig de weg kwijt. Kom.

Ik wilde haar omhooghijsen, maar ze trok me weer naar beneden. Ze kroop ineen naast het wiel. 'Laat me nog even.'

'Gaat het?'

'Moet je ze zien. Ze denken dat ik een monster ben. Ze hebben een club opgericht.'

'Ze hebben een broertje dood aan buitenstaanders, en jij bent een nieuw meisje. Er is een raam gesneuveld. Ze moeten iemand de schuld geven. Dit is gewoon een...'

'Heksenjacht.'

Dat wilde ik niet zeggen.

Maar je dacht het wel.

Ik kneep in haar hand en mijn haar stond rechtovereind.

Je hoeft dit niet te doen.

Dat moet ik wel. Ik ben op mijn vorige school weggevlucht voor mensen als zij. Dat laat ik niet weer gebeuren.

Toen we achter de laatste rij auto's vandaan kwamen, stonden ze daar. Mevrouw Asher en Emily zetten juist de dozen met extra flyers achter in hun minibusje. Eden en Savannah stonden flyers uit te delen aan de cheerleaders en aan elke jongen die een blik wilde werpen op Savannahs benen en decolleté. Mevrouw Lincoln stond een paar meter verderop te praten met de andere moeders. Vermoedelijk beloofde ze hun huizen op te nemen in de Zuidelijke Erfgoedtour als ze een paar telefoontjes wilden plegen met rector Harper. Ze gaf de moeder van Earl Petty een klembord waarop een pen was vastgeklikt. Ik had even nodig om te begrijpen wat het was – er was geen uitweg.

Het zag eruit als een petitie.

Mevrouw Lincoln kreeg ons in de smiezen en zoemde op ons in. De andere moeders volgden haar starende blik. Een seconde was het doodstil. Ik dacht dat ze zich misschien schuldig tegenover me voelden en hun flyers zouden neerleggen, hun minibusjes en stationcars zouden nemen en naar huis gaan. Mevrouw Lincoln, bij wie ik thuis bijna net zo vaak sliep als in mijn eigen bed. Mevrouw Snow die eigenlijk mijn derde nicht was in een of andere verre graad. Mevrouw Asher die mijn hand verbond nadat ik deze had opengehaald aan een vishaak toen ik tien was. Mevrouw Ellery die me mijn eerste echte knipbeurt gaf. Deze vrouwen kenden me. Ze kenden me al vanaf mijn geboorte. Ze zouden het niet in hun hoofd halen om me dit aan te doen, niet mij.

Als ik dit maar vaak genoeg zei, zou het misschien waar zijn. *Het komt goed.*

Tegen de tijd dat ik inzag dat ik me vergiste, was het te laat. Ze hadden zich hersteld van de tijdelijke schok van mij en Lena samen te zien.

Toen mevrouw Lincoln ons zag, kneep ze haar ogen tot spleetjes. 'Rector Harper...' Ze keek van Lena naar mij en schudde haar hoofd. Het was wel duidelijk dat ik niet meer voor het eten bij Link zou worden uitgenodigd. Ze verhief haar stem. 'Rector Harper staat volledig achter ons. We zullen het geweld op Jackson, waarmee de openbare scholen in deze omgeving te kampen hebben, niet tolereren. Jongelui, jullie hebben terecht actie ondernomen om jullie school te beschermen, en als ongeruste ouders' – ze keek ons aan – 'zullen we álles doen wat we kunnen om jullie te steunen.'

Lena en ik liepen hand in hand langs hen heen. Emily kwam recht voor ons staan, duwde me een flyer toe en negeerde Lena. 'Ethan. Kom ook vanmiddag naar de bijeenkomst. De Beschermengelen kunnen jou goed gebruiken.'

Het was de eerste keer in weken dat ze iets tegen me zei. Ik had de boodschap begrepen. Je bent een van ons, laatste kans.

Ik duwde haar hand weg. 'Dat heeft Jackson precies nodig, een beetje meer van jouw engelachtige gedrag. Waarom ga je niet een paar kinderen martelen. Ruk de vleugels van een vlinder af. Schop een jong vogeltje uit zijn nest.' Ik trok Lena langs haar heen.

'Wat zou jouw arme moeder zeggen, Ethan Wate? Wat zou ze denken over het gezelschap waarin je verkeert?' Ik draaide me om. Mevrouw Lincoln stond vlak achter me. Ze was gekleed zoals ze er altijd uitzag, als een soort strenge bibliothecaresse uit een film, met een goedkope bril van de drogist en vettig piekhaar dat niet kon beslissen of het grijs of bruin was. Eigenlijk moest je je afvragen waar Link vandaan kwam. 'Ik zal je vertellen wat jouw moeder zou zeggen. Ze zou huilen. Ze zou zich omdraaien in haar graf.'

Nu was ze te ver gegaan.

Mevrouw Lincoln wist niets over mijn moeder. Ze wist niet dat het mijn moeder was geweest die de schoolinspecteur een kopie had gestuurd met alle regels tegen het verbannen van boeken in de Verenigde Staten. Ze wist niet dat mijn moeder elke keer ineenkromp wanneer mevrouw Lincoln haar uitnodigde voor een Vrouwenveiling of DAR-bijeenkomst. Niet omdat mijn moeder een hekel had aan de Vrouwenveiling of de DAR, maar omdat ze de dingen verafschuwde waarvoor mevrouw Lincoln stond. Het type bekrompen vrouwen in Gatlin dat zich superieur voelde, waar mevrouw Lincoln en mevrouw Asher zo berucht om waren.

Mijn moeder had altijd gezegd: 'Het juiste doen is niet altijd het gemakkelijkst.' En nu, exact nu, wist ik het juiste te doen, zelfs wanneer het niet gemakkelijk zou zijn. De gevolgen zouden dat zeker niet zijn.

Ik draaide me naar mevrouw Lincoln om en keek haar strak aan. '*Goed gedaan, Ethan*. Dát zou mijn moeder hebben gezegd, mevrouw.'

Ik draaide me weer om naar de deur van het directiegebouw en liep door, terwijl ik Lena met me meetrok. We waren er bijna. Lena trilde, ook al leek ze niet bang. Ik bleef haar hand vastklemmen om haar gerust te stellen. Haar lange zwarte haar krulde en ontkrulde weer, alsof ze op het punt stond te exploderen, of misschien stond ik dat wel. Ik had nooit gedacht dat ik zo blij zou zijn om de hal van Jackson in te lopen, tot ik rector Harper in de deuropening zag staan. Hij stond ons zo woest aan te kijken alsof hij wenste dat hij geen rector was, zodat hij ons eigenhandig een flyer kon geven.

Het haar van Lena waaide hoog op rond haar schouders toen we langs hem heenliepen. Op dat moment zagen we dat hij niet naar ons keek, maar opgewonden langs ons heen. 'Wel potver...'

Ik draaide mijn hoofd om en keek net op tijd over mijn schouder om honderden felgroene flyers de lucht in te zien gaan. Ze wurmden zich onder ruitenwissers vandaan en vlogen op van de stapels en uit de dozen, uit bestelbusjes en handen. Ze vlogen weg in een plotselinge rukwind, alsof er een zwerm vogels opsteeg. Ze ontsnapten naar de mooie vrijheid. Het had wat weg van de Hitchcock-film *The Birds*, maar dan achterstevoren afgedraaid.

We hoorden geschreeuw tot de zware ijzeren deuren achter ons dichtvielen.

Lena streek haar haar glad. 'Jullie hebben hier wel gek weer zeg.'

6 december

Verloren en gevonden

Ik was bijna opgelucht dat het zaterdag was. Het had iets aangenaams om de dag door te brengen met vrouwen die als enige magische kracht hadden dat ze hun eigen namen vergaten. Toen ik bij de Zusters aankwam, was de Siamese kat van tante Mercy, Lucille Ball – de Zusters waren dol op *I Love Lucy* – aan het 'oefenen' in de voortuin. De Zusters hadden een waslijn gespannen over de gehele lengte van de tuin, en elke ochtend bond tante Mercy Lucille Ball aan een riem en haakte deze vast aan de waslijn zodat de kat kon oefenen. Ik had geprobeerd uit te leggen dat je een kat best naar buiten kon laten gaan, omdat ze weer terugkwam als ze er genoeg van had, maar tante Mercy had me aangekeken alsof ik voorstelde dat ze ging hokken met een getrouwde man. 'Ik kan Lucille Ball toch niet alleen op straat laten rondslenteren. Dan wordt ze vast en zeker door iemand meegenomen.' In de stad werden weinig katten ontvoerd, maar het was een argument waarvoor ik nooit een betere wist.

Ik opende de deur en verwachtte de gebruikelijke chaos, maar vandaag was het opmerkelijk stil in het huis. Een slecht teken. 'Tante Prue?'

Ik hoorde het vertrouwde geroezemoes aan de achterkant van het huis. 'Ethan, we zitten op de veranda.'

Ik dook onder de ingang van de afgeschermde veranda door en zag de Zusters door de kamer schieten. In hun handen hadden ze iets wat leek op haarloze ratjes.

'Wat om de donder zijn dat?' Het flapte er spontaan uit.

'Ethan Wate, let op je woorden, of ik moet je mond met zeep uitspoelen. Jouw ouders hebben je beslist niet leren vloeken,' zei tante Grace. Onder gevloek vielen wat haar betreft ook woorden als *onderbroek, naakt* en *blaas*.

'Het spijt me, tante. Maar wat hebt u daar in uw hand?'

Tante Mercy kwam aansnellen en opende haar hand, waarin twee petieterige knaagdiertjes lagen te slapen. 'Het zijn baby-eekhoorntjes. Ruby Wilcox heeft ze vorige week dinsdag op haar zolder gevonden.'

'Wilde eekhoorns?'

'Het zijn er een stuk of zes. Heb je ooit zo iets schattigs gezien?'

Ik zag er alleen een hoop ellende van komen. Het idee dat mijn stokoude tantes in de weer waren met wilde dieren, jonkies of niet, was een angstaanjagende gedachte. 'Waar hebben jullie ze vandaan?'

'Welnu, Ruby kon niet voor ze zorgen...' begon Tante Mercy.

'Door die vreselijke man van haar. Ze mag niet eens zonder zijn toestemming naar de Stop-en-jat.'

'Dus Ruby heeft ze aan ons gegeven, ook omdat we al een kooi hadden.'

De Zusters hadden na een orkaan ooit een gewonde wasbeer gered en hem verzorgd tot hij weer op eigen pootjes verder kon. Vervolgens had de wasbeer Sonny en Cher, de tortelduiven van tante Prudence, opgegeten. Thelma had toen de wasbeer de deur uitgezet, en er werd nooit meer over gesproken. Maar ze hadden nog wel de kooi.

'U weet dat eekhoorns het hondsdolheidvirus bij zich kunnen hebben. Je kunt deze beesten niet in huis houden. Stel je voor dat een van jullie wordt gebeten?'

Tante Prue fronste. 'Ethan, dit zijn onze baby's en het zijn allerliefste wezentjes. Ze bijten ons niet. We zijn hun mama's.'

'Ze zijn zo tam als wat, zijn ze dat niet allemaal?' zei tante Grace, terwijl ze haar neus zowat in het beestje duwde.

Ik zag het al voor me dat een van die kleine ondingen aan de nek van een van de Zusters hing en dat ik ze naar de spoedeisende hulp moest rijden voor de twintig spuiten in je buik die je krijgt nadat je door een met hondsdolheid besmet beest bent gebeten. Spuiten waarvan ik zeker was dat een van de Zusters er op hun leeftijd misschien in zou blijven.

Ik probeerde ze tot rede te brengen, maar ik wist dat het verspilde moeite was. 'Je kunt er nooit zeker van zijn. Het blijven wilde dieren.'

'Ethan Wate, jij bent duidelijk géén dierenvriend. Deze baby'tjes zullen ons echt niets doen.' Tante Grace keek me afkeurend aan. 'Trouwens, wat wil jij dan dat we met ze doen? Hun mama is er niet meer. Ze zullen doodgaan als we niet voor ze zorgen.'

'Ik zou ze naar de dierenopvang kunnen brengen.'

Tante Mercy drukte ze zorgzaam tegen haar borst. 'De dierenopvang! Die moordenaars. Zij brengen die beestjes zeker om zeep!'

'Genoeg over de dierenopvang. Ethan, geef me dat oogpipet eens aan, wil je?'

'Waarvoor?'

'We moeten ze elke vier uur met dat pipetje voeden,' legde tante Grace uit. Tante Prue hield een van de eekhoorntjes in haar hand, waar het driftig aan de punt van het pipet lag te zuigen. 'En een keer per dag moeten we hun kleine edele delen met een wattenstokje schoonmaken, zodat ze leren om zichzelf schoon te houden.' Dat was informatie waarop ik niet zat te wachten.

'Hoe weten jullie dat allemaal?'

'We hebben op internet gekeken.' Tante Mercy glimlachte trots.

Ik kon me niet voorstellen dat mijn tantes met internet uit de voeten konden. De Zusters konden niet eens met hun eigen broodrooster overweg. 'Hoe zijn jullie op internet gekomen?'

'Thelma heeft ons meegenomen naar de bibliotheek en juffrouw Marian heeft ons geholpen. Ze hebben daar computers staan. Wist je dat?'

'En je kunt er bijna alles op opzoeken, zelf vunzige foto's. Tussendoor duiken de vunzigste foto's die je ooit hebt gezien op je scherm op. Stel je voor!' Met 'vunzig' bedoelde tante Grace waarschijnlijk naakt. Ik dacht toch dat dat genoeg moest zijn om ze voor altijd van internet weg te houden.

'Ik wil alleen maar zeggen dat het volgens mij geen goed idee is. Ze kunnen niet hun hele leven hier blijven. Ze groeien en worden agressiever.'

'Wel, we zijn natuurlijk niet van plan om altijd voor ze te blijven zorgen.' Tante Prue schudde haar hoofd, alsof dat een belachelijk idee was. 'We laten ze vrij in de achtertuin zodra ze voor zichzelf kunnen zorgen.'

'Maar ze weten dan niet hoe ze voedsel moeten vinden. Daarom moet je geen wilde dieren in huis nemen. Zodra je ze vrijlaat, zullen ze verhongeren.' Dit leek me een argument dat de Zusters zou aanspreken en dat mij bij de spoedeisende hulp vandaan hield.

'Dat zie je helemaal verkeerd. Juist daarover kun je op internet van alles vinden,' zei tante Grace. Waar was die website ook alweer over het grootbrengen van eekhoorns en het schoonmaken van hun edele delen met wattenstokjes?

'Je moet ze leren dat ze noten moeten zoeken. Je begraaft noten in de tuin en dan laat je de eekhoorns oefenen.'

Ik voelde al aan welke kant dit opging. Het draaide eropuit dat ik een deel van de dag in de achtertuin bezig was om gemengde noten te begraven voor babyeekhoorns. Ik vroeg me af hoeveel kleine gaatjes ik moest graven om de Zusters tevreden te stellen.

Toen ik een halfuur aan het graven was, was ik op van alles en nog wat gestuit. Een vingerhoedje, een zilveren lepel en een ring met een amethist die er niet erg waardevol uitzag, maar het gaf me een goed excuus om het begraven van pinda's in de achtertuin te staken. Toen ik in het huis terugkwam, had tante Prue haar leesbril met jampotglazen op en werkte ze zich door een stapel vergeelde papieren heen. 'Wat bent u aan het lezen?'

'Ik ben een paar dingen voor de moeder van jouw vriend Link aan het opzoeken. De DAR wilde wat gegevens over de geschiedenis van Gatlin voor de Zuidelijke Erfgoedtour.' Ze rommelde wat in een van de stapels. 'Maar het is moeilijk om iets te vinden over de geschiedenis van Gatlin dat niet over Ravenwood gaat.' Dat was de laatste naam waar de DAR iets over wilde horen.

'Wat bedoelt u?'

'Nou, ik denk dat Gatlin er zonder hen helemaal niet geweest zou zijn. Dus het is een hele opgave om over een stad te schrijven en die familie erbuiten te houden.'

'Waren zij echt de eerste bewoners hier?' Marian had ook al zoiets gezegd, maar ik kon dat bijna niet geloven.

Tante Mercy pakte een van de papieren uit de stapel en hield deze zo dicht voor haar gezicht dat ze alles dubbel moet hebben gezien. Tante Prue griste het uit haar handen. 'Geef terug. Je gooit mijn systeem door de war.'

'Goed, als ik je niet mag helpen.' Tante Mercy draaide zich weer naar me toe. 'De Ravenwoods waren de eerste familie in deze omgeving, dat klopt. Ze hebben een stuk land toegekend gekregen van de koning van Schotland, ergens rond 1800.'

'1871. Ik heb hier het papier waar dat op staat.' Tante Prue zwaaide een vergeeld blad in de lucht. 'Het waren boeren, en Gatlin bleek de vruchtbaarste grond in heel Zuid-Carolina te hebben. Katoen, tabak, rijst, indigo – het groeide hier allemaal, wat bijzonder is, want deze gewassen groeien over het algemeen niet op dezelfde plaats. Toen men erachter kwam dat je hier zo ongeveer alles kon laten groeien, hadden de Ravenwoods hun eigen stad.'

'Of ze dat wilden of niet,' vulde tante Grace aan, terwijl ze opkeek van haar handwerkje.

Het was ironisch; zonder de Ravenwoods zou Gatlin wellicht niet eens bestaan. De lieden die Macon Ravenwood en zijn familie meden, hadden het aan deze familie te danken dat ze sowieso een stad hadden. Ik vroeg me af wat mevrouw Lincoln hiervan zou vinden. Ik wedde dat ze dat al wist, en het had iets te maken met de reden waarom ze Macon Ravenwood allemaal zo verafschuwden.

Ik staarde naar mijn hand, die had zitten wroeten in die onverklaarbare vruchtbare grond. Ik hield nog altijd de troep vast die ik in de achtertuin had opgegraven.

'Tante Prue, is deze van u of van een van de anderen?' Ik spoelde de ring af in de gootsteen en hield hem omhoog.

'Hoezo? Dat is de ring die mijn tweede echtgenoot Wallace Pritchard me gaf op onze eerste, en enige, trouwdag.' Ze dempte haar stem en fluisterde. 'Hij was een gierige vrek. Waar heb je dat ding in vredesnaam gevonden?'

'Hij lag begraven in de achtertuin. Ik heb ook een lepel en een vingerhoed gevonden.'

'Mercy, kijk eens wat Ethan heeft gevonden, jouw Tennessee-sierlepel. Ik zei je toch dat ik hem niet had gepikt!' Tante Prue schreeuwde.

'Laat me eens zien.' Mercy zette haar bril op om de lepel te inspecteren. 'Mooi, ik ben er. Nu heb ik alle elf staten compleet.'

'Er zijn meer dan elf staten, tante Mercy.'

'Ik verzamel alleen de staten van de Confederatie.' Tante Grace en Tante Prue knikten instemmend.

'Nu we het toch over het begraven van dingen hebben, kun je geloven dat Eunice Honeycutt zich heeft laten begraven met haar receptenboek? Ze wilde niet dat wie dan ook van de kerk haar recept voor vruchtengebak in handen kreeg.' Tante Mercy schudde haar hoofd.

'Ze was een haatdragend schepsel, net als haar zuster.' Tante Grace wrikte een doos bonbons open met de Tennessee-sierlepel.

'Trouwens, dat recept was helemaal niets bijzonders,' zei tante Mercy.

Tante Grace klapte het deksel van de bonbons zover omhoog dat ze de namen van de bonbons aan de binnenkant kon lezen. 'Mercy, welke is die met boterroom?'

'Wanneer ik doodga, wil ik worden begraven met mijn bontstola en mijn bijbel,' zei tante Prue.

'Je krijgt daarvoor echt geen bonuspunten van de Goede Heer, Prudence Jane.'

'Ik hoef ook geen bonuspunten, ik wil gewoon iets hebben om in te lezen tijdens het wachten. Maar als er toch punten worden uitgedeeld Grace Ann, dan heb ik er meer dan jij.'

Begraven met haar receptenboek...

Zou het kunnen zijn dat *Het Boek van de Manen* ergens begraven ligt? Misschien omdat iemand wil dat het niet wordt ontdekt en het daarom heeft verborgen? Wellicht door de persoon die beter dan wie ook wist welke krachten het boek had. Geneviève.

Lena, ik denk dat ik weet waar het boek is.

Een seconde lang was het stil. Daarna vonden Lena's gedachten hun weg naar die van mij.

Waar heb je het over?

Het Boek van de Manen. *Ik denk dat het bij Geneviève is.*

Geneviève is dood.

Weet ik.

Wat wil je zeggen, Ethan?

Ik denk dat je weet wat ik wil zeggen.

Harlon James strompelde naar de tafel. Hij zag er erg zielig uit. Zijn poot zat nog in het verband. Tante Mercy begon hem de donkere chocoladebonbons uit de doos toe te stoppen.

'Mercy, geef die hond geen chocolade! Je vermoordt hem nog. Dat heb ik gezien in de Oprah-show. Was het chocolade of uiendipsaus?'

'Ethan, moet ik voor jou de chocoladetoffees veiligstellen?' vroeg tante Mercy. 'Ethan?'

Ik hoorde niets meer. Ik zat na te denken over hoe je een graf kon opgraven.

7 december

Een graf opgraven

Het was Lena's idee. Vandaag was tante Del jarig, en op het laatste moment had Lena besloten een familiefeestje op Ravenwood te houden. Daarvoor wilde Lena ook Amma uitnodigen, ook al wist ze heel goed dat ze zonder goddelijke inmenging Amma niet zou kunnen overhalen een voet over de drempel van Ravenwood te zetten. Wat er ook tussen Macon en Amma speelde, ze reageerde net iets beter op zijn aanwezigheid dan ze deed op het medaillon. Maar als het aan haar lag, hield ze Macon op zo'n groot mogelijke afstand.

Boo Radley was 's middags opgedoken met een rol in zijn bek, met daarop een zorgvuldig gekalligrafeerde tekst. Amma weigerde het ding aan te raken, ook al was het een uitnodiging. Het liefst liet ze mij ook niet gaan. Maar goed dat ze me niet zag instappen in de lijkwagen met mijn moeders oude tuinschep. Dan waren er bij haar minstens twee lichtjes gaan branden.

Ik was blij om mijn huis te kunnen ontvluchten, elke reden was goed, zelfs als die reden grafschennis was. Na Thanksgiving had mijn vader zich weer opgesloten in zijn werkkamer, en sinds Macon en Amma ons bij de Lunae Libri betrapten, kon Amma mij nog alleen maar vernietigende blikken toewerpen.

Het was Lena en mij verboden om terug te gaan naar de Lunae Libri, in ieder geval de komende achtenzestig dagen. Macon en Amma wilden kennelijk niet dat we nog meer informatie naar boven zouden halen, die zij geenszins van plan waren ons te vertellen.

'Na elf februari kun je doen wat je wilt,' had Amma gezegd. 'Tot die tijd doe je maar wat ieder ander op jouw leeftijd doet. Een beetje muziek luisteren of televisiekijken. Denk erom dat je met je neus uit die boeken blijft.'

Mijn moeder zou hebben gelachen over het idee dat ik geen boek mocht lezen. De dingen waren hier beslist niet ten goede veranderd.

Het is hier vreselijk, Ethan. Boo slaapt nu zelfs aan mijn voeteneind.

Dat lijkt me niet zo vreselijk.

Hij wacht op me voor de deur van de badkamer.

Zo is Macon nu eenmaal.

Het lijkt wel huisarrest.

Dat was het ook, en dat wisten we allebei.

We moesten *Het Boek van de Manen* vinden, en het moest bij Geneviève zijn. Het kon bijna niet anders dan dat Geneviève was begraven op Greenbrier. Net buiten de tuin stonden op de open plek enkele verweerde grafstenen. Je kon ze zien vanaf de steen waar wij normaal gesproken zaten, de steen die een haardsteen bleek te zijn. Onze plek, in elk geval was het dat voor mij, ook al had ik het nooit hardop gezegd. Geneviève moest daar ergens begraven liggen, tenzij ze na de Oorlog was vertrokken, maar niemand verliet Gatlin ooit. Ik had altijd gedacht dat ik de eerste zou zijn.

Het was me gelukt om ongezien het huis uit te komen, maar het volgende probleem was: hoe moest ik een verdwenen boek met Bezweringen opsporen, dat misschien of misschien ook niet het leven van Lena zou redden, dat misschien of misschien ook niet was begraven in het graf van een vervloekte voo1ouderlijke Caster, dat misschien of misschien ook niet vlak bij het huis van Macon Ravenwood was? Zonder dat haar oom me zag, me tegenhield of me eerst vermoordde?

De rest was aan Lena.

'Voor wat voor soort geschiedenisproject moet je 's nachts een begraafplaats bezoeken?' Tante Del vroeg dit, terwijl ze in een bramenstruik verstrikt raakte. 'O, help!'

'Mama, pas op.' Reece stak haar arm door die van haar moeder en hielp haar door de wildgroei heen. Voor tante Del was het al moeilijk genoeg om overdag rond te lopen zonder dat ze overal tegenaan botste, maar in het donker was het voor haar helemaal geen doen.

'We moeten een afdruk maken van het reliëf van een grafsteen van een van onze voorvaderen.' Daar was wel iets van waar.

'Waarom Geneviève?' vroeg Reece achterdochtig.

Reece keek Lena aan, maar Lena draaide haar hoofd onmiddellijk weg. Lena had me gewaarschuwd dat ik ervoor moest zorgen dat Reece me niet in mijn gezicht kon kijken. Blijkbaar had een Sibille aan één blik genoeg om te zien of je loog. Tegen een Sibille liegen was nog moeilijker dan liegen tegen Amma.

'Zij is de vrouw op het schilderij in de hal. Ik vond het leuk om haar te kiezen. We hebben immers geen groot familiekerkhof waar ik uit kan kiezen, zoals de meeste mensen hier.'

De hypnotiserende Caster-muziek van het feest begon in de verte weg te ebben. Daarvoor in de plaats kwam het geluid van droge bladeren die onder onze voeten kraakten. We staken over naar Greenbrier. We kwamen in de buurt. Het was donker, maar de volle maan was zo helder dat we onze zaklantaarns niet eens nodig hadden. Ik herinnerde me wat Amma had gezegd tegen Macon op het kerkhof. *Met halve maan kun je je bezighouden met Witte magie en met volle maan met Zwarte.* Ik hoopte dat we geen enkele magie gingen bedrijven, maar daardoor werd het niet minder spookachtig.

'Ik denk niet dat Macon het prettig vindt dat we hier in het donker buiten ronddwalen. Heb je hem gezegd dat we weggingen?' Tante Del was ongerust. Ze trok aan het boord van haar hooggesloten bloes die met een rijgsnoer sloot.

'Ik heb hem gezegd dat we een eindje gingen wandelen. Hij zei me alleen dat ik bij jullie moest blijven.'

'Ik weet niet of ik hiervoor genoeg in vorm ben. Eerlijk gezegd ben ik een beetje moe.' Tante Del was buiten adem en rond haar gezicht hingen losgeraakte plukken uit haar altijd scheefgezakte knotje.

Op dat moment rook ik de vertrouwde geur. 'We zijn er.'

'Goddank.'

We liepen naar de afgebrokkelde stenen muur van de tuin, waar ik Lena de eerste dag huilend had gevonden nadat het raam was versplinterd. Ik dook onder de poort van takken door de tuin in. Deze zag er 's nachts anders uit, minder als een plek om naar de wolken te staren en meer een plek waar een vervloekte Caster kon zijn begraven.

Ethan, hier is het. Zij is hier. Ik voel het.

Ik ook.

Waar denk je dat haar graf is?

Toen we over de haardsteen liepen waar we het medaillon hadden gevonden, zag ik een andere steen op de open plek, net een paar meter daarachter. Op de grafsteen waren de vage contouren van een zittende gestalte te zien.

Ik hoorde Lena naar adem snakken, net luid genoeg voor mij om het te horen.

Ethan, zie je haar?

Ja.

Geneviève. Haar gedaante was slechts gedeeltelijk zichtbaar. Een mengeling van een nevelsluier en licht, die vervaagde en duidelijker werd als de lucht door haar spookachtige vorm trok, maar er was geen vergissing mogelijk. Het was Geneviève, de vrouw op het schilderij. Ze had dezelfde gouden ogen en lang, golvend rood haar. Haar haar danste in de wind, alsof ze gewoon een vrouw was die bij de bushalte op een bank zat, en niet een geest die op een kerkhof op een grafsteen zat. Ze was oogverblindend mooi, zelfs in haar huidige staat, en tegelijkertijd afschrikwekkend. Het haar in mijn nek stond rechtovereind.

Misschien was dit een grote vergissing.

Tante Del stond aan de grond genageld. Ze zag Geneviève ook, maar het was duidelijk dat ze dacht dat wij haar niet konden zien. Waarschijnlijk dacht ze dat ze de geest zag, omdat ze te veel tijden door elkaar zag, de benevelde beelden van deze plaats in twintig verschillende decennia.

'Ik denk dat we maar eens op huis aan moeten. Ik voel me niet goed.' Tante Del wilde zich duidelijk niet inlaten met een honderdvijftig jaar oude geest op een Caster-kerkhof.

Lena trapte op een losse tak en struikelde. Ik greep haar arm beet om haar op te vangen, maar ik was niet snel genoeg. 'Gaat het?'

Ze bleef nog net overeind en keek me een seconde aan, en dat was alles wat Reece nodig had. Ze zoemde in op Lena's ogen, keek dwars door haar gezicht, haar uitdrukking, haar gedachten heen.

'Mama, ze hebben gelogen! Ze zijn helemaal niet bezig met een geschiedenisproject. Ze zijn op zoek naar iets.' Reece legde haar hand tegen haar slaap alsof ze een stuk gereedschap afstelde. 'Een boek!'

Tante Del keek verward, nog verwarder dan normaal. 'Wat voor boek zoek je nu op een kerkhof?'

Lena rukte zich los van de starende, doordringende blik van Reece. 'Het is een boek dat Geneviève toebehoorde.'

Ik ritste de plunjezak die ik had meegenomen open en haalde de schep eruit. Ik liep langzaam naar het graf toe, terwijl ik er niet aan probeerde te denken dat Genevièves geest de hele tijd naar me keek. Misschien werd ik wel door de bliksem getroffen of iets dergelijks; het zou me niet verbaasd hebben. Maar we waren nu al zover. Ik duwde de schep in de grond en verplaatste een hoop aarde.

'O, Moeder Gods! Ethan, wat ben je aan het doen?' Blijkbaar bracht het opgraven van een graf tante Del terug in het heden.

'Ik zoek het boek.'

'Daarin?' Tante Del leek bang. 'Wat voor soort boek zou daar moeten liggen?'

'Het is een boek met Bezweringen, een heel oud boek. We weten niet eens of het daarin ligt. Het is een gok,' zei Lena terwijl ze een vluchtige blik op Geneviève wierp, die slechts een meter verderop nog steeds op de grafsteen zat.

Ik probeerde niet naar Geneviève te kijken. Ik raakte in de war van haar lichaam dat vervaagde en weer duidelijker zichtbaar werd. Ze staarde ons aan met die huiveringwekkende gouden kattenogen, wezenloos en levenloos alsof ze van glas waren gemaakt.

De grond was niet erg hard, zeker als je bedenkt dat het december was. Binnen een paar minuten had ik al een gat van een halve meter. Tante Del banjerde heen en weer en was zichtbaar ongerust. Telkens keek ze even om zich heen om er zeker van te zijn dat een van ons niet keek, om dan een vluchtige blik op Geneviève te werpen. In elk geval was ik niet de enige die doodsbang voor haar was.

'We moeten teruggaan. Dit is weerzinwekkend,' zei Reece, terwijl ze oogcontact met mij probeerde te maken.

'Wees toch niet zo'n padvindster,' zei Lena en knielde naast het gat.

Ziet Reece haar?

Ik denk het niet. Pas op dat je geen oogcontact met haar maakt.

En als ze tante Dels gezicht leest?

Dat kan ze niet. Niemand kan dat. Tante Del ziet te veel tegelijk. Niemand behalve een Palimpsest kan al die informatie verwerken en er wijs uit worden.

'Mama, laat je ze echt een graf opgraven?'

'In godsnaam, dit is gekkenwerk. Laten we onmiddellijk ophouden met dit dwaze gedoe en teruggaan naar het feest.'

'Dat kunnen we niet. We moeten weten of dat boek daarbeneden ligt.' Lena draaide zich naar tante Del. 'U kunt het ons laten zien.'

Waar heb je het over?

Ze kan ons laten zien wat er daarbeneden is. Ze kan projecteren wat ze ziet.

'Ik weet het niet, hoor. Macon zou dit niet willen.' Tante Del beet ongemakkelijk op haar lip.

'Denkt u dat hij liever heeft dat we een graf opgraven?' kaatste Lena terug.

'Oké, al goed. Ethan, kom die kuil uit.'

Ik stapte de kuil uit en veegde het zand van mijn broek. Ik keek naar Geneviève. Ze had een eigenaardige blik op haar gezicht, bijna alsof ze nieuwsgierig was wat er allemaal ging gebeuren, of misschien stond ze op het punt ons in damp te laten opgaan.

'Ik wil dat jullie gaan zitten. Je kunt hier duizelig van worden. Zodra je misselijk wordt, duw je je hoofd tussen je knieën,' instrueerde tante Del, als een soort geboren stewardess. 'De eerste keer is altijd het zwaarst.' Tante Del strekte haar armen uit zodat we haar hand konden pakken.

'Ik kan niet geloven dat je hieraan meewerkt, mama.'

Tante Del nam de speld uit haar knotje en liet haar haar over haar schouders vallen. 'Reece, wees niet zo'n padvindster.'

Reece rolde met haar ogen en pakte mijn hand vast. Ik wierp een vluchtige blik op Geneviève. Ze keek me recht in mijn ogen, dwars door me heen. Ze hield een vinger tegen haar lip, alsof ze wilde zeggen: 'Shh'.

De lucht rondom ons heen loste op. Daarna begonnen we snel rond te tollen, zoals bij zo'n rit op de steile wand, waarbij je tegen de wand wordt aangeplakt en je zo snel ronddraait dat je het gevoel krijgt dat je moet overgeven.

Toen flitsen…

De ene na de andere, ze openen zich en sluiten zich als deuren. De ene na de andere, elke seconde een.

Twee meisjes in witte petticoats hollen hand in hand door het gras. Gele linten houden hun haar vast.

Een andere deur opent zich.

Een jonge vrouw met een karamelkleurige huid hangt wasgoed aan de lijn, en neuriet zacht voor zich uit. De bries tilt de lakens op in de wind. De vrouw draait zich naar een groot wit federaal huis en roept: 'Geneviève! Evangeline!'

En nog een deur.

Een jong meisje rent in het duister over de open plek. Ze kijkt achterom om te zien of iemand haar volgt. Haar rode haar waait achter haar aan. Geneviève. Ze rent in de armen van een lange, slungelachtige jongen – een jongen die ik had kunnen zijn. Hij buigt zich voorover en kust haar. 'Ik hou van je Geneviève. En op een dag trouw ik met je. Het kan me niet schelen wat jouw familie zegt. Het kan niet onmogelijk zijn.' Ze raakt zijn lippen teder aan.

'Shh. We hebben niet veel tijd meer.'

De deur gaat dicht en een volgende open.

Regen, rook en het geknetter van vuur, alles verslindend, alles verstikkend. Geneviève staat in de duisternis; haar gezicht zit vol zwarte rookstrepen en tranen. Ze heeft een in zwart leer gebonden boek in haar handen. Er staat geen titel op, alleen het reliëf van een halve maan op het omslag. Ze kijkt naar de vrouw, dezelfde vrouw die het wasgoed aan de lijn hangt. Ivy. 'Waarom staat er niets op?' De ogen van de oude vrouw zijn vol angst. 'Alleen omdat een boek geen titel heeft, wil dat nog niet zeggen dat het geen naam heeft. Het boek daar heet *Het Boek van de Manen*.'

De deur klapt dicht.

Ivy, ouder en bedroefder, staat naast een vers gedolven graf, een vurenhouten kist rust diep in de kuil. 'Hoewel ik door de vallei van de schaduw van de dood loop, vrees ik geen kwaad.' Ze houdt iets in haar handen. Het boek, zwart leer met de halve maan op het omslag. 'Neem dit met je mee, juffrouw Geneviève. Zodat het niemand meer kwaad kan doen.' Ze laat het boek vallen in de kuil met de doodskist.

Een andere deur.

Wij vieren zitten rond het half afgegraven graf en onder de modder. Diep daaronder, waar we zonder de hulp van tante Del niets kunnen zien, ligt in de diepe duisternis de doodskist met het lichaam van Geneviève. Haar ogen zijn gesloten, haar huid is bleek en porseleinachtig, alsof ze nog ademhaalt. Ze is zo perfect bewaard, op een manier zoals een lichaam dat nooit kan zijn. Haar lange, rode haar ligt gedrapeerd over haar schouders.

Het beeld draait terug naar boven, naar boven de grond. Terug naar ons vieren. We zitten rond het half afgegraven graf en houden elkaars handen vast. Het beeld draait verder omhoog naar de grafzerk met Genevièves vage gestalte die ons aanstaart.

Reece slaakte een kreet. De laatste deur klapte dicht.

◆◆◆

Ik probeerde mijn ogen te openen, maar ik was duizelig. Del had gelijk, ik voelde me misselijk worden. Ik probeerde te zien waar ik was, maar mijn ogen wilden zich niet scherpstellen. Reece liet mijn hand los en week bij me vandaan. Ze probeerde ver weg te komen van Geneviève en haar angstaanjagende gouden blik.

Gaat het?

Ik denk het.

Lena zat met haar hoofd tussen haar knieën.

'Gaat het allemaal een beetje met jullie?' vroeg tante Del. Ze klonk normaal en onbewogen. Tante Del leek niet meer zo verward of onbeholpen. Wanneer ik alles altijd zo zou zien als ik ergens naar keek, zou ik flauwvallen of gek worden.

'Ik kan me niet voorstellen dat u de hele dag alles zo ziet,' zei ik, terwijl ik tante Del aankeek. Mijn ogen wilden zich eindelijk scherpstellen.

'De gave van een Palimpsest is een grote eer, en een nog grotere last.'

'Het Boek is daarbeneden,' zei ik.

'Dat klopt, maar blijkbaar behoort het een vrouw toe,' zei tante Del en gebaarde naar de gestalte van Geneviève. 'Ik heb niet de indruk dat jullie twee erg verbaasd zijn haar te zien.'

'We hebben haar eerder gezien,' gaf Lena toe.

'Goed dan. Ze koos jullie uit om zich aan te laten zien. De doden zien is geen gave van een Caster, zelfs niet van een Naturel, en valt al helemaal niet binnen de sferen van Sterfelijke talenten. Iemand kan de dode alleen zien als de overledene dat wil.'

Ik was bang. Niet zoals toen ik op de trap van Ravenwood stond, of toen Ridley het leven met haar vrieskou uit me trok. Dit was iets anders. Het kwam dichter bij de angst die ik voelde toen ik uit de dromen ontwaakte, en bij de gedachte dat ik Lena ging verliezen. Het was een verlammende angst. De angst die je voelt wanneer je je realiseert dat een krachtige geest van een vervloekte Duistere Caster je midden in de nacht zit aan te staren en toekijkt wanneer je haar graf opgraaft om een boek te stelen dat boven op haar kist ligt. Wat bezielde me? Wat deden we hier op deze plek om bij volle maan een graf op te graven?

Je probeerde onrecht recht te zetten. Er was een stem in mijn hoofd, maar het was niet die van Lena.

Ik draaide me om naar Lena. Ze was wit weggetrokken. Reece en tante Del staarden allebei naar wat er over was van Geneviève. Zij hadden haar ook gehoord. Ik keek in de gloeiende, gouden ogen, terwijl haar gestalte vervaagde en weer opdoemde. Ze leek te weten waarvoor we hier waren.

Pak het.

Ik keek Geneviève onzeker aan. Ze sloot haar ogen en knikte licht met haar hoofd, bijna onzichtbaar.

'Ze wil dat we het Boek pakken,' zei Lena. Ik werd dus toch niet gek.

'Hoe weten we of we haar kunnen vertrouwen?' Ze was toch een Duistere Caster. Met dezelfde gouden ogen als Ridley.

Lena keek me opnieuw aan, met een glinstering van opwinding.

'Dat weten we niet.'

Er stond ons maar één ding te doen.

Graven.

Het Boek zag er precies zo uit als in het visioen. Craquelé zwart leer, met het reliëf van een kleine halve maan. Het rook naar vertwijfeling en het was zwaar, niet alleen door het gewicht, maar ook door de psychische druk. Dit was een Duister boek; dat wist ik vanaf het eerste moment dat ik het kon oppakken, al voordat mijn vingertoppen gloeiend heet werden. Ik had het gevoel dat het Boek een klein beetje van mijn ademhaling stal bij elke keer dat ik inademde.

Ik bracht mijn arm omhoog en hield het boek boven mijn hoofd. Lena pakte het uit mijn hand en ik klom de kuil uit. Ik wilde er het liefst zo snel mogelijk uit zijn. Ik was niet vergeten dat ik op de kist van Geneviève stond.

Tante Del snakte naar adem. 'Moeder Gods, ik had niet verwacht dat ik het ooit te zien zou krijgen. *Het Boek van de Manen.* Voorzichtig. Dat boek is eeuwenoud. Macon zal het nooit geloven dat we...'

'Hij zal het nooit te weten komen.' Lena veegde behoedzaam het vuil van het omslag.

'Ja zeg, je bent nu helemaal gek geworden. Hoe kun je ook maar een minuut denken dat we het oom Macon niet vertellen...' Reece sloeg haar armen over elkaar als een boze babysitter.

Lena hield het boek omhoog voor het gezicht van Reece. 'Wat moeten we hem vertellen?' Lena staarde Reece aan, net zoals Reece in Ridley's ogen had staan staren tijdens de Samenkomst, met een strakke, geconcentreerde blik. De uitdrukking op het gezicht van Reece veranderde – ze keek verward, bijna gedesoriënteerd. Ze staarde naar het Boek, maar ze leek het niet te zien.

'Wat moeten we vertellen, Reece?'

Reece kneep haar ogen dicht, alsof ze probeerde te ontsnappen aan een slechte droom. Ze opende haar mond om iets te zeggen, maar sloot deze direct weer. Ik zag over Lena's gezicht een voorzichtige glimlach trekken toen ze zich naar haar tante draaide. 'Tante Del?'

Tante Del leek net zo van haar stuk gebracht als Reece. Zo zag ze er eigenlijk meestal uit, maar nu was het toch anders. En ook zij gaf Lena geen antwoord.

Lena draaide zich iets en liet het Boek op mijn plunjezak vallen. Toen ze dat deed, zag ik groene glinsteringen in haar ogen en de krullende beweging van haar haar toen het maanlicht erop viel, de Caster-bries. Het was bijna alsof ik in de duisternis de magische wind om haar heen zag dansen. Ik snapte niet wat er gebeurde, maar ze leken alle drie opgesloten in een donkere, woordeloze conversatie die ik niet kon horen of begreep.

Plotseling was het over en werd het maanlicht weer gewoon maanlicht en loste de nacht op in de nacht. Ik keek langs Reece heen naar de grafsteen van Geneviève. Geneviève was verdwenen, alsof ze er helemaal nooit was geweest.

Reece schommelde wat heen en weer op haar benen en haar normale schijnheilige uitdrukking keerde terug. 'Als je ook maar even denkt dat ik oom Macon niet ga vertellen dat je ons zonder geldige reden hebt meegesleept naar een kerkhof voor een of ander stom schoolproject, dat je niet eens hebt afgemaakt...' Wat bazelde ze nu? Maar Reece was bloedserieus. Ze herinnerde zich niet meer wat er de afgelopen uren was gebeurd, en mij ging het ook allemaal boven mijn pet.

Wat heb je net gedaan?

Oom Macon en ik hebben wat geoefend.

Lena ritste mijn plunjezak dicht, met het Boek veilig opgeborgen. 'Ik weet het. Het spijt me. Maar deze plek is 's nachts echt afschuwelijk. Laten we maken dat we wegkomen.'

Reece keerde terug naar Ravenwood en trok tante Del achter zich aan. 'Wat een baby ben je toch.'

Lena wenkte me.

Wat heb je geoefend? Het beheersen van gedachten?

Kleine dingen. Kiezelsteentjes gooien door eraan te denken. Interieurillusies. Tijdsbegrenzingen, maar die zijn het lastigst.

En hier had je geen moeite mee?

Ik heb het Boek uit hun geheugen geschrapt. Je zou kunnen zeggen dat ik de herinnering heb gewist. Ze zullen het zich niet meer herinneren, omdat het in hun werkelijkheid nooit is gebeurd.

Ik wist dat we het Boek nodig hadden. Ik wist waarom Lena het had gedaan. Maar ergens had ik het gevoel dat we een grens hadden overschreden, en nu wist ik niet waar we stonden. Ik vroeg me af of ze ooit weer terug kon stappen naar waar ik was. Waar ze vroeger was.

Reece en tante Del waren alweer terug in de tuin. Ik hoefde er geen Sibille voor te zijn om te zien dat Reece hier geen minuut langer wilde blijven. Lena begon achter hen aan te lopen, maar iets hield mij tegen.

L. wacht.

Ik liep terug naar de kuil en stak mijn hand in mijn broekzak. Ik sloeg de zakdoek met de vertrouwde initialen open en tilde het medaillon op aan het kettinkje. Niets. Geen visioenen, en iets zei me dat die er ook niet meer zouden komen. Het medaillon had ons hiernaartoe geleid en had ons laten zien wat we moesten zien.

Ik hield het medaillon boven het graf. Het leek me het enige juiste om te doen, een eerlijke ruil. Ik wilde hem net laten vallen toen ik opnieuw Genevièves stem hoorde, heel zacht.

Niet doen. Het medaillon hoort niet bij mij te zijn.

Ik draaide me om naar de grafzerk. Geneviève zat er weer, de schim die opdoemde en verdween in het niets, elke keer wanneer de wind door haar heen blies. Ze zag er niet meer zo angstaanjagend uit.

Ze leek gebroken. Zoals je eruitziet wanneer je de enige persoon verliest van wie je ooit hebt gehouden.

Ik begreep het.

8 *december*

Tot aan je lippen

Wanneer je je eenmaal zo diep in de nesten had gewerkt, was de dreiging van nog meer onheil zelfs geen bedreiging meer. Op het moment dat het water tot aan je lippen stond, had je geen andere keus dan recht door het midden te peddelen, als je al een kans had om naar de andere kant te komen. Dit was Link-logica, maar ik zag langzamerhand ook dat er een kern van waarheid in zat. Misschien kun je het niet echt bevatten voordat je er tot aan je nek in zit.

In die situatie bevonden Lena en ik ons de volgende dag. Tot aan onze nek. Het begon met het vervalsen van een briefje met een van Amma's HB 2-potloden. Vervolgens spijbelden we van school om een verboden boek te lezen, dat we eigenlijk al hele-maal niet in ons bezit behoorden te hebben. Het eindigde met een berg leugens over een 'project' waar je bonuspunten voor kon halen en waar we samen aan werkten. Ik was er bijna zeker van dat Amma me onmiddellijk zou doorzien zodra ik het woord bo-nuspunten uitsprak, maar ze was aan de telefoon met mijn tante Caroline en besprak de 'gesteldheid' van mijn vader.

Ik voelde me schuldig over alle leugens, en al helemaal over het stelen, vervalsen en het wissen van herinneringen, maar we had-den geen tijd voor school; we hadden belangrijker studeerwerk te doen.

We hadden immers *Het Boek van de Manen*. Het was ons echt gelukt. Als ik wilde, kon ik het in mijn handen houden...

'Au!' Ik brandde mijn hand, alsof ik een hete gaspit had aangeraakt. Het Boek viel op de vloer van Lena's slaapkamer. Ergens in huis blafte Boo Radley. Hij was op weg naar boven, onze kant op. Ik hoorde zijn nagels op de trap klakken.

'Deur.' Lena sprak zonder op te kijken uit een oud Latijns woordenboek. Haar slaapkamerdeur klapte dicht, net toen Boo de overloop opkwam. Hij protesteerde met een verontwaardigde blaf. 'Boo, blijf uit mijn kamer. We doen niets. Ik ga alleen wat oefenen.'

Ik staarde verbaasd naar de deur. Vermoedelijk weer een les van Macon. Lena reageerde niet eens, alsof ze dit al duizendmaal had gedaan. Net als bij de truc die ze vannacht bij Reece en tante Del had uitgehaald. Het begon erop te lijken dat naarmate we dichter bij de verjaardag van Lena kwamen, de Caster in het meisje steeds meer tevoorschijn kwam.

Ik probeerde er niet op te letten, maar hoe meer ik mijn best deed, hoe duidelijker ik het zag.

Ze keek naar me toen ik met mijn handen over mijn spijkerbroek wreef. Ze deden nog pijn. 'Je was gewaarschuwd dat je het niet kunt aanraken wanneer je geen Caster bent. Snap je nu waarom?'

'Ja, ja. Ik snap het.'

Ze opende een gebutste zwarte koffer en pakte er haar altviool uit. 'Het is bijna vijf uur. Ik moet gaan spelen, want anders heeft oom Macon het direct door zodra hij wakker wordt. Hij heeft altijd alles in de gaten.'

'Wat? Nu?' Ze glimlachte en ging op een stoel in de hoek van de kamer zitten. Ze ondersteunde het instrument met haar kin en pakte een lange strijkstok op die ze op de snaren zette. Een moment zat ze doodstil en sloot haar ogen, alsof we bij een filharmonisch orkest waren en niet in haar slaapkamer. De muziek kroop uit haar handen de kamer in en zweefde door de lucht, alsof het een van haar nog niet ontdekte krachten was. De doorschijnende witte gordijnen voor haar raam begonnen heen en weer te wiegen, en ik hoorde het liedje…

Zestien manen, zestien jaren,
De Opeisende Maan, de uren naderen,
Op deze bladzijden wordt Duisternis opgehelderd,
Krachten Begrenzen wat vuur verschroeit…

Toen ik toekeek, liet Lena zich uit haar stoel glijden en plaatste de altviool voorzichtig terug op de plek waar ze zojuist had gezeten. Ze speelde niet meer, maar de muziek vloeide er nog wel uit. Ze zette de strijkstok naast de stoel en plofte naast me op de grond neer.

Shh.

Noem je dat oefenen?

'Volgens mij hoort oom Macon het verschil niet. En kijk…'

Ze wees naar de deur, waar ik een schaduw kon zien en een ritmisch gebonk hoorde. Boo's staart. 'Hij vindt het fijn, en ik heb hem graag voor de deur. Ik zie het als een soort anti-volwassene-alarmsysteem.' Dat was zo gek nog niet bedacht.

Lena knielde bij het Boek en pakte het moeiteloos op. Toen ze het opnieuw opensloeg, zagen we hetzelfde als waar we de hele dag al naar hadden zitten staren. Honderden Bezweringen, zorgvuldige lijsten in het Engels, Latijn, Keltisch en andere talen, die me niets zeiden. Er stonden teksten in eigenaardige, gekrulde letters in die ik nooit eerder had gezien. De dunne bruine bladzijden waren breekbaar, bijna doorzichtig. Het perkament was beschreven met donkerbruine inkt, in een oud en sierlijk schrift. Of liever gezegd, ik hoopte dat het inkt was.

Ze liet haar vinger over de vreemde tekst gaan en gaf me het Latijnse woordenboek. 'Het is geen Latijn. Kijk zelf maar.'

'Ik denk dat het Keltisch is. Heb jij dit ooit eerder gezien?' Ik wees op het gekrulde schrift.

'Nee, misschien is het een soort oude Caster-taal.'

'Jammer dat we geen oud Caster-woordenboek hebben.'

'Hebben we wel, ik bedoel, mijn oom zou dat moeten hebben. Hij heeft honderden Caster-boeken beneden in de bibliotheek. Het is geen Lunae Libri, maar ik denk wel dat daar staat wat we zoeken.'

'Hoe lang hebben we nog voor hij opstaat?'

'Niet lang genoeg.'

Ik trok de mouw van mijn trui over mijn handpalm en gebruikte de stof om het Boek te hanteren, alsof ik een van Amma's ovenhandschoenen aanhad. Ik bladerde door de dunne bladzijden; ze kraakten onder mijn aanraking. Ze leken gemaakt van dorre bladeren, en niet van papier. 'Zie je iets wat je iets zegt?'

Lena schudde haar hoofd. 'In mijn familie mag je eigenlijk niets weten totdat je bent Opgeëist.' Ze deed net of ze kon lezen wat er stond. 'Voor het geval je Duister wordt, vermoed ik.' Ik wist inmiddels genoeg om het erbij te laten.

We bekeken bladzijde na bladzijde, maar we vonden nergens iets wat we konden begrijpen. Er stonden foto's in, waarvan enkele erg onheilspellend en andere weer prachtig. Schepsels, symbolen, dieren – zelfs de menselijke gezichten leken allesbehalve menselijk in *Het Boek van de Manen*. Wat mij betrof, was het net een encyclopedie van een andere planeet.

Lena legde het Boek op haar schoot. 'Er is zoveel waar ik niets van afweet, en het is allemaal zo…'

'Surrealistisch?'

Ik zat onderuitgezakt tegen haar bed aan en keek omhoog naar het plafond. Overal stonden woorden, nieuwe woorden en cijfers. Ik zag het aftellen, de cijfers stonden gekrabbeld op de muren van haar kamer, alsof het een gevangeniscel was.

100, 78, 50…

Hoe lang konden we hier nog zo zitten? Lena's verjaardag kwam dichterbij, en haar krachten namen al toe. Wat als ze gelijk had en ze iets onherkenbaars zou worden, iets zo Duisters dat ze niet eens meer wist of ze om me gaf? Ik staarde naar de altviool in de hoek tot ik er niet langer naar kon kijken. Ik deed mijn ogen dicht en luisterde naar de Caster-melodie. En toen hoorde ik Lena's stem:

'…TOTDAT DE DUISTERNIS DE TIJD VAN HET OPEISEN BRENGT, BIJ DE ZESTIENDE MAAN, WANNEER DE PERSOON MET KRACHTEN DE VRIJHEID HEEFT OVER DE WIL & HET LICHAAM OM DE EEUWIGE

KEUZE TE VORMEN, TOT IN HET EINDE DER DAGEN, OF TOT OP HET LAATSTE MOMENT VAN HET LAATSTE UUR, ONDER DE OPEISENDE MAAN...'

We keken elkaar aan.

'Hoe heb je dat kunnen...' Ik keek over haar schouder.

Ze draaide de bladzijde om. 'Het is Engels. Deze bladzijden zijn in het Engels geschreven. Iemand is begonnen ze te vertalen, hier achterin. Zie je dat de inkt een andere kleur heeft?' Ze had gelijk.

Ook de bladzijden met de Engelse teksten moesten honderden jaren oud zijn. De bladzijde was geschreven in een sierlijk handschrift, maar het was niet hetzelfde schrift, en het was niet geschreven met dezelfde bruinige inkt, of wat het ook mocht zijn.

'Sla die laatste bladzijde nog eens op.'

Ze hield het boek omhoog en las:

'DE OPEISING, EENMAAL BEGRENSD, KAN NIET WORDEN ONBEGRENSD. DE KEUZE, EENMAAL GEVORMD, KAN NIET WORDEN TERUGGEDRAAID. EEN PERSOON MET KRACHTEN VALT IN DE GROTE DUISTERNIS OF IN HET GROTE LICHT, VOOR EEUWIG. WANNEER DE TIJD VERGAAT & HET LAATSTE UUR VAN DE ZESTIENDE MAAN ONBEGRENSD VERSTRIJKT, IS DE ORDE DER DINGEN ONTREGELD. DAT MAG NIET ZO ZIJN. HET BOEK ZAL DAT WAT ONBEGRENSD IS VOOR EEUWIG BEGRENZEN.'

'Aan dat gedoe van het Opeisen valt dus echt niet te ontkomen?'

'Dat probeer ik je al de hele tijd te vertellen.'

Ik staarde naar de woorden, waarvan ik geen steek wijzer werd. 'Maar wat gebeurt er dan precies tijdens het Opeisen? Zendt deze Opeisende Maan een soort straal of zoiets naar beneden?'

Haar ogen vlogen vluchtig over de bladzijde. 'Dat wordt niet duidelijk gezegd. Het enige wat ik weet, is dat het zich onder de maan voltrekt, om middernacht: IN HET MIDDEN VAN DE GROTE DUISTERNIS & ONDER HET GROTE LICHT, VANWAAR WE KWAMEN. Maar het kan overal gebeuren. Je kunt het niet werkelijk zien. Het gebeurt gewoon. Er is geen Caster-straal of zo bij betrokken.'

'Maar wat gebeurt er dan precies?' Ik wilde het fijne ervan weten, en ik had nog altijd het gevoel dat ze iets achterhield. Ze hield haar ogen op het papier gericht.

'Voor de meeste Casters is het iets wat je bewust meemaakt, net zoals hier staat. De Persoon met Krachten, de Caster, Vormt de Eeuwige Keuze. Zij kiezen zelf of ze zich Licht of Duister willen laten Opeisen. Daar gaat het om bij de vrije wil en de kracht, zoals Sterfelijken voor het goed of kwaad kunnen kiezen, met dat verschil dat de Casters de keuze voor eeuwig maken. Ze kiezen het leven dat ze willen leiden, de manier waarop ze willen omgaan met het magisch universum, en met elkaar. Ze sluiten een convenant met de natuurlijke wereld, de Orde der Dingen. Ik weet dat het allemaal krankzinnig klinkt.'

'Wanneer je zestien bent? Hoe moet je op dat moment dan weten wie je bent en wie je de rest van je leven wilt zijn?'

'Nou, ja. Dat zijn de mazzelkonten. Ik kan niet eens kiezen.'

Ik durfde de volgende vraag amper te stellen. 'Dus wat gaat er met jou gebeuren?'

'Reece zegt dat je gewoon verandert. Het duurt maar een seconde, zoals een hartslag. Je voelt die energie, die kracht vloeit door je lichaam, bijna zoals je de eerste keer tot leven komt.' Ze keek bedroefd. 'Tenminste, als ik Reece moet geloven.'

'Het klinkt niet zo akelig.'

'Reece beschreef het als een overweldigende warmte. Ze zei dat het voelde alsof de zon op haar scheen, en op niemand anders. En op dat moment, zei ze, weet je gewoon welk pad er voor jou is gekozen.' Het klonk te eenvoudig, te pijnloos, alsof ze iets wegliet. Zoals het deel over hoe het voelde wanneer een Caster naar het Duister gaat. Maar ik wilde het er niet uitgooien, zelfs al wist ik dat we beiden hetzelfde dachten.

Dus dat is het?

Dat is het dus. Het doet geen pijn of zo, als je je daar misschien zorgen om maakt.

Dat was een ding waar ik zeker mee zat, maar het was niet het enige.

Ik maak me geen zorgen.

Ik ook niet.

En dit keer lieten we duidelijk merken dat we onze gedachten niet toelieten, niet eens aan onszelf.

De zon kroop over het gevlochten vloerkleed van Lena's kamer. Het oranje licht veranderde alle kleuren van het kleed in honderd verschillende goudtinten. Heel even veranderde alles wat door het licht werd aangeraakt in goud. Lena's gezicht, haar ogen, haar haar. Ze was beeldschoon, en honderd jaar en honderden kilometers weg, en net als bij de gezichten in het boek op een of andere manier niet echt menselijk.

'De zon gaat onder. Oom Macon zal elk moment opstaan. We moeten het Boek wegstoppen.' Ze sloeg het dicht en stak het weer in mijn tas. 'Jij moet het meenemen. Als mijn oom het vindt, zal hij zijn uiterste best doen om het bij me weg te houden, zoals hij met alles doet.'

'Ik kom er maar niet achter wat hij en Amma verbergen. Als al die dingen gewoon gebeuren en er is geen enkele mogelijkheid om het tegen te houden, waarom vertellen ze ons dan niet alles?'

Ze wilde me niet aankijken. Ik trok haar in mijn armen, en ze legde haar hoofd tegen mijn borst. Ze zei niets, maar tussen twee lagen truien en T-shirts heen voelde ik haar hart tekeer gaan tegen dat van mij. Ze keek naar de altviool tot de muziek wegstierf, langzaam zoals de zon in het raam.

De volgende dag op school waren wij duidelijk de enige scholieren die aan iets dachten wat op een of andere manier met een boek te maken had. Tijdens geen enkele les werd er een vinger opgestoken, tenzij iemand de pas nodig had om naar het toilet te gaan. Geen enkele pen raakte een blad papier, alleen die van de leraar om een onvoldoende op te schrijven voor wie een beurt kreeg, voor wie geen smoes had voor de slechte beurt, en voor wie al was afgegaan.

December stond op Jackson High in het teken van maar één ding: het winterbal. We zaten in de kantine toen Lena het onderwerp als eerste ter sprake bracht.

'Heb je al iemand gevraagd voor het bal?' Lena was niet zo bekend met Links niet-zo-geheime strategie om als vrijgezel naar alle bals te gaan, zodat hij vrij kon flirten met coach Cross, de muziekcoach van de cheerleaders. Link was al sinds de onderbouw verliefd op Maggie Cross. Ze had vijf jaar geleden eindexamen gedaan en was na haar studie teruggekeerd als coach.

'Nee, ik vlieg graag solo,' grinnikte Link met zijn mond vol friet.

'Coach Cross houdt de boel in de gaten, dus Link gaat altijd in zijn uppie zodat hij de hele avond rond haar kan hangen,' legde ik uit.

'Ik wil de dames niet teleurstellen. Ze beginnen allemaal om me te vechten zodra iemand een scheut alcohol bij de bowl heeft gegoten.'

'Ik ben nooit eerder op een bal geweest.' Lena sloeg haar ogen neer en keek naar haar blad waarvan ze een broodje pakte. Ze keek bijna teleurgesteld.

Ik had haar niet gevraagd voor het bal. Het was niet bij me opgekomen dat ze zin had om te gaan. We waren met zoveel andere dingen bezig, en dat was veel belangrijker dan een schoolbal.

Link wierp me een veelzeggende blik toe. Hij had me gewaarschuwd dat dit zou gebeuren. 'Elk meisje wil gevraagd worden voor het bal, man. Geen idee waarom, maar dat ze dat willen weet ik zelfs nog.' Wie weet had Link wel gelijk, hoewel zijn grootse plannen met coach Cross nooit op iets uitliepen.

Link goot de rest van zijn cola naar binnen. 'Zo'n leuk meisje als jij? Jij zou de Sneeuwkoningin kunnen zijn.'

Lena probeerde te glimlachen, maar ze kwam er niet eens dichtbij. 'Zeg, wat is dat met dat Sneeuwkoninginnegedoe? Hebben jullie niet gewoon een Koningin van het bal, zoals overal?'

'Nee, dit is het winterbal, dus is het een IJskoningin, maar Savannahs nichtje, Suzanne, won elk jaar tot ze eindexamen deed. Savannah is het vorig jaar geworden, dus iedereen noemt de gekozene nu gewoon de Sneeuwkoningin.' Link strekte zijn arm uit en pikte een pizzapunt van mijn bord.

Het was nogal duidelijk dat Lena gevraagd wilde worden. Weer een van die mysterieuze meidendingen – ze wilden worden gevraagd om daarover op te kunnen scheppen, zelfs als ze niet wilden gaan. Maar dit leek niet op te gaan voor Lena. Het leek wel alsof ze een lijst had gemaakt met alle dingen waarvan ze zich voorstelde dat een normaal meisje die moest doen als ze op de middelbare zat, en ze was nu vastbesloten om deze helemaal af te werken. Het was een dwaas idee. Het bal was de laatste plaats waar ik nu wilde zijn. Wij waren nu niet het populairste stel op Jackson. Het kon me niet schelen dat iedereen ons aanstaarde wanneer we door de gangen liepen, zelfs als we niet hand in hand liepen. Het deed me niets dat er waarschijnlijk over ons werd geroddeld, terwijl we met zijn drieën aan de enige lege tafel in de overvolle kantine zaten. Het raakte me niet dat alle meiden van de Beschermengelen in de gangen rondzwierven in de hoop dat ze ons het leven zuur konden maken.

Maar voordat Lena opdook, zou ik me daar wel zorgen om hebben gemaakt. Ik begon me bijna af te vragen of ik wellicht zelf onder een of andere betovering zat.

Dat doe ik niet.

Ik zei niet dat je dat deed.

Je zei het net.

Ik zei niet dat je me hebt betoverd.

Denk je dat ik zoals Ridley ben?

Ik denk... laat maar.

Lena keek me doordringend aan, alsof ze probeerde om mijn gezicht te lezen. Misschien kon ze dat nu ook wel. Zou best kunnen.

Wat?

Wat je zei in jouw slaapkamer de ochtend na Halloween. Meende je dat, Lena?

Wat dan?

De tekst op de muur.

Welke muur?

De muur in jouw slaapkamer. Doe nu niet net alsof je niet weet waar ik het over heb. Je zei dat je hetzelfde voor me voelde als ik voor jou.

Ze begon met haar ketting te spelen.

Ik weet echt niet wat je bedoelt.

Vallen.

Vallen?

Vallen... je weet wel.

Wat...

Laat maar.

Zeg het, Ethan.

Heb ik net gedaan.

Kijk me aan.

Dat doe ik al.

Ik keek omlaag, naar mijn chocolademelk.

'Snap je het? Savannah Snow? IJskoningin?' Link gooide vanille-ijs boven op zijn frieten.

Lena kruiste mijn blik. Ze bloosde. Ze stak haar hand onder de tafel. Ik pakte hem vast, maar rukte mijn hand bijna onmiddellijk weer los. De schok van haar aanraking was zo heftig. Ik had echt het gevoel alsof ik mijn hand in een contactdoos had gestoken. Zoals ze naar me keek, hoefde ik niets eens te horen wat ze wilde zeggen. Ik wist het al.

Als je iets wilt zeggen, Ethan, zeg het dan gewoon.

Ja, al goed.

Zeg het.

Maar we hoefden het niet te zeggen. We waren helemaal alleen, midden in een gesprek met Link. We zaten met zijn tweeën op een eiland en hadden geen idee waar Link het op dit moment over had. 'Heb je het nu door? Het is alleen grappig omdat het waar is. Je weet wel, IJskoningin, Savannah is een echte.'

Lena liet mijn hand los en gooide een wortel naar Link. Ze bleef glimlachen. Hij dacht dat ze tegen hem glimlachte. 'Oké. Ik snap hem, IJskoningin. Het blijft stom.' Link stak een vork in de blubberige massa op zijn blad.

'Het slaat nergens op. Er valt hier nooit een sneeuwvlok.'

Link glimlachte naar me over zijn ijsfrieten heen. 'Ze is jaloers. Kijk maar uit. Lena wil gewoon worden gekozen tot IJskoningin zodat ze met mij kan dansen wanneer ik de IJskoning word.'

Lena lachte, of ze wilde of niet. 'Jij? Ik dacht dat je jezelf spaarde voor de muziekcoach?'

'Doe ik ook, en dit jaar valt ze als een baksteen voor me.'

'Link is de hele avond bezig om iets adrems te bedenken wat hij kan zeggen als ze langskomt.'

'Ze vindt me grappig.'

'Er grappig uitzien.'

'Dit wordt mijn jaar. Ik voel het. Ik word dit jaar de Sneeuwkoning, en coach Cross gaat me zien op het podium met Savannah Snow.'

'Ik zie nog niet echt voor me hoe het daarna verder zal gaan.' Lena begon een bloedsinaasappel te pellen.

'O, weet je, ze zal helemaal weg zijn van mijn knappe verschijning, charme en muzikale talent, vooral als jij een nummer voor me schrijft. Dan zal ze toegeven en met me dansen en na mijn eindexamen met me meegaan naar New York, als mijn groupie.'

'Wat is dat, zoiets als een naschoolse bijzonderheid?' Het was haar gelukt de sinaasappel in één keer, in een lange spiraal van zijn schil te ontdoen.

'Man, jouw vriendinnetje vindt me bijzonder.' De frieten vielen uit zijn mond.

Lena keek me aan. Vriendinnetje. We hadden het hem allebei horen zeggen.

Ben ik dat?

Wil je dat zijn?

Vraag je me nu iets?

Het was niet de eerste keer dat ik erover dacht. Voor mijn gevoel was Lena al een tijdje mijn vriendin. Wanneer je bedenkt wat we allemaal samen hadden meegemaakt, was het een soort gegeven. Dus eigenlijk weet ik niet waarom ik het nooit had gezegd, en ik weet ook niet waarom het nu zo moeilijk was om het te zeggen. Toch werd het op de een of andere manier wezenlijker door de woorden uit te spreken.

Ja, ik denk van wel.

Je lijkt niet zeker van je zaak.

Ik pakte haar andere hand onder de tafel en keek in haar groene ogen.

Ik ben er zeker van, L.

Dan denk ik dat ik je vriendin ben.

Link was nog altijd aan het woord. 'Je vindt me vast bijzonder wanneer coach Cross over me heen hangt op het bal.' Link stond op en leegde zijn blad.

'Denk maar niet dat mijn vriendin met jou gaat dansen.' Ik leegde dat van mij.

Lena's ogen lichtten op. Ik had gelijk; ze wilde niet alleen gevraagd worden, ze wilde ook gaan. Op dat moment maakte het me niet uit wat er allemaal op haar lijst van normale-dingen-die-high-school-meisjes-moeten-doen stond. Ik zou ervoor zorgen dat alle punten konden worden afgestreept.

'Zeg, gaan jullie ernaartoe?'

Ik keek haar verwachtingsvol aan en ze kneep in mijn hand.

'Ja, denk het wel.'

Deze keer glimlachte ze oprecht. 'En Link, wat vind je ervan als ik twee dansjes voor je reserveer? Dat vindt mijn vriend vast wel goed. Hij zal me nooit zeggen met wie ik wel en niet mag dansen.' Ik rolde met mijn ogen.

Link hief zijn vuist en stootte zijn knokkels tegen die van mij.

'Ja, dat weet ik wel zeker.'

De bel ging en de lunchpauze was voorbij. Ineens had ik zomaar een afspraakje voor het winterbal en had ik een vriendin. En niet zomaar een vriendin; voor de eerste keer in mijn hele leven had ik bijna het L-woord gebruikt. Midden in de kantine, in het bijzijn van Link.

Over een hete lunch gesproken.

13 december

Smelten

'Ik snap niet waarom ze niet naar jou kan komen. Ik hoopte het nichtje van Melchizedek te bewonderen, opgedirkt in haar mooie jurk.' Ik stond voor Amma, zodat ze mijn vlinderdas kon strikken. Amma was zo klein dat ze op de derde trede van de trap moest gaan staan om bij mijn boord te kunnen. Toen ik klein was, kamde ze altijd mijn haar en strikte ze mijn stropdas voordat we zondags naar de kerk gingen. Ze bekeek me dan met een trotse blik, en zo stond ze nu ook naar me te kijken.

'Sorry, er is geen tijd voor een fotosessie. Ik pik haar thuis op. De jongen hoort het meisje op te halen, weet je nog?' Dat was wel wat veel gezegd, want ik haalde haar op in het Wrak. Link reed mee met Shawn. De jongens van het team hielden nog elke dag een stoel vrij aan hun nieuwe lunchtafel, ook al schoof hij meestal bij Lena en mij aan.

Amma gaf een ruk aan mijn vlinderdas en lachte. Ik had geen idee wat er zo grappig was, maar ik werd er kriegel van.

'Hij zit te strak. Ik heb het gevoel dat ik word gewurgd.' Ik probeerde een vinger tussen mijn nek en de kraag van mijn bij Buck's Smoking gehuurde jasje te duwen, maar ik kreeg het niet voor elkaar.

'Het ligt niet aan de das, het zijn jouw zenuwen. Maak je geen zorgen, het gaat goed.' Ze nam me goedkeurend op. Zo zou mijn moeder ook hebben gekeken als ze hier was geweest. 'Laat me die bloemen eens zien.' Ik strekte mijn handen uit naar een doos achter me, waarin een rode roos lag te midden van wit gipskruid. Ik vond het niet veel soeps, maar je kon weinig beters krijgen bij de Tuinen van Eden, de enige bloemist in Gatlin.

'Dat is wel het zieligste boeketje dat ik ooit heb gezien.' Amma bekeek het vluchtig en gooide het in de afvalemmer onder aan de trap. Ze draaide zich op haar hakken om en verdween de keuken in.

'Waarom deed je dat?'

Ze opende de koelkast en pakte er een prachtige kleine polscorsage uit. Witte sterrenjasmijn en wilde rozemarijn, samengebonden met een zilveren lint. Zilver en wit, de kleuren van het winterbal. Het kon niet mooier.

Hoewel ik wist dat Amma niet erg blij was met mijn vriendschap met Lena, had ze dit toch maar mooi gedaan. Ze deed het voor mij. Mijn moeder zou dit ook hebben gedaan. Pas nadat mijn moeder was gestorven, besefte ik hoezeer ik van Amma op aankon, hoezeer ik altijd op haar kon rekenen. Alleen door haar kon ik mijn hoofd boven water houden. Zonder haar was ik waarschijnlijk kopje onder gegaan, zoals mijn vader.

'Alles heeft een betekenis. Probeer iets wilds niet te temmen.'

Ik hield de corsage tegen de keukenlamp. Ik voelde hoe lang het lint was door het voorzichtig tussen mijn vingers te laten doorglijden. Onder het lint ontdekte ik een piepklein kippenbotje.

'Amma!'

Ze haalde haar schouders op. 'Zeg, je valt toch niet over een piepklein botje zoals dit van het kerkhof? Na al die tijd dat je hier in dit huis bent opgegroeid, na wat je allemaal hebt gezien. Waar zit je verstand? En een beetje bescherming doet niemand kwaad, zelfs jou niet, Ethan Wate.'

Ik zuchtte en legde de corsage terug in de doos. 'Ik hou ook van jou, Amma.'

Ze gaf me een knuffel en pletteme daarbij bijna. Ik rende de trap af de nacht in. 'Wees voorzichtig, hoor je me? Laat je niet opjutten.'

Ik had geen idee wat ze bedoelde, maar ik lachte toch terug. 'Komt voor elkaar, mevrouw.'

Toen ik wegreed, zag ik het licht op mijn vaders werkkamer branden. Ik vroeg me af of hij wist dat vanavond het winterbal was.

Toen Lena de deur opentrok, stokte mijn adem bijna in mijn keel, en dat wilde wat zeggen, want ze raakte me niet eens aan. Ik wist dat ze totaal niet leek op de andere meisjes vanavond op het bal. In Gatlin bestonden maar twee soorten baljurken, en ze kwamen allemaal uit een van de twee winkels: Little Miss, de lokale leverancier van bewerkte avondjurken, of Southern Belle, de bruidswinkel twee steden verderop.

De meisjes die naar Little Miss gingen, droegen de ietwat ordinaire zeemeerminnenjurken, met hoge splitten, diepe decolletés en pailletten; dat waren de meisjes met wie Amma me nooit op een picknick van de kerk zou willen zien. Het waren soms de lokale meisjes die in de historische optocht meeliepen of de dochters van lokale meisjes die vroeger daarvoor werden gekozen, zoals Eden. Haar moeder was tot Miss Zuid-Carolina gekozen. Vaker waren het de dochters van de vrouwen die ervan droomden om in de historische optocht mee te lopen. Dit waren dezelfde meisjes die je waarschijnlijk een paar jaar na hun eindexamen op Jackson High al met een baby op hun arm tegenkwam.

De jurken van Southern Belle waren de Scarlett O'Hara-jurken, die wijd uitliepen. Deze werden gedragen door de dochters van de DAR en van de leden van de Damesveiling – de Emily Ashers en de Savannah Snows – en je kon je overal met hen vertonen, wanneer je daar tegen kon, wanneer je hen kon verdragen. Wanneer je het niet erg vond dat je danste met een bruid op haar eigen bruiloft.

De kleurrijke jurken glinsterden, en er was gretig met glitters gestrooid. In hun kielzog liepen de zogenaamde Gatlin Peach meisjes, gekleed in het oranje. Die kleur was blijkbaar gereserveerd voor opzichtige bruidsmeisjesjurken buiten Gatlin.

Voor jongens was er een minder vanzelfsprekende druk, maar het was beslist niet eenvoudiger. We moesten onze kleding aanpassen aan het meisje met wie we gingen, en dat kon ook zo'n vreselijke meid van de Gatlin Peach zijn. Dit jaar had het basketbalteam gekozen voor een zilveren vlinderstrik en een zilveren cumberband, zodat hun de vernedering van roze, paarse of perzikkleurige vlinderstrikken bespaard bleef.

Lena had in haar leven beslist nog nooit Gatlin Peach gedragen. Toen ik haar zo zag staan, kreeg ik knikkende knieën. Dat werd langzamerhand een vertrouwd gevoel. Ze was zo mooi dat het pijn deed.

Wauw.

Vind je het mooi?

Ze draaide om haar as. Haar krullen dansten op haar schouders. Lang, los haar dat was vastgezet met glimmende spelden, op een van die wonderbaarlijke manieren waarop meisjes hun haar vastzetten. Het lijkt net alsof het is opgestoken, maar het valt toch ook los naar beneden. Ik wilde mijn vingers erdoorheen halen, maar ik durfde haar niet aan te raken, zelfs geen enkel haartje. Lena's jurk viel perfect om haar lichaam en sloot aan op de juiste plaatsen zonder dat ze een Little Miss werd. Hij was gemaakt met zilvergrijze draden, zo fijn als een zilveren spinnenweb, gesponnen door zilveren spinnen.

Was dat zo? Gesponnen door zilveren spinnen?

Wie zal het zeggen? Zou best kunnen. Ik heb hem van oom Macon gekregen.

Ze lachte en trok me naar binnen. Zelfs Ravenwood leek te zijn aangepast aan het winterachtige thema van het bal. Vanavond zag de hal eruit als oud Hollywood; een zwart-witte tegelvloer, en zilveren sneeuwvlokken dwarrelden rond in de lucht boven ons. Een zwart gelakte antieke tafel stond voor parelmoerachtige, zilveren gordijnen, en iets verderop zag ik iets wat schitterde als de oceaan, ook al wist ik dat dat niet kon. Flakkerende kaarsen zweefden boven het meubilair en wierpen overal waar ik keek kleine vlekken maanlicht.

'Echt? Spinnen?'

Ik zag het kaarslicht op haar glanzende lippen vallen. Ik probeerde er niet aan te denken dat ik de kleine halvemaanvormige vlek op haar jukbeen wilde kussen. Een subtiele zilveren glans lag over haar schouders, gezicht en haar. Zelfs haar moedervlek leek vanavond van zilver.

'Joh, ik hield je voor de gek. Ik denk dat hij de jurk heeft gekocht in een klein winkeltje in Parijs, Rome of New York. Oom Macon is dol op mooie spullen.' Ze beroerde de zilveren halve maan rond haar nek, net iets boven haar ketting met herinneringen. Vermoedelijk ook een cadeautje van oom Macon.

De bekende lijzige stem kwam vanuit de donkere gang vandaan, vergezeld door een enkele zilveren kandelaar. 'Boedapest, niet Parijs. En voor al het andere moet ik inderdaad schuld bekennen.' Macon verscheen in een smokingjas over een nette zwarte pantalon en een chique wit overhemd. De zilveren knopen in zijn overhemd vingen het kaarslicht op.

'Ethan, ik zou het zeer waarderen wanneer je ervoor zorgt dat haar vanavond niets overkomt. Zoals je weet heb ik haar 's avonds liever thuis.' Hij gaf me een corsage voor Lena, een kleine guirlande van sterrenjasmijn. 'Pas goed op haar.'

'Oom M!' Lena klonk geïrriteerd.

Ik bekeek de corsage van dichtbij. Een zilveren ring bungelde aan de speld die de bloemen bij elkaar hield. Er stond een inscriptie op in een onbegrijpelijk taal, maar die ik herkende van *Het Boek van de Manen*. Ik hoefde niet goed te kijken om te weten dat het de ring was die hij dag en nacht om had, tot vanavond. Ik haalde Amma's bijna identieke corsage tevoorschijn. In het gezelschap van de honderd Casters die vermoedelijk door de ring waren Begrensd en alle rondwarende Groten van Amma kon geen enkele geest in de stad ons kwaad doen, hoopte ik.

'Ik denk, dat u en Amma zich geen zorgen hoeven te maken om Lena. Ze zal het winterbal op Jackson High zonder kleerscheuren doorstaan.' Ik glimlachte.

Macon niet. 'Ik maak me geen zorgen om het bal, maar ik ben Amarie toch dankbaar.'

Lena keek fronsend van haar oom naar mij. Ik denk niet dat we eruitzagen als de twee gelukkigste mensen in de stad. 'Nu jij.' Ze pakte een kleine corsage op van de haltafel. Een eenvoudige witte roos met een klein takje jasmijn, en spelde hem op mijn jas. 'Ik zou willen dat jullie allemaal eens een minuut ophouden met jullie zorgen te maken. Dit wordt echt vervelend. Ik kan heel goed op mezelf passen.'

Macon keek niet overtuigd. 'In elk geval wil ik niet dat er iemand iets overkomt.'

Ik wist niet of hij doelde op de heksen van Jackson High, of op de krachtige Duistere Caster, Sarafine. Maar ik had de afgelopen maanden genoeg meegemaakt om zijn waarschuwing serieus te nemen.

'En zorg dat ze om middernacht thuis is.'

'Is dat dan een krachtig Caster-uur?'

'Nee, het is haar avondklok.'

Ik schonk hem een glimlach.

Onderweg naar school leek Lena bang. Ze zat onrustig op de passagiersstoel met de radio, haar jurk en haar veiligheidsgordel te klungelen.

'Ontspan.'

'Is het waanzin dat we vanavond gaan?' Lena keek me verwachtingsvol aan.

'Hoe bedoel je?'

'Nou ja, iedereen heeft een pesthekel aan me.' Ze keek naar haar handen.

'Je bedoelt dat iedereen ons haat.'

'Jij je zin, iedereen haat ons.'

'We hoeven niet te gaan.'

'Nee, ik wil gaan. Dat is het rare...' Ze draaide de corsage een paar keer rond haar pols. 'Vorig jaar wilden Ridley en ik samen gaan. Maar toen...'

Ik kon het antwoord niet horen, zelfs niet in mijn hoofd.

'Het was toen al helemaal mis. Ridley werd zestien. Daarna was ze weg en moest ik van school.'

'Hou op, dit is niet vorig jaar. Het is maar een bal. Er kan niets misgaan.'

Ze fronste en klapte de spiegel dicht.

Nog niet.

Toen we de gymzaal inliepen, was ik zelfs onder de indruk van wat de leerlingenraad in het weekend allemaal voor elkaar had gekregen. Jackson was helemaal omgetoverd in het teken van de Midwinternachtsdroom. Honderden piepkleine papieren sneeuwvlokken – waarvan sommige wit waren en andere glinsterden door de glitters, pailletten, het zilverpapier en alles wat flonkerde – hingen aan visdraad aan het plafond van de gymzaal. Poederachtige 'sneeuw' van zeepvlokken dreef naar de hoeken van de gymzaal, en twinkelende witte lichtjes vielen in strengen van de stootborden.

'Hoi, Ethan. Lena, je ziet er beeldschoon uit.' Coach Cross overhandigde ons allebei een kop Gatlin Peach-bowl. Ze droeg een zwarte jurk, waaruit net iets te veel been piepte, wellicht voor Link.

Ik keek naar Lena, en dacht aan de zilveren sneeuwvlokken die op Ravenwood door de lucht zweefden, zonder visdraad of zilverpapier. Ach ja, maar haar ogen glinsterden en ze omklemde mijn hand stevig, alsof ze een kleuter was op haar eerste verjaardagspartijtje. Ik had Link nooit geloofd wanneer hij beweerde dat schoolbals een onverklaarbaar effect op meisjes hebben. Het was me nu duidelijk dat het voor alle meisjes gold, zelfs voor een Caster-meisje.

'Wat ziet het er schitterend uit.' Eerlijk gezegd was het dat niet. Het was niet meer dan een eenvoudig oud Jackson High-bal, maar ik vermoed dat het voor Lena iets geweldigs was. Misschien was magie niet zo'n magisch iets wanneer je ermee was opgegroeid.

Uit het niets hoorde ik een vertrouwde stem. Het kon niet waar zijn.

'Laat het feest beginnen!'

Éthan, kijk...

Ik draaide me om en verslikte me bijna in mijn bowl. Link grijnsde naar me. Hij droeg iets wat leek op een zilveren smoking van haaienvel. Daaronder droeg hij een zwart T-shirt met een foto van de voorkant van een smokinghemd, en daaronder zijn hoge sportschoenen. Hij leek op een straatartiest in Charleston.

'Hé, Kortste Strootje! Hé, nicht!' Ik hoorde opnieuw die onmiskenbare stem boven de menigte uit, boven de dj uit, boven het oorverdovende gebonk van de bas uit, en boven de stellen op de dansvloer uit. Een walm van honing, suiker, stroop en kersenlolly's rolde over me heen. Het was de enige keer in mijn leven dat ik iets te zoet had gevonden.

Lena's hand klemde zich nog steviger vast. Aan de arm van Link hing Ridley. Ik kon mijn ogen niet geloven. Ze droeg het kortste zilveren paillettenjurkje dat ooit had rondgedarteld op een Jackson High-bal. Ik wist niet goed waar ik moest kijken; ze was een en al been, wulpse rondingen en blonde lokken, waar je ook keek. Ik voelde de temperatuur in de kamer stijgen, alleen door naar haar te kijken. Aan alle jongens te zien, die hun dans met hun nu van woede kokende trouwtaarten afbraken, was het duidelijk dat ik niet de enige was. In een wereld waar alle baljurken uit een of twee winkels kwamen, had Ridley iets aangetrokken wat zelfs bij Little Miss niet te vinden zou zijn. Naast haar leek coach Cross een dominéesvrouw. Met andere woorden: Link was verdoemd.

Lena keek ongerust van mij naar haar nicht. 'Ridley, wat doe je hier?'

'Nicht, zijn we toch nog samen op dat bal. Ben je niet verrúkt? Is het niet fantástisch?'

Ik zag dat het haar van Lena begon te krullen in een nietbestaande wind. Ze knipperde met haar ogen en de helft van de strengen met flonkerende lichtjes ging uit. Ik moest snel iets doen. Ik trok Link mee naar de kom met bowl. 'Wat doe je hier met haar?'

'Man, kun je dit geloven? Ze is de lekkerste chick in Gatlin, niets ten nadele van Lena natuurlijk. Derdegraads verbranding-lekker. En ze hing zomaar wat rond bij de Stop-en-jat toen ik een bierworstje ging kopen voor onderweg. Ze had zelfs al een feestjurk aan.'

'Vind je dat niet wat eigenaardig?'

'Denk je dat ik daarmee zit?'

'En als ze nu een soort psychopaat blijkt te zijn?'

'Denk je dat ze me vastbindt of zo?' Hij grijnsde en zag het misschien al voor zich.

'Ik maak geen grap.'

'Je maakt altijd grappen. Wat heb je? O, ik snap het. Je bent jaloers. Als ik het me goed herinner, zat je zelf ook binnen de kortste keren in haar auto. Zeg me niet dat je iets meer met haar hebt geprobeerd of zo...'

'Geen haar op mijn hoofd. Ze is de nicht van Lena.'

'Nou en? Ik weet alleen dat ik op het bal ben met het lekkerste superstuk in de wijde omgeving. Ik wil maar zeggen, hoe groot is de kans dat een meteoor inslaat in deze stad? Dit zal me nooit meer overkomen.' Hij was al betoverd, niet dat ze daarvoor erg haar best hoefde te doen bij iemand als Link. Het maakte niet uit wat ik zei.

Aarzelend deed ik nog een tweede poging. 'Ze is een ramp, man. Ze knoeit met je hoofd. Ze zal je opslorpen en je uitspugen zodra ze je niet meer nodig heeft.'

Hij greep met beide handen mijn schouders vast. 'Donder op.'

Link sloeg zijn arm om Ridley's middel en liep naar de dansvloer. Hij keurde coach Cross amper een blik waardig toen hij langs haar liep.

Ik trok Lena de andere kant op, naar de hoek waar de fotograaf plaatjes schoot van de stelletjes voor een nepsneeuwstorm met een nepsneeuwman, terwijl de leden van de Leerlingenraad om de beurt nepsneeuw het decor inwierpen. Ik liep recht in de armen van Emily.

Ze keek naar Lena. 'Lena. Je ziet er... stralend uit.'

Lena keek haar alleen maar aan. 'Emily. Je ziet er... opgedirkt uit.'

Ze had gelijk. Ethan-hatende Southern Belle-Emily zag eruit als een met zilver en perzik gevuld crèmegebakje, opgetuigd en opgedirkt in taftzijde. In haar haar zaten afzichtelijke varkenskrulletjes, die eruitzagen alsof ze van geel gekruld lint waren gemaakt. Verder leek het alsof haar gezicht net iets te strak was getrokken toen ze haar haar had laten doen bij de Knip & Krul, en er een keer te veel met een haarspeld in haar hoofd was gestoken.

Wat had ik ooit in een van die meiden gezien?

'Ik wist niet dat jullie soort danste.'

'Dat doen we.' Lena staarde haar aan.

'Rond een vreugdevuur?' Op Emily's gezicht verscheen een kwaadaardige glimlach.

Lena's haar begon weer te krullen. 'Hoezo? Ben je op zoek naar een vreugdevuur om die jurk in te verbranden?' De overgebleven helft van de flonkerende lichtjes doofde uit. Ik zag hoe leden van de leerlingenraad elkaar voor de voeten liepen om de snoeren te controleren.

Laat haar niet winnen. Zij is de enige heks hier.

Ze is niet de enige, Ethan.

Savannah dook naast Emily op en trok Earl achter zich aan. Ze zag er precies hetzelfde uit als Emily, alleen was zij in zilver en roze in plaats van in zilver en perzik. Haar jurk was net zo'n misbaksel. Wanneer je je ogen half dichtkneep, zou je je kunnen voorstellen dat ze allebei nu op hun eigen trouwdag waren. Het was huiveringwekkend.

Earl keek naar de grond en probeerde zo oogcontact met mij te vermijden.

'Kom mee, Em, ze gaan het Koninklijke Hof bekendmaken.' Savannah keek betekenisvol naar Emily.

'Laat me jullie niet ophouden.' Savannah gebaarde naar de rij voor de foto's. 'Ik bedoel, ben je wel zichtbaar op een foto, Lena?' Ze stormde weg, met de massieve opgedirkte taartjurk en al het andere.

'Volgende!'

Lena's haar krulde nog steeds op.

Het zijn losers. Het doet er niet toe. Niemand doet ertoe.

Ik hoorde opnieuw de stem van de fotograaf. 'Volgende!'

Ik pakte Lena's hand en trok haar de nepsneeuwstorm in. Ze keek naar me op, haar ogen stonden bewolkt. Plotseling trokken de wolken weg en was ze terug. Ik voelde de storm bedaren.

'Laat de sneeuw maar komen,' hoorde ik in de verte.

Je hebt gelijk. Het doet er niet toe.

Ik boog me naar haar toe om haar te kussen.

Jij bent de enige die ertoe doet.

We kusten en de flits van de camera ging af. Een seconde lang, een perfecte seconde, leek het alsof er niemand anders in de wereld was, en niets ertoe deed.

Het verblindende licht van een flitslamp en toen gutste er stroperige witte rommel over alles heen, ook over ons beiden.

Wel potver...?

Lena snakte naar adem. Ik probeerde de smurrie uit mijn ogen te wrijven, maar ik zat helemaal onder. Ik zag dat Lena er nog erger aan toe was. Haar haar, haar gezicht, haar schitterende jurk. Haar eerste bal. Naar de bliksem.

Het spul begon te schuimen. Het had de dikte van pannenkoekendeeg en de smurrie droop uit een emmer boven ons hoofd. Zo'n emmer waaruit de nepsneeuwvlokken hadden moeten komen die dan geleidelijk naar beneden zouden dwarrelen voor de foto. Ik keek omhoog en kreeg nog een lading smurrie over mijn gezicht. De emmer kletterde op de grond.

'Wie heeft er water bij de sneeuw gedaan?' De fotograaf was woest. Niemand deed zijn mond open en ik wilde wedden dat de Jackson Engelen niets hadden gezien.

'Ze smelt!' schreeuwde iemand. We stonden in een plas witte zeep of lijm, of wat het ook mocht zijn, en wilden alleen nog maar zo klein worden tot we waren verdwenen; in ieder geval voor de menigte om ons heen die stond te schaterlachen. Savannah en Emily stonden aan de zijkant en genoten van elke minuut van wat misschien wel het meest vernederende moment in Lena's leven was.

Een jongen schreeuwde over het oorverdovende lawaai heen. 'Jullie hadden thuis moeten blijven.'

Ik zou die achterlijke stem overal hebben herkend. Ik had deze vaak genoeg gehoord op het basketbalveld. Dat was zo ongeveer de enige plaats waar hij hem gebruikte. Earl fluisterde iets in Savannahs oor, terwijl hij zijn arm om haar schouder sloeg.

Ik trok een sprint. Ik was zo snel aan de overkant dat Earl niet eens in de gaten had dat ik op hem afstormde. Ik knalde mijn met zeep bedekte vuist tegen zijn kaak en hij ging tegen de grond. Tijdens mijn actie raakte ik Savannah op haar door de jurk uitstekende kont.

'Verdomme. Ben je gek geworden, Wate?' Earl wilde opstaan, maar ik duwde hem terug met mijn voet.

'Ik zou daar maar blijven als ik jou was.'

Earl ging rechtop zitten en probeerde de kraag van zijn jas recht te trekken, alsof hij er zo op zijn gat op de grond van de gymzaal nog stoer uitzag. 'Ik hoop voor je dat je weet waar je mee bezig bent.' Maar hij deed geen poging weer op te staan. Hij kon zeggen wat hij wilde, we wisten allebei dat als hij opstond, hij degene was die weer op de grond zou eindigen.

'Dat weet ik.' Ik trok Lena uit de zich uitdijende plas smurrie van wat eigenlijk een nepsneeuwstorm had moeten zijn.

'Kom mee, Earl, ze gaan het Hof bekendmaken,' zei Savannah kwaad. Earl stond op en klopte zichzelf af.

Ik wreef mijn ogen droog en schudde mijn natte haar uit. Lena stond te trillen. De nepsneeuw druppelde van haar af alsof het witsel was. Zelfs in de opeengepakte menigte was er rond haar nog wat ruimte over. Niemand waagde zich te dichtbij, behalve ik. Ik probeerde haar gezicht met mijn mouw schoon te vegen, maar ze deinsde terug.

Zo gaat het nu altijd.

'Lena.'

Ik had beter moeten weten.

Ridley dook naast haar op, met Link vlak achter haar. Ze was laaiend, dat was duidelijk te zien. 'Ik begrijp het niet, nicht. Ik

356

snap niet waarom je met hún soort wilt omgaan.' Ze spuwde de woorden uit, en klonk net als Emily. 'Niemand behandelt jou of mij zo, Licht of Duister – niet een van hén. Waar is jouw zelf-respect gebleven, Leentje Peentje?'

'Het is het niet waard. Niet vanavond. Ik wil alleen maar naar huis.' Lena was te aangeslagen om boos op Ridley te zijn. Het was vechten of vluchten, en Lena had besloten om te vluchten. 'Breng me naar huis, Ethan.'

Link trok zijn zilveren jas uit en legde deze om haar schouders. 'Dat was een rotstreek.'

Ridley kwam niet tot bedaren, of wilde niet. 'Ze zijn een grote ramp, nicht. Behalve Kortste Strootje. En mijn nieuwe vriendje, Binkie Linkie.'

'Link. Ik heb het je al gezegd, ik heet Link.'

'Houd je mond, Ridley. Ze heeft er genoeg van.' Het Sirene-effect werkte niet meer bij mij.

Ridley keek over mijn schouder en glimlachte, een donkere glim-lach. 'Ja, nu je het zegt, ik heb er ook genoeg van.'

Ik volgde haar starende blik. De IJskoningin en haar Hof waren het podium opgelopen en stonden daar met een brede grijns. Op-nieuw was Savannah gekozen tot Sneeuwkoningin. Er veranderde nooit iets. Ze keek stralend naar Emily, die weer haar IJsprinses was, net als vorig jaar.

Ridley zette haar filmsterrenzonnebril een klein stukje lager op haar neus. Haar ogen begonnen te gloeien – je kon bijna de hitte voelen die van haar afkwam. Er verscheen een lolly in haar hand, en ik rook de dikke, misselijkmakende zoete geur in de lucht.

Ridley, niet doen.

Dit gaat niet over jou, nicht. Het is groter dan dat. In deze tegen-draadse stad moet nodig eens iets veranderen.

Ik kon Ridley's stem in mijn hoofd net zo duidelijk horen als die van Lena. Ik schudde mijn hoofd.

Laat het met rust, Ridley. Je maakt het alleen maar erger.

Open je ogen: zij kunnen niet erger worden. Of misschien toch wel.

Ze tikte Lena op haar schouder.

Kijk en steek er wat van op.

Zuigend op haar lolly staarde ze naar het Koninklijke Hof. Ik hoopte dat het te donker was voor hen om die angstaanjagende kattenogen te zien.

Nee! Ze zullen alleen mij de schuld geven, Ridley. Doe het niet.

Gat-ding moet nodig eens een lesje leren. En ik ben alleen maar degene die hun dat zal leren.

Ridley schreed naar het podium toe. Haar glinsterende hakken klakten op de vloer.

'Hé snoes, waar ga je naartoe?' Link was vlak achter haar.

Charlotte liep de trap op, in meters glanzende, lavendelkleurige taftzijde, twee maten te klein, naar haar sprankelende zilveren plastic kroon en haar gebruikelijke plaats op de vierde positie van het Koninklijke Hof, achter Eden – IJsmeisjes, vermoed ik. Net toen ze de laatste trap wilde opgaan, bleef haar enorme lavendel-kleurige creatie achter de punt van de leuning hangen, en toen ze de laatste trede opstapte, scheurde het rugpand van haar jurk he-lemaal af, vanaf de klungelig vastgenaaide naad. Het duurde een paar seconden voordat Charlotte doorhad wat er gebeurde en toen staarde de halve school naar haar sexy roze panty's, zo groot als de staat Texas. Charlotte slaakte een bloedstollende nu-weet-iedereen-hoe-dik-ik-ben-gil.

Ridley grijnsde.

Oepsie!

Ridley, stop!

Ik ben net begonnen.

Charlotte stond te schreeuwen, terwijl Emily, Eden en Savannah het uitzicht probeerden af te schermen met hun tienerbruidsjurken.

Het geluid van een krassende plaat knalde uit de speakers toen de plaat die opstond werd verwisseld voor The Stones.

Sympathy for the Devil. Het kon Ridley's lijflied zijn. Ze was zichzelf op grootse wijze aan het voorstellen.

De mensen op de dansvloer dachten dat het gewoon een blun-der was van Dickey Wix, in zijn poging om de beroemdste vijfendertigjarige dj in het balcircuit te worden. Maar zij werden voor schut gezet. Vergeten lichtsnoeren gingen uit; binnen een paar seconden begonnen alle lampen op het podium en de verlichting rond de dansvloer te branden, een voor een, als dominostenen.

Ridley leidde Link naar de dansvloer, en hij draaide haar rond toen Jackson-leerlingen begonnen te gillen, en zich onder de vonkenregen van de dansvloer af drongen. Ik weet zeker dat ze dachten dat ze midden in een soort ramp van de elektrische bedrading zaten, waar Red Sweet, de enige elektricien in Gatlin, de schuld van zou krijgen. Ridley gooide haar hoofd achterover en danste lachend rond Link in dat lendendoekje dat moest doorgaan voor een jurk.

Ethan – we moeten iets doen.

Wat?

Het was te laat om nog iets te doen. Lena draaide zich om en rende weg. Ik was vlak achter haar. Voordat een van ons de deuren van de gymzaal bereikte, sprongen over het hele plafond de sprinklers aan. Water stroomde de gymzaal in. De geluidsinstallatie viel sputterend uit, alsof er net kortsluiting was geweest. Natte sneeuwvlokken vielen op de grond als doorweekte pannenkoeken, en zeepvlokken veranderden in een bubbelende schuimsmurrie.

Iedereen begon te gillen. Meisjes met doorgelopen mascara en uitgezakt haar holden naar de deur in hun kletsnatte taftzijden jurken. In de puinhoop kon je een Little Miss niet meer onderscheiden van een Southern Belle. Ze zagen er allemaal uit als pastelkleurige, verzopen ratten.

Toen ik bij de deur kwam, hoorde ik een harde knal. Ik draaide me om naar het podium, net toen een enorme glinsterende sneeuwvlok op het achterdoek stortte. Emily wankelde en verloor haar evenwicht op het glibberige podium. Nog altijd wuivend naar het publiek probeerde ze zich staande te houden, maar haar voeten gleden onder haar vandaan en ze eindigde op de grond van de gymnastiekzaal. Coach Cross rende naar haar toe.

Ik had geen medelijden met haar, hoewel ik wel te doen had met de mensen die de schuld zouden krijgen van deze nachtmerrie; de leerlingenraad voor hun gevaarlijk onstabiele achterdoek, Dickey Wix voor het uitbuiten van de pech van een dikke cheerleader in haar ondergoed, en Red Sweet voor zijn onprofessionele en levensgevaarlijke bedrading van de verlichting in de gymzaal van Jackson High.

Zie je later, nicht. Dit was nog veel beter dan een bal.

Ik duwde Lena voor me uit de deur door. 'Ga!'

Ze was zo koud dat ik haar amper kon aanraken. Tegen de tijd dat we bij de auto kwamen, had Boo Radley ons al ingehaald. Macon hoefde zich geen zorgen te maken over de avondklok.

Het was nog geen halftien.

Macon was buiten zinnen van woede, of misschien was hij alleen bezorgd. Ik kon niet zeggen wat het was, want elke keer wanneer hij me aankeek, draaide ik me weg. Zelfs Boo durfde hem niet aan te kijken. Hij lag aan Lena's voeten met zijn staart op de vloer te tikken.

Het huis had niet meer de sfeer van het bal. Ik wed dat Macon nooit meer een zilveren sneeuwvlok door de deur van Ravenwood zou toelaten. Alles was nu zwart. Alles: de vloeren, het meubilair, de gordijnen en het plafond. Alleen het vuur in de open haard brandde gestaag en wierp licht de kamer in. Wellicht weerspiegelde het huis zijn wisselende gemoedstoestanden, en was dit een donkere bui.

'Keuken!' Een zwarte mok chocolademelk verscheen in Macons hand. Hij gaf hem aan Lena, die gewikkeld in een kriebelige wollen deken voor het vuur zat. Ze hield de mok met beide handen vast om ze te warmen, haar natte haar was uit haar gezicht gekamd. Hij ging recht voor haar staan. 'Je had direct weg moeten gaan toen je haar zag, Lena.'

'Ik werd nogal in beslag genomen door een zeepdouche en de hele school die me uitlachte.'

'Wel, je zult nergens meer door in beslag worden genomen. Je hebt huisarrest tot jouw verjaardag, voor je eigen bestwil.'

'Het gaat hier helemaal niet om mijn eigen bestwil.' Ze zat nog steeds te rillen, maar ik dacht niet dat dat nog door de kou kwam.

Hij staarde me aan met kille, donkere ogen. Ik wist nu zeker dat hij razend was. 'Je had moeten zorgen dat ze wegging.'

'Ik wist niet wat ik moest doen, meneer. Ik kon niet voorzien dat Ridley de hele gymzaal zou vernielen. En Lena was nog nooit op een bal geweest.' Het klonk stom, al op het moment dat ik het zei.

Macon bleef me aanstaren, terwijl hij de whisky in zijn glas ronddraaide. 'Interessant om vast te stellen dat jullie niet eens hebben gedanst. Niet één dans.'

'Hoe weet u dat?' Lena zette haar mok neer.

Macon liep heen en weer. 'Dat is niet belangrijk.'

'Eigenlijk vind ik dat wel belangrijk.'

Macon haalde zijn schouders op. 'Het is Boo. Hij is, bij gebrek aan een beter woord, mijn ogen.'

'Wat?'

'Hij ziet wat ik zie. Ik zie wat hij ziet. Hij is een Caster-hond, dat weet je.'

'Oom Macon! U hebt me al die tijd bespioneerd!'

'Niet jou, niet in het bijzonder. Hoe denk je dat ik overleef als stadskluizenaar? Ik zou niet ver komen zonder mijn beste vriend. Boo ziet hier alles, dus ik zie alles.' Ik keek naar Boo. Ik zag zijn ogen, menselijke ogen. Ik had het moeten weten, en misschien had ik dat ook. Hij had de ogen van Macon.

En nog iets, iets waarop hij kauwde. Hij had een bal of iets dergelijks in zijn bek. Ik boog voorover om het eruit te pakken. Het was een gekreukelde, doorweekte polaroid. Hij had deze de hele weg van de gymzaal in zijn bek meegedragen.

Onze foto van het bal. Ik stond erop met Lena, midden in de nepsneeuw. Emily had het mis. Lena's soort was zichtbaar op een foto, alleen was het een vaag beeld, transparant, alsof ze vanaf haar middel naar beneden al begon op te lossen in een soort spookachtige verschijning. Het was alsof ze echt aan het smelten was voordat de sneeuw haar zelfs had geraakt.

Ik klopte Boo op zijn kop en stopte de foto in mijn zak. Dit hoefde Lena niet te zien, niet op dit moment. Twee maanden tot haar verjaardag. Ik had de foto niet nodig om te weten dat we nog maar heel weinig tijd hadden.

16 december

De tuchtzaak

Lena zat op de veranda toen ik aan kwam rijden. Ik stond erop dat ik haar zou ophalen, omdat Link met ons wilde meerijden, en hij niet kon riskeren om in de lijkwagen te worden gezien. En ik wilde Lena niet alleen naar binnen laten gaan. Eigenlijk had ik liever dat ze helemaal niet ging, maar ik kon het haar niet uit haar hoofd praten. Ze zag eruit alsof ze klaar was voor de strijd. Ze droeg een zwarte coltrui, een zwarte spijkerbroek en een zwart vest met capuchon en bontrand. Nog even en ze zou tegenover het vuurpeloton staan, en dat wist ze.

Het was pas drie dagen na het bal, en de DAR had er geen gras over laten groeien. De bijeenkomst van de Jackson tuchtcommissie van vanmiddag zou niet veel anders zijn dan een heksenproces, en je hoefde geen Caster te zijn om dat te weten. Emily strompelde in het gips rond. De rampzalige afloop van het winterbal was in de stad het gesprek van de dag, en uiteindelijk kreeg mevrouw Lincoln alle steun die ze nodig had. Getuigen hadden zich gemeld. En als je alles op een hoop gooide wat iedereen zogenaamd had gezien, gehoord of zich voldoende kon herinneren, hoefde je alleen maar te knipperen met je ogen, je hoofd scheef te houden en proberen de logica ervan te zien: Lena Duchannes was de grote boosdoener.

Alles was goed tot zij in de stad was opgedoken.

Link sprong uit de auto en hield de deur open voor Lena. Hij voelde zich vreselijk schuldig en hij zag er belabberd uit. 'Hoi, Lena. Hoe gaat het?'

'Goed hoor.'

Liegbeest.

Ik wil niet dat hij zich rot voelt. Hij kan er niets aan doen.

Link schraapte zijn keel. 'Het spijt me vreselijk. Ik heb het hele weekend met mijn moeder overhoop gelegen. Ze was altijd al gestoord, maar nu is er echt geen land met haar te bezeilen.'

'Het is niet jouw schuld, maar het is lief dat je hebt geprobeerd om met haar te praten.'

'Het had iets kunnen uithalen als al die feeksen van de DAR niet in haar andere oor hadden zitten tetteren. Ik denk dat mevrouw Snow en mevrouw Asher de afgelopen twee dagen minstens honderd keer aan de telefoon hebben gehangen.'

We reden langs de Stop-en-jat. Zelfs Fatty was nergens te bekennen. Het was doodstil op straat, alsof we door een spookstad reden. De bijeenkomst van de tuchtcommissie stond gepland om vijf uur stipt, en we zouden gemakkelijk op tijd zijn. De bijeenkomst was in de gymzaal, omdat het de enige plaats op Jackson High was waar de mensenmassa die waarschijnlijk zou komen opdagen, inpaste. Dat was weer typisch Gatlin. Iedereen bemoeide zich altijd overal mee. We kenden hier geen besloten procedures. Te zien aan de verlaten straten lag de hele stad stil, wat betekende dat iedereen op de bijeenkomst zou zijn.

'Ik snap echt niet hoe jouw moeder dit zo snel voor elkaar heeft gekregen. Dat is zelfs snel voor hier.'

'Van wat ik heb afgeluisterd, heeft dokter Asher er de hand in gehad. Hij en rector Harper jagen samen, met enkele van die hoge omes uit het schoolbestuur.'

Dokter Asher was Emily's vader en de enige echte dokter in de stad.

'Fijn.'

'Jullie weten waarschijnlijk dat ik van school word getrapt, ja toch? Ik wed dat dat al is beslist. De bijeenkomst is alleen voor de show.'

Link keek verward. 'Ze kunnen je niet van school trappen zonder dat ze jouw kant van het verhaal hebben gehoord. Je hebt helemaal niets gedaan.'

'Dat maakt niets uit. Deze beslissingen worden achter gesloten deuren genomen. Niets wat ik zeg kan daaraan iets veranderen.'

Ze had gelijk. Dat wisten we allebei, dus hield ik mijn mond. In plaats daarvan bracht ik haar hand naar mijn mond en gaf er een kus op. Voor de honderdste keer wenste ik dat ik tegenover het schoolbestuur zou staan en niet Lena.

Maar dat ging niet gebeuren, want ik zou daar nooit kunnen staan. Het maakte niet uit wat ik deed of zei, ik zou altijd een van hen blijven. Lena zou dat nooit worden. En ik denk dat dat me nog het kwaadst maakte, en het pijnlijkst was. Ik haatte hen nu nog intenser, want ergens claimden ze mij nog steeds als een van hun eigen mensen. Zelfs toen ik omging met het nichtje van Old Man Ravenwood, tekeerging tegen mevrouw Lincoln en niet op de feesten van Savannah Snow werd uitgenodigd. Ik was een van hen. Ik hoorde bij hen, en daar kon ik niets aan veranderen. En als het tegenovergestelde waar was, en in zekere zin hoorden zij ook bij mij, dan moest Lena niet alleen tegen hen vechten, maar ook tegen mij.

De waarheid sloopte me. Misschien werd Lena op haar zestiende verjaardag Opgeëist, maar ik was al opgeëist sinds mijn geboorte. Ik had niet meer te zeggen over mijn eigen lot dan zij dat had. Misschien had niemand dat.

Ik zette de auto stil op het parkeerterrein. Het was vol. Er stond een lange rij mensen bij de hoofdingang te wachten tot ze naar binnen konden. Ik had niet zoveel mensen bij elkaar gezien sinds de première van *Gods and Generals*, de langste en saaiste film over de Burgeroorlog ooit. De helft van mijn familieleden figureerde daarin, omdat ze hun uniformen nog hadden bewaard.

Link dook weg op de achterbank. 'Ik sluip er hier uit. Ik zie jullie binnen.' Hij duwde de deur open en kroop er tussen twee auto's uit. 'Hou je taai.'

Lena's handen lagen in haar schoot. Ze trilden. Ik kon het niet aanzien dat ze zo zenuwachtig was. 'Je hoeft niet naar binnen te gaan. We kunnen omkeren en dan breng ik je naar huis.'

'Nee, ik ga naar binnen.'

'Waarom doe je dit jezelf aan? Je zei al dat het vermoedelijk alleen voor de show was.'

'Ik wil niet dat ze denken dat ik bang voor ze ben. Ik ben van mijn laatste school weggevlucht, maar dit keer ren ik niet weg.' Ze haalde diep adem.

'Het is geen vlucht.'

'Zo zie ik het wel.'

'Komt je oom, ja toch zeker?'

'Hij kan niet.'

'Waarom in godsnaam niet?' Nu zou ze er helemaal alleen voor staan, ook al stond ik vlak naast haar.

'Het is te vroeg. Ik heb het hem niet verteld.'

'Te vroeg? Wat is dat trouwens? Is hij opgesloten in een crypte of zo?'

'Meer zoiets als of zo.'

Het had geen zin om er nu over door te gaan. Over een paar minuten kreeg ze al genoeg voor haar kiezen.

We liepen naar het gebouw. Het begon te regenen. Ik keek haar aan.

Geloof me, ik doe mijn best. Als ik me zou laten gaan, wordt het een tornado.

De mensen staarden Lena en mij aan en wezen zelfs naar ons. Het verbaasde me niet.

Dat waren dan de zogenaamde fatsoensnormen hier. Ik keek om me heen en verwachtte half en half dat Boo Radley bij de deur zou zitten, maar hij was nergens te bekennen.

We kwamen de gymzaal van de zijkant binnen – toevallig de bezoekersingang. Link had dat bedacht, en het bleek een goed plan.

Want toen we eenmaal binnen waren, realiseerde ik me dat de mensen niet buiten stonden te wachten tot ze naar binnen konden, maar dat ze hoopten iets van de bijeenkomst op te vangen. Binnen waren alleen nog wat staanplaatsen.

Het leek een hoogdravende versie van een juryhoorzitting uit een aflevering van een van die rechtszaaldrama's op tv. Voor in de zaal stond een grote kunststof tafel. Daarachter zaten een paar leraren. Natuurlijk meneer Lee, die zat te pronken met zijn rode vlinderstrik en zijn kleinburgerlijke vooroordelen. Naast hem zaten rector Harper en een paar mensen die leden van het schoolbestuur moesten zijn. Ze zagen er allemaal oud en boos uit, alsof ze het liefst naar huis zouden gaan om naar de regionale omroep of een religieus programma te kijken.

De tribunes waren gevuld met de notabelen van Gatlin. Mevrouw Lincoln en haar DAR-lynchbende zaten op de eerste drie rijen. De leden van de Zusters van de Confederatie, het Eerste Methodistische Koor en het Historisch Genootschap vulden de rijen daarachter. Direct achter hen zaten de Jackson Engelen – ook wel bekend als de meisjes die Emily en Savannah wilden zijn, en de jongens die graag een hand in Emily's en Savannahs broek zouden willen steken – de aandacht te trekken met slogans op hun T-shirts, waarvan de verf nog bijna nat was. Op de voorkant stond een foto van een engel die verdacht veel leek op Emily Asher, met haar enorme engelenvleugels wijd open gespreid. Ze droeg, hoe kan het anders, een T-shirt van de Jackson High Wildcats. Op de rug stond een paar eenvoudige vleugels die zo waren ontworpen dat het leek alsof ze direct uit de rug van de drager sprongen. Daaronder stond de leus van de Jackson Engelen: WE HOUDEN JE IN DE GATEN.

Emily zat naast mevrouw Asher, met haar gipsen been demonstratief op een van de kantinestoelen. Mevrouw Lincoln kneep haar ogen tot spleetjes toen ze Lena en mij zag, en mevrouw Asher sloeg haar arm beschermend om Emily heen, alsof een van ons naar haar toe zou rennen en haar met een knuppel zou slaan, zoals bij een weerloos babyzeehondje. Ik zag dat Emily haar mobieltje uit haar zilveren handtasje pakte, in de starthouding om te sms'en. Nog even en dan zouden haar vingers over de toetsen vliegen. Onze gymzaal was vanavond blijkbaar het epicentrum van lokale roddel en achterklap voor vier gemeenten.

Amma zat een paar rijen naar achteren en frummelde aan de amulet om haar nek. Hopelijk zou deze ervoor zorgen dat bij mevrouw Lincoln ineens de horens op haar hoofd verschenen, die ze al deze jaren zo kunstig had weten te verbergen. Natuurlijk was mijn vader niet aanwezig, maar de Zusters zaten naast Thelma, aan de andere kant van het gangpad waar Amma zat. De hele situatie moest ernstiger zijn dan ik had gedacht. De Zusters hadden hun huis niet verlaten sinds 1980, toen tante Grace te veel van een kruidige ovenschotel had gegeten en dacht dat ze een hartaanval kreeg. Tante Mercy kruiste mijn blik en zwaaide met haar zakdoek.

Ik liep met Lena mee naar de stoel voor in de zaal, die uiteraard voor haar was gereserveerd. Hij stond recht voor de executieplaats van het vuurpeloton.

Het komt goed.

Beloofd?

Ik hoorde buiten de regen op het dak kletteren.

Ik beloof je dat dit er niet toe doet. Ik beloof je dat deze mensen idioten zijn. Ik beloof je dat wat ze ook zeggen, dat nooit iets zal veranderen aan wat ik voor je voel.

Het komt dus niet goed.

De regen kletterde harder op het dak. Dat voorspelde niet veel goeds. Ik pakte haar hand en drukte er iets in. Het zilveren knoopje van Lena's vest dat ik had gevonden in het Wrak op de avond van onze ontmoeting in de regen. Het leek een waardeloos prulletje, maar het had vanaf die nacht altijd in mijn zak gezeten.

Hier. Zie het als een geluksamulet. Het heeft mij in elk geval iets goeds gebracht.

Ik zag hoezeer ze haar best deed om niet in tranen uit te barsten. Zwijgend deed Lena haar ketting af en voegde het knoopje toe aan haar eigen verzameling van waardevolle rommel.

Dank je. Als ze had kunnen lachen, had ze dat gedaan.

Ik liep terug naar achteren, naar de rij waar de Zusters en Amma zaten. Tante Grace stond op en steunde op haar stok. 'Ethan, we zitten hier. Lieverd, we hebben een stoel voor je vrijgehouden.'

'Wil je gaan zitten, Grace Statham,' siste een oude vrouw met een blauw kapsel die achter de Zusters zat.

Tante Prue draaide zich om. 'Waarom bemoei je je niet met je eigen zaken, Sadie Honeycutt, of ik zal jou eens wat zeggen.'

Tante Grace draaide zich naar mevrouw Honeycutt en glimlachte. 'Schiet eens op Ethan, kom hier zitten.'

Ik wurmde me tussen Tante Mercy en tante Grace in. 'Red je het een beetje, varkentje van me?' Thelma glimlachte en kneep in mijn arm.

Buiten knalde de donder en de lichten begonnen te flikkeren. Een paar oude dames snakten naar adem.

Een zenuwachtige vent die in het midden van de grote tafel zat, schraapte zijn keel. 'Zo te zien is er een probleempje met de elektriciteit, geen paniek. Waarom neemt niet iedereen plaats zodat we kunnen beginnen. Mijn naam is Bertrand Hollingsworth en ik ben voorzitter van het schoolbestuur. Deze bijeenkomst is belegd om gehoor te geven aan het petitieverzoek om een leerling van Jackson weg te sturen, ene juffrouw Lena Duchannes. Klopt dat?'

Rector Harper antwoordde meneer Hollingsworth vanaf zijn stoel aan de tafel, de Openbare Aanklager, of preciezer gezegd: de beul van mevrouw Lincoln. 'Ja, meneer. De petitie is onder mijn aandacht gebracht door enkele bezorgde ouders, en was getekend door meer dan tweehonderd gerespecteerde ouders en inwoners van Gatlin, en een aantal leerlingen van Jackson.' Natuurlijk, laat me niet lachen.

'Wat zijn de redenen voor deze verbanning?'

Meneer Harper sloeg enkele bladzijden om van zijn juridische gele schrijfblok, alsof hij een strafblad voorlas. 'Geweldpleging. Vernieling van schooleigendommen. En juffrouw Duchannes was al geschorst.'

Geweldpleging? Ik heb niemand aangevallen.

Het is niet meer dan een beschuldiging. Ze kunnen niets bewijzen.

Ik stond rechtovereind voordat hij was uitgesproken. 'Er is geen woord van waar.'

Een andere nerveuze kerel aan het andere eind van de tafel verhief zijn stem om boven de regen uit te komen, en de twintig of dertig oude vrouwen fluisterden over mijn slechte manieren. 'Jongeman, ga zitten. Niet iedereen mag vrij spreken.'

Meneer Hollingsworth trotseerde het kabaal. 'Zijn er getuigen om de beschuldigingen te staven?' Nu zaten er meer dan een paar mensen met elkaar te fluisteren over wat 'staven' betekende.

Rector Harper schraapte zijn keel onhandig. 'Ja. Bovendien heb ik onlangs informatie gekregen waaruit blijkt dat juffrouw Duchannes vergelijkbare problemen heeft gehad op haar vorige school.'

Waar heeft hij het over? Hoe weten ze iets over mijn oude school?
Geen idee. Wat is er gebeurd op je vorige school?
Niets.

Een vrouw van het schoolbestuur bladerde door wat papieren die voor haar lagen. 'Ik denk dat we eerst moeten luisteren naar de voorzitter van de Jackson oudercommissie, mevrouw Lincoln.'

Links moeder stond met veel vertoon op en liep naar het gangpad op de rechtbankjury van Gatlin af. Ze had ook een paar rechtszaaldrama's op tv gezien. 'Goedenavond, dames en heren.'

'Mevrouw Lincoln, kunt u ons vertellen wat u weet over deze situatie. U bent immers een van de eerste initiatiefnemers van de petitie?'

'Natuurlijk. Juffrouw Ravenwood, ik bedoel juffrouw Duchannes, is hier een paar maanden geleden komen wonen, en vanaf dat moment heeft Jackson te kampen met allerlei problemen. Allereerst heeft ze tijdens de Engelse les een raam vernield...'

'Het had niet veel gescheeld of er was niets van mijn kind over geweest!' riep mevrouw Snow uit.

'Het had niet veel gescheeld of een aantal kinderen was ernstig gewond, en veel klasgenoten hadden snijwonden door het gebroken glas.'

'Behalve Lena was niemand gewond en het was een ongeluk!'

Link schreeuwde vanachter uit de zaal waar hij stond.

'Wesley Jefferson Lincoln, maak dat je naar huis komt, anders weet je wat je te wachten staat!' siste mevrouw Lincoln.

Ze herwon haar kalmte, trok haar rok recht en draaide zich weer naar de tuchtcommissie. 'Juffrouw Duchannes' charmes hebben zo te zien een positieve uitwerking op het zwakke geslacht,' zei mevrouw Lincoln glimlachend. 'Zoals ik al zei, heeft ze een raam vernield in het lokaal Engels. Die actie heeft de leerlingen zo bang gemaakt dat een aantal stadslievende jongedames zélf het initiatief heeft genomen om de Jackson Beschermengelen op te richten – een groep die als enige doel heeft de leerlingen op Jackson te beschermen. Zoals een buurtwacht.'

De Gevallen Engelen knikten in harmonie vanaf hun stoelen op de tribune, alsof iemand aan onzichtbare touwtjes trok die aan hun hoofden vastzaten. In zekere zin deed iemand dat ook.

Meneer Hollingsworth krabbelde wat op zijn gele juridische schrijfblok. 'Dit is het enige incident waarbij juffrouw Duchannes is betrokken?'

Mevrouw Lincoln deed haar best om geschokt te kijken. 'Mijn hemel, nee! Op het winterbal heeft ze het brandalarm in werking gesteld, waardoor het hele bal in het honderd liep en er duizenden dollars schade is aan de geluidsinstallatie. En alsof dat niet genoeg was, heeft ze juffrouw Asher nog van het podium afgeduwd, waardoor deze haar been heeft gebroken. Het genezingsproces zal, en dat heb ik uit deskundige bronnen vernomen, maanden duren.'

Lena staarde voor zich uit, weigerde ook maar iemand aan te kijken.

'Dank u, mevrouw Lincoln.' De moeder van Link draaide zich om en glimlachte naar Lena. Geen gemene glimlach, zelfs geen sarcastische glimlach, maar een ik-ga-jouw-leven-ruïneren-en-ik-geniet-daar-met-volle-teugen-van-glimlach.

Mevrouw Lincoln liep terug naar haar stoel. Ze bleef vlak voor Lena stilstaan en keek haar recht aan. 'Mag ik nog even? Ik vergeet nog iets.' Ze trok wat losse papieren uit haar tas. 'Ik heb gegevens over juffrouw Duchannes van haar vorige school in Virginia.

Hoewel het eigenlijk meer op zijn plaats is om het een *instelling* te noemen.'

Ik was nooit in een instelling. Het was een privéschool.

'Zoals rector Harper al meldde, is dit niet de eerste keer dat juffrouw Duchannes gewelddadige perioden heeft.'

Lena's stem in mijn hoofd grensde aan hysterisch. Ik probeerde haar gerust te stellen.

Maak je nou geen zorgen.

Maar ik maakte me wel zorgen. Mevrouw Lincoln zou dit hier niet zeggen wanneer ze geen enkel bewijs in handen had.

'Juffrouw Duchannes is een zeer gestóórd meisje. Ze lijdt aan een geestelijke ziekte. Wacht even...' Mevrouw Lincoln ging met haar vinger snel over de bladzijde heen, alsof ze iets zocht. Ik wachtte om de diagnose van de geestelijke ziekte te horen, waaraan Lena volgens mevrouw Lincoln zou lijden – het feit dat je anders bent. 'Wacht, ja, hier staat het. Het lijkt erop dat juffrouw Duchannes lijdt aan het borderlinesyndroom, waarover dokter Asher u kan vertellen dat dit een ernstige geestelijke afwijking is. De mensen die aan deze aandoening leiden, hebben een neiging tot geweld en onvoorspelbaar gedrag. Deze ziekte is erfelijk bepaald; haar moeder leed aan dezelfde aandoening.'

Dit gebeurt niet werkelijk.

De regen hamerde nu op het dak. De wind wakkerde aan en gierde door de gymzaal.

'Vaststaat dat haar moeder haar vader veertien jaar geleden heeft vermoord.'

De hele zaal snakte naar adem.

Game. Set. Match.

Iedereen begon op hetzelfde moment te praten.

'Dames en heren, alstublieft.' Rector Harper probeerde de rust terug te brengen, maar het effect was meer een lucifer op droog kreupelhout. Wanneer het eenmaal had vlamgevat, was er geen houden meer aan.

Het duurde tien minuten voor de rust in de gymzaal was terug-gekeerd, behalve bij Lena. Ik voelde haar hart tekeergaan alsof het mijn eigen hart was, en de brok in haar keel door alle inge-slikte tranen. Hoewel ze liet blijken wat ze ervan vond door de hoosbui buiten, had ze het zwaar. Het verbaasde me dat ze niet allang de gymzaal was uitgerend, maar ze was of te moedig of te onthutst om zich te verroeren.

Ik wist dat mevrouw Lincoln loog. Ik geloofde net zomin dat Lena in een instelling had gezeten als dat de Beschermengelen de leerlingen op Jackson wilden beschermen. Wat ik niet wist, was of mevrouw Lincoln ook de rest uit haar duim zoog, het deel over Lena's moeder die haar vader zou hebben vermoord.

Wat ik wel wist, was dat ik mevrouw Lincoln het liefst nu haar nek zou omdraaien. Ik kende Links moeder al mijn hele leven, maar de afgelopen tijd kon ik haar niet meer zo zien als ik altijd had gedaan. Ik herkende haar niet meer als de vrouw die de tele-visiekabel uit de muur trok of ons uren de les las over de waar-den van onthouding. Dit had niets meer van haar irritante, maar uiteindelijk onschuldige drijfveren. Dit had veel meer te maken met wraak en iets persoonlijks. Ik kon er niet achterkomen waar-om ze Lena zo intens haatte.

Meneer Hollingsworth probeerde de regie weer in handen te nemen. 'Het lijkt me goed wanneer iedereen weer gaat zitten. Me-vrouw Lincoln, ik wil u bedanken dat u tijd hebt vrijgemaakt om hier vanavond te zijn. Ik zou de documenten graag zelf inzien, wanneer u dat goed vindt.'

Ik stond opnieuw op. 'Dit hele gedoe is belachelijk. Waarom zet u haar niet gelijk op de brandstapel en kijkt u of ze brandt?'

Meneer Hollingsworth probeerde de bijeenkomst in de hand te houden, die steeds meer iets weg begon te krijgen van een uitzen-ding van Jerry Springer. 'Meneer Wate, wanneer u niet gaat zitten, moet ik u vragen de zaal te verlaten. Ik duld geen woede-uitval-len meer in deze bijeenkomst. Ik heb de getuigenverklaringen van de gebeurtenis opnieuw bekeken en het lijkt dat deze kwestie nogal duidelijk is en we kunnen maar één zinnig ding doen.'

We hoorden een harde dreun, en de hoge metalen deuren achter in de zaal vlogen open. Een windstoot blies door de ruimte heen en werd gevolgd door een gordijn van regen.

En nog iets anders.

Macon Ravenwood liep nonchalant met grote passen de gymzaal in. Hij droeg een zwarte wollen overjas en een net grijs krijtstreeppak, en aan zijn arm liep Marian Ashcroft. Ze droeg een kleine geruite paraplu die net groot genoeg was om haar te beschermen tegen de hoosbui. Macon had geen paraplu, maar hij was wel kurkdroog. Boo slenterde achter hem aan, zijn zwarte haar was nat en stond rechtovereind, waardoor hij duidelijk meer weg had van een wolf dan van een hond.

Lena draaide zich om op haar oranje plastic stoel, en een seconde lang zag ze er net zo kwetsbaar uit als ze zich voelde. Ik zag de opluchting in haar ogen, en ik zag hoeveel moeite het haar kostte om op haar stoel te blijven zitten en zich niet huilend in zijn armen te werpen.

Macons ogen flikkerden in haar richting en ze bleef op haar stoel zitten. Hij liep het gangpad door naar de leden van het schoolbestuur. 'Het spijt me dat we zo laat zijn. Het weer is echt verraderlijk vanavond. Stoort u zich niet aan mij. U stond net op het punt om iets zínnigs te doen, als ik het goed heb gehoord.'

Meneer Hollingsworth leek van zijn stuk gebracht. Eigenlijk keken de meeste aanwezigen in de gymzaal verbijsterd. Niemand had Macon Ravenwood ooit in levenden lijve ontmoet. 'Neemt u me niet kwalijk, meneer. Ik weet niet wie u wel denkt dat u bent, maar we zitten midden in een vergadering. En u mag die… die hond niet mee naar binnen nemen. Op het schoolterrein zijn alleen blindengeleidehonden toegestaan.'

'Dat begrijp ik volkomen. Toevallig is Boo Radley mijn Ziende-Oog-hond.' Ik kon een glimlach niet onderdrukken. Ik denk dat het theoretisch gezien klopte. Boo schudde zijn grote lichaam heen en weer, waarbij het water van zijn kletsnatte vacht spatte en iedereen die vlak bij het gangpad zat nat sproeide.

'Wel, meneer…?'

'Ravenwood. Macon Ravenwood.'

Op de tribunes werd nu in koor naar adem gehapt, waarop het gezoem van fluisterende stemmen volgde dat door de rijen heen gonsde. De hele stad had op deze dag gewacht sinds ik was geboren. Je voelde de spanning in de zaal stijgen door het fantastische schouwspel. Er was niets, níéts waar Gatlin doller op was dan op spektakel.

'Dames en heren van Gatlin. Wat fijn dat ik u allen eindelijk ontmoet. Ik hoop dat u mijn dierbare vriendin kent, de beeldschone dr. Ashcroft. Ze is zo vriendelijk om mij vanavond te begeleiden, omdat ik niet zo bekend ben in onze rechtschapen stad.'

Marian zwaaide.

'Ik wil me nogmaals excuseren dat ik zo laat ben; laat me u alstublieft niet verder ophouden. Ik ben ervan overtuigd dat u net wilde gaan uitleggen dat de aantijgingen tegenover mijn nicht volstrekt ongegrond zijn en dat u deze kinderen wilde vragen om naar huis te gaan en naar bed te gaan, zodat ze uitgerust zijn voor de schooldag van morgen.'

Een moment keek meneer Hollingsworth alsof hij overtuigd was en het advies zou opvolgen, en ik vroeg me af of oom Macon dezelfde Kracht van Overreding bezat als Ridley. Een vrouw met opgestoken haar fluisterde iets tegen meneer Hollingsworth en hij leek zich zijn eerdere gedachtegang te herinneren. 'Nee, meneer, dat was ik absoluut niet van plan te doen. Eigenlijk zijn de aantijgingen tegenover uw niet zeer ernstig. Er blijken diverse getuigen te zijn van voorvallen die aan het licht zijn gekomen. Op basis van de geschreven rapporten en de informatie die tijdens de bijeenkomst is ingebracht, ben ik bang dat we niet anders kunnen dan haar van school te sturen.'

Macon wuifde met zijn hand naar Emily, Savannah, Charlotte en Eden. 'Zijn dit de getúígen? Een fantasierijke groep kleine meisjes die lijden aan het zuredruivensyndroom.'

Mevrouw Snow sprong op. 'Wilt u insinueren dat mijn dochter liegt?'

Macon glimlachte zijn filmsterrenglimlach. 'Absoluut niet, mijn beste. Ik zég dat uw dochter liegt. Ik weet zeker dat u het verschil begrijpt.'

'Hoe durft u!' Links moeder viel uit als een wilde kat. 'U hebt het recht niet hier te zijn en deze bijeenkomst te verstoren.'

Marian glimlachte en stapte naar voren. 'Zoals de grote man zei: *Elke vorm van onrecht is een gevaar voor gerechtigheid waar dan ook*. En ik zie geen gerechtigheid in deze zaal, mevrouw Lincoln.'

'Houdt u uw Harvard-praatjes alstublieft voor u.'

Marian klapte haar paraplu dicht. 'Ik geloof niet dat Martin Luther King Jr. op Harvard heeft gezeten.'

Meneer Hollingsworth nam autoritair het woord. 'Het feit blijft dat volgens de getuigen juffrouw Duchannes op het brandalarm heeft gedrukt, waardoor duizenden dollars schade aan eigendommen van Jackson High is toegebracht. Ook heeft ze juffrouw Asher van het podium afgeduwd, waarbij juffrouw Asher verwondingen heeft opgelopen. Op basis van alleen deze voorvallen hebben we genoeg gronden om haar weg te sturen.'

Marian zuchtte hoorbaar. '*Het is moeilijk om dwazen te bevrijden van de kettingen waarvoor zij eerbied hebben*.' Ze keek mevrouw Lincoln vinnig aan. 'Voltaire, nog zo'n man die nooit een voet op Harvard heeft gezet.'

Macon bleef kalm, waardoor hij iedereen nog meer op de kast joeg. 'Meneer?'

'Hollingsworth.'

'Meneer Hollingsworth, het zou een schande zijn wanneer u deze actie niet staakt. Ziet u, in de grote staat Zuid-Carolina is het onwettig om een minderjarige te beletten naar school te gaan. Het volgen van onderwijs is verplicht, dat wil zeggen vereist. U kunt een onschuldig meisje niet wegsturen van school zonder geldige reden. Dat is verleden tijd, zelfs in het zuiden.'

'Zoals ik heb uitgelegd, meneer Ravenwood, hebben we geldige redenen, en staan we in ons recht om uw nicht de toegang tot de school te ontzeggen.'

Mevrouw Lincoln sprong op uit haar stoel. 'U kunt hier niet zomaar uit het niets opduiken en u bemoeien met stadskwesties. U bent uw huis in jaren niet uitgekomen! Wat geeft u het recht zeggenschap te hebben over wat er gebeurt in de stad, of over onze kinderen?'

'Hebt u het over uw kleine collectie marionetten, die gekleed gaan als, wat zijn het... eenhoorns? U moet me mijn slechte ogen vergeven.' Macon gebaarde naar de Engelen.

'Het zijn engelen, meneer Ravenwood, geen eenhoorns. Niet dat ik van ú verwacht dat u de boodschappers van Onze Heer herkent, want ik kan me niet herinneren u ooit in de kerk te hebben gezien.'

'*Laat wie zonder zonde is de eerste steen werpen*, mevrouw Lincoln.' Macon pauzeerde even, alsof hij dacht dat mevrouw Lincoln een moment of twee nodig had om het tot haar te laten doordringen.

'Mevrouw Lincoln, wat uw eerste verwijt betreft hebt u absoluut gelijk. Ik breng een groot deel van mijn tijd door in mijn huis, wat me uitstekend bevalt. Het is werkelijk een betoverende plek. Maar misschien zou ik meer tijd in de stad moeten besteden en meer tijd met u allen doorbrengen. De boel een beetje opschudden. Sorry, ik weet even geen betere uitdrukking.'

Mevrouw Lincoln keek ontzet, en de dames van de DAR zaten op hun stoelen te draaien en keken elkaar nerveus aan bij de gedachte dat dit zou gebeuren.

'Wat we niet moeten vergeten is, dat als Lena niet meer op Jackson mag verschijnen, ze thuis onderwijs zal moeten krijgen. Misschien moet ik dan ook een paar van haar nichten uitnodigen bij mij te komen. Ik zou niet willen dat ze alle sociale aspecten van haar schooltijd mist. Enkele nichten van haar zijn nogal fascinerend. Ik geloof trouwens dat jullie een van hen al op het gemaskerde midwinterbal hebben ontmoet.'

'Het was geen gemaskerd bal...'

'Neem me niet kwalijk. Ik veronderstelde dat die jurken kostuums waren, gebaseerd op de kakelbonte natuur van een verenkleed.'

Mevrouw Lincoln liep rood aan. Ze was niet langer alleen maar een vrouw die op de bres sprong voor het verbannen van boeken. Dit was een vrouw met wie niet te spotten viel. Ik maakte me zorgen om Macon. Ik maakte me zorgen om ons allemaal.

'Laten we eerlijk zijn, meneer Ravenwood. U hebt geen plaats in deze stad. U maakt er geen deel van uit en in alle openheid, dat geldt ook voor uw nicht. Ik denk niet dat u in de positie bent om eisen te stellen.'

Macons uitdrukking veranderde licht. Hij draaide zijn ring rond zijn vinger. 'Mevrouw Lincoln, ik stel uw openhartigheid buitengewoon op prijs en ik zal proberen net zo eerlijk tegen u te zijn als u tegen mij bent geweest. Het zou een grote fout zijn voor u, voor alle inwoners van deze stad, indien u met deze kwestie doorgaat. Ziet u, ik ben zeer bemiddeld. Ik ben, als je dat zo wilt noemen, een grote verkwister. Wanneer u probeert te voorkomen dat mijn nicht terugkeert naar Stonewall Jackson High School, zie ik me gedwongen om wat van dat geld te spenderen. Wie weet, misschien zal ik wel een Wal-Mart neerzetten.'

'Is dat een dreigement?'

De hele tribune snakte opnieuw naar adem.

'In het geheel niet. Heel toevallig ben ik ook eigenaar van de grond waarop het Southern Comfort Hotel staat. Sluiting daarvan zou buitengewoon onaangenaam zijn voor u, mevrouw Snow, want dan moet uw man veel verder rijden om zijn liefdallige vriendinnen te ontmoeten. Ik ben er zeker van dat hij daardoor regelmatig te laat voor het avondeten zal opdagen. Dat kunnen we niet hebben, of wel?'

Mevrouw Snow werd zo rood als een biet en dook weg achter een paar jongens van het footballteam, maar Macon was net lekker op dreef. 'En meneer Hollingsworth, u komt me erg bekend voor. Net als die aantrekkelijke confederale bloem aan uw linkerzijde.' Macon gebaarde naar de dame van het schoolbestuur die naast hem zat. 'Heb ik u niet ergens met zijn tweeën gezien? Ik zou zweren…'

Meneer Hollingsworth schommelde ongemakkelijk heen en

weer. 'Absoluut niet, meneer Ravenwood, ik ben een getrouwd man!'

Macon richtte nu zijn aandacht op de kalende man die aan de andere kant van meneer Hollingsworth zat. 'En meneer Ebitt, indien ik besluit om het land niet langer aan de Wayward Dog te verpachten, waar moet u dan de avonden drinkend doorbrengen, wanneer uw vrouw denkt dat u aan het studeren bent bij de bijbelgroep?'

'Wilson, hoe durf je! Onze Almachtige Heer als alibi gebruiken. Je zult branden in het vuur van de Hel, zo zeker als ik hier sta!' Mevrouw Ebitt pakte haar tas en begon zich naar het gangpad te wurmen.

'Rosalie, het is niet waar!'

'Werkelijk niet?' Macon glimlachte. 'Ik kan me niet voorstellen wat Boo me allemaal te vertellen zou hebben als hij kon praten. Jullie weten dat hij in elke tuin en op elke parkeerplaats in jullie fraaie stad heeft rondgelopen, en ik wed dat hij wel eens iets heeft gezien.' Ik onderdrukte een lach.

Boo's oren gingen overeind staan bij het noemen van zijn naam, en meer dan een paar mensen begonnen ongemakkelijk op hun stoelen te draaien, alsof Boo zijn bek zou opentrekken en zijn hart zou luchten. Na de avond van Halloween zou me dat niet hebben verbaasd, en gezien Macon Ravenwoods reputatie zou ook niemand in Gatlin geschokt zijn.

'Zoals u ziet, zijn er meer dan een handjevol mensen in deze stad niet altijd even oprecht. U kunt zich voorstellen dat ik verontrust was toen ik vernam dat vier tienermeisjes de enige getuigen waren voor deze vernietigende aantijgingen tegenover mijn eigen familie. Zou het niet in ieders belang zijn om deze kwestie te laten vallen? Zou het niet het enige fatsóénlijke zijn om te doen, meneer?'

Meneer Hollingsworth zag eruit alsof hij hondsberoerd werd, en de vrouw naast hem keek alsof ze op dit moment het liefst van de aardbodem zou willen verdwijnen. Meneer Ebitt, wiens naam nog nooit eerder was gevallen voordat Macon dat deed, had de zaal al verlaten om zijn vrouw achterna te gaan. De overgebleven leden van het tribunaal leken doodsbang, alsof Macon Ravenwood, of zijn hond, elk moment misschien hun verachtelijke geheimpjes ten overstaan van de hele stad op tafel zou gooien.

'Ik denk dat u mogelijk gelijk heeft, meneer Ravenwood. Misschien moeten we deze beschuldigingen verder onderzoeken voordat er maatregelen worden getroffen. Er zouden "inconsequenties" in kunnen zitten.'

'Een wijs besluit, meneer Hollingsworth. Een zeer wijs besluit.' Macon liep naar de kleine tafel waar Lena zat en bood haar zijn arm aan. 'Kom, Lena. Het is laat. Je moet morgen weer naar school.' Lena stond op, haar rug nog rechter dan anders. De regen nam af tot een zacht getik. Marian bond een sjaal om haar haar en gedrieën liepen ze terug naar het gangpad. Boo slenterde achter hen aan. Ze keken niemand aan in de zaal.

Mevrouw Lincoln was gaan staan. 'Haar moeder is een moordenares!' krijste ze en wees naar Lena.

Macon draaide zich om en hun ogen kruisten elkaar. Er was iets vreemds aan zijn uitdrukking – hij had dezelfde uitdrukking op zijn gezicht als toen ik hem het medaillon van Geneviève had getoond. Boo gromde dreigend.

'Pas op, Martha. Je weet nooit wanneer we elkaar weer tegen het lijf lopen.'

'O, maar dat weet ik wel, Macon.' Ze glimlachte, maar het leek in de verste verte niet op een glimlach. Ik weet niet wat er tussen hen was voorgevallen, maar het zag er niet naar uit dat Macon alleen maar de strijd aanging met mevrouw Lincoln.

Marian opende haar paraplu opnieuw, hoewel ze nog niet eens buiten waren. Ze glimlachte diplomatiek naar de menigte. 'Nu, ik hoop jullie allemaal weer in de bibliotheek tegen te komen. Vergeet niet dat we doordeweeks tot zes uur open zijn.'

Ze knikte de zaal toe. '*Wat zouden we zonder bibliotheken hebben? Geen verleden en geen toekomst.* Vraag maar aan Ray Bradbury. Of ga naar Charlotte, en lees het zelf op de muur van de openbare bibliotheek.' Macon nam Marian bij de arm, maar ze was nog niet uitgesproken. 'En hij heeft ook niet op Harvard gezeten, mevrouw Lincoln. Hij heeft niet eens gestudeerd.'

Met die laatste woorden waren ze verdwenen.

19 december

Witte kerst

Na de bijeenkomst van de tuchtcommissie was er volgens mij niemand die geloofde dat Lena de volgende dag haar gezicht op school zou laten zien. Maar dat deed ze wel, zoals ik wist dat ze zou doen. Niemand anders wist dat ze al één keer het recht om naar school te gaan had opgegeven. Ze liet niet toe dat iemand haar dat een tweede keer ontnam. Ieder ander zag school als een gevangenis. Voor Lena betekende het vrijheid. Dat deed er alleen niet toe. Op die dag werd Lena op Jackson tot geest verklaard – niemand keek haar nog aan, sprak tegen haar of zat waar dan ook naast haar. Niet op de tribune of in de klas. Tegen donderdag droeg de halve school het Jackson Engelen T-shirt, met die witte vleugels op hun ruggen. Door de manier waarop ze naar haar keken, had ik de indruk dat ook de helft van het lerarencorps het liefst zo'n shirt zou aantrekken. Op vrijdag leverde ik mijn basketbalshirt in. Ik had niet langer het gevoel dat we allemaal nog bij hetzelfde team hoorden.

De coach was witheet. Nadat alle tumult wat was afgenomen, schudde hij alleen nog zijn hoofd. 'Je bent gestoord, Wate. Kijk nou hoe goed je dit seizoen speelt en dan gooi je dat weg voor een of ander meisje.' Ik hoorde het in zijn stem. *Een of ander meisje.* Old Man Ravenwoods nicht.

Desondanks zei niemand een onvriendelijk woord tegen een van ons, in ieder geval niet recht in ons gezicht. Wanneer mevrouw Lincoln hen bang had gemaakt voor het oog van God, had

Macon Ravenwood de mensen in Gatlin een reden gegeven om iets veel ergers te vrezen. De waarheid.

Toen ik zag dat de getallen op Lena's muur en hand lager en lager werden, werd het vooruitzicht steeds werkelijker. Wat zou er gebeuren als we het niet konden tegenhouden? Wat moest ik wanneer Lena het de hele tijd al goed had aangevoeld en het meisje dat ik kende na haar verjaardag zou verdwijnen? Alsof ze hier nooit was geweest.

Het enige wat we hadden, was *Het Boek van de Manen*. En steeds vaker dook er een gedachte op die ik juist uit Lena's hoofd en dat van mij probeerde weg te houden.

Het was niet zeker of het Boek voldoende zou zijn.

'ONDER PERSONEN OMGEVEN MET KRACHTEN, ZIJN ER TWEE MACHTEN VANWAAR ALLE MAGIE VRIJKOMT, DE DUISTERNIS & EN HET LICHT.'

'Ik denk dat we het hele vraagstuk van Duister en Licht inmiddels hebben doorgewerkt. Denk je dat we nu het juiste deel kunnen vinden? Dat deel over vluchtwegen op jouw Opeisdag? Over hoe een Valse Cataclyst te Overwinnen? Over hoe het Verstrijken van de Tijd te Keren?' Ik was gefrustreerd, en Lena zei niets.

We zaten op de koude tribunes langs het sportveld en van hier leek de school verlaten. We hadden eigenlijk op de wetenschapsbeurs moeten zijn, waar we Alice Milkhouse een ei in azijn hadden zien onderdompelen, en naar Jackson Freeman hadden geluisterd die beweerde dat de opwarming van de aarde niet bestond, en Annie Honeycutts pleidooi moeten aanhoren hoe we van Jackson een groene school konden maken. Misschien konden de Engelen beginnen met hun flyers te recyclen.

Ik staarde naar het algebraboek dat uit mijn rugzak stak. Ik had niet het idee dat ik op deze plek nog iets kon leren. Ik had in de afgelopen paar maanden genoeg opgestoken. Lena was miljoenen kilometers ver weg, nog altijd verdiept in het Boek. Ik had het nu altijd bij me in mijn tas, uit angst dat Amma het zou vinden als ik het op mijn kamer liet liggen.

'Hier staat nog wat over Cataclysten.

HET GROOTSTE VAN DE DUISTERNIS IS DE MAGISCHE KRACHT DIE HET DICHTST BIJ DE WERELD & ONDERWERELD IS, DE CATA-CLYST. HET GROOTSTE VAN HET LICHT IS DE MAGISCHE KRACHT DIE HET DICHTST BIJ DE WERELD & ONDERWERELD IS, DE NATU-REL. WANNEER DIE ENE ER NIET IS, KAN DE ANDERE ER OOK NIET ZIJN, NET ZOALS ER ZONDER DUISTERNIS GEEN LICHT IS.'

'Zie je wel, je gaat niet naar het Duister over. Je bent Licht omdat je een Naturel bent.'

Lena schudde haar hoofd en wees op de volgende bladzijde. 'Niet noodzakelijk. Dat denkt mijn oom, maar luister hiernaar...

'OP HET MOMENT VAN HET OPEISEN, ZAL DE WAARHEID ZICH MANIFESTEREN. WAT ALS DUISTERNIS VERSCHIJNT, KAN HET GROOT-STE LICHT ZIJN, WAT ALS LICHT VERSCHIJNT, KAN DE GROOTSTE DUISTERNIS ZIJN.'

Ze had gelijk, niets was zeker.

'Hier wordt het echt ingewikkeld. Ik weet niet eens of ik begrijp wat er staat.

'VOOR DE DUISTERE ZAAK WERD HET DUISTERE VUUR GEMAAKT & HET DUISTERE VUUR MAAKTE DE KRACHTEN VAN ALLE LILUM IN DE WERELD VAN DE DEMONEN & DE CASTERS VAN DUISTERNIS EN LICHT. ZONDER ALLE KRACHTEN KAN ER GEEN KRACHT ZIJN. HET DUISTERE VUUR MAAKTE DE GROTE DUISTERNIS & HET GROTE LICHT. ALLE KRACHT IS DUISTERE KRACHT, ZOALS DUISTERE KRACHT GELIJK HET LICHT IS.'

'Duistere zaak? Duister vuur? Wat is dit, de Oerknal voor Casters?'

'Wat is er met de Lilum? Ik heb hier nog nooit van gehoord. Dat is weer zo iets, niemand vertelt me iets. Ik wist niet eens dat mijn moeder nog leefde.' Ze probeerde sarcastisch te klinken, maar ik hoorde het verdriet in haar stem.

'Misschien is Lilum een oud woord voor Casters, of iets in die geest.'

'Hoe meer ik vind, hoe minder ik het begrijp.'

En hoe minder tijd we hebben.

Zeg dat niet.

De bel ging en ik stond op. 'Kom je mee?'

Ze schudde haar hoofd. 'Ik blijf hier nog even zitten.' Alleen, in de kou. Zo ging het steeds vaker; ze had me niet recht in mijn ogen gekeken sinds de bijeenkomst van de tuchtcommissie, bijna alsof ik een van hen was. Ik kon het haar niet echt kwalijk nemen, omdat de hele school en de halve stad haar eigenlijk hadden bestempeld als een borderlinepatiënt die in een inrichting had gezeten en ook nog het kind van een moordenares was.

'Het lijkt me beter dat je vroeg of laat je gezicht laat zien in de klas. Geef rector Harper niet nog meer munitie.'

Ze keek achterom naar het gebouw. 'Ik zie niet wat ik daaraan heb.'

De rest van de middag was ze nergens te bekennen. En als ze er al was, luisterde ze in elk geval niet. Bij scheikunde ontbrak ze bij de toets over het periodieke systeem der elementen.

Je wordt niet Duister, L. Ik zou het weten.

Bij geschiedenis was ze er ook niet, terwijl we het Lincoln-Douglas-debat naspeelden. Meneer Lee probeerde mij argumenten te laten bedenken aan de kant die vóór slavernij was, waarschijnlijk als straf voor een 'liberaal getint' opstel dat ik in de toekomst zou schrijven.

Trek je niets van hen aan. Ze zijn niet belangrijk.

Bij gebarentaal spijbelde ze ook, terwijl ik voor de hele klas *Altijd is Kortjakje ziek* in gebaren moest uitbeelden. De jongens van het basketbalteam zaten er grijnzend bij en lieten mij zweten.

Ik ga nergens heen, L. Je kunt me niet buitensluiten.

Op dat moment besefte ik dat ze dat wel kon.

Tijdens de lunch hield ik het niet meer uit. Ik wachtte op haar tot ze uit het wiskundelokaal kwam en duwde haar naar de zijkant van de hal. Ik liet mijn rugzak op de grond vallen. Ik pakte haar gezicht met beide handen vast en trok haar naar me toe.

Ethan, wat doe je?

Dit.

Ik trok haar gezicht met twee handen tegen dat van mij aan. Toen onze lippen elkaar raakten, voelde ik de warmte van mijn lichaam sijpelen in de kilte van dat van haar. Ik voelde haar lichaam met dat van mij versmelten, de onverklaarbare aantrekkingskracht die ons vanaf het begin aan elkaar had verbonden, bracht ons nu weer bij elkaar. Lena liet haar boeken vallen en sloeg haar armen om mijn nek en beantwoordde mijn aanraking. Ik werd licht in mijn hoofd.

De bel ging. Ze duwde me van zich af en snakte naar adem. Ik boog voorover om haar exemplaar van *Pleasures of the Damned*[8] van Bukowski op te rapen en haar gehavende notitieboek. Het boekje viel bijna uit elkaar, niet zo gek als je bedenkt dat ze de laatste tijd veel had om over te schrijven.

Dat had je niet moeten doen.

Waarom niet? Je bent mijn vriendin en ik mis je.

Vierenvijftig dagen, Ethan. Meer hebben we niet. Het wordt tijd dat we niet meer net doen alsof we dingen kunnen veranderen. Het zal gemakkelijker zijn als we dat allebei accepteren.

Er was iets vreemds aan de manier waarop ze dit zei, alsof ze het over meer had dan alleen haar verjaardag. Ze had het over andere dingen die we niet konden veranderen.

Ze draaide van me weg, maar ik greep haar arm voordat ze me haar rug kon toekeren. Als ze zei wat ik dacht dat ze zei, wilde ik dat ze me daarbij recht in de ogen keek.

'Lena, wat bedoel je?' Ik kon het bijna niet uit mijn mond krijgen.

Ze keek weg. 'Ethan, ik weet dat je denkt dat dit goed kan aflopen, en misschien heb ik dat ook een poos gedacht. Maar we leven niet in dezelfde wereld, en in die van mij is het niet zo dat wanneer je iets heel graag wilt dat het dan ook gebeurt.' Ze wilde me niet aankijken. 'We zijn te verschillend.'

'Nu zijn we ineens te verschillend? Na alles wat we samen hebben doorgemaakt?' Ik verhief mijn stem. Een paar mensen draaiden zich om en staarden me aan. Ze keurden Lena geen blik waardig.

We zijn verschillend. Jij bent een Sterfelijke en ik een Caster. Die werelden kunnen elkaar misschien kruisen, maar ze zullen nooit een en dezelfde zijn. We zijn niet voorbestemd om in beide werelden te leven.

Wat ze bedoelde was dat zíj niet voorbestemd was om in beide werelden te leven. Emily en Savannah, het basketbalteam, mevrouw Lincoln, meneer Harper, de Jackson Engelen, zij zouden uiteindelijk krijgen wat ze wilden.

Dit gaat over de bijeenkomst van de tuchtcommissie, heb ik gelijk of niet soms? Laat ze niet...

Het gaat niet alleen om die bijeenkomst. Het is alles bij elkaar. Ik hoor hier niet, Ethan. En jij wel.

Dus nu ben ik een van hen. Is dat wat je zegt?

Ze sloot haar ogen en ik kon bijna haar gedachten zien, die in haar hoofd een grote warboel vormden.

Ik zeg niet dat je bent zoals zij, maar je bent wel een van hen. Hier heb je je hele leven gewoond. En wanneer dit allemaal achter de rug is, wanneer ik ben Opgeëist, zul je nog steeds hier zijn. Je moet telkens door deze gangen en straten lopen, en ik ben er dan waarschijnlijk niet meer. Maar jij wel, voor wie weet hoe lang nog, en je hebt het zelf gezegd: mensen in Gatlin vergeten nooit iets.

Twee jaar.

Wat?

Zolang zal ik hier nog zijn.

Twee jaar is een lange tijd om voor anderen onzichtbaar te zijn. Geloof me, ik kan het weten.

Een minuut zeiden we allebei niets. Ze stond zwijgend naast me en trok snippers papier tussen de ringband van haar notitieboek uit. 'Ik kan niet meer vechten. Ik breng het niet meer op om net te doen alsof ik normaal ben.'

'Je mag niet opgeven. Niet nu, niet na alles wat er is gebeurd. Je mag ze niet laten winnen.'

'Dat hebben ze al. Ze hebben gewonnen op de dag dat ik het raam liet sneuvelen tijdens Engels.'

Iets in haar stem zei me dat ze meer opgaf dan alleen Jackson. 'Maak je het uit tussen ons?' Ik hield mijn adem in.

'Alsjeblieft, maak het niet nog moeilijker. Ik wil dit ook niet.'

Doe het dan niet.

Ik kon niet ademen. Ik kon niet denken. Het was alsof de tijd opnieuw was gestopt, zoals die avond van Thanksgiving. Alleen deze keer had het niets met magie te maken. Het was het tegenovergestelde van magie.

'Ik denk gewoon dat het alles op deze manier gemakkelijker maakt. Het verandert niets aan wat ik voor je voel.' Ze keek op naar me, haar grote groene ogen glinsterden door de tranen. Toen draaide ze zich om en vluchtte de hal uit, waar het zo stil was dat je een potlood kon horen vallen.

Gelukkig kerstfeest, Lena.

Maar er was niets te horen. Ze was weg en dat was niet iets waar ik klaar voor was, niet in drieënvijftig dagen, niet in drieënvijftig jaar, niet in drieënvijftig eeuwen.

Drieënvijftig minuten later zat ik alleen en staarde uit het raam. Dat was een statement, want het was bomvol in de kantine. Gatlin was grijs; de wolken waren binnengedreven. Ik zou het geen storm willen noemen; het had in geen jaren gesneeuwd. Met een beetje geluk kregen we hooguit één keer per jaar een sneeuwbui of twee. Maar sinds mijn twaalfde had het niet één dag gesneeuwd.

Ik wilde dat het ging sneeuwen. Ik wilde de klok terugdraaien en weer met Lena in de hal staan. Ik wilde dat ik haar kon zeggen dat het me geen bal kon schelen wanneer de hele stad de pest aan me had, omdat het er niet toe deed. Ik was verloren voor ik haar in mijn dromen had gevonden, en zij vond me die dag in de regen. Ik wist dat het leek alsof ik de hele tijd Lena probeerde te redden, maar de waarheid was dat zij mij had gered. Ik was er niet klaar voor dat ze het nu uitmaakte.

'Hé man.' Link gleed in de bank tegenover me aan de lege tafel. 'Waar is Lena? Ik wilde haar bedanken.'

'Waarvoor?'

Link trok een dichtgevouwen vel papier uit het notitieboek uit zijn zak. 'Ze heeft een nummer voor me geschreven. Te gek toch?' Ik kon er niet eens naar kijken. Ze sprak wel tegen Link en niet tegen mij.

Link griste een punt van mijn onaangeraakte pizza weg. 'Hoor eens, wil je iets voor me doen?'

'Tuurlijk. Zeg maar wat.'

'Ridley en ik gaan in de vakantie naar New York. Als iemand iets vraagt, ben ik op een bijbelkamp in Savannah, voor zover jij weet.'

'Er is geen bijbelkamp in Savannah.'

'Ja, weet ik, maar dat weet mijn moeder niet. Ik heb haar gezegd dat ik heb ingetekend omdat ze daar een soort baptistenbandje hebben.'

'En dat geloofde ze?'

'Ze gedraagt zich de laatste tijd nogal vreemd, maar ze doet maar. Ze zei dat het goed was.'

'Het maakt niet uit of je moeder het goedvindt, je kunt niet gaan. Je weet niet alles over Ridley. Ze is… gevaarlijk. Er kan van alles met je gebeuren.'

Zijn ogen lichtten op. Ik kende Link zo niet. Eigenlijk had ik hem de laatste tijd wel erg weinig gezien. Ik was altijd bij Lena, of ik was met mijn gedachten bij haar, het Boek of haar verjaardag. Daar draaide mijn wereld de laatste tijd om, of had daar tot een uur geleden om gedraaid.

'Dat mag ik hopen. Even tussen jou en mij, ik heb het behoorlijk te pakken. Ze doet echt iets met me, je weet wel wat.' Hij pikte het laatste stuk pizza van mijn blad.

Heel even overwoog ik of ik mijn hart bij Link zou uitstorten, zoals vroeger – over Lena en haar familie, Ridley, Geneviève en Ethan Carter Wate. Ik had Link in het begin een en ander verteld, maar betwijfelde of hij de rest zou geloven, of kon geloven. Sommige dingen waren te veel gevraagd, zelfs voor je beste vriend. Op dit moment kon ik niet riskeren dat ik Link ook nog kwijtraakte, maar ik moest iets doen. Ik mocht hem niet met Ridley naar New York, of ergens anders naartoe, laten gaan. 'Hoor eens, man. Je moet me vertrouwen. Laat je niet met haar in. Ze gebruikt je alleen maar. Ze zal je kwetsen.'

Hij kneep een colablikje fijn in zijn hand. 'O, ik snap het. Wanneer het lekkerste meisje iets met mij wil, dan doet ze dat alleen omdat ze me wil gebruiken? Jij denkt zeker dat je de enige bent die een lekker stuk kan krijgen. Sinds wanneer ben je zo overtuigd van jezelf?'

'Dat ben ik helemaal niet.'

Link stond op. 'Ik denk dat we allebei weten wat je bedoelt. Vergeet maar dat ik het je vroeg.'

Het was te laat. Ridley had hem al in de tang. Ik kon niets zeggen waardoor hij van gedachten zou veranderen. En ik wilde niet mijn vriendin en mijn beste vriend op één dag kwijtraken. 'Luister, ik bedoelde het niet zo. Ik zal mijn mond houden, wat niet zo moeilijk is want jouw moeder praat toch al niet meer tegen me.'

'Je bent een moordgozer. Wat bof ik toch met een beste maat die net zo knap en getalenteerd is als ik.' Link stal mijn koek van mijn blad en brak deze doormidden. Het had net zo goed het in de bus op de grond gevallen cakeje kunnen zijn. We waren nog vrienden. Er zou veel meer nodig zijn dan een meisje, zelfs een Sirene, om ons uit elkaar te drijven.

Emily probeerde zijn aandacht te trekken. 'Maak dat je wegkomt voordat Emily je verlinkt bij jouw moeder. Dan kun je elk bijbelkamp op je buik schrijven, echt of verzonnen.'

'Ik ben niet bang voor haar.' Maar dat was hij wel. Hij wilde niet de hele kerstvakantie bij zijn moeder thuiszitten. En hij wilde ook niet buiten het team worden gesloten of door iedereen op Jackson, ook al was hij te stom of te loyaal om dat in te zien.

Op maandag hielp ik Amma de dozen met kerstdecoraties van zolder te halen. Door het stof begonnen mijn ogen te tranen; tenminste, dat maakte ik mezelf wijs. Ik vond een compleet stadje dat werd verlicht door witte lichtjes. Mijn moeder zette het elk jaar onder de kerstboom, op een stuk stof dat de sneeuw moest voorstellen. De huisjes waren van haar grootmoeder geweest en ze betekenden zoveel voor haar dat ik ze ook mooi vond. Het gaf niet dat ze waren gemaakt van dun karton, lijm en glitters, en de helft van de keren omvielen wanneer ik ze rechtop probeerde te zetten. 'Oude dingen zijn beter dan nieuwe, omdat er een verhaal aan vastzit, Ethan.' Ze had toen een oud tinnen autootje omhooggehouden en gezegd: 'Stel je mijn overgrootmoeder voor die met ditzelfde autootje speelde en dezelfde stad opstelde onder haar boom, net zoals wij nu doen.'

Ik had de stad niet gezien sinds, wanneer? In ieder geval sinds ik mijn moeder had gezien. Het zag er kleiner uit dan ik me herinnerde, en het karton was krommer en meer aangevreten. Ik kon in geen enkele doos de figuurtjes of dieren vinden. De stad zag er verlaten uit en ik werd er verdrietig van. Op de een of andere manier was zonder haar de magie verdwenen. Onbewust probeerde ik Lena te bereiken, ondanks alles.

Alles ontbreekt. De dozen zijn er, maar niets klopt meer. Zij is er niet. Het is zelfs geen stad meer. En ze zal jou nooit leren kennen.

Maar er kwam geen reactie. Lena was met de noorderzon vertrokken, of verbannen. Ik wist niet wat erger was. Ik voelde me zo eenzaam, en er was maar één ding dat erger was dan alleen zijn en dat was wanneer iedereen zag hoe eenzaam je was. Dus ging ik naar de enige plek in de stad waar ik wist dat ik niemand tegen het lijf zou lopen. De bibliotheek van Gatlin.

'Tante Marian?'

Het was stervenskoud in de bibliotheek en zoals gewoonlijk uitgestorven. Door de manier waarop de bijeenkomst van de tuchtcommissie was verlopen, vermoedde ik dat Marian daarna geen bezoekers had gehad.

'Ik ben hier achterin.' Ze zat op de vloer in haar winterjas, midden in een stapel opengeslagen boeken die tot aan haar middel reikten, alsof ze zojuist van de planken om haar heen waren gevallen. Ze hield een boek vast en las hardop voor uit een van haar vertrouwde boek-voordrachten.

'*We kunnen Hem zien komen, en weten Hij is de onze,*
Die met Zijn Zonneschijn, en Zijn Regenbuien,
Alle geduldige grond in bloemen verandert.
De Lieveling van de wereld komt eraan...'

Ze sloeg het boek dicht. 'Robert Herrick. Het is een kerstlied, gezongen voor de koning in Whitehall Palace.' Ze klonk net zover weg als Lena de laatste tijd en voor mijn gevoel nu ook was.

'Sorry, nooit van die vent gehoord.' Het was zo koud dat ik haar adem zag als ze sprak.

'Waar doet het je aan denken? De grond veranderen in bloemen, de lieveling van de wereld.'

'Bedoel je Lena? Ik wed dat mevrouw Lincoln daar wel iets over te zeggen heeft.' Ik ging naast Marian zitten en schoof wat boeken het gangpad in.

'Mevrouw Lincoln. Wat een stakker.' Ze schudde haar hoofd en trok een ander boek uit de stapel. 'Dickens denkt dat Kerstmis een tijd is voor mensen om *hun gesloten harten vrijelijk te openen, en over mensen die minder zijn dan zij te denken alsof ze echte medepassagiers naar het graf zijn, en niet een ander mensenras.*'

'Is de verwarming kapot? Wil je dat ik het elektriciteitsbedrijf bel?'

'Ik heb hem niet aangezet. Ik denk dat ik door iets werd afgeleid.' Ze gooide het boek op de stapel rond haar. 'Jammer dat Dickens Gatlin nooit heeft bezocht. We hebben hier meer dan genoeg gesloten harten.'

Ik pakte een boek op. Richard Wilbur. Ik sloeg het open en begroef mijn gezicht in de geur van de bladzijden. Mijn ogen gleden vluchtig over de woorden. '*Wat is het tegenovergestelde van twee? Een eenzame ik, een eenzame jij.*' Eigenaardig, dat was precies hoe ik me voelde. Ik klapte het boek dicht en keek Marian aan.

'Bedankt dat je naar de bijeenkomst bent gekomen, tante Marian. Ik hoop dat je er geen problemen door hebt gekregen. Ik heb het gevoel dat het allemaal mijn schuld is.'

'Dat is het niet.'

'Toch voel ik het zo.' Ik gooide het boek op de grond.

'Hoezo, ben je ineens de schepper van alle onnozelheid? Je leerde mevrouw Lincoln te haten, en meneer Hollingsworth te vrezen?'

We zaten zwijgend naast elkaar, omringd door een berg boeken. Ze strekte haar hand uit en kneep in mijn hand. 'Deze strijd is niet met jou begonnen, Ethan. Hij zal ook niet met jou eindigen, ben ik bang, of met mij, nu we het daar toch over hebben.' Haar gezicht werd ernstig. 'Toen ik vanmorgen binnenkwam, lagen deze boeken in een berg op de grond. Ik heb geen idee hoe of waarom ze daar zijn terechtgekomen. Toen ik gisteravond wegging, heb ik de deuren afgesloten, en vanmorgen zaten ze ook nog op slot. Ik weet alleen dat ik ging zitten om ze te bekijken en elk boek, echt elk boek had een soort boodschap voor me over dit moment, in deze stad, over nu. Over Lena, jou en zelfs over mezelf.'

Ik schudde mijn hoofd. 'Dat is toevallig. Dat heb je met boeken.'

Ze plukte zonder te kijken een boek uit de stapel en gaf het me. 'Doe jij het maar eens. Sla het open.'

Ik pakte het boek uit haar hand. 'Wat is het?'

'Shakespeare. *Julius Caesar.*'

Ik sloeg het open en begon te lezen.

'*In sommige tijden zijn mannen meesters over hun noodlot:*
de oorzaak, dierbare Brutus, ligt niet in onze sterren,
maar in onszelf, aan wie wij ondergeschikt zijn.'

'Wat heeft dat met mij te maken?'

Marian gluurde naar me over haar bril heen. 'Ik ben slechts de bibliothecaresse. Ik kan je alleen de boeken geven. Ik kan je geen antwoorden geven.' Maar ze glimlachte niettemin. 'De vraag wat betreft het lot, is of je meester bent over je lot, of dat de sterren dat zijn?'

'Heb je het over Lena, of Julius Caesar? Want ik vind het erg dat ik het je moet bekennen, maar ik heb het stuk nooit gelezen.'

'Zeg jij het maar.'

De rest van het uur waren we bezig om ons door de berg heen te werken. We pakten er om de beurt een boek uit en lazen dit aan elkaar voor. Uiteindelijk wist ik waarom ik was gekomen. 'Tante Marian, ik heb het gevoel dat ik terug moet naar het archief.'

'Vandaag? Heb je niet wat beters te doen? Kerstinkopen bijvoorbeeld.'

'Ik ga nooit winkelen.'

'Heel verstandig. Ik ook niet, "Ik hou in het algemeen van Kerstmis... Op de onbeholpen manier waarop Vrede en Goedwillendheid benaderd worden. Maar dat gebeurt elk jaar onbeholpener."'

'Weer Dickens?'

'E.M. Forster.'

Ik slaakte een zucht. 'Ik kan het niet verklaren. Ik denk dat ik bij mijn moeder wil zijn.'

'Ik weet het. Ik mis haar ook.' Ik had er niet echt over nagedacht hoe ik mijn gevoel van dit moment tegenover Marian zou verwoorden. Over de stad, en over hoe onrechtvaardig het allemaal was. Nu leken de woorden in mijn keel te blijven steken, alsof iemand anders erdoorheen stotterde. 'Ik dacht alleen, wanneer ik bij haar boeken kan zijn, voel ik misschien weer hoe het vroeger was. Misschien kan ik met haar praten. Ik ben een keer naar het kerkhof gegaan, maar ik had niet het gevoel dat ze er was, in de grond.' Ik staarde naar een willekeurige vlek op het kleed.

'Ik weet het.'

'Ik kan me nog altijd niet voorstellen dat ze daar ligt. Ik kan er niet bij. Waarom zou je iemand van wie je houdt in een eenzaam diep gat in de modder stoppen? Waar het koud en vies is en het wemelt van de ongedierte? Zo mag het toch niet eindigen, na alles, na alles wat ze was.' Ik probeerde er niet aan te denken, haar lichaam dat daar diep beneden veranderde in botten en modder en stof. Ik haatte het idee dat ze er in haar eentje doorheen moest, zoals ik nu ook alles alleen moest doormaken.

'Hoe zou je dan willen dat het eindigt?' Marian legde haar hand op mijn schouder.

'Ik weet het niet. Ik zou, iemand zou voor haar een monument moeten bouwen of zoiets.'

'Zoals dat voor de Generaal? Je moeder zou hartelijk hebben gelachen om dat idee.' Marian sloeg haar arm om me heen. 'Ik begrijp wat je bedoelt. Ze is niet daar. Ze is hier.'

Ze strekte haar hand uit en ik trok haar overeind. We liepen hand in hand naar het archief, alsof ik nog een kind was op wie ze paste terwijl mijn moeder achter in de ruimte zat te werken. Ze haalde een dikke ring met sleutels tevoorschijn en opende de deur. Ze volgde me niet naar binnen.

Terug in het archief liet ik me op een stoel vallen voor het bureau van mijn moeder. Mijn moeders stoel. Hij was van hout en het onderscheidingsteken van de universiteit van Duke stond erop. Als ik het goed heb, hadden ze haar deze gegeven toen ze cum laude afstudeerde, of zoiets dergelijks. De stoel zat niet echt lekker, maar trooste me en voelde vertrouwd. Ik rook de oude lak, dezelfde lak waar ik waarschijnlijk op had geknaagd als baby, en ik voelde me onmiddellijk beter dan ik me in maanden had gevoeld. Ik ademde de geur van de kasten in met boeken waar knisperend plastic omheen zat, het oude vergane perkament, de stof en de goedkope archiefkasten. Ik ademde de specifieke lucht in van de specifieke sfeer van mijn moeders specifieke planeet. Ik voelde me opnieuw het jochie van zeven, zittend op haar schoot en met mijn hoofd stevig tegen haar schouder.

Ik wilde naar huis. Zonder Lena kon ik nergens anders heen. Ik pakte een kleine ingelijste foto op, die op het bureau van mijn moeder tussen alle boeken bijna niet opviel. Ze stond er samen met mijn vader op in de werkkamer bij ons thuis. Heel lang geleden had iemand deze zwart-witfoto genomen. Waarschijnlijk voor de achterflap van een boek, voor een van hun vroegere projecten, toen mijn vader nog historicus was en ze hadden samengewerkt. In die tijd hadden ze grappige kapsels, lelijke broeken en je zag het geluk van hun gezichten afstralen. Ik vond het moeilijk om ernaar te kijken, maar nog moeilijker om de foto weer neer te zetten. Toen ik hem op het bureau van mijn moeder naast een stoffige stapel boeken wilde terugzetten, viel mijn oog op een boek. Ik trok het onder een encyclopedie over wapens in de Burgeroorlog vandaan en een catalogus van inheemse planten in Zuid-Carolina. Ik wist niet wat voor boek het was. Ik zag dat er tussen de bladzijden een takje rozemarijn was gestoken. Ik glimlachte. Ze had er in elk geval geen sok of een vieze puddinglepel voor gebruikt.

Het was het Gatlin Kinderkookboek, *Gefrituurde Kip en Compotes*. Het opende zichzelf op een bepaalde bladzijde. 'Betty Burton's in Karnemelk Gesmoorde Tomaten,' mijn moeders lievelingsgerecht. De geur van rozemarijn steeg op van de bladzijden. Ik bekeek de rozemarijn beter. Het was vers, alsof het gisteren in een tuin was geplukt. Het was onmogelijk dat mijn moeder het erin had gestoken, maar niemand anders zou rozemarijn gebruiken als boekenlegger. Het lievelingsrecept van mijn moeder was gemerkt met Lena's vertrouwde geur. Misschien probeerde het boek me inderdaad iets te vertellen.

'Tante Marian? Heb je opgezocht hoe je tomaten moet smoren?'

Ze stak haar hoofd door de deuropening. 'Denk je dat ik een tomaat zou aanraken, laat staan er een smoren?'

Ik staarde naar de rozemarijn in mijn hand. 'Dat dacht ik ook al.'

'Volgens mij was dat het enige waar je moeder en ik het niet over eens waren.'

'Mag ik dit boek lenen? Een paar dagen maar?'

'Ethan, dat hoef je niet te vragen. Het zijn jouw moeders spullen; in deze kamer is niets, waarvan zij niet zou willen dat jij het had.'

Ik wilde Marian vragen over de rozemarijn in het kookboek, maar ik kon het niet. Ik kon het niet verdragen om het aan iemand anders te laten zien, of het met iemand te delen. Ook al had ik nog nooit een tomaat gesmoord en zou dat nooit gebeuren. Ik stak het boek onder mijn arm toen Marian me naar de uitgang bracht.

'Als je me nodig hebt, ben ik er voor je. Voor jou en Lena. Dat weet je. Ik wil alles voor je doen.' Ze streek het haar uit mijn ogen en glimlachte naar me. Het was niet mijn moeders glimlach, maar wel een glimlach die mijn moeder heel graag zag.

Marian gaf me een knuffel en trok haar neus op. 'Ruik jij ook rozemarijn?'

Ik haalde mijn schouders op en glipte de deur uit, de grijze dag in. Misschien had Julius Caesar gelijk. Misschien werd het tijd om mijn lot, en dat van Lena, onder ogen te zien. Of het nu aan ons was of aan de sterren, ik kon niet nietsdoen en afwachten tot het zover was.

Eenmaal buiten zag ik dat het sneeuwde. Ik kon mijn ogen niet geloven. Ik keek omhoog naar de lucht en liet de sneeuw op mijn ijskoude gezicht vallen. De dikke, witte poedervlokken dwarrelden doelloos naar beneden. Het was geen storm, absoluut niet. Het was een geschenk, misschien zelfs een wonder: een witte kerst, net zoals in het lied.

Toen ik de veranda opliep, was ze daar. Ze zat op de trap bij onze voordeur en had haar capuchon niet eens op. Op het moment dat ik haar zag, wist ik waarom het ineens sneeuwde. Een vredesoffer.

Lena glimlachte naar me. In die seconde vielen de stukjes van mijn leven die uit elkaar waren gevallen weer terug op hun plaats. Alles wat verkeerd was, was nu weer goed; misschien niet alles, maar genoeg.

Ik ging naast haar op de trap zitten. 'Bedankt, L.'

Ze leunde tegen me aan. 'Ik wilde iets doen waardoor je je beter voelde. Ik weet het allemaal niet meer, Ethan. Ik wil je geen verdriet doen. Ik weet niet wat ik moet wanneer er iets met jou gebeurt.'

Ik ging met mijn hand door haar vochtige haar. 'Duw me niet van je af, alsjeblieft. Ik kan niet nog iemand verliezen van wie ik hou.' Ik ritste haar jack los, duwde mijn arm om haar middel en trok haar tegen me aan. Ik kuste haar, en ze duwde zich zo stevig tegen me aan dat ik het gevoel had dat we de hele voortuin zouden laten smelten als we niet ophielden.

'Wat was dat?' vroeg ze buiten adem. Ik kuste haar opnieuw, tot ik het niet meer uithield en haar moest loslaten.

'Ik denk dat dat het lot wordt genoemd. Ik heb hier al sinds het winterbal op gewacht, en ik ga niet nog langer wachten.'

'O nee?'

'Nee.'

'Wel, je zult nog iets langer moeten wachten. Ik heb nog altijd huisarrest. Oom M. denkt dat ik in de bibliotheek ben.'

'Het kan me niet schelen of je nog huisarrest hebt. Ik heb dat niet. Als het moet, trek ik bij jou in huis en slaap ik bij Boo in zijn hondenmand.'

'Hij heeft een eigen slaapkamer. Hij slaapt in een hemelbed.'

'Nog beter.'

Ze glimlachte en hield mijn hand vast. De sneeuwvlokken smolten op het moment dat ze onze warme huid raakten.

'Ik heb je gemist, Ethan Wate.' Ze kuste me terug. Het begon harder te sneeuwen en we zaten onder de sneeuwvlokken. We waren bijna radioactief. 'Misschien had je gelijk. We moeten zoveel mogelijk tijd met elkaar doorbrengen voordat...' Ze stopte, maar ik wist wat ze dacht.

'We vinden er wel wat op, L. Ik beloof het.'

Ze knikte weifelend en nestelde zich opnieuw in mijn armen. Ik voelde de rust zich tussen ons verspreiden. 'Ik wil er vandaag even niet aan denken.' Ze duwde me ondeugend weg. Ze was weer terug in de wereld van de levenden.

'O, ja? Waar wil je dan aan denken?'

'Sneeuwengelen. Ik heb er nog nooit een gemaakt.'

'Dat meen je niet! Jullie doen toch niet aan engelen?'

'Het gaat niet om de engelen. We hebben alleen maar een paar maanden in Virginia gewoond, dus ik heb nooit ergens gewoond waar het sneeuwt.'

Een uur later zaten we rozig en nog nat aan de keukentafel. Amma was naar de Stop-en-jat en we dronken de waardeloze hete chocolademelk die ik zelf had geprobeerd te maken.

'Ik weet niet zeker of je chocolademelk zo moet maken,' plaagde Lena me toen ik een kom met in de magnetron gesmolten chocoladesnippers in de hete melk kieperde. Het resultaat was een bruinwitte klont. Ik vond het er best goed uitzien.

'O, ja? Hoe kun jij dat nu weten? *Keuken, warme chocolademelk, alstublieft.*' Ik deed met mijn lage stem haar hoge piepstemmetje na en het resultaat was een vreemde, krakerige kopstem. Ze glimlachte. Ik had die glimlach gemist, ook al was het maar een paar dagen geweest; ik zou hem al na tien minuten missen.

'Over Keuken gesproken, ik moet gaan. Ik heb mijn oom gezegd dat ik naar de bibliotheek was en die is nu dicht.'

Ik trok haar op mijn schoot en zo bleven we even aan de keukentafel zitten. Het kostte me moeite om haar niet elke seconde aan te raken, nu ik dat weer kon. Ik verzon elk excuus om haar te kietelen, om haar haar te kunnen aanraken en haar handen en knieën. De aantrekkingskracht tussen ons was als van een magneet. Ze leunde tegen mijn borst en we zaten daar zo tot ik boven ons voetstappen op de vloer hoorde. Ze sprong van mijn schoot af als een geschrokken kat.

'Je hoeft niet te schrikken, het is mijn vader maar. Hij gaat douchen. Alleen daarvoor komt hij zijn werkkamer nog uit.'

'Het gaat slechter met hem, is het niet?' Ze pakte mijn hand. We wisten allebei dat het geen echte vraag was.

'Mijn vader was niet zo toen mijn moeder nog leefde. Hij is daarna gewoon de weg kwijtgeraakt.' Het was niet nodig verder iets te zeggen; ze had me er vaak genoeg over horen denken. Over hoe mijn moeder overleed, en we geen gesmoorde tomaten meer maakten. Dat er kleine onderdelen van het kerststadje waren kwijtgeraakt, ze er niet was om tegen mevrouw Lincoln in te gaan, en niets meer hetzelfde was.

'Ik vind het zo erg voor je.'

'Weet ik.'

'Ben je daarom vandaag naar de bibliotheek gegaan? Om je moeder te zoeken?'

Ik keek Lena aan, streek haar haar uit haar gezicht. Ik knikte en trok de rozemarijn uit mijn zak en legde het voorzichtig op het werkblad. 'Kom mee, ik wil je iets laten zien.' Ik trok haar uit haar stoel en pakte haar bij de hand. We gleden over de oude houten vloer in onze natte sokken en stopten bij de deur van de werkkamer. Ik keek de trap op, naar mijn vaders slaapkamer. Ik had de douche nog niet gehoord; we hadden nog genoeg tijd. Ik probeerde de deurkruk.

'Hij zit op slot.'

Lena fronste. 'Heb je de sleutel?'

'Wacht, kijk wat er gebeurt.' We stonden naar de deur te staren. Ik voelde me stom toen ik daar zo stond, en Lena kennelijk ook, want ze begon te giechelen. Toen ik ook bijna begon te lachen, ging de deur van het slot. Ze lachte niet meer.

Dat is geen Bezwering. Dat zou ik moeten voelen.

Ik denk dat het de bedoeling is dat ik naar binnen ga, of wij gaan.

Ik stapte achteruit en de deur ging weer uit zichzelf op slot. Lena hield haar hand omhoog, alsof ze haar krachten ging aanwenden om de deur voor me open te doen. Ik raakte zacht haar rug aan. 'L. Ik denk dat ik het moet doen.'

Ik legde mijn hand opnieuw op de deurkruk. De deur ging van het slot en zwaaide open, en ik stapte voor het eerst sinds jaren de werkkamer in. Het was een stille, afschrikwekkende ruimte. Het schilderij, dat in een laken was gewikkeld, lag nog steeds op de versleten bank. Onder het raam stond mijn vaders bewerkte mahoniehouten bureau dat vol stapels papier lag voor zijn laatste roman. Er lagen papieren op zijn computer, op zijn stoel en netjes uitgestald op het Perzische kleed op de vloer.

'Kom nergens aan. Dat merkt hij meteen.'

Lena ging op haar hurken zitten en staarde naar de dichtstbij-zijnde stapel. Toen pakte ze een vel papier op en draaide het naar de koperen lamp. 'Ethan.'

'Niet het licht aandoen. Ik wil niet dat hij naar beneden komt en uit zijn vel springt. Hij vermoordt me wanneer hij merkt dat we hier zijn. Het enige waar hij om geeft is zijn boek.'

Ze gaf me zonder iets te zeggen het vel papier. Het was bedekt met krabbels. Geen geschreven woorden, alleen krabbels. Ik graai-de naar een handvol papieren die het dichtst bij me lagen. Ze zaten vol kronkelige lijnen en vormen, en nog meer krabbels. Ik pakte een vel papier op van de vloer, waar alleen rijen met piep-kleine cirkels opstonden. Ik vloog door de stapels wit papier heen die zijn bureau en de vloer bedekten. Alleen maar krabbels en vor-men, bladzijde voor bladzijde, geen enkel woord.

Opeens begreep ik het. Er was geen boek.

Mijn vader was geen schrijver. Hij was niet eens een vampier.

Hij was een gestoorde gek.

Ik bukte me en steunde met mijn handen op mijn knieën. Mijn maag draaide zich om. Ik had dit moeten zien aankomen. Lena wreef over mijn rug.

Rustig maar. Hij gaat gewoon door een zware tijd heen. Hij komt weer terug bij je.

Dat gaat niet gebeuren. Hij is weg. Zij is weg, en nu raak ik hem ook kwijt.

Wat had mijn vader al die tijd uitgespookt, behalve mij uit de weg gaan? Wat had het voor zin om de hele dag te slapen en 's nachts te werken, wanneer je niet bezig was met de grote Amerikaanse roman? Wanneer je rijen en rijen cirkels op een vel papier krabbel-de? Ontsnappen aan je enige kind? Wist Amma het? Deed ieder-een aan dit spel mee behalve ik?

Het is niet jouw schuld. Doe dit jezelf niet aan.

Dit keer was ik het die mijn zelfbeheersing verloor. Woede golfde door me heen en ik veegde de laptop van zijn bureau, en zijn
papieren vlogen door de lucht. Ik sloeg de koperen lamp om en
zonder na te denken rukte ik het laken van het schilderij op de
bank. Het schilderij rolde op de grond en nam in zijn val een lage
boekenplank mee. Een stapel boeken vloog over de grond en ze
vielen open op hun rug.

'Kijk eens goed naar het schilderij.' Ze zette het rechtop, tegen
de boeken op de grond aan.

Het was een schilderij van mij.

Van mij als een confederale soldaat in 1865. Maar toch was ik
het.

We hoefden geen van beiden de tekst op de achterkant van de
lijst te zien om te weten wie het was. In zijn gezicht hing zelfs
hetzelfde slungelachtige bruine haar.

'Het werd tijd dat we jou ontmoetten, Ethan Carter Wate,'
zei ik, net op het moment dat ik mijn vader de trap af hoorde
sjokken.

'Ethan Wate!'

Lena keek in paniek naar de deur. 'Deur!' Deze sloeg dicht en
draaide op het slot. Ik trok een wenkbrauw op. Ik dacht niet dat
ik daar ooit aan kon wennen.

Er werd op de deur gebonsd. 'Ethan, gaat het? Wat gebeurt
daarbinnen?' Ik deed of ik hem niet hoorde. Ik kon niet bedenken
wat ik anders moest doen, en ik kon het niet opbrengen om hem
nu onder ogen te komen. Toen viel mijn oog op de boeken.

'Moet je zien.' Ik knielde op de grond voor het eerste boek. Het
lag open op bladzijde 3. Ik sloeg de bladzijde om naar 4 en uit
zichzelf ging deze weer terug naar 3. Net als het slot van de deur
van de werkkamer. 'Deed jij dat net?'

'Waar heb je het over? We kunnen hier niet de hele nacht blijven.'

'Marian en ik waren de hele dag in de bibliotheek. Het klinkt
te bizar voor woorden, maar zij dacht dat de boeken ons iets duidelijk wilden maken.'

'Wat dan?'

'Geen idee. Iets over lot, en over mevrouw Lincoln en over jou.'

'Mij?'

'Ethan, doe die deur open!' Mijn vader sloeg nu hard op de deur, maar hij had me er lang genoeg uit gehouden. Nu was het mijn beurt.

'In het archief vond ik een foto van mijn moeder in zijn werkkamer en daarna een kookboek, dat openlag bij haar favoriete recept, met een takje rozemarijn als boekenlegger. Verse rozemarijn. Zie je het niet? Het heeft op een of andere manier met jou te maken, en met mijn moeder. En nu zijn we hier, alsof iets wilde dat ik hier kwam. Of, ik weet niet – iemand.'

'Of misschien dacht je daar alleen maar aan omdat je haar foto zag.'

'Zou kunnen, maar kijk hier eens naar.' Ik sloeg de bladzijde van het boek over de *Constitutionele Geschiedenis* voor me om, draaide het van bladzijde 3 naar bladzijde 4. Opnieuw, ik had de bladzijde nog niet omgedraaid of hij bladerde uit zichzelf weer terug.

'Dat is vreemd.' Ze draaide zich naar het volgende boek. *Zuid-Carolina: Van de Wieg tot aan het Graf.* Het lag open op bladzijde 12. Ze sloeg het om naar bladzijde 11. Het ging vanzelf weer terug naar 12.

Ik duwde een lok uit mijn ogen. 'Maar op deze bladzijde staat helemaal niets. Het is een kaart. Bij Marian lagen de boeken op bepaalde bladzijden open en ze probeerden ons iets te vertellen, zoiets als een boodschap. Mijn moeders boeken lijken me niet iets te willen vertellen.'

'Wie weet is het een soort code.'

'Mijn moeder was een ramp in wiskunde. Ze was een schríjfster,' zei ik, alsof dat genoeg verklaarde. Maar dat deed het niet, en mijn moeder wist dat beter dan wie ook.

Lena bekeek het volgende boek. 'Bladzijde 1. Dit is alleen maar de titelpagina. Het kan niet de inhoudsopgave zijn.'

'Waarom zou ze een code voor me achterlaten?' Ik dacht hardop, maar Lena had het antwoord.

'Omdat jij altijd weet hoe een film afloopt. Omdat je bent opgegroeid met Amma en de mysterieuze verhalen en de kruiswoordpuzzels. Misschien dacht jouw moeder dat je iets zou ontdekken, wat niemand anders nog was gelukt.'

Mijn vader bonkte in vertwijfeling op de deur. Ik keek naar het volgende boek. Bladzijde 9, en toen 13. Geen van de getallen ging hoger dan 26. En toch hadden de meeste boeken veel meer bladzijden dan dat...

'Er zitten 26 letters in het alfabet, ja toch?'

'Ja.'

'Dat is het. Toen ik klein was en in de kerk met de Zusters niet kon stilzitten, bedacht mijn moeder altijd spelletjes die ik op de achterkant van het kerkboekje kon spelen. Poppetje aan de galg, door elkaar gehusselde woorden en dit, de alfabetcode.'

'Wacht, ik pak even een pen.' Ze griste een pen van het bureau. 'Stel: A is 1 en B is 2 – ik schrijf het eerst even uit.'

'Let op. Soms deed ik het andersom, dan stond Z voor 1.'

Lena en ik zaten midden in de kring van boeken en gingen van boek naar boek, terwijl mijn vader buiten op de deur stond te bonken. Ik negeerde hem, net zoals hij dat bij mij had gedaan. Ik was niet van plan te reageren of hem een verklaring te geven. Hij moest voor de verandering maar eens merken hoe ik me al die tijd had gevoeld.

'3, 12, 1, 9, 13...'

'Ethan! Wat doe je daarbinnen? Wat was al die herrie?'

'25, 15, 21, 18, 19, 5, 12, 6.'

Ik keek Lena aan en hield een vel papier omhoog. Ik was al een stap verder. 'Ik denk... dat het voor jou is bedoeld.'

Het was zo duidelijk alsof mijn moeder hier in de werkkamer voor me stond, en het me in haar eigen woorden, met haar eigen stem vertelde.

EIS JEZELF OP

Het was een boodschap voor Lena.

Mijn moeder was hier, in een of andere vorm, met een of ander doel, in een of ander universum. Mijn moeder was nog altijd mijn moeder, zelfs wanneer ze alleen leefde in boeken en deursloten en de geur van gesmoorde tomaten en oud papier.

Ze leefde.

Toen ik eindelijk de deur opendeed, stond mijn vader daar in zijn badjas. Hij staarde langs me heen zijn werkkamer in, waar de bladzijden van zijn niet-bestaande roman over de hele grond verspreid lagen en het schilderij van Ethan Carter Wate zonder laken tegen de bank aan stond.

'Ethan, ik...'

'Wat? Wil je me vertellen dat je je maandenlang in je werkkamer hebt opgesloten om dit te doen?' Ik duwde een van de verkreukelde vellen papier onder zijn neus.

Hij sloeg zijn ogen neer. Mijn vader mocht dan de weg kwijt zijn, hij was helder genoeg om te weten dat ik de waarheid had ontdekt. Lena zat met een ongemakkelijke blik op de bank.

'Waarom? Dat is het enige wat ik wil weten. Is er ooit een boek geweest of wilde je me alleen maar ontwijken?'

Mijn vader hief zijn hoofd langzaam op. Zijn ogen stonden vermoeid en waren rooddoorlopen. Hij zag er oud uit, alsof het leven voor hem in één keer op een grote teleurstelling was uitgelopen. 'Ik wilde alleen maar dicht bij haar zijn. Wanneer ik hier ben, kan ik haar nog ruiken. Gesmoorde tomaten...' Zijn stem stierf weg, alsof hij zich opnieuw in zijn eigen gedachten terugtrok en het zeldzame, heldere moment voorbij was.

Hij liep langs me heen, terug de werkkamer in en bukte om een van de vellen papier met cirkels op te pakken. Zijn hand trilde. 'Ik probeerde te schrijven.' Hij keek naar mijn moeders stoel. 'Ik weet alleen niet meer wat ik moet schrijven.'

Het ging niet over mij. Het was nooit over mij gegaan. Het ging over mijn moeder. Een paar uur geleden had ik me precies zo gevoeld in de bibliotheek, toen ik tussen haar spullen zat en me dicht bij haar probeerde te voelen. Maar nu wist ik dat ze niet helemaal weg was, en alles was daardoor anders. Mijn vader wist dat nog niet. Ze deed voor hem niet de deur van het slot en liet voor hem geen boodschappen achter. Zelfs dat had hij niet.

∽

De week erop, op kerstavond, leek het verweerde en kromgetrokken kartonnen stadje opeens niet zo klein meer. De overhellende torenspits stond op de kerk en de boerderij kon zelfs uit zichzelf rechtop staan, als je hem maar goed neerzette. De witte glitterlijm sprankelde en dezelfde katoenen lap voor de sneeuw ondersteunde de stad, zoals deze altijd had gedaan.

Ik lag op mijn buik op de grond, met mijn hoofd onder de laagste takken van een brede blauwspar, zoals ik vroeger altijd deed. De blauwgroene naalden prikten in mijn nek toen ik voorzichtig een snoer met witte lampjes een voor een in de ronde gaten achter in het kapotte stadje duwde. Ik ging iets naar achteren zitten om het resultaat te bekijken. Het zachte witte licht veranderde van kleur door de geverfde kartonnen ramen van het stadje. We hadden de figuurtjes niet kunnen vinden, en ook de tinnen auto's en de dieren bleven spoorloos. De stad was leeg, maar voor het eerst leek hij niet verlaten, en voelde ik me niet eenzaam.

Toen ik daar zat en naar het gekras van Amma's potlood luisterde, en naar een oude krassende plaat van mijn vader, viel mijn oog op iets. Het was klein en donker en blijven haken in een vouw tussen twee lagen van de katoenen sneeuw. Het was een ster, ongeveer zo groot als een dollarcent, en in goud en zilver beschilderd. Daaromheen zat een gedraaide stralenkrans die van een paperclip leek te zijn gemaakt. Het was voor in de kerstboom van het stadje. Dat ding waren we jaren kwijt geweest. Mijn moeder had hem gemaakt toen ze als klein meisje in Savannah op school zat.

Ik stopte hem in mijn zak. De volgende keer dat ik Lena zag, moest ik hem aan haar geven voor haar amulettenketting. Om voor me te bewaren, zodat hij niet meer zou kwijtraken. Mijn moeder zou dat leuk hebben gevonden. Vindt dat leuk. Net zoals ze Lena aardig zou hebben gevonden – misschien zelfs wel vindt.

Eis jezelf op.

Het antwoord had al die tijd voor het oprapen gelegen. Het lag alleen verborgen in alle boeken in mijn vaders werkkamer, beklemd tussen de bladzijden van mijn moeders kookboek.

Het was een beetje blijven haken in de stoffige sneeuw.

12 januari

Belofte

Er hing iets in de lucht. Wanneer dat werd gezegd, hing er normaal gesproken niet echt iets in de lucht. Maar hoe dichter we bij de verjaardag van Lena kwamen, hoe vaker ik me dat afvroeg. Toen we na de kerstvakantie weer op school terugkwamen, waren de gangen vol gekliederd met verf uit een spuitbus. De kluisjes zaten onder, en ook alle muren. Alleen was het geen gewone graffiti; de woorden leken in het geheel niet op Engelse woorden. Je zou er niet eens woorden in hebben gezien, tenzij je *Het Boek van de Manen* onder ogen had gehad.

Een week later waren alle ramen in ons lokaal Engels eruit gesprongen. Ook hier had het de wind kunnen zijn, maar er was geen zuchtje wind te bekennen. Trouwens, hoe kon de wind zich beperken tot een enkel klaslokaal?

Omdat ik gestopt was met basketbal moest ik de rest van het jaar met gymnastiek meedoen, het vreselijkste vak op Jackson. Na een uur van geklokte sprintjes en brandende handen van het klimmen in een geknoopt touw tot aan het plafond van de gymzaal, ging ik terug naar mijn kluisje. De deur stond open en mijn papieren lagen door de hele gang verspreid. Mijn rugzak was verdwenen. Hoewel Link deze een paar uur later terugvond in een van de vuilnisbakken buiten de gymzaal, had ik mijn les geleerd. Jackson High was geen goede plek voor *Het Boek van de Manen*.

Vanaf die tijd verstopten we het Boek thuis in mijn kledingkast. Ik wachtte erop tot Amma het zou vinden, me erop aan zou spreken en mijn hele kamer met zout zou bestrooien, maar ze vond het niet. De afgelopen zes weken had ik uren over het oude leren boek gebogen gezeten, met en zonder Lena, en bladerde ik driftig door mijn moeders gehavende Latijnse woordenboek. Dankzij de ovenwanten van Amma kon ik de brandblaren tot een minimum beperken. Er stonden honderden Bezweringen in, waarvan er maar een paar in het Engels waren. De overige waren in een taal geschreven die ik niet kon lezen, en in de Caster-taal, waarvan we tegen beter weten in hoopten dat we die konden ontraadselen. Hoe meer we vertrouwd raakten met de bladzijden, hoe rustelozer Lena werd.

'Eis jezelf op. Dat betekent niet eens iets.'

'Natuurlijk wel.'

'In geen enkel hoofdstuk staat er iets over. Ik kom in het Boek daarover niets tegen, in geen enkele beschrijving van het Opeisen.'

'We moeten gewoon doorzoeken. Ik denk niet dat we het gaan vinden in boeken die over Bezweringen gaan.' *Het Boek van de Manen* moest het antwoord kunnen geven. We moesten het alleen wel kunnen vinden. We konden aan niets anders meer denken, behalve aan het feit dat we over een maand alles konden verliezen.

's Nachts bleven we laat op en lagen vanuit onze eigen bedden met elkaar te praten, want elke nacht leek toch dichter bij de nacht te komen die onze laatste samen zou kunnen zijn.

Waar denk je aan, L.?

Wil je dat echt weten?

Dat wil ik altijd weten.

Was dat zo? Ik staarde naar de gekreukelde kaart op mijn muur, naar de dunne groene lijn die alle oorden verbond waarover ik had gelezen. Daar waren ze dan, alle steden uit mijn denkbeeldige toekomst, bij elkaar gehouden met plakband, een markeerstift en punaises. In zes maanden was veel veranderd. Er was geen dunne groene lijn die me nog naar mijn toekomst kon leiden. Alleen een meisje.

Maar nu was haar stem heel zacht, en ik moest me inspannen om haar te horen.

Een deel in mij zou willen dat we elkaar nooit waren tegengekomen.

Je houdt me voor de gek, ja toch?

Ze gaf geen antwoord. Niet onmiddellijk.

Het maakt alles alleen zoveel moeilijker. Voorheen dacht ik dat ik veel te verliezen had, maar nu heb ik jou.

Ik weet wat je bedoelt.

Ik sloeg de kap van de lamp naast mijn bed en staarde in het peertje. Zolang ik ernaar bleef staren, zou het felle licht in mijn ogen prikken en zou ik niet gaan huilen.

En ik kan je verliezen.

Dat gaat niet gebeuren, L.

Ze was stil. Mijn ogen werden tijdelijk verblind door flarden en strepen licht. Ik kon niet eens meer het blauw van mijn plafond zien, hoewel ik er recht naar lag te staren.

Beloofd?

Ik beloof het je.

Het was een belofte waarvan ze wist dat ik die misschien niet kon houden. Maar ik deed hem toch, omdat ik een manier zou vinden om de belofte in te lossen.

Ik brandde mijn hand toen ik het licht probeerde uit te draaien.

4 februari

Het zandmannetje of iets in die geest

Lena's verjaardag was over een week.
Zeven dagen.
Honderdachtenzestig uur.
Tienduizendenacht seconden.
Eis jezelf op.
Lena en ik waren gesloopt, maar we spijbelden toch al om ons de hele dag te kunnen verdiepen in *Het Boek van de Manen.* Ik was inmiddels erg kundig in het vervalsen van Amma's handtekening, en mevrouw Hester zou het vast niet aandurven om Lena om een briefje van Macon Ravenwood te vragen. Het was een koude, heldere dag en we zaten dicht tegen elkaar aan in de ijskoude tuin van Greenbrier. We zaten weggekropen onder de oude slaapzak uit het Wrak en probeerden er voor de duizendste keer achter te komen of er iets in het Boek stond dat ons kon helpen.

Ik zag dat Lena er eigenlijk niet meer in geloofde. Haar plafond was bijna volledig bedekt met teksten in stift, als een soort behang van woorden die ze niet kon uitspreken en gedachten waarvoor ze te bang was om ze te uiten.

Duistervuur, lichtduister / duister doet ertoe, wat doet ertoe? De grote duisternis slokt het grote licht op, zoals ze mijn leven opslokken / Caster / meisje / voorheen naturel / eerste uitzicht zeven dagen zeven dagen zeven dagen 777777777777777.

Ik kon het haar niet kwalijk nemen. Het zag er inderdaad behoorlijk hopeloos uit, maar ik was nog niet zover om het op te geven. Dat zou ik nooit zijn. Lena liet zich neervallen tegen de oude stenen muur, die net zo was afgebrokkeld als de kans dat wij op tijd iets vonden. 'Dit is onbegonnen werk. Er zijn te veel Bezweringen. We weten niet eens waarnaar we op zoek zijn.'

Er waren Bezweringen voor elk doel dat je maar kon bedenken: *Het Verblinden van de Ontrouwe, Water uit de Zee Voortbrengen. Het Begrenzen van Magische Tekens.*

Maar we vonden niets over een *Bezwering om Jouw Familie van de Vloek van een Duistere Begrenzing te Bevrijden* of een *Bezwering om de Actie Ongedaan te Maken waarmee werd geprobeerd om de Oorlogsheld van je Bet-Bet-Betovergrootmoeder Geneviève weer tot Leven te Wekken,* of een *Bezwering om te Vermijden dat Je naar het Duister Overgaat op het Moment van het Opeisen.* Of die ene waar ik echt naar op zoek was – een *Bezwering om Jouw Vriendin te Redden (Nu Je Er Eindelijk Een Hebt) Voor Het Te Laat Is.*

Ik bladerde terug naar de inhoudsopgave: OBSECRATIONES, INCANTAMINA, NECTENTES, MALEDICENTES, MALEFICIA.

'Zit er niet over in, L. We komen erachter.' Maar op het moment dat ik dit zei, was ik daar niet meer zo zeker van.

Hoe langer het Boek op de bovenste plank van mijn kledingkast lag, des te meer had ik het gevoel dat mijn kamer behekst was. Het overkwam ons beiden nu elke nacht; de dromen. Ze werden angstaanjagender en leken meer op nachtmerries. Ik had in dagen niet meer dan een paar uur geslapen. Elke keer wanneer ik mijn ogen sloot of eindelijk in slaap viel, waren ze er. Ze leken erop te wachten. Tot overmaat van ramp was het elke nacht dezelfde nachtmerrie, die zich telkens van voren af aan afspeelde. Elke nacht verloor ik Lena en de gedachte daaraan sloopte me.

Mijn enige strategie was wakker blijven. Opgepept door suiker en cafeïne uit cola en Red Bull speelde ik games. Ik las alles wat los en vast zat, van *Heart of Darkness*[9] tot mijn favoriete uitgave van *Silver Surfer*, waarin Galactus keer op keer het universum verslindt. Maar zoals iedereen weet die een paar dagen niet heeft geslapen, ben je zo afgepeigerd dat je de derde of vierde nacht staand kunt slapen.

Zelfs Galactus kon dat niet tegenhouden.

Branden.

Overal was vuur.

En rook. Ik stikte bijna in de rook en as. Het was aardedonker en ik zag geen hand voor ogen. De hitte voelde alsof er schuurpapier tegen mijn huid schuurde.

Ik kon niets horen, behalve het geraas van het vuur.

Ik hoorde Lena niet eens schreeuwen, behalve in mijn hoofd.

Laat me gaan! Maak dat je wegkomt.

Ik voelde de botten in mijn pols knappen, zoals dunne gitaarsnaren een voor een kapot springen. Ze liet mijn pols los, alsof ze zich voorbereidde op het moment dat ik haar zou loslaten, maar ik zou haar nooit laten gaan.

Niet doen, L! Niet loslaten!

Laat me gaan! Alsjeblieft… red jezelf!

Ik zou haar nooit laten gaan.

Ik voelde haar door mijn vingers glippen. Ik probeerde haar steviger vast te klemmen, maar ze gleed weg…

Hoestend schoot ik overeind in bed. Het was allemaal zo echt, dat ik de rook proefde. Maar de hitte was niet in mijn kamer; het was er koud. Mijn raam stond weer open. Door het maanlicht wenden mijn ogen sneller dan normaal aan de duisternis.

Uit mijn ooghoek dacht ik iets te zien. Er bewoog iets in de schaduwen.

Er was iemand in mijn kamer.

'Wel godver!'

Hij probeerde weg te komen voor ik hem in de gaten had, maar hij was niet snel genoeg. Hij wist dat ik hem had gezien. Dus deed hij het enige wat hij kon doen. Hij draaide zich naar me om en ging de confrontatie aan.

'Hoewel ik mezelf niet als God zie, wie ben ik om je te corrigeren na zo'n onelegante afgang?' Macon schonk me zijn Cary Grant-glimlach en kwam naar het voeteneind van mijn bed. Hij droeg een lange zwarte jas en een donkere broek. Hij zag eruit alsof hij op weg was naar een soort viering van een eeuwwisseling in de stad, in plaats van rond te dolen als een hedendaagse inbreker en binnendringer. 'Hallo, Ethan.'

'Wat doet u in hemelsnaam in mijn slaapkamer?'

Hij leek met zijn mond vol tanden te staan. Wat vreemd was voor Macon die altijd onmiddellijk een verklaring op het puntje van zijn tong had liggen. 'Het ligt gecompliceerd.'

'Nou, leg het me maar uit. U bent midden in de nacht door mijn raam geklommen, dus of u bent een soort vampier of een soort viezerik, of beide. Wat is het?'

'Sterfelijken, jullie zien alles zo zwart-wit. Ik ben geen Jager en ook geen Kwelgeest. Ik denk dat je me met mijn broer Hunting verwart. Ik heb niets met bloed.' Hij huiverde bij de gedachte. 'Noch met bloed, noch met vlees.' Hij stak een sigaar op en rolde hem tussen zijn vingers. Amma zou door het lint gaan wanneer ze dat morgen rook. 'Eerlijk gezegd word ik daar een beetje misselijk van.'

Ik begon mijn geduld te verliezen. Ik had in geen dagen geslapen en was het zat dat iedereen de hele tijd mijn vragen ontweek. Ik wilde antwoorden en wel nu meteen. 'Ik heb mijn buik vol van uw raadsels. Geef antwoord op mijn vraag. Wat doet u in mijn kamer?'

Hij liep naar de goedkope draaistoel naast mijn bureau en ging met een sierlijke zwaai zitten. 'Laat ik zeggen dat ik luistervink aan het spelen was.'

Ik pakte het oude Jackson High basketbal T-shirt dat op een hoop op de grond lag en trok het over mijn hoofd. 'Luistervink spelen voor wat precies? Er is hier niemand. Ik lag te slapen.'

'Nee, eigenlijk was je aan het dromen.'

'Hoe weet u dat? Is dat een van uw Caster-krachten?'

'Ik ben bang van niet. Ik ben geen Caster, niet echt.'

Mijn adem stokte in mijn keel. Macon Ravenwood verliet zijn huis nooit overdag; hij kon waar hij wilde plotseling uit het niets opdoemen en mensen observeren door de ogen van zijn wolf, die de gedaante van een hond had aangenomen. Ook kon hij bijna het leven uit een Duistere Caster persen zonder achteruit te deinzen. Indien hij geen Caster was, dan was er maar één verklaring.

'Dus u bent een vampier?'

'Wis en waarachtig niet.' Hij keek geërgerd. 'Dat is zo banaal, zo'n cliché en niet erg vleiend. Vampiers bestaan niet. Ik neem aan dat je ook in weerwolven en buitenaardse wezens gelooft. Allemaal de schuld van de televisie.' Hij nam een grote haal van zijn sigaar. 'Het spijt me dat ik je moet teleurstellen. Ik ben een Incubus. Ik weet zeker dat het een kwestie van tijd zou zijn voordat Amma het jou zelf had verteld, sinds ze er zo tuk op schijnt te zijn om al mijn geheimen openbaar te maken.'

Een Incubus? Ik wist niet eens of ik nu bang moest zijn. De verwarring moest op mijn gezicht te zien zijn geweest, want Macon voelde zich genoodzaakt het uit te leggen. 'Van nature hebben heren zoals ik bepaalde krachten, maar deze krachten zijn alleen overeenkomstig ons vermogen, dat we regelmatig moeten aanvullen.' Er was iets verontrustends aan de manier waarop hij aanvullen zei.

'Wat bedoelt u met aanvullen?'

'We voeden ons, ik weet er geen beter woord voor, aan Sterfelijken om ons vermogen aan te vullen.'

De kamer begon te draaien. Of misschien was het Macon zelf wel.

'Ethan, ga zitten. Je ziet lijkbleek.' Macon kwam aansnellen en ondersteunde me naar de rand van het bed. 'Zoals ik al zei, gebruik ik het woord "voeden" omdat er geen betere term voor is. Alleen een Bloed-Incubus voedt zich met het bloed van Sterfelijken, en ik ben geen Bloed-Incubus. Hoewel we allebei Lilum zijn

– die in de Absolute Duisternis verblijven – ben ik iets wat veel meer is ontwikkeld. Ik neem iets wat jullie Sterfelijken in overvloed hebben, iets wat jullie helemaal niet nodig hebben.'

'Wat?'

'Dromen. Fragmenten daarvan. Ideeën, verlangens, angsten, herinneringen – niets wat je zou missen.' De woorden rolden uit zijn mond, alsof hij een toverspreuk uitsprak. Ik moest me tot het uiterste inspannen om de woorden te verwerken en tot me door te laten dringen wat hij zei. Ik had het gevoel dat mijn hersenen in een dikke wollen deken waren gewikkeld.

Maar opeens begreep ik wat hij had gezegd. Ik voelde de stukjes op hun plaats vallen als een puzzel in mijn hoofd. 'De dromen... u hebt daar stukken uitgenomen? Ze uit mijn hoofd gezogen? Kan ik me daarom niet de hele droom herinneren?'

Hij glimlachte en drukte zijn sigaar uit op een leeg colablikje op mijn bureau. 'Ik beken schuld. Met uitzondering van het "zuigen". Dat is niet de meest vriendelijke manier om het te zeggen.'

'Wanneer u mijn dromen opzuigt... steelt, dan weet u de rest. U weet wat er aan het einde gebeurt. U kunt het me vertellen, zodat we het kunnen tegenhouden.'

'Ik ben bang van niet. Ik heb de stukken die ik van je heb weggenomen zorgvuldig geselecteerd.'

'Waarom wilt u niet dat we weten wat er gaat gebeuren? Als we de rest van de droom weten, kunnen we misschien voorkomen dat het zal gebeuren.'

'Het lijkt erop dat je al te veel weet, niet dat ik het zelf volkomen begrijp.'

'Wilt u voor één keer eens niet in raadsels praten. U blijft zeggen dat ik Lena kan beschermen, dat ik een kracht heb. Waarom zegt u me niet wat er in godsnaam echt aan de hand is, meneer Ravenwood, want ik ben doodmoe en ben het spuugzat dat ik van het kastje naar de muur word gestuurd.'

'Ik kan jou niet vertellen wat ik niet weet, mijn zoon. Je bent nogal een mysterie.'

'Ik ben uw zoon niet.'

'Melchizedek Ravenwood!' Amma's stem schalde als een bel. Macon begon zijn gebruikelijke kalmte te verliezen.

'Hoe durf je mijn huis binnen te dringen zonder mijn toestemming!' Ze stond in haar badjas in mijn kamer en hield een lang kralensnoer in haar handen. Wanneer ik niet beter wist, zou ik gedacht hebben dat het een ketting was. Amma zwaaide haar vuist met daarin de kralenamulet dreigend heen en weer. 'We hebben een afspraak. Dit huis is verboden terrein. Je gaat maar ergens anders naartoe voor je smerige zaken.'

'Zo eenvoudig is het niet, Amarie. De jongen ziet dingen in zijn dromen die gevaarlijk voor hen béíden zijn.'

Amma's ogen stonden furieus. 'Voed jij je aan mijn jongen? Is dat wat je zegt? Moet ik me daardoor beter voelen?'

'Rustig nou. Doe niet zo dramatisch. Ik doe niet meer dan wat nodig is om hen beiden te beschermen.'

'Ik weet wat je doet en wat je bent, Melchizedek, en jij zal te zijner tijd onderhandelen met de Duivel. Breng dat kwaad niet mijn huis binnen.'

'Ik heb lang geleden een keus gemaakt, Amarie. Ik heb gevochten tegen wat voor mij was voorbestemd. Ik vecht nog elke nacht van mijn leven. Maar ik ben niet Duister, niet zolang ik een kind heb voor wie ik moet zorgen.'

'Dat verandert niet wat je bent. Je kunt dat niet kiezen.'

Macon kneep zijn ogen tot spleetjes. Het was duidelijk dat de afspraak tussen hen delicaat was, en hij had deze in gevaar gebracht door hier te komen. Hoe vaak? Ik had geen idee.

'Waarom vertelt u me niet gewoon wat er aan het einde van de droom gebeuren zal? Ik heb het recht dat te weten. Het is mijn droom.'

'Het is een krachtige droom, een beklemmende droom, en Lena hoeft hem nog niet te zien. Ze is er nog niet klaar voor, en jullie zijn zo onverklaarbaar nauw met elkaar verbonden. Zij ziet wat jij ziet. Dus je begrijpt waarom ik delen moest wegnemen.'

Ik voelde de woede in me opwellen. Ik was zo kwaad, kwader dan toen mevrouw Lincoln opstond en leugens over Lena verkondigde bij de bijeenkomst van de tuchtcommissie, kwader dan toen ik de met onzinnige tekens volgekrabbelde vellen op de werkkamer van mijn vader vond.

'Nee, ik begrijp het niet. Wanneer u iets weet wat haar kan helpen, waarom vertelt u het ons dan niet? Of stop anders gewoon met uw Jedi-gedachtetrucs op mij en mijn dromen aan te wenden en laat me mijn eigen dromen zien!'

'Ik doe alleen maar mijn best om haar te beschermen. Ik hou van Lena, en ik zou haar nooit...'

'... Weet ik, dat heeft ze me verteld. U hebt nooit iets gedaan om haar pijn te doen. Wat u vergeet te zeggen, is dat u ook niets doet om haar te helpen.'

Zijn kaak verstrakte. Nu was hij degene die boos was; ik wist nu hoe ik dat kon herkennen. Maar hij week niet van zijn standpunt af, zelfs geen moment. 'Ik probeer haar te beschermen, Ethan, en jou ook. Ik weet dat je om Lena geeft, en je biedt haar een soort bescherming, maar je kunt op dit moment niet alles overzien. Er zijn dingen waarover niemand van ons controle heeft. Op een dag zul je dit inzien. Jij en Lena zijn nu eenmaal te verschillend.'

Een Soort Apart. Net als die andere Ethan aan Geneviève schreef. Ik begreep het heel goed. In honderd jaar was er niets veranderd.

Zijn blik verzachtte. Ik dacht dat hij misschien met me te doen had, maar het was iets anders. 'Uiteindelijk zal het jouw last zijn die je moet dragen. Het zijn altijd de Sterfelijken die deze last moeten dragen. Vertrouw me, ik kan het weten.'

'Ik vertrouw u niet en u ziet het verkeerd. We zijn niet te verschillend.'

'Sterfelijken. Ik benijd jullie. Jullie denken dat jullie dingen kunnen veranderen. Het universum stoppen. Ongedaan maken wat gedaan is, al heel lang voordat jullie bestonden. Jullie zijn zulke heerlijke simpele zielen.' Hij sprak tegen mij, maar ik had niet het gevoel dat hij het nog over mij had. 'Ik wil me verontschuldigen voor de inbreuk. Ik zal je alleen laten zodat je weer kunt gaan slapen.'

'Blijf in het vervolg uit mijn kamer, meneer Ravenwood. En uit mijn hoofd.'

Hij draaide zich om naar de deur, wat me verbaasde. Ik verwachtte dat hij dezelfde weg zou nemen als hij was binnengekomen.

'Nog één vraag. Weet Lena wat u bent?'

Hij glimlachte. 'Natuurlijk. We hebben geen geheimen voor elkaar.'

Ik glimlachte niet terug. Er waren meer dan een paar geheimen tussen hen, zelfs als dit er niet een was, en zowel Macon als ik wisten dat.

Hij draaide zich van me weg door zijn jas een zwieper te geven en was verdwenen.

Zomaar opeens.

5 februari

De slag om Honey Hill

De volgende morgen werd ik wakker met een knallende koppijn. Ik dacht niet dat, zoals je vaak in verhalen leest, het nachtelijke bezoek nooit was gebeurd. Ik geloofde niet dat het verschijnen en verdwijnen van Macon Ravenwood de afgelopen nacht in mijn kamer een droom was. Na het ongeluk van mijn moeder had ik maandenlang elke ochtend wanneer ik mijn ogen opende, geloofd dat het allemaal een nare droom was. Die fout zou ik nooit meer maken.

Rond deze tijd had ik het idee dat alles anders was, en dat was ook zo. Ik had het idee dat dingen steeds vreemder werden, en ook dat was het geval. Ik had het idee dat Lena en ik bijna geen tijd meer hadden, en dat hadden we ook bijna niet meer.

Zes dagen en het aftellen ging door. Het zag er voor ons niet goed uit. Meer viel er niet over te zeggen. Dus hielden we allebei onze mond. Op school deden we wat we voorheen deden. We liepen hand in hand door de gang. We kusten elkaar bij de achterste kluisjes tot onze lippen pijn deden en ik het gevoel had bijna te worden geëlektrocuteerd. We bleven in onze luchtbel en genoten van wat we probeerden te laten doorgaan voor onze alledaagse leventje, of dat weinige wat daarvan over was. En we praatten, de hele dag door, elke minuut van elk lesuur, zelfs die uren waarin we niet samen waren.

Lena vertelde me over Barbados, waar het water en de lucht elkaar ontmoeten in een dunne blauwe lijn tot je niet meer kunt onderscheiden wat wat is. Ondertussen werd er van mij verwacht dat ik tijdens pottenbakken met slierten klei een schaal in elkaar draaide.

Lena vertelde me over haar grootmoeder, die haar 7-up liet drinken met een rode zuurstok als rietje, terwijl we tijdens de Engelse les onze opstellen over *Dr. Jekyll and Mr. Hyde*[10] schreven en Savannah Snow onsmakelijk op haar kauwgom zat te kauwen.

Lena vertelde me over Macon, die voor zover ze zich kon herinneren alles opzij zette om elke verjaardag bij haar te zijn, waar ze ook was.

Die nacht, waarin we uren waren opgebleven om in *Het Boek van de Manen* te lezen, keken we samen hoe de zon opging – ook al was zij op Ravenwood en ik thuis.

Ethan?
Ik ben er.
Ik ben bang.
Weet ik. Probeer wat te slapen, L.
Ik wil geen tijd verspillen met slapen.
Ik ook niet.

Maar we wisten allebei heel goed dat het dat niet was. We wilden niet dromen.

'DE NACHT VAN HET OPEISEN IS DE NACHT VAN DE GROOTSTE ZWAKHEID, WANNEER DE DUISTERNIS BINNENIN DE DUISTERNIS BUITEN OPLEGT & DE PERSOON MET KRACHT ONTSLUIT NAAR DE GROTE DUISTERNIS, DUS ONTDAAN VAN BESCHERMINGEN, BEGRENZINGEN & BEZWERINGEN VAN SCHILDEN & IMMUNITEIT. DE DOOD IS OP HET UUR VAN DE OPEISING DEFINITIEF & VOOR EEUWIG...'

Lena deed het boek dicht. 'Ik wil hier geen letter meer van lezen.'

'Het klinkt inderdaad niet best. Geen wonder dat jouw oom zich de hele tijd zorgen maakt.'

'Het is niet genoeg dat ik kan veranderen in een soort kwaadaardige demon. Mij staat mogelijk ook nog een eeuwige dood te wachten. Voeg dat maar toe aan de lijst met het noodlot dat voor mijn deur staat.'

'Ik snap het. Demon. Dood. Noodlot.'

We waren weer in de tuin van Greenbrier. Lena gaf me het Boek, plofte op haar rug neer en staarde naar de lucht. Ik hoopte dat ze met de wolken zou gaan spelen. Dan zou ze even niet denken aan het weinige wat we hadden ontdekt tijdens de middagen waarop we ons met het Boek bezighielden. Ik vroeg haar niet me te helpen toen ik het doorbladerde. Ik droeg Amma's oude, veel te kleine tuinhandschoenen.

Het Boek van de Manen was duizenden bladzijden dik, en sommige bladzijden bevatten meer dan één Bezwering. Er zat geen enkele logica in de manier waarop ze waren geordend, in elk geval kon ik die niet ontdekken. Ik had niets aan de inhoudsopgave, want die correspondeerde slechts hier en daar met iets wat daadwerkelijk in het boek kon worden gevonden. Ik sloeg de bladzijden om in de hoop dat ik op iets zou stuiten. Maar op de meeste bladzijden leek alleen maar koeterwaals te staan. Ik staarde naar de woorden waar ik geen wijs uit werd.

I DDARGANFOD YR HYN SYDD AR GOLL

DATODWCH Y CWLWM, TROELLWCH A THROWCH EF

BWRIWCH Y RHWYMYN HWN

FEL Y CAF GANFOD

YR HYN RWY'N DYHEU AMDANO

YR HYN RWY'N EI GEISIO.

Eén woord viel me op. Ik herkende het van een citaat dat op de muur van de werkkamer van mijn ouders was geplakt: PETE ET INVENIES. Zoek en gij zult vinden. INVENIES. Vind.

UT INVENIAS QUOD ABEST
EXPEDI NODUM, TORQUE ET CONVOLVE
ELICE HOC VINCULUM
UT INVENIAM
QUOD DESIDERO
QUOD PETO.

Ik vloog met mijn ogen over de bladzijden van het Latijnse woordenboek van mijn moeder en krabbelde de woorden, nadat ik ze had vertaald, op een vel papier. De woorden van de Bezwering staarden me aan.

Om te Vinden wat er Mist
Ontwar de knoop, draai en wind
Vorm deze Begrenzing
Zodat ik kan vinden
Dat waar ik naar smacht
Dat waar ik naar zoek.

'Ik heb iets gevonden.'

Lena kwam overeind en tuurde over mijn schouder. 'Waar heb je het over?' Ze klonk niet echt overtuigd.

Ik hield mijn gekrabbel voor haar neus zodat ze het kon lezen. 'Ik heb dit vertaald. Het lijkt erop dat je dit moet doen om iets te vinden.'

Lena leunde verder voorover en bekeek mijn vertaling. Haar ogen sperden zich wijd open. 'Het is een Locatie-bezwering.'

'Dat klinkt als iets wat we kunnen gebruiken om het antwoord te vinden, waardoor we erachter komen hoe we de vloek kunnen opheffen.'

Lena trok het Boek op haar schoot en staarde naar de bladzijde. Ze wees naar een andere Bezwering die erboven stond. 'Volgens mij is dit dezelfde Bezwering in het Welsh.

'Denk je dat we er iets aan hebben?'

'Geen idee. We weten niet eens waar we precies naar zoeken.'

Ze fronste ineens veel minder enthousiast. 'Trouwens, Bezweringen Uitspreken is niet zo eenvoudig als het lijkt, en ik heb het nog nooit gedaan. Het kan verkeerd gaan.' Nam ze me nu in de maling?

'Het kan verkeerd gaan? Nog fouter dan op je zestiende in een Duistere Caster te veranderen?' Ik griste het Boek uit haar handen en verbrandde de madeliefjes op de vingertoppen van de handschoenen. 'Waarom hebben we een graf afgegraven om dit ding te vinden en er weken aan verspild om erachter te komen wat er in staat, wanneer we het niet eens gaan proberen?'

Ik hield het Boek omhoog tot er van een van de handschoenen rook afkwam.

Lena schudde haar hoofd. 'Geef hier.' Ze haalde diep adem. 'Goed, jij je zin, ik zal het proberen, maar ik heb geen idee wat er gaat gebeuren. Zo doe ik het normaal gesproken niet.'

'Het?'

'Je weet wel, de manier waarop ik mijn magische krachten aanwend, al dat Naturelgedoe. Ik bedoel, daar gaat het toch om, nietwaar? Het zou naturel moeten zijn. De helft van de tijd heb ik toch al geen idee wat ik aan het doen ben.'

'Nou, nu dus wel, en ik zal je helpen. Wat wil je dat ik doe? Een cirkel tekenen? Een paar kaarsen aansteken?'

Lena rolde met haar ogen. 'Wat denk je ervan om een beetje uit mijn buurt te gaan.' Ze wees naar een plek een paar meter verderop. 'Voor het geval dat.'

Ik had wel iets meer voorbereiding verwacht, maar ik was slechts een Sterfelijke. Wat wist ik ervan? Ik negeerde Lena's bevel om grote afstand te creëren tussen mij en haar eerste Uitgesproken Bezwering, maar ik ging toch een stukje naar achteren. Lena hield het Boek in haar ene hand, wat een kunst op zich was, want het was loodzwaar. Ze haalde diep adem. Haar ogen vlogen over de bladzijde toen ze de tekst las.

'Ontwar de knoop, draai en wind
Vorm deze Begrenzing
Zodat ik kan vinden

Dat waar ik naar smacht...'
Ze keek op en sprak de laatste zin uit, helder en krachtig.
'Dat waar ik naar zoek.'

Heel even gebeurde er niets. De wolken dreven nog boven ons over, de lucht was nog koud. Het werkte niet. Lena haalde haar schouders op. Ik wist dat ze hetzelfde dacht als ik. Totdat we het allebei hoorden, een geluid als van een windvlaag die door een tunnel echoot. De boom achter ons vloog in brand. Liever gezegd: hij ontvlamde vanaf de wortels. Vlammen loeiden over de stam omhoog, raasden en spreidden zich uit over elke tak. Ik had nog nooit iets zo snel vlam zien vatten.

Het hout begon onmiddellijk te roken. Hoestend trok ik Lena weg van het vuur. 'Ben je nog heel?' Ze hoestte ook. Ik streek haar zwarte krullen uit haar gezicht. 'Nou, het werkt duidelijk niet. Tenzij je eropuit was om een paar levensgrote marshmallows te roosteren.'

Lena glimlachte zwak. 'Ik zei je toch dat er iets mis kon gaan.'

'Dat is wel heel zwak uitgedrukt.'

We staarden naar de brandende cipres. Nog vijf dagen en aftellen maar.

Vier dagen en aftellen maar, de stormwolken kwamen binnenrollen, en Lena bleef ziek thuis. De Santee stroomde buiten zijn oevers, en in het noorden van de stad waren de wegen weggespoeld. Het lokale nieuws schreef het toe aan de opwarming van de aarde, maar ik wist beter. Toen ik bij algebra zat, kibbelden Lena en ik over het Boek, wat het resultaat van de toets geen goed zou doen.

Ethan, vergeet het Boek. Ik heb er genoeg van. Het helpt ons niet.

We kunnen het niet laten voor wat het is. Het is jouw enige kans. Je hebt gehoord wat jouw oom zei. Het is het krachtigste boek in de Caster-wereld.

Het is ook het Boek dat mijn hele familie heeft vervloekt.

Je mag nu niet opgeven. Het antwoord moet ergens in het Boek te vinden zijn.

Ik raakte haar kwijt. Ze wilde niet naar me luisteren, en ik stond op het punt een onvoldoende te halen voor mijn derde toets van dit semester. Fijn.

Nu ik je toch spreek, kun jij $7x - 2(4x - 6)$ vereenvoudigen?'

Ik wist dat ze het kon. Ze volgde al trigonomie.

Waar slaat dat nu weer op.

Nergens op, maar ik zak voor deze toets.

Ze zuchtte.

Een Caster-meisje als vriendin had ook zijn voordelen.

Drie dagen en aftellen maar. De blubberige modderverschuiving drong de gymzaal binnen. De cheerleaders zouden een poosje niet kunnen oefenen en de tuchtcommissie moest op zoek naar een nieuwe locatie voor hun heksenprocessen. Lena was nog niet terug op school, maar ze was de hele dag in mijn hoofd. Haar stem werd ijler, tot ik haar nog nauwelijks kon horen boven het kabaal uit van een normale dag op Jackson High.

Ik zat alleen in de kantine. Ik kreeg geen hap door mijn keel. Voor het eerst sinds ik Lena had leren kennen, keek ik naar iedereen om me heen en voelde een steek van, ik weet niet, iets. Wat was het? Jaloezie? Hun levens waren zo simpel, zo gemakkelijk. Hun problemen waren van Sterfelijke afmetingen, klein. Zoals die van mij ook zouden moeten zijn. Ik ving Emily's blik op. Savannah sprong op Emily's schoot, en met Savannah kwam de vertrouwde verwarring terug. Het was geen jaloezie. Ik zou Lena voor geen goud willen ruilen voor wat dan ook.

Ik kon me niet voorstellen dat ik terugkon naar zo'n klein leven.

Twee dagen en aftellen maar. Lena wilde me niet eens meer spreken. Het halve dak werd van het DAR-hoofdkwartier geblazen. De ledenregistratie, waaraan mevrouw Lincoln en mevrouw Asher jaren hadden gewerkt en waarvan de familiestambomen teruggingen tot het kolonistenschip de Mayflower en de Revolutie, waren verloren gegaan. De patriotten van Gatlin zouden opnieuw moeten bewijzen dat hun bloed beter was dan dat van de rest.

Op mijn weg naar school wipte ik aan op Ravenwood en bonkte zo hard als ik kon op de deur. Lena wilde het huis niet uitkomen. Toen ik haar eindelijk zover kreeg om de deur open te doen, zag ik waarom.

Ravenwood had opnieuw een totale transformatie ondergaan. Binnen zag het er nu uit als een maximaal beveiligde gevangenis. Voor de ramen zaten tralies en de muren waren van glad grijs beton, met uitzondering van de hal aan de voorkant die oranje was geschilderd. Lena droeg een oranje overall met daarop het nummer 0211 gestempeld, de datum van haar verjaardag. Eigenlijk zag ze er best te gek uit, met haar warrige zwarte lokken die rond haar gezicht vielen. Ze kon zelfs een gevangenisoverall er goed uit laten zien.

'Wat is er aan de hand, L.?'

Ze volgde mijn starende blik over haar schouder heen. 'O, dit? Niets. Het is een grap.'

'Ik wist niet dat Macon een man van grappen was.'

Ze trok aan een losse draad aan haar mouw. 'Dat is hij ook niet. Het is mijn grap.'

'Sinds wanneer kun jij Ravenwood beheersen?'

Ze haalde haar schouders op. 'Toen ik gisteren wakker werd, zag het er zo uit. Het moet in mijn hoofd hebben gespeeld. Het huis luistert alleen maar, denk ik.'

'Kom mee, weg van hier. Een gevangenis maakt je alleen nog ongelukkiger.'

'Over twee dagen kan ik zo zijn als Ridley. Dat is behoorlijk deprimerend.' Verdrietig schudde ze haar hoofd en ze ging op de hoek van de veranda zitten. Ik plofte naast haar neer. Ze keek me niet aan, maar staarde naar haar witte gevangenisgympen. Ik vroeg me af hoe ze wist hoe gevangenisgympen eruitzagen.

'Schoenveters. Dat deel had je verkeerd.'

'Wat?'

Ik wees. 'In de echte gevangenis pakken ze je schoenveters af.'

'Je moet het laten rusten, Ethan. Het is voorbij. Ik kan mijn verjaardag niet tegenhouden, net zomin als de vloek. Ik kan niet langer net doen alsof ik een gewoon meisje ben. Ik ben niet zoals Savannah Snow of Emily Asher. Ik ben een Caster.'

Ik pakte een paar kiezels van de onderste trede van de veranda en keilde er een zo ver weg als ik kon.

Ik wil geen afscheid nemen, L. Dat kan ik niet.

Ze pakte een kiezel uit mijn hand en gooide hem weg. Haar vingers wreven tegen die van mij en ik voelde een kleine warmtegolf. Ik probeerde hem op te slaan.

Je krijgt niet eens de kans daartoe. Ik ben gewoon weg, en ik zal me niet kunnen herinneren dat ik om je gaf.

Ik was koppig. Ik wilde dit niet aanhoren. Deze keer raakte de kiezel een boom. 'Wat wij voor elkaar voelen zal niet veranderen. Dat is het enige waar ik heel zeker van ben.'

'Ethan, misschien ben ik niet eens in staat om iets te voelen.'

'Dat geloof ik niet.' Ik wierp de overige steentjes in de overwoekerde tuin. Ik zag niet waar ze neerkwamen; ze maakten geen geluid. Maar ik staarde die kant op, zo strak als ik kon, en probeerde de brok in mijn keel weg te slikken.

Lena strekte haar armen naar me uit en aarzelde toen. Ze legde haar hand op me zonder me echt aan te raken. 'Wees niet boos op me. Ik heb hier ook niet om gevraagd.'

Op dat moment brak ik. 'Misschien niet, maar stel dat het morgen onze laatste dag samen is? En ik zou die met jou kunnen doorbrengen, in plaats van dat jij hier bent en loopt te kniezen alsof je al bent Opgeëist?'

Ze stond op. 'Je snapt het niet.' Ik hoorde de deur achter me dichtslaan toen ze terug het huis in liep. Haar celblok, of wat het ook was.

Ik had nog nooit een vriendin gehad, dus ik had geen ervaring hoe ik hiermee moest omgaan – ik wist niet eens hoe ik het moest noemen. Vooral niet met een Caster-meisje. Omdat ik geen idee had wat ik nu moest doen, stond ik op en reed terug naar school – te laat, zoals gewoonlijk.

∽

Vierentwintig uur en aftellen maar. Een lagedrukgebied dreef Gatlin binnen. Je kon niet zeggen of het zou gaan sneeuwen of hagelen, maar de lucht zag er onheilspellend uit. Vandaag kon er van alles gebeuren. Ik keek uit het raam tijdens geschiedenis en zag iets wat leek op een begrafenisstoet, alleen was het voor een begrafenis waarbij de dode er nog niet was. Het was Macon Ravenwoods lijkwagen die werd gevolgd door zeven zwarte Lincoln personenauto's. Ze reden langs Jackson High op hun route door de stad naar Ravenwood. Niemand luisterde naar meneer Lee's eentonige verhaal over de heropvoering van de Slag om Honey Hill – niet de meest bekende slag van de Burgeroorlog, maar wel de strijd waar de mensen van Gatlin het meest trots op waren.

'In 1864 beval Sherman de generaal-majoor van de Unie, John Hatch, en zijn troepen het treinspoor van Charleston en Savannah te blokkeren, zodat de soldaten van de Confederatie zijn opmars naar de zee niet konden hinderen. Maar door diverse "navigatiefouten" waren de Unietroepen vertraagd.'

Hij glimlachte trots toen hij NAVIGATIEFOUTEN op het bord schreef. Oké, de Unie was stom. We begrepen het. Dat was de essentie van de Slag om Honey Hill, de essentie tussen de Oorlog tussen de Staten, zoals het ons allemaal vanaf de kleuterschool was geleerd. Daarbij werd natuurlijk nagelaten het feit te vermelden dat de Unie de oorlog uiteindelijk had gewonnen. In Gatlin sprak bijna iedereen erover alsof het een soort herenakkoord was, waarin het beschaafde zuiden het grootste aandeel had. Het zuiden had, volgens de geschiedenis, de goede weg gekozen, tenminste als we meneer Lee moesten geloven.

Maar vandaag lette niemand op het bord. Iedereen staarde uit het raam. De zwarte Lincolns volgden de lijkwagen in konvooi door de straat, achter de atletiekbaan. Nu Macon als het ware tevoorschijn was gekomen, leek hij ervan te genieten om er een groots spektakel van te maken. Voor een vent die normaal alleen 's nachts naar buiten ging, wist hij een hoop aandacht te trekken.

Ik kreeg een schop tegen mijn scheen. Link dook ineens achter zijn tafel weg, zodat meneer Lee zijn gezicht niet kon zien. 'Man. Wie zitten er in al die auto's, denk je?'

'Meneer Lincoln, kun je mij vertellen wat er daarna gebeurde? Dat zou je moeten weten, aangezien jouw vader morgen het gezag zal voeren over de cavalerie?' Meneer Lee keek ons strak aan, met zijn armen gekruist.

Link deed net of hij moest hoesten. Links vader, een bullebak van een vent, had de eer om bij de heropvoering het gezag te voeren over de cavalerie, omdat Big Earl Eaton verleden jaar was gestorven. Dat was de enige manier waardoor een acteur in de heropvoering in rang kon stijgen. Er moest eerst iemand dood. In de familie van Savannah Snow was het altijd een belangrijke toestand geweest. Link had niet zoveel met dat hele gedoe van de Levende Geschiedenis.

'Nou, dat is, meneer Lee. Wacht, ik heb het. We, uh, wonnen de slag en verloren de oorlog, of was het andersom? Want hier bij ons is dat niet altijd even duidelijk.'

Meneer Lee negeerde Links antwoord. Waarschijnlijk hees hij het hele jaar de Confederatievlag, de *Stars and Bars*, voor zijn huis, en dan zo'n heel grote. 'Meneer Lincoln, tegen de tijd dat Hatch en de Federalen Honey Hill bereikten, stelden kolonel Colcock...' De klas hinnikte van de lach, terwijl meneer Lee woest de klas in keek. 'Ja, dat was zijn echte naam. De kolonel en zijn brigade van confederale soldaten en burgers stelden een onneembare batterij van zeven kanonnen dwars over de weg op.' Hoe vaak zouden we het verhaal van de zeven kanonnen nog moeten aanhoren? Je zou bijna denken dat het het wonder van de vis en het brood was.

Link draaide zich weer om naar mij en knikte in de richting van Main. 'Nou?'

'Ik denk dat het Lena's familie is. Ze zouden komen voor haar verjaardag.'

'Ja, Ridley zei ook al zoiets.'

'Zien jullie elkaar nog steeds?' Ik was bijna bang om het te vragen.

'Ja, man. Kun je een geheim bewaren?'

'Kon ik dat niet altijd?'

Link trok de mouw van zijn Ramones T-shirt omhoog en liet een tatoeage zien van wat leek op een Anime-stripversie van Ridley, compleet met een katholiek schoolmeisjesminirokje en kniekousen. Ik had gehoopt dat Links fascinatie voor Ridley wat was afgezwakt, maar eigenlijk wist ik wel hoe het zat. Link zou alleen over Ridley heenkomen wanneer zij helemaal klaar was met hem, als ze hem al niet met zijn hoofd naar beneden van een klif had laten afduiken.

'Ik heb hem in de kerstvakantie laten zetten. Gaaf, vind je niet? Ridley heeft hem zelf getekend. Het is echt een moordmeid.' Dat ze kon moorden wist ik inmiddels. Wat kon ik zeggen? Je hebt een tatoeage van een Japanse stripversie van een Duistere Caster op jouw arm, die jou tussen haakjes in haar macht heeft door een soort liefdesbetovering en die toevallig ook jouw vriendin is?

'Jouw moeder zal uit haar vel springen wanneer ze het ziet.'

'Ze krijgt hem niet te zien. Mijn mouw zit eroverheen en we hebben een nieuwe privacyregel bij ons thuis ingevoerd. Ze moet eerst kloppen.'

'Voordat ze naar binnen stormt en doet wat ze wil?'

'Nou ja, ze klopt in ieder geval wel eerst.'

'Dat hoop ik voor je.'

'Hoe dan ook, Ridley en ik hebben een verrassing voor Lena. Zeg niet tegen Rid dat ik het je heb verteld. Ze zal me vermoorden, maar we houden morgen een feest voor Lena. Op dat grote open veld bij Ravenwood.'

'Ik mag hopen dat je een grap maakt.'

'Verrassing.' Hij leek zich er echt op te verheugen, alsof dit feest echt zou doorgaan, alsof Lena ooit zou komen, of Macon haar zou laten gaan.

'Ben je niet goed bij je hoofd? Lena zou het vreselijk vinden. Zij en Ridley praten niet eens met elkaar.'

'Dat ligt aan Lena, man. Het wordt tijd dat ze zich daaroverheen zet. Ze zijn familie.' Ik wist dat hij onder haar invloed stond, een door Ridley gemaakte zombie, maar toch maakte hij me kwaad.

'Je hebt geen idee waar je het over hebt. Hou je erbuiten alsjeblieft. Vertrouw me.'

Hij scheurde de verpakking van een bierworstje open en nam een hap. 'Om het even wat, man. We wilden gewoon wat leuks voor Lena doen. Er zijn nu eenmaal niet veel mensen die een feest voor haar willen organiseren.'

'Des te meer reden om er geen te houden. Er komt toch geen hond.'

Grijnzend propte hij de rest van zijn worstje in zijn mond. 'Ze zullen er allemaal zijn. Iedereen heeft al toegezegd. Tenminste, dat zegt Ridley.'

Ridley, natuurlijk. Ze zou ervoor zorgen dat de hele godvergeten stad achter haar aanliep, net zoals de rattenvanger van Hamelen, maar dan door aan haar lolly te zuigen.

Link had daar duidelijk een heel ander idee over. 'Mijn bandje, de Holy Rollers, gaat voor de eerste keer optreden.'

'De wat?'

'Mijn nieuwe band. Ik ben ermee begonnen, je weet wel, op bijbelkamp.' Ik wilde niet weten wat er in de kerstvakantie nog meer was gebeurd. Ik was allang blij dat hij heelhuids was teruggekomen.

Met een harde klap op het bord probeerde meneer Lee de klas er weer bij te halen en hij kalkte er een groot cijfer acht op. 'Uiteindelijk kon Hatch de Confederalen niet van hun plaats krijgen en trok hij zijn troepen terug. Het resultaat was negenentachtig doden en zeshonderdnegenentwintig gewonden. De Confederalen wonnen de slag en verloren slechts acht man. En dat' – meneer

Lee wees trots op het cijfer 8 – 'is waarom jullie morgen allemaal zullen meedoen aan de heropvoering van de Levende Geschiedenis van de Slag om Honey Hill.'

Levende Geschiedenis. Zo noemden mensen als meneer Lee heropvoeringen van de Burgeroorlog, en ze maakten zich er niet zomaar van af. Elk detail klopte, van de uniformen en de munitie tot de positie van de soldaten op het slagveld.

Link grijnsde naar me met een reclameglimlach. 'Niets tegen Lena zeggen, hoor. We willen haar verrassen. Het is eigenlijk het verjaardagscadeau voor haar van ons tweeën.'

Ik staarde hem alleen maar aan. Ik dacht aan Lena in haar sombere stemming en haar oranje gevangenisoverall. En aan Links beslist rampzalige band, een Jackson High-feest, Emily Asher en Savannah Snow, de Gevallen Engelen, Ridley en Ravenwood, om nog maar niet te spreken van Honey Hill dat in de verte werd opgeblazen. Dat alles onder de afkeurende blik van Macon Ravenwood, Lena's andere geschifte familieleden en de moeder die probeerde haar te vermoorden. En de hond die ervoor zorgde dat Macon elke beweging die we maakten kon zien.

De bel ging. Het woord 'verrast' zou in de verste verte niet beschrijven hoe ze zich zou voelen. En ik zou het haar moeten vertellen.

'Vergeet niet je aan te melden wanneer je bij de heropvoering aankomt. Je krijgt geen studiepunten als je je niet intekent! En denk eraan dat je binnen de touwen van de Veilige Zone blijft. Wanneer je wordt gedood door een kogel, krijg je van mij geen tien,' riep meneer Lee ons na toen we achter elkaar het lokaal verlieten.

Op dit moment leek sneuvelen door een kogel niet de grootste ramp die je kon overkomen.

∞

Heropvoeringen van de Burgeroorlog zijn een buitengewoon vreemd fenomeen, en de heropvoering van de Slag om Honey Hill was daarop geen uitzondering. Welke gek vond het leuk om uitgedost rond te lopen in wat nog het meest leek op zweterige wollen Halloween-kostuums? Wie wilde er schietend rondrennen met antieke vuurwapens, waarmee je zo slecht kon richten dat je elkaars ledematen wegblies wanneer je de trekker overhaalde? Zo is Big Earl Eaton trouwens aan zijn einde gekomen. Wie maakte zich nu druk om veldslagen opnieuw te beleven uit een oorlog die bijna honderdvijftig jaar geleden had plaatsgevonden, en die het zuiden niet eens had gewonnen? Wie zou dat doen?

In Gatlin, en bijna overal in het zuiden, zou het antwoord daarop zijn: jouw dokter, jouw advocaat, jouw dominee, de gast die jouw auto repareert en degene die jouw post bezorgt. En zeer waarschijnlijk jouw vader, alle ooms en neven, jouw geschiedenisleraar (vooral wanneer je toevallig meneer Lee hebt). Altijd van de partij is natuurlijk ook de vent die de schietwinkel in de stad bestiert. De tweede week van februari, bij regen of zonneschijn, dacht en sprak heel Gatlin over de heropvoering van de Slag om Honey Hill. Iedereen was alleen maar daarmee bezig.

Honey Hill was Onze Slag. Ik weet niet hoe ze daartoe waren gekomen, maar ik ben er bijna zeker van dat het iets te maken had met de zeven kanonnen. De mensen in de stad besteedden weken aan de voorbereidingen voor Honey Hill. Nu de grote dag naderde, werden overal nog snel confederale uniformen gestoomd en geperst. De geur van warme wol zweefde in de lucht. Whitworthgeweren werden schoongemaakt en zwaarden opgewreven. De helft van de mannen in de stad had het afgelopen weekend bij Buford Radford thuis doorgebracht om daar zelf hun munitie te maken. Zijn vrouw kon de stank verdragen. De weduwen hadden hun handen vol aan het wassen van lakens en het invriezen van taarten voor de honderden toeristen die in de stad zouden neerstrijken om getuige te zijn van de Levende Geschiedenis. De leden van de DAR waren weken bezig met de voorbereiding van hun weegave van de heropvoering, de Zuidelijke Erfgoed Tours. Hun dochters hadden twee zaterdagen grote cakes staan bakken om na afloop te serveren.

De tours waren vooral heel amusant omdat de DAR-leden, inclusief mevrouw Lincoln, deze begeleidden in jurken uit die periode; ze persten zich in korsetten en lagen petticoats, waardoor ze eruitzagen als saucijzen die uit hun velletje barstten. En zij waren niet de enigen; hun dochters, inclusief Savannah en Emily, de toekomstige generatie van de DAR, moesten rondscharrelen rond de historische plantagehuizen gekleed als personages uit *Het kleine Huis op de Prairie*[11]. De tour begon voorheen altijd bij het DAR-hoofdkwartier, omdat het het op een na oudste huis in Gatlin was. Ik vroeg me af of het dak op tijd zou zijn gerepareerd. Ik kon er niets aan doen, maar ik stelde me voor hoe al die vrouwen door het Historisch Genootschap in Gatlin liepen en wezen naar de quiltpatronen, terwijl onder hen honderden Caster-rollen en documenten lagen te wachten op de volgende officiële feestdag.

Maar de DAR-dames waren niet de enigen die bij de heropvoering betrokken waren. De Oorlog tussen de Staten werd vaak aangeduid als de eerste moderne oorlog, maar wanneer je een week voor de heropvoering door Gatlin liep, kwam je niets moderns tegen. Alle relikwieën van de Burgeroorlog waren van stal gehaald, van door paarden voortgetrokken karren tot Houwitsers, waarover elke kleuter in de stad kon vertellen dat het artilleriekanonnen zijn die op twee oude karrenwielen waren gemonteerd. De Zusters haalden zelfs hun originele Confederatievlag tevoorschijn en spijkerden die op hun voordeur, nadat ik had geweigerd hem op de veranda op te hangen. Ook al was het allemaal voor de show, dat ging me te ver.

Op de dag voor de heropvoering was er een grote optocht, waardoor de acteurs van de heropvoering de kans kregen in vol ornaat en met alle onderscheidingen voor de toeristen door de stad te marcheren. De volgende dag zouden ze onder de modder en rook zitten en dan zou niemand de glanzende koperen knopen op hun originele wambuizen zien.

Na de optocht was er een groot festival, met een varken aan het spit, kuskraampjes en een ouderwetse taartverkoop. Amma was dagen druk met taarten bakken. Naast de bazaar was dit haar belangrijkste taartenshow en haar beste kans om haar vijanden te overtroeven. Haar taarten vlogen altijd weg, waar mevrouw Lincoln en mevrouw Snow vreselijk van baalden – en dat was weer de beste motivatie voor Amma om zich uit te sloven. Ze deed niets liever dan de DAR-dames in verlegenheid te brengen met hun tweederangs taarten.

Dus elk jaar wanneer de tweede week van februari dichterbij kwam, viel het normale leven stil, en we kwamen pas weer tot onszelf bij de Slag om Honey Hill, zo rond 1864. Dit jaar was geen uitzondering, behalve een bijzondere aanvulling. Toen dit jaar de pick-ups de stad binnenreden met daarop dubbelloops kanonnen en paardentrailers – elk zichzelf respecterende cavalerieacteur van de heropvoering bezat zijn eigen paard – werden er elders ook verschillende voorbereidingen getroffen voor een andere slag.

Alleen begon deze niet bij het op een na oudste huis in Gatlin, maar bij het oudste. Je had houwitsers, en dan had je houwitsers. Deze slag ging niet over geweren en paarden, maar daardoor was het niet minder een ware veldslag. Eerlijk gezegd was het de enige echte veldslag in de stad.

Wat betreft de acht doden van Honey Hill, daarmee kon ik het niet echt vergelijken. Ik maakte me alleen zorgen om één iemand. Als ik haar verloor, was ik zelf ook verloren.

Dus vergeet de Slag om Honey Hill. Voor mij voelde dit meer als D-day.

11 februari

Sweet sixteen

Laat me met rust! Jullie allemaal! Jullie kunnen me niet helpen!
Lena's stem wekte me uit een korte onrustige slaap. Ik schoot snel mijn spijkerbroek en een grijs T-shirt aan. Er spookte maar één gedachte door mijn hoofd. Vandaag was: Dag Eén. We hoefden niet langer te wachten tot het zover was.

Het was zover.

...niet met een grote klap maar met een ruis niet met een grote klap maar met een ruis niet met een grote klap maar met een ruis
Lena had het niet meer, en het was nog amper ochtend.

Het Boek. Allejezus, helemaal vergeten. Ik rende met twee treden tegelijk de trap op naar mijn kamer. Ik strekte mijn armen uit naar de bovenste plank van mijn kledingkast, waar ik het had verstopt. Ik zette me schrap voor de felle hitte die ik zou voelen wanneer ik een Caster-boek aanraakte.

Maar ik voelde niets. Het was weg.

Het Boek van de Manen, ons boek, was verdwenen. We konden niet zonder het boek, juist vandaag niet. Ondertussen bonkte Lena's stem in mijn hoofd.

...op deze manier eindigt de wereld, niet met een klap maar met een ruis...
Dat Lena T.S. Eliot citeerde, was geen goed teken. Ik pakte de sleutel van de Volvo en rende weg.

De zon kwam op toen ik Dove Street afreed. Greenbrier, dat voor alle anderen in de stad het enige lege veld in Gatlin was – en dus de locatie voor de Slag om Honey Hill – kwam langzaam tot leven. Het eigenaardige was dat ik niet eens het geschut buiten mijn autoramen kon horen, omdat het geschut dat in mijn hoofd werd afgevuurd te hevig was.

Toen ik de trap van de veranda van Ravenwood oprende, wachtte Boo me blaffend op. Ook Larkin stond op de trap en leunde tegen een van de pilaren. Hij had zijn leren jasje aan en speelde met een slang die zich over zijn arm heen kronkelde. Het ene moment was het zijn arm en dan weer de slang. Hij wisselde langzaam van vorm, alsof hij een deler was die een pak kaarten schudde. De aanblik bracht me een seconde van mijn stuk. Dat, en de manier waarop hij ervoor zorgde dat Boo begon te blaffen. Nu ik erover nadenk, kon ik niet zeggen of Boo tegen Larkin blafte of tegen mij. Boo hoorde bij Macon, en Macon en ik konden het niet echt goed met elkaar vinden.

'Hoi, Larkin.' Hij knikte onverschillig. Het was koud en een ademwolkje ontsnapte uit zijn mond, alsof hij een denkbeeldige sigaret rookte. Het wolkje dijde uit tot een cirkel en werd daarna een witte slang, die zich vervolgens in zijn eigen staart beet en zichzelf verslond tot hij was verdwenen.

'Ik zou niet naar binnen gaan als ik jou was. Jouw vriendin is een beetje, hoe zou ik het zeggen? Pissig?' De slang krulde zich met zijn hele lengte om Larkins nek en veranderde toen in de kraag van zijn leren jas.

Tante Del zwaaide de deur open. 'Eindelijk, we zaten op je te wachten. Lena is in haar kamer en ze wil niemand binnenlaten.'

Ik keek tante Del aan, die zo verward was dat haar sjaal half van haar schouder viel en haar bril scheef op haar neus stond. Zelfs haar slordige grijze knotje zakte aan alle kanten uit. Ik boog naar haar toe en gaf haar een kus. Ze rook als een van de antieke kasten van de Zusters, waarin kleine zakjes lavendel lagen en oud linnengoed dat van de ene Zuster op de andere overging. Reece en Ryan stonden achter haar als een bedroefde familie die in een sinister ziekenhuis het slechte nieuws afwachtte.

Opnieuw leek Ravenwood meer afgestemd op Lena en haar sombere stemming dan op Macon, of misschien deelden ze dezelfde stemming. Macon was nergens te bekennen, dus kon ik dat niet vaststellen. Wanneer je je bij boosheid een kleur kon voorstellen, dan had deze op elke muur gezeten. Razernij of iets in die geest wat net zo kolkte, droop van elke kroonluchter. Tot dikke vloerkleden geweven wrok bedekte de ruimte en onder elke lampenkap flonkerde haat. De vloer baadde in een huiveringwekkende schaduw, een merkwaardige duisternis die zich verspreidde over de muren en die nu over mijn Converse-gympen rolde, zodat ik ze bijna niet meer zag. Absolute duisternis.

Ik kan niet goed beschrijven hoe de ruimte eruitzag. Ik was behoorlijk van slag door de huiveringwekkende uitstraling. Ik zette op de tast een stap naar de statige wenteltrap die naar Lena's slaapkamer leidde. Ik was die trap al vele malen opgelopen; ik wist dus hoe de trap zich omhoog draaide. En toch voelde het vandaag op een of andere manier anders. Tante Del keek naar Reece en Ryan die achter me aan liepen, alsof ik hen voorging naar een duister oorlogsfront.

Toen ik een voet op de tweede trap zette, begon het hele huis te schudden. De duizend kaarsen van de antieke kroonluchter zwaaiden en trilden boven mijn hoofd. Kaarsvet droop op mijn gezicht. Geschrokken deinsde ik terug. Zonder waarschuwing begon de trap zich onder mijn voeten op te krullen en brak onder me af. Ik vloog door de lucht, landde op mijn achterwerk en gleed over de gladde vloer tot halverwege de hal. Reece en tante Del konden wegkomen, maar ik nam die arme Ryan in mijn glijvlucht mee als een bowlingbal die de kegels raakt op de plaatselijke kegelbaan.

Ik krabbelde op en schreeuwde naar boven. 'Lena Duchannes. Heb niet het lef nog eens zo'n geintje uit te halen, anders geef ik je in hoogsteigen persoon aan bij de tuchtcommissie.'

Ik zette mijn voet op de eerste trede en daarna voorzichtig op de tweede. Er gebeurde niets. 'Ik zal meneer Hollingsworth bellen en persoonlijk getuigen dat je een gevaarlijke gek bent.' Met twee treden tegelijk vloog ik de trap op tot de eerste overloop. 'Want als je me dit nog één keer flikt, ben je dat, hoor je me?' Op dat moment hoorde ik haar stem zich in mijn hoofd openvouwen.

Je snapt het niet.

Ik weet dat je bang bent, L., maar iedereen buitensluiten maakt het niet beter.

Ga weg.

Nee.

Ik meen het, Ethan. Ga weg. Ik wil niet dat jou iets overkomt.

Dat kan ik niet.

Ik stond nu voor haar slaapkamerdeur met mijn wang tegen het koude witte hout. Ik wilde bij haar zijn, zo dichtbij als ik kon zonder weer een hartaanval te krijgen. En als ze me niet dichterbij wilde laten komen, dan moest het maar zo, voor nu.

Ethan, ben je daar?

Ik ben hier, voor de deur.

Ik ben bang.

Weet ik, L.

Ik wil je geen pijn doen.

Dat gaat niet gebeuren.

En als ik dat wel doe?

Ik blijf op je wachten.

Zelfs als ik Duister ben?

Zelfs als je heel, heel Duister bent.

Ze deed de deur open en trok me naar binnen. Door de kamer schalde keiharde muziek. Een bekend liedje. Dit was een boze versie, bijna heavy metal, maar ik herkende het direct.

Zestien manen, zestien jaren
Zestien van je diepste angsten
Zestien maal droomde je mijn tranen
Vallend, vallend door de jaren...

Ze zag eruit alsof ze de hele nacht had gehuild. Vermoedelijk was dat ook zo. Toen ik haar gezicht vastpakte, zag ik dat het nog nat was van de tranen. Ik nam haar in mijn armen en we wiegden samen op de melodie van het lied.

Zestien manen, zestien jaren
Het geluid van donder in jouw oren
Zestien mijlen voor ze nadert
Zestien zoekt wat zestien vreest...

Over haar schouder heen zag ik dat haar kamer een grote puinhoop was. Het pleister op de muren was gebarsten en afgebrokkeld. Haar ladekast lag op zijn kant, alsof een inbreker de kamer tijdens zijn zoektocht ruw overhoop had gehaald. Haar ramen waren aan diggelen. Zonder het glas leken de smalle metalen sponningen gevangenistralies in een eeuwenoud kasteel. De gevangene klemde zich aan me vast toen de melodie zich om ons heen slingerde.

Nog steeds speelde de muziek door.

Zestien manen, zestien jaren
Zestien maal droomde je mijn angsten,
Zestien zal pogen de sferen te Begrenzen,
Zestien schreeuwen die maar één iemand hoort...

De laatste keer dat ik hier was, was het plafond bijna helemaal bedekt met woorden die Lena's diepste gedachten beschreven. Maar nu was elk stukje van haar kamer volgeschreven met haar nette zwarte handschrift. In de hoeken van het plafond las ik: *Eenzaamheid geldt voor degene van wie je houdt / Wanneer je weet dat je hem misschien nooit meer kunt vasthouden.* Op de muren: *Zelfs al ben ik verdwenen in de duisternis / mijn hart zal je vinden.* Op de deurposten: *De ziel sterft door de hand van degene die hem draagt.* Op de spiegels: *Als ik een plek kon vinden om naartoe te rennen / veilig verscholen, dan zou ik daar vandaag zijn.* Zelfs de ladekast was toegetakeld met teksten: *Het donkerste daglicht vindt me hier, degenen die wachten houden je altijd in de gaten,* en de tekst die alles zei: *Hoe ontvlucht je jezelf.* Ik kon haar verhaal zien in de woorden en horen in de muziek.

Zestien manen, zestien jaren
De Opeisende Maan, het uur nadert,
Op deze bladzijden klaart Duisternis op,
Krachten Begrenzen wat vuur blakert...

De elektrische gitaar vertraagde, en ik hoorde een nieuw couplet, het einde van het nummer. Eindelijk, er was iets wat een einde had. Ik probeerde de dromen over aarde, vuur, water en wind uit mijn hoofd te zetten toen ik ernaar luisterde.

Zestien Manen, Zestien Jaar
Nu is de dag gekomen die je vreest,
Eisen of worden Opgeëist
Bloed vergieten, tranen plengen
Maan of Zon – vernietigen, eren.

De gitaarklanken stierven weg, en we stonden in stilte tegen elkaar aan.

'Wat denk je...'

Ze legde haar hand op mijn lippen. Ze kon het niet verdragen om erover te praten. Ze was zo kwetsbaar. Zo had ik haar niet eerder gezien. Een koude bries blies langs haar heen, draaide rond haar en ontsnapte door de open deur achter me. Ik wist niet of haar wangen rood waren van de kou of van haar tranen. Ik vroeg het niet. We lieten ons op haar bed vallen en krulden ons op tot een bal, tot het moeilijk was om te zeggen welke ledematen bij wie hoorden. We kusten niet, maar het was alsof we dat wel deden. We waren dichter bij elkaar dan twee mensen zich ooit konden voorstellen te zijn.

Ik vermoedde dat het zo voelde wanneer je van iemand hield, en je besefte dat je je dierbare kwijt was. Zelfs als je die persoon nog in je armen hield.

Lena rilde. Ik voelde elke rib, elk botje in haar lichaam, en haar bewegingen leken onvrijwillig. Ik maakte me los uit onze omstrengeling en draaide me om, zodat ik de bestikte quilt bij het voeteneind kon pakken om over ons heen te trekken. Ze begroef zich in mijn borst, en ik trok de quilt nog hoger op. We lagen er nu helemaal onder, samen in ons kleine, donkere holletje.

Onze adem warmde het holletje op. Ik kuste haar koude mond, en ze beantwoordde mijn kus. De elektrische stroom tussen ons werd sterker, en ze nestelde zich in de holte van mijn nek.

Ethan, denk je dat we altijd zo samen kunnen blijven?

We doen wat jij wilt. Het is jouw verjaardag.

Ik voelde haar in mijn armen verstijven.

Herinner me er niet aan.

Maar ik heb een cadeau voor je.

Ze tilde de deken iets op, waardoor er een straaltje licht naar binnen viel. 'Echt waar? Ik zei je dat niet te doen.'

'Sinds wanneer luister ik naar wat je zegt? Bovendien zegt Link dat wanneer een meisje zegt dat ze geen verjaardagscadeau wil, ze eigenlijk bedoelt dat ze een cadeau wil en o wee als het geen sieraad is.'

'Niet alle meisjes zijn zo.'

'Al goed. ik zeg niets meer.'

Ze liet de quilt terugvallen en nestelde zich weer in mijn armen.

Is het dat?

Wat?

Een sieraad.

Je wilde toch geen cadeau?

Gewoon nieuwsgierig.

Ik glimlachte in mezelf en duwde de quilt naar beneden. De koude lucht sloeg in ons gezicht. Ik haalde snel een doosje uit mijn spijkerbroek en dook terug onder de dekens. Ik tilde de quilt iets op zodat ze het doosje kon zien.

'Doe hem naar beneden, ik bevries.'

Ik liet de quilt vallen en opnieuw werden we omringd door de duisternis. Het doosje begon te gloeien. Door het groene licht zag ik hoe Lena met haar slanke vingertoppen het zilveren lint eraf trok. De warme, heldere gloed verspreidde zich, tot haar gezicht zacht voor dat van mij oplichtte.

'Dit is een nieuwe.' Ik glimlachte tegen haar in het groene licht.

'Weet ik. Vanaf het moment dat ik vanmorgen wakker werd, gebeurt het om de haverklap. Maakt niet uit waar ik aan denk, het gebeurt zomaar.'

'Niet slecht.'

Ze staarde droevig naar het doosje, alsof ze zo lang mogelijk wilde wachten met het open te maken. Ik bedacht ineens dat dit mogelijk het enige cadeau was dat Lena vandaag kreeg. Behalve het verrassingsfeest dan, waarover ik haar pas op de allerlaatste minuut wilde vertellen.

Verrassingsfeest?

Oeps.

Hoop dat je een grap maakt.

Vertel dat Ridley en Link maar.

Echt? De verrassing is dat er geen feest komt.

Maak die doos nu maar open.

Ze keek me fel aan en opende het doosje. Er stroomde meer licht uit, hoewel het cadeau daar niets mee te maken had. Haar blik verzachtte en ik wist dat ik wat het feest betrof even uit de problemen was. Er was kennelijk iets tussen meisjes en sieraden. Wie wist dat? Link had toch gelijk.

Ze hield een fijne, glimmende ketting omhoog, waaraan een ring hing. Het was een bewerkte gouden cirkel van drie gouden draden – een roze, gele en een witte – ineengevlochten tot een ring.

Ethan! O, wat mooi.

Ze gaf me wel honderd kussen en wist niet van ophouden, terwijl ik begon te praten. Ik moest het haar zeggen voordat ze de ketting zou omdoen, voordat er iets gebeurde. 'Hij was van mijn moeder. Hij lag in haar sieradenkistje.'

'Wil je hem echt aan mij geven?' vroeg ze.

Ik knikte. Ik kon niet net doen alsof het niets was. Lena wist hoeveel ik van mijn moeder hield. Ik vond het moeilijk om er afstand van te doen, maar ik voelde me opgelucht omdat we dat beiden wisten. 'Het is niet bijzonder of zo, zoals een diamant of wat dan ook, maar de ketting betekent veel voor me. Ik denk dat ze het goed zou vinden dat ik hem nu aan jou geef, omdat, nou, je weet wel.'

Wat?

Eh.

'Wil je dat ik het voor je spel?' Mijn stem klonk vreemd, trillerig.

'Neem me niet kwalijk dat ik het je zeg, maar je bent niet zo'n geweldige speller.' Ze wist dat ik eronderuit probeerde te komen, maar zo gemakkelijk zou ze het me niet maken. Ik praatte liever met haar op onze voor anderen onhoorbare manier. Dat maakte praten, echt praten, voor een gast als ik veel eenvoudiger. Ik streek haar haar uit haar nek en maakte de ketting vast. Hij glinsterde rond haar hals in het groene licht, net iets boven de ketting die ze nooit afdeed. 'Omdat je heel speciaal voor me bent.'

Hoe speciaal?

Ik denk dat je het antwoord om je hals draagt.

Ik draag een heleboel dingen om mijn hals.

Ik pakte haar amulettenketting in mijn hand. Het leek allemaal waardeloze troep, en dat was het eigenlijk ook – de waardevolste troep van de wereld. En nu was het ook mijn troep geworden. Een geplette dollarcent met een gat erin, van een van die snackautomaten bij dat tentje tegenover de bioscoop waar we op ons eerste afspraakje waren. Een stuk draad van de rode trui die ze aanhad toen we achter de watertoren parkeerden, en waar we nog vaak samen lol over hadden. De zilveren knoop die ik haar had gegeven op de bijeenkomst van de tuchtcommissie als geluksamulet. Mijn moeders kleine, van een paperclip gemaakte ster.

Dan zou je het antwoord al moeten weten.

Ze boog naar me toe en kuste me opnieuw, een echte kus. Dit was zo'n kus die je niet zomaar een kus kon noemen. Dé kus, waar armen en benen, nekken en haar aan meedoen. Het soort kus waarbij de quilt uiteindelijk op de vloer glijdt. En in dit geval waarbij de ramen weer uit zichzelf terugspringen in de sponningen, het bureau weer op zijn plaats gaat staan, de kleren weer in de kast aan de hangers gaan hangen en de ijskoude kamer eindelijk warm wordt. In de kleine, koude haard ontvlamde spontaan een vuur, wat niets was vergeleken bij de hitte die door mijn lichaam stroomde. Ik voelde de elektriciteit heviger dan waaraan ik inmiddels gewend was geraakt, en mijn hart sloeg op hol.

Buiten adem maakte ik me van haar los. 'Waar is Ryan wanneer je haar nodig hebt? We moeten echt bedenken hoe we daar iets aan kunnen doen.'

'Maak je geen zorgen, ze is beneden.' Ze trok me weer naar beneden, en het vuur in de haard knetterde nog feller, en dreigde de schoorsteen met rook en vlammen te overstromen.

Sieraden, ik zeg het je. Vrouwen en sieraden, dat is iets mysterieus. En liefde.

En misschien gevaar.

'Ik kom eraan, oom Macon!' Lena draaide zich naar me toe en slaakte een zucht. 'Ik ben bang dat we het niet langer kunnen uitstellen. We moeten naar beneden, naar mijn familie.' Ze staarde naar de deur. De deur ging uit zichzelf van het slot. Ik wreef over haar rug en trok een spijtig gezicht. Het was voorbij.

Toen we Lena's kamer eindelijk uitkwamen, begon het al te schemeren. Rond lunchtijd had ik bedacht dat we snel even ongezien naar beneden konden glippen voor een kort bezoekje aan Keuken, maar Lena had gewoon haar ogen dichtgedaan. Even later rolde er een room service-karretje haar kamer in en stopte in het midden. Zo te zien had zelfs Keuken vandaag met haar te doen. Vast, of Keuken was, net zomin als ik, bestand tegen Lena's onlangs ontdekte krachten. Ik at mijn gewicht aan pannenkoeken met chocoladesnippers, met daaroverheen chocoladesiroop, die ik wegspoelde met chocolademelk. Lena at een broodje en een appel. Tijdens onze kussen daarna verdween alles weer geruisloos.

Ik denk dat we allebei wisten dat dit de laatste keer kon zijn dat we zo samen op haar kamer waren. Het leek erop dat we er niets meer aan konden doen. Het was zoals het was, en als dit onze laatste dag was, dan hadden we in ieder geval dit.

Eerlijk gezegd, was ik net zo bang als gelukkig. Het was nog niet eens etenstijd, en het was nu al de beste en zwaarste dag van mijn leven.

Ik pakte Lena's hand die nog warm was, waardoor ik wist dat ze zich wat beter voelde. We liepen de trap af. De ketting fonkelde om haar nek, en door de lucht zweefden zilveren en gouden kaarsen. We liepen erdoorheen en eronderdoor de trap af. Ik was niet gewend dat Ravenwood er zo feestelijk uitzag en in het licht baadde. Een seconde lang leek het bijna een normale verjaardag, waar feest wordt gevierd en de mensen gelukkig en vrolijk zijn. Een seconde.

Tot ik Macon en tante Del zag. Ze hielden allebei kaarsen vast, en achter hen was Ravenwood gehuld in schaduwen en duisternis. Op de achtergrond schuifelden nog meer donkere gestaltes rond met kaarsen in hun handen. Dat was nog niet alles. Macon en tante Del waren gekleed in lange, donkere gewaden, als volgelingen van een vreemde orde, of als druïdenpriesters en -priesteressen. Het leek niet echt, nou ja, een verjaardagsfeest. Meer een lugubere begrafenis.

Happy Sweet Sixteen. Geen wonder dat je je kamer niet uit wilde. Nu zie je waar ik het over had.

Toen Lena bij de laatste trap kwam, hield ze in en draaide zich naar me om. Ze leek hier zo misplaatst in haar versleten spijkerbroek en mijn veel te grote Jackson High-hoodie. Ik kon me niet voorstellen dat Lena ooit zo gekleed ging. Ik denk dat ze zo lang mogelijk een stukje van mij bij haar wilde hebben.

Niet bang zijn. Het is alleen maar de Begrenzing, zodat ik veilig ben tot de Maansopgang. Het Opeisen kan niet gebeuren tot de maan hoog aan de hemel staat.

Ik ben niet bang, L.

Weet ik. Ik had het tegen mezelf.

Ze liet mijn hand los en stapte de laatste trede af. Toen haar voet de glanzende zwarte vloer raakte, was ze opeens totaal getransformeerd. De loshangende, donkere lange jurk van de Begrenzing verborg nu de vormen van haar lichaam. Het zwart van haar haren en het zwart van de lange jurk gingen in elkaar over tot een schaduw die haar van top tot teen bedekte. Alleen haar gezicht stak uit, dat net zo bleek en doorschijnend was als de maan zelf. Ze raakte met haar vingers haar keel aan. De gouden ring van mijn moeder bungelde om haar hals. Ik hoopte dat ze daardoor wist dat ik bij haar was. Net zoals ik hoopte dat het mijn moeder was, die ons al die tijd had geprobeerd te helpen.

Wat gaan ze met je doen? Dit is toch geen freakachtig, heidens seksritueel, of wel?

Lena begon keihard te lachen. Tante Del keek haar geschokt aan. Reece trok met een hand haar gewaad recht. Ze keek verwaand, terwijl Ryan begon te giechelen.

'Beheers je,' siste Macon. Larkin hinnikte, hoewel het hem wel lukte om in een zwart gewaad net zo onverschillig te kijken als in een leren jas. Lena smoorde de giechels in de vouwen van haar gewaad.

Toen hun kaarsen van positie veranderden, zag ik de gezichten van de gestaltes vlak bij me: Macon, Lena, Larkin, Reece, Ryan en Barclay. Verder zag ik nog enkele gezichten die me minder zeiden. Arelia, Macons moeder, en een ouder gerimpeld en gebruind gezicht. Maar zelfs vanwaar ik stond, of probeerde overeind te blijven, zag ik dat ze genoeg leek op haar kleindochter, om onmiddellijk te weten wie ze was.

Lena zag haar op hetzelfde moment. 'Grootmoeder!'

'Gefeliciteerd, lieve schat!' De cirkel werd even verbroken toen Lena op de witharige vrouw af rende en haar armen om haar heen sloeg.

'Ik dacht dat u niet zou komen!'

'Natuurlijk wel. Ik wilde je verrassen. Barbados is niet zo ver. Ik was hier in een oogwenk.'

Dat bedoelt ze letterlijk, toch? Wat is zij? Nog een Reiziger, een Incubus net als Macon?

Een vlieger, Ethan. Met United Airlines.

Ik voelde wat Lena voelde. Een kort moment van opluchting, ook al ging ik me steeds vreemder voelen. Goed, dus mijn vader was door de mand gevallen en mijn moeder was dood, zoiets, en de vrouw die me opvoedde wist het een en ander af van voodoo. Daar kon ik mee leven. Toch had ik het idee dat ik veel meer moest weten dan waarop Amma me had voorbereid in mijn leven met haar. Nu stond ik hier, omringd door volwaardige leden van de Caster-familie die kaarsen vasthielden en in lange gewaden gekleed gingen. En ze waren nog niet eens begonnen met al het Latijn en het Bezweren.

Macon deed een stap de cirkel in. Te laat. Hij hield zijn kaars hoog in de lucht. *'Cur Luna hac Vinctum convenimus?'*

Tante Del kwam naast hem staan. Haar kaars flakkerde toen ze hem omhoog bracht en Macons woorden vertaalde. 'Waarom komen we op deze Maan samen voor de Begrenzing?'

De cirkel antwoordde, terwijl ze tijdens het uitspreken van de chants hun kaarsen in de lucht hielden. *'Sextusdecima Luna, Sextusdecimo Anno, Illa Capietur.'*

Lena antwoordde hun in het Engels. Haar kaars flakkerde op tot de vlammen zo hoog waren dat ze haar gezicht leken te verbranden. 'Op de Zestiende Maan, het Zestiende jaar, zal Ze worden Opgeëist.' Lena stond met opgeheven hoofd in het midden van de cirkel. Het kaarslicht kwam uit alle richtingen en draaide rond haar gezicht. Haar eigen kaars veranderde in een vreemde groene vlam.

L., wat gebeurt er?

Rustig maar. Dit is pas het begin van de Begrenzing.

Wanneer dit alleen de Begrenzing was, wist ik bijna zeker dat ik niet opgewassen was tegen het Opeisen.

Macon sprak de chant uit die ik ook op Halloween had gehoord. Hoe hadden ze die ook alweer genoemd?

'Sanguis sanguinis mei, tutela tua est.
Sanguis sanguinis mei, tutela tua est.
Sanguis sanguinis mei, tutela tua est.
Bloed van mijn bloed, bescherming is de uwe!'

Lena werd lijkbleek. Een Sanguinis-Cirkel. Dat was het. Ze hield de kaars hoog boven haar hoofd en sloot haar ogen. De groene vlam barstte uit in een enorme oranjerode vlam, die van haar kaars naar elke andere kaars in de cirkel spoot, en alle kaarsen ontvlamden.

'Lena!' Ik schreeuwde over het geluid van de ontploffing heen, maar ze gaf geen antwoord. De vlam schoot omhoog naar de duisternis boven onze hoofden, zo hoog dat ik me realiseerde dat er vanavond in Ravenwood geen dak of een plafond kon zijn. Ik sloeg mijn arm voor mijn ogen om me te beschermen tegen de hitte en het verblindende vuur. Ik kon alleen nog maar aan Halloween denken. Wat moesten we wanneer het allemaal opnieuw zou gebeuren? Ik probeerde terug te halen wat ze die avond deden om weerstand te bieden aan Sarafine. Wat hadden ze gezongen? Hoe had Macons moeder het genoemd?

De *Sanguinis*. Maar ik wist de woorden niet meer, beheerste het Latijn niet, en voor het eerst had ik spijt dat ik nooit lid was geworden van de klassieke-talenclub.

Er werd op de deur gebonkt, en onmiddellijk doofden de vlammen uit. De gewaden, het vuur, de kaarsen, de duisternis en het licht waren verdwenen. Van het ene op het andere moment was er niets meer en werden ze een doorsneefamilie, die rond een normale verjaardagstaart stond te zingen.

Wat in hemels…?

'Lang zal ze leven!' De laatste noten van het lied werden gezongen, terwijl het gebonk aan de voordeur doorging. Op een wit tafelkleed stond een enorme verjaardagstaart met drie verdiepingen van roze, wit en zilver. Hij stond op de koffietafel in het midden van de salon, naast een chique theeservies. Lena blies de kaarsen uit en wapperde de rook uit haar gezicht, waar een paar seconden eerder nog de hoge vlammen waren. Haar familie begon te klappen. Opnieuw in mijn Jackson High-trui en spijkerbroek zag ze eruit als elke andere zestienjarige.

'Goed zo, meisje!' Grootmoeder legde haar breiwerk neer en sneed de taart aan, terwijl tante Del zich haastte om thee in te schenken. Reece en Ryan droegen een enorme berg cadeaus binnen, terwijl Macon in zijn victoriaanse stoel zat en voor zichzelf en Barclay een whisky inschonk.

L., wat gebeurt hier? Wat was dat net?

Er is iemand aan de deur. Ze zijn gewoon voorzichtig.

Ik kan jouw familie niet volgen.

Neem een stuk taart. Dit is een verjaardagsfeest, weet je nog?

Er werd nog steeds op de deur gebonkt. Larkin keek op van zijn grote punt van Lena's favoriete fluweelrode taart. 'Doet er niemand open?'

Macon veegde een kruimel van zijn kasjmieren jasje en keek Larkin kalm aan. 'In godsnaam, ga eens kijken wie daar is, Larkin.'

Macon keek Lena aan en schudde zijn hoofd. Zij zou vandaag niet de deur opendoen. Lena knikte en boog zich naar haar grootmoeder. Met een grote glimlach boven haar taart als de liefhebbende kleindochter die ze in werkelijkheid was. Ze klopte op het kussen naast haar. Fijn. Het was mijn beurt om kennis te maken met grootmoeder.

Op dat moment hoorde ik een bekende stem bij de deur, en ik hield me duizendmaal liever bezig met de grootmoeder van wie dan ook dan met wat er nu voor de deur stond. Want het waren Ridley en Link, Savannah en Emily en Eden en Charlotte, met de rest van hun fanclub en het hele Jackson High basketbalteam. Niemand droeg het dagelijkse uniform, het Jackson Engelen T-shirt. Opeens wist ik weer waarom. Emily had een moddervlek op haar wang. De heropvoering. Ik realiseerde me dat Lena en ik het grootste deel al hadden gemist en een onvoldoende voor geschiedenis zouden krijgen. Daar was nu niets meer aan te doen. Vanavond was er alleen nog de nachtelijke veldtocht en het vuurwerk.

Wel gek dat op elke andere dag een onvoldoende een ramp zou zijn en het me nu koud liet.

'VERRASSING!'

Verrassing was beslist niet het juiste woord om dit te omschrijven. Opnieuw had ik het mogelijk gemaakt dat chaos en gevaar hun weg naar Ravenwood wisten te vinden. Het was een drukte van jewelste in de hal. Grootmoeder zwaaide vanaf de sofa, Macon nipte aan zijn whisky, onverstoorbaar als altijd. Alleen als je hem beter kende, wist je dat hij op het punt stond zijn zelfbeheersing te verliezen.

Eigenlijk vroeg ik mij nu pas af waarom Larkin ze had binnengelaten.

Dit kan niet waar zijn.

Het verrassingsfeest, ik heb er geen minuut meer aan gedacht.

Emily wurmde zich naar voren. 'Waar is de jarige?' Ze spreidde haar armen verwachtingsvol uit, alsof ze Lena een enorme knuffel wilde geven. Lena deinsde terug, maar Emily gaf zich niet zo snel gewonnen.

Emily sloeg haar arm om Lena heen, alsof ze hartsvriendinnen waren, die elkaar heel lang uit het oog waren verloren. 'We zijn al de hele week met dit feest bezig. We hebben live muziek en Charlotte heeft van die buitenlampen gehuurd zodat iedereen elkaar kan zien, ik bedoel de terreinen rond Ravenwood zijn zó donker.' Emily liet haar stem zakken alsof ze op de zwarte markt smokkelwaar aan de man wilde brengen. 'En we hebben ook perziklikeur.'

'Je gelooft je ogen niet,' sprak Charlotte lijzig, en moest bijna tussen de woorden door naar adem happen omdat haar spijkerbroek te strak zat. 'We hebben een laserkanon. We gaan op Ravenwood een knalfeest houden, super toch? Net zo'n knalfuif als die studentenfeesten in Summerville.'

Een knalfeest? Ridley moest werkelijk alles uit de kast hebben gehaald voor deze avond. Emily en Savannah die een feest voor Lena organiseren en zich op Lena werpen alsof ze de Koningin van het winterbal is? Hiervoor had ze vast meer moeite moeten doen dan wanneer ze ze allemaal van een klif had willen laten springen.

'Kom, laten we naar je kamer gaan en je klaarmaken, jarige job!' Charlotte klonk nog meer als een cheerleader dan ze normaal al deed, altijd over de top.

Lena zag groen. Haar kamer? De helft van alle teksten op haar muren gingen waarschijnlijk over hen.

'Waar heb je het over, Charlotte? Ze ziet er al fantástisch uit. Savannah, wat zeg jij?' Emily gaf Lena een kneepje en wierp Charlotte een afkeurende blik toe, alsof zij misschien wat vet moest kwijtraken en wat meer haar best moest doen om er ook zo fantastisch uit te zien.

'Helemaal mee eens. Ik zou een moord doen voor dit haar,' zei Savannah en draaide een lok haar van Lena om haar vinger. 'Het is zo ongelooflijk... zwart.'

'Vorig jaar was mijn haar ook zwart, nou ja, de onderkant,' protesteerde Eden. Eden had de onderkant van haar haar zwart geverfd en bovenop had ze het blond gelaten. Het was een van haar mislukte pogingen om op te vallen. Savannah en Emily hadden haar er meedogenloos mee gepest tot ze het een dag later weer in de oude staat terugverfde.

'Je was net zo zwart als een stinkdier.' Savannah glimlachte goedkeurend naar Lena. 'Zij lijkt op een Italiaanse.'

'Kom, we gaan. Iedereen wacht op je,' zei Emily, terwijl ze Lena's arm vastgreep. Lena schudde de meiden van zich af.

Dit moet een of andere valstrik zijn.

Dat is het ook, maar volgens mij iets anders dan wat jij denkt. Het heeft waarschijnlijk meer te maken met een Sirene en een lolly.

Ridley, ik had het kunnen weten.

Lena keek naar tante Del en oom Macon. Ze waren geschokt, alsof al het Latijn in de wereld hen niet hierop had voorbereid. Grootmoeder glimlachte, niet vertrouwd met deze duivelse engelen. 'Waarom zo'n haast? Kinderen, willen jullie niet even hier blijven voor een kop thee?'

'Hallo grootmoeder!' Ridley riep vanuit de deuropening. Ze had zich zuigend op haar rode lolly afzijdig gehouden op de veranda. Ze zoog er zo fanatiek op dat het hele gedoe waarschijnlijk als een kaartenhuis in elkaar zou vallen wanneer ze daarmee ophield. Deze keer had ze mij niet nodig om binnen te komen. Ze stond een paar centimeter van Larkin af die geamuseerd keek, maar haar de doorgang versperde. Ridley had zich opgesmukt met een strak vetervestje dat een kruising leek tussen lingerie en iets wat een meisje op het omslag van een mannenblad zou dragen, en een lage spijkerrok.

Ridley leunde tegen de deurpost. 'Verrassing, verrassing!'

Grootmoeder zette haar theekopje neer. Ze pakte haar breiwerk op. 'Ridley, wat leuk je te zien, lieverd! Je nieuwe look staat je goed, schat. Ik weet zeker dat veel mannen je bellen.' Grootmoeder wierp Ridley een onschuldige glimlach toe, hoewel haar ogen niet lachten.

Ridley tuitte haar lippen, maar bleef op haar lolly zuigen. Ik liep naar haar toe. 'Hoeveel keer moet je eraan likken om dit voor elkaar te krijgen, Rid?'

'Voor wat, Kortste Strootje?'

'Om Savannah Snow en Emily Asher een feest voor Lena te laten organiseren?'

'Meer dan je denkt, vriendje.' Ze stak haar tong naar me uit, die vol rode en paarse strepen zat. De aanblik was onthutsend.

Larkin slaakte een zucht en keek langs me heen. 'Buiten, op het veld staan misschien wel honderd kinderen. Er is een podium en een geluidsinstallatie. De hele weg staat vol auto's.'

'Echt waar?' Lena keek uit het raam. 'Er staat een podium midden tussen de magnoliabomen.'

'Mijn magnolia's?' Macon sprong op.

Ik wist dat het hele gedoe een schijnvertoning was, dat Ridley dit feest opzweepte met elke veelzeggende lik aan haar lolly. Lena wist dit ook, maar ik zag in haar ogen dat een deel van haar desondanks naar buiten wilde.

Een verrassingsfeest, waar de hele school opdook. Dat stond

vast ook op Lena's lijst van normale-dingen-die-high-school-meisjes-moeten-doen. Ze kon accepteren dat ze een Caster was, maar ze kon er niet meer tegen om een buitenstaander te zijn.

Larkin keek naar Macon. 'U krijgt ze hier echt niet weg. Laten we er maar naartoe gaan. Ik zal haar geen minuut uit het oog verliezen. Ik of Ethan.'

Link duwde zich door de groep kinderen naar voren. 'Man, kom op. Mijn band, de Holy Rollers, we hebben ons Jackson High-debuut. Het wordt echt te gek.' Link zag er gelukkiger uit dan ik hem ooit had gezien. Ik keek argwanend naar Ridley. Ze haalde, kauwend op haar lolly, haar schouders op.

'We gaan helemaal nergens naartoe. Niet vanavond.' Ik kon niet geloven dat Link hier was. Zijn moeder zou erin blijven als ze het te weten kwam.

Larkin keek weer naar Macon, die duidelijk geïrriteerd was, en naar tante Del die in paniek was. Dit was de laatste nacht waarop een van hen Lena uit het oog wilde verliezen. 'Nee.' Macon overwoog het niet eens.

Larkin probeerde het nog een keer. 'Vijf minuten.'

'Geen sprake van.'

'Wanneer zal een groep mensen van haar school weer een feest voor haar organiseren?'

Macon bleef onverstoorbaar. 'Hopelijk nooit.'

Lena keek teleurgesteld. Ik had gelijk. Ze wilde meedoen, ook al was het niet gemeend. Net als met het bal, of de basketbalwedstrijd. Daarom maakte ze zich er zo druk om dat ze naar school kon. Dat was het belangrijkste, ook al was iedereen vreselijk tegen haar. Daarom kwam ze de dag erna opdagen, zelfs al moest ze haar broodje op de tribune opeten en aan de Goede-Oog kant zitten. Ze was zestien. Caster of niet. Voor één nacht was dat alles wat ze wilde zijn.

Er was maar één iemand koppiger dan Macon Ravenwood. Wanneer ik Lena goed kende, had haar oom geen schijn van kans, niet vanavond.

Ze liep naar Macon toe en haakte haar arm door die van hem.

'Ik weet dat dit dwaas klinkt, oom Macon, maar mag ik alsjeblieft naar het feest, heel even maar? Alleen om Links band te horen spelen?' Ik keek of haar haar begon op te krullen, het waarschuwingsteken van de Caster-bries. Er bewoog niets. Ze wendde hier geen Caster-magie aan. Ze gebruikte iets heel anders. Met haar magische krachten zou het niet lukken om onder Macons toezicht uit te komen. Ze moest terugvallen op oudere magie, sterkere magie. Het soort dat het meeste effect had op Macon vanaf het eerste moment dat ze op Ravenwood kwam. Ware liefde.

'Waarom wil je waar dan ook naartoe gaan met deze ménsen, na alles wat ze je hebben aangedaan?' Ik hoorde hem milder worden terwijl hij sprak.

'Er is niets veranderd. Ik wil niets te maken hebben met die meiden, maar toch wil ik gaan.'

'Je bent niet goed bij je hoofd.' Macon was boos.

'Weet ik. En ik weet dat het stom is, maar ik wil gewoon weten hoe het voelt om normaal te zijn. Ik wil naar een bal gaan zonder het in de soep te laten lopen. Ik wil naar een feest, waarvoor ik ben uitgenodigd. Ik bedoel, ik weet dat Ridley erachter zit, maar is het verkeerd als me dat niet uitmaakt?' Ze keek bijtend op haar lip naar hem op.

'Ik kan je niet laten gaan, zelfs als ik dat zou willen. Het is te gevaarlijk.'

Ze hielden elkaars blik vast. 'Ethan en ik hebben nog nooit samen gedanst, oom M. U hebt dit zelf gezegd.'

Een seconde leek Macon zover dat hij zou toegeven, maar niet langer dan een seconde. 'Ik ga je nu zeggen wat ik je nooit heb verteld. Wen er maar aan. Ik ben nog nooit een dag naar school geweest, en heb ook nooit op een zondag door de stad gelopen. We krijgen allemaal te maken met teleurstellingen.'

Lena legde haar laatste kaart op tafel. 'Maar het is mijn verjaardag. Er kan van alles gebeuren. Dit kan mijn laatste kans zijn...' De rest van de zin bleef in de lucht hangen.

Om te dansen met mijn vriend. Om mezelf te zijn. Om gelukkig te zijn.

Ze hoefde het niet te zeggen. We wisten het allemaal.

'Lena, ik begrijp hoe je je voelt, maar het is mijn verantwoordelijkheid om te zorgen dat je veilig bent. Vooral vanavond moet je hier bij mij blijven. De Sterfelijken zullen je alleen in gevaar brengen, of je pijn doen. Je kunt niet normaal zijn. Je bent niet voorbestemd om normaal te zijn.' Macon had nog nooit zo tegen Lena gesproken. Ik wist niet zeker of hij het over het feest had of over mij.

Lena's ogen begonnen te glanzen, maar ze huilde niet. 'Waarom niet? Wat is er zo verkeerd aan om te willen wat zij hebben? Hebt u ooit wel eens bedacht dat ze misschien ook iets goeds hebben?'

'En als ze dat hebben? Wat maakt het uit? Jij bent een Naturel. Op een dag ga je ergens heen waar Ethan je niet kan volgen. En elke minuut die jullie nu samen doorbrengen, zal slechts een last zijn die je de rest van je leven met je mee moet dragen.'

'Hij is geen last.'

'O, ja, dat is hij wel. Hij maakt je zwak, waardoor hij gevaarlijk is.'

'Hij maakt me sterk, wat alleen voor u gevaarlijk is.'

Ik ging tussen hen in staan. 'Meneer Ravenwood, alstublieft. Doe dit niet vanavond.'

Maar Macon had het al gedaan. Lena was ziedend. 'En wat weet u ervan? U bent uw hele leven nog nooit met de last opgezadeld van een relatie, of zelfs niet eens van een vriend. U begrijpt er niets van. Hoe kunt u ook? U ligt de hele dag in uw kamer te slapen en 's nachts hangt u rond in uw bibliotheek. U haat iedereen, en u denkt dat u beter bent dan alle anderen. Wanneer u nooit zielsveel van iemand hebt gehouden, hoe kunt u dan weten hoe ik me voel?'

Ze draaide Macon, en ons allemaal, haar rug toe en rende de trap op met Boo in haar kielzog. Haar slaapkamerdeur knalde dicht, de knal echode door de hal. Boo ging voor Lena's deur liggen.

Macon staarde haar na, ook al was ze verdwenen. Langzaam draaide hij zich naar me toe. 'Ik kon het niet toestaan. Ik weet zeker dat je dat begrijpt.' Ik wist dat dit mogelijk de gevaarlijkste nacht in Lena's leven was, maar ik wist ook dat dit haar laatste kans kon zijn om het meisje te zijn van wie we zoveel hielden. Dus ik begreep het. Ik wilde alleen nu niet met hem in dezelfde kamer zijn.

Link wurmde zich naar voren door de kinderen, die nog steeds in de hal stonden. 'Komt er nog een feest of niet?'

Larkin pakte zijn jas. 'Het feest is al begonnen. Kom, we gaan naar buiten. We feesten voor Lena.'

Emily duwde zich door de groep heen tot ze naast Larkin stond, en iedereen liep achter hen aan. Ridley stond nog in de deuropening. Ze keek me aan en haalde haar schouders op. 'Ik heb mijn best gedaan.'

Link wachtte op me bij de deur. 'Ethan, kom op, man. Laten we gaan.'

Ik draaide me om naar de trap.

Lena?

'Ik blijf hier.'

Grootmoeder legde haar breiwerk neer. 'Ik denk niet dat ze snel naar beneden komt, Ethan. Waarom ga je niet met je vrienden mee en kom je af en toe kijken of ze er alweer is?' Maar ik wilde niet weg. Misschien was dit onze laatste avond samen. Zelfs als we die in Lena's kamer moesten doorbrengen, wilde ik toch bij haar zijn.

'Kom even naar mijn nummer luisteren, man. Daarna kun je teruggaan en op haar wachten tot ze naar beneden komt.' Link had zijn drumstokken al in zijn hand.

'Ik denk dat dat het beste is.' Macon schonk zichzelf nog een whisky in. 'Je kunt straks terugkomen, maar wij moeten in de tussentijd een en ander bespreken.' Ik had niets te kiezen. Hij schopte me eruit.

'Eén nummer. Daarna wacht ik wel buiten voor de deur.' Ik keek Macon aan. 'Heel even.'

Op het terrein achter Ravenwood krioelde het van de mensen. Aan de buitenrand stond een tijdelijk podium met verrijdbare lichten, hetzelfde soort dat wordt gebruikt bij het nachtelijke deel van de Slag om Honey Hill. Uit de speakers knalde muziek, maar deze kwam amper boven het lawaai uit van het kanonvuur in de verte.

Ik volgde Link naar het podium, waar de Holy Rollers aan het opbouwen waren. Ze waren met zijn drieën en leken zo rond de dertig. De vent met de gitaar had tatoeages over zijn hele lichaam en om zijn nek hing iets wat leek op een fietsketting. De bassist had grote zwarte stekels die pasten bij de zwarte make-up rond zijn ogen. De derde gozer had zoveel piercings dat het al pijn deed als je er alleen naar keek. Ridley sprong omhoog en ging op de hoek van het podium zitten, vanwaar ze naar Link zwaaide.

'Wacht tot je ons hoort. We rocken de pan uit. Was Lena maar hier.'

'Nou, ik wilde je niet teleurstellen.' Lena dook achter ons op en sloeg haar armen rond mijn middel. Haar ogen waren rood van het huilen, maar in het donker zag ze er net zo uit als de anderen.

'Wat doe je hier? Mocht je toch van jouw oom?'

'Niet echt. Maar wat niet weet, wat niet deert, en het kan me ook niet schelen als het dat wel doet. Hij is zo afschuwelijk vanavond.' Ik hield wijselijk mijn mond. Ik zou de relatie tussen Lena en Macon nooit begrijpen, net zomin als zij kon begrijpen wat er tussen Amma en mij was. Wel wist ik dat ze zich vreselijk zou voelen wanneer dit allemaal voorbij was. Ze kon er niet tegen als iemand iets slechts over Macon zei, zelfs ik niet; als ik er nu iets over zou zeggen, maakte ik het nog veel erger voor haar.

'Ben je naar buiten geglipt?'

'Ja. Larkin heeft me geholpen.' Larkin kwam op ons toelopen, met een plastic beker in zijn hand. 'Je wordt maar één keer zestien, ja toch?'

Dit is geen goed idee, L.

Ik wil één keer met je dansen. Daarna ga ik terug.

Link liep naar het podium. 'Ik heb een lied voor jouw verjaardag geschreven, Lena. Weet zeker dat je het prachtig vindt.'

'Hoe heet het?' vroeg ik achterdochtig.

'Zestien Manen.' Weet je nog? Dat bizarre nummer dat je opeens niet meer op je iPod kon terugvinden? Het kwam afgelopen week ineens weer terug, van begin tot eind. Nou ja, Ridley heeft me een beetje geholpen.' Hij grijnsde. 'Je zou kunnen zeggen dat ik een muze had.'

Ik was met stomheid geslagen. Lena pakte mijn hand stevig vast toen Link de microfoon greep. We konden hem niet tegenhouden. Hij zette de microfoonstandaard zo neer dat de microfoon vlak bij zijn mond was. Eerlijk gezegd zat dat ding meer in zijn mond. Het was geen gezicht. Link had bij Earl thuis iets te veel naar MTV gekeken. Hij donderde bijna het podium af, heilig of niet. Al met al had hij wel lef.

Hij zat met gesloten ogen achter het drumstel en hield zijn stokken in de lucht. 'Een, twee, drie.'

De leadgitarist, de nors uitziende vent met de fietsketting, sloeg een noot aan op zijn gitaar. Het klonk afgrijselijk, en aan beide kanten van het podium begonnen de versterkers te gieren. Ik kromp ineen. Dit werd niet leuk. En toen sloeg hij de volgende noot aan, en nog een.

'Dames en heren, als die hier al aanwezig mochten zijn.' Link trok een wenkbrauw op naar Ridley, en een lachsalvo golfde door het publiek. 'Lena, ik wil je feliciteren. En nu, mensen, graag een applaus voor de wereldpremière van mijn band, de Holy Rollers.'

Link knipoogde naar Ridley. Die gozer dacht dat hij Mick Jagger was. Ik had met hem te doen en pakte Lena's hand. Het voelde alsof ik mijn hand had ondergedompeld in een meer. Zoals in de winter, wanneer de bovenlaag van het water warm was door de zon en het een paar centimeter dieper puur ijs was. Ik rilde, maar ik liet haar niet los. 'Zet je schrap. Hij gaat af als een gieter. Over vijf minuten zitten we weer op jouw kamer. Ik beloof het je.'

Ze staarde hem verontrust aan. 'Daar ben ik nog niet zo zeker van.'

Ridley zat nog op de hoek van het podium te glimlachen en te zwaaien als een groupie. Haar haar danste in de bries, roze en blonde lokken begonnen rond haar schouders te draaien.

Toen hoorde ik de vertrouwde melodie, en *Zestien Manen* schalde uit de speakers. Alleen was het deze keer niet een van de nummers van Links demo's. Ze waren goed, ongelooflijk goed. En het publiek raakte wildenthousiast, alsof Jackson High eindelijk toch zijn bal had. Alleen stonden we in een open veld midden op Ravenwood, de meest beruchte en gevreesde plantage in Gatlin. De energie was sensationeel, golfde door het publiek als op een enorme houseparty. Iedereen danste en de helft zong luidkeels mee, wat maf was, want niemand had het nummer eerder gehoord. Zelfs Lena moest een glimlach onderdrukken, en we deinden mee met het publiek, gewoon omdat dat vanzelf ging.

'Ze spelen ons lied.' Ze vond mijn hand.

'Dat bedacht ik ook net.'

'Weet ik.' Ze strengelde haar vingers rond die van mij en zond daarbij de bekende elektrische trillingen door mijn lichaam. 'En ze zijn nog goed ook!' schreeuwde ze boven het publiek uit.

'Goed? Ze zijn geweldig! Dit moet de geweldigste dag van Links leven zijn.' Ik bedoel: het was te gek, het hele gedoe. De Holy Rollers, Link, het feest. Ridley wipte op en neer op de hoek van het podium terwijl ze op haar Ridley-lolly zoog. Niet het gekste wat ik vandaag had gezien, maar toch.

Dus toen Lena en ik even later samen dansten en er vijf minuten verstreken, vijfentwintig minuten, en daarna vijfenvijftig, had geen van ons beiden het in de gaten of we trokken ons er niets van aan. We zetten de tijd stil – in ieder geval voelde het zo. We hadden één dans en die moesten we zo lang mogelijk rekken, voor het geval dat dat het enige was wat we nog hadden.

Larkin had geen haast. Hij zat helemaal verstrengeld met Emily, bij een van de vreugdevuren die iemand van oude afvalbakken had gemaakt. Emily droeg Larkins jas en elk moment trok hij de kraag naar beneden om Emily in haar nek te likken of iets nog vunzigers. Hij was echt een slang.

'Larkin! Ze is pas zestien!' riep Lena in de richting van het vuur waar wij stonden te dansen. Larkin stak zijn tong uit, die dieper naar de grond rolde dan een Sterfelijke ooit zou zijn gelukt.

Emily leek het niet te zien. Ze maakte zich los uit de omstrengeling met Larkin en gebaarde naar Savannah, die in een groep aan het dansen was met Charlotte en Eden achter haar. 'Kom, meisjes. Het is tijd voor Lena's cadeau.'

Savannah trok uit haar zilveren tasje een zilveren pakje met een zilveren strik. 'Het is maar een aardigheidje.' Savannah hield het omhoog.

'Elk meisje zou er een moeten hebben,' brabbelde Emily.

'Metallic past overál bij.' Eden kon zich amper inhouden om het papier er zelf af te scheuren.

'Net groot genoeg voor je mobieltje of lipgloss of iets dergelijks.' Charlotte duwde het naar Lena toe. 'Kom op. Maak open.'

Lena pakte het pakje aan en glimlachte naar hen. 'Savannah, Emily, Eden, Charlotte. Jullie hebben geen idee hoeveel dit voor mij betekent.' Het sarcasme kwam niet over. Ik wist precies wat het was, en precies wat het voor haar betekende.

Nog stommer dan het allerstomste.

Lena kon me niet recht aankijken, want dan waren we allebei in lachen uitgebarsten. Op onze weg terug naar de dansers, wierp Lena het zilveren pakje in het vreugdevuur. De oranje en gele vlammen aten hun weg door het papier tot er van het metallic tasje niets meer over was dan rook en as.

De Holy Rollers pauzeerden kort, en Link kwam naar ons toe om op te scheppen over zijn muzikale debuut. 'Ik zei je toch dat we goed waren. Nog maar één stap van een contract af.' Link gaf me een elleboogstoot tussen mijn ribben, zoals in de goede oude tijd.

'Je had gelijk, man. Jullie zijn fantastisch.' Dat moest ik hem nageven, zelfs al was het met hulp van zijn lolly-zuigende vriendin.

Savannah Snow kwam aanslenteren, waarschijnlijk om Links roze zeepbel door te prikken. 'Hoi, Link.' Ze knipoogde verleidelijk naar hem.

'Hoi, Savannah.'

'Wil je met me dansen?' Ik wist niet wat ik hoorde. Ze stond hem aan te staren, alsof hij een beroemde popster was.

'Ik sta niet voor mezelf in als je niet met me wilt dansen.' Ze schonk hem nog een ware Sneeuwkoninginnenglimlach. Ik had het gevoel dat ik in een van Links dromen verstrikt was geraakt, of van Ridley.

Wanneer je het over de duivel hebt. 'Afblijven, schoonheidskoningin. Dit is mijn stoere gozer.' Ridley drapeerde haar arm en nog enkele opvallende lichaamsdelen rond Link om er geen misverstand over te laten bestaan.

'Sorry, Savannah. Misschien een andere keer.' Link stak zijn drumstokken in zijn achterzak en liep terug naar de dansvloer met Ridley met haar eigenzinnige dansbewegingen. Dit was beslist hét topmoment in zijn leven. Je zou bijna denken dat híj jarig was.

Toen het nummer was afgelopen, sprong hij opnieuw het podium op. 'Nu spelen we ons laatste nummer, dat een goede vriendin van me heeft geschreven voor een paar héél bijzondere mensen op Jackson High. Jullie horen zo over wie het gaat.' De lichten op het podium doofden. Link ritste zijn vest los, en op de eerste noot van de gitaar werd het licht vol opengedraaid. Hij droeg een Jackson Engelen T-shirt, waarvan de mouwen waren afgescheurd. Link zag er net zo belachelijk uit als de bedoeling was. Kon zijn moeder hem zo maar zien.

Hij boog zich naar de microfoon toe en begon zijn eigen kleine Bezwering.

'Vallende Engelen overal om me heen
Ellende breidt zich uit tot nog meer ellende
Jouw gebroken pijlen doden mij.
Waarom kun je dat niet zien?
Dat wat je haat, wordt je lot
Jouw noodlot, Gevallen Engel.'

Het lied dat Lena voor Link had geschreven.

Toen de muziek aanzwol, deinde elke volwaardige Engel mee op de lofzang waarvan zij het mikpunt waren. Misschien kwam het allemaal door Ridley, misschien ook niet. Tegen de tijd dat het lied was afgelopen en Link zijn T-shirt in het vreugdevuur had gegooid, voelde het namelijk alsof daarmee nog wat meer dingen in vlammen opgingen. Alles wat zo moeilijk had geleken, en zo lang zo onoverkomelijk, ging nu zo ongeveer in rook op.

Lang nadat de Holy Rollers met spelen waren gestopt en Ridley en Link zelfs nergens meer waren te bekennen, bleven Savannah en Emily aardig tegen Lena. Ook het hele basketbalteam sprak opeens weer tegen me. Ik keek rond of ik ergens een teken zag, een lolly of zo. Die ene, veelzeggende draad die zich had losgemaakt en de hele trui uitrafelde.

Maar ik zag niets. Alleen de maan, de sterren, de muziek, de lichten en de menigte. Lena en ik dansten niet meer, maar klemden elkaar nog stevig vast. We schommelden heen en weer, de stroom van hitte en kou en elektriciteit en angst kolkte door mijn aderen. Zolang er nog muziek was, zaten wij in onze eigen kleine zeepbel. We waren niet alleen in ons holletje onder de dekens, maar het was nog steeds perfect.

Lena maakte zich voorzichtig los, zoals ze altijd deed wanneer haar iets dwarszat, en staarde me aan. Het leek wel alsof ze me voor de eerste keer zag.

'Wat is er?'

'Niets. Ik...' Ze beet zenuwachtig op haar onderlip en haalde diep adem. 'Het is, ik wil je iets zeggen.'

Ik probeerde haar gedachten te lezen, haar gezicht, alles. Ik voelde me bijna weer zoals in de week voor de kerstvakantie. Alleen stonden we toen in de hal van Jackson in plaats van op het open veld van Greenbrier. Mijn armen lagen om haar middel en ik kon met moeite de aanvechting weerstaan om haar dichter tegen me aan te drukken, om er zeker van te zijn dat ze niet kon ontsnappen.

'Wat is het? Je kunt me alles vertellen.'

Ze legde haar handen op mijn borst. 'Mocht er vannacht iets gebeuren, wil ik dat je weet...'

Ze keek me recht in mijn ogen, en ik hoorde het net zo duidelijk als wanneer ze het in mijn oor had gefluisterd. Maar de woorden betekenden nu meer dan ze ooit hadden kunnen betekenen wanneer ze deze hardop had gezegd. Ze zei ze op de enige manier die er tussen ons toe deed. De manier waarop we elkaar vanaf het begin hadden gevonden. De manier waarop we altijd de weg naar elkaar terugvonden.

Ethan, ik hou van je.

Een seconde wist ik niet wat ik moest zeggen, omdat 'ik hou van je' niet voldoende leek. Die woorden zeiden niet alles wat ik wilde zeggen – dat ze me had gered van deze stad, van mijn leven, van mijn vader. Gered van mezelf. Hoe kunnen vier woorden dat allemaal zeggen? Dat konden ze niet, maar ik zei ze toch, omdat ik het uit de grond van mijn hart meende.

Ik hou ook van jou, L. Ik denk dat ik dat altijd heb gedaan.

Ze nestelde zich weer in mijn armen en legde haar hoofd op mijn schouder. Ik voelde de warmte van haar haar tegen mijn huid. En ik voelde nog iets anders. Dat deel, waarvan ik dacht dat ik daar nooit bij zou kunnen komen, het deel dat ze voor de wereld afsloot. Ik voelde dat het zich opende, net lang genoeg om me binnen te laten. Ze gaf me een stuk van haarzelf, het enige stuk dat echt van haar was. Ik wilde dit gevoel nooit meer kwijtraken, dit moment, als een momentopname, waar ik naar terug kon wanneer ik maar wilde.

Ik wilde dat het altijd zo zou blijven.

Wat, naar later bleek, nog precies vijf minuten zou duren.

11 februari

Het lollymeisje

Lena en ik wiegden nog op de muziek toen Link zich met zijn ellebogen een weg door de menigte baande. 'Hé, man, ik loop je overal te zoeken!' Link was buiten adem en stond diep voorovergebogen met zijn handen op zijn knieën bij te komen.

'Waar is de brand?'

Link leek overstuur, wat niet normaal was voor een jongen die meestal bezig was om uit te vogelen hoe hij een afspraakje met een van de meiden kon maken en dit dan weer voor zijn moeder geheim probeerde te houden. 'Het gaat om je vader. Hij staat in zijn pyjama op het balkon van de Gevallen Soldaten.'

Volgens de *Gids voor Zuid-Carolina* was de Gevallen Soldaten een Museum over de Burgeroorlog. Maar eigenlijk was het gewoon het oude huis van Gaylon Evans, dat tot de nok toe was volgestouwd met gedenkwaardigheden uit de Burgeroorlog. Gaylon had zijn huis en verzameling nagelaten aan zijn dochter, Vera. Zij wilde niets liever dan lid worden van de DAR en liet daarvoor mevrouw Lincoln en haar volgelingen het huis restaureren en ombouwen tot het enige museum in Gatlin.

'Fijn.' Me in mijn eigen huis in verlegenheid brengen was blijkbaar nog niet genoeg. Nu had mijn vader besloten om de ellende op straat te gooien. Link keek verward. Hij verwachtte waarschijnlijk dat ik geschokt was omdat mijn vader ronddwaalde in zijn pyjama. Hij had geen notie van wat er zich elke dag afspeelde. Ik realiseerde me hoe weinig Link eigenlijk wist over mijn leven van de afgelopen tijd, terwijl hij toch mijn beste vriend was – mijn enige vriend.

'Ethan, hij staat op het balkon, alsof hij er dadelijk af wil springen.'

Ik kon me niet bewegen. Ik hoorde wat hij zei, maar kon niet reageren. Ik schaamde me de laatste tijd voor mijn vader, maar ik hield wel van hem, doorgedraaid of niet en ik mocht hem niet verliezen. Hij was de enige ouder die ik had.

Ethan, gaat het?

Ik keek Lena aan, in die grote groene ogen. Ze was bezorgd. Vanavond kon ik haar kwijtraken. Ik kon ze allebei verliezen.

'Ethan, hoorde je wat ik zei?'

Ethan, je moet gaan. Het komt goed.

'Schiet op, man!' Link trok me mee. Van de popster was niets over. Nu was hij mijn vriend, die me van mezelf probeerde te redden. Maar ik kon Lena niet alleen laten.

Ik laat je hier niet alleen. Niet in je uppie.

Uit mijn ooghoek zag ik dat Larkin op ons afkwam. Hij had zich even losgemaakt uit de omstrengeling met Emily. 'Larkin!'

'Ja, wat is er?' Hij leek te voelen dat er iets mis was en keek echt bezorgd, voor zover een gast die zich nergens voor interesseert bezorgd kan zijn.

'Je moet Lena naar huis brengen.'

'Waarom?'

'Beloof me gewoon dat je zorgt dat ze binnenkomt.'

'Ethan, maak je geen zorgen om mij. Ga nu!' Lena duwde me naar Link toe. Ze keek net zo bang als ik me voelde. Desondanks bleef ik roerloos staan.

'Goed, man. Ik breng haar nu naar binnen.'

Link gaf me een laatste ruk en we worstelden ons door de mensen heen. We wisten immers allebei dat ik misschien binnen een paar minuten een jongen met twee dode ouders zou kunnen zijn.

We renden door de overwoekerde velden van Ravenwood naar de weg en de Gevallen Soldaten. De lucht was inmiddels zwaar van de rook door de mortieren. Dat hadden ze bij de Slag om Honey Hill goed voor elkaar. Om de paar seconden hoorde je het geratel van geweervuur. De nachtelijke veldtocht was in volle gang. We kwamen dicht bij de rand van de Ravenwood-plantage, waar Ravenwood ophield en Greenbrier begon. Ik zag de gele touwen, die de Veilige Zone markeerden, opgloeien.

En als we al te laat waren?

Het was donker bij de Gevallen Soldaten. Link en ik renden met twee treden tegelijk de trap op om de vier trappen zo snel mogelijk op te komen. Toen we bij de derde overloop waren, stopte ik onbewust. Link had het door, net zoals hij het aanvoelde wanneer ik hem in de laatste seconden nog snel een bal wilde passen. Hij hield in naast me. 'Hij is hierboven.'

Maar ik stond weer aan de grond genageld. Link zag het. Hij wist waar ik bang voor was. Hij had naast me op de begrafenis van mijn moeder gestaan. Samen hadden we gezien hoe iedereen witte anjers op haar kist legde, terwijl mijn vader en ik naar het graf staarden alsof ook wij dood waren.

'Wat als... Wat moet ik als hij al is gesprongen?'

'Is hij echt niet. Ik heb Rid bij hem achtergelaten. Ze zou dat nooit laten gebeuren.'

Het was alsof de grond onder mij vandaan stortte.

Wanneer zij haar kracht op jou had aangewend, en ze had je gezegd dat je van een klif moest springen – was je gesprongen.

Ik duwde Link opzij, rende de trap op en speurde de gang af. Alle deuren waren dicht, op één na. Het maanlicht viel op de perfect geschilderde houten vloerplanken.

'Hij is hierbinnen,' zei Link, maar dat wist ik al.

Toen ik de kamer binnenkwam, leek het alsof ik terug in de tijd stapte. De DAR had hier goed werk geleverd. In een hoek was een enorme stenen haard, met een lange houten schoorsteenmantel, waarop een lange rij druipende kaarsen brandde. De ogen van de gevallen Confederalen staarden uit de sepia portretten aan de wand. Tegenover de haard stond een antiek hemelbed. Toch klopte er iets niet, iets hoorde hier niet thuis. Er hing een muskusachtige, zoete geur. Te zoet. Een mengeling van gevaar en onschuld, hoewel je van Ridley alles kon zeggen, behalve dat ze onschuldig was.

Ridley stond naast de open balkondeuren, haar blonde haar danste in de wind. De deuren waren wijd opengegooid en de stoffige, golvende draperieën stonden bol de kamer in, alsof ze door een luchtstroom naar binnen werden gedwongen. Alsof hij al was gesprongen.

'Hij is hier!' riep Link naar Ridley, opnieuw buiten adem.

'Ik zie het. Gaat het, Kortste Strootje?' Ridley toonde haar mierzoete, misselijkmakende glimlach. Ik wilde terug glimlachen en tegelijk overgeven.

Ik liep langzaam naar de. deur, bang dat hij er niet meer zou staan. Maar hij was er. Hij stond blootsvoets in zijn pyjama op een smalle richel, aan de verkeerde kant van de balustrade. 'Pap! Beweeg je niet.'

Eenden. Er stonden wilde eenden op zijn pyjama. Dat was niet erg op zijn plaats, wanneer je bedenkt dat hij op het punt stond van een gebouw af te springen.

'Blijf daar, Ethan. Of ik spring.' Hij klonk helder en vastbesloten. Hij leek meer bij zinnen dan hij in maanden was geweest. Hij klonk bijna weer als mijn vader. Daardoor wist ik dat hij het niet echt was die sprak, in elk geval niet op eigen kracht. Hier had Ridley de hand in, de Kracht van de Verlokking op zijn best.

'Pap, dit wil je niet. Laat me je helpen.' Ik zette een paar stappen naar voren.

'Blijf daar!' schreeuwde hij en strekte zijn hand naar voren om te laten zien dat hij het meende.

'Je wilt zijn hulp niet, nee toch, Mitchell? Je wilt alleen maar rust. Je wilt weer bij Lila zijn.' Ridley leunde tegen de muur en speelde met haar lolly.

'Waag het niet mijn moeders naam uit te spreken, heks!'

'Rid, wat doe je?' Link stond in de deuropening.

'Hou je erbuiten, Binkie Linkie. Je hebt hier niets te zoeken.'

Ik ging recht voor Ridley staan. Ik stond tussen haar en mijn vader in, alsof mijn lichaam iets van haar kracht kon afweren. 'Ridley, waarom doe je dit? Hij heeft met Lena of mij niets te maken. Als je me pijn wilt doen, kwets mij dan. Laat mijn vader met rust.'

Ze gooide haar hoofd in haar nek en lachte, een hartstochtelijke en boosaardige lach. 'Het zou me een zorg zijn of ik jou pijn doe, Kortste Strootje. Ik doe gewoon mijn werk. Het is niet persoonlijk.'

Mijn bloed stolde in mijn aderen.

Haar werk.

'Je doet dit voor Sarafine.'

'Kom nou, Kortste Strootje, wat had je anders verwacht? Je hebt gezien hoe mijn oom me behandelt. Dat hele familiegedoe, ik word daar niet echt warm ontvangen.'

'Rid, waar heb je het over? Wie is Sarafine?' Link liep op haar af. Ze keek hem aan. Een seconde dacht ik dat ik iets over Ridley's gezicht zag heentrekken, niet meer dan een flikkering. Toch dacht ik iets van oprechte emotie te zien.

Maar Ridley schudde het van zich af, en zo snel als het was gekomen, was het weer verdwenen. 'Volgens mij wil je terug naar het feest, ja toch Binkie Linkie? De band is zich aan het opwarmen voor de tweede set. Vergeet niet dat we het optreden opnemen voor jouw nieuwe demo. Ik ga er zelf mee langs een paar platenmaatschappijen in New York,' bromde ze tevreden, terwijl ze hem strak aanstaarde. Link leek onzeker, alsof hij inderdaad terug wilde naar het feest, maar twijfelde.

'Pap, luister naar me. Je wilt dit niet. Zij heeft je in haar macht. Ze kan mensen laten doen wat zij wil. Dat doet ze. Mam zou nooit willen dat je dit doet.' Ik wachtte op een teken dat mijn woorden waren aangekomen, dat hij naar me luisterde. Maar er kwam niets. Hij bleef de duisternis in staren. In de verte hoorde je het geluid van kletterende bajonetten en strijdkreten van mannen van middelbare leeftijd.

'Mitchell, je hebt niets meer om voor te leven. Je hebt je vrouw verloren, je kunt niet meer schrijven, en Ethan gaat over een paar jaar studeren. Waarom vraag je hem niet naar de schoenendoos onder zijn bed die vol zit met brochures van universiteiten? Je zult dan helemaal alleen zijn.'

'Hou je kop!'

Ridley draaide zich om, zodat ze me kon aankijken terwijl ze een lolly uit het papiertje haalde. 'Het spijt me echt, Kortste Strootje. Heus. Maar iedereen heeft een rol te spelen, en dit is de mijne. Jouw vader krijgt vanavond een "ongelukje". Net als je moeder.'

'Wat zei je daar?' Ik wist dat Link sprak, maar ik hoorde niet wat hij zei. Ik hoorde niets meer, behalve wat ze zojuist had gezegd. Het speelde zich steeds opnieuw af in mijn hoofd.

Net als je moeder.

'Heb je mijn moeder vermoord?' Ik stoof op haar af. Het kon me niet schelen welke krachten ze had. Als ze mijn moeder had vermoord...

'Rustig maar, grote jongen. Ik was het niet. Dat was iets voor mijn tijd.'

'Ethan, wat gebeurt hier in hemelsnaam?' Link stond naast me.

'Ze is niet wie ze lijkt, man. Ze is...' Ik wist niet hoe ik het moest uitleggen, zodat Link het begreep. 'Ze is een Sirene. Zoiets als een heks. En ze had jou net zo in haar macht als ze nu mijn vader heeft.'

Link begon te lachen. 'Een heks. Je ziet ze vliegen, man.'

Ik bleef Ridley strak aankijken. Ze glimlachte en woelde met haar vingers door Links haar. 'Kom op schatje, je weet dat je verliefd bent op een slecht meisje.'

Ik had geen idee waartoe ze in staat was, maar na haar kleine demonstratie op Ravenwood wist ik dat ze ons allemaal zou kunnen vermoorden. Ik had haar nooit moeten behandelen als een ongevaarlijk feestbeest. Ik zat er tot over mijn oren in. Pas nu besefte ik hoe ver.

Link keek van haar naar mij. Hij wist niet wat hij moest geloven.

'Ik hou je niet voor de gek, Link. Ik had het je eerder moeten zeggen, maar ik zweer je dat ik de waarheid zeg. Waarom zou ze mijn vader anders proberen te vermoorden?'

Link liep opgefokt op en neer. Hij geloofde me niet. Waarschijnlijk dacht hij dat ik gek was geworden. Mijn woorden klonken mij ook vreemd in de oren, ook al sprak ik ze zelf uit. 'Ridley, is het waar? Heb je al die tijd een soort kracht op mij uitgeoefend?'

'Als je op alle slakken zout wilt leggen.'

Mijn vader trok een hand van de balustrade af. Hij strekte zijn arm uit, alsof hij op een dun koord probeerde te balanceren.

'Pap, niet doen!'

'Rid, doe dit niet.' Link liep langzaam op haar af. Ik hoorde de ketting van zijn portemonnee rinkelen.

'Heb je niet gehoord wat je vriend zei? Ik ben een heks. Een slechte.' Ze zette haar zonnebril af en onthulde die gouden katachtige ogen. Ik hoorde Links adem in zijn keel stokken, alsof hij haar voor de eerste keer echt zag. Maar slechts een seconde.

'Misschien ben je dat, maar je bent niet door en door slecht. Ik kan het weten. We zijn samen opgetrokken. We hebben dingen gedééld.'

'Dat hoorde bij het plan, stoere gozer. Ik had iemand nodig die erbij hoorde, zodat ik bij Lena in de buurt kon zijn.'

Link keek teleurgesteld. Wat Ridley ook met hem had gedaan, wat ze ook had betoverd, zijn gevoelens voor haar waren sterker dan dat. 'Wat bazel je nou? Ik geloof je niet.'

'Geloof wat je wilt, het is de waarheid. Tenminste, zo goed als ik tot de waarheid in staat ben.'

Ik zag dat mijn vader stond te balanceren. Met zijn vrije arm nog altijd voor zich uitgestrekt, wiebelde hij op en neer. Het leek alsof hij zijn vleugels aan het testen was, om te zien of hij kon vliegen. Een paar meter verderop knalde een granaat op de grond uit elkaar, en een wolk modder vloog op in de lucht.

'En wat je me dan allemaal vertelde over hoe jij en Lena samen zijn opgegroeid? Dat jullie net twee zussen waren? Waarom wil je haar iets aandoen?' Ik kon het niet met zekerheid zeggen, maar het leek bijna alsof ik spijt op zijn gezicht zag. Was dat mogelijk?

'Het is niet aan mij. Ik trek niet aan de touwtjes. Zoals ik al zei, het is mijn werk. Zorg dat je Ethan bij Lena weg krijgt. Ik heb niets tegen deze oude knakker, maar zijn geest is zwak.' Ze likte aan haar lolly. 'Hij was gewoon een gemakkelijke prooi.'

Zorg dat je Ethan bij Lena weg krijgt.

Dit alles was een afleiding om ons te scheiden. Ik hoorde Arelia's stem zo duidelijk, alsof ze nog altijd naast me knielde.

Het is niet het huis dat haar beschermt. Geen enkele Caster kan tussen hen in komen.

Hoe kon ik zo stom zijn? Het was niet belangrijk of ik wel of niet over een soort kracht beschikte. Het was nooit om mij gegaan. Het ging om ons.

De kracht was wat er tussen ons was, wat er altijd tussen ons was geweest. Toen we elkaar in de regen vonden op Route 9. Toen we dezelfde afslag bij de splitsing namen. Er was geen Begrenzende Bezwering voor nodig om ons bij elkaar te houden. Nu het hun was gelukt om ons van elkaar te scheiden, was ik krachteloos. En Lena was alleen, op de avond dat ze me het meest nodig had.

Ik kon niet meer helder denken. Ik had geen tijd meer en ik stond op het punt nog iemand te verliezen van wie ik hield. Ik rende op mijn vader af, en hoewel het maar een paar meter was, had ik het gevoel dat ik door drijfzand liep. Ik zag Ridley naar voren stappen, haar haar dansend in de wind, zoals het slangenhoofd van Medusa.

Ik zag hoe Link op haar toeliep en haar bij haar schouder vastgreep. 'Rid, doe het niet.'

Heel even wist ik niet meer wat er zich voltrok. Ik zag alles in slow motion.

Mijn vader draaide zich om en keek me aan.

Ik zag dat hij de balustrade losliet.

Ik zag Ridley's roze en blonde lokken opwaaien.

En ik zag Link voor haar staan. Hij staarde in die gouden ogen en fluisterde iets in haar oor. Ik kon niet horen wat. Ze keek Link aan, en zonder nog een woord te zeggen, zeilde haar lolly over de balustrade. Ik zag hoe deze met een grote boog op de grond onder ons viel, en als een granaat uit elkaar spatte. Het was voorbij.

Zo snel als mijn vader zich van de balustrade had afgedraaid, zo snel draaide hij zich terug. Ik greep hem bij zijn schouders vast en trok hem naar me toe, over de balustrade heen, het balkon op. Hij zakte in elkaar en lag daar opgerold als een bang kind.

'Dank je, Ridley. Ik bedoel: wat je ook hebt gedaan. Bedankt.'

'Ik zit niet op een bedankje van jou te wachten,' sneerde ze, terwijl ze zich van Link lostrok en het bandje van haar topje op zijn plaats trok. 'Ik heb het niet voor een van jullie gedaan. Ik had gewoon geen zin om hem te doden. Vandaag.'

Ze deed haar best dreigend te klinken, maar aan het einde van de zin klonk ze meer als een kind dat haar zin niet krijgt. Ze draaide een pluk haar om haar vingers. 'Hoewel ik hiermee enkele mensen niet erg blij maak.' Ze hoefde niet te zeggen wie, maar ik zag in haar ogen dat ze bang was. Een seconde zag ik hoezeer zij in een rol gevangenzat. Rook en spiegels.

Ondanks alles had ik zelfs nu, terwijl ik mijn vader overeind probeerde te trekken, met haar te doen. Ridley kon elke jongen op deze planeet krijgen, en nu zag ik hoe eenzaam ze was. Ze was lang niet zo sterk als Lena, niet vanbinnen.

Lena.

Lena, gaat het?

Niets aan de hand. Wat is er mis?

Ik keek naar mijn vader. Hij kon zijn ogen niet openhouden en hij stond op zijn benen te zwaaien.

Niets. Is Larkin bij je?

Ja, we lopen nu terug naar Ravenwood. Is je vader oké?

Hij redt het wel. Ik vertel je alles wanneer ik terug ben.

Ik liet mijn arm onder mijn vaders oksel glijden, terwijl Link hem aan de andere kant vastpakte.

Blijf bij Larkin, en zorg dat je binnen bij je familie komt. In je eentje ben je niet veilig.

Voordat we een stap konden zetten, schuifelde Ridley door de open balkondeuren. Haar ellenlange benen stapten over de drempel. 'Sorry, jongens, ik moet gaan. Misschien ga ik een poosje terug naar New York, even bijkomen. Het is te gek daar.' Ze haalde haar schouders op.

Ook al was ze een monster, Link kon haar niet helpen en moest haar laten gaan. 'Hé, Rid?'

Ze bleef staan en keek hem aan, bijna bedroefd. Alsof ze er niets aan kon doen wat ze was, net zomin als een haai er iets aan kon doen dat hij een haai was, maar als ze zou kunnen...

'Ja, Binkie Linkie?'

'Je bent zo slecht nog niet.'

Ze keek hem in de ogen en glimlachte bijna. 'Je weet wat ze zeggen. Misschien ben ik gewoon zo gebakken.'

11 februari

Familiereünie

Nadat ik mijn vader veilig had achtergelaten bij de Eerste Hulp van de heropvoering, haastte ik me terug naar het feest. Ik baande me een weg langs de meisjes van Jackson. Ze hadden hun jasjes van zich afgegooid en zagen er uitdagend uit in hun korte topjes en naveltruitjes. Ze swingden uitbundig op de muziek van de Holy Rollers. Zonder Link die mij op de hielen zat, wat me goeddeed. Het was herrie. Live-bandherrie. Live-munitieherrie. Zo'n herrie, dat ik bijna niet hoorde dat Larkin me riep.

'Ethan, ik ben hier!' Larkin stond bij de bomen, net achter het gele, reflecterende lint dat de Veilige Zone scheidde van de je-kunt-overhoop-worden-geschoten-als-je-de-lijn-overgaat. Wat deed hij in het bos, achter de Veilige Zone? Waarom was hij niet in het huis? Ik zwaaide naar hem en hij gebaarde dat ik moest komen. Hij verdween achter de heuvel. Normaal gesproken zou de beslissing om over het lint te springen een verkeerde zijn, maar niet vandaag. Ik moest hem volgen. Link liep vlak achter me, al struikelend, maar toch bij me in de buurt. Precies zoals het vroeger was.

'Hé, Ethan.'

'Ja?'

'Nog even over Rid, ik had naar je moeten luisteren.'

'Is goed, man. Jij kon er niets aan doen. Ik had je alles moeten vertellen.'

'Zit er maar niet mee. Ik had je toch niet geloofd.'

Het geluid van geweervuur echode over onze hoofden. We doen beiden intuïtief weg.

'Ik hoop dat het losse flodders zijn,' zei Link geschrokken. 'Stel je voor dat ik hier door mijn eigen vader overhoop word geschoten?'

'Met al mijn geluk van de laatste tijd zou het me niet verbazen wanneer hij ons allebei overhoopschoot.'

We waren boven op de heuvel. Ik zag het dichte struikgewas, de eiken en de rook van het geschut achter ons.

'We zijn hier!' riep Larkin van de andere kant van de struiken.

Met 'we' kon hij alleen bedoelen hij en Lena, dus ik begon harder te rennen. Alsof Lena's leven ervan afhing, want voor zover ik wist, was dat misschien ook zo.

Pas op dat moment had ik in de gaten waar we waren. Iets verderop was de poort naar de tuin van Greenbrier. Larkin en Lena stonden op het open veld, vlak achter de tuin. Op dezelfde plek waar we een paar weken geleden het graf van Geneviève hadden opgegraven. Een paar meter achter hen stapte een gestalte uit de schaduw het maanlicht in. Het was donker, maar de volle maan stond recht boven ons.

Ik kneep mijn ogen dicht. Het was... Het was...

'Mam, wat doe jij hier in hemelsnaam?' Link was als door de bliksem getroffen.

Recht voor ons stond zijn moeder, mevrouw Lincoln, mijn ergste nachtmerrie, of in ieder geval hoog in mijn top tien. Zij was de laatste persoon die ik hier verwachtte. Ze droeg een belachelijk wijde petticoat en daaroverheen een idiote bonte jurk die bij haar middel door een riem veel te strak was vastgesnoerd. Ze stond vlak voor het graf van Geneviève. 'Wel, wel, jongeman. Je weet dat ik er een vreselijke hekel aan heb wanneer je vloekt.'

Link wreef over zijn hoofd. Hij kon het niet vatten, en ik evenmin.

Lena, wat is dit?

Lena?

Het bleef doodstil. Er was iets mis.

'Mevrouw Lincoln, gaat het?'

'Kan niet beter, Ethan. Is het geen schitterende veldslag? En Lena vertelde me net ook nog dat ze jarig is. We hebben op jullie gewacht, in ieder geval op een van jullie.'

Link liep een paar passen naar voren. 'Nou ma, ik ben er nu. Ik breng je naar huis. Je had de Veilige Zone niet moeten oversteken. Straks wordt je hoofd er nog afgeblazen. Je weet hoe beroerd pa kan mikken.'

Ik greep Link bij zijn arm om hem tegen te houden. Er klopte iets niet. Het was de manier waarop ze glimlachte en de totale paniek op het gezicht van Lena.

Lena, wat gebeurt hier?

Waarom antwoordde ze niet? Ik zag hoe Lena de ring van mijn moeder onder haar trui vandaan trok en hem bij de ketting vastpakte. In het donker zag ik haar lippen bewegen, maar ik hoorde amper wat ze zei. Er was slechts een fluistering ergens in een verre hoek van mijn hoofd.

Ethan, wegwezen! Ga oom Macon halen! Ren!

Maar ik stond aan de grond genageld. Ik kon haar niet alleen achterlaten.

'Link, engel, je bent zo'n lieve jongen.'

Link? Voor ons stond niet mevrouw Lincoln. Dat was onmogelijk.

Mevrouw Lincoln zou Wesley Jefferson Lincoln nooit Link noemen. Die kans was net zo klein als dat ze naakt over straat zou rennen. 'Waarom zou je die belachelijke bijnaam gebruiken wanneer je zo'n deftige naam hebt gekregen. Dat gaat er bij mij niet in,' zei ze elke keer wanneer een van ons haar aan de telefoon kreeg en per ongeluk naar Link vroeg.

Link voelde mijn hand op zijn arm en bleef staan. Het begon ook bij hem te dagen; ik zag het aan zijn gezicht. 'Mam?'

'Ethan, maak dat je wegkomt! Larkin, Link, wie dan ook. Ga oom Macon halen!' Lena schreeuwde. Ze kon niet ophouden. Ze keek doodsbang. Zo had ik haar niet eerder gezien. Ik stoof op haar af.

Ik hoorde het geluid van een kanonskogel die werd afgevuurd, gevolgd door het geratel van geweren.

Ik sloeg met mijn rug ergens hard tegenaan. Ik voelde een steek in mijn rug en een moment tolde alles om me heen.

'Ethan!' Ik hoorde Lena roepen, maar ik kon me niet bewegen. Ik was neergeschoten. Ik vocht om niet weg te zakken.

Een paar seconden later zag ik weer waar ik was. Ik lag op de grond met mijn rug tegen een enorme eik. Het schot moet me naar achteren hebben geworpen, tegen de boom aan. Ik tastte mijn lichaam af om te voelen waar ik was geraakt, maar er was nergens bloed. Ik kon de plek niet vinden waar de kogel naar binnen was gegaan. Link stond een paar meter verderop onbeholpen tegen een andere boom gedrukt. Hij keek net zo verdwaasd als ik me voelde. Ik kwam overeind en strompelde naar Lena toe, maar mijn gezicht knalde tegen iets hards aan en ik viel weer op de grond. Ik voelde me precies als die keer toen ik bij de Zusters thuis door een glazen schuifdeur was gelopen.

Ik was niet neergeschoten; dit was iets anders. Ik was geraakt door een ander soort wapen.

'Ethan!' Lena krijste nu.

Ik stond opnieuw op en stapte langzaam naar voren. Er was echt een glazen deur, maar alleen was dit een soort onzichtbare muur die de boom en mij omcirkelde. Ik sloeg er keihard met mijn vuist tegenaan, maar het maakte geen enkel geluid. Met mijn vlakke hand bleef ik erop slaan. Wat kon ik anders? Op dat moment zag ik dat Link op zijn eigen onzichtbare kooi stond te beuken.

Mevrouw Lincoln glimlachte naar me, met een nog boosaardiger glimlach dan Ridley op haar beste dag voor elkaar zou krijgen.

'Laat hen gaan!' Lena gilde.

Uit het niets opende de donkere lucht zich boven ons en de regen stortte uit de wolken, alsof er een emmer werd omgekeerd. Lena. Haar haar waaide wild alle kanten op. De regen ging over in hagel die nu van de zijkant kwam en mevrouw Lincoln van alle kanten aanviel. Binnen enkele seconden waren we tot op het bot doorweekt.

Mevrouw Lincoln, of wie ze dan ook mocht zijn, glimlachte. Er was iets met die glimlach. Ze keek bijna trots. 'Ik doe ze heus niets. Ik wil alleen wat tijd hebben om met je te praten.'

Donder roffelde in de lucht boven ons. 'Ik hoopte al dat ik de kans zou krijgen om een paar van je talenten te zien. Je hebt geen idee hoe ik het betreurde dat ik er niet was om je te helpen om jouw gaven te slijpen.'

'Hou je kop, heks.' Lena was genadeloos. Ik had haar groene ogen nog nooit zo gezien, de onbuigzame blik die ze op mevrouw Lincoln richtte. Spijkerhard. Onvermurwbaar. Vol haat en woede. Ze keek alsof ze het hoofd van mevrouw Lincoln van haar romp wilde trekken. Haar blik zei me dat ze daartoe nog in staat zou zijn ook.

Eindelijk begreep ik waarvoor Lena het hele jaar zo bang was geweest. Ze bezat de kracht om te vernietigen. Ik had alleen de kracht gezien om lief te hebben. Wanneer je ontdekte dat je deze allebei had, hoe moest je dan uitvinden hoe je ermee moest omgaan?

Mevrouw Lincoln draaide zich naar Lena. 'Wacht maar tot je doorhebt wat je werkelijk allemaal kunt. Hoe je de elementen kunt manipuleren. Dat is de ware gave van een Naturel, die wij met elkaar delen.'

Iets wat ze deelden.

Mevrouw Lincoln keek op naar de donkere lucht, de regen kletterde naast haar neer alsof ze een paraplu ophield. 'Nu maak je nog regenbuien, maar binnenkort zul je ook moeten leren hoe je de baas kunt spelen over vuur. Ik zal je laten zien hoe geweldig ik het vind om met vuur te spelen.'

Regenbuien? Maakte ze een grap? We zaten midden in een wolkbreuk.

Mevrouw Lincoln hield haar vlakke hand omhoog in de lucht, waarna bliksem de wolken doorkliefde en lichtflitsen door het hemeldek schoten. Ze stak drie vingers omhoog. Op het geknip van haar vingers barstte de bliksem los. Een bliksemschicht sloeg in de grond, slechts een paar meter van waar Link in zijn onzichtbare kooi gevangenzat. Een tweede inslag volgde. De bliksem boorde zich door de boom achter me en kliefde hem bijna doormidden. Een derde inslag trof Lena, maar ze strekte haar hand uit en de flits ketste af. Hij sloeg in naast de voeten van mevrouw Lincoln. Het gras rond haar voeten begon te smeulen en vloog in brand.

Mevrouw Lincoln lachte en zwaaide met haar hand. Het vuur in het gras doofde uit. Ze keek Lena aan met een trotse glinstering in haar ogen. 'Niet slecht. Ik ben blij te zien dat de appel niet ver van de boom valt.'

Dit kon niet waar zijn.

Lena keek haar onthutst aan en draaide haar handpalmen naar boven, als een soort verdedigingsmechanisme. 'O ja, en wat zeggen ze over de rotte appel?'

'Niets. Ik ken niemand die daar ooit iets over heeft gezegd.' Toen draaide mevrouw Lincoln zich naar Link en mij in haar belachelijke jurk en meters petticoat, met haar haar in een lange vlecht op haar rug. Ze keek ons recht aan, haar goudgele ogen vlamden op. 'Het spijt me echt, Ethan. Ik had je graag onder andere omstandigheden leren kennen. Je ontmoet immers niet elke dag het eerste vriendje van je dochter.'

Ze draaide zich naar Lena. 'Of je dochter.'

Ik had het goed gehad. Ik wist wie ze was en met wie we te maken hadden.

Sarafine.

Een moment later begon het gezicht van mevrouw Lincoln, haar jurk, haar hele lichaam uiteen te vallen. Je zag de huid aan beide zijden openbarsten als een gescheurde wikkel van een snoepreep. Toen haar lichaam in tweeën spleet, viel het uiteen als een jas die van iemands schouder wordt afgeschud. Daaronder vandaan doemde een andere vrouw op.

'Ik heb geen moeder!' krijste Lena.

Sarafine kromp ineen, alsof ze haar best deed om gekwetst te kijken omdat ze Lena's moeder was. Ze leken als twee druppels op elkaar. Ze had hetzelfde lange, zwarte krullende haar als Lena. Maar het verschil was, dat waar Lena angstaanjagend mooi was, Sarafine uitsluitend angstaanjagend was. Net als Lena was Sarafine een lange, elegante verschijning, maar in plaats van Lena's betoverende groene ogen, had zij dezelfde gloedvolle gele ogen als Ridley en Geneviève. En die ogen maakten het grote verschil.

Sarafine droeg een donkergroene fluwelen jurk, met een door een koord strakgetrokken bovenlijf. Een mengeling van modern, gothic en vorige eeuw. Daaronder droeg ze hoge zwarte motorlaarzen. Ze stapte letterlijk uit het lichaam van mevrouw Lincoln, dat in luttele seconden ineenzakte, alsof iemand het ventiel had opengetrokken. De echte mevrouw Lincoln lag in katzwijm in het gras met haar hoepelrok rechtovereind, waardoor haar knielange onderbroek en haar petticoat te zien waren.

Link was in shock.

Sarafine strekte zich uit, verlost van het extra gewicht. Ze huiverde. '*Sterfelijken*. Dat lichaam was niet om uit te houden, zo lomp en ongemakkelijk. Dat propt zich om de paar minuten vol. Weerzinwekkende schepsels.'

'Mam! Mam, word wakker!' Link bonkte met zijn vuisten tegen wat blijkbaar een soort krachtveld was. Het maakte niet uit dat mevrouw Lincoln een draak van een mens was, ze was wel Links draak. Het moest vreselijk voor hem zijn om haar als een hoop vuilnis aan de kant te zien liggen.

Sarafine zwaaide met haar hand. Links mond bewoog nog wel, maar er kwam geen geluid uit. 'Dat is beter. Je hebt geluk dat ik de afgelopen maanden niet al mijn tijd in het lichaam van jouw moeder heb gezeten. Indien ik dat had gedaan, was jij er nu niet meer geweest. Als je eens wist hoe vaak ik je tijdens het eten uit verveling bijna had vermoord omdat je maar zat te zemelen over die stomme band van je.'

Opeens was alles duidelijk. De kruistocht tegen Lena, de bijeenkomst van de Jackson tuchtcommissie, de leugens over Lena's vorige school, zelfs de vreemde brownies op Halloween. Hoe lang had Sarafine zich vermomd als mevrouw Lincoln?

In mevrouw Lincoln.

Ik had nooit echt begrepen waartegen we vochten, tot nu. *De Duisterste nog levende Caster*. Daarbij vergeleken was Ridley ongevaarlijk. Geen wonder dat Lena al die tijd zo doodsbang voor deze dag was geweest.

Sarafine keek weer naar Lena. 'Je hebt misschien altijd gedacht dat je geen moeder hebt, en als dat zo is, dan is dat alleen maar omdat jouw grootmoeder en oom jou van mij hebben afgenomen. Ik heb altijd van je gehouden.' Het was onvoorstelbaar hoe gemakkelijk Sarafine van emoties wisselde. Van oprechtheid en berouw, naar afschuw en minachting, elke emotie zo hol als de volgende.

Lena's ogen stonden bitter. 'Probeerde je me daarom te vermoorden, "Moeder"?'

Sarafine deed haar best te kijken alsof ze het zich aantrok, of misschien keek ze verbaasd. Het was moeilijk te zien, omdat haar uitdrukking zo onnatuurlijk was, zo geforceerd. 'Hebben ze je dat wijsgemaakt? Ik probeerde alleen maar met je in contact te komen – om met je te praten. Wanneer hun Begrenzingen er niet waren geweest, hadden mijn pogingen daartoe jou nooit in gevaar gebracht, en dat wisten zij. Natuurlijk begrijp ik hun bezorgdheid. Ik ben een Duistere Caster, een Cataclyst. Maar Lena, je weet heel goed, dat ik daarin geen keus had. Dat werd voor mij beslist. Het verandert niets aan wat ik voor jou voel, voor mijn enige dochter.'

'Ik geloof je niet!' spuwde Lena. Maar ze keek onzeker, zelfs toen ze het zei, alsof ze niet meer wist wat ze moest geloven.

Ik keek op mijn mobiel: 21.59 uur. Nog twee uur tot middernacht.

Link zat in elkaar gezakt tegen de boom, met zijn hoofd in zijn handen. Ik kon mijn ogen niet van mevrouw Lincoln afhouden, die levenloos in het gras lag. Lena keek ook naar haar.

'Ze is toch niet, je weet wel. Is ze?' Ik moest het weten, voor Link.

Sarafine deed haar best vriendelijk te kijken. Maar ik zag dat ze haar belangstelling voor Link en mij verloor, wat voor ons beiden niet goed was. 'Ze zal snel terugkeren naar haar vroegere onaantrekkelijke toestand. Walgelijke vrouw. Ik hoef niets met haar of haar zoon. Ik wilde alleen mijn dochter de ware aard van Sterfelijken laten zien. Hoe eenvoudig ze te beïnvloeden zijn en hoe wraakzuchtig.' Ze draaide zich naar Lena. 'Mevrouw Lincoln hoefde maar iets slechts over jou te zeggen, en de hele stad keerde zich tegen je. Je hoort niet in deze wereld. Je hoort bij mij.'

Sarafine draaide zich naar Larkin. 'Wanneer we het toch over walgelijke toestanden hebben, Larkin, waarom laat je ons niet die babyblauwe, ik bedoel gele zien?'

Larkin glimlachte en kneep zijn ogen dicht. Hij strekte zijn armen boven zijn hoofd uit, alsof hij zich uitrekte na een lange slaap. Maar toen hij zijn ogen weer opende, was er iets veranderd. Hij knipperde wild met zijn ogen en bij elke knippering veranderden zijn ogen. Je kon bijna de moleculen zich opnieuw zien ordenen. Larkin transformeerde en waar hij zojuist stond, lag nu een grote berg slangen. De krioelende slangen verstrengelden zich in elkaar tot Larkin weer uit de kronkelende hoop opdoemde. Hij strekte zijn twee ratelslangarmen uit, die sisten en draaiden tot ze in zijn leren jas zaten en weer zijn armen werden. Toen deed hij zijn ogen open. Maar in plaats van de groene ogen die ik gewend was, staarde Larkin ons aan met dezelfde goudgele ogen als Sarafine en Ridley. 'Groen was nooit echt mijn kleur. Dat is een van de voordelen wanneer je een Illusionist bent.'

'Larkin?' Mijn hart zonk me in de schoenen. Hij was een van hen, een Duistere Caster. Het was nog erger dan ik dacht.

'Larkin, wat ben jij?' Lena keek verward, maar dat duurde slechts een seconde. 'Waarom?'

Het antwoord staarde ons recht aan, in Larkins gouden ogen. 'Waarom niet?'

'Waarom niet? O, ik weet niet, wat dacht je van een beetje loyaliteit tegenover je familie?'

Larkin draaide zijn hoofd rond, en de dikke gouden ketting om zijn nek kronkelde zich tot een slang, die met zijn tong snel heen en weer over Larkins wang schoot. 'Loyaliteit is niet echt mijn ding.'

'Je hebt iedereen bedrogen, jouw eigen moeder. Hoe kun je leven met jezelf?'

Hij stak zijn tong uit. De slang kronkelde zich zijn mond in en verdween. Hij slikte. 'Wanneer je Duister bent, heb je meer lol dan wanneer je Licht bent, nicht. Je zult het zien. We zijn wat we zijn. Ik ben voorbestemd om dit te zijn. Het heeft geen zin ertegen te vechten.' Zijn tong schoot naar buiten en naar binnen. Hij was nu gespleten, zoals de slang binnen in hem.

'Ik begrijp niet waarom je je zo druk maakt. Kijk naar Ridley. Ze heeft het reuze naar haar zin.'

'Je bent een verrader!' Lena verloor haar beheersing. Donder rommelde boven haar hoofd, en de regen begon weer naar beneden te kletteren.

'Hij is niet de enige verrader, Lena.' Sarafine zette een paar passen naar Lena toe.

'Waar heb je het over?'

'Jouw geliefde oom Macon.' Haar stem klonk bitter en het was me duidelijk dat Sarafine er moeite mee had dat Macon haar dochter van haar had weggenomen.

'Je liegt.'

'Hij is degene die de hele tijd tegen je heeft gelogen. Hij liet je geloven dat jouw lot vast lag – dat je geen keus had. Dat je vanavond, op je zestiende verjaardag, Licht of Duister zal worden Opgeëist.'

Lena schudde koppig haar hoofd. Ze hief haar handpalmen op. Donder roffelde en het begon te plenzen, een enorme wolkbreuk. Ze schreeuwde om erbovenuit te komen. 'Dat gebeurt er. Het overkwam Ridley en Reece en Larkin.'

'Daar heb je gelijk in, maar jij bent anders. Vanavond zul jij niet worden Opgeëist. Jij moet *jezelf Opeisen*.'

De woorden hingen in de lucht. Jezelf Opeisen. Alsof de woorden zelf de kracht hadden om de tijd te stoppen.

Lena's gezicht was asgrauw. Een moment dacht ik dat ze zou flauwvallen. 'Wat zei je?' fluisterde ze.

'Je hebt een keus. Ik weet zeker dat jouw oom je dat niet heeft verteld.'

'Dat is onmogelijk.' Ik kon Lena's stem amper horen in de gierende wind.

'Je hebt een keus omdat je mijn dochter bent, de tweede in de familie Duchannes geboren Naturel. Ik mag dan nu een Cataclyst zijn, maar ik was de eerstgeboren Naturel in onze familie.'

Sarafine pauzeerde voor ze een vers opzei.

'De Eerste zal Zwart zijn.

Maar de Tweede mag kiezen om het terug te draaien.'

'Ik begrijp het niet.' Lena's benen begaven het en ze zakte op haar knieën in de modder en het hoge gras. Haar lange zwarte haar hing druipend rond haar gezicht.

'Je hebt altijd een keus gehad. Jouw oom heeft dat altijd geweten.'

'Ik geloof je niet!' Lena gooide haar armen in de lucht. Klompen aarde sprongen uit de grond omhoog tussen hen in en wervelden rond in de storm. Ik bedekte mijn ogen toen stukken modder en stenen ons van alle kanten om de oren vlogen.

Ik probeerde over de storm heen te schreeuwen, maar Lena kon me amper horen. 'Lena, luister niet naar haar. Ze is Duister. Ze geeft om niemand. Dat heb je me zelf gezegd.'

'Waarom zou oom Macon de waarheid voor me achterhouden?' Lena keek me recht aan, alsof ik de enige was die het antwoord wist. Maar ik wist het niet. Ik kon niets zinnigs zeggen.

Lena schopte met haar voet tegen de grond voor haar. De grond begon te trillen, en daarna onder mijn voeten te rollen. Voor de allereerste keer werd Gatlin getroffen door een aardbeving. Sarafine glimlachte. Ze wist dat Lena haar zelfbeheersing verloor, en dat zij aan de winnende hand was. De bliksemstorm flitste boven onze hoofden.

'Zo is het genoeg, Sarafine!' Macons stem echode over het open veld. Hij dook op uit het niets. 'Laat mijn nichtje met rust.'

In het maanlicht zag hij er anders uit. Minder als een man en meer wat hij was. Iets anders. Zijn gezicht leek jonger. Klaar voor een strijd.

'Heb je het over mijn dochter? De dochter die je mij hebt ontnomen?' Sarafine rechtte haar rug en begon haar vingers te draaien, als een soldaat die zijn arsenaal controleert voor de strijd.

'Alsof ze ooit iets voor je heeft betekend,' zei Macon kalm. Hij trok zijn jasje recht, onberispelijk als altijd. Boo kwam uit de bosjes achter hem stuiven, alsof hij had gerend om hem in te halen. Vanavond leek ook Boo precies wat hij was – een enorme wolf.

'Macon, ik voel me vereerd, behalve dat ik hoorde dat ik het feest heb gemist. De zestiende verjaardag van mijn eigen dochter. Maar dat geeft niet. We hebben het Opeisen vannacht nog. We hebben nog een paar uur en die zou ik voor geen goud willen missen.'

'Dan denk ik dat je wel teleurgesteld zult zijn, want je bent niet uitgenodigd.'

'Jammer. Zeker omdat ik zelf iemand heb uitgenodigd. Hij wil je dolgraag zien.' Ze glimlachte en wapperde met haar vingers. Net zo snel als Macon was opgedoken, kwam er nu een andere man uit het niets tevoorschijn. Hij leunde tegen de stam van een wilg, waar een moment eerder nog niemand had gestaan.

'Hunting? Waar heeft ze jou opgegraven?'

Hij leek op Macon, maar groter en iets jonger, met sluik gitzwart haar en dezelfde fletse huid. Maar waar Macon het meeste weg had van een zuidelijke heer uit een andere tijd, leek deze man zo uit een modeblad gestapt. Helemaal in het zwart, een coltrui, spijkerbroek en een leren bomberjack. Hij zag er meer uit als een filmster op het omslag van een roddelblad dan Macons versie van Cary Grant. Hij was ook een Incubus, en niet – als er zoiets bestond – van het goede soort. Wat Macon ook was, Hunting was iets anders.

Hunting vertrok zijn gezicht in wat voor een glimlach moest doorgaan. Hij draaide rond Macon. 'Broer, dat is lang geleden.'

Macon beantwoordde de glimlach niet. 'Niet lang genoeg. Ik ben niet verrast dat je met iemand als zij optrekt.'

Hunting lachte, rauw en luid. 'Met wie had je dan verwacht dat ik zou optrekken? Met een handvol Lichte Casters, zoals jij? Het is belachelijk. Het idee dat je gewoon kunt weglopen van wat je bent. Van onze familie-erfenis.'

'Ik heb een keus gemaakt, Hunting.'

'Een keus? Noem je het zo?' Hunting lachte opnieuw, en cirkelde dichter om Macon heen. 'Het is meer een fantasie. Je kunt niet kiezen wat je bent, "broer". Je bent een Incubus. En of je er nu voor kiest om je wel of niet met bloed te voeden, je blijft een Duister Creatuur.'

'Oom Macon, is het waar wat hij zegt?' Lena was niet geïnteresseerd in de kleine reünie van Macon en Hunting.

Sarafine lachte schel. 'Macon, vertel het meisje voor één keer in je leven de waarheid.'

Macon keek haar halsstarrig aan. 'Lena, het ligt niet zo eenvoudig.'

'Maar is het waar? Heb ik een keus?' De regen droop van haar lange natte krullen. Natuurlijk waren Macon en Hunting kurkdroog. Hunting stak glimlachend een sigaret aan. Hij genoot.

'Oom Macon. Is het waar?' smeekte Lena.

Macon keek Lena geïrriteerd aan en draaide toen zijn ogen weg. 'Je hebt een keus, Lena, een gecompliceerde keus. Een keus met verschrikkelijke consequenties.'

Van het ene op het andere moment viel er geen druppel regen meer. De lucht was volledig rustig. Wanneer dit een orkaan was, zaten wij in het oog. Lena's emoties kolkten. Ik wist wat ze voelde, zelfs zonder dat ik haar stem in mijn hoofd hoorde. Blijdschap, omdat ze eindelijk het enige had wat ze altijd wilde hebben, de keus om over haar eigen lot te beslissen. Woede, omdat ze de enige persoon, die ze altijd blind vertrouwde, was kwijtgeraakt.

Lena staarde naar Macon, alsof ze hem ineens met andere ogen zag. Ik zag een donkere waas over haar gezicht trekken. 'Waarom hebt u het me niet verteld? Ik heb mijn hele leven doodsangsten uitgestaan dat ik naar het Duister zou overgaan.' Boven ons knalden opnieuw donderwolken tegen elkaar, en de regen stroomde naar beneden, als tranen. Maar Lena huilde niet, ze was woest.

'Je hebt inderdaad een keus, Lena. Maar er kleven consequenties aan. Consequenties die je als kind niet kon begrijpen. Je kunt ze zelfs nu niet echt begrijpen. Toch heb ik er elke dag van mijn leven over gepiekerd, al voordat jij was geboren. En zoals jouw "lieve moeder" weet, zijn de voorwaarden voor deze overeenkomst al heel lang geleden vastgelegd.'

'Wat voor soort consequenties?' Lena keek Sarafine argwanend aan. Op haar hoede. Alsof er ineens nieuwe mogelijkheden in haar opkwamen. Ik wist wat ze dacht. Wanneer ze Macon niet kon vertrouwen – wanneer hij dit geheim al die tijd bij zich had gedragen – misschien sprak haar moeder dan toch de waarheid.

Ik moest zorgen dat ze me hoorde.

Lena, luister niet naar haar! Je kunt haar niet vertrouwen...

Maar er was niets. Onze koppeling was verbroken door de aanwezigheid van Sarafine. Het was alsof ze de telefoondraad tussen ons had doorgesneden.

'Lena, je kunt onmogelijk de keus begrijpen, waartoe ze je nu probeert te dwingen. Wat er op het spel staat.'

De regen ging over van een tranengordijn in een gierende slagregen.

'Alsof je hem kunt vertrouwen na al die duizenden leugens.' Sarafine keek woedend naar Macon voordat ze zich naar Lena draaide. 'Ik zou willen dat ik meer tijd had om met je te praten, Lena. Maar je moet een Keus maken, en ik ben Begrensd om je uit te leggen welke gevolgen jouw keus heeft. Er zitten consequenties aan vast; jouw oom heeft daarover niet gelogen.' Ze pauzeerde even. 'Wanneer je kiest voor het Duister, zullen alle Lichte Casters in jouw familie sterven.'

Lena werd lijkbleek. 'Waarom zou ik ooit daarmee instemmen?'

'Omdat wanneer je voor het Licht kiest, alle Duistere Casters en Lilum in onze familie zullen sterven.' Sarafine draaide zich om en keek Macon aan. 'En ik bedoel iedereen. Jouw oom, die man die altijd als een vader voor jou is geweest, zal ophouden te bestaan. Je zult hem vernietigen.'

Macon loste op en nam zijn gedaante weer aan voor Lena's voeten. Het duurde nog geen seconde. 'Lena, luister naar me. Ik ben bereid dit offer te brengen. Daarom heb ik het je niet verteld. Ik wilde niet dat je je schuldig zou voelen dat je me zou moeten laten gaan. Ik heb altijd geweten welke keus je zou maken. Maak de keus. Laat me gaan.'

Lena wankelde. Zou ze Macon werkelijk kunnen vernietigen, wanneer wat Sarafine had gezegd waar was? Maar als dit de waarheid was, welke andere keus had ze dan? Macon was maar één persoon, ook al hield ze zielsveel van hem.

'Er is nog iets anders wat ik kan aanbieden,' vervolgde Sarafine.

'Wat kun je me in godsnaam nog aanbieden waardoor ik bereid zou zijn om grootmoeder, tante Del, Reece en Ryan te doden?'

Sarafine zette aarzelend een paar passen naar Lena toe. 'Ethan. Er is een mogelijkheid waardoor jullie samen kunnen zijn.'

'Waar heb je het over? We zijn al samen.'

Sarafine boog haar hoofd licht en kneep haar ogen tot spleetjes. Er trok iets door haar gouden ogen. Herkenning.

'Je weet het niet. Nee toch?' Sarafine draaide zich lachend naar Macon. 'Je hebt het haar niet verteld. Nou, dat is niet eerlijk.'

'Wat moet ik weten?' snauwde Lena.

'Dat jij en Ethan nooit samen kunnen zijn, niet fysiek. Casters en Lilum kunnen niet met Sterfelijken leven.' Ze glimlachte en genoot zichtbaar van het moment. 'In elk geval niet zonder ze te doden.'

11 februari

Het Opeisen

Casters kunnen niet samenleven met Sterfelijken zonder ze te doden.

Alles viel nu op zijn plaats. De wezenlijke koppeling tussen ons. De elektrische schokken, de ademnood wanneer we elkaar kusten, de hartaanval die me bijna had gedood – we konden fysiek niet met elkaar leven.

Ik wist dat het waar was. Ik herinnerde me wat Macon had gezegd, die nacht in het moeras met Amma, en later in mijn slaapkamer.

Een toekomst tussen hen beiden is uitgesloten. Je kunt op dit moment niet alles overzien.

Er zijn dingen waarover niemand van ons controle heeft.

Lena stond te trillen op haar benen. Ook zij wist dat het waar was. 'Wat zei je?' fluisterde ze.

'Dat jij en Ethan nooit echt bij elkaar kunnen zijn. Jullie kunnen nooit trouwen, nooit samen kinderen hebben. Jullie hebben geen toekomst, in ieder geval geen echte toekomst. Ik kan niet geloven dat ze je dat nooit hebben gezegd. Ze hebben jou en Ridley absoluut heel erg beschermd.'

Lena draaide zich naar Macon. 'Waarom hebt u het me niet gezegd? U weet dat ik van hem hou.'

'Je had nog nooit een vriendje gehad, laat staan een Sterfelijke. We hebben nooit kunnen dromen dat het ooit nog zover zou komen. We hebben nooit doorgehad hoe sterk jouw verbintenis met Ethan was, tot het te laat was.'

Ik hoorde hun stemmen, maar luisterde niet naar wat ze zeiden. We zouden nooit samen kunnen zijn. Ik zou nooit zo dicht bij haar kunnen zijn.

De wind wakkerde aan, waardoor de regen nu door de lucht stoof als glas. Bliksemschichten schoten over ons heen. De donderwolken dreunden zo hard op elkaar dat de grond trilde. We zaten duidelijk niet meer in het oog van de storm. Ik wist dat Lena zich niet lang meer zou kunnen beheersen.

'Wanneer was u van plan om het me te vertellen?' schreeuwde ze boven het geraas van de storm uit.

'Nadat je jezelf had Opgeëist.'

Sarafine zag haar kans schoon en nam die ook. 'Maar zie je het dan niet, Lena? Er is een mogelijkheid. Een mogelijkheid waardoor jij en Ethan de rest van jullie leven samen kunnen zijn, kinderen kunnen krijgen. Wat je ook maar wilt.'

'Ze zal dat nooit toestaan, Lena,' snauwde Macon. 'Zelfs als dat mogelijk zou zijn. Duistere Casters verachten Sterfelijken. Zij zullen nooit toestaan dat hun bloedlijnen worden vervuild met Sterfelijk bloed. Dat is een van onze belangrijkste grenzen.'

'Dat is waar, maar Lena, in dit geval zijn we bereid een uitzondering te maken, vandaar ons alternatief. En we hebben een weg gevonden om dit mogelijk te maken.' Ze haalde haar schouders op. 'Het is beter dan sterven.'

Macon keek Lena strak aan en vocht terug. 'Zou je iedereen in je familie kunnen doden alleen omdat je dan met Ethan samen kunt zijn? Tante Del? Reece? Ryan? Jouw eigen grootmoeder?'

Sarafine spreidde haar machtige handen wijd uit, en ontplooide haar magische krachten. 'Wanneer je eenmaal bent overgegaan, kunnen die mensen je niets meer schelen. En je hebt mij dan, jouw moeder, jouw oom, en Ethan. Is hij niet de belangrijkste persoon in je leven?'

Er trok een donkere waas over Lena's ogen. Regen en mist wervelden om haar heen. Het was zo'n oorverdovend kabaal dat het bijna de knallen van het kanonvuur op Honey Hill overstemde. Ik was helemaal vergeten dat we vanavond gedood konlen worden, tijdens een van de twee gevechten op een van de slagvelden.

Macon greep Lena bij beide armen vast. 'Ze heeft gelijk. Als je hiermee instemt, zul je geen wroeging voelen, omdat je jezelf niet meer bent. De persoon die je nu bent, zal dood zijn. Wat ze je niet vertelt, is dat je je niet zult herinneren wat je voor Ethan voelt. Binnen een paar maanden zal jouw hart zo Duister zijn dat hij niets meer voor je betekent. Het Opeisen heeft een ongelooflijk krachtig effect op een Naturel. Je zou hem zelfs met je eigen handen kunnen doden – je zult in staat zijn tot dat soort kwaad. Heb ik gelijk of niet, Sarafine? Vertel Lena wat er met haar vader is gebeurd, je bent immers ineens zo'n voorstander van de waarheid.'

'Jouw vader heeft jou van mij gestolen, Lena. Wat er is gebeurd was betreurenswaardig, een ongeluk.' Lena keek verslagen. Het was al vreselijk om op de bijeenkomst van de tuchtcommissie van mevrouw Lincoln te horen dat haar moeder haar vader had vermoord. Het was heel wat anders om tot de ontdekking te komen dat het waar was.

Macon probeerde de strijd terug te draaien in zijn voordeel. 'Vertel het haar, Sarafine. Leg haar uit hoe haar vader in zijn eigen huis levend verbrandde door een vuur dat jij hebt aangestoken. We weten allemaal hoezeer je ervan houdt om met vuur te spelen.'

Sarafines ogen spoten vuur. 'Luister, je hebt zestien jaar in de weg gestaan. Ik vind dat je je nu maar eens even koest moet houden.'

Uit het niets doemde Hunting een paar centimeter voor Macon op. Nu leek hij minder een man en meer wat hij was. Een duivel. Zijn sluike zwarte haar stond rechtovereind als het haar op de rug van een wolf voordat hij aanvalt. Zijn oren liepen nu uit in scherpe punten, en toen hij zijn mond opende, was het de bek van een beest. Toen ging hij op in het niets, zijn gedaante was opgelost.

Hunting doemde weer op in een flits, nu boven op Macon. Het

ging zo snel dat ik niet eens zeker wist of ik het echt had zien ge beuren. Macon greep Hunting bij zijn jasje en smeet hem tege een boom. Ik had me nooit gerealiseerd hoe sterk Macon werke lijk was. Hunting vloog door de lucht, maar waar hij tegen d boom had moeten knallen, suisde hij er dwars doorheen en rold aan de andere kant over de grond. Op hetzelfde moment gin Macon op in het niets en dook weer op boven op hem. Maco wierp Huntings lichaam tegen de grond, de kracht spleet de gron onder hem open. Hunting lag verslagen op de grond. Maco draaide zich om zodat hij Lena kon aankijken. Op dat momen kwam Hunting achter hem glimlachend overeind. Ik schreeuwd om Macon te waarschuwen, maar niemand hoorde me boven d steeds krachtiger wordende orkaan uit. Hunting gromde kwaad aardig en zette zijn tanden achter in Macons nek als een hond tij dens een gevecht.

Macon schreeuwde, een diepe keelklank, en ging op in het niets Hij was verdwenen. Maar Hunting moest zich hebben vastge klemd, want hij ging samen met Macon in het niets op. En toe ze opnieuw opdoken aan de rand van het open veld, hing Hun ting nog altijd aan Macons nek.

Wat was hij aan het doen? Was hij zich aan het voeden? Ik wis er niet genoeg vanaf om te weten of dit kon en hoe. Maar wa Hunting ook nam, het leek Macon leeg te zuigen. Lena krijste schorre, bloedstollende schreeuwen.

Hunting duwde zich weg van Macons lichaam. Macon lag in elkaar gezakt in de modder. De regen kletterde op hem neer. E klonk een nieuwe ronde geweerschoten. Ik kromp ineen, doods bang door de nabijheid van levende munitie. De troepen van de heropvoering kwamen dichterbij, op Greenbrier af. De Confede ralen waren bezig aan hun finale stelling.

Het lawaai van het geweervuur dempte het gegrom, dat nu to taal anders klonk, maar desondanks vertrouwd. Boo Radley. Hij jankte en sprong door de lucht op Hunting af, vastbesloten om zijn meester te verdedigen. Net toen de hond op Hunting wilde springen, begon Larkins lichaam te kronkelen. Hij tolde rond tot

hij voor Boo's poten in een berg adders was veranderd. De adders
sisten en glibberden over elkaar heen.

Boo had niet door dat de adders een illusie waren, en dat hij er
dwars doorheen kon rennen. Blaffend deinsde hij achteruit en
hield zijn aandacht op de sidderende adders gericht. Dat bood
Hunting de kans die hij nodig had. Hij ging op in het niets en
dook achter Boo op, die hij met zijn enorme kracht probeerde te
wurgen. Boo's lichaam schokte toen hij zich tegen Hunting probeerde te weren, maar het was vergeefs. Hunting was te sterk. Hij
gooide het slappe lichaam van de hond aan de kant, naast dat van
Macon. Boo bewoog niet meer.

De hond en zijn meester lagen zij aan zij roerloos in de modder.
'Oom Macon!' Lena krijste.

Hunting streek met zijn vingers door zijn sluike haar en schudde verwikt zijn hoofd. Larkin draaide zich door zijn leren jas
terug in zijn eigen vertrouwde menselijke vorm. Ze leken beiden
op twee drugsverslaafden na een flink shot.

Larkin keek omhoog naar de maan, en daarna op zijn horloge.
'Halftwaalf. Het is bijna middernacht.'

Sarafine strekte haar armen hoog in de lucht alsof ze de lucht
omhelsde. 'De Zestiende Maan, het Zestiende Jaar.'

Hunting grijnsde naar Lena met een gezicht vol bloed en modder. 'Welkom in de familie.'

Lena was niet van zins zich bij deze familie te voegen. Dat zag ik
duidelijk. Ze hees zich overeind, doorweekt en onder de modder
van haar eigen onstuimige stortvloed. Haar zwarte haar wapperde wild om haar heen. Ze kon zich amper staande houden in de
wind. Ze leunde ertegenaan, alsof haar voeten elk moment vrij
konden komen van de grond en ze in de zwarte lucht zou verdwijnen. Misschien kon ze dat wel. Na dit alles zou niets me meer
verbazen.

Larkin en Hunting liepen langzaam naar de schaduw toe tot ze
bij Sarafine waren, en alle drie naar Lena keken. Sarafine kwam
dichterbij.

Lena hief haar hand op. 'Stop. Nu.'

Sarafine liep door. Lena balde haar hand. Een vuurlijn schoot door het hoge gras omhoog. De vlammen raasden en scheidden moeder en dochter. Sarafine stond aan de grond genageld. Ze had niet verwacht dat Lena tot veel meer in staat was dan wat zij waarschijnlijk voor een beetje storm en regen hield. Lena had haar verrast. 'Ik zal nooit iets voor jou achterhouden, zoals alle anderen in de familie hebben gedaan. Ik heb je jouw mogelijkheden uitgelegd en ik heb je de waarheid verteld. Je kunt me haten, maar ik ben nog altijd jouw moeder. En ik kan je die ene mogelijkheid aanbieden, wat zij niet kunnen. Een toekomst met een Sterfelijke.'

De vlammen schoten omhoog. Het vuur verspreidde zich alsof het over een eigen wil beschikte tot de vlammen Sarafine, Larkin en Hunting omcirkelden. Lena lachte. Een duistere lach, net als die van haar moeder. Zelfs over het open veld heen bezorgde die lach me koude rillingen. 'Je hoeft niet net te doen of je om me geeft. We weten allemaal wat voor feeks je bent, "Moeder". Ik denk dat dat het enige is waar we het allemaal over eens zijn.'

Sarafine tuitte verontwaardigd haar lippen en blies, alsof ze een kus wegblies. Alleen ging het vuur mee met haar. Het veranderde van richting en vloog door het onkruid op Lena af. 'Zeg het alsof je het meent, "lieverd". Zet je tanden erin.'

Lena glimlachte. 'Een heks verbranden? Dat is zo afgezaagd.'

'Als ik zou willen dat jij verbrandde, Lena, was je allang dood geweest. Vergeet niet dat je niet de enige Naturel bent.'

Langzaam strekte Lena haar hand uit en stak deze in de vlammen. Ze vertrok geen spier, haar gezicht bleef volkomen uitdrukkingsloos. Daarna stak ze haar andere hand in het vuur. Ze hief haar armen boven haar hoofd en hield het vuur vast alsof het een bal was. Toen wierp ze de vuurbal zo hard weg als ze kon. Recht op mij af.

Het vuur knalde in de eik achter me, en de takken vatten sneller vlam dan droog aanmaakhout. De vlammen schoten over de stam naar beneden. Ik strompelde naar voren om weg te komen. Ik bleef lopen tot ik de muur van mijn onzichtbare gevangenis bereikte. Maar deze keer was er niets. Ik sleepte mijn benen door de dikke modder over het veld. Ik keek achterom en zag Link naast me vallen. De eik achter hem brandde nog feller dan mijn eigen boom. De vlammen stegen op naar de donkere lucht en begonnen zich te verspreiden over het nabijgelegen veld. Ik rende naar Lena toe. Ik kon nergens anders aan denken. Link strompelde op zijn moeder af. Alleen Lena en de vuurlijn stonden tussen Sarafine en ons in. Voor nu leek dit genoeg.

Ik raakte Lena's schouder aan. In de totale duisternis. Ze had kunnen wegspringen, maar ze wist dat ik het was. Ze keek niet eens naar me.

Ik hou van je, L.

Ethan, zeg niets. Ze hoort alles. Ik weet het niet zeker, maar ik denk dat ze dat altijd kon.

Ik keek over het veld, maar kon Sarafine, Hunting of Larkin door de vlammen niet zien. Ik wist dat ze daar waren, en ik wist dat ze waarschijnlijk zouden proberen om ons allemaal te vermoorden. Maar ik was bij Lena, en een seconde lang was dat het enige wat ertoe deed.

'Ethan! Ga Ryan halen. Oom Macon heeft hulp nodig. Ik kan haar niet veel langer tegenhouden.' Ik zette het op een rennen voor Lena nog iets kon zeggen. Wat Sarafine ook had gedaan om de koppeling tussen ons te verbreken, het werkte niet meer. Lena was terug in mijn hart en mijn hoofd. Ik rende door de hobbelige velden en bedacht dat alleen dat belangrijk was.

Behalve het feit dat het bijna middernacht was. Ik rende sneller.

Ik hou ook van jou. Haast je...

Ik keek op mijn mobiel. 23.25 uur. Ik bonsde op de deur van Ravenwood en drukte als een razende op de halve maan boven de latei. Er gebeurde niets. Larkin moest iets hebben gedaan om de drempel af te grendelen, al had ik geen idee hoe.

'Ryan, tante Del! Grootmoeder!' Ik moest Ryan vinden. Macon

was gewond. Lena kon de volgende zijn. Ik kon niet voorspellen wat Sarafine zou doen wanneer Lena haar aanbod weigerde. Link kwam achter me aan strompelen.

'Ryan is niet hier.'

'Is Ryan een dokter? We moeten mijn moeder helpen.'

'Nee, ze is... ik leg het je later uit.'

Link banjerde over de veranda. 'Was dat allemaal echt?'

Denken. Ik moest nadenken. Ik stond er alleen voor. Ravenwood was vannacht een virtueel fort. Niemand kon er binnenkomen, in ieder geval geen Sterfelijke, en ik kon Lena niet aan haar lot overlaten.

Ik toetste het nummer in van de enige persoon die waarschijnlijk geen probleem had om twee Duistere Casters en een Bloed-Incubus aan te pakken midden in een bovennatuurlijke orkaan. Iemand die zelf een soort bovennatuurlijke orkaan was. Amma.

Ik hoorde de telefoon aan de andere kant overgaan. 'Ze neemt niet op. Amma is waarschijnlijk nog bij mijn vader.'

23.30 uur. Ik kon nog maar één iemand bedenken die me misschien kon helpen. Het was een gok. Ik toetste het nummer van de bibliotheek van Gatlin in. 'Marian is er ook niet. Ze weet vast wat we moeten doen. Potver. Ze zit altijd in die bibliotheek, zelfs na sluitingstijd.'

Link banjerde als een dolle heen en weer. 'Alles is dicht. Iedereen is vrij voor die stomme Slag om Honey Hill, weet je nog? Misschien moeten we naar de Veilige Zone lopen en een verpleger aanklampen.'

Ik staarde hem aan alsof een lichtpijl zojuist zijn mond uit schoot en tegen mijn hoofd knalde. 'Iedereen is vrij. Alles is dicht,' herhaalde ik.

'Ja, dat zei ik net. Dus wat doen we?' Hij keek wanhopig.

'Link, je bent een kei. Een ongelooflijke kei.'

'Weet ik, man, maar wat hebben we daaraan?'

'Je bent met het Wrak?' Hij knikte.

'We moeten hier weg.'

Link startte de motor. Hij sputterde, maar sloeg aan, zoals hij altijd deed. De Holy Rollers knalden uit de speakers, en voor de goede orde, deze keer klonk het nergens naar. Ridley had blijkbaar de stekker getrokken uit die hele Sirene-scene.

Link scheurde de grindweg af en keek me aan. 'Waar moeten we heen?'

'De bibliotheek.'

'Dacht dat je zei dat die dicht was.'

'De andere bibliotheek.' Link knikte alsof hij het begreep, wat niet zo was. Maar hij deed wat hij moest doen, net als vroeger. Het Wrak sjeesde de grindweg af alsof het maandagmorgen was en we te laat waren voor het eerste uur. Alleen was het dat niet.

Het was 23.40 uur.

Toen hij op de rem trapte voor het Historisch Genootschap, probeerde Link het niet eens meer te begrijpen. Ik was de auto uit voordat hij de Holy Rollers kon uitzetten. Hij haalde me in toen ik de hoek omsloeg, de duisternis in achter het op een na oudste gebouw in Gatlin. 'Dit is niet de bibliotheek.'

'Klopt.'

'Dit is de DAR.'

'Klopt.'

'Waar je een pesthekel aan hebt.'

'Klopt.'

'Mijn moeder komt hier bijna elke dag.'

'Klopt.'

'Man, wat doen we hier?'

Ik liep naar het rooster en stak mijn hand erdoorheen. Mijn hand sneed door het metaal, tenminste door wat eruitzag als metaal. Het leek alsof mijn arm bij de pols was geamputeerd.

Link greep me vast. 'Man, Ridley moet iets in mijn drankje hebben gedaan. Want ik zou zweren dat jouw arm, ik zag net je arm – ach, laat maar, ik zie ze vliegen.'

Ik trok mijn arm terug en wapperde met mijn vingers voor zijn neus. 'Man, gek. Na alles wat we vanavond hebben gezien, denk je nú dat je ze ziet vliegen? Nu?'

Ik controleerde mijn mobiel. 23.45 uur.

'Ik heb geen tijd om alles uit te leggen, maar vanaf nu wordt het alleen nog maar gekker. We gaan naar beneden naar de bibliotheek, maar het ziet er niet uit als een bibliotheek. En je denkt dat je hallucineert, bijna de hele tijd. Dus als je terug wilt naar de auto om daar te wachten, mij best.' Link probeerde tot zich te laten doordringen wat ik zei, net zo snel als ik het zei, wat een hele klus was.

'Kom je mee of niet?'

Link keek naar het rooster. Zonder een woord te zeggen stak hij zijn hand erdoorheen. Die verdween.

Hij kwam mee.

Ik bukte me door de ingang en begon de oude stenen trap af te lopen. 'Schiet op. We moeten boeken.'

Link lachte nerveus toen hij achter me aan strompelde. 'Snap je het? Boek? Bibliotheek?'

De toortsen ontvlamden uit zichzelf toen we ons de duisternis in haastten. Ik greep er een uit zijn metalen halvemaan-houder en gooide hem naar Link toe. Ik pakte er nog een en sprong de laatste treden af naar de crypte. Een voor een ontstaken de toortsen zichzelf toen we het vertrek in stapten. De pilaren verschenen, samen met hun schaduw, in het flikkerende licht van de toortsen aan de muren. De woorden DOMUS LUNAE LIBRI werden weer zichtbaar boven de ingang, waar ik ze de laatste keer ook had gezien.

'Tante Marian! Ben je hier?' Ze tikte me vanachteren op mijn schouder. Ik schrok me wezenloos, en sprong zo ongeveer in Link.

Link gaf een schreeuw en liet zijn toorts vallen. Ik trapte met mijn voet de vlam uit. 'Jezus, dr. Ashcroft. U jaagt me de stuipen op het lijf.'

'Sorry, Wesley – en Ethan, ben je gék geworden? Je weet toch wie de moeder van deze arme jongen is?'

'Mevrouw Lincoln is bewusteloos. Lena loopt gevaar. Macon is gewond. Ik moet bij Ravenwood naar binnen, ik kan Amma niet vinden, en het lukt me niet daar binnen te komen. Ik moet door de tunnels.' Ik was weer het kleine jongetje, en het rolde er allemaal achter elkaar uit. Praten tegen Marian was als praten tegen mijn moeder, of in ieder geval als praten tegen iemand die wist hoe het was om tegen mijn moeder te praten.

'Ik kan niets doen. Ik kan je niet helpen. Op de een of andere manier zal het Opeisen zich vannacht voltrekken. Ik kan de klok niet stilzetten. Ik kan Macon niet redden, of Wesley's moeder, of wie dan ook. Ik kan me er niet in mengen.' Ze keek naar Link. 'En het spijt me van je moeder, Wesley. Ik wil niet oneerbiedig zijn.'

'Mevrouw.' Link keek verslagen.

Ik schudde mijn hoofd en gaf Marian de dichtstbijzijnde toorts van de muur. 'Je begrijpt het niet. Je hoeft niets anders te doen dan wat een Caster-bibliothecaris doet.'

'Wat?'

Ik keek haar betekenisvol aan. 'Ik moet een boek afleveren op Ravenwood.' Ik boog naar de grond en stak mijn hand uit naar het dichtstbijzijnde boekenrek en trok er een willekeurig boek uit. Ik verschroeide mijn vingertoppen. *De Complete Gids van Giftige Planten en Woorden.*

Marian vroeg wantrouwend: 'Vannacht?'

'Ja, vannacht. Nu onmiddellijk. Macon vroeg me het hem persoonlijk te brengen. Voor middernacht.'

'Een Caster-bibliothecaris is de enige Sterfelijke die weet waar de ingang van de Lunae Libri-tunnels is.' Marian keek me pienter aan en pakte het boek uit mijn handen. 'Mazzel dat ik er een ben.'

Link en ik volgden Marian door de slingerende tunnels van de Lunae Libri. Ik begon de eiken deuren waar we langsliepen te tellen, maar bij de zestiende hield ik het voor gezien. De tunnels waren net een doolhof, en elke gang was anders. Er waren doorgangen met lage plafonds, zodat Link en ik moesten bukken om er doorheen te kunnen lopen, en gangen met hoge plafonds, waar boven onze hoofden geen enkele afscheiding leek te zitten. Het was letterlijk een andere wereld. Sommige passages waren eenvoudig, met niets meer dan hun kale metselwerk, terwijl andere meer weg hadden van de gangen in een kasteel of museum, met wandbekleding, ingelijste oude kaarten en olieverfschilderijen aan de muur. Onder andere omstandigheden zou ik even zijn gestopt om de koperen plaatjes onder de portretten te lezen. Misschien waren het beroemde Casters, wie weet. Het enige wat de gangen gemeen hadden, was de geur van aarde en tijd, en de vele keren dat Marian aan haar Lunae-halvemaansleutel friemelde, de ijzeren cirkel die ze om haar pols droeg.

Na wat een eeuwigheid leek, kwamen we eindelijk bij de deur. Onze toortsen waren bijna uit, en ik hield die van mij zo omhoog dat ik op de verticale planken *Rayvenwoode Manor* kon lezen. Marian draaide de halvemaansleutel rond in het laatste ijzeren sleutelgat en de deur zwaaide open. Uitgehouwen treden leidden naar boven, het huis in. Toen ik een glimp opving van het plafond boven ons, wist ik dat we op de begane grond waren.

Ik draaide me naar Marian. 'Dank je wel, tante Marian.' Ik strekte mijn hand uit naar het boek. 'Ik zal dit aan Macon geven.'

'Niet zo snel. Je moet me jouw bibliotheekkaart nog laten zien, op naam van EW.' Ze knipoogde. 'Ik lever het boek zelf wel af.'

Ik keek op mijn mobiel. Nog steeds 23.45. Dat kon niet. 'Hoe kan het net zo laat zijn als toen we bij de Lunae Libri aankwamen?'

'Maantijd. Jullie kinderen luisteren ook nooit. De dingen zijn niet altijd wat ze lijken daarbeneden.'

Link en Marian liepen achter me aan de trap op naar de grote hal. Ravenwood was nog net zoals we het hadden achtergelaten, tot op de taart op onze bordjes, het theeservies en de stapel ongeopende verjaardagscadeaus toe.

'Tante Del! Reece! Grootmoeder! Hallo! Waar zijn jullie?' Ik riep hard en ze doken uit het niets op. Del stond bij de trap en hield een lamp boven haar hoofd, alsof ze van plan was er Marian mee op haar hoofd te slaan. Grootmoeder stond in de deuropening en beschermde Ryan met haar arm. Reece had zich verstopt onder de trap en zwaaide met het taartmes.

Ze begonnen allemaal tegelijk te praten. 'Marian! Ethan! We waren zo bang dat er iets was gebeurd. Lena is verdwenen en we hoorden de bel van de tunnels, we dachten dat het...'

'Heb je háár gezien? Is ze daarbuiten?'

'Heb je Lena gezien? Toen Macon niet terugkwam, werden we bang dat er iets mis was.'

'En Larkin. Ze heeft Larkin toch niets aangedaan, nee toch?'

Ik keek hen stomverbaasd aan, terwijl ik de lamp uit tante Dels hand pakte en hem aan Link gaf. 'Een lamp? Dacht u echt dat een lamp u zou kunnen redden?'

Tante Del haalde haar schouders op. 'Barclay is naar zolder gegaan om wat wapens te Draaien van oude gordijnroeden en oude Zonnewende-decoraties. Dit is alles wat ik kon vinden.'

Ik knielde voor Ryan. We hadden nog maar weinig tijd, nog precies veertien minuten. 'Ryan. Weet je nog toen ik gewond was en je me hebt geholpen? Je moet dat nu ook doen op Greenbrier. Nu meteen. Oom Macon is in elkaar gezakt, en hij en Boo zijn gewond.'

Ryan keek alsof ze elk moment kon gaan huilen. 'Is Boo ook gewond?'

Link schraapte zijn keel achter in de hal. 'En mijn moeder. Ik bedoel: ik weet dat ze een kreng en wat nog meer is, maar zou ze... zou ze mijn moeder ook kunnen helpen?'

'En Links moeder?'

Grootmoeder trok Ryan naar zich toe en gaf haar een tikje op haar wang. Ze trok haar trui recht en streek haar rok glad. 'Kom op dan. Del en ik zullen gaan. Reece, jij blijft hier bij je zus. Zeg tegen je vader waar we naartoe zijn.'

'Grootmoeder, ik heb Ryan nodig.'

'Ethan, vanavond ben ik Ryan.' Ze pakte haar tas.

'Ik ga niet weg zonder Ryan.' Ik hield voet bij stuk. Er stond te veel op het spel.

'We kunnen geen kind dat nog niet is Opgeëist mee naar buiten nemen, niet op de Zestiende Maan. Het zou haar dood kunnen worden.' Reece keek me aan alsof ik een idioot was. Ik was weer verstoten uit de Caster-familie.

Del pakte me geruststellend bij mijn arm. 'Mijn moeder is een Empaath. Ze is heel gevoelig voor de magische krachten van anderen en ze kan die krachten tijdelijk overnemen. Op dit moment heeft ze de kracht van Ryan overgenomen. Dat kan niet erg lang, maar nu is ze in staat om alles te doen wat Ryan ook kan. En grootmoeder is, zoals je begrijpt, al enige tijd geleden Opgeëist. Dus zij zal met je meegaan.'

Ik keek op mijn mobiel. 23.49 uur.

'En wat gebeurt er als we niet op tijd zijn?'

Marian glimlachte en hield het boek omhoog. 'Ik heb nog nooit iets op Greenbrier afgeleverd. Del, denk je dat je de weg kunt vinden?'

Tante Del knikte en zette haar bril op. 'Palimpsets kunnen altijd eeuwenoude, lang verborgen deuren vinden. We hebben juist een beetje moeite met de spiksplinternieuwe.' Ze verdween terug in de tunnel, gevolgd door Marian en grootmoeder. Link en ik probeerden ze al struikelend bij te houden.

'Voor een stel oude dames,' hijgde Link, 'kunnen ze er nog wat van.'

Dit keer was de doorgang smal en afgebrokkeld, met plakken zwart en groen mos op de muren en het plafond. Waarschijnlijk ook op de grond, maar die kon ik in de donkere schaduwen niet zien. We waren vijf hobbelende toortsen in een verder inktzwarte duisternis. Omdat Link en ik achteraan in de horde liepen, waaide de rook in mijn ogen, waardoor ze begonnen te prikken en tranen.

Toen we dichter bij Greenbrier kwamen, merkte ik dat aan de rook die in de tunnels doordrong, niet van onze toortsen, maar door verborgen openingen die naar de wereld daarbuiten leidden.

'Hier is het.' Tante Del kuchte en tastte met haar hand de randen van een rechthoekige snee in de stenen muur af. Marian schraapte het mos weg en er werd een deur zichtbaar. De lunaesleutel paste perfect, alsof deze de deur slechts een paar dagen geleden had geopend en niet honderd of duizend dagen geleden. De deur was niet van eikenhout, maar van steen. Ik was verbaasd dat tante Del zo sterk was dat ze de deur open kon duwen.

In het trappenhuis hield tante Del even in en gebaarde me dat ik langs haar heen moest lopen. Ze wist dat de tijd bijna op was. Ik dook onder het overhangende mos door en rook de dompige lucht toen ik over de stenen treden naar boven liep. Ik klom de tunnel uit, maar eenmaal boven bleef ik verstijfd staan. Ik zag de stenen tafel van de crypte, waar *Het Boek van de Manen* zoveel jaren op had gelegen.

Ik wist dat het dezelfde tafel was, want het Boek lag er nu ook op.

Hetzelfde boek dat vanmorgen van de plank in mijn kledingkast was verdwenen. Ik had geen idee hoe het hier was gekomen, maar er was geen tijd om dit te vragen. Ik hoorde het vuur voordat ik het opmerkte.

Vuur maakt veel lawaai, vol van woede, chaos en verwoesting. Overal om me heen was vuur. De rook in de lucht was zo dik, dat ik bijna stikte. De hitte schroeide het haar van mijn armen. Het was als een visioen van het medaillon, of erger, als mijn laatste nachtmerrie – de droom waarin Lena werd verzwolgen door het vuur.

Het gevoel dat ik haar kwijtraakte. Het gebeurde nu werkelijk.

Lena, waar ben je?

Help oom Macon.

Haar stem vervaagde. Ik wuifde de rook weg zodat ik op mijn mobiel kon kijken.

23.53 uur. Nog zeven minuten tot middernacht. De tijd raakte op.

Grootmoeder greep me bij mijn hand. 'Blijf hier niet zo staan. We hebben Macon nodig.'

Grootmoeder en ik renden hand in hand naar buiten, het vuur in. De lange rij wilgen, die de poort naar het kerkhof en de tuinen omlijstten, stond in brand. Het struikgewas, de armetierige eiken, de waaierpalmen, de rozemarijn, de citroenbomen – alles stond in lichterlaaie. In de verte hoorde ik de laatste paar granaten exploderen. Honey Hill was bijna beslist en de acteurs zouden spoedig bij het vuurwerk zijn, alsof het vuurwerk in de Veilige Zone op enige manier kon concurreren met het vuurwerk dat hier de lucht inging. Alles wat de crypte omringde, zowel de gehele tuin als het open veld, brandde.

Grootmoeder en ik strompelden door de rook tot we bij de brandende eiken kwamen, en ik Macon zag liggen waar we hem hadden achtergelaten. Grootmoeder boog over hem heen en raakte met haar hand zijn wang aan. 'Hij is zwak, maar hij redt het wel.' Op hetzelfde moment rolde Boo Radley om en sprong tegen ons vieren op. Hij sloop weg en ging op zijn buik naast zijn meester liggen.

Macon vocht om zijn hoofd naar grootmoeder toe te draaien. Zijn stem was nauwelijks een fluistering. 'Waar is Lena?'

'Ethan gaat haar zoeken. Blijf rustig liggen. Ik ga mevrouw Lincoln helpen.'

Link zat geknield naast zijn moeder, en grootmoeder haastte zich hun kant op zonder nog iets te zeggen. Ik stond op en zocht de vuren af naar Lena. Ik zag nergens een van hen. Geen Hunting, Larkin of Sarafine – niemand.

Ik ben hierboven. Boven op de crypte. Maar ik denk dat ik vastzit.

Hou vol, L. Ik kom eraan.

Ik liep terug door de vlammen en probeerde op de paden te blijven die ik me herinnerde van de keren dat ik met Lena op Greenbrier was. Hoe dichter ik bij de crypte kwam, hoe hoger de vlammen werden. Mijn huid voelde alsof hij eraf werd getrokken, maar ik wist dat hij verbrandde.

Ik klom boven op een naamloze grafsteen en mijn voet vond houvast in de afbrokkelende stenen muur. Ik trok me op zo ver als ik kon. Boven op de crypte stond een beeld, een soort engel.

Een deel van haar lichaam was afgebroken. Ik greep me vast aan haar – ik weet niet wat het was, maar het voelde als een enkel – en trok mezelf over de rand.

Ethan, schiet op! Je moet me helpen.

Op dat moment stond ik tegenover Sarafine.

Die een mes in mijn buik boorde.

Een echt mes, in mijn echte buik.

Het einde van de droom, dat we nooit mochten zien. Alleen was dit deel geen droom. Ik kon het weten, omdat het mijn eigen buik was, en ik voelde elke centimeter van het lemmet.

Verrast, Ethan? Jij denkt dat Lena de enige Caster is op dit kanaal?

Sarafines stem ebde weg.

Laat haar alsjeblieft proberen Licht te blijven.

Toen ik wegzakte, kon ik alleen maar denken dat als je me in een uniform van de Confederatie zou steken, ik Ethan Carter Wate zou zijn. Geveld door dezelfde buikwond, met hetzelfde medaillon in mijn zak. Ook al was het enige waarvan ik ooit deserteerde het Jackson High basketbalteam, en niet Lee's leger.

Dromend over een Caster-meisje van wie ik altijd zou houden. Net als de andere Ethan.

Ethan! Nee!

Nee! Nee! Nee!

De ene minuut schreeuwde ik, de volgende bleef het geluid in mijn keel steken.

Ik herinner me dat Ethan neervalt. Ik herinner me dat mijn moeder glimlacht. De glinstering van het mes, en het bloed.

Ethans bloed.

Dit kan niet waar zijn.

Niets bewoog. Niets. Alles was bevroren, precies op de plaats waar het daarvoor was, als een scene in een wassenbeelden-

museum. De dekens van rook bleven dekens. Ze waren donzig en grijs, maar ze gingen nergens heen, niet omhoog en niet omlaag. Ze hingen in de lucht alsof ze van karton waren gemaakt en deel waren van een achterdoek in een toneelstuk. De vlammentongen waren nog doorzichtig en heet, maar ze verzwolgen niets meer en maakten geen geluid. Zelfs de lucht bewoog niet. Alles was precies zoals het een seconde daarvoor was geweest.

Grootmoeder zat gehurkt naast mevrouw Lincoln, op het punt om haar wang aan te raken, haar hand hing in de lucht. Link hield zijn moeders hand vast en zat geknield in de modder als een klein bang jochie. Tante Del en Marian zaten in hurkzit op de onderste treden van de ingang naar de crypte en beschermden hun gezichten met hun handen tegen de rook.

Oom Macon lag op de grond, Boo lag opgerold naast hem. Hunting leunde tegen een boom een paar meter verderop, en bewonderde zijn kunstje dat hij had geflikt. Larkins leren jas stond in brand en hij keek de verkeerde kant op, halverwege de weg naar Ravenwood. Echt weer iets voor hem dat hij wegrende van de strijd en niet ernaartoe.

En Sarafine. Mijn moeder hield hoog boven haar hoofd een bewerkte dolk vast, een eeuwenoud Duister voorwerp. Haar gezicht was koortsig, vervuld van razernij, felheid en haat. Van het lemmet druppelde nog bloed op Ethans levenloze lichaam. Zelfs de bloeddruppels waren bevroren in de lucht.

Ethans arm lag uitgestrekt over de rand van het dak van de crypte heen. Zijn arm bungelde naar beneden, naar het kerkhof onder hem.

Zoals in onze droom, maar dan achterstevoren.

Ik was niet door zijn armen gevallen. Hij was van die van mij afgerukt.

Onder de crypte strekte ik me uit en duwde de vlammen en rook opzij, tot mijn vingers zich in die van Ethan vastgrepen. Ik stond op mijn tenen, maar ik kon amper bij hem.

Ethan, ik hou van je. Verlaat me niet. Ik kan dit niet zonder jou.

Indien er maanlicht was geweest, had ik zijn gezicht kunnen zien. Maar er was geen maan, niet nu. Het enige licht kwam van het nog altijd bevroren vuur, dat me aan alle kanten omringde. De lucht was leeg, diep zwart. Er was niets. Ik was vannacht alles kwijtgeraakt.

Ik huilde tot ik niet meer kon ademen en mijn vingers uit die van hem weggleden. Ik wist dat ik deze vingers nooit meer op mijn haar zou voelen.

Ethan.

Ik wilde zijn naam uitschreeuwen, ook al zou niemand me horen, maar ik had geen schreeuw meer over. Ik had niets meer over, behalve die woorden. Ik herinnerde me de woorden van het visioen. Ik herinnerde me elk woord.

Bloed van mijn hart
Leven van mijn leven
Lichaam van mijn lichaam
Ziel van mijn ziel.

'Doe het niet, Lena Duchannes. Rommel niet met dat Boek van de Manen *en laat deze Duisternis niet van voren af aan beginnen.*' Ik opende mijn ogen. Amma stond naast me in het vuur. *De wereld om ons heen was nog altijd bevroren.*

Ik keek Amma aan. 'Hebben de Groten dit gedaan?'

'Nee, kind. Jij hebt dit gedaan. De Groten hebben er alleen *voor gezorgd dat ik hier ben.*'

'Hoe kan ik dit hebben gedaan?'

Ze kwam naast me zitten in de modder. 'Je weet nog steeds niet waartoe je in staat bent? Melchizedek had op dat punt in ieder geval gelijk.'

'Amma, waar hebt u het over?'

'Ik heb Ethan altijd gezegd dat hij op een dag een gat in de lucht zou prikken. Maar ik zie nu dat jij degene bent die dat heeft gedaan.'

Ik probeerde de tranen uit mijn gezicht te vegen, maar ze bleven stromen. Toen ze op mijn lippen rolden, proefde ik het zout in mijn mond. 'Ben ik... ben ik Duister?'

'Nog *niet, niet nu.*'

'Ben ik Licht?'

'Nee. Ik kan ook niet zeggen dat je dat bent.'

Ik keek omhoog in de lucht. *De rook bedekte alles – de bomen, de lucht, en waar ze hadden kunnen zijn, een maan en de sterren. Er was alleen een dikke zwarte deken van niets. As en vuur en rook en niets.*

'Amma.'

'Ja?'

'Waar is de maan?'

'Wel, als jij dat niet weet, kind, dan weet ik het zeker niet. Een minuut stond ik omhoog te kijken naar jouw Zestiende Maan. En jij stond eronder. Je staarde omhoog naar de sterren alsof alleen God in de Hemel jou kon helpen, en jouw handpalmen reikten omhoog alsof je de lucht omhooghield. Daarna niets. Alleen dit.'

'Hoe moet het nu met het Opeisen?'

Ze pauzeerde en dacht na. 'Nou, ik weet niet wat er gebeurt wanneer er geen Maan is op jouw verjaardag in het Zestiende Jaar, om middernacht. Dat is nog nooit voorgekomen, voor zover ik weet. Het lijkt me dat er niet kan worden Opgeëist als er geen Zestiende Maan is.'

Ik zou opluchting, vreugde en verwarring moeten voelen. Maar ik voelde alleen verdriet. 'Is het dan voorbij?'

'Ik weet het niet.' Ze strekte haar hand uit en trok me omhoog tot we allebei rechtop stonden. Haar hand was warm en sterk, en ik kon helder denken. Alsof we beiden wisten wat ik nu ging doen. Net als Ivy vermoedelijk had geweten wat Geneviève zou gaan doen op deze plek, meer dan honderd jaar geleden.

Toen we het craquelé omslag van het Boek opensloegen, wist ik onmiddellijk naar welke bladzijde ik moest gaan, alsof ik dat de hele tijd had geweten.

'Je weet dat het niet natuurlijk is. En je weet dat er consequenties aan verbonden zijn.'

'Ik weet het.'

'En je weet dat er geen zekerheid is of het zal werken. De laatste keer pakte het niet goed uit. Maar ik kan je dit zeggen: Ik heb mijn achter-oudtante Ivy in de benedenwereld bij de Groten, en ze zal ons helpen als ze dat kan.'

'Amma, alstublieft. Ik heb geen keus.'

Ze keek me doordringend aan. Uiteindelijk knikte ze. 'Ik weet dat ik niets kan doen om je ervan af te houden. Omdat je van mijn jongen houdt. En omdat ik van mijn jongen hou, zal ik je helpen.'

Ik keek haar aan en begreep het. 'Daarom hebt u Het Boek van de Manen hier vanavond naartoe gebracht.'

Amma knikte langzaam. Ze strekte haar hand naar mijn hals uit en trok de ketting met de ring onder Ethans Jackson High-trui, die ik nog steeds droeg, vandaan. 'Dit was Lila's ring. Hij moet zielsveel van je hebben gehouden om je deze te geven.'

Ethan, ik hou van jou.

'Liefde is iets heel krachtigs, Lena Duchannes. De liefde van een moeder is niet iets, waarmee je lichtzinnig mag omspringen. Ik heb het gevoel dat Lila probeert te helpen, zo goed als ze kan.'

Ze rukte de ring van mijn nek. Ik voelde de gebroken ketting in mijn huid snijden. Ze schoof de ring om mijn middelvinger. 'Lila zou jou aardig hebben gevonden. Je hebt wat Geneviève nooit had toen ze het Boek aanwendde. De liefde van twee families.'

Ik sloot mijn ogen, en voelde het koele metaal tegen mijn huid. 'Ik hoop dat u gelijk hebt.'

'Wacht.' Amma boog en pakte Genevièves medaillon, dat nog altijd in de familie-zakdoek zat gewikkeld, uit de broekzak van Ethan. 'Alleen om iedereen eraan te herinneren dat je de vloek al hebt.' Ze zuchtte ongemakkelijk. 'Je wilt niet tweemaal worden veroordeeld voor hetzelfde vergrijp.'

Ze legde het medaillon op het Boek. 'Ditmaal doen we het goed.'

Ze maakte de afgedragen amulet om haar eigen hals los en

legde deze ook op het boek, naast het medaillon. De kleine gouden schijf leek bijna op een munt, de afbeelding was door het dragen en de tijd vervaagd. 'Om iedereen eraan te herinneren dat wanneer ze mijn jongen iets aandoen, ze ook mij iets aandoen.'

Ze sloot haar ogen. Ik volgde haar. Ik raakte de bladzijden aan met mijn handen en begon te chanten, eerst langzaam en daarna luider en luider.

'CRUOR PECTORIS MEI, TUTELA TUA EST.

VITA VITAE MEAE, CORRIPIENS TUAM, CORRIPIENS MEAM.'

Ik sprak de woorden onbevangen uit. Een bepaalde onbevangenheid die je alleen hebt als het werkelijk niet uitmaakt of je leeft of sterft.

'CORPUS CORPORIS MEI, MEDULLA MENSQUE,

ANIMA ANIMAE MEAE, ANIMAM NOSTRAM CONECTE.'

Ik riep de woorden uit over het bevroren landschap, ook al was er niemand behalve Amma die ze kon horen.

'CRUOR PECTORIS MEI, LUNA MEA, AESTUS MEUS.

CRUOR PECTORIS MEI. FATUM MEUM, MEA SALUS.'

Amma boog zich naar me toe en pakte mijn trillende handen in haar sterke handen, en we spraken de Bezwering opnieuw uit, samen. Dit keer spraken we in de taal van Ethan en zijn moeder, Lila, van oom Macon en tante Del en Amma en Link en kleine Ryan en van iedereen die van Ethan hield, en die van ons hield. Ditmaal werd de tekst die we uitspraken een lied.

Een liefdeslied – voor Ethan Lawson Wate, gezongen door de twee mensen die het meest van hem hielden. En hem het meest zouden missen, indien we tekortschoten.

'BLOED VAN MIJN HART, BESCHERMING IS DE UWE.

LEVEN VAN MIJN LEVEN, NEEMT HET UWE, NEEMT HET MIJNE.

LICHAAM VAN MIJN LICHAAM, MERG EN VERSTAND,

ZIEL VAN MIJN ZIEL, OM ONZE GEESTEN TE BINDEN.

BLOED VAN MIJN HART, MIJN STROMEN, MIJN MAAN

BLOED VAN MIJN HART, MIJN REDDING, MIJN NOODLOT.'

Bliksemstralen troffen mij, het Boek, de crypte en Amma. Ten-minste, ik dacht dat dat gebeurde. Maar toen herinnerde ik me dat Geneviève hetzelfde had gevoeld in de visioenen. Amma werd tegen de muur van de crypte geworpen en knalde met haar hoofd hard tegen een steen.

Ik voelde de elektrische stroom door mijn lichaam schieten en liet het gewoon gebeuren. Ik legde me erbij neer dat ik zou sterven, want dan zou ik immers samen met Ethan zijn. Ik voel-de hem. Hoe dichtbij hij was, hoe zielsveel ik van hem hield. Ik voelde de ring branden om mijn vinger, hij hield ook zielsveel van mij.

Mijn ogen brandden. Overal waar ik keek, zag ik een waas van goud licht, alsof het op een of andere manier van mij afstraalde.

Ik hoorde Amma fluisteren: 'Mijn jongen.'

Ik draaide me naar Ethan. Hij baadde in goud licht, net als al het andere. Hij lag er nog steeds doodstil bij. Ik keek Amma in paniek aan. 'Het is niet gelukt.'

Ze leunde tegen het stenen altaar en sloot haar ogen.

Ik schreeuwde: 'Het is niet gelukt!'

Ik strompelde bij het Boek vandaan, de modder in. Ik keek omhoog. De maan was terug. Ik hief mijn armen boven mijn hoofd naar de hemelgewelven. Hitte brandde door mijn aderen waar bloed had moeten stromen. De woede welde in me op, en kon nergens heen. Ik voelde de woede aan me vreten. Ik wist dat deze me zou vernietigen als ik geen mogelijkheid zag om hem vrij te laten.

Hunting. Larkin. Sarafine.

De roofvijand, de lafaard en mijn moordzuchtige moeder die leefde om haar eigen kind te vernietigen. De misvormde takken van mijn Caster-familiestamboom.

Hoe kon ik mijzelf Opeisen wanneer zij het enige wat be-langrijk voor mij was al hadden opgeëist? De hitte stroomde naar mijn handen, alsof hij een eigen wil had. Bliksemstralen schoten door de lucht. Ik wist wat er zou gebeuren, zelfs voor-dat de bliksem insloeg.

Drie punten op een kompas, zonder het noorden om me te leiden.

De bliksem explodeerde in vlammen en sloeg gelijktijdig in zijn drie doelwitten – de drie die vanavond alles van me hadden afgenomen. Ik zou moeten wegkijken, maar ik deed het niet. Het standbeeld dat even eerder nog mijn moeder was geweest, was eigenaardig mooi en werd in het maanlicht verzwolgen door de vlammen.

Ik liet mijn armen zakken en veegde de modder, as en het verdriet uit mijn ogen, maar toen ik weer keek, was ze verdwenen.

Ze waren allemaal verdwenen.

De regen stortte uit de lucht. Mijn wazige zicht werd duidelijker tot ik kon zien dat de regenvlagen op de rokende eiken, de velden en de kreupelbossen neervielen. Ik zag alles zo helder als ik in lange tijd en misschien wel nooit had gezien. Ik liep terug naar de crypte, naar Ethan toe.

Maar Ethan was verdwenen.

Waar het lichaam van Ethan even daarvoor had gelegen, lag nu iemand anders. Oom Macon.

Ik begreep het niet. Ik draaide me naar Amma voor antwoorden. Haar wijd opengesperde ogen stonden angstig. 'Amma, waar is Ethan? Wat is er gebeurd?'

Maar ze gaf geen antwoord. Voor de eerste keer in haar leven was Amma sprakeloos. Ze staarde verdwaasd naar het lichaam van oom Macon. 'Nooit gedacht dat het zo zou aflopen, Melchizedek. Na al die jaren dat we het gewicht van de wereld samen op onze schouders hebben gedragen.' Ze praatte tegen hem alsof hij haar kon horen, zelfs al sprak ze zachter dan ik ooit had gehoord. 'Hoe moet ik die last nu in mijn eentje dragen?'

Ik legde mijn handen op haar schouders, haar stakige botten begroeven zich in mijn handpalmen. 'Amma, wat is hier aan de gang?'

Ze sloeg haar ogen naar me op en keek me aan. Haar stem

was amper meer dan een zachte fluistering. 'Je kunt niets van het Boek krijgen zonder er iets voor terug te geven.' Een traan rolde over haar gerimpelde wang.

Het kon niet waar zijn. Ik knielde naast oom Macon en strekte mijn handen langzaam uit naar zijn gladgeschoren gezicht. Normaal zou ik de misleidende warmte, die is verbonden met een mens en die wordt gevoed door de hoop en dromen van Sterfelijken voelen, maar vandaag niet. Vandaag was zijn huid ijskoud. Zoals die van Ridley. Zoals van de dood.

Zonder er iets voor terug te geven.

'Nee... alstublieft niet.' Ik had oom Macon gedood. En ik had mezelf nog niet eens Opgeëist. Ik had nog niet eens gekozen om naar het Licht over te gaan, en toch had ik hem gedood.

De woede welde opnieuw in me op, de wind rondom ons wakkerde aan. Hij wervelde en kolkte, net als mijn emoties. Langzamerhand werd het een vertrouwd gevoel, als een oude vriend. Het Boek had een soort gruwelijke ruil gedaan, een waarom ik niet had gevraagd. En op dat moment drong het tot me door.

Een ruil.

Wanneer oom Macon hier was, waar zojuist Ethan dood had gelegen, zou dat dan kunnen betekenen dat Ethan misschien nog leefde?

Ik stond op en rende naar de crypte. Het bevroren landschap glinsterde in het gouden licht. In de verte zag ik Ethan in het gras liggen, waar oom Macon even geleden had gelegen. Boo lag naast hem. Ik holde naar hem toe. Ik pakte Ethans hand, maar die was koud. Ethan was nog dood en nu was oom Macon ook weg.

Wat had ik gedaan? Ik was ze allebei kwijtgeraakt. Ik knielde in de modder en begroef huilend mijn hoofd in Ethans borst. Ik hield zijn hand tegen mijn wang. Ik dacht aan alle keren dat hij had geweigerd mijn noodlot te aanvaarden, had geweigerd op te geven, afscheid te nemen.

Nu was het mijn beurt. 'Ik wil geen afscheid nemen. Ik wil de woorden niet uitspreken.' Hier was het op uitgelopen, slechts een fluistering in een veld van smeulend onkruid.

Plotseling voelde ik het. Ethans vingers begonnen te buigen en te strekken. Ze zochten mijn vingers.

L.?

Ik kon hem nauwelijks verstaan. Ik glimlachte en huilde tegelijkertijd en kuste zijn handpalm.

Ben jij het, Leentje Peentje?

Ik krulde mijn vingers om die van hem, en zwoor dat ik ze nooit meer zou loslaten. Ik tilde mijn gezicht op en liet de regen erop vallen, die de modder wegspoelde.

Ik ben hier.

Ga niet weg.

Ik ga nergens heen. En jij ook niet.

12 februari

Achter de wolken schijnt de zon

Ik keek op mijn mobiel. Hij had het begeven.
Het was nog altijd 23.59 uur.

Maar ik wist dat het al middernacht was geweest, omdat het afsluitende vuurwerk was begonnen, hoewel het nog regende. De Slag om Honey Hill was weer voor een jaar gedaan.

Ik lag midden in een modderig veld en liet de regen over me heen stromen. Toen ik toekeek hoe het zielige vuurwerk probeerde te ontploffen in de nog druilerige nachtlucht, lag over alles een dik wolkendek. Ook in mijn hoofd. Ik was gevallen en met mijn hoofd en ook enkele andere lichaamsdelen ergens hard op terechtgekomen. Mijn buik, mijn heup, mijn hele linkerkant deed pijn. Amma zou me vermoorden wanneer ik zo in de kreukels thuiskwam.

Het enige wat ik me herinnerde, was dat ik me het ene moment vasthield aan dat stomme standbeeld van die engel en ik het volgende moment hier plat op mijn rug in de modder lag. Ik dacht dat er een stuk van het beeld was afgebroken toen ik probeerde naar de top van de crypte te klimmen, maar ik wist het niet zeker. Link moet me daar hebben weggesleept nadat ik mezelf had gevloerd als een stomme waaghals. Meer wist ik niet, het leek alsof mijn geheugen was schoongeveegd.

Ik vermoed dat ik daarom niet begreep waarom Marian, grootmoeder en tante Del vlak bij de crypte huilend dicht tegen elkaar aan zaten. Niets had me kunnen voorbereiden op wat ik zag toen ik eindelijk die kant op strompelde.

Macon Ravenwood. Dood.

Misschien was hij altijd al wel dood geweest. Wie zou het zeggen, maar nu was hij echt weg. Dat zag ik ook nog wel. Lena had zichzelf op zijn lichaam geworpen, en ze waren beiden doorweekt door de regen.

Macon, voor de eerste keer nat van regendruppels.

De volgende morgen probeerde ik een paar dingen van de avond van Lena's verjaardag helder te krijgen. Macon was het enige slachtoffer. Blijkbaar had Hunting hem definitief overmeesterd toen ik van de wereld was. Grootmoeder legde me uit dat je door je te voeden met dromen veel minder kracht kreeg dan wanneer je je voedde met bloed. Ik vermoed dat hij tegenover Hunting nooit werkelijk een kans had. Ondanks dat had het hem er niet van afgehouden om de strijd aan te gaan.

Macon had altijd gezegd dat hij alles voor Lena overhad. Uiteindelijk was hij een man van zijn woord.

De anderen leken het allemaal goed doorstaan te hebben, in elk geval lichamelijk. Tante Del, grootmoeder en Marian sleepten zichzelf terug naar Ravenwood, met Boo in hun voetspoor. Hij jammerde als een verlaten puppy. Tante Del kon niet bevatten wat er met Larkin was gebeurd. Niemand wist hoe ze haar het nieuws moesten brengen dat ze niet een, maar twee slechte zaden in haar familie had, dus zei niemand iets.

Mevrouw Lincoln herinnerde zich totaal niets, en het was voor Link een zware opgave om haar uit te leggen hoe ze in haar petticoat en ondergoed midden op het slagveld was beland. Ze was diep geschokt dat ze zich in het gezelschap bevond van de familie van Macon Ravenwood, maar toen Link haar naar het Wrak hielp, had ze zich toch fatsoenlijk gedragen. Link liep over van de vragen, maar ik nam aan dat dit wel kon wachten tot de volgende wiskundeles. Dan hadden we allebei iets omhanden wanneer het leven weer normaal werd, voor zover dat kon.

En Sarafine.

Sarafine, Hunting en Larkin waren verdwenen. Ik wist dat omdat ze, toen ik bijkwam, nergens meer te bekennen waren. Lena was er wel en leunde tegen me aan toen we terugliepen naar Ravenwood. De details waren wazig, zoals overigens iedereen op dit moment. Desondanks was duidelijk dat Lena, Macon en wij allemaal de krachten van Lena als Naturel hadden onderschat. Het was haar op een of andere manier gelukt om de maan te blokkeren en haarzelf tegen alle verwachtingen in te behoeden voor het Opeisen. Omdat het Opeisen niet was doorgegaan, leek het erop dat Sarafine, Hunting en Larkin waren gevlucht, tenminste voor dit moment.

Lena kon er nog niet over praten. Eigenlijk zei ze heel weinig.

Ik was op de vloer van haar slaapkamer naast haar in slaap gevallen, met onze handen nog in elkaar verstrengeld. De muren van haar slaapkamer, dezelfde die tot op elke centimeter waren bedekt met teksten waardoor je onder al het zwart niets meer van de witte muren kon zien, waren nu helemaal wit. Op één na. De muur tegenover de ramen was vanaf de grond tot aan het plafond bedekt met woorden, maar het handschrift was niet meer dat van Lena. Het meisjesachtige schrift was verdwenen. Ik streek met mijn vingers over de muur, alsof ik de woorden kon voelen. Ik wist dat ze de hele nacht was opgebleven om te schrijven.

macon ethan
ik legde mijn hoofd op zijn borst en huilde omdat hij had geleefd
omdat hij was gestorven
een droge oceaan, een woestijn van emotie
blijdschaptreurnis donkerlicht spijtvreugde overspoelde me, onder
me hoorde ik het geluid maar ik begreep de woorden niet
en toen realiseerde ik me dat ik het geluid was, dat brak op
het moment dat ik alles voelde en niets voelde
ik was ontredderd, ik was gered, ik had alles verloren, ik had
gekregen

al het andere

iets in mij was gestorven, iets in mij werd geboren, ik wist
alleen dat het meisje was verdwenen

wie ik nu ook was, ik zou haar nooit meer zijn dit is de manier
waarop

de wereld eindigt niet met een grote klap maar met een ruis

eis jezelf op eis jezelf op eis jezelf op eis dankbaarheid

woede liefde wanhoop hoop haat op

het eerste groen is goud maar niets kan groen blijven
probeer

het niet

niets van

groen

kan

blijven

T.S. Eliot. Robert Frost. Bukowski. Ik herkende enkele dichters
van haar boekenplank en haar muren. Met uitzondering van
Frost had Lena het in de verleden tijd geschreven, wat niets voor
haar was. Niets van goud kan blijven, zo gaat het gedicht.

Niet groen.

Misschien leek het voor haar nu allemaal hetzelfde.

Ik strompelde naar de keuken, waar tante Del en grootmoeder op
zachte toon spraken over hoe alles moest worden geregeld. Ik herkende de zachte toon en het gesprek hoe het moest worden geregeld van toen mijn moeder stierf. Wat haatte ik dit. Ik herinnerde
me de ondraaglijke pijn om door te gaan met leven. Hoe zwaar
het was voor tantes en grootmoeders om zaken te regelen, familieleden te bellen en alle stukjes bijeen te vegen, terwijl je eigenlijk
alleen maar diep onder de dekens wilt kruipen. Of misschien een
citroenboom planten, tomaten smoren of met je blote handen een
monument wilt bouwen.

'Waar is Lena?' Ik sprak luid en tante Del schrok op. Niets kon
grootmoeder opschrikken.

'Is ze niet op haar kamer?' fluisterde tante Del.

Grootmoeder schonk zichzelf, kalm als altijd, nog een kop thee in. 'Ik geloof dat jij wel weet waar ze is, Ethan.'

Lena lag op de crypte, precies op de plek waar we Macon hadden gevonden. Ze staarde omhoog in de grijze ochtendlucht en droeg nog haar natte, modderige kleren van de vorige nacht. Ik wist niet waar ze zijn lichaam naartoe hadden gebracht, maar ik begreep dat ze hier wilde zijn. Om bij hem te zijn, zelfs al was hij er niet.

Ze keek niet naar me, ook al wist ze dat ik er was. 'Al die vreselijke dingen die ik hem voor de voeten heb geworpen. Ik kan ze nu nooit meer terugnemen. Hij zal nooit weten hoeveel ik van hem hield.'

Ik ging naast haar in de modder liggen, mijn beurse lichaam protesteerde. Ik keek naar haar, naar haar zwarte, krullende haar en haar natte, besmeurde wangen. De tranen stroomden over haar wangen, maar ze probeerde ze niet weg te vegen. Ik ook niet.

'Hij is door mij gestorven.' Ze staarde opnieuw naar de grijze lucht, zonder te knipperen. Ik wilde dat ik iets kon zeggen waardoor ze zich beter voelde, maar ik wist beter dan ieder ander dat zulke woorden niet bestaan. Dus zei ik niets. In plaats daarvan kuste ik alle vingers van Lena's handen. Ik stopte toen ik een metaalsmaak in mijn mond kreeg, en ik hem zag. Ze droeg de ring van mijn moeder aan haar rechterhand.

'Ik was bang dat ik hem zou verliezen. De ketting is gisteravond gebroken.'

Donkere wolken kwamen binnendrijven en dreven over. We hadden het einde van de storm niet meegemaakt, dat wist ik nog. Ik wond mijn vingers om die van haar. 'Ik heb nog nooit zoveel van je gehouden als ik nu doe, op dit moment.'

De grijze, egale lucht was slechts een moment van zonloze kalmte, tussen de storm die ons leven voorgoed had veranderd en de storm die nog moest komen.

'Is dat een belofte?'

Ik kneep in haar hand.

Laat me niet los.

Nooit.

Onze handen vlochten zich ineen. Ze draaide haar hoofd naar me toe en toen ik in haar ogen keek, zag ik voor het eerst dat het ene groen was en het andere hazelnootbruin – eigenlijk meer goud.

Het was bijna negen uur toen ik aan de lange wandeling naar huis begon. De blauwe lucht was doortrokken met donkergrijze en gouden strepen. De druk bouwde zich op, maar het zou nog wel een paar uur duren voor het onweer losbarstte. Volgens mij was Lena nog steeds in shock. Maar ik was klaar voor de storm. En wanneer hij kwam, zou hij Gatlins orkaanseizoen op een lentebui laten lijken.

Tante Del had me aangeboden om me met de auto te brengen, maar ik wilde lopen. Hoewel elk bot in mijn lichaam pijn deed, moest ik mijn hoofd laten schoon waaien. Ik stak mijn handen in mijn zakken en voelde het vertrouwde hompje. Het medaillon. Lena en ik moesten een manier vinden om het terug te geven aan de andere Ethan Wate, degene die in zijn graf rustte, zoals Geneviève wilde dat we deden. Misschien zou het Ethan Carter Wate wat rust geven. We hadden aan beiden zoveel te danken.

Ik liep de steile weg af die naar Ravenwood leidde en kwam weer bij de splitsing, die me zo angstaanjagend voorkwam voordat ik Lena leerde kennen. Voordat ik wist waar ik heen ging. Voordat ik wist hoe echte angst en ware liefde voelden.

Ik liep langs de velden en over Route 9. Ik dacht aan de eerste rit, de eerste nacht in de storm. Er spookte van alles door mijn hoofd. Hoe ik bijna mijn vader en Lena was kwijtgeraakt. Hoe ik mijn ogen opensloeg en haar naar me had zien staren. Bij alles kon ik alleen maar denken hoeveel geluk ik had. Voordat het tot me doordrong dat we Macon waren verloren.

Ik dacht aan Macon, aan zijn met lint en papier ingepakte boe-
en, aan zijn perfect geperste overhemden en aan zijn nog perfec-
ere kalmte. Ik besefte hoe moeilijk het de komende tijd voor
Lena zou zijn. Ze zou hem zo vreselijk missen en wensen dat ze
zijn stem nog een keer kon horen. Maar ik zou er voor haar zijn,
zoals ik graag had gewild dat er iemand voor mij was geweest
toen ik mijn moeder verloor. En na de afgelopen paar maanden,
nadat mijn moeder ons die boodschap had gezonden, dacht ik
niet dat Macon ook echt helemaal weg was. Misschien was hij
nog ergens en hield hij een oogje op ons. Hij had zichzelf opge-
offerd voor Lena, daarvan was ik overtuigd.

Het juiste doen en het gemakkelijke doen waren nooit hetzelfde. Niemand wist dat beter dan Macon.

Ik keek omhoog naar de lucht. De grijze strepen spreidden zich
uit over het egale blauw, zo blauw als het blauw op het plafond
in mijn slaapkamer. Ik verbaasde me dat er maar één tint blauw
was die de houtbijen ervan weerhield om een nest te maken. Ik
vroeg me af of de bijen werkelijk dachten dat het de lucht was.

Het is vreemd wat je ziet wanneer je niet echt kijkt.

Ik haalde mijn iPod uit mijn zak en drukte hem aan. Er stond
een nieuw nummer op de afspeellijst.

Ik staarde er lang naar.

Zeventien Manen.

Ik klikte erop.

Zeventien manen, zeventien jaren,
Ogen waarin Duister of Licht verschijnt,
Goud voor ja en groen voor nee,
Zeventien, het laatste om te weten.

Dankwoord

De eerste versie van *Beautiful Creatures* nam slechts drie maanden in beslag. Al snel bleek dat het eenvoudigste deel van het project te zijn. Het was een veel zwaardere klus om het hele verhaal kloppend en mooi te maken, en daarbij hadden we de hulp van veel meer mensen nodig. Hier is de familiestamboom van *Beautiful Creatures*:

RAPHAEL SIMON & HILARY REYL
die er al vertrouwen in hadden voordat er iets was.
SARAH BURNES, van THE GERNERT COMPANY,
DE BUITENGEWONE REDACTEUR
die het las en er vanaf het begin in geloofde.
COURTNEY GATEWOOD,
van THE GERNERT COMPANY, REDACTEUR 007
die alles heeft gegeven, en nog een beetje meer.
JENNIFER HUNT & JULIE SCHEINA
HET GENIALE, MAAR GENADELOZE REDACTIETEAM VAN
LITTLE, BROWN'S
die ons hebben laten zweten en huilen tot het goed was.
DAVE KAPLAN, ONZE GETALENTEERDE, SPIRITUELE ONTWERPER
die de weg naar Ravenwood bedacht zoals wij ons die
voorstelden.
MATTHEW CHUPACK
die ons potjeslatijn vertaalde in goed Latijn.

ALEX HOERNER, FOTOGRAAF VOOR DE STERREN (EN ONS)
die ons er ook goed liet uitzien zonder enige Bezwering.
ONZE FAMILIELEDEN UIT NOORD-CAROLINA, IN HET BIJZONDER
HAYWOOD AINSLEY EARLY, GENEALOOG
die ons hielp bij de familiestambomen
& ANNA GATLIN HARMON,
ONZE FAVORIETE DOCHTER VAN DE CONFEDERATIE
die ons haar meisjesnaam leende.

EN ONZE LEZERS:
HANNAH, ALEX C, TORI, YVETTE, SAMANTHA, MARTINE, JOYCE,
OSCAR, DAVID, ASH, VIRGINIA, JEAN X 2, KERRI, DAVE,
MADELINE, PHILLIP, DEREK, ERIN, RUBI, AMANDA & MARCUS
die wilden weten hoe het verderging en
stuurden hoe het verderging.
ASHLEY, OOK BEKEND ALS TIENER-VAMPIERKONINGIN,
SUSAN & JOHN, ROBERT & CELESTE, BURTON & MARE
die naar ons luisterden en ons steunden, alsof hun leven
ervan afhing.
MAY & EMMA
die twee keer thuisbleven van school om de puntjes op de i
te zetten, en die het missende stukje aan het einde invulden,
zoals alleen een 13- en 15-jarige kunnen.
KATE P EN NICK & STELLA G
die elke nacht in slaap vielen bij het eindeloze getik
op een laptop

& NATUURLIJK
ALEX & LEWIS
die alle gaten ontdekten en ervoor zorgden dat het universum
er niet doorheen viel.
Die dit alles, en nog meer, moedig hebben doorstaan.

Literatuur

In *Beautiful Creatures* wordt verwezen naar een aantal Engelstalige boeken en personages. De belangrijkste worden hieronder weergegeven, indien mogelijk met de Nederlandse titel en uitgever.

1. Vonnegut, Kurt, *Slaughterhouse-Five*. Nederlandse vertaling: *Slachthuis vijf, of: De kinderkruistocht: een verplichte dans met de dood*. Het Parool, Amsterdam.

2. Lee, Harper, *To Kill a Mockingbird*. Nederlandse vertaling: *Spaar de spotvogels*, Het Spectrum, Utrecht.

3. Salinger, J.D., *The Catcher in the Rye*. Nederlandse vertaling: *De vanger in het graan*. De Bezige Bij, Amsterdam.

4. Krakauer, Jon, *Into the Wild*. Nederlandse vertaling: *De wildernis in*. Prometheus, Amsterdam.

5. Kerouac, Jac, *On the Road*. Nederlandse vertaling: *Onderweg*. De Bezige Bij, Amsterdam.

6. Betty Crocker, een verzonnen personage van de General Mills-fabriek uit het begin van de 20e eeuw, onder welke naam ook verschillende kookboeken verschenen.

7. Faulkner, William, *The Sound and the Fury.* Nederlandse vertaling: *Het geraas en gebral.* De Bezige Bij, Amsterdam.

8. Bukowski, Charles, *Pleasures of the damned.* Poems, 1951 – 1993. HarperCollins Publishers, New York.

9. Conrad, Joseph, *Heart of Darkness.* Nederlandse vertaling: *Hart der duisternis,* Amsterdam, Veen.

10. Stevenson, Robert Louis, *The Strange Case of Dr Jekyll and Mr Hyde.* Penguin Books Ltd, Essex.

11. Laura Ingalls Wilder, *Little House on the Prairie.* Nederlandse vertaling: *Het kleine huis op de prairie.* Ploegsma, Amsterdam.